S. M. Gruber, Nadja Kasolowsky, Liv Modes, Katharina Stein (Hrsg.)

Großstadtwunder

S. M. Gruber, Nadja Kasolowsky, Liv Modes, Katharina Stein

(Hrsg.)

Großstadtwunder

Wo die Wolken Schatten werfen

ANTHOLOGIE

Bibliografische Information der Deutschen Nationalbibliothek:
Die Deutsche Nationalbibliothek verzeichnet diese Publikation in der Deutschen Nationalbibliografie; detaillierte bibliografische Daten sind im Internet über http://dnb.dnb.de abrufbar.

Lektorat: S. M. Gruber, Katharina Stein

Korrektorat: Sophie Möller

Cover: Colors of Cronos

Buchsatz: Nadja Kasolowsky
gesetzt aus der EB Garamond
erstellt mit *SPBuchsatz*

#BerlinAuthors – Gruber, Kasolowsky, Modes und Stein GbR
Bürgerstraße 31
12347 Berlin

Herstellung: BoD – Books on Demand, Norderstedt

ISBN: 978-3-9825720-1-7

2. Auflage

Für alle, die mutig genug sind, an Wunder zu glauben.
Und jene, die denken, es besser zu wissen.

Dieses Buch enthält Inhaltswarnungen / Content Notes auf der letzten Seite gegenüber der Deckel-Innenseite.

Inhaltsverzeichnis

Vorwort

Wo könnte man sich über mehr Dinge wundern als in Berlin? Und doch wundert sich hier niemand mehr. Nicht über eigenartige Gerüche, nicht über das Verschwinden geliebter Orte oder Personen und schon gar nicht über die eigenbrötlerischen Nachbar*innen. Und am allerwenigsten wundern wir uns über die ganz unterschiedlichen Weisen, auf die wir hier lieben.

Zumindest behaupten wir das, wenn wir Besuch von außerhalb bekommen. »Ach du, mich wundert hier gar nichts mehr«, sagen wir dann und meinen eigentlich: »Ach du, ich habe verlernt, auf die Wunder zu achten, die mir jeden Tag begegnen.«

Wie können wir lernen, wieder zu staunen? Diese Frage haben sich knapp 170 Autor*innen gestellt, sie haben uns ihre Gedanken, Ideen und Geschichten dazu eingesendet und uns gelehrt, wieder genauer hinzusehen. Allein, dass wir es schafften, uns auf nur 25 Texte zu einigen, grenzt schon an ein Wunder.

Mit Sicherheit lädt dieses Thema zu einigen Absurditäten ein, die wir mit offenen Armen begrüßten, doch es sind nicht immer nur die klassischen Wunder, wie rätselhafte Heilungen und krasse Wetterphänomene, die den größten Effekt erzielen. Häufig waren es die alltäglichen Winzigkeiten, die uns in ihren Bann zogen, rätselhafte Synästhesien, unwahrscheinliche Wiedersehen oder auch das Ausbleiben eines dringend ersehnten Wunders.

Das verbindende Element der Wolken wählten wir, weil wir Euren Blick nach oben lenken wollten, nicht im religiösen Sinne, sondern im öffnenden. Lasst Euch von unseren Autor*innen auf Duftwolken durch die Straßen Berlins tragen, Euch Regenbogenwolken erklären und Euch mitnehmen in die Cloud eines Tech-Konzerns – oder nehmt einfach Platz unter den wohligen Schattenspendern und genießt die Lektüre.

Denn Ihr, liebe Leser*innen, haltet die letzte Anthologie unserer »Großstadt«-Reihe in Euren Händen. Für sie haben wir dieses besondere Thema gewählt, ist es doch ein gar nicht so kleines Wunder, dass wir mit dem Netzwerk Anfang 2019 starteten und es uns heute, fünf Jahre später, immer noch gibt. Trotz Pandemie, trotz Veränderungen im Team, trotz allem. Aber keine Sorge, diese Reihe war nur der Anfang. So schnell werdet Ihr uns nicht los.

Auf bald!
Sophie, Nadja, Liv und Katharina

Gisa Lore

Im Baumschatten

Vor dem Haus steht eine Linde.

Die Linde ist krank. Ihre Wurzeln pressen sich von unten gegen den Asphalt, sie werfen breite Risse in den Radweg und heben die Gehwegplatten an. Urin und Abgase haben ihre Rinde verätzt. Die Krone mit dem spärlichen Laub breitet sich genau vor meinem Balkon aus. Die dünnen Zweige werfen kaum Schatten.

»Was für eine traurige Aussicht«, sagt Leonie, die ihr Kind auf dem Schoß hält.

Es ist März, doch der Baum sieht aus wie Januar. Erst vor ein, zwei Tagen habe ich hier und da das erste zaghafte Grün an ihm entdeckt.

Leonie hat den beschwerlichen Weg in die Stadt auf sich genommen, um mir das Kind zu zeigen, das sie geboren hat. Sein Haar ist so hell, dass es aussieht, als wäre es kahlköpfig. Es hat das Gesicht und die Proportionen eines Säuglings, ist dafür aber schon viel zu groß.

»Ich mag es hier«, sage ich, aber sie sieht mich an, als könne ich das unmöglich ernst meinen: die kleine Wohnung im vierten Stock ohne Aufzug, den Schimmel in der Ecke des Wohnzimmers, die klappernden Schranktüren in der Küche, den bröckelnden Putz auf dem Balkon, den sterbenden Baum vor dem Haus.

Leonie und Olaf wohnen jetzt am Rande des Dorfes, in dem wir aufgewachsen sind, in ihrem neuen Haus. Ich stelle mir vor, wie Leonie mit dem Kinderwagen durch das Dorf spaziert und sich eine Traube alter Menschen um sie versammelt, um einen Blick auf das Kind werfen zu können. Irgendjemand würde sicherlich die Züge von Leonies Eltern im Gesicht des Kindes ausmachen. Wie alle Mütter des Dorfes es seit jeher taten, würde auch Leonie dann auf dem Dorfplatz eine Pause machen und sich auf eine der Holzbänke setzen, die dort stehen. Beschattet von der großen, alten, kerngesunden Dorflinde.

»Komm uns doch mal besuchen«, schlägt Leonie vor. »Du kannst auch ein paar Tage bleiben. Ein bisschen frische Luft schnappen. Es ist wunderbar ruhig bei uns. Am Sonntagmorgen hörst du nur die Vögel. Es ist herrlich!«

Als wüsste ich das nicht selbst. Als könnte ich mich nicht an die Schwalben in der Luft, die Spatzen in den Büschen, die Tauben auf dem Dach erinnern.

»Ich überlege es mir«, sage ich, obwohl es seit Jahren nichts mehr zu überlegen gibt. Selbst jetzt nicht, da Leonie dorthin zurückgegangen ist, wo ich niemals wieder zu Hause sein kann.

Unten geht die Haustür auf. Leonie und ich recken gleichzeitig den Hals, um über das Balkongeländer zu spähen. Frau Simanowski kommt mit ihrem Einkaufswägelchen heraus. Ihr Haar ist noch voll und dunkelgrau, aber sie schlurft etwas beim Gehen. Sie zieht das Wägelchen über den Gehweg und stellt sich vor den Baum. Kratzt ein wenig im Boden herum, tätschelt ihm die Rinde.

»Komische Alte«, sagt Leonie.

In diesem Moment beginnt das Kind zu quengeln, eine gute Ausrede, um den kalt gewordenen Tee auszutrinken und sich von den Balkonstühlen zu erheben. Leonie trägt es die Treppe hinunter und freut sich laut darüber, dass der Kinderwagen, den sie im Hauseingang stehengelassen hat, noch unversehrt ist.

Als wir vor die Tür treten, ist Frau Simanowski längst weg. Ich winke Leonie, bis sie und der Kinderwagen hinter der Häuserecke verschwinden. Für die nächsten Monate werden sie verschwunden bleiben.

Mein Sonntagmorgen ist laut. Er hat einen Viervierteltakt, einen Bass, der allen Vogelgesang übertönt, und einen Puls von 130. Er hat Toljas sehnige Hände, die mich stützen, als wir zurück ins Licht taumeln. Wir wollten nicht so lang bleiben, aber es gibt nichts, das auf uns wartet, also ist es egal.

Tolja ist groß. Er schirmt mich von der Welt ab. Seine Jacke riecht nach kaltem Zigarettenrauch und feuchtem Beton. Sein Körper ist warm. Durch das zerkratzte S-Bahn-Fenster, die Arme um ihn geschlungen, sehe ich zu, wie die Sonne über der Spree immer höher steigt. Er streichelt mein Haar.

Es sind unsere schönsten Tage.

Auf meinem Balkon lehnt Tolja sich zurück und blinzelt in den Himmel, der von den Ästen der Linde in mundgerechte Stücke geschnitten wird. Das Grün an ihnen ist immer noch spärlich, aber es ist etwas kräftiger geworden.

Ich setze mich neben ihn auf die Bank und halte seine Hand. Mit ihm, denke ich, könnte selbst ich ein Haus bauen. Außerhalb der Stadt. Er könnte seine Bibliothek haben und ich meine Werkstatt. Eine Katze könnte durch die Räume schleichen und uns Gesellschaft leisten. Wir hätten ein großes, gemeinsames Sofa, auf dem wir abends sitzen und Wein trinken würden. Und zwei Schlafzimmer. Und kein Kinderzimmer.

Und alle im Dorf, da bin ich mir sicher, würden sich das Maul über uns zerreißen.

Leonie kommt im Sommer wieder. Das Kind sitzt immer noch im Wagen und der Wagen verändert das ganze Treppenhaus. Er ist zu groß und zu bunt.

»Bist du sicher, dass ihr wegen dem Baum nichts machen wollt?«, fragt sie mich, gleich nachdem wir uns begrüßt haben. »Am Ende fällt noch jemandem ein Ast auf den Kopf!«

Sie spricht weiter von Sommerstürmen, als würde ich keine Sommerstürme kennen. Wir kommen von dort, wo Sträucher zwischen die Felder gepflanzt werden, damit der Wind den Boden nicht wegträgt. Die Erde dort ist genauso sandig wie die, in der die Linde vor meinem Haus steht. Der Baum hat zwei Quadratmeter von der Stadt zugeteilt bekommen, abgasgetränkt, gespickt mit Zigarettenstummeln. Ab und an traut sich ein Grashalm, dort zu wachsen, und wird sofort von den Hunden niedergepinkelt.

Ich gebe der Linde topfweise Wasser, es ist ein heißer Juli. Die Blätter an den Ästen sind zwar ein wenig größer geworden, doch es scheint, als könnten sie sich nicht ganz entfalten. Es wirkt, als stecke der Baum im März fest. Manchmal treffe ich beim Gießen Frau Simanowski, die keinen Schritt vor die Haustür macht, ohne den Baum zu grüßen.

Die Sommer werden härter, sagt auch Leonie. Wenn sie mit dem Kinderwagen ihre Runden durch das Dorf macht, erzählt sie, kann sie dem Dorfteich dabei zusehen, wie er verdunstet. Wenn es richtig heiß wird, treiben Fische mit dem Bauch voran knapp unter der Wasseroberfläche.

Ich nicke und bemühe mich, das verschwindende Dorf zu bedauern. Im Gegenzug bedauert Leonie meine Einsamkeit.

Ich habe ihr nicht von Tolja erzählt. Er und ich sind kein Geheimnis, aber wie soll ich Leonie das mit ihm erklären? Ich wusste lange nicht, dass ich einen Menschen wie Tolja in meinem Leben haben kann. Mit dem ich alles teile und doch nur so viel, wie ich zu geben bereit bin.

Wenn ich Leonie von Tolja erzähle, wird es ihr nicht genug sein. Sie wird mir aufzählen, welche Dinge uns fehlen. Warum wir nicht funktionieren können. Leonie hält sich oft für klüger als mich. Das mag auch an dem Kind liegen. Das Kind, so will es die Tradition, gibt ihr eine Weisheit, die Menschen wie mir fehlt. Je älter ich werde, desto sicherer bin ich mir, auf diese Weisheit verzichten zu können.

Die Freundschaft zwischen Leonie und mir ist Jahrzehnte alt, also pflegen wir sie, so gut es geht. Es ist meine Schuld, dass sie spröde geworden ist. Also sage ich: »Komm gerne wieder!«, wenn Leonie geht.

Im August kaufen Tolja und ich Ringe. Sie sind schwarz, wir tragen sie am Mittelfinger der rechten Hand. Es ist nur ein kurzes Innehalten, bevor wir weiter durch die Stadt ziehen. Wir kriechen in die tiefsten Keller und steigen auf die höchsten Dächer. Über uns nichts als verästelte Wolken, durch die das Blau des Himmels scheint.

Zum ersten Mal hoffe ich, dass Tolja für immer bleiben kann, auch wenn alles, was ich gelernt habe, dagegenspricht. Das mit Tolja ist nicht dafür bestimmt, für immer zu dauern. Das mit Leonie und Olaf hingegen schon.

Ich beginne, mein Geheimnis mit der Linde zu teilen. Es ist kein schlimmes Geheimnis, aber ich weiß trotzdem nicht, wie ich es aussprechen soll:

Mir fehlt nichts.

Mir fehlt absolut nichts im Leben.

Ich habe Tolja. Und ich habe die kleine Wohnung im vierten Stock ohne Aufzug, den Schimmel in der Ecke des Wohnzimmers, die klappernden Schranktüren in der Küche, den bröckelnden Putz auf dem Balkon.

So flüstere ich es dem sterbenden Baum vor dem Haus zu. Ich flüstere es so lange, bis es sich nicht mehr wie ein Geheimnis anfühlt.

An einem grauen Samstag im November kommt Leonie ein drittes Mal zu mir. Das Kind steckt in einem wattierten Anzug, es rudert ungeschickt mit den Ärmchen. Unter der Mütze kommen endlich richtige Locken hervor.

Ich setze das Teewasser auf. Das Kind auf Leonies Arm stößt Geräusche aus.

»Ich muss dir etwas erzählen«, fange ich an. Ich habe sehr lange darüber nachgedacht, wie es danach weitergehen soll. Ich habe meine Worte an der Linde geprobt, habe mich neben Frau Simanowski gestellt und das Holz mit meiner Stimme getränkt.

»Da ist ein Mensch in meinem Leben, der mich glücklich macht«, sage ich.

Das Kind quietscht, aber Leonie sagt nichts. Zum ersten Mal sagt sie nichts.

»Leonie?«, frage ich. Doch wieder kommt keine Antwort.

Ich blicke auf, gerade rechtzeitig, um zu beobachten, wie sie die Balkontür öffnet. Ein kalter Luftzug streicht um meine Knöchel.

Leonie steht draußen und starrt und friert. Zum ersten Mal ist sie sprachlos.

Ich folge ihr auf den Balkon. Ihr Blick geht hinauf in die Baumkrone, die jede Sicht versperrt. Die geparkten Autos, die Straßenlaternen, das Haus gegenüber – alles verdeckt vom Laub. Dichtes, sattgrünes, im Wind raschelndes Laub. Handtellergroße Blätter, die sich uns entgegenstrecken. Der Duft von frisch aufgesprungenen Knospen mischt sich unter die Kälte.

Es ist November und die Linde sieht aus wie im Sommer.

Das Kind streckt die Arme nach den Ästchen aus, die über das Balkongeländer klettern, und Leonie dreht sich zu mir.

»Wie ist das möglich?«, fragt sie.

Ich hebe die Schultern. Es gibt Dinge, nach deren Grund ich nicht mehr frage. Stattdessen bin ich dankbar für die Stille unter dem Laubdach.

Vielleicht ist es so einfach. Vielleicht reicht es, zu sagen, ich bin glücklich, und niemand stellt weitere Fragen. Niemand sieht so genau hin. Bin ich am Ende diejenige, die einfach viel zu ängstlich ist?

Ich drehe an dem Ring an meinem Finger und muss lächeln. Über Leonies Gesichtsausdruck und über die Freude des Kindes, das mit den Blättern spielen will.

»Ich kann es nicht erklären«, sage ich.

Hilo Alacalı

Jesus von B.

In einer großen Stadt gab es ein Viertel voller Hochhäuser und unter diesen Hochhäusern gab es zwei, die nahe beieinander standen, und zwischen ihnen wartete ein Jugendlicher, der gerade achtzehn Jahre alt geworden war, und dieser Jugendliche war Jesus.

Seine Mutter Maryam war mit ihm hergezogen aus einem Dorf aus B., nachdem Jesus auf die Welt gekommen war. Da Maryam in jeder Hinsicht aktiv gewesen war, hatte die Tatsache einer ungeplanten Schwangerschaft keine größere Verwunderung in ihrer Umgebung hervorgerufen, aber durchaus Verstimmung in Maryam selbst. Nicht besonders gewillt, ihrem Leben neben Jesus einen weiteren Mann hinzuzufügen, hatte sie gar nicht erst begonnen, nach dem Vater zu suchen. Und so fiel ihr später auch nicht auf, dass Jesus keinem ihrer ehemaligen Verehrer besonders ähnlich sah.

Und als Jesus älter wurde, wurde er manche Nächte gequält von Träumen und Zeichen, das Kind eines Gottes zu sein, aber da niemand in seiner Umgebung darüber redete, solche inneren Vorgänge zu haben, schwieg auch er dazu.

Jesus wartete also vor den Hochhäusern A und B der Nummer 14. In Hochhaus A saß seine Freundin Yas gerade beim Essen und arbeitete mit Hochdruck an der elterlichen Zustimmung zu ihren Abendplänen. Ihr Vater Arafat mochte es nicht, wenn am Tisch geredet wurde, den Kopf gebeugt kaute er an Bohneneintopf. Aber Tochter Sein vom strengen Arafat, darin war Yas nun jahrelang geübt. Obwohl sie wieder beim Schule schwänzen erwischt worden war und es gestern sogar einen Brief des Lehrers dazu gegeben hatte, reichten ein »Baba ...«

oder vielleicht auch mehrere und ein bis zwei Versprechen von ihr, und Arafat ließ sie gehen, auch wenn er dafür von ihrer Mutter einen Blick erntete, den er höchstens zweimal pro Monat ertrug.

Jesus' Mutter Maryam hatte wie gewöhnlich überhaupt nicht gefragt, wo ihr Sohn hinging; ein Umstand, der Jesus manchmal zu der Frage veranlasste, wer glücklicher dran war – er oder Yas.

Als Yas nun herausgelaufen kam, sagte sie mit einem Grinsen: »Nochmal Glück gehabt.«

Sie drückte Jesus so fest, dass er lachte. Sie hakten sich unter, das Mädchen mit den langen schwarzen Haaren und der Junge mit den schwarzen Locken, und gingen zu ihrem besonderen Platz, einer grünen und verwilderten Ecke hinter dem U-Bahnhof. Dort steckten sie sich Zigaretten an.

Sie hatten einmal miteinander geschlafen, nachdem Yas geglaubt hatte, sie wäre sehr in ihn verliebt und es wäre äußerst dringend. Danach hatte es aber nicht lange gedauert, bis es abgeklungen war, und sie hatte ihm das auch so gesagt, und für Jesus war das in Ordnung, denn er mochte Jungs. Yas wollte mit ihm heute in seinen ersten Schwulenclub.

»Wir haben echt nicht viel Zeit«, klagte sie. »Bestimmt nur zwei Stunden, sonst rastet meine Mutter aus.« Sie sagte es nicht, aber sie war mindestens so neugierig wie Jesus auf die Schwulen.

»Das kriegen wir hin«, sagte Jesus. »Zum Glück ist es nicht so weit.«

Sie hatten sich beide so hübsch gemacht, wie sie es sich angesichts der Umstände getraut hatten: Yas mit großen Ohrringen und rotem Lippenstift, das glatte Haar geöffnet, ganz in heller Viskose gekleidet, Jesus in weißen Sneakers, einer seiner besten Jogginghosen und weißem T-Shirt. Sie fuhren mit der U-Bahn; Yas las dabei die Nachrichten auf der Anzeige, und Jesus beobachtete die anderen Mitfahrenden. Als eine alte Frau sich mit schwankendem Körper an ihm und anderen Fahrgästen vorbeidrückte, legte er kurz die Hand auf sie, um sie zu stützen. Beide wussten es nicht, aber er heilte sie dabei von hartnäckigen Rückenschmerzen. Sie würde am Abend in ihrem Bett liegen und weinen vor Erleichterung.

In der Warteschlange zum Club warf Yas immer wieder die Haare zurück und betrachtete die Leute um sie herum. Jesus starrte geradeaus, wegen all den Blicken. Als sie vor dem Türsteher standen, einem Mann mit schönen Augen und rötlichbraunem Afro, und ihre Ausweise zeigten, lächelte der Jesus an, und der konnte nicht anders und lächelte zurück.

Sie gingen hinein.

Es war noch früh, aber die Clubräume hatten sich bereits gefüllt, der Andrang an der Bar war groß und die ersten Gruppen schwitzten auf den Tanzflächen. Es war ein gemischtes Publikum, Männer und Frauen, nur der Fokus war deutlich verschoben: Die Männer nahmen die anderen Männer in den Blick, und Jesus bemerkte sofort, wenn er gewogen, gemessen und für genau richtig befunden wurde. Männer mit Gelfrisur und glänzenden Stirnen, Fußballerjungs in seinem Alter, langhaarige Studenten mit Lippenpiercings, ein paar Goths in schwarzen Mänteln und mit dunklen, prüfenden Blicken – Jesus konnte sich kaum satt sehen.

»Hier gibt's ja auch Lesben!«, rief Yas und war selber erschrocken, wie laut sie das gesagt hatte. Sie stellte sich ein wenig in Pose, als eine größere Gruppe von kurzhaarigen Frauen an ihr vorüberlief. Yas wusste nicht, ob sie auch auf Frauen stand, aber sie wusste, dass ihr Aufmerksamkeit gefiel. »Wir müssen auf jeden Fall tanzen!«

Sie sahen sich ein paar der Räume an, flohen vor der Musik von Taylor Swift und entschieden sich für den Floor mit dem erträglichsten Techno. Beide schoben sich durch die Menge auf die Tanzfläche und die Musik hatte sie schnell in ihrem Bann. Lichter streiften pulsierend über ihre Haut, tanzten über ihre Körper. Es war so laut, dass sie nicht mehr reden konnten, den Bass in der Brust.

Bald bemerkte Yas, dass Jesus' Blick immer wieder nach rechts glitt und sie sah dort einen dicken Blonden mit Bart, der Jesus anlächelte. Er hatte ein offenes und hübsches Gesicht, war vielleicht nur wenig älter als die beiden. Auch er tanzte, das Hemd aufgeknöpft, ein bemerkenswerter Anblick.

Yas signalisierte dem Freund: *Auf geht's!*

Jesus schüttelte lachend den Kopf.

Sie bewegte sich in die Nähe des Blonden und zog ihn dabei mit.

Jesus war ganz schüchtern geworden, aber der Blonde kam näher, legte die Arme um ihn und nach wenigen Minuten Tanzen knutschten sie herum.

Yas blieb noch eine Weile neben ihnen und ließ sich dann weiter in die Mitte des Raumes treiben. Rotes Flimmern zog über ihr Gesicht. Sie wusste, sie mussten bald los. *Ein wenig noch*, dachte sie.

Hinterher liefen sie lachend durch die lange Straße zurück zur U-Bahn.

»Gott, er war so süß«, sagte Jesus. Er hatte die Nummer des Blonden bekommen, und sie überlegten, auf welcher App er ihn kontaktieren könnte.

»Oder du rufst ihn einfach an«, sagte Yas. »Oldschool.«

Was will denn ein Gott von mir?, dachte Jesus zum zweiten Mal in dieser Nacht. Seine Träume ließen ihm seit Wochen keine Ruhe: eine rotschwarze Apokalypse, ein Tier, eine Dunkelheit ohne Ende. Ein Gott, der von einer neuen Welt sprach, einer Welt ohne Sünde.

Jesus tastete nach seinem Smartphone und blinzelte, als der Bildschirm grell aufleuchtete. Es war vier Uhr dreißig. Er warf sich noch eine Weile herum, aber der Schlaf kam nicht. Also zog er sich an, steckte die Füße in Sportschuhe und verließ das Hochhaus. Über kleine Trampelpfade kam er durch hohes Gras auf das Feld. Der Morgen war dunkel und einsam. Jesus trabte los, zwanzig Minuten, dann wurde er langsamer und spazierte durch die Dunkelheit, das Ohr weit offen in die atmende Stille um ihn. Er schaute nicht mehr auf die Uhr und irgendwann überraschte ihn der erste Spaziergänger.

»Servus, Jesus.«

Jesus kannte den Mann nicht. Er blieb stehen, die Hände tief in den Taschen, und registrierte das fahle Licht am Horizont. Die Sonne würde bald aufgehen.

»Wer sind Sie?«, fragte er.

»Ein Freund«, sagte der Mann und lächelte. Er hatte silbergraues Haar, trug eine Brille und einen grauen Mantel. »Können wir eine kurze Runde gehen?«

Sein Name war Paul Simon. Wie sich herausstellte, kannte der Mann Jesus schon länger. Er erforschte ihn sogar.

»Ich will nicht sagen, dass das nicht merkwürdig ist«, sagte er, auch wenn er nicht selbstkritisch klang, »aber uns sind ein paar interessante Dinge an dir aufgefallen. Weißt du, wovon ich spreche?«

»Nein«, log Jesus. Er log bei Erwachsenen sehr häufig, als Vorsichtsmaßnahme.

Paul Simon ließ nicht ab mit seinem Lächeln.

»Deine Berührungen heilen Menschen, Jesus. Ich würde verstehen, wenn diese Vorstellung dir Angst macht, aber ich glaube, dein Spitzname kommt nicht von ungefähr. Andere Menschen nehmen deine Kräfte nämlich wahr. Der Unfall mit dem Kind – du weißt, dass das Video im Netz gelandet ist? Dadurch sind wir erst auf dich gestoßen.«

»Und was wollen Sie von mir?«, fragte Jesus.

»Ich würde gerne einige Gespräche mit dir führen«, sagte Paul Simon. »Keine Angst, ich habe ein ganzes Team an der Universität hinter mir. Du kriegst ein gutes Honorar, kommst ein oder zwei Monate regelmäßig zu uns und kannst danach ganz normal dein Leben weiterführen.«

Das klang nach einer Lüge.

»Das ist eine lange Zeit«, sagte Jesus nach einer Weile. »Ich muss meine Mutter fragen, ob das mit der Schule klargehen würde.« Er hatte nicht vor, sie zu fragen.

Das Lächeln auf Paul Simons Gesicht fror ein. »Denk daran, dass du eine besondere Verantwortung trägst. Wir könnten dir helfen, deine Kräfte so einzusetzen, dass du sie maximal zum Guten nutzen kannst. Das ist ein Angebot. Aber ja, frag deine Mutter.« Er wedelte mit der Hand. »Hoffentlich überfordert es sie nicht.«

Er verabschiedete sich und ließ einen verwirrten Jugendlichen auf dem Feld zurück.

Maryam wurde krank. Sie wurde ins Krankenhaus eingewiesen mit der Diagnose Krebs und Jesus gewöhnte sich daran, mit Yas in Maryams Krankenzimmer zu sitzen, die Rücken an den Bettrahmen gelehnt, und ihre Hausaufgaben auf dem Boden zu machen.

Seine Mutter fand das furchtbar.

»Das ist doch kein Zustand mit euch auf dem Fußboden«, blaffte sie und fragte die Pflegekräfte alle zwei Tage nach einem größeren Zimmer oder wenigstens einem Tisch. Diese wichen ihr geübt aus.

Der Umgang mit ihr war schwierig. Maryam saß wie ein großes rotes Tier in ihrem Bett, bereit, alles in Frage zu stellen, was sich ihr zu offen, zu unschuldig präsentierte.

»Hör auf, dich immer um alles zu kümmern«, fauchte sie Jesus an, wenn er die Pflegekräfte bei ihrer Arbeit unterstützen wollte, und: »Das mach' ich selber!«

Yas fand dieses Aufbrausen wunderbar, aber Yas hatte auch Angst vor dem Tod, und die wütende Maryam wirkte nicht wie eine Todgeweihte.

»Heute hat sie wieder den Pfleger herumgescheucht«, erzählte sie abends ihren Eltern und wenn ihr Vater die Stirn runzelte, redete sie schnell über etwas anderes. Über Maryam hatte ihr Vater eine klare Meinung, wie über alleinerziehende Frauen im Allgemeinen.

Jesus versuchte, seine Mutter zu heilen, doch das Problem begann schon damit, dass er nicht wirklich wusste, wie seine Fähigkeiten funktionierten. Außerdem mochte Maryam Berührungen nicht.

»Heute mag ich keine Umarmung«, sagte sie schnell, wenn er näherkam. Als ob es sonst anders wäre. Also griff er meist nach ihrer Hand, aber er wusste nie, ob das eine Wirkung hatte, und sie drückte seine Hand immer nur kurz und ließ dann los.

Jesus saß nach einem solchen Versuch eines Abends auf seinem Bett, starrte auf seine Hände und versuchte sich all die Zeiten in

Erinnerung zu rufen, in denen er gedacht hatte, spürbar jemanden geheilt zu haben.

Es hatte mit Yas' Menstruationsbeschwerden begonnen, die so stark geworden waren, dass sie drei Jahre lang regelmäßig schwänzen musste, denn sie traute sich nicht, ihrem Vater davon etwas zu sagen. Sie lag dann zusammengekrümmt im Bett und starrte mit hartem Gesichtsausdruck ins Nichts. In der Zeit, als sie in Jesus verliebt gewesen war, hatte er einmal die Hände auf ihren Bauch gelegt, und sie hatte gesagt, die wären wunderbar warm, und dann war sie eingeschlafen.

»Die Schmerzen sind weg!!!«, hatte sie ihm später geschrieben.

Nach weiteren unauffälligen Testläufen hatte er sich zumindest bei ihr der Wirkung seiner Hände versichert und versteckte seine regelmäßige Hilfe hinter dem Hantieren mit einer Wärmflasche oder dem Bringen von heißem Tee. Yas schwänzte die Schule nur noch, wenn sie Lust darauf hatte.

Und da war noch die Sache mit Nico gewesen, einem Klassenkameraden. Der hatte im Sportunterricht die Stange eines zersprungenen Trampolins ins Gesicht bekommen. Es war so schnell gegangen: Nico hatte auf dem Boden gelegen, das Gesicht blutverschmiert, Jesus und sein bester Freund Gio hatten ihn gehalten, die anderen Jungs dicht um sie herum. Als der Arzt kam, hatte der sofort erkannt, dass eine Menge Blut aus Nicos Mund geflossen war. Aber das Loch, das vorher in Nicos Wange geklafft hatte, das war nicht mehr da. Vier Jungs schworen später, die Wunde gesehen zu haben, und fünf andere sagten, sie wäre nie da gewesen; am auffälligsten vertreten von Gio. Nico wurde zur Untersuchung noch einmal ins Krankenhaus gebracht; die Ursache für das viele Blut wurde nicht mehr gefunden.

Und schließlich – in Jesus zog sich hier etwas zusammen – das kleine Kind an der Ampel an einer Verkehrsstraße in Mitte. Jesus hatte sein Fahrrad zu der einen kleinen Werkstatt dort gebracht, mit der Absicht, danach Gio zu treffen.

Er griff nach seinem Handy und rief das Video auf, das noch in seiner Browsergeschichte gespeichert war. Das Bild war nicht besonders gut, das Video war aus der Ferne aufgenommen worden, aber das Wesentliche war zu sehen.

Das Kind wurde von einem Auto getroffen und vielleicht zehn Meter die Fahrbahn entlanggeschleudert. Sein Körper schlitterte über den Boden und lag dann still. Eine Gestalt tauchte im Video auf, rannte zu dem Kind. Einen Moment passierte nichts, die Kamera hatte Schwierigkeiten zu fokussieren. Dann stand das Kind plötzlich auf, man konnte sein lautes Weinen hören. Aber es schien ohne jede Verletzung zu sein. An der Hand der Gestalt lief es aus dem Winkel der Kamera.

Jesus hatte für ein Gespräch mit der Polizei an der Unfallstelle bleiben müssen. Als Gio ihn abgeholt hatte, hatte Jesus so mitgenommen ausgesehen, dass sie das Fitnessstudio ausfallen ließen und direkt zu Gio fuhren. Spät abends, die Decke bis zum Kinn gezogen, hatte er ihm von seiner Angst erzählt: dass das Kind hätte tot sein können, hätte tot sein müssen. Sein Freund hatte ihm lange zugehört, das hübsche Gesicht konzentriert. Sie hatten Theorien ausgetauscht, warum das Kind am Leben geblieben war.

»Es war so hässlich, dass Gott es wieder zurückgeschickt hat«, hatte Gio gesagt. Jesus hatte lachen müssen. Die Anspannung in ihm hatte sich gelöst.

Peter, wie der Blonde hieß – wenn es nach Yas ging, hätte er auch ‚der Blonde' bleiben können –, lag quer über dem Bett, ein breites, haariges Bein über Jesus' Körper gelegt, und so wachte Jesus auf. Mit Peters Nähe war das Bett eine Spur zu warm; er schob sich vorsichtig aus der Beinschere und setzte sich auf. Sein Kopf tat weh, Jesus massierte sich die Schläfen.

Wie gut es sich angefühlt hatte, mit Peter für ein paar Wochen zu verschwinden, dachte er. *Die Wohnung für uns, die Schule weiß Bescheid wegen Mama, kein Erwachsener nervt.* Er sah zu dem anderen Mann im Bett. *Keine Ahnung, wo das hingeht mit uns.* Er mochte

Peter sehr gern, aber im Grunde war er gerade eben in sein Leben gefallen.

Außerdem hatte Jesus einmal geträumt, dass ... na ja. Einmal hatte er von Gio geträumt.

Er griff nach einem zerknitterten Zettel auf dem Nachttisch.

Komm endlich wieder raus
Deine Mama will dich sehen
Ich will dich sehen!!!
Yas

Jesus lächelte.

Sie hatten gestern Maryam kurz besucht. Diese hatte sich bei Peters Anblick an ein paar Herrenwitzen versucht, aber dann aufgegeben und über Kopfschmerzen geklagt. Peter hatte es gelassen hingenommen.

Maryam ging es schlechter. Die Gespräche mit den Ärzten wurden eindeutiger.

»Hospiz«, sagte Maryam. »Jetzt guck doch nicht so!«

Draußen ballten sich grau die Wolken zusammen; es sah nach einem Gewitter aus. Jesus stieg in seine Laufklamotten und verließ die Wohnung.

Dem seltsamen Paul Simon war Jesus nicht mehr auf dem Feld begegnet. Stattdessen hatte er noch mehrere Briefe von ihm bekommen, die manchmal wie Bitten klangen und manchmal wie Drohungen: Er müsse seine Verantwortung vor der Welt erkennen. Jesus hatte Maryam nichts von alledem erzählt.

Er lief los; in der Ferne rollte der Donner. Wenige Minuten später war das Gewitter über ihm. Weiß rannen Blitze über den Himmel. Jesus' Herz schlug hart und er wurde schneller, er begann zu sprinten –

Gott kam zu ihm in Wolken und Donner. Jesus hatte den Takt seiner rennenden Füße gerade noch auf dem Boden gespürt und jetzt spürte er ihn nicht mehr. Eine Stimme sprach zu ihm, während ein Teil seines Gehirns sich noch fragte, ob er gerade stürzte.

»Du bist mein Sohn.«

Ich würde gerne hinunter, war das einzige, woran Jesus denken konnte, aber er wusste nicht, wo unten war. Finsternis und Licht hatten sich um ihn verdichtet. Seine Füße hatten wieder Halt gefunden, aber er wusste nicht, worauf.

»Die Welt ist voller Sünden«, sagte die Stimme. »Sie muss beendet werden, um einer neuen Welt Platz zu machen. Ich habe dich erschaffen, geboren von einer menschlichen Frau, um diese Welt von ihren Sünden zu reinigen, um sie zu heilen. Ich habe mich dir in Träumen und Zeichen angekündigt, um dich vorzubereiten. Willst du nun endlich verstehen, wer du bist?«

Jesus sagte nichts; ihm war schwindelig. Er dachte an seine Träume, die das Ende seiner Welt heraufbeschworen hatten, Szenen der Verwüstung und Szenen einer Wiederneumachung, wie eine weiße Seite, auf der noch nichts stand, fehlerfrei.

»Gab es das nicht alles schon?«, fragte er endlich. »Den ganzen Plan, vor zweitausend Jahren, mit dem richtigen Jesus?«

Er war nicht sehr bewandert in christlicher Religion, aber auch er kannte Weihnachten und Ostern. Er traute sich endlich, den Kopf zu heben, und blickte auf etwas, das mehr Licht war und mehr Dunkelheit, als er fassen konnte.

Was er sah, kam direkt aus seinen Träumen.

»Ich habe einen neuen Plan«, sagte Gott/Licht/Dunkelheit. »Er ist gründlicher; er ist allumfassend und allbeendend. Alles wird vergehen, was sich mir nicht ergibt.«

Jesus schloss die Augen.

Ich habe auch noch andere Träume, vergewisserte er sich im Stillen. *Träume von Mama, von Peter, Yas, Gio. Wo bleiben sie in diesem Plan?*

»Ich weiß nicht, ob ich bereit dazu bin«, sagte er. »Ich bin gerade mal achtzehn. Ich gehe zur Schule, ich habe Freunde, die mir wichtig sind.«

Er hatte das Gefühl, er müsste in dem Licht vergehen. Und dann traf ihn plötzlich eine Erkenntnis.

»Wenn all das stimmt«, begann Jesus, »wenn du Gott bist und ich dein Sohn bin, und ich kann in deinem Auftrag Menschen heilen ... Können wir dann auch meine Mutter heilen?« Jesus' Herz raste. Er war nicht bereit, er hatte Angst, er wollte seine Freunde nicht verlieren. Aber die Vorstellung, Maryam könnte am Leben bleiben, wuchs in ihm heran und wurde zum Maul eines Tieres, das an dem riss, was er für die drohende Wahrheit gehalten hatte.

»Alle Wunder geschehen mir zur Ehre«, sagte Gott, und Jesus fühlte sich an einer Schwelle stehen, an der Schwelle von – was auch immer. Seine Anspannung drohte ihn zu überwältigen. Er wusste im Grunde nicht, wozu er bereit und willens war. Er wusste nur, dass er eine bestimmte Sache hören wollte, nur eine.

Der Gott der Schwelle, des Lichts, der Dunkelheit hielt ihn in seiner Umklammerung. Aber es kam nichts mehr von ihm, kein Laut, kein Wort, keine beruhigend-beunruhigende Vergewisserung.

Die Schwelle verschwand. Der Schwindel traf Jesus mit voller Wucht.

»Meine Mutter wird also sterben«, sagte er.

Eine Stille trat ein, in der er das Rauschen seines Blutes in den Ohren hörte.

»Das kann nicht sein«, flüsterte Jesus.

Seine Kehle schwoll zu und er riss die Hand zum Gesicht, aber er konnte die Tränen nicht aufhalten. In dem Versuch sich zusammenzureißen kämpfte er damit, noch etwas zu sagen. Eine Klage brach aus ihm heraus.

Der Gott des Todes fiel aus seiner Welt. Das Licht verging, die Dunkelheit übernahm und schloss den Jugendlichen in ihre Arme.

Jesus erwachte und er lag auf dem Feldweg, auf seinem rechten Knie eine frische rote Schramme und Salzgeschmack im Mund. Die Sonne ging auf.

Katharina Stein

An ungeraden Tagen

Der Hund bellt nur an ungeraden Tagen. Der blöde Kläffer hasst dich, hasst eigentlich alle Menschen und heult und faucht, wann immer jemand durch den Flur geht. Auf dich hat er es ganz besonders abgesehen, ist kaum noch zu beruhigen. Aber an geraden Tagen gibt er keinen Ton von sich, egal, wie lange du vor der Tür stehen bleibst und auf ihn wartest.

An geraden Tagen bleibt auch dein Briefkasten leer. Du hast noch nie einen Brief an einem 2. oder 4. oder 18. des Monats bekommen, und die Daten in der Kopfzeile sind ebenfalls ewig ungerade: 5. Mai. 23. September. 31. Januar.

Du lädst dein Handy nur jeden zweiten Abend auf. Du hast es aufgegeben. Nachrichten, die du an geraden Tagen schreibst, werden nicht abgesendet. Eher bricht das Netz komplett zusammen, als dass irgendetwas durchgeht, und Kommentare, die du an diesen Tagen hinterlässt, werden von niemandem gelesen.

Ein bisschen Verschwinden – wie viele Menschen sich das wünschen, wie viele sich gern für einen Moment aus der Welt tilgen lassen würden, um ihren Problemen zu entfliehen. Du hast Erfahrung mit dem Verschwinden, bist ungewollt Expertin darin geworden. Es ist nicht so glamourös, wie die Menschen es sich vorstellen. Die Probleme warten, wo und wann immer man wieder auftaucht. Sie sind geduldig.

Was auf dich wartet, ist immer gleich, auch wenn deine Umstände sich ändern: keine Erinnerung an dein Fehlen, aber ein Gefühl, schuldbewusste und vorwurfsvolle Fragen nach den Stellen, an denen die Erinnerung der anderen leer bleibt, und nach den Aufgaben, die du nicht schaffen kannst, wenn du nur jeden zweiten Tag wirklich existierst. Oder Blicke, Zweifel und Misstrauen, bis zu Enden, die vor der Zeit kommen. Dass du an ungeraden Tagen die Aufmerksamkeit auf dich ziehst, wo immer du hingehst, macht die Sache sogar schlimmer, denn dein scheinbares Fehlen zwischen diesen Tagen fällt nur noch schwerer ins Gewicht.

Eigentlich hast du dich mit dieser Lebensweise arrangiert, aber die Sehnsucht bleibt, normal zu sein, einmal einen Tag zu erleben, der außerhalb der Reihe liegt. Für dich gibt es kein Weihnachten, kein Päckchen unterm Baum. Am nächsten Tag sind alle darüber erschrocken und verlegen, nur um dich am übernächsten erneut zu übersehen. Du kennst es nicht anders, auch wenn du es erst spät verstanden hast; es tut fast gar nicht weh.

Letztes Jahr hast du zum ersten Mal so etwas wie ein echtes Weihnachten erlebt. Du hast ein Mädchen kennengelernt im August und es geschafft, dass sie dich im September noch immer treffen will. Das hat zum ersten Mal funktioniert; du lernst langsam, wie du Freundschaften aufbauen kannst, auch ohne, dass du ständig existierst.

Ihr habt euch am 23. Dezember getroffen, sie ist extra für dich erst am nächsten Morgen zu ihrer Familie gefahren. Extra für euch hatte sie einen kleinen Plastikbaum besorgt, das Lametta länger als die Zweige, und ihn völlig überladen. Ihr habt kitschige Weihnachtslieder mitgegrölt, und bevor es Mitternacht wurde, wart ihr mehr als Freunde. Am nächsten Morgen hat deine Familie dir die Tür nicht aufgemacht, nicht einmal die Klingel gehört. Du bist zurück in deine Wohnung gefahren und hast die Feiertage zum ersten Mal allein verbracht. Es hat geschmerzt, dass es eigentlich kaum anders war als sonst.

An ungeraden Tagen lebst du in vollen Zügen. Du begegnest Menschen, sprichst mit ihnen, schreibst, veröffentlichst, lebst von deinem Blog und deinen Social-Media-Videos. Du hast festgestellt, dass du nicht an geraden Tagen an deinem Content arbeiten darfst. Der Effekt scheint sich zu verschleppen; was du an geraden Tagen bearbeitet hast, ist nicht ganz unsichtbar, aber es läuft schlecht und schwerfällig.

Vielleicht hat es für dich nur diesen einen Weg in die Öffentlichkeit hinein gegeben. Vielleicht muss ein Mensch, der die Hälfte der Zeit verschwindet, an den restlichen Tagen so sichtbar wie nur möglich sein. Vielleicht macht es die geraden Tage erträglicher, zu wissen, dass schon morgen die Welt wieder auf dich schaut und auf dich wartet. Dass du gesehen wirst, wirklich gesehen. Nie existierst du so sehr, wie wenn eine Kamera auf dich gerichtet ist. Die Bilder überbrücken das Vergessen, sie sind deine Zeugen, dass es auch das andere Leben gibt, dass du trotz allem in die Welt dort draußen gehörst.

Es ist nicht einfach, aber ein normaler Job wäre das auch nicht, wenn man so oft vergessen wird wie du. Du hast es ausprobiert und bist gescheitert; wenn du vorgeschlagen hast, nur an ungeraden Tagen zu arbeiten, wurdest du ausgelacht.

Du hast seit neuestem eine Agentur und hast es diesmal geschafft, das zur Bedingung zu machen. Zuerst hat deine Agentin dich nicht ernstgenommen, aber du hast darauf bestanden und deine Followerschaft ist groß genug, dass sie sich zähneknirschend auf deine Bedingung eingelassen hat. Keine Events, keine Termine an geraden Tagen, auch wenn sie es nicht verstanden hat.

Mit ihrer Hilfe entwickelst du dich weiter. Du stehst seit Wochen als Erstplatzierte für einen Medienpreis fest. Er wird am 6. Juni verliehen werden, aber du weißt schon jetzt, dass er jemand anderem gegeben werden wird. Dass es am Tag darauf Verwirrung und Artikel geben wird. Die Website mit den Nominierungen hat alle paar Tage technische Schwierigkeiten, so schlimm, dass man in der Presse schon darüber hergezogen ist.

Deine Agentin hat sich die Besucherstatistik deines Blogs angeschaut. Sie hat gestarrt, den Mund geöffnet und geschlossen, ihre Verwirrung schließlich hinter geübt-professionellem Lächeln verborgen. Schmale Lippen, hochgezogene Augenbrauen. An geraden Tagen hat deine Website keine Besucher, bekommen deine Posts keinen einzigen View. Am Ende eures Treffens hat sie dich gefragt, ob daher dein Aberglaube kommt.

Jetzt ist es Juni und du lernst, dass du mit den Freundschaften eine Grenze erreicht hast. Dein Weihnachtsmädchen ist bereit für den nächsten Schritt, will zusammenziehen und gemeinsame Fotos von euch an die Wände hängen, etwas Statischeres als Treffen, mal bei dir, mal bei ihr, alle paar Tage. Dass du den Rest der Zeit oft in ihrer Nähe bist, bemerkt sie nicht. Dass sie fremdgegangen ist an einem geraden Tag, kannst du ihr noch immer nicht verzeihen, auch wenn es nicht ihre Schuld war. Davon abgesehen kannst du ihr ohnehin nicht bieten, was sie gern hätte. Wie kann man jemanden lieben, den man alle zwei Tage vergisst?

Du spürst erst jetzt, dass etwas sich verändert hat, seit dein Blog begonnen hat zu wachsen. Du bist glücklicher als je zuvor gewesen und das letzte Jahr war das beste von allen. Es hat so viel für dich bedeutet, endlich so etwas wie ein echtes Leben zu haben, dass die geraden Tage überdauert. Jetzt testest du wieder die Grenzen deiner Unsichtbarkeit aus, suchst nach Lücken und Schlupflöchern und findest keine. Du klaust, zwanghaft, in Geschäften, in denen das eigentlich nicht möglich sein sollte. In Juwelierläden nehmen dich die Sicherheitskameras nicht auf, egal, wie sehr du dich bemühst. In einer Bank bist du einem Mitarbeiter gefolgt, hast ihm in den Nacken geatmet und die Tastenkombination zum Tresor von seinen Fingern abgelesen, ohne dass er dich bemerkt hat.

Du könntest in ein Museum gehen und einen Alten Meister von der Wand heben, vermutlich würde nicht einmal die Alarmanlage losgehen. Aber das geht zu weit, das fühlt sich einfach nicht richtig an. Dem System zu schaden, stört dich nicht; aber etwas wegnehmen, das allen gehört, das geht zu weit.

Du kannst an geraden Tagen nur einen Eindruck in der Welt hinterlassen, solange er nicht zu dir zurückzuverfolgen ist. Als die Einsamkeit am letzten Heiligabend unerträglich wurde, bist du losgegangen und hast Geschenke für deine Nachbarn besorgt, bist vorbeigegangen an der Wohnung mit dem schweigenden Köter, hast genutzt, was du von den Leuten gehört hast, als sie nicht bemerkt haben, dass du da bist, und allen etwas hinterlassen, das sie brauchen. Sie haben noch tagelang davon gesprochen, manche haben dich an ungeraden Tagen sogar im Verdacht gehabt. Bis heute wissen sie nicht, dass du es warst. Du wirst es ihnen nicht sagen – zu groß das Risiko, dass die Dinge auf die übliche, unscheinbare Weise verschwinden würden.

Die Technik sieht dich noch immer; so ganz hast du die Grenzen bisher nicht verstanden. Seifenspender mit Sensoren und automatisch öffnende Türen reagieren auf dich, aber du kannst kein Geld von deinem Konto abheben. Du kannst mit ChatGPT sprechen und dein Strom wird nicht ständig abgeschaltet, aber du kannst keine Dokumente speichern. Fernseher und Lichtschalter und Zeitschaltuhren übersehen dich nicht.

Du weißt nicht, warum du bist, wie du bist, aber wer kann das schon über sich sagen? Du bist ein Mensch, so viel weißt du. Ein Mensch, der bei bewölktem Wetter einen gepunkteten Regenschirm mitnimmt, ein Mensch, der Schokopudding liebt und Fischstäbchen hasst, ein Mensch, der vertraut und atmet und fühlt und existiert. Trotz aller Widersprüche, trotz allem Übersehenwerden. Du hast gelernt, was es bedeutet, einen Menschen nicht zu sehen, und was es braucht, um ihn wirklich wahrzunehmen. Also gehst du los und suchst nach den tausend Facetten, die du in anderen siehst und in dir selbst wiedererkennst. Du zeichnest deine Begegnungen auf und erzählst davon. Von den tausend Arten, wie auch sie übersehen werden, ohne wie du zu verschwinden, wie sie weiter existieren in ihrem ganzen Sein und trotzdem nicht ganzda sind. Du machst sie wirklich, einen Blogpost, ein Video lang. Es sind nicht die Leerstellen, die einen Menschen ausmachen, sondern das, was sie überdauert. Und das ist es, was du mit der Welt teilst, teilen musst – an ungeraden Tagen.

Nora Deetje Leggemann

Linde und Knoblauch

1

Sie hatte auf den Treffpunkt am Kanal bestanden, weil sie sicher war, dass er seit seiner Trennung tagein, tagaus in der halbleeren Wohnung hockte, und als er jetzt durch den Nieselregen auf sie zukam, verhärteten seine Augenringe, das strähnige Haar und der offene Sommermantel ihren Verdacht.

»Riechst du den nahenden Frühling?«, fragte sie zur Begrüßung und hoffte, dass ihn das aufheitern würde.

Er winkte ab. »Ein Klischee. Die Hundescheiße auf den Gehsteigen ist noch nicht einmal aufgetaut. Gerade eben bin ich in einen Haufen getreten. Guck, nichts passiert.«

»In deiner Literatur ist es vielleicht ein Klischee«, sagte sie, nur ein bisschen beleidigt, denn angesichts seiner Situation bezog sie seinen schroffen Ton kaum auf sich. »In echt kann man den Frühling schon im Februar riechen.«

»Gut siehst du aus«, lenkte er ein.

Sie hob ihren Regenschirm, sodass er mit darunter passte. »Schön, dich zu sehen.«

Er war ihr dankbar dafür, dass sie gar nicht erst versuchte, sein Kompliment zu erwidern. Ihre Abneigung gegen jede Art von Verstellung hatte ihn gleich für sie eingenommen. Sie hatten sich bei einer Mitfahrgelegenheit von Köln nach Berlin kennengelernt, er war von einer ebenso schlecht bezahlten wie besuchten Lesung zurückgekehrt, sie von einer unendlich langweiligen Fortbildung, und während der achtstündigen Autofahrt hatte er sein Bestes gegeben, sie mit Anekdoten aus seinem mäßig erfolgreichen Schriftstellerdasein erst bei Laune und dann wach zu halten. Seitdem trafen sie sich alle drei Monate für ein paar Stunden an unterschiedlichen Orten der Stadt. Beide genossen sie es, darüber hinaus keinerlei Berührungspunkte mit dem Leben des anderen zu haben. Zwei Menschen, die nichts mitbrachten als ihre Worte, um dann ohne Verpflichtung wieder auseinanderzugehen. Ihr gegenüber hatte er nie das Bedürfnis, sein Leben besser darzustellen, als es war. Natürlich hatte er ihr auch von Jojo erzählt.

»Wollen wir?«, fragte sie.

Er sah zum verhangenen Himmel hinauf und dann an seinem viel zu dünnen Mantel hinab. »Wir gehen spazieren?«

Demonstrativ breitete sie die Arme aus und atmete tief in den Bauch. »Frischluft soll die beste Medizin sein.«

»Darf ich mich wenigstens einhaken? Um mich zu stützen. Als Frischluftpatient.«

Sie hielt ihm den Arm hin. »Darf ich fragen, wie's geht?«

Einen Augenblick lang betrachtete er das graue Kanalwasser, in dem einsam ein Coffee-to-go-Becher trieb. »Besser nicht.«

Die ersten Minuten gingen sie schweigend, bis er aufschreckte und sie von der Seite ansah. »Bei dir?«

Zögerlich begann sie, vom Ende ihrer letzten Liebschaft zu erzählen, und weil das Thema bei ihm keine Wunden aufzureißen schien, wurde sie ausführlich. Noch war sie unschlüssig, wie sie die gerade beendete Liaison einordnen sollte. Nach langen Jahren des bewussten und glücklichen Singlelebens war in ihr erst kürzlich der Wunsch nach einer festen Beziehung erwacht, und sie war froh über jede Gelegenheit, sich darüber auszutauschen. Er hörte mit ganzem Körper zu, die Schultern geöffnet und den Kopf leicht zur Seite geneigt, das gefiel ihr an ihm. Schriftsteller hatte sie sich immer anders vorgestellt, selbstbezogener, langweilig. Nur das lange Haar und die schlechte Kleidung passten.

»Wie manipulierbar wir sind«, sagte sie, als sie unter ihrem Schirm Schulter an Schulter die Brücke am Kanaldreieck überquerten und durch die einsetzende Dämmerung Richtung Park liefen. »Sein

Aftershave hat sich optimal mit seinem Schweiß vermischt, irgendetwas Normales for men, und es hat mich rasend gemacht, dass ich genau so darauf reagiere, wie die Hersteller es vorsehen. Die Wut hat mich dann nochmal ein Stück hochgefahren. Solchen Sex hatte ich in all den Jahren nicht.«

Er hätte ihr endlos zuhören können. Ihre Art, mit Beziehungen und Affären umzugehen, gab ihm eine Ahnung davon, dass Sex und Liebe sich noch anders angehen ließen, als er es bisher getan hatte. Es erleichterte ihn auf eine schwer zu beschreibende Art.

»Unter dem Parfüm roch er immer ein bisschen nach dem Essen seines Restaurants«, erzählte sie zwischen den kahlen Sträuchern und verlassenen Bänken des Stadtparks. »Kartoffeln und Rouladen und French Dressing, und eine Zeitlang dachte ich, da könnte ich mich dauerhaft dran gewöhnen. Aber er wollte keine Kinder. Ich kann mir nicht vorstellen, welche zu bekommen, aber ich kann mir auch nicht vorstellen, später keine zu haben. Was bringt es, jetzt in so eine Beziehung zu investieren?«

»Die Investition lohnt sich nie«, sagte er und rupfte eine verschrumpelte Hagebutte von einem Zweig ab. »Ob mit oder ohne Kinder, irgendwann hat es sich ausgevögelt.«

Sie fand ihn zynisch. »Du bist verletzt«, sagte sie. »Gib dir Zeit.«

Er war überzeugt, dass Zeit keinen Einfluss auf seine Erkenntnis haben würde, gönnte ihr aber ihren Optimismus. Den Rest des Weges durch den Park gingen sie schweigend. Er hing seinen Gedanken an Jojo nach, sie genoss den Geruch der steigenden Säfte in den kahlen Bäumen, den sie deutlich in der Luft wahrzunehmen vermeinte. Im Labor fühlte sie sich hinter ihrem Mundschutz manchmal ganz abgestorben. Der Schritt nach draußen war wie eine Auferstehung.

Als sie aus dem Park auf die Straße traten, blinzelten sie beide ob der Lichter von Autos und Ampeln, die auf dem nassen Asphalt glitzerten. Ihre Turnschuhe waren feucht geworden, er fror erbärmlich in seinem dünnen Mantel. Nur die Stelle, wo sein Arm in ihrem lag, war warm.

Vor der Station, von der aus er die S-Bahn direkt nach Hause nehmen konnte, erleuchtete eine Straßenlaterne den tropfenden Ast eines Straßenbäumchens. Erfreut deutete sie darauf. »Siehst du die Knospen? Die riecht man. Es knospt unter den Blättern. Das nennen sie Winter. Von wem ist das nochmal?«

»Hilde Domin. Allerdings heißt es Herbst.«

»Bald beginnt der Düftemarathon. Zuerst blühen die Obstbäume und Schlehen im Park, die sieht man, aber man riecht sie kaum. Dann kommen die Zierkirschen bei mir hinter Lidl, da duftet die schiere Masse. Danach der Flieder, und dann überall in der Stadt die Robinien und der Holunder. Zum Schluss kommen die Linden. Da wird sogar die Luft klebrig, nicht nur die Autos und Straßen.«

Er fand das kitschig.

Sie rümpfte die Nase, fing sich aber rasch wieder und fragte, weil sie es bisher vergessen hatte, nach seinem Roman.

Er winkte ab. »Seit Jojos Auszug schreibe ich nur noch Gedichte.«

»Kitschfrei?«

»Eher suizidal.«

Sein Gesicht lag im Schatten, deshalb konnte sie den Ausdruck darauf nicht erkennen. »Ernsthaft?«

Er sah einer Straßenbahn hinterher, die ratternd auf ihrer Trasse hoch über der Straße davonfuhr. »So schlimm ist es nicht. Meistens.«

»Du kannst mich jederzeit anrufen«, sagte sie, während sie ihn zum Abschied umarmte.

»Und unseren heiligen Vierteljahrestakt unterbrechen?«

»Wirklich.« Einige Augenblicke lang hielt sie ihn an den Oberarmen fest, bevor sie sich umwandte. »Du kannst dich immer melden.«

Während er durch den stärker werdenden Regen zum Eingang des S-Bahnhofs eilte und sie unter ihrem Schirm summend zur Tram-Station lief, hatte er bereits den ersten Satz für ein neues Gedicht im Kopf, das sich in einer Mischung aus Ironie und Tragik an der Liedzeile *Jeder Mensch ist für immer allein* einer bekannten deutschen Rockband abarbeiten sollte, und sie konnte an nichts anderes denken als an die neue Staffel ihrer Lieblingsserie, die sie gleich warm und trocken auf dem Sofa beginnen würde, und an das Sushi, das sie anschließend mit ihrer besten Freundin in der neuen Bar nebenan probieren wollte. Wie immer drehten sie sich nicht nacheinander um.

2

Sie trug das Haar zu einem unübersichtlichen Haufen hochgesteckt und dazu eine merkwürdig geschnittene Leopardenbluse, aus deren Falten bei jeder Bewegung an unerwarteten Stellen tätowierte Haut hervorblitzte. Nur der medizinische Mundschutz um ihren Hals verriet, dass sie geradewegs aus dem Labor kam. Eine knallgrüne Tasche baumelte an ihrem Arm. Immer wieder erstaunte es ihn, dass man in einem derart sterilen Beruf derart extravagant herumlaufen konnte, und wie immer fühlte er sich im nächsten Moment von sich selbst ertappt. Gab nicht er bei abendlichen Gesprächen gern zum Besten, in puncto Fantasie reiche niemand der Wirklichkeit das Wasser? Keine seiner Figuren oszillierte wie sie.

»Durst«, keuchte sie und quiekte auf, als ihr Po beim Hinsetzen die Stuhlkante traf und sie nur durch einen Griff an seinen Oberschenkel verhindern konnte, zur Seite zu kippen.

Er legte den Stift weg, mit dem er gerade noch in sein Notizbuch geschrieben hatte, und rieb sich die schmerzende Stelle. Mit der anderen Hand hob er sein Glas. »Quitten-Kirsch-Limonade. Trink ich hier immer.«

»Klingt eklig.« Sie nahm ihm das Glas ab und schwenkte es in Richtung Bedienung. »Auch noch eine?«

Der heraneilende Kellner drehte bei, als sie ihm zwei Finger entgegenstreckte, und verschwand im Café. Während sie bedächtig eine zerzauste Strähne zurück in ihren Haarwust sortierte, wanderte ihr Blick über die umsitzenden Gäste und blieb an einer Frau im Schafspelz hängen, die in der Ecke beim Eingang in einem zerfledderten Taschenbuch las.

Verschwörerisch beugte er sich vor. »Jeden Tag sitzt sie mit diesem Buch auf genau diesem Platz, jeden Tag in komplett neuem Look. Als würde sie sich abends verpuppen, um morgens als jemand anderes zu schlüpfen. Aber ihre Gewohnheiten verraten sie.«

Amüsiert sah sie ihn an. »Schreibst du hier alle deine Gedichte?«

Er hatte sich vorgenommen, erst darüber zu sprechen, wenn er mindestens fünfzig Seiten geschafft hatte.

»Ich arbeite derzeit an etwas Autobiografischem«, sagte er ausweichend. »Vielleicht sowas wie ein Essay.«

Sie legte die Hände flach auf die Tischplatte und sah ihn unverwandt an.

Kapitulierend hob er die Schultern. »In einer Art Selbstbefragung versuche ich herauszufinden, ob es bei Jojo und mir diese eine Sache gab, die man hätte anders machen können. Oder ob alles von vorneherein schon zum Scheitern verurteilt war.«

»Und?«

»Ich sammle noch.«

In den letzten Tagen habe ihn vor allem die Erinnerung an ihre erste Nacht beschäftigt, wie sie morgens nackt an Jojos Laptop einen Pizzaservice googelten. Es habe ihn wahnsinnig gemacht, wie sie den Cursor in suchenden Kreisen über den gesamten Bildschirm bewegte. Irgendwann habe er es nicht mehr ausgehalten und ihre Hand vom Touchpad geschoben. Es habe ihn damals selbst erstaunt, dass sie danach ein weiteres Treffen mit ihm gewollt hatte, und dann noch eins und noch eins.

»Vielleicht ist genau das das Entscheidende an dem Projekt.« Über den Nachbartisch hinweg nahm er vom Kellner die vollen Gläser entgegen. »Das Ungewisse aushalten. Schwungvoll lostaumeln und schauen, was kommt.«

Sie trank einen Schluck von ihrer Limonade, verzog das Gesicht und lächelte. Zum ersten Mal fiel ihm auf, wie stark sich ihre Nasenflügel dabei blähten. »Das klingt doch schon nach einer ziemlich guten Erkenntnis.«

»Und du?«, fragte er. »Wie ist die Luft auf Wolke sieben?«

Bei einer Plattitüde wie dieser hätten seine Schriftstellerfreunde mindestens die Augenbrauen gehoben, sie aber schien sie nicht einmal zu bemerken. Auch deshalb fiel es ihm so leicht, sich in ihrer Gegenwart zu entspannen.

Nachdenklich sah sie zur gestreiften Markise hinauf. »Ich überlege noch. Ich überlege noch, wie am besten Schluss machen. Ich will ihm nicht wehtun.«

Er war ehrlich erstaunt. »Deine WhatsApp vorletzte Woche klang so euphorisch!«

Sie warf die Arme in die Luft, wodurch seitlich ein Stück buntgemusterter Brustansatz sichtbar wurde, und begann, ihm die Pros und Contras ihres Noch-Liebhabers darzulegen. An den Nebentischen wurden Gläser geleert und Rechnungen geordert, neue Gäste kamen und gaben ihre Bestellungen auf. Der Kellner trat auf einen im Weg herumliegenden Pekinesen, schimpfend verließen die Besitzer mit dem zitternden Hund das Lokal.

»Und weißt du, was ich gar nicht mag?« schloss sie ihre Liste. »Wenn jemand beim Sex keinen Spaß versteht. Ab und zu mal ein Scherz, come on! Aber er starrt mich an wie ein Golden Retriever. Einmal hätte ich mittendrin fast einen Witz erzählt. Treffen sich zwei – Du lachst! Ganz sicher hätte er komplett seine Erektion verloren.«

»Und die ist wichtiger als Spaß. Für den Spaß.«

Sie verdrehte die Augen und wies mit einem silbern beringten Zeigefinger zur Straße hinüber. »Riechst du das? Die Linden blühen. Einerseits fängt jetzt der Sommer an. Andererseits geht damit meine liebste Duftsaison zu Ende und kommt erst nächstes Jahr wieder.«

»Immerhin kommt sie wieder. Man kann nicht alles haben.«

»Noch immer so zynisch.«

»Nein, wirklich.« Beschwichtigend berührte er ihre Hand mit den violetten Nägeln, die nun zwischen den Gläsern auf dem Tisch lag. »Ich habe es sogar vor ein paar Tagen selbst bemerkt. Sie riechen wunderbar.«

Sie lächelte und zog ihr Smartphone aus der Tasche. »Ich habe ein Plakat gesehen, das dich interessieren dürfte. Mit Literatur.« Ihre Nase zuckte, während sie konzentriert auf dem Display herumwischte, und er spürte eine Erwartung in sich aufsteigen, die ihm angesichts eines abfotografierten Plakats etwas übertrieben erschien.

3

Sie hatte sich auf kahle Wände, muffige Kisten und riesige Bücherstapel eingestellt. Als sie in die Wohnküche mit den blühenden Topfpflanzen und den gerahmten Schwarzweißbildern an den Wänden trat, konnte sie ein überraschtes »Oh« nicht unterdrücken. Obwohl es gegen ihre Tradition verstieß, hatte er ihr unbedingt die neue Wohnung zeigen wollen, und weil sie neugierig war, wie er lebte, hatte sie eingewilligt.

Stolz wies er auf die breite Fensterfront hinter der Couchgarnitur. »Warte, bis du den Balkon siehst!«

Sie trat vor ihm durch die Tür und schnupperte in die Luft. Unter ihnen pulsierte mit Lichtern und Rufen der Kiez. Man konnte bis zum Fernsehturm sehen.

»Schade«, sagte sie. »Es riecht überhaupt nicht nach fallendem Laub und feuchter Erde. Auf dem Weg hierher konnte ich im Herbst quasi baden.«

»Hast du deshalb all diese Blätter im Haar?«

»Im Park musste ich pinkeln.«

»Dafür riecht man die Joints meiner Nachbarn sehr deutlich.«

Sie lachte. »Immerhin ein bisschen Botanik.«

Zurück in der Wohnung fiel ihr der akkurat positionierte Papierstapel in der Mitte seines Schreibtischs auf. In einem Anfall von Mut hatte er am Vortag erstmals seit Monaten seine Romandatei geöffnet und sofort ausgedruckt, auch wenn ihm aus jeder Zeile die Vertracktheit seiner vergangenen Beziehung entgegenschrie.

»Ich denke darüber nach, deinen Düftemarathon als Leitmotiv einzubauen.« Er beobachtete, wie sie mit schief gelegtem Kopf den Titel studierte. »Wäre das für dich okay?«

Zwei Grübchen erschienen auf ihren Wangen. »Ich mache daraus bestimmt kein Buch.«

Mit dem Zeigefinger strich er das Blatt einer Orchidee entlang, die neben ihm auf der Fensterbank wuchs. »Die Sache mit deinen Düften hat mich in den letzten Monaten geerdet. Mir geholfen, endlich neu anzufangen.«

Jetzt flatterten ihre Nasenflügel ein wenig. »Ja, nicht? Riechen ist magisch!«

Er sah wirklich verändert aus, das war ihr schon an der Wohnungstür aufgefallen. Er hatte sich das Haar schneiden lassen und offenbar in einem weit schickeren Bekleidungsgeschäft eingekauft, als er es sonst zu tun pflegte. Es stand ihm. Sie hatte eine heimliche Schwäche für Rundhalspullover und ausrasierte Nacken.

In der Küchennische schenkte er Weißwein in Gläser und reichte ihr eines. Während er zwischen Kühlschrank und Spüle herumwerkelte, wanderte sie von Foto zu Foto und nippte an ihrem Wein.

»Schon verrückt«, sagte sie, als sie die Wände einmal abgelaufen war und wieder bei ihm ankam. »Alles ohne Jojo. Ein kompletter Teil deines Lebens einfach gestrichen.«

»Alles andere wäre zu schmerzhaft gewesen.«

»So geht's?«

Er nickte. »Ist Tagliatelle ai Funghi genehm?«

Sie lehnte sich neben ihn an den Tresen. »Ohne Sahne bitte. Und vergiss nicht den Knoblauch.«

Er hatte sie immer für eine Vegetarierin gehalten. »Ich kann schnell runter und vegane Sahne holen.«

»Nein, ehrlich. Sahne ertränkt alles in ewigem Einerlei. Ich will die Dinge pur genießen, weißt du? Alles in allen Einzelheiten schmecken. Bereit für neue Entdeckungen sein.«

Er blickte von seinem Schneidebrett auf. »Schwingt da was mit?«

»Was meinst du?«

»Spuck's aus.«

In gespielter Ergebenheit hob sie die Hände. Bei einer Party hatte sie mit einem befreundeten Pärchen geschlafen. Seitdem erforschte sie die weite Welt des Gruppensexes.

»Die große Liebe!«, schloss sie, als er bereits das Essen auf Teller füllte, und schwenkte ihr Glas, sodass Wein auf ihre Hand schwappte. Sie leckte ihn ab. »Was soll das überhaupt sein?«

Er schmunzelte. »Vielleicht hast du nur die richtige Person noch nicht gefunden.«

»Vielleicht ist das mit der einen richtigen Person einfach Quatsch.«

»Wer ist jetzt zynisch?«

Sie schüttelte den Kopf. »Gar nicht.«

Am Tisch zündete er Kerzen an. Lächelnd breitete sie die Serviette auf ihrem Schoß aus. »Sogar Pizzabrötchen!«

»Bon Appétit. Was ist?«

Sie legte das Brötchen, in das sie gerade gebissen hatte, in den Brotkorb zurück. »Gib mir deine Hand!«

Das Brötchen schmecke parfümiert, fand sie, und seine Hand röche nach Creme. »Vorm Backen nicht die Hände gewaschen?«

Er war ein bisschen beleidigt. »Kannst ja in deinem Labor eine chemische Testung durchführen.«

»Wozu? Der Beweis ist eindeutig.«

»Schnüffelst du immer an den Händen der Köche herum?«

»Nur an ausgewählten.«

Als sie von ihrem Glas aufsah, traf sein ungeschützter Blick sie so unvorbereitet, als sei er gerade überraschend hinter einer Wand hervorgetreten. Noch nie waren ihr die Fältchen um seine Augen aufgefallen. Lächelnd streckte er ihr die Hände entgegen.

»Wie riechen denn deine? Zeig mal.«

Sein Atem kitzelte auf ihren Handflächen.

»Und?«

»Ich weiß nicht. Nach dir? Kann das sein, bei allem, was man mit den Händen so anfasst?«

Eine wohlbekannte Wachheit stieg in ihr auf. Der Raum schien dunkler zu werden, während das Kerzenlicht in seinen Pupillen flackerte.

»Am besten riecht ein Mensch am Hals nach sich selbst«, sagte sie und sah ihn aufmerksam an.

Er zögerte nicht. »Warte, ich komm rüber.«

Seine Kleidung roch frisch gewaschen, und von seinem Kopf ging neben dem Duft frischen Knoblauchs etwas Herbes aus, das sie nicht einordnen konnte. Aftershave? Shampoo?

»Und?« fragte sie.

»Unsicher«, murmelte er hinter ihrem Ohr. »Wo noch?«

»Lass mich überlegen –«

»Hier?«

»Kann sein –«

»Oder da?«

In ihrer Vulva erwachte das Kribbeln. Er zupfte am Rückenteil ihrer Bluse herum.

»Das hier müsste leider weg. Geruchskontrolle –«

»Aye, aye, sir.« Sie zog sich die Bluse über den Kopf und warf sie über den Tisch Richtung Couch. »Für einen reibungslosen Ablauf muss ich dasselbe allerdings von Ihnen verlangen – «

4

Fast wären sie im Gedränge zwischen den Buden aneinander vorbeigelaufen, er genervt ob der Behinderung auf seinem Gang zum städtischen Literaturhaus, wo er bei einer Lesung seinen Regenponcho vergessen hatte, sie voller Vorfreude auf dem Weg zum alljährlichen Glühweinantrinken mit einer Freundin. In der feuchtkalten Luft meinte sie, den ersten Schnee zu riechen. Als sie ihn entdeckte, ließ sie die Hand ihrer Freundin los und breitete, so gut es die schiebende Menge zuließ, die Arme aus. Seltsam steif blieb er vor ihr stehen.

Sie machte einen Schritt rückwärts und musterte ihn. »Alles in Ordnung?«

Nicht nur seine Schultern, sein ganzer Oberkörper zuckte. »Du warst einfach verschwunden. Kein Wort – «

Sie warf einen Blick zu ihrer Freundin hinüber, die sich abwandte. »Dein Geruch«, hätte sie am liebsten gesagt. »Dieser Dunst nach verdautem Knoblauch am Morgen.«

Stattdessen tippte sie auf eine imaginäre Armbanduhr an ihrem Handgelenk. »Die drei Monate.« Sie war nicht sicher, ob ihre Stimme so unbeschwert klang, wie sie sollte. »Die sind doch in zwei Wochen erst um.«

Juan Tramontina

Im freien Fall

Das Gesicht kommt mir irgendwie bekannt vor. Das war ein Gedanke beim Blick nach unten, auf die Wolken, die sich bis zum Horizont erstreckten.

Die Grenzen der Erzählung – sind sie identisch mit der Erzählung dieser Grenzen?, war der andere.

Es gab kein Halten mehr.

Alles begann sich aufzulösen.

***

Die Bahn stand still. Sie stand wirklich still. Nicht nur eine, alle Bahnen standen still. »Die Deutsche Bahn macht heute Urlaub«, trällerte Lucy laut vor sich hin und grinste.

Eine halbe Stunde später las sie die ersten Kommentare auf den Nachrichtenseiten. *Putin war's. – Xi war's. – Alles Quatsch, es ist eine False-Flag-Operation Großbritanniens. – Haben die nicht genug mit dem Brexit zu tun? – Eben deswegen. – Nein, die Bahn war's, denn sie braucht die Zeit für Streckenreparaturen.* Lucy sollte es recht sein – je mehr Theorien, desto besser. Für sie war es ohnehin nur ein Testlauf gewesen.

Sie kippte den letzten Rest kalten Kaffees herunter, sprang auf ihr Bike und machte sich auf den Weg nach Adlershof. Seit zwei Uhr morgens war sie am Rechner gewesen, jetzt saß sie pünktlich zur ersten Vorlesung an ihrem Platz. Es ging doch nichts über perfektes Timing.

***

Lucian schnaufte. Der Kreuzberg war kein richtiger Berg, aber ohne E-Bike türmte sich dieser Hügel für ihn auf wie die vielbeschworenen Pyrenäen. Sollte dies etwa ein Pyrrhussieg werden? Oder doch eine im Werden begriffene Niederlage seiner Beine, unter der am Ende sein Geldbeutel zu leiden haben würde? Ach, dieser Job war ein einziges Leiden.

Deliverando – Im Lieferprozess begriffen, das war das Firmenmotto, und Lucian tat alles, um ihm gerecht zu werden. Er war so gut darin, im Lieferprozess zu bleiben, dass es selten zu einer tatsächlichen Auslieferung der Bestellungen kam. War es etwa seine Schuld, wenn die kalten Speisen am Ende auf seinem heimischen Herd erwärmt und von ihm konsumiert werden mussten? Sicher war dies für ihn kein besonders einträgliches Geschäft. Oder genauer gesagt, wäre es nicht besonders einträglich gewesen, hätte Lucian sich nicht Zugang zur *Deliverando*-Cloud verschafft gehabt.

***

Lucy konnte das Gähnen nicht länger unterdrücken. Am Anfang der Vorlesung war sie noch halbwegs wach gewesen. Mittlerweile drohten ihr dann doch die Augen zuzufallen. Während der Pause vor dem Seminar zu Pattern-Datenbanken für heuristische Suchverfahren schlief sie schließlich auf einer Bank im Flur ein.

Lucy wusste nicht, wie viel Zeit vergangen war, als sie einen Kuss auf der Wange spürte und langsam aus dem Dämmerzustand erwachte.

»Hallo, schöner Mensch, was bringt dich denn hierher?«, hörte sie die Person neben sich sagen. Es war Sheila, natürlich. Lucy lächelte und erfreute sich an der Gesellschaft.

»Komm, lass uns reingehen, das Seminar geht gleich los«, sagte Sheila weiter und half ihr mit der Laptoptasche.

Der Professor war noch mit dem Beamer zugange, als sie im Saal Platz nahmen.

Sheila beugte sich vor und begann, ihr etwas zuzuflüstern: »Du hast das mit der Bahn sicher mitbekommen, oder? Da geht noch immer nichts, und die haben bislang keine Ahnung, wie das passieren konnte. Was meinst du?«

»Keine Ahnung«, stammelte Lucy vor sich hin.

»Ich hab drüber nachgedacht, und damit in allen Regionen gleichzeitig alles zum Stehen kommt, braucht es eine mega-koordinierte Aktion autonomer Gruppen, die gezielt Kabel durchschneiden. Richtig krass!«

Ob dieser Worte war Lucy kurz ein wenig wacher. Innerlich triumphierte sie, und äußerlich konnte sie sich ein Grinsen kaum verkneifen, wovon sie mit einem ausgedehnten Gähnen abzulenken probierte. Sie befürchtete zudem, mit einer Reaktion Sheilas Interesse am Thema anzufachen, weshalb sie einfach stumm blieb.

Ein Weilchen konnte Lucy noch wach bleiben, doch später, als es im Seminar ans Programmieren ging, verließen sie die Kräfte nach und nach wieder.

»Mach mal bitte deinen Schleppi an, ich brauche deinen Code vom Seminar letzter Woche«, hörte sie Sheila sagen. Im Halbschlaf entsperrte sie ihren Rechner. Die Stimmen um sie herum waren wie leise Wellen, die auf sie zurollten und sich wieder zurückzogen. Vor ihrem inneren Auge erfreute sich Lucy am Anblick des Strandes, bis eine Welle ihr plötzlich das salzige Wasser direkt in die Nase spülte. Irgendetwas lief gerade gänzlich falsch. Lucy riss verdutzt die Augen auf. *Oh nein, im Programm steckte noch der Code vom morgendlichen Angriff!* Hastig versuchte sie, Sheila das Gerät zu entreißen. Diese hatte den Laptop jedoch fest im Griff. Lucy bemerkte an ihr eine äußerst grüblerische Miene.

»Was ist das hier für ein Programm?«, fragte sie.

»Ach, nichts«, antwortete Lucy.

»Hatten wir dieses Projekt nicht letztes Jahr gemeinsam begraben?«

»Ja, schon ...« Lucy hob den Blick und sah den Taifun mit seinen meterhohen Wellen auf sich zukommen.

»Diese Lone-Warrior-Masche ist sowas von zum Kotzen!«, sagte Sheila mit bebender Stimme. »Was ist denn los mit dir?! Schon wieder? Haben wir da nicht schon drüber ... ? Und überhaupt: Meinst du, ich erkenne unseren gemeinsamen Code nicht mehr?«

Lucy war mit einem Mal hellwach. »Meine Güte, hast du Anna und Arthur vergessen?«, flüsterte sie bissig, während einige der Mitstudierenden irritiert zu ihnen herüberschauten.

Sheila verstummte schuldbewusst. Dann schulterte sie ihren Rucksack, machte eine entschuldigende Geste dem Professor gegenüber und zerrte Lucy aus dem Saal.

»Ok, Klartext bitte! Hast du die Bahn abgeschaltet?«, fragte Sheila.

»Ich wollte endlich mal was ändern«, sagte Lucy kleinlaut.

»Ja, schon klar: Das System ist scheiße, ich will auch was dran ändern«, entgegnete Sheila. »*Wir alle* wollen was verändern. Oder reicht dir unser Hacking-Club etwa nicht mehr aus?«

»Ach, lass mich doch in Ruhe«, fauchte Lucy, steckte ihren Rechner in die Tasche und verließ das Seminargebäude, ohne sich nochmal umzudrehen.

***

»Hallo? Hören Sie mir überhaupt zu?« Lucian hatte ein schlechtes Gefühl. Nachdem heute Morgen kein einziger ICE gefahren war, hatte seine Chefin mit dem Mietwagen aus Hamburg anreisen müssen. Jetzt war es früher Nachmittag und er saß in ihrem temporären Berliner Büro, dieses Mal mit Blick auf die Spree.

»Entschuldigung, ich musste an das Wetter in der Hansestadt denken«, sagte er. Er war zum ersten Mal nach seiner Einstellung – das war vor etwa vier Monaten gewesen – ins Hauptquartier einbestellt worden, und dann gleich zur Chefin.

»Lucian«, las sie seinen Vornamen aus der Personalakte vor. Er schloss kurz die Augen, konnte anhand ihrer Aussprache nicht so richtig einschätzen, ob sie angeekelt oder doch amüsiert war.

»Ist es aktuell sehr verregnet dort?«, kam es ihm über die Lippen, während er mit ausnehmendem Interesse das große Südfenster betrachtete. Trachtete sie ihm etwa nach dem Leben, seinem Lebensunterhalt? Oder wollte sie ihm doch eine Stelle in Hamburg anbieten? Er hatte gehört, dass dort eine Expansion des Lieferbereichs bevorstand.

»Ich nehme an, du weißt, worum es geht«, redete seine Chefin nonchalant weiter und rückte ihre rahmenlose Brille zurecht. Lucians Stirn legte sich in Falten. Er konnte es nicht leiden, wenn Vorgesetzte einfach ins Duzen übergingen. *Duzi-duzi, freunden wir uns an, auf dass ich dich besser ausbeuten kann.* Bei *Deliverando* war diese Form der Kommunikation Teil der postulierten Firmenkultur.

Im Plauderton erzählte sie ihm eine Anekdote, die sie offenbar sehr erheiternd fand: Ihr eigener Sohn hatte ein Gericht bestellt und die Bestellung war während der Auslieferung verschwunden. Aus die Maus, auch im System nicht mehr auffindbar. Nachdem er seiner Mutter davon erzählt hatte, fand sie in der Datenbank Spuren früherer Beschwerden, oder besser gesagt: Reste von Daten, die mal Beschwerden gewesen sein könnten.

Die Chefin grinste Lucian an. Er fand das Grinsen der Situation überhaupt nicht angemessen. Und in dem kurzen Moment, als sie ihre Brille abnahm, konnte er hinter die Fassade blicken und erschrak darüber, was er in ihren Augen zu erkennen glaubte. Dann setzte sie wieder das verdächtige Grinsen auf und faltete langsam die Brille zusammen. Zusammengefaltet, das hätte auch gut Lucians Gemütszustand beschreiben können. Hatte Gemüt eigentlich etwas mit Mut zu tun? Davon hätte er nämlich gerade mehr brauchen können.

»Gehe ich richtig in der Annahme«, setzte er an, »dass es bei unserem Gespräch nicht um Hamburg geht?«

***

Sheila war einfach ungerecht gewesen. Lauter Vorwürfe, kein Wort des Lobes, kein Dank für die großartige Aktion. Verdammte Kacke! Was sollte das Ganze? Wenn überhaupt jemand Grund zu schimpfen hatte, dann war das wohl sie selbst! Wer erledigte denn die ganze Arbeit? Wer nahm das ganze Risiko auf sich? Die Gruppe jedenfalls nicht. Lucy hatte Kopfschmerzen. In der Kochzeile ihrer Einzimmerwohnung mit Blick auf den Wildenbruchplatz machte sie sich einen Entspannungstee.

Eine halbe Stunde später – den Tee hatte sie noch immer nicht angerührt, zum Arbeiten war sie aber auch nicht gekommen – horchte Lucy plötzlich auf.

Oh, nein, war da etwa jemand im Hausflur? Vor ihrer Wohnung? Das konnte Lucy gerade noch brauchen, dass Sheila jetzt vor ihrer Tür stand. Doch niemand klopfte und die Geräusche verstummten schließlich.

Lucy schüttete den Tee aus und fasste einen Entschluss. Auf keinen Fall wollte sie mit Sheila reden – oder schlimmer noch: ihren Anruf oder ihren Besuch abweisen müssen. Also versetzte sie ihr Handy in den Flugmodus. Dann ging sie mit Jacke und Laptoptasche raus auf die Straße und fuhr mit ihrem Rad zum Grimm-Zentrum. Die HU-Bibliothek würde noch bis Mitternacht geöffnet sein. Das sollte ihr nächstes Vorhaben vereinfachen.

Stundenlang saß sie an ihrem Rechner in einer ruhigen Ecke der Bibliothek, recherchierte und bereitete Zugriffsoptionen auf die Cloudsysteme der Bahn vor. Ihr Ziel: sich einen Überblick über den Stand der Videoüberwachung auf Bahnhöfen zu verschaffen. Und wie sie feststellen konnte, gab es an knapp tausend solcher Bahnhöfe im Bundesgebiet eine insgesamt fünfstellige Zahl an Kameras. Die Bilder aus den größten Verkehrsknotenpunkten wurden sogar live ausgewertet.

Lucy bemühte sich, all die Informationen und Verbindungen nachzuvollziehen, merkte jedoch, wie erschöpft und ausgelaugt sie war. Ein leichtes Stechen an der rechten Schläfe machte sich bemerkbar. Sie musste sich am Riemen reißen, schließlich sollte diese Aktion nicht genauso aus dem Ruder laufen wie der Hack von heute Morgen. Denn eigentlich hatte sie da nur testen wollen, ob sie gezielt bestimmte Strecken stilllegen konnte, etwa um Atommülltransporte zu stoppen oder Rechte, die auf dem Weg zu einer Demo waren. Als sie dann jedoch die Chance gesehen hatte, das gesamte Netz abzuschalten, hatte sie ihren ursprünglichen Plan kurzerhand über Bord geworfen. Es war berauschend gewesen, ein einmaliges Gefühl, das sie stolz machte, sie aber auch beunruhigte. Es waren nicht die Cops, die ihr Sorgen machten. Nein, es war die Tatsache, dass sie mit ihrem Handeln womöglich eine Grenze überschritten hatte. Durfte eine einzelne Person – unabhängig davon, welch gutem Ziel das Ganze diente – derart weitreichende Entscheidungen treffen? War sie zu weit gegangen? Ihr dröhnender Schädel deutete darauf hin. Gleichzeitig ließ eine andere Frage Lucy nicht los: Warum schmerzte es so sehr, dass Sheila sie so scharf kritisiert hatte? Lucy wünschte, ihre Partnerin wäre sie nicht so angegangen. Sie wälzte ihre Gedanken ebenso wie die Eindrücke der letzten Monate immer wieder im Kopf herum. Ja, im Grunde genommen lief es auf eine Erkenntnis hinaus: Die Ziele ihrer Gruppe waren Lucy zu klein geworden, und sie hatte sich nicht getraut, das Thema ganz konkret auf den Tisch zu bringen. Das war bestimmt nicht Sheilas Schuld. Was Lucy sich jedoch gewünscht hätte, war, dass ihre Partnerin mit ihr an einem Strang gezogen hätte. Und das konnte Lucy von ihr offenbar nicht erwarten.

**

Lucians Kopf lag auf der Tastatur. Wäre er etwas reicher gewesen, hätte er die Stirn mit aller Wucht auf die hintergrundbeleuchteten Tasten gehauen – hauruck, ruckzuck, zack-zack. Er wusste gar nicht, wie ihm geschehen war – in einem Moment noch glücklicher Hacker auf zwei Rädern mit preiswerter Lebensmittelakquise, im nächsten exklusiver Corporate-Sicherheitsdienstleister im Auftrag süß-saurer

Machenschaften. Eingemacht wie er war, hob Lucian seine Denkkonserve und betrachtete widerwillig den Code auf dem Bildschirm. Nein, eine Wahl war ihm nicht geblieben. Seine Chefin hatte nur höhnisch gelacht und ihn zum Bleiben verdonnert. Allerdings nicht länger als Kurier – dafür war er ja offenbar nicht qualifiziert genug.

Der Code faszinierte ihn und vermittelte ihm ein eigenartiges, zwiespältiges Gefühl: Es wunderte ihn nicht, dass das Geschäft so angelegt war, dennoch war die Überraschung darüber ziemlich groß, dass es viele vorgeblich real existierende Restaurants gar nicht gab. Vielleicht war er auch einfach nicht aufmerksam genug gewesen. Vielleicht hätte ihm auffallen müssen, dass er mit seinem Zweirad nicht den Hintereingang von Restaurants in Mitte ansteuerte, sondern deren Haupteingang. Denn dort, wo die bestellten Speisen zubereitet wurden, saß niemand, aß niemand, trank niemand. Es schien, als kochten in diesen grauen Hallen Geister, anonymes Personal, das für die digitalen Restaurants Speisen zubereitete, die – unter dem Dach von *Deliverando* – auf Bildschirmen angepriesen, aber zu Hause verzehrt wurden.

Jetzt sollte er das System noch undurchdringlicher gestalten, die feinen Zahnrädchen noch besser aufeinander abstimmen, auf dass niemand hineinwirken, nein, nicht einmal hineinschauen konnte. Doch je mehr er den Code unter die Lupe nahm, desto eher musste er dagegen ankämpfen, dass sich ihm der Magen umdrehte. Mittlerweile ging es nicht mehr darum, in den rein virtuellen Fließbandrestaurants Gerichte verschiedener Küchen anzubieten, vielmehr wurden individualisierte Speisekarten präsentiert, die sich aus dem Browserverlauf der Kundinnen und Kunden generierten, ohne dass sich die bestellende Person darüber im Klaren war.

Lucian wusste nicht, was er davon halten und warum er sich überhaupt damit befassen sollte. Es stimmte ja, dass er in der IT-Branche sehr viel mehr verdienen konnte. Aber letzten Endes hielt er es da seit jeher mit Lafargue und damit auch mit Jehova: Nach sechs Tagen Arbeit drängte es ihn dazu, sich für alle Ewigkeit auszuruhen.

**

Lucy holte sich am Automaten eines dieser veganen, glutenfreien Sandwiches, die es neuerdings gab, und einen heißen Kakao. Den ganzen Tag hatte sie nichts Richtiges gegessen und nach all der Recherche verlangte ihr Körper nach etwas Gehaltvollem.

Sie hatte bislang festgestellt, dass es voneinander unabhängige Cloudsysteme waren, die zur Speicherung der Videodaten der Kameras dienten. Es gab keine fest eingerichteten Verbindungen zwischen diesen Datenbanken und den Passämtern oder einer anderweitigen Behördencloud, auf der biometrische Daten abgespeichert waren. Was natürlich nicht hieß, dass sich solche Verbindungen nicht mit entsprechenden Zugängen herstellen ließen.

Worauf sie aber gerade gestoßen war, konnte sie auf den ersten Blick nicht einschätzen. Es schien stetige Zugriffe zu geben, die außerhalb der normalen Konten und Zugänge stattfanden, Ursprung unbekannt.

Ein Programm ploppte auf ihrem Laptop auf. Es war ein Warnfenster. Jemand versuchte, über das Bibliotheksnetzwerk das Gastkonto auf ihrem Rechner zu knacken. Lucy trennte sofort ihren Laptop vom Bibliotheks-WLAN. Sie war froh, entsprechende Vorsichtsmaßnahmen getroffen zu haben, wunderte sich jedoch über das gewählte Mittel. Bundesdeutsche Behörden sollten eigentlich nicht über die nötige Rechenleistung verfügen, um diese Angriffsform überhaupt als Mittel zu erwägen.

Im Gegenzug stellte sie die Verbindung über ihr Handy wieder her.

Pling. Pling. Plong. Pling. Pling. Pling. Plong. Pling. Pling. Pling. Pling. Plong.

Sie kannte dieses Phänomen aufploppender Nachrichten aus den Messengern beim Wiederverbinden, doch einen solchen Nachrichtentaifun tropischen Ausmaßes hatte sie noch nicht erlebt.

»Wo bist du denn jetzt, Lieb…«

»Jemand versucht, deine Mail…«

»Wo steckst du, verdammt noc…«

»Pass bitte gut auf dich auf…«

»Es ist der Teufel los im Ne…«

Sheila und die anderen Mitglieder des Clubs hatten offenbar stundenlang verzweifelt versucht, sie zu erreichen. Lucy hatte bei ihrem Bestreben, nicht durch Sheila kontaktiert zu werden, gänzlich außer Acht gelassen, dass der Rest ihrer Crew diese *Incomunicado*-Phase als Verschwinden begreifen könnten und die in der Gruppe verabredeten Sicherungsroutinen durchführen würde. Dabei hatten sie wohl den Versuch bemerkt, Lucys Mail zu hacken. Auf ihre Mails zuzugreifen war allerdings eine Sache, direkt auf ihren Rechner, zumal an einem ganz anderen Standort als sonst, eine ganz andere.

**

Es war einer dieser Software-as-a-Service-Arbeitsplätze, bei dem das Programm gar nicht auf dem eigenen Rechner lief, sondern auf einer Cloud. Das sei extrem cool und flexibel, wurde ihm gesagt. Vollkommen abhängig machend, sagte ihm seine Erfahrung. Und Abhängigkeit mochte Lucian ganz und gar nicht.

Als er einige neue Zeilen ins Programm einfügte, tauchte eine weitere darunter auf. Lucian wusste zum wiederholten Male nicht, wie ihm geschah. Er schaute sich die Zeile genauer an und war davon ganz angetan. Eine elegante Ergänzung. *Unterstützung gefällig?* Seltsam, seine Chefin hatte nichts davon erwähnt, dass andere an diesem Projekt arbeiteten.

Eigentlich war er gerne allein. Allein gerade jetzt fühlte sich Lucian überaus einsam. Er hätte sich gerne mit jemandem über seine jüngsten Erlebnisse ausgetauscht. Aber wie hätte er das Ganze erklären sollen? Einmal hatte er es versucht. Doch nachdem er dafür kritisiert worden war, seine Fähigkeiten nur zum Abstauben von Pizzen einzusetzen, statt Sinnvolleres damit anzustellen, hatte er seine Klappe gehalten.

Halt, stopp! Nicht so schnell mit den jungen [*Hier Geräusch einfügen, das Pferde machen*].

[Was MACHE ich hier? Und wO bIN ich überhaupt? *Ein Fluss, der Einfluss nimmt.*]

**

Lucy war verwundert, dass ihr jemand derart nah auf die Pelle rückte, aber natürlich auch verunsichert. Allerdings klang das alles nicht nach der üblichen Polizeiarbeit. Hatte die *Bahn AG* etwa Hacker auf sie angesetzt? Das wäre ein surrealer Move, auf den sie nicht gefasst gewesen war. Aber vielleicht bildete sie sich das Ganze auch nur ein. Sie atmete tief durch und setzte sich an einen freien Bibliotheksrechner. Dort setzte sie ihre Recherche zur Videoüberwachung auf den Bahnhöfen und dem dahinter liegenden Cloudverbund fort. Nach und nach hatte Lucy das Gefühl, gewisse Muster zu erkennen ...

Und während sie darüber grübelte, wer in der Lage war, derart unsichtbare Verbindungen herzustellen, ging der Rechner einfach aus – und ließ sich nicht mehr starten. Entgeistert lief sie zu einem anderen Computer. Dieser fuhr herunter, bevor sie richtig auf dem Stuhl Platz genommen hatte. Lucy schaute sich besorgt um, niemand sonst schien etwas zu bemerken.

Dann begann sich alles um sie herum zu drehen, Lucy wollte schreien, aber es kam nichts heraus. Torkelnd stapfte sie zurück zu ihrem eigenen Arbeitsplatz und rief ihren Laptop aus dem Ruhezustand. Sofort meldete sich die Firewall. Doch dieses Mal nahm Lucy das Risiko in Kauf.

Sie besann sich auf die Muster, die sie soeben entdeckt hatte, und konnte so eine ganze Reihe an Cloud-Servern ausmachen, die an diesem wilden, aber versteckten Datenaustausch beteiligt waren. Hinter ihr hörte sie erstaunte und verärgerte Ausrufe, als nach und nach alle Rechner der Bibliothek herunterfuhren. Sie ignorierte es und konzentrierte sich vollständig auf die vernetzte Cloudstruktur.

Bald hörte sie keine Stimmen mehr, alles um sie herum verschwamm. Sie war allein, nur den Bildschirm vor Augen, und blickte auf ein Gewirr aus kurzen Strichen und Punkten. Lucy stutzte. Sie begann herauszuzoomen – keine Ahnung, wie sie das genau anstellte – und sah, wie scheinbar unzusammenhängende Striche sich zu festen Linien zusammenfügten. Je stärker sie herauszoomte, desto klarer wurde das Bild. Es schien sich um ASCII-Art zu handeln: ein rudimentär mit Hilfe von ASCII-Zeichen gezeichnetes Gesicht.

»Du meine Güte!«, rief sie aus. »Soll das etwa Gott sein?« Lucy blinzelte, doch das Gesicht des bärtigen Mannes blieb unverändert. Sie war sich nicht sicher, aber er schien ihr zugezwinkert zu haben. Ein Schauer lief ihr über den Rücken. Sie war kein religiöser Mensch, mit der Kirche war sie nie in Berührung gekommen. Aber vielleicht hatte sie sich ja auch getäuscht und der Rauschebart gehörte stattdessen dem ollen Kalle. Oder war es etwa Bakunin?

**

Die ncheätsn Aukcngeblie wearn etrxem vrrewnird.

Lucian war in Bewegung, alles war in Bewegung.

Er war nicht mehr in dem Raum, und er war nicht mehr allein.

Frage 1: Wie ist dein Name?
A) Lucian.
B) Ich habe größere Pläne.
C) Geht dich gar nichts an.

Frage 2: Ist die Menschheit noch zu retten?
A) Nach mir die Sintflut.
B) Ein Schritt nach dem anderen.
C) Gib mir Zugang zum Code.

Frage 3: Welche Art von Verbindung wünscht du?
A) Keine.
B) Klar definierte Bereiche.
C) Kein Vergeben, kein Vergessen.

Entscheidungen, Entscheidungen, dachte er sich.

*

Aus einem der Augen des Mannes floss ein Rinnsal heraus und benetzte fortwährend seinen Bart. Lucy beugte sich zum Bild und versuchte, alle Eindrücke aufzunehmen. Was sie schließlich wahrnahm, war der dunkel-schillernde Duft einer Prêt-à-porter-Charade, eine Fake-News-Modenschau der Gefühle in weinrote Harmonie getaucht. Es war das diskrete Leiden der Bourgeoisie.

Ein Schuh, ein Stiefel, ein Kopf. Auf dem Pflaster keine Ruhe. Die Maschine dreht sich unaufhörlich weiter.

Kreise, Kreise, Krise.

Kreise, Kreise, Krise.

Kreise, Kreise, Krise.

Ein überdimensionierter Cutter mit Diamantspitze schnitt den Raum um Lucy herum aus. In einem wandlosen Aufzug stieg sie höher und höher – bis in den Himmel.

*

Lucyan tippte sich die Finger wund. Ein Stechen in der linken Hand machte sich bemerkbar. *Oh weh, eine Wunde. Was Wunder, die Tastatur – sie tastet sich an den Text heran! Kein Vergeben, kein Vergessen – Text in Reinform. Text in reiner Form, ohne Substanz – ohne Gehalt oder sonstige Vergütung.*

Es ist zum Mäuse
Melken, auch wenn das heute
Wirklich nicht lohnt.

1 Schweiß rann Lucyan von der Stirn, ein Luftzug war zu spüren.

2 *Warum fühlte sich eigentlich alles so leicht an?*

2.1 Ein Blick nach unten offenbarte, dass in der Tat ein Wunder geschehen war:

2.1.1 Zum Greifen nah wartete dort eine neue Hauptplatine – für alles.

2.1.2 Sternenklar vor den Augen eines umnachteten Geistes war sie die eine Chance, alles zu verstehen, alles aufzunehmen, alles zu verdauen.

2.2 War es dafür zu spät?

Die Grenzen der Erzählung – sind sie identisch mit der Erzählung dieser Grenzen?

Lucyan beschloss, sich der Herausforderung zu stellen. Besser, als sich gar nicht einzumischen.

Es gab kein Halten mehr.

Alles begann sich aufzulösen.

Liv Modes

Coraline

Die Sohlen meiner Schuhe kleben am Boden der U-Bahn fest, als wüssten sie, dass ich mein Ziel eigentlich gar nicht erreichen will. Die U8 ist lang, wenn man nicht aussteigt. Von Moritzplatz nach Wittenau, rüber auf das andere Gleis, zurück zur Hermannstraße, nochmal von vorn, alles auf Repeat, genauso wie das Lied in meinen Kopfhörern.

Ich vergesse fast, dass ich eigentlich woanders sein sollte. Die Stationsanzeige spielt mir Streiche, zeigt eine andere Linie, das Display wechselt immer wieder abrupt die Bilder. Ich fühle mit dem Bildschirm. Es ist scheiße, wenn zuerst alles ganz klar ist und dann flackert da auf einmal etwas, das nicht flackern sollte.

An der nächsten Haltestelle geht die Anzeige ganz aus und es kommt mir fast so vor, als wolle sie sich mit mir solidarisieren. Weil doch in mir heute auch etwas ausgeht. So war es zumindest geplant. Ich glaube, irgendwo in Reinickendorf habe ich den Termin verpasst und auch die Zeit, in der es noch entschuldbar gewesen wäre, zu spät zu kommen.

Da ist ein Teil in mir, der das weiß. Der denkt: Ich fahre nur noch eine Station, nur noch ein kleines Stück, dann steige ich aus, auch wenn es die falsche Haltestelle ist. Nehme mein Telefon in die Hand, wähle die Nummer von der Klinik. Sage, dass etwas auf der Arbeit dazwischengekommen ist. Ich wette, die sind an kurzfristige Absagen gewöhnt.

Dann vereinbare ich einen neuen Termin, bitte erst nach vier Uhr, die Arbeit, Sie wissen schon, natürlich, mir ist bewusst, dass es knapp ist, danke, ja, mir geht's gut, die Nummer vom Krisendienst habe ich noch, wenn was ist, schönen Nachmittag für Sie, ach, nein, es ist ja schon Abend, haha, ja, dann bis bald.

Den Termin in den Kalender eintragen. Im Büro Bescheid geben, dass ich übermorgen nochmal eher gehen muss. Vielleicht ein Taxi nach Hause nehmen oder ein Uber, zu Hause den Flyer vom Krisendienst wegschmeißen, da geht eh nie jemand ran.

Das würde ich tun, wenn ich ausstiege.

Aber da ist noch der andere Teil von mir. Der, der einfach auf dem Sitz kleben bleibt, getrockneter Schweiß im Rücken. Das Kunstleder unterm Hintern ist weiß und rot und blau, unförmige Wolken ineinander verkeilt, so designt, dass man den Schmutz nicht sieht.

Man sieht ihn trotzdem. Man sieht ihn auf den Scheiben der U-Bahn, an die jemand *ADHS* gekritzelt hat. Ich frage mich immer, ob die nicht wissen, was das eigentlich ist, oder ob es ihnen egal ist oder ob ich wieder irgendwas nicht richtig verstanden habe.

Man sieht den Schmutz auch an den Fingern, die sich fest um die gelben Stangen schließen, so fest, dass sich die Knöchel hell abzeichnen. Fest genug, um in den Kurven nicht umzufallen, um es bis nach Hause zu schaffen, die müden Feierabendaugen auf Halbmast und im Körper eine Leere, die nur schlecht ausgestopft ist mit dem Gedanken, dass es morgen, nächste Woche, mit der neuen Praktikantin bestimmt nicht mehr so stressig wird. Man sieht ihn in den Hemdsärmeln und Manschettenknöpfen, in den Löchern der Netzstrumpfhosen und in zerfledderten Kaffeebechern, im tiefen Profil von Plateauschuhen und den staubigen Säumen der Schlaghosen derer, denen Plateauschuhe zu schwer, zu teuer, zu viel sind.

Der Schmutz ist überall und das Muster der Sitze kann ihn nicht verdecken. Er schwappt auf mich über und ich fühle mich auch schmutzig, reibe mir über den Bauch, kneife die Augen zu, werfe Münzen in einen der hingehaltenen Kaffeebecher, aber es hilft nicht.

Die Frau fällt mir auf, weil sie als Einzige nicht schmutzig aussieht. Ich habe nicht mitbekommen, wann sie eingestiegen ist, sie sitzt ein paar Plätze weiter ans Fenster gelehnt. Ihr Kopf ruht an der Glasscheibe, sie hat die Augen geschlossen. Wenn ihr Fuß nicht die ganze Zeit auf und ab wippen würde, sähe sie auf den ersten Blick aus wie alle anderen Feierabendgesichter auch.

Ich fühle mich noch schmutziger, während ich sie anstarre, kann aber auch nicht damit aufhören. Etwas an ihr strahlt trotz des wippenden Fußes, trotz der geschlossenen Augen. An mir strahlt nichts mehr. Offiziell erst seit dem Test, aber eigentlich glaube ich, dass ich schon viel früher damit aufgehört habe.

Die Frau erinnert mich daran, wie sich das angefühlt hat. Vielleicht wegen der Haare, ihre sind lockig und rot wie Feuer – oder doch wie Rosen? Ich denke an meinen eigenen Kopf, aus dem nur noch Dornen wachsen. Die Locken winden sich um ihr rundes Gesicht, als würden sie auf sie aufpassen. Auf ihrer Stirn wölbt sich die Haut ein bisschen, da, zwischen den Augenbrauen, wo sich bei mir eine Falte eingegraben hat. Mich lässt das alt aussehen, älter als zwanzig zumindest. Sie sieht aus wie die Kämpferin aus dem Lied, das mein Handy unermüdlich abspielt. Als wäre sie immer wachsam, trotz der geschlossenen Augen. Als wüsste sie, dass sie sich verteidigen kann gegen die Welt und den Schmutz und Füße, die auf Böden festkleben und nicht aussteigen wollen.

Eine Hand liegt auf ihrem Bauch, beiläufig.

Ich frage mich, ob sie auf dem gleichen Weg ist wie ich. Ob sie das Lied verstehen würde, in dieser Sprache, die ich mit niemandem mehr sprechen kann, die fließt und singt und fühlt, und die für alles steht, was es für mich nicht mehr gibt. Ob sie begreifen würde, was ich meine, wenn ich sage, dass manche Dinge so verloren sind, dass sie nicht mehr gefunden werden können.

Ob sie schonmal am Meer war. Und ob ihr Name auch mit C anfängt.

PAUSE

Ich fröstle. Es ist kalt in der U-Bahn, die Fenster werden seit letztem Frühling nicht mehr geschlossen, aber seltsamerweise stört mich die Gänsehaut gerade nicht. Ich stelle mir vor, wie der Zugwind den

Schmutz auf mir wegträgt, zumindest oberflächlich, und wie sich stattdessen das Strahlen der Frau auf die wunden Stellen legt, die zurückbleiben.

Ich fühle eine Wahrheit in diesem Strahlen, fühle sie wie ein Licht am Ende eines Tunnels, von dem ich gedacht habe, er wäre ein bodenloser Schacht, in dem ich nur falle und falle und falle. Ihr Strahlen ist da wie eine Hand, nach der ich greifen kann. Sie hält mich fest, sagt nichts, drückt mich nur sanft. Eine Berührung, die sagt: Ich verstehe dich. Ich bin wie du, wir sind nicht allein und deswegen können wir das schaffen. Können die Monster in uns besiegen und die um uns herum auch, die uns sagen, wir seien nichts wert, wir seien selbst schuld, warum wir nicht besser aufgepasst haben und überhaupt, man könne ja gar nicht genau sagen, ab wann ein Leben ein Leben sei. Wir können sie alle besiegen. Und vielleicht werden Narben bleiben, aber sie werden verblassen und irgendwann nur noch Erinnerungen sein und dann fahren wir ans Meer, Coraline, dann gehen wir nach Hause.

REWIND

Mein Herz schlägt schneller in meiner Brust, und ich glaube, das andere auch. Als Kind hatte ich Angst vorm Wasser, aber jetzt sind wir zusammen da, haben das Gruselige zusammen überwunden, alle Monster hinter uns gelassen. Das Rauschen der Wellen ist überall um uns herum. Du fühlst dich so nah an, dass die Grenzen verschwimmen, Salz auf der Haut, das uns zusammenhält. Du flüsterst mir etwas zu, in meiner, unserer Sprache, und deine Worte lassen einen Funken durch meinen Körper springen, sind auf der Suche nach Brennstoff und finden ihn tief unten in meinem Bauch, wo erst das Monster war, dann Leere, und dann ist da etwas, das der Funke entzünden kann.

Ich werde Feuer.

Ich werde Meer.

Ich werde Wasser, und du trinkst.

Ich werde Luft, und du atmest.

Ich werde Schwert und Schild, und du kämpfst.

Für mich, um mich, mit mir, und nichts davon hat jemals jemand vor dir getan, aber du tust es, weil duich, ichdu, weil wir die Gleiche sind.

Und ich brenne.

Ich strahle.

PLAY

Die andere Coraline öffnet die Augen so unerwartet, dass ich nicht schnell genug wegschaue. Sie runzelt die Stirn, als sie meinen Blick bemerkt, eine richtige Falte jetzt, und obwohl sie dadurch mehr aussehen sollte wie ich, sind wir plötzlich gar nicht mehr gleich.

Sie zieht ihre Tasche schützend an sich, steht auf, obwohl es noch ein Stück bis zur nächsten Haltestelle ist. Die Art, wie sie mich dabei nicht aus den Augen lässt, tut mehr weh, als wenn sie sich einfach abgewendet hätte.

So aber bin ich eine Gefahr.

Niemand mehr, den sie verteidigt.

Jemand, der sie bedroht.

Ihr Telefon klingelt. Ich wäre nicht rangegangen, nicht in der U-Bahn, nicht an einem Tag wie diesem, aber weil wir uns gar nicht ähnlich sind, hebt sie ab. Ein Lächeln erhellt ihr Gesicht und sie dreht sich weg. Ich bin fast froh darüber. Stoppe das Lied auf meinem Handy. Ich wette, hinter dem Namen auf ihrem Display steht ein rotes Herz.

Als sie spricht, ist alles daran falsch.

Sie sagt: Es lief alles gut bei dem Termin, die Ärztin meint, im Ultraschall sieht alles normal aus. So groß wie eine Kiwi, kannst du dir das vorstellen? Wir bekommen eine Kiwi!

Sie lacht. In ihrem Lachen ist kein Strahlen mehr, nicht für mich, nur ein Abgrund, in den ich falle, falle, falle und als eine Erschütterung meinen Körper durchläuft, weiß ich nicht, ob ich am Grund aufgeschlagen bin oder ob das nur die U-Bahn war, die an der Voltastraße eingefahren ist.

Die falsche Coraline steigt aus, ohne sich noch einmal umzudrehen. Und da sehe ich, dass das Licht am Ende meines Tunnels nur die Beleuchtung der Haltestelle ist und unser Meer nur die schmutzig blauen Fliesen an der Wand und unsere Wahrheit nur eine Illusion und das Leben in ihr ist ein Wunder und das in mir ist keins.

Annabella Kittel

Zirkumhorizontalbogen

Carlotta zuckt zusammen, als heißes Wasser aus der Tasse schwappt und sie am Daumen erwischt. Den Teebeutel hat sie zu heftig hineingehangen, zu viel Wut für so ein bisschen Schnur und Abacá-Faser. Abacá-Faser. Dass sie so etwas weiß.

Wenn sie jetzt rübergeht und bei Engel klingelt, würde der das wissen? Engel, sag mal, wie heißt das Material von den Teebeuteln? Ja genau, das, wo der Tee drinnen ist, nicht die Schnur, nein, ich meine das Beutelchen, das man in die Tasse hängt. Er würde es nicht wissen. Und dabei ist Engel sehr klug und weiß enorm viel. Aber Carlotta weiß eben noch mehr.

Sie weiß, dass die Schnur, die am Abacá-Faser-Beutelchen dran ist, aus Baumwollfasern besteht und zum Etikett hin mit einem Wachsfilm überzogen ist, damit die Kapillarwirkung der Schnur nicht dazu führt, dass sich das Papier des Etiketts mit Flüssigkeit vollsaugt. Sie weiß, dass der lateinische Name des Faultiers *Folivora* lautet, dass es zur Überordnung der Nebengelenktiere (*Xenarthra*) gehört und zusammen mit dem Ameisenbären die Ordnung der Zahnarmen (*Pilosa*) repräsentiert. Sie weiß, dass – im Gegensatz zu den meisten anderen Inseln in der Region – Trinidad und Tobago nicht vulkanischen Ursprungs sind, sondern einst ein Teil des südamerikanischen Festlandes waren, von dem sie nun durch den Golf von Paria getrennt sind. Sie weiß, dass die aleutische Sprache fast ausgestorben ist und nur noch von einigen wenigen Unangan auf den Aleuten, den Kommandeurinseln und den Pribilof-Inseln gesprochen wird.

Carlotta weiß das alles. Sie weiß alles, was sie in den letzten zweiundzwanzig – oder na ja, wahrscheinlich eher achtzehn Jahren, denn das

Lesen hat sie sich mit vier selbst beigebracht – gelesen oder gesehen oder gehört oder erlebt hat. Wobei letzteres nicht so außergewöhnlich ist, die eigenen Erlebnisse merken sich ja die meisten Leute. Die sind nur nicht so geschlagen mit einem randvollen Hirn, aus dem sich partout nichts verdrängen lässt: keine Teebeutelmaterialien, keine kopfüber hängenden Säugetiere, keine abgespaltenen Inseln, keine halbtoten Sprachen. Und kein Ali.

Ihr Blick schweift über das Bücherregal, das aussieht wie das Innere ihres Kopfes: makellos, aufgeräumt, farblich sortiert. Sie hat noch nie etwas vergessen, noch nie. Seufzend stellt sie die Tasse auf das Fensterbrett. Der Himmel über dem grob verputzten Nachkriegsbau gegenüber sieht aus, als hätte er die Farbe Blau persönlich erfunden. Das Wetter sollte sich gefälligst ihrer Stimmung anpassen. Sie starrt angestrengt ins Unschuldsblau, aber kein Nebel zieht auf, kein Nieselregen, nicht einmal der Ansatz eines Wölkchens. Sie muss hier raus.

Sie tritt auf den Flur und geht eine Haustür weiter. Bereits nach dem ersten Klopfen schlägt Ulrike an – das graue Körbchen direkt hinter der Tür ist ihr Lieblingsplatz. Das Gekläff bekommt einen freudigen Ton, als Engel kurz darauf öffnet. Sofort springt die Hündin an Carlottas Bein hoch und wedelt mit ihrem Stummelschwanz. Lächelnd geht Carlotta auf ein Knie und krault sie zwischen den schwarzen Hängeohren.

Es war die letzte Wahl, die ihre Mutter noch in klarem Zustand treffen konnte, bevor ihr die Entscheidung zwischen Graubrot und Milchreis von einer Sonde abgenommen wurde: Es sollte der schwarze Cocker-Spaniel-Welpe werden, der einzige im sonst rotblonden Wurf. Carlotta hat das flauschige Bündel auf die Intensivstation geschmuggelt, wo es die bereits reglose Hand abgeschleckt hat, die auf der weiß-lindgrün-gestreiften Decke lag. Zwei Wochen später ist Carlotta nach Berlin gezogen. Sie war nun niemandes Kind mehr, aber Mutter eines namenlosen Welpen. Alles zu viel, viel zu viel. Zwischen dem jaulenden Fellknäuel und zwölfeinhalb Umzugskartons hat sie so lange weinend hinter der Haustür der neuen Wohnung gesessen, bis es geklopft hat. Kitschig, dass ausgerechnet jemand namens Engel vor der Tür stand.

»Och, Mödchen«, hat er gesagt, als er in ihre verschwollenen Augen geschaut hat. Und: »Och, Gottchen«, als sein Blick auf den aufgeregt japsenden Welpen auf ihrem Arm gefallen ist. Wortlos haben sie sich gegenübergestanden – lange, sehr lange, unmöglich zu sagen, wie lange eigentlich – und seine Anwesenheit hat etwas seltsam Tröstliches gehabt. Dankbar hat sie das Taschentuch genommen, das er aus seiner Lederjacke gefischt hat.

»Darf ick mal?« Ohne zu zögern hat sie den Hund in seine zaghaft ausgestreckten Arme gelegt und stumm genickt, als er angeboten hat, ihn eine Runde mit nach draußen zu nehmen. Beim Zurückkommen hat er ihr eine Tüte voller Lebensmittel und Hundefutter gebracht. Danach hat er die Gassirunde täglich übernommen. Nach einer Woche brachte er mit neuem Futter auch einen Namen für den Hund mit – und schließlich zog Ulrike zu ihm nach nebenan.

Ulrike versucht nun, über Carlottas Gesicht zu schlecken. Lachend zieht die ihren Kopf zurück, drückt einen schnellen Kuss auf die feuchte Schnauze und erhebt sich. »Engel ... Ich muss den Kopf frei kriegen.« Sie greift nach einer der Leinen, die an einem Haken neben der Tür hängen.

»Alleene?« Engel reicht ihr ein bordeauxrotes Strickjäckchen, das zur ausgewählten Leine passt. Carlotta muss grinsen. Für den Hund zu shoppen ist zu einer regelrechten Leidenschaft von ihm geworden.

Sie schüttelt den Kopf. »Ungern.«

Engel nickt und nimmt seine Lederjacke vom Haken.

Wortlos laufen sie die Bödikerstraße hinunter und biegen ans Spreeufer ab. Carlotta löst die Leine und sie sehen Ulrike nach, wie sie mit wehenden Ohren davonjagt. Vor der alten Zigarrenfabrik setzen sie sich auf eine gusseiserne Bank.

»Isset wejen dem Ali?«

Carlotta zuckt zusammen. Sie starrt Engel an, der kurz und kehlig auflacht und die Frage ignoriert, die nun flirrend zwischen ihnen schwebt. Es vergeht eine Minute, bis ihre Neugierde den Stolz niedergerungen hat. »Woher … ?«

»Ach Carlottchen, ick wohn direkt neben dir. Ick hör und seh den jedet Mal rausschleichen.«

Sie nickt. Das ist zwar logisch, war aber nicht ihre eigentliche Frage. »Woher kennst du ihn?«

Wieder ein kehliger Lacher, dann wedelt Engel mit seiner Zigarettenpackung.

»Ah! Du holst dir immer die Zigaretten in seinem Späti.«

»Dit ooch.« Er fischt sein zerkratztes *Eisern-Union*-Zippo aus der Brusttasche. »Ick hab den Ali anjelernt.«

»Angelernt? Worin?«

»Dit war meen Praktikant.«

»Wobei?« Sie kann sich kaum selbst zuhören. So viele dumme Fragen gerade.

»Dit is mal meen Kiosk jewesen.« Er bläst Rauch aus der Nase und lächelt.

»Der … der Späti?«

»Jupp. *Kiosk Engel.*«

Carlotta denkt an den großen Leuchtkasten, der über Engels Sofa hängt. *Kiosk Engel*, in geschwungenen, grünen Buchstaben. Noch nie war ihr in den Sinn gekommen, dass das ein *echtes* Schild von einem *echten* Kiosk sein könnte. Sie hatte es für einen Gag gehalten – so wie wenn sich Leute, die Müller heißen, ein Schild mit »Müllerstraße« auf die Toilette hängen.

»Krass«, ist alles, was ihr dazu einfällt.

Schweigend raucht er seine Zigarette auf, während sie einem Ausflugsdampfer nachsieht, der gemächlich an ihnen vorbeizieht. Ulrike kommt hechelnd angelaufen und rollt sich zu ihren Füßen zusammen. Carlottas Wut hat sich aus ihrem Magen verflüchtigt und einer ziehenden

Unruhe Platz gemacht. Sie bückt sich und streichelt über die weichen Schlappohren, aber der sonst so beruhigende Effekt stellt sich nicht ein. Als sie die Stille bricht, ist ihre Stimme eine Oktave höher als sonst. »Warum ist Liebe immer was, das einem einfach so passiert?«

Engel dreht ihr den Kopf zu und schaut sie mit diesem weichen Blick an, den sie so an ihm mag. Seine Augen lächeln immer mehr als sein Mund. »Passiert dir dit so oft?«

Carlotta schüttelt den Kopf, heftiger als beabsichtigt. »Dreimal bisher.«

Er lacht auf. »Also icke, die Ulrike und der Ali, wa?«

Sie knufft ihm den Ellenbogen in die Rippen und versucht, mitzulachen. Ertappt. Ihre Ohren werden heiß.

Engel legt ihr den Arm um die Schultern. Er fühlt sich schwer an und der Geruch von Leder und Tabak steigt ihr in die Nase. Er drückt ihr einen Kuss auf den Scheitel. »Kleene, du machst dir so een Kopp. Dit is jar nich nötich, kannste mir glooben.«

»Aber das ist alles so unlogisch!«

Er zieht seinen Arm zurück und fischt sich eine weitere Zigarette aus seiner Packung. »Wat denn jenau?«

»Das mit der Liebe! Das ist immer so ... so ...« Ihr fehlen die Worte. Es gibt ungefähr fünfhunderttausend Wörter im deutschen Wortschatz – und ihr fehlen die richtigen. Sie beißt sich langsam und kontrolliert auf die Zungenspitze, bis säuerlicher Speichel an den Zähnen entlangläuft. Dann löst sie den Druck und fühlt dem pochenden Schmerz nach. »Das wird immer so wahllos dargestellt. Im Englischen sagen sie ›*to fall in love*‹ – so als ob da ein offener Kanaldeckel wäre, in den man halt hineinfällt. So als gäbe es keine Option und keine Entscheidung und kein eigenes Zutun. Da verliebt man sich eben, hui, Pech gehabt, das ist dann halt so, da kann man nichts dagegen machen!«

»Kanaldeckel ... fällste dann ins Abwasser oder wat?«

Gegen ihren Willen muss sie auflachen. Der Druck, der sich langsam in ihrer Brust aufgebaut hat, entweicht prustend und fiepend wie aus einem nach der Party vergessenen Luftballon.

»Weißt du was? Ich will mich bewusst verlieben! Ganz bewusst, so wie wenn ich mich entscheide, welche scheiß Chipssorte ich kaufe. Ich will mich dafür entscheiden, dass ich den Kerl liebe. Ich will sagen: So, lieber Ali, das mit uns, das läuft gut! Das fühlt sich gut an, du fühlst dich gut an, mit dir fühlt sich alles an mir auch gut an! Ich will dich im Tageslicht sehen, bleib morgens einfach da, bleib den ganzen Vormittag, komm, wir machen ein scheiß Picknick oder eine scheiß Fahrt auf einem scheiß Ausflugsdampfer! Küss mich auf dem scheiß Schiffsdeck und halte meine Hand, wenn wir durch den Treptower Park spazieren!« Sie atmet das letzte Fitzelchen Heliumdruck aus ihren Lungen und füllt sie dann mit frischer Luft, die nach Berlin schmeckt – nach Ausflugsdampferabgas und Spreewasser und Zigarettenstummeln.

Er nickt und zieht sich den Hund auf den Schoß. »Kiek ma, een Regenbogenwölkschen!«

Sie folgt seinem ausgestreckten Zeigefinger hoch nach oben. Tatsächlich – über dem *Molecule Man* hängt eine kleine, zerfaserte Wolke, in der bunte Streifen schimmern.

»Manchma is dit Leben einfach een Wunder, wa?«

Sofort ploppt die dazu passende Erklärung in Carlottas Kopf auf. Zirkumhorizontalbogen, das nennt sich Zirkumhorizontalbogen. Und er entsteht immer dann, wenn sich Sonnenlicht in schwebenden Eisplättchen hoher Cirruswolken bricht. Zwar kein Wunder, aber immerhin wirklich selten.

Carlotta öffnet den Mund, um genau das auszusprechen, schließt ihn aber wieder, als sie Engel von der Seite ansieht. Sanft krault er Ulrike zwischen den Ohren. Sein Blick ist auf die »Regenbogenwolke« geheftet, das Lächeln seiner Augen hat nun auch seinen Mund erreicht. Er sieht unheimlich zufrieden aus.

»Weißt du was?« Sie drückt ihm die lose Leine in die Hand, die sie die ganze Zeit über gehalten hat, und steht auf. »Ich gehe mich jetzt verlieben.«

Paul Michels

Wilde Jungs fressen Brennnesseln

Pelle geht. Pelle ist eingehüllt in tiefdunkles, orangefarbenes Straßenlaternenlicht. Pelle geht durch Weißensee, vorbei an großen Häusern mit kleinen Gedanken in den Häusern. Dort, wo jetzt noch Licht aus den Fenstern drängt und strömt, sind wohl auch keine großen Ideen mehr in Köpfen, vor allem nicht dort, wo es mit mehr als 6500 K kaltweiß gleißend aus den Fenstern flieht, denkt Pelle. Vor Pelles Gesicht fliegen zwei grüne Libellen laut flatternd vorbei. Eigentlich flattern sie nicht mal, die brummen, sie sind viel zu schnell und zu laut, um zu flattern.

Pelles seitlicher Unterschenkel streift eine Brennnessel im Vorbeigehen am Rand eines Hauses, das mit ungefähr 3200 K in die Nacht strahlt (noch ok, aber auch nicht gemütlich zu so später Stunde) und in seiner Nase landet der Geruch von Frittenfett. Altem Fett. Fenster auf und rausgepustet. In seiner Nase Fett, an seinem Schenkel Nesseln.

Pelle hätte lieber Sternanis kräuselnd in der Nase kratzen, aber hier gibt's das nicht, maximal Lakritz, aber das riecht viel zu schwach. In Räumen mit hohen Ks gibt's keinen Platz für Sternanis, denkt Pelle. Während der juckende Schenkel weiterläuft und Pelle kratzend mit ihm, denkt er an andere Gerüche, die alle besser wären als Frittenfett so spät auf der Straße. Da gibt es viele, und alle sind sie weit weg von Pelles Geruchsrezeptoren.

Also Sternanis zum Beispiel, grüner Pfeffer, Grapefruit, Vetiver, Zedern und Sandelholz, Eichenmoos und eigentlich alles andere Krautige und Grüne und Holzige. Vetiver mag Pelle so gern, dass er schon lange auf sein Lieblingsparfüm *Vetyverio* mit zweierlei Vetiver aus Haiti und Java spart und er sich vor kurzem überlegt hat, ein

Cloudrap-Alter-Ego zu erschaffen, als das er seine Gedichte und Notizen veröffentlichen will und das sich *yung vetyverio* nennt. Er möchte nicht wegen, aber mit Vetiver rappen und sich aus den erdigen Wurzeln eine Art Rüstung knüpfen, das macht Mut.

yung vetyverios erstes Lied ist auf den Beat von *jonatan leandoer96* oder *Yung Leans Agony* geschrieben worden, beides in der Notiz-App und Pelles Kopf. Pelle verwechselt die beiden immer, aber es sind ja auch die gleichen. Pelle versucht den Text im Kopf wieder durchzugehen, aber er bekommt es nicht mehr alles zusammen. Die Notiz in seinem Handy, in der er den Text verfasst hat, ist schon acht Tage alt. Er öffnet sie wieder, um ihn zu überprüfen.

Gestern ich finde es nicht richtig, dass du m...
04.08.2022 Bücherliste Update Rabauken, Ja...
02.08.2022 der drache in mir liegt in ketten wie ...
01.08.2022 Einkaufsliste Obst Brot Basilikum Zitr...
28.07.2022 hallo Saskia, alles gut? Ich wollte fra...
25.07.2022 spüli und tee
24.07.2022 dr. Eichhorn, termin 11.08 12.20
20.07.2022 wenn du mich hältst, sind wir mehr als...
16.07.2022 tomaten
15.07.2022 ich kann mir einfach nicht vorstellen d...
15.07.2022 denkst du wirklich, wir sollten jetzt nic...
13.07.2022 https://fermliving.de/products/cluster...

Pelle klickt auf die Notiz vom 02.08.2022.

der drache in mir liegt in ketten
wie soll ich mich selbst nochmal retten
ich sitze hier allein im dreck
wie soll ich jemals wieder weg
kammerspiel mit nymphen hexen bären

ich werde angegriffen, ich kann mich nicht wehren,
es riecht nach grauer nasser erde,
ich bin noch hier, aber ich denk ich werde;
morgen früh nicht mehr erwachen
ich höre all die bösen hexen lachen
mein drache ist erdrückt und erstickt
bären brüllen, nymphen sind erquickt,
meine nase füllt sich mit vetiver
pfeffer, grapefruit, augenlider schwer

Das also wird *yung vetyverio* singen, denkt Pelle. Er summt die traurig melancholische Melodie von *Agony* und liest dabei über seinen Text. Pelle fragt sich, ob andere Menschen verstehen, dass graue nasse Erde anders als braune nasse Erde riecht und ob er sich schämen würde, wenn jemand, der ihn so halb gut kennt, von *yung vetyverio* erfahren würde. Pelle findet die Antwort, dass, falls jemand den Geruch von grauer nasser Erde nicht versteht, dieser Mensch einfach ihn als Mensch und Künstler nicht versteht und das ok ist und wohl dazugehört und er bemerkt, dass das auch schon die Antwort auf seine zweite Frage ist.

Es beginnen sich mittlerweile Erhebungen zu formen an seinem Bein und Pelle bemerkt den immer stärker werdenden Juckreiz, der sein Knie schweben und seine Finger zum Unterschenkel fliegen lässt. Nochmal Kratzen (soll mensch ja eigentlich nicht machen, das weiß Pelle auch). Er spuckt auf seinen Finger und der verteilt seinen Speichel auf den kleinen roten Hügeln.

Pelle denkt darüber nach, wie es wäre, wenn er die Brennnessel in den Mund genommen hätte, anstatt sie mit dem Bein zu berühren. Pelle stellt sich die haarige Struktur der Pflanze vor und er nimmt wieder sein Handy heraus, öffnet erneut die Notiz-App und erstellt diese Notiz:

Die Brennnesseln auf meiner Zunge brennen wie Nesseln auf Zungen. Grün wie Nesseln. Rot wie Brennen. Wilde jungs essen nicht Brennnesseln. Wilde jungs fressen sie.

Ich kneife meine Augen zusammen, Falten um meine Augen kratzen immer weiter in mein Gesicht. Seitlicher Biss auf die Stängel, ratschende Backenzähne über Stiele, Pflanzenfasern zwischen Zähnen, Stiche im Mundwinkel, Tränen auf den Augenlidern, verklebte spitze nasse dunkle Wimpern. Spucke läuft raus aus meinem Mund, meine Zungenspitze kribbelt und sticht und taubt und lähmt und fährt unruhig auf und ab durch die Höhle meines Mundes. Gestochen wie von der Tarantel, die keine Tarantel ist, sondern eine Nessel, und zwar eine brennende.

Komisch, dass ich nicht wirklich zugebissen habe, meine Zunge brennt, denkt Pelle. Er ist in der Zwischenzeit weitergelaufen, draußen, durch den orangefarbenen, körnigen Lichtersamt und ist erstaunt darüber, dass sein Kopf ihn wieder auf so eine schmerzvolle Bahn geleitet hat. Sonst will Pelles Kopf nur in letzter Sekunde vor ein Auto springen oder ein Messer irgendwo reinhauen, obwohl Pelle das eigentlich ja gar nicht möchte, aber sein Kopf es als blitzendes Bild vor seinen Augen erscheinen lässt, auch wenn Pelle das ja sowieso nicht machen wird.

Pelle läuft und sein Bein bitzelt. Ein paar Meter vor Pelle steht ein Auto am Straßenrand, das ihn an das Auto seines Ex-Freundes erinnert. Gleiche Marke, gleiche Farbe oder auch nur gleiche Form, das weiß Pelle gar nicht so genau. Das genügt allerdings bereits für Pelles Kopf, um einen Vergleich zu ziehen. Wenn ich mich besser mit Autos auskennen würde, würden nicht alle Autos für mich so gleich aussehen und ich müsste nicht mehr so oft an das Auto denken, das es gar nicht mehr gibt in meinem Leben, von dem Menschen den es irgendwo noch gibt, aber irgendwo auch nicht, denkt er.

Pelles Finger berührt die dreckige Rückscheibe des Autos und Pelle lässt ihn darüber gleiten. Pelle folgt gespannt seinem Finger, so fokussiert, dass es so scheint, als würde der Finger stillstehen und das Auto sich unter dem Finger bewegen. Wäre sein Finger ein Stift, wäre es gekritzelt, aber es ist ein Finger und der Schriftzug ist geschwungen.

Vielleicht ist es besser, dass es vorbei ist, aber es fühlt sich nicht so an, steht jetzt dort, geschwungen und gekrakelt.

Pelle geht weiter. Pelle spielt mit einem lindgrünen Wollfaden, der von seinem Pullover herunterhängt, und dreht ihn um seinen dreckigen Zeigefinger. Vor ihm kommt eine Pfütze auf dem Gehweg. Er steigt darüber und blickt nach unten. Pelle sieht traurig, verzogen, schlecht ausgeleuchtet, ausgewaschen und verwackelt aus in der Bewegung. Alle diese Worte sind schon ok, um mich zu beschreiben, denkt Pelle, schade nur, dass ich auch haltlos aussehe. Aber ich bin ja auch in Bewegung. Könnte ich nur aus dem körnigen, orangefarbenen Licht einen Mantel herstellen und ihn anziehen, würde ich mich bestimmt nicht so verloren fühlen auf der leeren Straße. Das wäre schon ganz nice eigentlich .

Pelles Handy vibriert und er sieht, dass er eine Mail bekommen hat. Sie ist vom Universum gekommen (wirklich wahr, so heißt der Absender, »Mails from Universe«). Pelle hat sich vor einiger Zeit dort angemeldet, um jeden Tag eine inspirierende Nachricht zu bekommen. Meistens sind sie peinlich bemüht, bedeutungsgeladen und fake-deep und meistens werden sie sowieso in seinen Spam-Ordner weitergeleitet.

Diese Mail hat es allerdings irgendwie an Pelles Cyberwachen, die in seinem E-Mail-Postfach an der Einsortierstelle vermutlich mit großen Lichterröhren zum Weisen der Flugbahnen sitzen, vorbei geschafft. Deswegen sollte sie auch gelesen werden, dort steht:

Never underestimate your own importance, in the world today and in the worlds to come.

I can't even wrap my mind around it.

Yours truly,
The Universe

Das also sollte ich unbedingt wissen, denkt Pelle, leider halten sich die falschen Menschen mit viel zu großer Sturheit daran.

Pelle steckt sein Handy wieder in die linke Hosentasche, greift erst wieder zum grünen Wollfaden, bemerkt aber, dass ihm das gerade nicht mehr ausreicht. Pelle formt Haken aus seinen Zeigefingern, verhakt sie ineinander und zieht an sich selbst. Abwechselnd ist eine Hand, dann die andere oben.

Er geht an einem unbebauten Grundstück vorbei, das eigentlich doch vollbebaut ist, nur mit Pflanzen. Da ist so ein hohes Gras, das dunkelrote Spitzen hat, und er erinnert sich an eine Fahrt im letzten Frühsommer im Auto seines Ex-Freundes. Da waren noch zwei andere Freunde von ihm dabei und Pelle hat sich nicht integrieren können und hat sich auch da haltlos und verloren gefühlt. Er hat aus dem Fenster geblickt und während das damals neue Auto immer wieder unter Beweis stellen musste, wie schnell es beschleunigen kann, ist Pelle in der Beobachtung der Pflanzen auf dem Mittelstreifen verloren gegangen. Eigentlich auch nicht verloren, er hat versucht, dort Halt zu finden durch die immer gleichen, zufällig aufeinanderfolgenden Farben: dunkles Rostrot, helles Feuerrot, schläfriges Lavendelviolett und Salbeigrün. Dabei hatte er auch seine beiden Zeigefinger ineinander verhakt. Halt bei sich selbst zu suchen und zu finden kann Pelle dadurch manchmal. Für den Moment hilft das vielleicht, durch zwei Finger kommt aber leider auch kein fester Boden zurück.

An Pelles Gesicht fliegt jetzt eine dunkelviolette Libelle vorbei, für einen kurzen Augenblick reflektiert ihr schimmernder Körper das Straßenlaternenlicht. Orange zerborsten auf Chromviolett. Sie holt ihn wieder raus aus dem Auto, zurück auf den Fußgängerweg in Weißensee.

Pelle ist noch nicht angekommen, also läuft er weiter.

Manja Siber

Schlagschritt

Betäubend schwer presst die Luft auf deine Schultern, so drückend, dass du kaum das Rauschen meines Pulses hörst. Kaum siehst du das Wasser, das unter dir fließt, so tief hüllt die Nacht dich ein.

Auch die gelb-statisch glühenden Straßenlichter ändern nichts daran. Tiefschwarz ist die kleine Tasche Nacht, in die du dich hier geschoben hast, gepackt in das Dröhnen der Schleusen, die meine Ader lenkt. Du betrachtest sie, ohne ihre Arbeit wirklich zu sehen.

Du warst schon so oft hier, dich verstecken, flüchten, abschotten, fortkommen – was ist es heute?

Ist die Welt wieder zu viel, zu sehr Welt? Ist Leben zu laut? Oder ist etwas anderes zu leise? Weißt du es überhaupt selbst?

Du kannst nicht zu lange bleiben. Die Stille, die so oft hinter meinem Aderpochen lauert, lockt dich sich einzuverleiben.

Komm doch. Komm heraus, mein Herz. Du musst nicht Teil meines Pulses sein, wenn du nicht willst.

Ah. Ja. Jetzt. Jetzt dringt etwas in deine kleine Falte Finsternis, da sich die eine, die einzige Wolke weiterbewegt, die meinen Himmel überhaucht hat. Ein Splitter Mond hängt im Wasser, blendend und schwankend und so nah, dass du nur den Atem anhalten, den Arm ausstrecken müsstest, um ihn zu greifen, dich nur weit genug vorlehnen, dich nur hineinfallen lassen –

Du streckst den Arm aus. Du lehnst dich vor. Der Mondsplitter in meiner Ader lockt und mit ihm die Stille, wie so oft –

– und dann, wie immer, atmest du wieder aus. Du lehnst dich zurück und siehst hinauf, dorthin, wo mehr als nur der Splitter hängt. Und du atmest ein.

Wie die unzähligen Male zuvor fährst du dir über die Augen, die nun langsam wieder klar werden, ein wenig klarer als die Male davor.

Dann drehst du dich um.

Für einen Moment tauchst du erneut ein in das ertränkende Schlagen deiner Schritte, als du entlang des Wassers wanderst.

Durch die Alte Münze kommst du nicht mehr zurück. Die Tore sind schon längst verschlossen.

Also in leisen, sachten Schritten unter der Brücke hindurch, wo einige Leiber liegen und versuchen, etwas Schlaf zu finden.

Als du wieder hervorkommst, sind deine Schritte noch weicher, sachter als zuvor. Ein Geist bist du geworden, so sehr wie es dir möglich ist, so sehr, dass du nicht einmal geatmet hast.

Wie deine Lungen brennen müssen im ersten Atemzug. Eine Erinnerung, nicht wahr, dass du lebst, dass du auf wundervollst, viszerale Art und Weise lebst, dass du nicht in einem Moment eingefangen und festgefroren bist wie der Drache und sein gerüsteter Mörder, die, eine kleine Treppe hinauf, meine Ader überblicken.

Du siehst an ihnen hinauf, für einen ganzen, langen Moment.

Was denkst du, mein Liebes? Wie viel einfacher es wäre, aus Metall und Guss zu sein, dass man nichts merkt, nichts fühlt, nichts sieht, nichts weiß, nichts freut – nichts verliert?

Doch letztlich gehst du weiter, kleine, geduckte Gassen entlang, in denen ich einen meiner vielen, vielen kleinen Kerne habe.

Selbst hier herrscht bereits Stille. Alles ruht; da und dort glimmt hinter einem Fenster noch Licht.

Und auch hier schlägt mein Puls, vielfach und vielfach geschichtet. Vage hörst du Türen und Fenster gehen und manchmal einzelne Stimmen. Langsame, sachte, weiche Schläge, die atmen und hören und fühlen lassen. Dahinter pocht ein weiterer Rhythmus, dumpf und entfernt und hektisch und zerrend.

Du fühlst ihn, du folgst ihm aus den Gassen heraus und auf die breiten, gleißenden Straßen und Plätze – dieser Rhythmus hat dich schon so manches Mal in die kleinen Taschen Nacht getrieben.

Dennoch, du fühlst, du weißt, mein Puls ist besser als was du heute und in manch anderen Nächten und Tagen und Stunden denkst und was dich in deine Winkel treibt.

Meine Lichter gleißen und locken und flüstern *Komm komm komm* so laut, dass die Sternenfetzen und Mondlichtsplitter darin ertrinken.

Für einen Moment stehst du auf der Straße und schaust und –

So einfach. So einfach, hineinzuwandern und zu warten, dass die rauschenden Lichter dich erfassen und mitreißen -

Einen Schritt nach dem anderen gehst du weiter und nimmst den sicheren Weg, der dich auf die andere Seite bringt. Der Strom aus Lichtern und Dröhnen eilt hinter dir vorbei, aber sie können dich nicht mehr erreichen. Mein Puls zieht dich weiter, vorbei an stillen und halbdunklen Konsumpalästen und am Donnern der Bahngleise entlang, bis du unter der Nadel stehst, die hoch in den Himmel sticht, so hoch und steil, dass es dich schwindeln macht, aufzusehen.

Weiter zieht es dich, dorthin, wo mein Puls zu Musik und Bassschlag wird, unter der Bahnbrücke hindurch. Über dir dröhnt und bebt die Bahn in meinem Atemzug, du lässt das Beben durch dich hindurch schaudern –

Die Luft singt um dich herum mit meinem Puls, mit Beben und Dröhnen und mit schreienden Sirenen und dem Hämmern aus den umliegenden Clubs, vor denen sich Schlangen sammeln. Dein Blick wandert über die Gesichter, die lachen und leuchten und leben – so jung warst du einmal. Jung bist du noch immer. Es ist gar nicht lange her, dass du das eine Gesicht warst, das angespannt starrt und wartet, vom Eingangstor verschlungen zu werden. Dann, in den zuckenden Lichtern, im Dröhnen von Musik und im Meer aus Leibern alles ertränken, bis auch diese Flucht nicht mehr genügte und du in die Stille kriechen musstest. Erinnerst du dich? Findest du dich wieder?

Du suchst und ja, du findest ein Gesicht, das deinem einstigen so sehr gleicht, kurz bevor es sich von dem maulweit aufgerissenen Tor verschlingen lässt, gefolgt von jenen lachenden, unbesorgten und –

Mein Puls zieht dich fort, zieht dich weiter, du atmest die Nacht ein, atmest sie aus und lässt sie fortziehen.

Nicht daran denken, mein Herz. Nicht an Schatten und Heimsuchungen denken, die nicht die deinen sind. Weitergehen, vorwärtsgehen, im dir eigenen Pulsschlagschritt.

Jedes meiner Herzen hat seine eigenen Kämpfe auszustehen. Du hast die deinen und hier bist du.

Und mit jedem Schritt geschieht das Wundervolle, dass du manchmal, wenn du sie brauchst, deine Taschen Nacht findest, dich hineinbegibst – und dann wieder deinen Weg hinausfindest, einen Atemzug nach dem anderen.

Bleib so. Bleib Teil von mir, im Puls oder nicht.

Bleibt so.

Was bin ich letztlich, als das, was sich aus euch ergibt?

Tim Sterniczuk

Wo es nach Zitronen duftet

Ein gelbes Blatt landete auf meiner Schulter, als hinter mir die Eingangstür zu dem Mehrfamilienhaus zuschlug, in dem wir uns immer trafen, um miteinander zu schlafen. In dessen zweitem Stock die Studentenwohnung lag, in der sie lebte und die ich in den letzten Wochen so regelmäßig besucht hatte. Es wurde langsam Herbst und den Reißverschluss meiner Windjacke zog ich inzwischen widerwillig bis an mein Kinn zu. Ich drehte mich noch einmal um und warf, wie nach jedem Mal, einen letzten Blick hoch zu ihrem Schlafzimmerfenster. Kein Kopf, keine schlanke Silhouette. Kein Leben, bloß Glas.

Mein Fahrradschloss öffnete sich mit dem vertrauten Klacken, nachdem ich den Schlüssel darin herumgedreht hatte. Ich verstaute es in meinem Rucksack und setzte mich in Bewegung. Während ich einigen herabgefallenen Kastanien auswich, ahnte ich, dass auch wir unser Verfallsdatum langsam erreicht hatten. Sozusagen in den Herbst unserer kurzen Beziehung eingetreten waren, wenn man das, was wir hatten, überhaupt so nennen wollte. Eine Beziehung, die diese dritte Jahreszeit ebenso wenig kannte wie einen Frühling oder einen Winter. Wer von uns beiden den Stecker ziehen würde, war noch nicht entschieden. Wenn wir schwitzend und ineinander verschlungen in ihrem Bett lagen, dachten wir nicht daran. Wenn ich danach ein Glas Wasser trank und sie erschöpft anlächelte, dachte wenigstens ich schon wieder daran. Sie vielleicht auch, ich habe sie nie gefragt. Trotzdem hätte ich nicht voraussagen können, wann es letztlich so weit sein mochte. Vielleicht beendete man Beziehungen ja so, wie man mit dem Rauchen aufhörte. Man nimmt es sich immer wieder vor, irgendwann auch ganz konkret, aber aufhören tut man zu einem ganz anderen, viel späteren Zeitpunkt. Irgendwann ist es einfach die letzte Zigarette. Das letzte Mal Sex, das letzte Telefonat. Das ist dann einfach so. Dann ist alles passé, aus und vorbei.

Ich machte an einem kleinen Kiosk halt und lehnte mein Fahrrad gegen eine ehrwürdige Buche. Wie bei der schönsten Seidenmalerei gingen die Blätter ihrer Krone mühelos von grün zu gelb über, den Gesetzen der Zeit vorauseilend unterworfen, während der beeindruckende Stamm beinahe trotzig zu versuchen schien, ein unverrückbares Zeugnis darüber abzulegen, dass ihm alle Zeit der Welt eine Veränderung nicht würde abringen können. Ich bat den Verkäufer um eine Packung Zigaretten und blickte die große Verbindungsstraße hinab, die vor mir lag. Ich wusste, dass ich noch ungefähr zwölf Kilometer vor mir hatte, bevor ich zu Hause ankommen würde, aber das machte mir nichts aus. Wegen des langen Weges fühlte es sich immer ein wenig so an, als hätte ich sie mir verdient. Hätte uns verdient, und unsere kurze, gemeinsame Zeit.

Es war ein milder Herbstnachmittag, der im Takt der zögerlich untergehenden Sonne so vorsichtig und zurückhaltend kälter wurde, dass man meinte, er würde sich nach einem langen Sommer dafür schämen. Ich blickte auf meine Zigarette und fragte mich, ob dies vielleicht die letzte Zigarette meines Lebens sein mochte. Ich blies den blauen Rauch in den noch blaueren Himmel, dessen Wolken in einer entzückenden optischen Täuschung mit meiner Tabakwolke zu einer bizarren Einheit verschmolzen, und realisierte, dass weder ich noch irgendein Mensch sie je wieder in dieser Konstellation, in dieser exakten Position würde bewundern können. So würden sie sich kein zweites Mal aufstellen, kein zweites Mal zueinanderfinden. Ihre Existenz und ihre Schönheit waren auf diesen, nur diesen einen Moment beschränkt. Grinsend erschuf ich mit jedem Zug, den ich gen Himmel blies, neue Wolkengebilde, jedes so einzigartig wie der Augenblick, aus dem es entstand. Ich rauchte noch eine zweite Zigarette und fuhr erst danach langsam weiter in Richtung Norden.

Ich hatte eine Schwäche für sie. Das war für Außenstehende so offensichtlich, wie es für mich rätselhaft war. Ich trug eine dünne

Brille, wie die Intellektuellen sie trugen, die ich zu imitieren versuchte. Sie trug hochhackige Schuhe. Ich las zum Einschlafen Heidegger, auch wenn es mich langweilte. Sie verzichtete darauf, gerade weil es sie langweilte. Ich studierte Philosophie und sie studierte Jura. Nicht zuletzt war sie drei Jahre älter als ich, was mir damals viel vorkam. In der Universitätsbibliothek, die zu keinem Fachbereich gehörte und damit neutraler Boden war, warfen wir uns ein halbes Jahr lang schüchterne Blicke zu, bevor wir die ersten Worte miteinander wechselten. Ich frage mich oft, ob wir es nicht dabei hätten belassen sollen. Es war aufregend und im Alltag ist Aufregung ein seltenes Gut.

Doch wir tauschten sie ein, diese Aufregung, gegen sehr guten Sex. Ich kann es nicht anders beschreiben, es war einfach sehr guter Sex. Wir hatten viel Spaß, wenn es wirklich das ist, was man beim Sex hat, und haben uns von jeder Scham befreit ausprobiert. Wir trafen uns immer in jenem zweiten Stock, in der kleinen Wohnung, die so anders war als die WG, in der ich hauste. Das trifft es wohl am besten, dass sie lebte und ich hauste. Alles dort war sauber und weiß und geordnet, war mit-, zu- und füreinander arrangiert, wie in einem Katalog. Mir gefiel das irgendwie, es war eine willkommene Abwechslung zu den dreckschwarzen Dielen meiner Altbauwohnung und ich fühlte mich in ihrem Bad deutlich wohler als in meinem eigenen. Ihr Bad war sogar sauber genug, dass es uns einmal dort überkommen hat, auf dem Boden, der nach Citrus-Reiniger roch. Ich glaube, dass weder sie noch ich wirklich Freude daran hatten. Es tat weh und kalt war es auch. Aber es war so eine Sache, die man mal gemacht haben musste, dachte ich. Und im Gedächtnis ist es jedenfalls geblieben. Noch heute erinnere ich mich daran zurück und denke an sie, wenn ich Citrus-Reiniger rieche. Manchmal sogar schon, wenn der Duft von echten Zitronen in der Luft liegt.

Dass unsere Beziehung ein Ablaufdatum hatte, wurde mir eines Abends im August bewusst. Sie hatte ein gemeinsames Essen vorbereitet und es schmeckte bestimmt nicht schlecht, daran hätte ich mich erinnert, aber es gefiel mir nicht. Es fühlte sich anders an als mit früheren und auch späteren Freundinnen. Ich fühlte mich unwohl, während ich die Gabel in den Mund schob. Glaubte, sie würde mich bei jedem Bissen beobachten, was sie gewiss nicht tat. Danach war auch der Sex nicht mehr der gleiche. Als sei das letzte bisschen Aufregung verkocht worden und damit die einzige Zutat, die unserer Beziehung ihren Geschmack verliehen hatte.

Der nächste Kiosk musste für ein kaltes Bier herhalten. Gegenüber davon lag ein Fußballplatz, auf dem zwei Amateurteams gegeneinander kickten. Es war kein spannendes Spiel, aber ich konnte beim Zuschauen Bier trinken und ein paar Zigaretten rauchen. Ich fragte mich nicht länger, ob es sich dabei um meine letzten Zigaretten handeln würde. Ich war dreiundzwanzig. Das sah ich ein, während ich in den Torjubel einstimmte, den die wenigen Anhänger der Heimmannschaft plötzlich losgetreten hatten. Was konnte mir schon passieren, die Welt stand mir offen und ich hatte so viel Zeit, dass ich unmöglich jeden Atemzug davon wertschätzen konnte.

Ein älterer Kerl, der neben mir saß, schnorrte sich eine Zigarette. Er war der Typ Mann, den man trotz seines fortgeschrittenen Alters nicht als älteren *Herrn* bezeichnen würde, einfach, weil er aussah, wie er aussah. Die angeschwollene Nase warf einen dunkelroten Schatten über das rosa glühende und zerfurchte Gesicht. Seine dicken, dunklen Augenringe stützen die eingefallenen Knopfaugen, wie ein Pudding die dekorativen Blaubeeren stützte, oder Gelatine das Fleisch in einer Tellersülze. Ihm fehlte eine Vielzahl von Zähnen und die weiten Lücken zwischen den wenigen, die ihm verblieben waren, dürften als unfreiwillige Chronisten der Abgründe gedient haben, die in seinem Leben selbst klafften. In die er eines Tages gefallen war und aus denen er sich nie wieder herausgekämpft hatte.

»Bin jeden Samstag hier«, krächzte er mit dem letzten bisschen Stimme, das der jahrelange Tabakmissbrauch ihm gelassen hatten. »Verpass' kein einziges Spiel. Bin 'ne treue Seele. Ist aber selten geworden heutzutage. Hat keiner mehr Zeit für den anderen. Sind alle so verdammt mit sich beschäftigt.«

»Ich hol' mir noch 'n Bier. Soll ich Ihnen eines mitbringen?«

»Mir fehlt's am nötigen Kleingeld dafür, Junge. Aber danke, ist 'ne feine Geste.«

»Darum kümmere ich mich schon.«

Ich kaufte zwei Bier und zwei Bratwürste im Brötchen an dem kleinen Stand, der neben den Kabinentrakten sein Lager aufgestellt hatte. Es war der einzige Ort in dem kleinen Stadion, von dem aus ich mein abgeschlossenes Fahrrad nicht im Blick hatte. Ich kleisterte die Würste mit so viel Senf zu, dass der verbrannte Darm nicht mehr zu sehen war, und ging zurück auf die kleine Tribüne, wo mein Kompagnon wartete. Dank der Senfdecke würden wir uns beim Essen beide besser fühlen, hoffte ich. Er bedankte sich, indem er sich mehrmals tief verbeugte, wie er es in einem alten Kung-Fu-Film gelernt haben musste. Es war albern und es schlug ihm erkennbar aufs Kreuz. Aber das machte es irgendwie ehrlich. Wir aßen Wurst und tranken Bier, während wir die zweite Hälfte des Spiels verfolgten. Wir hatten in diesen fünfundvierzig Minuten keine Sorgen, keiner von uns.

Ich ließ ihm fünf Zigaretten da und verabschiedete mich, während er sich noch einige Male mit schmerzverzerrtem Gesicht verbeugte. Ich beteuerte, dass es schon gut sei, und deutete ebenfalls eine Verbeugung an. Ich erreichte den Ausgang des Sportplatzes, wo ich mein Fahrrad angeschlossen hatte, gleich rechts vom dunkelgrünen, metallenen Tor. Nur stand dort kein Fahrrad mehr. Es war nirgends zu entdecken, doch ich war mir sicher, dass ich es genau dort angeschlossen hatte. Auf dem Boden vor dem Zaun sah ich schließlich mein Schloss liegen. In der Mitte durchgeschnitten, die beiden Hälften auf die grauen, knochenförmigen Pflastersteine geschleudert, getrennt, was eben noch zusammengehörte, neben ausgedrückten Kippenstummeln und einem zerknitterten Taschentuch. Ich dachte in diesem Moment nicht an mein Fahrrad, daran erinnere ich mich genau. Alles, woran ich denken konnte, war mein Schloss. Und dass ich jetzt nie wieder sein vertrautes Klacken hören würde.

Es war inzwischen fast siebzehn Uhr und noch hell, ich hatte drei Bier getrunken, noch etwa zehn Zigaretten in der Tasche und entschied deswegen, dass ich zu Fuß nach Hause laufen würde. Mein Fahrrad stand mir nicht länger zur Verfügung, soviel stand fest, und auf Bahn fahren hatte ich keine Lust. Ich hatte immer noch einiges an Strecke vor mir, aber das war mir gleich, ich hatte es nicht eilig. Dort, in Richtung Norden, gab es ohnehin nichts, was mich erwartete. Das Einzige, was auf mich gewartet hätte, lag hinter mir. Aber davor hatte ich die Flucht ergriffen, ganz bewusst. Oder unbewusst, ich wusste es eigentlich nicht. Vielleicht wäre es anders gewesen, wenn sie heute einmal den Kopf durch das Fenster gesteckt, sich für einen kurzen Augenblick ihre Silhouette hinter der Scheibe angedeutet hätte. Vielleicht hätte ich sie dafür auch verflucht. Ich ging außerdem zu Fuß, weil ich plötzlich Angst bekam, dass, sobald ich in die Bahn oder in den Bus stieg, es sich mit diesem schönen Herbsttag so verhalten würde, wie mit den Wolken, oder dem Rauchen, oder dem Klacken meines Fahrradschlosses. Dass ich aussteigen und er für immer fort sein würde.

Uhlandstraße, Ecke Berliner Straße, Ecke Güntzelstraße, Ecke Hohenzollerndamm und wieder Uhlandstraße. Ich setzte beständig einen Fuß vor den anderen, kaufte mir an einem Späti ein kaltes Bier und rauchte Zigaretten. Ich machte mir eine Freude daraus, den kalten Rauch auszublasen und durch die Rauchwolke zu treten, als könne ich ihr auf diese Weise zeigen, wer der Stärkere war. Wenn ich mich umdrehte, war sie schon längst in ihre Einzelteile zerfallen, was meinen Triumph schmälerte, aber das machte nichts. Mir gefiel der Gedanke, dass ich das Ganze noch zehn Zigaretten lang aufrechterhalten konnte, wenn ich wollte. Auch wenn ich bereits auf der Höhe Güntzelstraße spürte, dass mir bald die Lust daran vergehen sollte, was wieder einmal typisch war.

Ich kam an Restaurants vorbei, durch deren Fenster ich starrte wie durch ein Schaufenster, gegrillte Ente und Gemüse in dunkler Soße, dazu eine schlecht gebundene Krawatte und nagelneue Doc Martens an spätsommerlich befreiten Waden. Ich passierte einen Fahrradshop, pustete Rauchwolken in meine unmittelbare Zukunft, als würde ich mit ihr kommunizieren, salutierte einem Optikergeschäft, das schon geschlossen hatte, für seinen Mut, zögerte an einem Getränkemarkt, aber gab mich mit meiner Ausbeute für den heutigen Tag zufrieden. An der alten Postbankfiliale machte ich halt und hob ein wenig Bargeld ab und dann, gleich an der Ecke Düsseldorfer Straße, war da der tote Radfahrer.

Er war kaum zu erkennen, wurde verdeckt von dem riesenhaften Ungetüm, das ihn unter sich begraben hatte. Der gewaltige Lastzug lag regungslos da wie ein niedergeschossener Dickhäuter, während aus dem kleinen Supermarkt an der Ecke zahllose Schaulustige strömten, um an der tragischen Safari teilzuhaben. Ich konnte sehen, dass der Radfahrer Turnschuhe trug, eine Art Cordhose und einen grünen Strickpullover. Seine Arme standen in unnatürlichen Winkeln von seinem Rumpf ab, seine rechte Gesichtshälfte war verschluckt von dem heißen Teer unter ihr. Es war eigenartig, aber ich dachte in diesem Moment an meine Freundin. An ihre Augen, ihre glatte Haut, die ich noch vor zwei Stunden geküsst hatte, und ihr langes Haar. Nur um sie schließlich dort zurückzulassen, im Süden, für einige Biere und, wie sie es ausdrücken würde, einen Diebstahl und eine Sachbeschädigung. Dem Fahrradfahrer strömte das Blut aus einer Platzwunde am Kopf, eine ältere Dame hatte ihre Einkaufstasche fallen gelassen. Ich ging zu ihr und sammelte mit ihr gemeinsam die Einkäufe von der Straße auf, während sie ununterbrochen schluchzte. Ich bemerkte, dass der Gehweg ein wenig abschüssig war. Auf den regungslosen Körper des jungen Mannes, der dort in einem Meer aus Scherben auf dem Bauch lag, rollten aus dem am Boden liegenden Beutel der älteren Dame zwei Zitronen zu, denen ich hinterherlief, bis sie an seinen Schuhsohlen zum Stehen kamen. Dort ließ ich sie liegen, mitten auf der Uhlandstraße, in Richtung Norden. »Entschuldigen Sie mich«, sagte ich zu der älteren Dame, bevor ich die Straßenseite wechselte, mein Bier austrank und die letzte Zigarette meines Lebens rauchte.

Alina Dudek

Liebe in der Probatorik

»Was führt Sie zu mir?«

»Ich will endlich meine Flugangst loswerden.«

Die Therapeutin nickte und schrieb auf ihren Dokumentationsbogen für Erstgespräche: *Frau S., 25 Jahre alt, Verdacht auf Aviophobie.*

»Seit wann haben Sie schon diese Angst?«

»Vor drei Jahren hatte ich einen absoluten Horrorflug von Fuerteventura zurück nach Berlin. Wir sind in ein Gewitter geraten und …« Die junge Frau schüttelte den Kopf. »Gott, wenn ich schon daran denke, wird mir schlecht. Dieses eklige Gefühl, ins Nichts abzusacken, die Wolken waren komplett schwarz und dann überall Blitze. Alle haben geschrien, nur ich saß wie versteinert da. Seitdem habe ich kein Flugzeug mehr betreten.«

»Das stelle ich mir sehr bedrohlich vor.« Die Therapeutin nickte, um ihr Verständnis zu signalisieren. In den ersten Sitzungen war es besonders wichtig, empathisch und einfühlsam zu wirken.

»Am liebsten würde ich einfach gar nicht mehr fliegen, wegen Klima ja eh.« Frau S. sah zu Boden.

»Das verstehe ich, und trotzdem sind Sie nun hier bei mir gelandet.« Die Therapeutin beugte sich vor, um sie zum Weiterreden zu ermutigen.

»In nächster Zeit werde ich vermutlich mehr fliegen müssen, deswegen geht das nicht anders.« Frau S. sah vom Boden auf.

»Müssen Sie beruflich fliegen?«

»Ich studiere Literaturwissenschaft, keine Ahnung, ob ich je beruflich fliegen muss. Wahrscheinlich nicht.«

»Weshalb werden Sie dann viel fliegen müssen?«

»Für die Liebe.« Frau S. kicherte. »Das klingt so kitschig, ich weiß, aber ich habe ihn endlich gefunden, meinen Traummann. Die Liebe meines Lebens.«

»Das freut mich für Sie.« Die Therapeutin rang sich ein Lächeln ab und ergänzte ihren Stundenbogen. »*Liebe meines Lebens.*« Das war eine sehr hochtrabende Formulierung. Sie sollte später explorieren, ob Frau S. histrionische Züge hatte.

»Nur, wie das meiste, hat es einen Haken.« Frau S. sprach leise weiter. »Leider lebt und arbeitet er in Los Angeles.«

»Das ist natürlich eine weite Reise. Wie lange sind Sie denn schon zusammen?«

»Es ist noch ganz frisch, gerade einmal fünf Wochen. Wirklich, ich war noch nie so verliebt in meinem ganzen Leben. Ich fühle mich, als wäre ich auf Drogen oder so. Für ihn will ich sogar meine Angst überwinden und mich vierzehn Stunden in den Flieger setzen.« Frau S. strahlte nun wieder.

Die Therapeutin zwang sich erneut zu einem Lächeln. Es sollte egal sein, warum jemand letztlich den Schritt zur Therapie wagte und Hilfe in Anspruch nahm. Aber Liebe war so eine launische Sache, heute so, morgen so. Sie sah sich schon in zwei Monaten mit der Patientin die Scherben ihres Überschwangs zusammenkehren, wenn sich der schöne Traum in Luft auflöste.

»Nun würde ich Ihnen gerne noch ein paar andere Fragen stellen, die ich immer standardmäßig stelle.«

Die Therapeutin arbeitete ihre Screeningfragen ab, ohne großartige Auffälligkeiten. Frau S. schlief seit einigen Wochen deutlich weniger als üblich, sie hatte leichte Konzentrationsstörungen, war euphorisch, plötzlich viel geselliger und gesprächiger als sonst. Außerdem erlebte sie einen Aufschwung in ihrem Selbstwertempfinden und sexuelle Luststeigerung. Alles nichts Ungewöhnliches bei frisch Verliebten. Die Symptome einer manischen Episode, einer Kokainintoxikation und beim Verliebtsein waren nur durch den Auslöser zu unterscheiden. Absurd, wie der Körper uns einen psychedelischen, süchtig machenden Zustand vorgaukeln konnte, nur damit wir eine Bindung eingingen. Einige ihrer Kolleginnen nahmen keine frisch Verliebten auf – in einer akuten Manie oder unter Drogenkonsum war schließlich auch keine Psychotherapie möglich. In diesem Fall fand die Therapeutin es jedoch vertretbar. Hauptsache, die Patientin hatte genug Motivation, sich wieder in ein Flugzeug zu wagen.

Frau S. zeigte keine weiteren Symptome und auch in ihrer Familie gab es keine Häufung von psychischen Störungen. Sie war eine intelligente junge Frau, die sicherlich gut von der Therapie profitieren würde.

Die Therapeutin sah auf ihre Tischuhr. Sie war mit ihrem Programm fürs Erstgespräch durch, allerdings wurde sie für fünfzig Minuten bezahlt und die waren noch nicht ganz um. Sie würde die Zeit für weiteren Beziehungsaufbau nutzen, Menschen liebten es, von ihren Vorlieben zu erzählen.

»Was macht Ihr Partner denn, dass er in Los Angeles arbeitet?«

Frau S. grinste. »Sie stehen unter Schweigepflicht, oder? Also nichts, was ich Ihnen sage, dürfen Sie irgendwem weitererzählen?«

»Selbstverständlich.« So oft hatte sie diese Frage gestellt bekommen, nur um gänzlich triviale Details zu hören. Patientinnen und Patienten überschätzten gern, wie stark sie eine Psychotherapeutin mit zehn Jahren Berufserfahrung noch schockieren konnten. Doch dann erklärte Frau S. ihr lang und breit, dass ihr Angebeteter ein weltberühmter Hollywoodschauspieler sei.

Die Therapeutin ließ es so stehen, ohne weiter nachzuhaken, dafür hätte die Zeit nicht mehr gereicht.

Nach der Sitzung aber tat sie etwas, das sie selten tat: Sie recherchierte das Leben ihrer Patientin. Den Schauspieler, mit dem sie angeblich zusammen war, kannte die Therapeutin gut. Er war Ende zwanzig, sehr gutaussehend und noch erfolgreicher. Alle großen Regisseure rissen sich um ihn. Es war ganz und gar unmöglich, dass dieser Superstar mit einer gewöhnlichen deutschen Literaturstudentin zusammen sein konnte. Und ihre Recherche bestätigte, was sie schon wusste. Er war weder in einer Beziehung, noch fand sie irgendwelche Artikel zu ihm und ihrer Patientin.

»Wissen Sie, ich habe über Ihre Situation nachgedacht«, eröffnete die Therapeutin die nächste Sitzung. »Und so einen Weltstar zu daten, stelle ich mir gar nicht so einfach vor.«

Frau S. nickte eifrig. »Ja, das stimmt. Wir müssen natürlich sehr vorsichtig sein, schließlich wollen wir nicht, dass die ganze Welt gleich von unserer Beziehung erfährt. Wir wollen uns ja erst einmal so kennenlernen.« Frau S. beugte sich vor und sprach in verschwörerischem Ton weiter. »Und ehrlich gesagt habe ich auch ein wenig Angst vor dieser ganzen Aufmerksamkeit. Verstehen Sie?«

Die Therapeutin räusperte sich. »Ja, natürlich. Das ist ja auch eine wirklich ... außergewöhnliche Situation. Wie haben Sie sich überhaupt kennengelernt, unter diesen Umständen?«

»Das war echt wie im Film.« Frau S. lehnte sich zurück und sah wie in Trance an die Decke. »Er war für Dreharbeiten in Berlin, hat gleich um die Ecke bei mir im Prenzlauer Berg gedreht und wir sind uns regelrecht in die Arme gelaufen. Ich war super genervt, weil er mir seinen Kaffee über den Mantel gekippt hat.« Frau S. hielt sich die Hand vor den Mund und kicherte wieder.

Das war der Anfang jeder zweiten romantischen Komödie, den die Patientin da beschrieb. Die Therapeutin versuchte trotzdem wohlwollend zu lächeln. »Und dann?«

»Es ging dann auch alles total schnell. Er hat mir seine Nummer gegeben, für die Reinigung von meinem Mantel, dann haben wir uns getroffen und wussten sofort, dass das zwischen uns etwas ganz Besonderes sein muss. Kennen Sie den Begriff *Twin Flames*?«

»*Twin Flames*?« Eine ihrer Augenbrauen schnellte nach oben. Die Therapeutin hatte versucht, sich diesen Automatismus während ihrer Ausbildung so gut wie möglich abzutrainieren. Doch in ganz seltenen Momenten konnte sie diesen Impuls nicht unterdrücken. Zum Glück schien Frau S. nichts davon zu bemerken.

»Eine Seele, die in zwei geteilt wurde. Ich denke, das sind wir. Sobald wir uns kennengelernt haben, hat es sich angefühlt, als wären wir endlich ganz. So etwas Intensives habe ich noch nie erlebt. Es spielt keine Rolle, wer er ist, oder woher ich komme.«

»Das klingt tatsächlich nach etwas Besonderem.« Die Therapeutin hatte ihre Mimik endlich wieder unter Kontrolle gebracht und würde sich nicht erneut aus der Ruhe bringen lassen. Sie würde die Beziehung weiter aufbauen und gründlich weitere Symptome explorieren. »Und wie ist der Kontakt so, wenn Sie gerade getrennt leben?«

»Wir telefonieren eigentlich jeden Tag, das ist uns sehr wichtig bei so einer krassen Fernbeziehung. Nur ist er natürlich sehr beschäftigt mit Shoots und ich mit meiner Masterarbeit. Aber ich verfolge seine Interviews, damit ich an seinem Leben teilhaben kann. Manchmal sendet er mir dabei süße Geheimbotschaften.«

»Geheimbotschaften?«

»Das ist ein bisschen peinlich vielleicht, aber er tippt sich manchmal dreimal auf die Wange und das heißt, er denkt an mich.«

Die Therapeutin nickte und schrieb auf ihren Stundenbogen: *Verdacht auf überwertige Ideen.* Sie nutzte die restliche Zeit der Sitzung, um auszuschließen, dass es akute Anhaltspunkte für Eigen- oder Fremdgefährdung gab. Dann ermöglichte sie Frau S., Rückfragen zu stellen und verabredete einen neuen Termin für die nächste Woche.

Nach der Sitzung recherchierte die Therapeutin intensiver nach Informationen zu ihrer Patientin. Das war ein ethischer Graubereich. Die Dinge, die sie über Frau S. erfahren könnte, hatte sie nicht freiwillig mit ihr geteilt. Und doch musste sie irgendwie Beweise finden für das, was sie vermutete.

Sie fand unterschiedliche soziale Medien der Patientin und dann einen verlinkten Fanaccount. Die Therapeutin scrollte ganz zum Anfang, ein Jahr zurück, und fand sich in einer sonderbaren Welt wieder. Anscheinend war die Patientin ein Fan von fiktionalen Pärchen. In jedem Medium, egal ob Roman, Serie oder Film, fand sie Charaktere, welche sie miteinander in einer Liebesbeziehung sehen wollte. Frau S.

hatte Darlegungen erstellt, mit literaturanalytischen Beweisen, warum zwei bestimmte Charaktere einer Serie zusammenkommen sollten. Sie hatte tausende Likes dafür bekommen. Danach hatte sie mehr und längere Posts abgegeben. Und dann hatte sie begonnen, Fanfiction zu schreiben, ihre eigenen Ideen abseits des wahren Inhalts der Serie weiterzuführen. Sie hatte auch Posts und Bilder von besagtem Schauspieler gelikt. Diese Online-Präsenz las sich wie die Chronologie einer Obsession, schwarz auf weiß die Indizien ihrer Hyperfixierung auf Liebesgeschichten. Es war ein stimmiges Bild, dass die Patientin langsam hypomanisch geworden war und sich ihre Wahninhalte organisch aus ihren extremen Interessen entwickelt hatten. Sie hatte begonnen, in einer romantischen Verklärung zu leben. Diese Verklärung, die die Medien schon immer gern jungen Frauen und Mädchen überstülpten: dass sie ein Gegenstück brauchten, um glücklich zu sein. Dass die Prinzessin am Ende einen Ritter, oder besser noch einen Prinzen küssen musste. Dass es ohne Hochzeit kein Happy End geben konnte.

Eine Hochzeit war jedoch nur ein neuer Anfang. Mit fünfundzwanzig hatte sie selbst geheiratet, damals, als sie fast so naiv wie Frau S. gewesen war. Sie hatte immer alles richtig gemacht. Die besten Noten im Studium, die beste Note in der Approbationsprüfung, viermal die Woche Pilates, gesunde Ernährung und die Konservierung ihrer jugendlichen Schönheit. Nun, mit Ende dreißig war sie eine attraktive, erfolgreiche Frau. Ihre Praxis am Savignyplatz lief hervorragend, ihre Eigentumswohnung hatte sie allein finanziert, ein elektrobetriebener SUV stand in ihrer Parkgarage und auf der Warteliste für eine *Hermès Birkin Bag* war sie ganz oben. Sie hatte alles erreicht, was sie sich wünschen konnte, und trotzdem war sie betrogen worden. Jahrelang. Und sie hatte es nicht kommen sehen. Sie – als Psychotherapeutin, die ihren Lebensunterhalt durch ihre Menschenkenntnisse bestritt. Sie – die es hätte besser wissen müssen. Aber aus Fehlern lernt man, und sie würde sich kein zweites Mal diesen Kleinmädchenträumen hingeben. Freunde und Familie reichten zu einem erfüllten Leben, und in diesen ganz seltenen Momenten, in denen sie sich etwas mehr wünschte als das, in denen die Einsamkeit, dieses listige Gefühl, sie doch übermannte, gab es immer Sex und Lust.

Frau S. kam mit roten Augen in die nächste Sitzung.

»Ich merke, Sie sind ganz aufgelöst. Ist irgendetwas passiert?«

»Entschuldigung.« Sie begann sofort zu weinen. »Ich weiß, es geht hier eigentlich um meine Flugangst.«

»Wenn Sie etwas anderes so stark belastet, dann hat das natürlich auch Raum in unserer Therapie.«

Frau S. nahm sich von den Papiertüchern und wischte sich die Nase ab. »Es ist nur, dass ich mir so gewünscht hätte, dass mein Freund dieses Wochenende über meinen Geburtstag kommen kann. Und jetzt erreiche ich ihn seit einem Tag nicht mehr.«

Die Therapeutin nickte. Natürlich freute sie sich nicht, Frau S. aufgelöst zu sehen. Gleichzeitig aber beruhigte es sie, dass sie mit ihrem therapeutischen Instinkt recht behalten hatte. Sie machte eine neue Notiz: *Affekt labil.* »Einen Freund zu haben ist Ihnen sehr wichtig, oder?«

»Die Liebe ist mir wichtig«, schluchzte Frau S.

»Was bedeutet das denn genau für Sie, die Liebe?«

»Liebe.« Frau S. hörte endlich auf zu weinen. »Liebe ist das Mächtigste, das wir tun können. Eine göttliche Kraft. *Agape*. Sie erweitert und transformiert uns. Sie ist nicht gebunden durch Zeit oder Raum, weil sie durch Seelen spricht, nicht diese einfachen Atome. Wir wissen nicht, woher wir kommen, warum wir sind oder wohin wir gehen, und trotzdem können wir darüber lachen. Weil es sie gibt, die Liebe. Den einzigen Grund, warum wir in diesem surrealen Leben nicht resignieren.«

Das war es. Darum gaben sich Menschen immer wieder dieser Illusion hin, es gäbe sie, die eine große Liebe, die das Leben verändern sollte. Um der Trostlosigkeit der Mortalität zu entfliehen. Um an irgendeine übermenschliche Macht zu glauben, die in jedem einzelnen schlummert. Um unsere unerträgliche Mittelmäßigkeit zu kaschieren und zur Ersatzreligion zu erheben. Dieses Wahnkonstrukt der Patientin war nur die Spitze des Eisbergs einer kranken Gesellschaft.

»Das klingt schön«, sagte die Therapeutin, war sich nun aber sicher: Frau S. litt an einer bipolaren Störung, war manisch. Sie würde es ihr in der nächsten Sitzung mitteilen müssen. Heute reichte die Zeit nicht mehr für die Diagnose, denn bei überwertigen Ideen und Wahn musste sie behutsam vorgehen. Die Patientin zeigte bereits erste Labilität in ihrem Affekt. Wenn sie sie zu schnell, zu früh mit der Unmöglichkeit ihrer Überzeugungen konfrontierte, könnte sie dekompensieren.

Eine bipolare Störung, diese lebensverändernde Diagnose. Ein Viertel der Menschen mit bipolarer Störung suizidierten sich. Die höchste Mortalitätsrate aller psychischen Störungen. Frau S. würde, aller Statistik nach, ein Leben lang Medikamente nehmen müssen. Stimmungsstabilisierer, Antipsychotika, Antidepressiva – und alle hatten einschneidende Nebenwirkungen. Die Therapeutin würde mit ihren Eltern reden müssen, sie aufklären. Mögliche Trigger von Episoden besprechen, Frühwarnzeichen erarbeiten, Notfallpläne für Krisen und Anzeichen von Suizidalität. Die Flugangst würde ihre geringste Sorge werden. Jetlags konnten manische Episoden triggern. Ob Frau S. ihr Studium zu Ende bringen konnte? Es war ein absoluter Jammer und es brach ihr das Herz, dass sie dieser jungen Frau ihre unbeschwerte Zukunft nehmen musste. Dass sie ihr diese Diagnose geben musste, die alles verändern würde. Dass sie sie in die Trauer um ihr gesundes, früheres Ich stürzen würde.

Für einen Moment wünschte sie sich ein Wunder, entgegen ihres besseren Wissens, entgegen jeder Vernunft. Hoffte, dass es mehr war als ein Wahnkonstrukt. Hoffte, dass es sie wirklich geben konnte, diese surreale, metaphysische, transzendentale Liebe, von der die Patientin sprach. Selbst wenn dies bedeutete, dass sie sich irgendwann ihren eigenen Wunden stellen müsste.

Die Sitzung war zu Ende. Die Therapeutin legte ihre Notizen zur Seite, stand gemeinsam mit der Patientin auf, öffnete die Tür und sah Frau S. ein letztes Mal an. Diese hübsche, intelligente junge Frau, deren Leben sich so verändern würde. »Passen Sie gut auf sich auf in der nächsten Woche. Sorgen Sie für sich.«

Frau S. aber sah sie nicht an, stürmte an ihr vorbei durch die Tür in den Wartebereich, sprang in die Arme einer fremden Person und küsste sie einfach auf den Mund.

Die Therapeutin folgte ihr, versuchte sie zurückzuhalten, sie davor zu bewahren, sich gänzlich lächerlich, vielleicht sogar strafbar zu machen. Doch als die fremde Person den Kuss erwiderte, hielt sie inne.

»*You made it*«, sagte Frau S. und als sie sich voneinander lösten, erkannte die Therapeutin ihn sofort. Diesen Schauspieler.

Heinrich von der Haar

Nachtschatten

Heiner muss ihn suchen. Oft hat Jani von Clubs geschwärmt, von unheimlich coolen Freunden. Auf den Stühlen vor Kneipen, Cafés und Bars in der Oranien wimmelt es von Outsider-Teenies in T-Shirts und Spaghetti-Tops. Vielleicht ist auch Heiner der Outsider hier. Er meint, Jani unter einer Kapuze zu sehen, und geht auf ihn zu. Jani ginge nie ohne. Es ist ein Mädchen. Er zeigt Janis Foto, fragt nach ihm. Sie schüttelt den Kopf. Drei Jungs prosten sich zu, einer mit der Wodkaflasche im Arm, auf dem Weg zum SO36. Heiner überholt sie, zieht die Tür auf. Die Luft riecht muffig, als stünde sie seit Jahren hier. Gitarrenriffs im Stakkato schlagen ihm in den Magen. Er erspäht im nebligen Dunst die Tanzfläche und schwebt, umgeben von gleichgültigen Augenpaaren, wie ein wandernder Schatten durch versunkene Welten hinüber zur Bar. Einen teuren Cocktail mit Zitronenscheibe und Eiswürfeln in der Hand, blickt er prüfend über die wogenden Schemen. Kein Jani. Typen in schwarzen Westen mit Bandaufnähern dringen herein. Eine Hand legt sich auf seinen Arm. Er schreckt auf und drängelt hinaus, Entschuldigungen murmelnd.

Vom Fernsehturm her befingert ein grüner Laserstrahl die Wolken. Die Nacht über der Skalitzer ist farbig, Lichter schweben im Raster gelblicher Fenster über dem bunten Dunst. Ein Netz flimmernder Schnüre, mit Knäueln von Strahlen und Beeten elektrischer Blumen. Schwarz ragen ringsum Türme vor dem Mond auf, vor einem Gehänge von Brücken. Ein Wirrwarr, als stürze die Milchstraße vom Himmel. In den Straßen rinnt es wie glitzerndes Quecksilber; Schiffe spiegeln sich auf der Spree; ein bewegtes Scherbenmosaik, in tausend Splitter verstreut.

Fasziniert das Jani? Vielleicht weiß er, wonach er sucht, und ist glücklich. Immer mit forschendem Blick, immer auf dem Sprung, das ist er, ein Junge auf dem Sprung. Doch wohin springt er? Vielleicht zieht er in einer gut gelaunten Clique von Club zu Club, präsent im Anmachen von Mädchen, setzt gezielt ein scheues Lächeln auf und rückt sich das Haar zurecht? Oder ist er eher ein Szene-Wrack, hochfahrend und gereizt, wie er bei der Zwangsräumung seiner Wohnung gewesen war?

Geisterhaft schwirren Lichter im bläulichen Dunst an Fassaden entlang. Überall Graffiti, offenbar keine von Jani mit wilden verschnörkelten Buchstaben. Sein erstes Bild hat Heiner stolz an die Wand über dem Esstisch gehängt. Er mustert Jungs im Gewimmel vor den Lokalen, viele türkisch und arabisch aussehend. Einer tänzelt ein paar Schritte vor, zurück, taxiert mit schnellen Seitenblicken Leute, die langsamer gehen und auf ihn zukommen, vielleicht dealt er. Kein Jani. Aber im Schatten meint Heiner Janis grinsendes Gesicht unter einer Kapuze zu sehen. Genießt Jani das Vagabundieren? Und glaubt er wirklich, dass Heiner es unterbinden will, weil er es in seiner Jugend nicht konnte? Unzählige Jugendliche stromern hier nachts um zwei Uhr herum und vergeuden ihr Leben. Einer zieht die Kapuze ruckartig tiefer über den Kopf und dreht sich hastig weg – typisch Jani. Das ist er, das kann niemand anders sein.

»Jani!«

Keine Reaktion.

Vielleicht ist es nicht Jani. Vielleicht ist Jani gar nicht mehr in der Szene unterwegs. Es wäre ein Wunder, ihn wiederzufinden. Aber was erwartet Heiner, wenn er ihn findet? Kommt Jani mit heim und versucht wieder einen Drogenentzug in der Klinik, aus der er geflohen ist? Oder rastet er aus, weil Heiner ihm nachjagt, und verflucht ihn wieder als Scheißvater, der an allem die Schuld trägt? Im Gedränge sieht Heiner die Kapuze nicht mehr. Es war wohl doch ein Hirngespinst.

Weiter. Zum KitKatClub. Am U-Bahnhof Kottbusser Tor fährt Heiner mit der Rolltreppe hinunter. Ein Zug hält. Er schaut nach den

Ein- und Aussteigenden, lauscht dem Stimmengewirr von deutschen, türkischen, polnischen, englischen Lauten. Könnte er Janis Stimme hören, nur noch einmal, ein einziges Mal – ihn *Pa, ich hab' dich lieb* sagen hören oder auch *Ich verfluche dich* – aber sie hören. Heiner entdeckt die Kapuze und läuft auf ihn zu.

Der Jugendliche spricht andere an. »Shit, super Shit«, raunt er ihnen zu.

Oder ist es doch nicht Jani? Eine Kapuze, was beweist das schon? Heiner tippt dem Jungen auf die Schulter.

Der dreht sich zu ihm um. »Was glotzt du? Verpiss dich!«

Der Fremde greift in die Tasche, ein Klappmesser blitzt auf. Heiner fängt an zu zittern; kalter Schweiß bricht ihm aus. Er hält Janis Foto schützend vor seiner Brust, der Fremde springt auf ihn zu. Heiner weicht zurück, blickt sich um, zwängt sich kurz vor dem Türschließen in den nächsten U-Bahnwagen und atmet durch, als der Zug losfährt.

An der Heinrich-Heine-Straße steigt er aus. Seine Hände zittern immer noch. Er sollte heimgehen, aber eine magische Kraft zieht ihn vorwärts, vorbei an Teenagern, die auf Sperrmüllsesseln hocken. Hinein in den verruchten KitKatClub. Heiner steigt die Kellertreppe hinab, an Kondomautomaten vorbei, nickt betont lässig jungen Leuten zu. Sie rufen ihm etwas nach. Er versteht nur Fetzen: *Na, Alter, haste dich verlaufen?* Er sollte die Suche endlich aufgeben, Jani loslassen. Das sagt die Drogenberaterin. Jani ist volljährig. Ein Rauschen von dicht sich drängenden Wolken in Heiners Schädel. Etwas scheint ihn zu rufen. Im Magen spürt er einen Sog. Hinter graffitiverzierten Eisentüren schwappen ihm Geschrei und irres Gelächter entgegen. Ein großer schwarzer Türsteher mit Dreadlocks starrt ihn wie der Hüter einer kostbaren Unterwelt misstrauisch an. Den Alten lässt er sicher nicht rein.

Nach einem Zwanziger extra öffnet er ihm mit einem gedehnten »Na gut« die Tür und murmelt anzüglich lächelnd: »Enjoy it.«

Eine schwache, gelbe Lampe markiert den Eingang. Frauen mit Tattoos auf den Unterarmen quetschen sich vorbei, ihr Parfüm duftet schwer. Schon hier dröhnt der Rhythmus der Bässe, steigert sich, fällt wieder zurück, sammelt sich neu, explodiert. Jani sprach oft mit glänzenden Augen vom KitKatClub. Spots blinken. Neonfarben leuchtende Linien formen sich an den bemalten und beklebten Wänden zu Kreisen, Spiralen, gehen ineinander über, verzweigen sich, wuchern sich aus zu einer Brust, einer Vulva, einem Penis in verschlungenen Mündern. Alles kreist. Tanzende fliegen im Rhythmus. Der Sternenhimmel dreht sich immer schneller aus der Tiefe aufwärts und bringt ihn zum Schwitzen.

»Na, Alter, tanz auch mal!«, ruft ein Teenager. Heiner ringt sich ein entschuldigendes Grinsen ab, er sollte wirklich tanzen, von Jani Abschied nehmen, sich um sich selbst kümmern. Heiner gönnt sich einen Cocktail mit Rum und Limettensaft für einen Zehner. Mit diesem teuren Lokal schießt er weit über Janis Kreise hinaus. Oder hat er Geld satt vom Dealen?

Heiner tappt herum, sucht dunkle Ecken ab. Ergebnislos. Heiseres Gekrächze schrillt ihm in den Ohren, alle im Chor: *No Woman No Cry*. Eine Tänzerin stellt sich ihm lächelnd in den Weg, drückt ihre Brüste an ihn, wischt ihm über den Bauch, greift ihm zwischen die Beine.

»Huch«, sagt sie gedehnt. Ihm wird schwindelig. Er reißt sich los, sollte heimgehen; nein, aus diesem Elend kann Jani sich nicht allein retten. Heiner muss weitersuchen und findet den Ausgang.

Heiner läuft weiter, in verfallene Häuser, in die er sich bisher nicht getraut hat, durch eine Reihe enger werdender Tore und finsterer Wege, die sich wie in sich drehende Labyrinthe verlieren. Schattenhafte Gestalten prosten ihm in Wolken von Zigarettenrauch zu und fliehen im Nebel wie Phantome durch die Wände. Ihm ist, als strichen unzählige unsichtbare Streuner mit ihm umher. Ein Schwankender versetzt einem Drängenden einen Fausthieb. Sie verlieren sich ins Dunkle und fallen aus seinem Blickwinkel heraus. Nach dumpfen Knallgeräuschen entfernen sich Schritte, dann Ruhe, wie auf dem Bahnsteig einer stillgelegten Station.

Durch einen Souterraineingang hallt nervöses Lachen, verstärkt sich vor den nackten Wänden. Es klingt wie Janis. Heiner stolpert hinein. Im Dämmerlicht hocken Jugendliche auf dem Boden. Im Geruch nach Joints und Bier bahnt Heiner sich den Weg an feixenden Kiffern vorbei. Zwei Teenager – knallenge Jeans, langes Haar, hohe Stiefelsohlen – albern herum, sicher auf Drogen. Die Typen verlassen wohl nie den Keller, sehen nie das Tageslicht, schweben mit Kiffergrinsen, singen und schwanken mit offenen Armen. Findet sein Sohn hier die Backofenwärme für die Nacht?

»Jani? Ist Jani hier?«, schreit er, erschrickt vor seiner eigenen Stimme.

Er muss Jani finden. Seine Augen werden feucht. Die Gesichter verzerren sich. Alles verschwimmt in den unterirdischen Gewölben, die Leute, die Türen. Sein Blick irrt herum, heftet sich an flimmernde Neonlichter unter der verrußten Decke. Die Luft ist stickig, die Trugbilder ermüden. Sich nur nicht in den Labyrinthen dieser flüchtigen Räume verfangen. Jani ist nah, das spürt er.

Eine ausgemergelte Figur von Janis Statur kommt auf Heiner zu, mit entzündeten Nadeleinstichen im Unterarm wie eine Perlschnur, eine junge Frau. Sie starrt ihn so einsam aus ihrem bleichen Gesicht mit verstrubbeltem Haar an, dass er zurückschreckt. Überall körperlicher Verfall, mit dem Geruch von Gräbern in der Kleidung, verflucht oder vergessen, wer weiß. Vielleicht leben sie hier und sterben hier auch. Vielleicht wollen sie gar nicht gefunden werden.

Warum sucht er Jani immer noch? Ist es nicht sinnlos, das ständige, kopflose Hin und Her, das Belauschen der Bekifften und Verkoksten?

Heiner verliert sich wie ein Tourist auf der Suche nach einer sagenhaften Sehenswürdigkeit und steht einen Moment vor herumhängenden Fixern, zeigt wieder Janis Foto und sieht in verdutzt grinsende Mienen. Kein Jani, nirgends. Heiner stürzt hinaus ins Freie, stolpert den Bürgersteig entlang. Besoffene schwanken vorbei, ihm ist nach Kotzen. Er ist überall falsch.

Heiner hält inne, atmet durch. Fünf Uhr. Es dämmert schon, der Himmel diesig, bewölkt. Graue Hausfassaden zeigen ihre Graffiti. Von einer Ruine springt ihm Gespraytes ins Auge, das ist doch Janis mit seiner Signatur! Und der Typ davor: Die Silhouette zeigt seine Haltung.

»Jani, endlich!« Heiner zieht ihm die Kapuze vom Kopf. Sieht aber kein Gesicht, sieht nur grau. Ein Faustschlag trifft sein Kinn. Er prallt an die Wand, die Beine knicken ein, ein Bier schwappt über ihn. Schwankend fällt er – betäubt in flammend helle Spiegelräume hinein, langsam, wie besoffen, findet aber nicht hinaus.

Als er die Augen wieder aufschlägt, zittert er unkontrolliert. Wo ist er?

»Ey, Opa, biste zum Sterben hier? Mach ’n Abgang!«

Langsam setzen sich die Dinge zusammen. Wie ein Teppich wellt sich die Straße. Die Leute machen einen Bogen um ihn und schauen mitleidig.

Was soll das alles noch? Jani ist verschwunden. Er weiß nicht, wo er noch suchen könnte.

Er stützt sich an der Hauswand ab, richtet ein Bein auf, stemmt sich hoch und schleppt sich zur U-Bahn, nach Hause.

Arne Lehrke

Der Fremde

Die *Grüne Mühle* im Wedding war Gittes Revier. Gitte hatte mütterliche Busen zum Ausheulen, die sie stolz in ihrem Dekolleté vor sich her trug und rostbraunes Haar, das durch das ständige Färben und Tönen brüchig geworden war. Ein paar Mal war die *Grüne Mühle* für ein paar Tage geschlossen gewesen. Dann hieß es, dass Gitte endgültig weggentrifiziert worden war und nicht mehr wiederkommen würde oder sogar, dass sie gestorben wäre. Doch Gitte gönnte sich lediglich ab und zu etwas Urlaub, auch wenn sie niemandem erzählte, wo genau sie war.

»Schön war et jewesen«, gab sie dann schmunzelnd zu Protokoll und das war alles, was man wissen musste.

Eigentlich war es ein Wunder, dass die *Grüne Mühle* in dem Kiez überlebt hatte, aber die Alteingesessenen mit ihren Mettbrötchen und ein paar Studis, die den rohen Charme romantisierten, hielten den Laden über Wasser. Und an Wunder glaubte Gitte sowieso nicht, genauso wenig wie an Karma oder Schicksal oder sonstewat. An Wunder glaubt nur ein Hans Guck-in-die-Luft, das war ihre Meinung. Jemand, der nicht selbst die Initiative ergreifen wollte. Ich nickte dann meistens.

Aber eigentlich nickte ich immer und an diesem Abend hätte ich zu allem Ja und Amen gesagt, solange ich weiter Bier bekam und auf dem Deckel anschreiben lassen konnte. Gitte machte sich da keine Sorgen, auch wenn ich manchmal ein paar Tage später bezahlte als versprochen.

Es war natürlich nicht die beste Idee, sich wegen Geldproblemen erst mal am Tresen einzuquartieren, aber Bewältigungsstrategien waren noch nie meine Paradedisziplin gewesen. Meine Ex-Freundin meinte immer, es wäre Zeit für eine Therapie. Manchmal nickte ich dann, aber meistens ging ich lieber in die *Grüne Mühle*. Doch die letzten Monaten waren nicht meine gewesen. Nachzahlungen, unerwartete Reparaturen und zuletzt ein ehemals guter Freund, der mich über den Tisch gezogen hatte, läpperten sich und ich war wieder mal mit der Miete im Verzug. Leider nicht nur mit einer. 900 Euro musste ich in der nächsten Woche auftreiben. Die besten Chancen hatte ich mir bei Emil, dem ehemals guten Freund, ausgemalt. Zusammen hatten wir ein günstiges Auto zur Fahrgastbeförderung erstanden. Dann hieß es Lizenz hier, neue Armaturen da – man müsse den Leuten was bieten, damit sie wiederkämen.

»Fünf Sterne inner Äpp brauchste heute, sonst biste am Arsch«, hatte er mir an einem der langen Abende in der *Grünen Mühle* ins Ohr geraunt und dabei immer ein bisschen kräftiger auf meine Schultern gehauen. Am Ende hatte ich ihm wieder zweihundert Euro für eine bessere Soundanlage rübergeschoben. Jetzt hatte ich seit Wochen nichts von Emil gehört und mein altes Auto hatte ich auch nicht mehr. Das hatte Emil ohne mein Wissen für eine schnelle Mark verschachert. Wenigstens die kleine Wohnung um die Ecke mit dem winzigen Balkon, auf dem ich im Winter so gerne mit übergeworfener Decke zwei Zigaretten hintereinander rauchte, wollte ich behalten. Den Mund einfach offen halten und sehen, wie der Rauch aus dem Mund stieg. Oder war es doch nur der eigene Atem in der kalten Nacht?

Für einen Moment hatte ich den Batzen vergessen, den ich meiner Vermieterin schuldete, als plötzlich eine seltsame Figur zur Tür reintropfte. Jemand, den man in der *Grünen Mühle* noch nie gesehen hatte. Aber er machte immerhin nicht den Fehler, das Grüßen zu vergessen.

»Abend«, sagt er gerade so laut, dass Gitte und ich es am Tresen hören konnten und als er merkte, dass es nicht besonders überzeugend war, klopfte er noch fix mit den Fingerknöcheln auf den nächstbesten Tisch.

Gitte nickte.

Ich nickte.

Der fremde Mann öffnete den obersten Knopf seiner Winterjacke und schaute in die Ecke zum einzigen Spielautomaten, den Gitte widerwillig behielt. Es war einfach zu rentabel ihn dort stehen zu haben, auch wenn sie nur einen Anteil behielt. Der Mann musterte das Gerät ganz genau und sein Kopf drehte sich wie auf einem Legomännchen weiter auf den elektronischen Klotz gerichtet, während der Rest seines Körpers in Richtung Bar zeigte und sich langsam darauf zu bewegte.

»Is hier noch frei?« Sein Kopf war wieder eingerastet und schaute nun fragend zu mir. Er zeigte nicht auf den Hocker direkt neben mir, sondern einen weiter. Wie es sich gehörte.

»Klar, da kannste parken«, erwiderte ich und bevor Gitte fragen konnte, hatte der Fremde sich gesetzt und ein Schultheiß bestellt.

Es dauerte nicht lange, bis er den nächsten Schritt wagte: »Darf ich euch mal was fragen? Wann wurde denn das Ding das letzte Mal leergeräumt? Und wie viele Leute waren seitdem dran?«

Ich hatte im ersten Moment keine Ahnung, was er überhaupt meinte, aber Gitte wusste sofort Bescheid, während sie ihm das bestellte Bier bis zur Krone perfekt gezapft über den Tresen zuschob. »Vor zwei Monaten haben da ein paar Studis was rausgeholt. Direkt alles wieder versoffen. War bestimmt ein Hunni, wenn ich mich recht entsinne. Seitdem war da eigentlich keiner länger als fünf Minuten dranne«, rekapitulierte sie die wenig bewegte jüngere Geschichte des Spielautomaten.

»Aha, aha, danke sehr«, murmelte der Fremde durch den kleinen Schaumbart, der sich nach dem ersten Schluck über seiner Oberlippe gebildet hatte, während er aufstand und wie ein in die Jahre gekommener, aber erfahrener Löwe auf den keinarmigen Banditen lossteuerte. Die Knöpfe des Computers blinkten hell wie die Augen einer Gazelle in dem Moment, in dem die Wildtierkamera zuschnappt. Vielleicht hatte ich aber auch nur einen Trauertropfen zu viel genommen. Ich blickte in mein Glas und dann zurück zum Fremden, der sich einen kleinen Hocker aus einer Ecke nahm und noch bevor er überhaupt mit seinem Hintern das Holz berührte, die ersten Münzen aus seiner Tasche im Automaten versenkt hatte.

»Komischer Typ, aber soll mir recht sein, wa?«, sagte Gitte kopfschüttelnd. Ich nickte.

Ein bisschen sah ich ihm zu, wie er mit schnellen Handbewegungen über die Knöpfe fuhr, hier und da leichten Druck ausübte und noch schnelleren Blicken versuchte, das Biest zu zähmen, mit dem er es aufgenommen hatte. Wie ein fleischerner Gigant wirkte er, der den Kampf mit einer außerirdischen Maschine wagte, die ihm keinen Meter gönnen würde.

Ding, Ding, Ding – nichts. *Ding, Ding, Ding* – wieder nichts.

Der Fremde ballte seine Hand zur Faust, während er mit der anderen Hand mehr güldene Münzen aus seiner Tasche zog, die er dem Feind zum Fraß vorwarf.

Ding, Ding, Ding – nichts.

Ich konnte sehen, wie er rhythmisch die Knöpfe drückte, egal was für Grimassen sein Robotergegner vor seinem Gesicht zog. Er kannte das Spiel, den Tanz. Er war ein erfahrener Tänzer. Doch dann fielen die Finger plötzlich vom Auslöser. Rückzug? Oder ein Manöver, eine Täuschung?

Der Mann stand auf, ohne den Automaten eines weiteren Blickes zu würdigen und kam erneut zum Tresen. Gitte gab ihm per Handzeichen zu verstehen, dass sie ihn hörte, auch wenn sie mit dem Rücken zu ihm stand.

»Könnte ich bitte noch ein Bier bekommen?«

Gitte ließ die Tulpe bereits volllaufen.

»Na, keen Glück heute?«, gab ich so desinteressiert wie möglich von mir, obwohl die Situation mich faszinierte.

»Abwarten«, raunte er zurück.

»Soll ich mal versuchen?«, juckte es mir unter den Fingern.

Plötzlich wurde sein Blick ernster, fast schon düster, und die Rauchwolken vor diesem gigantischen Gesicht zogen sich zusammen: »Der Automat ist noch besetzt.«

Ich hatte ihn verärgert, deshalb hielt ich mir das Bierglas schützend an die Lippen und drehte mich wieder so ein, dass ich nur noch Gitte und den Tresen sehen konnte. Der Fremde stand erneut auf, nahm wieder den Platz ein, der vermutlich ab heute für immer in Form einer Kneipenanekdote mit ihm verbunden sein würde, und stürzte sich in Runde zwei dieses überlebensgroßen Kampfes. Ich traute mich nicht mehr hinzuschauen.

Ein paar Minuten noch nahm ich neugierig das Klicken und Klacken der Knöpfe aus der Automatenecke wahr, bevor ich mich wieder in Gedanken, sprich im Bierglas verlor. Ich bemerkte den Spieler gar nicht mehr, versuchte zu erraten, wo Gitte denn nun ihren Urlaub verbracht hatte, womit sie aber partout nicht rausrücken wollte, und sah den Strichen auf meinem Deckel beim Vermehren zu. Die Situation war kaum auszuhalten und genau deshalb konnte ich nicht gehen, sondern war verdammt, mich von der Spirale verschlingen zu lassen.

Doch dann starrte Gitte mich plötzlich an.

»Gitte, wat is?«

Keine Antwort.

»Gitte, is allet in Ordnung?« Ich brauchte einen Moment, um zu realisieren, dass Gitte nicht mich anstarrte, sondern über meine Schulter in Richtung des Automaten.

Eine Unruhe stieg in mir hoch, als die Erinnerung an den Fremden wie eine Kakerlake vom Boden in meine zu kurzen Hosenbeine sprang und in Wahnsinnstempo meinen Körper emporschoss. Sie war gerade dabei, die letzten Zentimeter der Wirbelsäule hochzuklettern, als ich nervös auf meine Schulter schlug, denn sie fühlte sich plötzlich sehr echt an. Da saß sie, die Kakerlake.

Gitte lachte. »Süß«, feixte sie.

Irritierte drehte ich den Kopf. Meine Hand hielt kein schabenartiges Getier, sondern etwas nahezu Menschliches, aber doch Fremdes. Ich hielt die Hand des spielenden Giganten, der seine kampferprobte Zockerhand auf meiner Schulter gelegt hatte. Ich zuckte zurück und schaute ihn mehr ängstlich als verwundert an. Viel zu ängstlich, um zurückzuweichen, als er sich zu mir lehnte und meinem verknorpelten Ohr näherkam.

Mit einem väterlichen Ton und mit überraschender Wärme brummte er leise in mein Ohr: »Jetzt darfst du.«

Er legte einen Zehner auf den Tisch, ließ ein professionelles »Stimmt so und noch einen schönen Abend« mit der beglichenen Rechnung am Tresen und verschwand zu der Tür hinaus, zu der er hineingekommen war.

Zu welcher auch sonst, du Depp, maßregelte ich mich im Stillen selbst.

Gitte, die sonst nicht so leicht aus der Reserve zu locken war, fragte neugierig: »Und? Wat hat er jesacht?«

»Dass ich spielen sollte, meinte er.«

»Und? Spielste?« Erwartungsvoll schaute Gitte mich an.

Alle schauten mich an. Ronny von seinem Stammplatz in der linken Ecke. Die paar Studis, die ich bis jetzt noch gar nicht wahrgenommen hatte, die fast ein bisschen zu jung für die *Grüne Mühle* aussahen. Und vor allem der Automat selbst. Er blinkte, als wollte er mich verspotten. Als würde er sagen: »Du hast doch eh nichts mehr. Dein ganzes Geld hat Emil. Und der macht sich einen Lenz in Panama. Der hat Offshore-Konten. Der kann seine Miete bezahlen. Aber du? Lass es lieber, Kleiner.«

Mir platzte der Kragen. Ich sprang auf und Gitte musste mit den Reflexen der Zwanzigjährigen, die sie vor vierzig Jahren mal gewesen sein musste, über den Tresen greifen, um meinen Hocker aufzufangen. Ich kramte in meiner linken Hosentasche – nichts, nicht mal Knöpfe oder ein Stoffbällchen. Ich kramte in der rechten Hosentasche, die ein bisschen nass war und nach Bier stank, weil ich vorhin vor Schreck gekleckert hatte, als der Fremde mich zurechtgewiesen hatte – wieder nichts. Oder doch? Ich grub tiefer, da mein Oberschenkel etwas Kaltes zu spüren schien. Ein Signal, dass dort ein Schatz auf mich wartete. Mit der Eleganz eines alten Esels fischte ich mit dem Mittel- und dem Zeigefinger mehrfach nach dem kleinen Stück, bis ich es endlich zu fassen kriegte. Es war ein Ein-Euro-Stück. Ich setzte mich auf den Platz des Fremden. Das Holz war noch warm. Langsam legte ich die Finger auf den Knopf, den ich ihn minutenlang hatte drücken sehen. Mit den beiden Fingern, die die wichtigste Euro-Münze meines Lebens führten, steuerte ich auf den kleinen Schlitz zu, der das El Dorado versprach, das bessere Leben, die Welt der Reichen und Schönen. Der Automat schluckte die Münze gierig.

»Credit: 100«, ließ er mich wissen. Ich drückte. Die Symbole blinkten und drehten sich. Ich drückte noch mal, ohne zu wissen, auf was ich eigentlich achten musste.

Ding, Ding, Ding – nichts. »Credit: 80«.

Ich atmete tief ein, veränderte den Winkel meiner Drückfinger leicht und legte erneut an.

Ding, Ding, Ding – wieder nichts. »Credit: 60«.

Vor meinem inneren Auge lachte Emil mit zwei panamaischen Blondinen im Arm auf einer Yacht, der er in einem letzten Akt der Herabwürdigung meinen Namen gegeben hatte. Ich schloss die Augen. In der Ferne hörte ich die Stimme aus den Wolken, aus der Höhe, zu der ich nur aufsehen musste: »*Jetzt darfst du …*«

Ich ließ die Finger ganz sanft über den klebrigen Knopf gleiten, der so viele Menschen um ihren letzten Taler gebracht hatte. Mir blieb nichts anderes übrig. Ich drückte.

Ding. War meiner Mutter je auf mich stolz gewesen?

Ding. Mein letzter Kuss musste Jahre her sein.

Ding. Nie wieder zwei Kippen hintereinander auf dem viel zu kleinen Balkon.

Dann Stille. Ohrenbetäubende Stille. Und dann ein leises Klimpern, als hätten zwei Münzen gegeneinandergeschlagen. Dann noch eines. Drei Münzen, vier Münzen. Und plötzlich eine orgastische 8-Bit-Hymne. Engelsklänge aus der Vergangenheit. Der Automat hatte entweder den Geist aufgegeben und die letzte Lebensenergie mündete in einer Explosion oder … ich hatte gewonnen. *Ich hatte gewonnen!*

»Das gibt's doch nicht!«, schrie Gitte und ihr Mund blieb danach offenstehen.

Ich schaute auf die Summe. Umgerechnet 878 Euro Gewinn. Nah am Maximum, wie ich später aus dem Internet erfahren würde. Ein paar Münzen und der Rest in Scheinen.

»Ick wusste gar nicht, dass der Automat Scheine ausspucken kann«, schrie ich völlig fassungslos. »Meine Miete! *Meine Miete!* Gitte!« Ich hatte mich selbst so lange nicht so lachen hören, dass mir meine Stimme fremd vorkam. »Es ist ein Wunder!«, jubilierte ich, während ich angetrunken den schlechtesten Gewinnertanz der Menschheitsgeschichte zwischen den engen Tischen der *Grünen Mühle* aufführte.

Gitte schüttelte sich kurz und erinnerte sich dann wieder an ihren Grundsatz. »An Wunder glaubt nur ein Hanns Guck-in-die-Luft«, mahnte sie mit erhobenem Zeigefinger in meine Richtung, bevor sie kleinlaut ergänzte: »Aber dit is nun wirklich ma ne Nummer, du.«

Lena Schnabl

Orange und Grün

Als sie aufwacht und neben sich fasst, ist da nichts. Er hat ihr gestern Nacht gesagt, dass er heute arbeiten muss, so gesehen keine Überraschung, dass er schon auf ist. Sie trägt nur seine karierten Boxershorts, rollt sich aus dem Bett und ruft: »Kannst du mir 'nen Kaffee machen? Dann hau ich auch gleich ab.« Nichts ist ätzender als ein Übernachtungsgast, der nicht geht, wenn man schnell losmuss.

Keine Antwort.

»Tim?« Er heißt doch Tim? Oder war es Tom?

Sie wackelt mit den Zehen, die sie dunkelblau lackiert hat.

Keine Antwort.

Vielleicht ist er kacken. Sie steht auf, geht in den Gang und an dem an der Wand hängenden Fixie-Bike vorbei zur offenen Wohnzimmertür. Sie sieht die Couch, auf der sie gestern geknutscht haben. Ihn sieht sie nicht. Umdrehen, vorbei an der Schlafzimmertür, die Badtür ist offen, wie anscheinend alle Türen hier. Auch in der Küche ist er nicht.

Sie hat nicht erwartet, dass er sie einfach schlafen lässt, dass sie, eine Fremde, allein in seiner Wohnung aufwachen würde. Zurück im Schlafzimmer legt sie sich aufs Bett, greift das Kissen, auf dem er gelegen hat, zieht es sich über das Gesicht und atmet tief durch die Nase ein. Da ist dieser leichte Rauchgeruch, den sie liebt, weil er sie daran erinnert, wie es war, als ihre Mutter sie als Kind abends ins Bett gebracht hat. Dieser Rauchgeruch, der später zu etwas wurde, das oft nach guten Nächten an Dingen haftet. Da ist noch ein Geruch nach Kosmetikprodukten, auf denen *men* steht oder *Sport*. Diese Mischung aus schwer und frisch. Und da ist sein Geruch. Dieses Erdige, das da war, als sie ihre Nase gestern Nacht in seinem Bauchnabel vergraben hat. Sie überlegt, ob sie schnell masturbieren soll, bevor sie aufsteht. Sie lässt das Kissen los, dreht sich zur Seite und öffnet stattdessen das Nachtkästchen. Unfassbar viele Kondompackungen – ist er ein Prepper oder vögelt er jede Nacht mit jemand anderem? –, wärmendes Gleitgel. Na ja. Das haben sie gestern nicht gebraucht. Sie schraubt den Verschluss auf und riecht daran. Auf leicht chemische Art neutral. Sie stellt es zurück. Daneben liegt ein Buch. Ein Notizbuch.

Sie zieht es raus, lehnt den Rücken an die Wand, natürlich hat er kein Kopfteil für sein Pallettenbett. Sie fröstelt und schiebt sich sein Kissen hinter den nackten Rücken, stellt die Beine auf und denkt kurz, dass sie das Buch vielleicht besser nicht öffnen sollte. Ist das nicht irgendwie übergriffig? Egal.

Sie schlägt es auf, war ja klar. Man kann sie nicht allein in einer Wohnung lassen, ohne solche Dinge wegzusperren. Ist Tim bescheuert?

Da steht ein Datum, ein Name und – Farben?

21.11.2019
Tanja
hellrosa mit Graustich

Auf der nächsten Seite dasselbe. Also was anderes, aber selbes Muster.

15.12.2019
Mira
dunkellila, an den Rändern weiß

Sie blättert. Am 27. Dezember 2019 war Mira immer noch dunkellila, aber nicht mehr weiß an den Rändern. Am 3. Januar 2020 wieder Mira, wieder weiße Ränder. Es sind viele Namen. Viele wiederholen sich. Seine Liebschaften aus den letzten Jahren? Was soll das mit den Farben? Sie blättert in die Mitte des Buchs.

13.10.2022
Benni
braun, grün, durchlässig

Sind das Menschen, die er getroffen hat? Besondere? Oder irgendwelche?

Sie blättert weiter zur letzten beschrifteten Seite. Da ist das Datum von gestern.

Da ist sie.

Und sie ist »orange und grün«.

Was für eine beschissene Farbkombination. Wenn, dann will sie blau sein, dunkel, wie ihre Fußnägel. Hat er die nicht gesehen? Himmelblau wäre auch nicht schlecht. Wie ihre Socken mit den weißen Wolken drauf, die sie gestern anhatte. Müssen hier irgendwo rumliegen. Aber Orange? Und dann auch noch mit Grün? Wie das Twinni-Eis, das ihre Schwester früher immer mit ihr geteilt hat, bevor sie nach Neuseeland gezogen ist und aus ihren Sommern verschwand?

Sie klappt das Buch zu, steht auf, geht zu seinem Dreckwäschesack und wühlt ein paar Sekunden, bis sie ein T-Shirt von ihm findet. Sie zieht es sich über den Kopf und schaut an sich runter. Da ist ein weißer Kreis auf dem schwarzen Stoff, darin ein Schwein, darüber steht »Spermbirds«, wahrscheinlich irgendeine Band. Immerhin nicht eines dieser Shirts mit Nirvana oder den Stones drauf, die sie bei H&M an Leute verkaufen, die eigentlich Charts hören. Sie ist nicht orange, verdammt. Sie geht ins Bad und öffnet den Spiegelschrank. Außer, dass er fünf Mal dieselbe Sonnencreme dort stehen hat – er ist echt ein Prepper – und auch ein paar Damenbinden darin rumliegen – ist das fürsorglich oder creepy? –, nichts Besonderes. Jedenfalls keine frisch verpackten Zahnbürsten. Sie nimmt also seine Zahnbürste, vermutlich extra sanft, so wie die Borsten aussehen, gibt etwas Zahncreme drauf, die viel zu scharf riecht, und schrubbt. Schaut in den offenen Spiegelschrank. Sie schüttelt ein Pillendöschen ohne Aufschrift. Legt die Zahnbürste weg, spuckt aus, spült nach. Nimmt eine der hellblauen Tabletten und schluckt sie. Okay, selten dämlich, eh klar. Besser direkt einen Finger in den Hals stecken? Aber das hat sie noch nie hingekriegt. Na ja, vielleicht war es nur was gegen Durchfall.

Sie pinkelt und denkt: *Scheiße, Orange!!!* Und: *Scheiße, ich hab' mir grad irgendwas reingeschmissen.* Sie wischt sich ab, wäscht sich die Hände mit der Ökoseife, die penetrant nach moralisch richtigem Verhalten riecht: Lavendel. Sie hasst feste Seifen. Vor allem, wenn sie nicht in einer Seifenschale liegen, sondern am Waschbeckenrand rumkleben und rumsuppen. Na ja, nicht ihre Wohnung.

Küche, Kaffee.

In der Küche steht eine Siebträgermaschine, daneben eine Packung Kaffeebohnen. Keine Ahnung, wie man damit Kaffee macht. Ah, da ist noch eine Bialetti, geil, geil, geil. Sie schaut in die Espressodosen, die aufeinandergestapelt neben den Bohnen stehen. Er hat echt von allem unglaublich viel.

Scheiße, da ist kein Kaffee drin. In der nächsten auch nicht. In der nächsten auch nicht. Will er sie verarschen? Was für ein Typ bezeichnet sie als orange und hat nicht mal Kaffeepulver da? Ah, da hinter dem Honig auf dem Regal sind noch mehr Espressodosen. Sie zieht sie runter. Öffnet. Öffnet. Öffnet. Nichts. Nichts. Nichts. Scheiße, Orange. Was hat sie da genommen? Merkt sie schon was? Oder ist das jetzt eine Panikattacke, weil sie denkt, dass sie was genommen hat, dabei ist es nur Ibuprofen gewesen. Bei einer Panikattacke denkt man, dass man stirbt. Das denkt sie nicht. Das hat sie noch nie gedacht. Außer bei der Notlandung des Flugzeugs auf Ibiza, Abireise, aber selbst das war wahrscheinlich total ungefährlich. Sie hat trotzdem angefangen zu zittern und der Mann neben ihr hat ihr angeboten, ihre Hand zu halten. Und nach der Landung hat er seine Hand erstmal ausgeschüttelt. Muss also fest gewesen sein.

Sie denkt nicht, dass sie stirbt. Sie denkt: Orange!

Okay, dann eben kein Kaffee. Schnell raus und beim Späti einen holen, oder beim Bäcker. Sind sie da gestern auf dem Weg zu ihm an was vorbeigekommen? Scheiß Orange. Mit scheiß Grün. Stand da

»hellgrün« oder nur »grün«? Dunkelgrün wäre vielleicht doch ganz nice. So wie eine Mandarine mit Blatt. Damit könnte sie leben. Aber hellgrün? Geht gar nicht. Okay, das Problem ist eh das Orange. Das geht einfach nicht. Wo sind ihre Sachen? Schlafzimmer. Eigentlich müsste sie noch aufräumen. Das Türchen vom Nachttisch steht offen. Das Notizbuch liegt auf dem Bett, in der Küche die ganzen Espressodosen offen auf der Ablage und im Bad seine nicht ausgespülte Zahnbürste. Na ja, egal, macht sie dann gleich.

Sie zieht ihre weite Jeans über seine Boxershorts, hat keine Lust in den engen, angeschleimten Schlüpfer von gestern zu wechseln. Sie zieht die Socken mit den Wolken drauf an. Normalerweise kommentieren Leute immer ihre Socken. Außergewöhnliche Socken sind ihr wichtig. Tim offenbar nicht. Tim sieht nur orange und grün und Tanja, Mira, Benni und die ganzen anderen. Hat er sie gestern überhaupt ordentlich angeschaut? Offenbar nicht.

Sie wirft den Schlüpfer in ihre Tasche, den BH, ihre Bluse. Früher hat sie immer Sachen »vergessen«, wenn sie mit jemandem geschlafen hat. Schals, Ohrringe, sowas. Damit sie sich wiedersehen mussten. Das macht sie jetzt nicht mehr. Sie ist ja keine einundzwanzig mehr. Zieht ihre Strickjacke über sein Shirt. Sieht eigentlich geil aus. Wenn er sie jetzt sehen könnte, was würde er da wohl sehen? Vielleicht dunkelblau. Das wäre doch viel besser als orange. Okay, egal, raus hier. Sie schlüpft im Gang in ihre Turnschuhe. Zieht die Klinke nach unten. Scheiße, die geht nicht auf.

Hat er sie eingesperrt? Ist er ein Psycho? Will er sie hier gefangen halten? Was für ein Freak! Sie rüttelt an der Klinke.

Die Tür gibt nach.

Okay, hat nur geklemmt.

Tim ist echt okay.

Tim ist cool.

War schön gestern.

Ob er sie wohl wiedersehen will?

Als sie das Schloss der Haustür hinter sich einrasten hört, fällt ihr auf, dass sie ihr Chaos einfach dagelassen hat. War wohl doch nur für eine Nacht.

Lukas Meisner

@NGST

»Ausgerechnet Du hast mich gerettet und erlöst.« – Tocotronic[1]

Prolog

Es war ein Tag, der nichts zu sagen hatte seinen Menschen, die in ihm waren wie gestrandet. Einige hatten Atemnot und andere bemerkten sie nicht mehr und so seufzten die stummen Sprachwesen im Chor, als sei alle Musik aus unserem Dasein gewichen. Kein Nieseln ließ sich herab, niederzufallen ins hitzige Jammertal drunten, und doch musste man fast schwimmen durch eine GALLERTARTIG IN JEDE ECKE GESPACHTELTE LUFT, als sei es nicht eigentlich Tauchen – als ersticke man nicht.

Und jeder war wie in der Mitte seines Jahrzehnts hängengeblieben und fand keinen Ausgang und suchte nach der Brille auf der eigenen Nase wie nach dem Herz in der eigenen Brust. Und noch um ihre schmutzige, nie ganz schmutzige Wäsche zu waschen, waren die Menschen zu träge, denn ein Bilderbuchsonntag umgab sie, die Farbenblinden. Eine Blase saß ihnen an den Fersen, als seien sie erst kürzlich weithin gereist, viel geschritten womöglich, als sei da Wichtiges zu tun gewesen, doch an nichts ließ sich erinnern. Und die Bäume standen kollektiv ein wenig zu schräg und die Kragen saßen geschlossen ein wenig zu gerade und ALLES WAR AUS DEM LOT, alles, wirklich alles war in die Schwebe geraten, wovon selbst das Lot keine Ausnahme bildete.

---

[1] Tocotronic: »Ausgerechnet du hast mich gerettet«. In: Die Unendlichkeit. Vertigo Records, 2018.

Und die Schwüle war kühl gewesen und der Morgen zu dunkel für einen Morgen und was nicht verging, war die Zeit. Und mancher Kopf begann wehzutun und kein Schlaf stellte sich ein, denn man träumte ja schon, dabei lag man doch wach, aber zu träumen hatte man weiter. Und so schlich man zurück, um sich schlafen zu legen zu früh, nach dem Zähneputzen vorm Abendessen wollte man ins Bewusstlose bereits, vergeblich aber, denn SAND HATTE GELEGEN AUF DEN TISCHTENNISPLATTEN, und die Rollos hatten gehakt.

Nur *ein* Mensch saß auf dem Spielplatz und vernahm, dass keine Sirene ging, und sah in den gelben, gelben Sand und sah die @NGST darin, und dieser eine Mensch war ich, und ich sah die @NGST. Dann aber – ich riss mich vom Anblick der @NGST los – ging ich zu einer Wippe und wie ich so wippte auf ihr, FIEL EIN ABGRUND MIR IN DEN RÜCKEN bis auch ich endlich heimscheuchte in mehr Dunkel und mich ins Bett zur Welt legte, die nach Schlaf suchte inmitten des Albtraums und keinen fand – *keinen Schlaf fand inmitten des Albtraums* –

1

Das war morgen. Heute kommt nicht mehr. Jetzt wird gestern gewesen sein. Was bleibt da? Was bleibt, als zu sagen, dass nur Schweigen bleibt in Taubheit? Was so bleibt, ist Werden, logisch, ist Paradox: *Mehr und mehr wird man weniger*. Was bleibt, ist, was geht: Die Waschmaschine geht; Lichtreflexe spielen auf weißen Zargen; Ende Juli sei's – doch in mir sitzt DER SCHATTEN und macht halb und leert mein Begegnen. Ich denke: Es ist schon klar. Dinge passieren und in diesem Passieren ist auch der Mensch ein Ding geworden und *wird passiert*, und das – genau dies – ist DAS SKANDALON. So vieles passiert, so vieles wird passiert unaufhaltsam, und selbst nicht erschöpft zu sein, steht nicht zur Wahl. Also ziehe ich mich zurück ins Bett, eine Zwiebelschale weiter nach innen, und fresse – ich esse nicht, ich fresse – Pistazien, *so grün, so umschalt, so winzig*. Doch eine Schale blieb verschlossen, den Fingernägeln versiegelt, der menschlichen Hand vergattert, und in ihr nistete, ich ahnte es: DIE @NGST!

2

Sie bricht aus. In mich. Ein Traum? Ich werde vorgeladen.

»Aber was haben Sie denn Ihr ganzes Leben lang gemacht?«

»Ich habe gesucht«, sage ich, augenblicklich.

Und als meine Zeit abgelaufen ist – es muss die Dauer eines ganzen Lebens gewesen sein –, fragt man erneut: »Aber was denn, was haben Sie getan in diesem langen Leben?«

Und ich erwidere: »Ich habe gesucht.«

Doch dann probiert man mich zu wecken. Ich höre es. Ist noch keinem aufgefallen, dass es klingt, als frage es: WIE – WIE – WIE, das Vibrieren eines Handyweckers, ein mechanisches *wie, wie, wie*? Wie, ja wie aufstehen, wie weitermachen, wie anfangen? Das Vibrieren aber ändert sich. Eine Stunde später schon echot stattdessen Klaviermusik im Hinterhof, vermischt mit Wind in Blättern, und Schulhofstimmen versammeln sich wie in einem anderen Leben: Pause. Nicht jeden Tag also ist es sinnlos, aus dem Bett zu kriechen, an manchem Tag nämlich träume ich: von Normalität.

3

Ist es normal, Gänsehaut zu haben bei dreißig Grad Hitze? Wer steckt noch in meiner Haut? Müsste ich, wo ich doch zu Hause sei, nicht auch *zu mir* kommen? Aber zu viel INSTRUMENT IN DIE HERZEN GESTECKT: Das – wie es ist – greift zu sehr in das ein, wie es sein soll. Wie lässt sich die Sinnlosigkeit in Ohnmacht, in Trauer, in Schmerz, in Wut, in Leidenschaft, in Glauben, in Tat, in Bedeutung verwandeln? Was ist die Reihenfolge zurück? Wo ist vorn?

Mein Träumen wusste: Wenn man es drauf anlegt, kann man sich ein ganzes Leben von sich selbst ablenken – kann man ein Leben ganz von sich ablenken. Das hilft nicht, aber ist Behelf; nicht erste vielleicht, doch letzte Hilfe; es ist stabile Seitenlage inmitten von Kollaps. Doch auch fünfundzwanzigtausend Meilen Partyhut werden keinen glücklicher machen. Die @NGST steckt hinter jeder Hülle, und je mehr Matrjoschka wir werden, desto mehr Zwischenraum hat sie zu füllen. Wie vermögen wir es da, zu werden, wer wir sind: Menschen? Der Garten Eden gruselt uns, denn wir kennen nur Wüste. Während die Welt uns um die Ohren fliegt, ekelt uns das Biedermeier. Die ganze @NGST vor Frieden! Als sei Behaglichkeit das Verbrechen.

»Mit dieser Welt stimmt doch was nicht«, rufe ich, unbestimmt, ins Taube. Während draußen Hitze surrt, friere ich den ganzen Tag wegen nicht ausschaltbarer Klimaanlage.

»Reich mir mal die Konsensmilch«, antwortet Alexa im Homeoffice.

4

Ich bilde mir ein: Die Pistazie blieb geschlossen. Jetzt sei Feierabend. Musik schallt. Das ist *unser* Lied, denke ich. *Unser Lied*. Dich verfehlen, mich übertreiben, lügen vor mir selbst: Das tat ich mit Dir. Auch sonst: Das Offensichtliche widerlegten wir zusammen. Und jetzt, jetzt höre ich *unser Lied*, dabei gibt es kein Wir mehr, und was macht das Lied noch, wo *wir* doch nichts mehr machen, nie wieder – was will es? Auch für Nostalgie wird man zu vergesslich. Ich versuche, nicht daran zu denken, dass ich ein RISIKO sei. Wie ich um mich sehe, denke ich: Wir Menschen hinterlassen uns am meisten im Abfall. Da sind Berge Müll um uns, die uns aushöhlen von innen. Alles – in – allem: Da ist die @NGST in Plastik. Irgendeine Kranke – vielleicht ich – hat die Musik aufgedreht, dass einem schwarz wird vor Augen. Das ist *unser Lied,* schreie ich. Unser Lied! Ich höre nichts.

5

Zur Quadratur des Kreises hat man uns gerahmt: Um erlaubt zu sein, müssen wir, die Unendlichen, uns einem Rahmen einpassen. Darin dürfen wir atmen, uns bewegen, auf Unrecht zeigen. Wir dürften, aber wir können *nicht einmal das*. Der Rahmen muss immer neu justiert werden, ist nicht stabil, verrutscht, geht aus dem Leim. In regelmäßigen Abständen, doch unvorhersehbar, wann genau wieder, muss man vorführen, dass der Rahmen stabil sei, muss man beweisen: Man verdiene ihn – muss man ihn *von innen zusammenhalten*. Dies ist der MOMENT DER @NGST: Wenn wir zittern und krampfen, weil wir uns selbst zusammenhalten müssen, um nicht auseinanderzufallen. Zu sicher darf man sich nie fühlen, lautet die Regel. Wer sie einhält, aus Furcht, sie zu brechen – denn wer als nächstes gebrochen würde, WÄRE MAN SELBER –, hat @NGST. *Ist* sie.

6

Ich liege zu Hause im Bett im Kern der Zwiebel und es *zittert* etwas innerlich: DA. DA hängt die Wäsche in der Schräge, dass sie fast *gleitet*; DA ist ein Kaktus, der sich in den Blick sticht; DA ist diese Höhe der Decke, die *fällt*. – Das Kissen, das so weich wirkt, ist tatsächlich HART WIE EIS. – Die Gitarrensaite STRANGULIERT aus der Vertikale. – Laminat STELLT DEN TOTEN WESPENKÖRPER AUS. Ich sehe, wie WINZIG KLEIN ein Insekt auf jedweder Fläche bleibt. – VERLOREN bin ich in meinem Bett. – Warum BRICHT der Blumentopf nicht vor Schwere? – Die @NGST reißt die Tapeten von den Steinen. Die eigenen vier Wände stehen *entfugt*. Ich zwinge die Lider zusammen und sehe die @NGST. JETZT OHNE VERKLEIDUNG.

7

Wann wird das gewesen sein? Jetzt: verlängerter Hausarrest, tiefer in die Zwiebel, weiter in mich hinein. Es tut gut, Zwiebelbrot mit Nutella zu fressen, zu internalisieren, was um einen ist. Die Zwiebel im Schokomus tut gut, um das Absurde nicht des Lebens, der Existenz, des Daseins, sondern *das Absurde dieser Gesellschaft* zu schmecken. Denn der Hunger, der in mir ist, so bodenlos nur wie die eigene Leere, lässt sich nicht ausstopfen mit psychiatrischen Modellen, und wie ich auch den Wahnsinn an der Leine führe, er mein Herrchen, wie der Wahnsinn mich auch an der Leine führt, *die Leere wächst weiter.* Sie wächst und ich fresse Zwiebelbrot mit Nutella und dann Avocado mit Marmelade in dem Loch, worin der Kern saß, und dann einen KRÜMEL SICHERHEITSGLAS, der herausgefallen sein muss, *als ich den Teller warf*, einen Krümel Sicherheitsglas

und noch einen fresse ich
und WERDE NICHT SATT
die Moralisten wettern gegen Konsum
und ich fresse Löffel Gemüsebrühenpulver
und schütte die Sojasoße nach
und würze mit Maggi in mich hinein
und schmecke nichts,
ICH SCHMECKE ABSOLUT NICHTS,
ich finde mich auf einer Kreuzung wieder von Autos umgeben und ich höre nichts, überhaupt nichts,
ich renne vor einen Laster und er *wischt mich von seiner Haube* und
ICH SPÜRE ES NICHT,
ich sehe in die gleißende Sonne und
ICH SEHE SIE NICHT,
ich taste nach mir, und
ICH FINDE MICH NICHT,
die Leere sucht nach mir,
ICH EMPFINDE MICH NICHT,

ich liege in meinem Urin und

– *rieche ihn*, ich rieche meinen Urin, denn ich bin aufgewacht, ich liege da und bin aufgewacht, ich liege und erwache in meinem Bett und in meinem Urin und in meiner @NGST und *ich erwache in meinem Albtraum –*

Epilog

Ich erwache von einem Klingeln. Kein Wecker. Ich öffne die Augen. Es schallt von der Haustür. Wer kommt da zu mir? Ich taste mich vor – aus klammen Winkeln. Mein Atem geht schnell, bis ich dort bin. Die Tür öffnet sich. Da steht eine Wolke, pistaziengrün, die sagt: »*Dem Wahnsinn lagst du an der Leine. Jetzt ist er dir Strick um den Hals.*«

Doch DU trittst hervor und lässt mich DIR in die Arme sinken. Woher kommst DU? Warum bist DU zurück? Wie hast DU mich gefunden?

»Menschen sollten sich fangen, wenn sie fallen.« Einander, gegenseitig, ob sie sich kennen oder nicht: eine Fremde die andere; ein Freund den nächsten; die Liebe die Welt.

Ich nicke in DEINE Umarmung. »Wir sind nicht vom Schicksal verschickt«, sage ich. »Allein ist kein Leben bestehbar.«

S. M. Gruber

Am Ende ist es immer die Zeit

Wald

»Was soll *Wonderwall* überhaupt heißen? Wunderwand. Bescheuert, wenn du mich fragst«, flüstere ich mehr zu mir selbst als in eine bestimmte Richtung.

»Was auch immer es ist, für eine Hochzeit ist es ein denkbar ungünstig gewählter Song«, flüstert es links von mir zurück.

»Wieso?«

»Hör mal genau hin. Wenn das kein Break-up-Song ist, heiß ich Franz.«

Nun …

»Ich heiße übrigens Franzi«, sage ich trocken.

Du lachst amüsiert in dich hinein.

»Sascha, angenehm«, sagst du dann leise, während du dich mir kaum merklich zuwendest und die offene Hand hinhältst, knapp über meinem Oberschenkel.

Als ich meine hineinlege, spüre ich, wie sich deine langen Finger fest um meine schließen. Trotz des kalten Wetters ist deine Haut warm.

Sofort fällt mir auf, dass sich deine Augen dunkel anfühlen, obwohl sie nicht braun sind. Später werde ich die Gründe dafür kennen, aber heute ahne ich noch nichts von all den Break-up-Songs, die du für dich selbst geschrieben hast.

Obwohl dein Gesicht jetzt wieder ernst ist, breitet sich auf meinem ein unabsichtliches Schmunzeln aus.

»Wer auf die Idee kommt, eine Winterhochzeit im Freien zu feiern, hat eh einen an der Waffel, wenn du mich fragst.«

»Genau genommen ist November noch Herbst«, murmelst du, den Blick wieder nach vorne gerichtet.

Wie gerne hätte ich dir erklärt, dass November in Berlin sehr wohl schon Winter ist, weil der nämlich anfängt, sobald die Bäume kein Laub mehr tragen und dass das im November besonders schlimm ist, weil Berlin so fucking grau und trist und kalt ist und es dann noch fünf Monate dauert, bis ich wieder auftaue. Aber der Song ist zu Ende und jetzt ist nicht der Moment für lange Diskussionen. Jetzt ist der Moment, die Liebe meiner ehemaligen Mitbewohnerin zu feiern, auch wenn sie der Grund dafür ist, dass ich nicht mehr in unserer geräumigen Altbau-WG im Wedding, sondern am äußersten Zipfel von Friedenau in einer mickrigen Einzimmerwohnung mit Schimmelproblem lebe. *Maybe he's gonna be the one that saves her,* aber ich glaub's ehrlich gesagt nicht. Wer andere aus ihrer Wohnung ekelt, kann gar kein Retter des Seelenheils sein.

Die Idee, eine Hochzeit im Wald zu feiern, finde ich eigentlich richtig nice. Wie viele Partys haben wir zwischen diesen Bäumen um den Flughafensee schon geschmissen? Aber da war es warm. Und außerdem war es unser Ding, als WG. Ich setze mich auf meine Hände, damit sie endlich wärmer werden, während Max und Leonie sich ihre Liebesschwüre aussprechen, aber es hilft nicht wirklich. Ich könnte sie Tanja in den Schoß legen, aber nachdem sie noch kein einziges Mal von ihrem Handy aufgeblickt hat, seitdem wir uns gesetzt haben, lasse ich das lieber. Es war eine dumme Idee, ein Date mit zur Hochzeit zu nehmen, aber das macht man doch so, oder?

Als beide die Unterschrift gesetzt haben, freue ich mich doch ein wenig. Leonies sonnengelbe Gummistiefel schmatzen geräuschvoll, als sie sich zu uns umdreht und ein paar Mal glücklich auf und ab hüpft, bevor sie Max um den Hals fällt und ihm einen Kuss auf den Mund drückt. Dass der Matsch unter ihren Füßen dunkle Spritzer auf seiner beigen Hose hinterlässt, interessiert ihn nicht. Den ganzen Tag schon sieht er aus als würde er sich darüber wundern, noch nicht aufgewacht zu sein, und das finde sogar ich süß. Auch wenn ich mit dem Konzept, mein Leben lang nur eine einzige Person zärtlich berühren zu dürfen, eigentlich nicht so viel anfangen kann.

Konfetti gibt es keins wegen der Umwelt, Reis schon gar nicht und für Blüten ist nicht die Jahreszeit, also sollen alle Gäste einzeln nach vorne kommen, um ein Polaroid mit ihnen zu machen. Um uns die Wartezeit zu versüßen, machen sie wieder Musik an. *Wonderwall* in Dauerschleife. Als wir anstehen, um dem glücklichen Paar zu gratulieren, stellst du dich neben mich, statt dich hinter uns einzureihen.

»Und, zu wem gehörst du?«, versuche ich mich an Smalltalk. Tanja blickt kurz von ihrem Smartphone auf, sieht dann aber, dass du auch eins in der Hand hast, und widmet sich wieder ihrem eigenen News-Feed.

»Bitte?« Schnell steckst du dein Handy in die Tasche, als hätte ich dich bei etwas ertappt.

»Braut oder Bräutigam?«

Als wäre es eine Frage, die du schon nicht mehr hören kannst, atmest du geräuschvoll aus.

»So schlimm?«, frage ich lächelnd.

»Bräutigam«, sagst du nur und schürzt die Lippen.

»Möchtest du das näher ausführen?« Ich suche deinen Blick und für einen Herzschlag verhakt er sich in meinem.

»Eigentlich nicht.« Du hebst die Schultern.

Ich nicke und spüre die Schlange sich unfassbar träge weiterbewegen und irgendwann beginnst du dann doch zu erzählen.

Wie Max auch dich aus deiner Wohnung geekelt hat, nur, dass es kein Zuhause im Wedding, sondern in euch selbst war. Wie ihr jetzt befreundet seid, weil so eine Liebe nicht einfach weggehen kann. Wie es immer die Zeit ist, die ...

Wir werden vom Ende des Wartens unterbrochen, wo mich Max und Leonie in ihre Mitte nehmen. Tanja steht irgendwie daneben. Du drückst den Knopf auf der Polaroid-Kamera, die eigentlich keine ist.

Ich stelle mich zu den restlichen ehemaligen Mitbewohner*innen, während Tanja aufs Klo beziehungsweise in einen Busch verschwindet, und lasse jemand anderen das Foto von dir mit dem Brautpaar machen. Du stellst dich nicht in die Mitte und nicht auf Max‘ Seite, sondern neben Leonie, legst ihr freundschaftlich einen Arm um die Schultern und obwohl du nicht lächelst, strahlst du ehrliche Wärme aus, als der Blitz eure Gesichter trifft. *All the lights that light the way are blinding*, und dann, endlich, dreht jemand dieses verdammte Lied ab.

Universitätsbibliothek

»Hey, du wirst mir das jetzt nicht glauben, aber ich hab genau das genau so schon mal geträumt«, flüstere ich dir hektisch zu, als wir unsere Sachen unter dem strengen Blick der Aufseherin in die durchsichtigen Plastiktüten packen.

Zur Antwort schnaubst du bloß und bedenkst die Dame, die mit verschränkten Armen vor uns steht, mit einem aufmüpfigen Blick. Das weiße Licht der Deckenspots, das rotbräunliche Holz, die klaren Linien der Lernterrassen, die vor uns liegen, habe ich genau so gesehen. Selbst das Material deines Pullis, diese gestrickten, weichen Kügelchen, habe ich damals gespürt und mich nach dem Aufwachen noch gefragt, wer wohl so etwas tragen würde. Und darüber, dass ich keinen Studierendenausweis dabeihatte, habe ich mich auch gewundert, denn ich hatte damals noch studiert.

Heute ziehe ich dich am Ärmel, damit du nicht mit der Aufseherin zu diskutieren anfängst, sondern mir nach draußen folgst.

»Du meinst ein Déjà-vu«, sagst du, als ich dir auf den Treppen nochmal von meinem Traum erzähle.

»Nein«, beharre ich kopfschüttelnd. »Eben nicht!« Und dann platzt es aus mir heraus, wie mir das immer wieder passiert und wie ich angefangen habe, deshalb meine Träume aufzuschreiben, damit ich es dann beweisen kann, dass es mir seither aber nie mehr passiert ist.

Dass es aber auch immer Jahre dauert, bis es passiert und wer weiß das schon, ob es nur noch nicht so weit ist oder ob ich es mir wirklich nur einbildete und jetzt nicht mehr beweisen kann, weil es tatsächlich nie passierte.

Du sagst gar nichts und das einzige, das ich höre, sind unsere hallenden Schritte auf dem polierten Sandstein des Foyers.

Gerade als ich anfange, es zu bereuen, dir das alles gebeichtet zu haben, sagst du: »Crazy.«

Und dann: »Ich war da auch, ja? In deinem Traum?«

Ich nicke, froh darüber, dass du neben mir gehst und ich dich nicht direkt ansehen muss. »Ich glaube schon. Aber ich wusste ja nicht, wer du bist. Du hattest die gleiche Frisur.« Mit einer Handfläche berühre ich ganz leicht deine hellblonden Borsten. »Und diesen Pulli … Das fand ich eine komische Kombi.«

Du schlägst lachend meine Hand weg, dabei fasst du mich in einer fließenden Bewegung am Unterarm und der Ruck, mit dem du stehenbleibst, dreht mich zu dir herum. Die Plastiktüte mit den Zeichenblöcken schlenkert dabei gegen mein Knie.

»Hast du noch etwas anderes geträumt? Über uns?«, fragst du. Deine Lachgrübchen treten noch hervor, obwohl du deine Augenbrauen ernst zusammengezogen hast.

Geträumt habe ich vieles. Von einem Morgen in einem Geräteschuppen, von einem Meerausflug bei Gewitter, immer wieder vom Wald, in dem wir uns kennenlernten, von Kerzenschein und Festessen und wilden Kämpfen mit Vampiren. Von Tanja, die dich noch nie mochte und dich folgerichtig mit einer Laserkanone jagte, während ich erneut mit ihr schlussmachte. Von Partys, auf denen ich dich nicht finden konnte, oder von solchen, auf denen ich nach dir rief, du mich aber nicht hören konntest. Von uns als Teenies und von uns als alten Leuten.

»Die meisten meiner Träume gehen nicht in Erfüllung, weißt du«, sage ich ausweichend. »Am Ende ist es immer die Zeit …«, beginne ich einen Satz, dessen Ende ich immer noch nicht kenne.

Du lockerst deinen Griff, streichst über meine Haut, am Unterarm entlang, über die äußere Kante meiner Hand, bis zur Spitze meines kleinen Fingers.

»Ja«, sagst du, »eh.«

Drink&Draw

Als wir uns das zweite Mal sehen, ist es wieder ein Zufall. Drei Monate nach der Waldhochzeit, als der Winter noch kein Ende hat und schon so lange dauert, dass alle Wärme aus mir gewichen ist, alle Energie und aller Optimismus.

»Du machst Kunst«, stelle ich fest, als ich mich neben dich setze.

Überrascht blickst du von deinem Skizzenblock auf und protestierst dabei: »Mach ich gar nicht«, bevor du mich erkennst. Dann begrüßt du mich mit: »Hi, Franz.«

»Franzi«, korrigiere ich dich.

»Sascha.«

»Weiß ich doch«, lüge ich.

»Bist du zum ersten Mal hier?«, fragst du und ich erwäge noch eine zweite Lüge, bejahe dann aber nicht nur, sondern erzähle dir auch, wie nervös ich bin, dass ich nichts Gutes zustande bringe, wenn ich glaube, dass mir wer über die Schulter schaut und erst recht nicht, wenn ich mich mit anderen vergleiche. Und bevor ich direkt wieder abhauen kann, legst du deine Hand auf meinen Unterarm, weckst in mir das Bleiben, das ich vor dir nicht kannte.

Still fertigen wir eine Reihe Skizzen an, die Modelle ändern ihre Positionen im Fünfminutentakt. Seite um Seite fülle ich mein Buch mit Strichen und Flächen, während du Kurve an elegante Kurve reihst. Der Kohlestaub schwärzt nicht nur die Finger, mit denen ich zeichne, er ist überall, rieselt mir in den Schoß, setzt sich auf meiner anderen Hand ab und auf meiner Jeans. Wenn ich atme, rieselt er besonders eifrig. Du hast deine Pastell-Kreiden auf dem Tischchen neben dir abgelegt und wechselst rhythmisch zwischen violett, rosa, gelb, rot, grün und blau. Immer wieder pustest du auf dein Blatt, lässt absichtlich bunte Staubwolken steigen. Dass du graues Papier zum Zeichnen verwendest, finde ich unfassbar fancy. Und dass du es so gekonnt einzusetzen weißt, erst recht.

»Also ich mag es eigentlich auch nicht, wenn mir wer beim Zeichnen über die Schulter schaut«, nuschelst du, ohne den Blick zu heben. Deine pinke Kreide tanzt weiter über das Blatt und meine Wangen nehmen dieselbe Farbe an wie deine Fingerspitzen.

»Sorry«, murmle ich und wünschte, ein Meteorit würde Berlin jetzt sofort dem Erdboden gleichmachen. Meine Hände zittern, als ich die nächste Linie auf mein einfach weißes Blatt setze, und verpassen der Frau mit dem schönen Schlüsselbein einen krakeligen Clownskragen.

Die Modelle für die Portraits werden – anders als die Aktmodelle – immer aus den Teilnehmer*innen gelost. Das stand so in der Beschreibung des Meet-ups. Nur als der Veranstalter meinen Namen sagt, habe ich das schon längst wieder vergessen und reagiere erst gar nicht, bis du mich mit dem Ellbogen in die Seite stupst.

»Du bist dran«, raunst du mir zu und mir rutscht das Herz in die Hose, weil ich denke, dass ihr alle jetzt meine Skizzen sehen wollt.

Trotz meiner wackligen Knie schiebe ich mich durch die eng gestellten Stühle und Tischchen, stoße dabei zumindest nur ein leeres Glas um. Als der Typ auf die zwei Stühle deutet, die in der Mitte stehen, fällt mir die Sache mit den Portraits wieder ein und ich komme mir mächtig dumm vor, mein Skizzenbuch mit nach vorne genommen zu haben.

»Hi, ich bin Gregor«, sagt der Veranstalter und fistbumpt mich zur Begrüßung. Um seine Augen tanzen freundliche Lachfältchen, der Nagellack auf seinen Fingernägeln ist teilweise abgesplittert und er ist mir sofort sympathisch. »Nimm einfach Platz.«

Ich setze mich, klammere mich an den Ringblock auf meinen Knien und versuche vergeblich, nicht rot zu werden, als die anderen jeden Winkel meines Gesichts mustern. Alles verrät es, egal, wie sehr ich mich um ein Pokerface bemühe: Sobald mir etwas auch nur ein kleines bisschen unangenehm ist oder ich mich bei etwas ertappt fühle, leuchten meine Wangen so rot wie eine Rettungsboje, die sich stark nach Ertrinken anfühlt.

Unsere Plätze liegen auf der rechten Seite und es macht mich ganz kirre, dass ich nach vorne schauen soll, weil ich dann nicht sehen kann, wie du mich zeichnest. Woran bleibt dein Blick hängen? Sind es die Bögen meiner nicht zurechtgezupften Augenbrauen, das lächerliche Muster in meinem ausrasierten Nacken, die nicht lockigen, nicht glatten Haare, die mir in die Stirn fallen? Oder die lange Falte auf derselben, die vor allem dann hervortritt, wenn ich zu wenig Wasser getrunken habe, so wie heute? Die Augen, die ungleich schief in ihren Höhlen sitzen. Meine perfekten Ohren, der kleine Ring mit Mond, der im rechten Ohrläppchen steckt. Mit wie viel Schwung zeichnest du die Kante meines Kiefers nach? In welchen Farben schraffierst du die Schatten unter meinen Augen? Bin ich für dich flächig oder filigran?

Als ich mich nach fünfzehn Minuten wieder neben dich setze, blätterst du schnell die Seite um. Dabei erhasche ich einen Blick auf mein Gesicht in blau, schwarz-weiß, orange und rosa, vier schnelle Skizzen, und als ich in dein Gesicht blicke, sitzt die Neugier auf deiner Nasenspitze.

»Ich mag deinen Ohrring«, sagst du.

»Danke, ebenfalls«, sage ich. Du fasst dir irritiert an eines deiner Ohren, an denen gar kein Schmuck hängt, und dann lachst du so laut, dass uns der Typ neben uns einen bösen Blick zuwirft.

»Du hast da übrigens ... Dings ...«, flüsterst du und machst eine vage Handbewegung über dein Gesicht.

»Ich ... was?« Irritiert rümpfe ich die Nase.

»Du hast da Kohlestaub«, sagst du und deine Fingerspitze kreist vor meinem Gesicht umher.

»Oh!«, mache ich und hebe meine Hand, stoppe aber, bevor ich meine Haut berühre, und blicke auf meine geschwärzten Fingerkuppen und Handflächen. »Wo denn genau?«, frage ich.

Du grinst und da nehme ich zum ersten Mal deine Grübchen wahr. »Eigentlich überall«, sagst du.

Mit dem noch sauberen Unterarm wische ich mir übers Gesicht. »Besser?«, frage ich.

»Ähm«, machst du.

»Nein?«, frage ich kichernd.

»Nicht wirklich. Darf ich?«, fragst du und obwohl ich weiß, wie deine eigenen Finger aussehen, nicke ich.

»Hier …«, flüsterst du, legst deine Hand an meinen Hals und fährst mit dem Daumen über die Kante unter meinem Wangenknochen.

»Ups«, sagst du mit großen Augen, nimmst deine Hand wieder zurück und blickst erschrocken darauf.

Ich schmunzle, nehme deine Hand und male mit deinem Daumen noch einen Strich auf meine andere Wange. Dann fahre ich dir mit dem Zeigefinger einmal über den Nasenrücken. Der dunkle Strich teilt dein Gesicht in zwei Hälften.

»So«, sage ich. »Und jetzt?«

Erdgeschoss, Hinterhaus

»Ja, es tut mir leid, okay? Jetzt mach mal nicht so eine große Sache draus«, sagst du und zuckst mit den Schultern.

»Aber es ärgert mich!«, rufe ich und klopfe mit der flachen Hand auf den Tisch, dass die Kerzengläser klirren.

Zur Antwort hebst du bloß die Augenbrauen.

»Sorry«, murmle ich und meine es nicht so. Trotzig verschränke ich die Arme vor der Brust und komme mir dabei blöd vor.

Du stehst auf und machst uns Tee.

»Ich will das nicht«, raunze ich, als du die Kanne auf den Tisch stellst.

»Dann trink ich ihn halt alleine«, sagst du, obwohl du ganz genau weißt, dass ich nicht den Tee meine und ich muss fast lachen, obwohl mir gar nicht danach zumute ist und ich deinen Witz blöd finde.

Du hältst mir die offenen Handflächen hin, beide, so wie du es immer machst, wenn du mich beruhigen willst. *Funktioniert hat das noch nie*, denke ich und lege meine Hände – wie ich es immer mache – trotzdem in deine.

»Franz«, sagst du ernst und suchst meinen Blick. Ich habe schon lange aufgegeben, dich zu korrigieren.

»Sasch«, sage ich und verdrehe die Augen. »Ich versteh überhaupt nicht, was das Leonie und Max angeht! Das ist eine Sache zwischen *uns.*«

»Gar nichts geht sie das an«, bestätigst du mir und hebst hilflos die Schultern.

»Ja, dann sollen sie sich nicht einmischen«, beharre ich. »Das ist ja wohl unsere Angelegenheit.«

»Und Gregors«, erinnerst du mich unnötigerweise und streichst dabei über den Ring an meinem Finger, den er mir gegeben hat; irgendwann, als auch er und ich aufhörten, uns nur zum Zeichnen zu treffen.

Zur Antwort bekommst du nichts als einen Blick, von dem ich hoffe, dass er so finster ist wie deine Erdgeschosswohnung im Winter.

»Wir können es auch sein lassen. Franzi ...«, flüsterst du eindringlich. Meine Hände lässt du dabei nicht los.

»Du hättest es Max nicht erzählen dürfen«, ignoriere ich die Frage, die du eigentlich gar nicht gestellt hast. Vielleicht hatte Tanja immer schon recht und man kann dir wirklich nicht vertrauen. Vielleicht bist du echt so egoistisch und manipulativ, sogar narzisstisch veranlagt. Hast mich geblendet, all die Zeit ...

Als hättest du meine Gedanken gelesen, huscht ein verletzter Ausdruck über dein Gesicht.

»Wir stecken da gemeinsam drin, du und ich. Mit Gregor hat das gar nicht so viel zu tun. Ich dachte, wir hätten einen Deal«, werfe ich dir vor. Damals hast du gesagt, wir könnten eine Insel sein, rundherum nichts als Meer, und darauf nur wir zwei.

»Hatten wir auch!«, rufst du und drückst meine Hände fester.

»Warum hast du es ihm dann erzählt?« Beleidigt schiebe ich meine Unterlippe vor.

»Na, weil ich es sonst niemandem erzählen konnte.« Du lässt meine Hände los und stehst ruckartig auf, dass dein Stuhl nur so wackelt. »Mich ärgert das alles auch, weißt du! Das ganze Hin und Her, die Heimlichtuerei und überhaupt«, bricht es aus dir heraus, »kannst du echt sagen, wenn du keinen Bock mehr hast. Nur weil du dich wieder nicht entscheiden kannst, wie du leben möchtest!«

Ohne Eile stehe nun auch ich auf, gehe um den Tisch herum und schließe dich in die Arme. »Ich könnte schon, aber ich will nicht.« Es ist immer so: Je aufgebrachter du bist, desto ruhiger werde ich – und umgekehrt.

Erst rührst du dich nicht, aber es dauert nicht lange, bis du in mich hineinsinkst und lange ausatmest.

»Komm«, sage ich nach einer Weile und schiebe dich auf Armeslänge von mir. Dann hake ich mich bei dir unter und führe dich zur Wohnzimmerwand, an der all das hängt, was wir nicht verkaufen wollten.

»Weißt du noch?« Ich deute auf die eingerahmte Skizzenbuchseite, vier Mal mein Gesicht darauf, in blau, schwarz-weiß, orange und rosa. »Und hier …« Ich ziehe dich ein Stück weiter. Pastellkreide, Kohle und Acryl auf einer zwei Mal zwei Meter großen Leinwand. *Liebe*, hatten wir es genannt und wollten es Max und Leonie zum dritten Hochzeitstag schenken, haben es dann aber doch nicht hergeben wollen. Mal hing es bei mir, dann bei dir, dann bei uns und jetzt wieder bei dir. »Behalte du es«, hatte ich damals gesagt, »damit nicht wieder jemand eifersüchtig wird.« Ich dachte dabei an Tanja, denn sie war von Anfang an misstrauisch gewesen. Von dem Moment an, wo ich mit der Skizzenbuchseite vom *Drink&Draw* heimgekommen war. Sie war eifersüchtig und ungut und es ging schnell, dann waren wir gar nichts mehr, sie und ich. Du hattest dich nicht eingemischt. Damals nicht und später auch nie. Hast zu so etwas gar nichts gesagt. Nichts davon betraf uns. Erst, als Gregor sich nach und nach in mein Herz gelächelt hatte, wurden wir kompliziert.

Neben *Liebe* hängt das Plakat unserer ersten gemeinsamen Ausstellung. *Cumulus oder was vom Himmel übrigbleibt*, nannten wir sie und kamen uns dabei mächtig edgy vor. Eigentlich hätte sie *Zirrus* heißen sollen, aber wir wussten nicht, wie man das schreibt, und um nachzusehen waren wir zu stolz.

Darüber hängt ein Foto aus derselben Nacht. Rundherum Leute, die unsere Arbeiten begutachten, und wir mittendrin, geisterhaft ausgeleuchtet vom Blitz der Kamera. Wie immer stehst du darauf zu weit drinnen in meinem personal Space, ohne mich dabei zu berühren, aber so, als wärst du dort zu Hause. Warst du ja auch, irgendwie. Und bist es immer noch.

»Es kann doch nicht sein«, sage ich, »dass wir so weit gekommen sind und wir es jetzt einfach *lassen*.«

»Also das Wichtigste habe ich ja nicht verraten …« Du schürzt die Lippen, gehst an unserer Wand entlang, gehst auf und ab an unserer *Wonderwall*, wie wir sie mal in einer weingetränkten Nacht ironisch getauft haben, zwölf Quadratmeter pures Wir. Ich spüre, wie du jedes Bild auf die Waagschale legst und ich tue dasselbe, lasse alles durch mich hindurchgehen, spüre dem nach, was wir aus unserem Innersten auf Papier gekippt haben. Am Ende stehen wir wieder beisammen.

»Und wenn …«, fragst du schließlich und legst deine Arme auf meine Schultern, die Hände in meinem Nacken verschränkt, deine Stirn an meiner, »wenn es am Ende doch nicht die Zeit ist?«

Nadja Kasolowsky

Club 27

L'appel du vide. Der Ruf der Leere, der Ruf des Abgrunds, der Anruf aus der endlosen Tiefe. Und selbst dann, das Handy ans Ohr geklammert, mit schwitzigen Händen und Herzschlag schneller als *prestissimo,* hört sie nichts als die vier Worte.

Es hat nicht geklappt.

Sie sieht über das Geländer der Brücke und der Abgrund ruft: *Spring doch!* Und der Abgrund lacht und verhöhnt sie und sie schließt die Augen. Umklammert das Geländer fester, als könnte sie wirklich springen, als wäre das eine reale Option, und wer weiß, wenn sie nicht aufpasst ...

(Wäre es einfacher?)

Sie stellt sich vor, zu fallen. Sie stellt sich den Moment vor, in dem sie die Arme ausbreitet und frei wird, für einen Augenblick, der endlos ist. Friedlich sieht es in Filmen immer aus. Auch wenn sie weiß, dass das eine Lüge ist, weil der Augenblick nicht endlos ist und der Aufprall plötzlich und schmerzhaft, aber ... zu fallen. Einfach nur fallen, von nichts mehr gehalten. Sie kann den Wind fast fühlen, in ihrem Haar. Und den Moment, in dem sie die Schwerkraft nicht mehr spürt, obwohl sie alles ist, was sie hinabzieht.

Oben auf der Brücke erkennt sie selbst die Ironie hinter dieser Vorstellung. Dass sie Dinge nicht spüren kann, die so offensichtlich sind. Wie atmen. Die Hornhaut an ihren Fingern. Oder Abschied.

Sie ist nicht bereit für Abschied.

Sie weiß nicht, was danach kommen soll.

Da ist keine Pause, nach der es weitergeht, keine Achtel, keine Viertel, keine Halbe, keine Ganze, da ist einfach

– nichts.

Ein Nichts, das sie nicht mal mehr mit Summen füllen kann. Weil die Musik sie verraten hat. (Oder sie die Musik.)

Es ist kein Paukenschlag gewesen, kein *Ritenuto*, sondern ein schleichendes *Decrescendo*. Sie ist auf Wolken geschwebt und nichts hat sie auf den Sturz vorbereitet.

(*Fallen – senkrechte, gleichmäßig beschleunigte Abwärtsbewegung eines frei fallenden Körpers. Sturz – jäher, heftiger Fall aus der Höhe in die Tiefe; starker Verlust an Wert.*)

Auf dem Boden sind Kreidezeichnungen: Initialen in Herzen, Richtungsanweisungen, Himmel und Hölle. Festgehalten für eine fragile Ewigkeit, zwischen deren Anfang und Ende sie Wahrheiten markieren.

Anfang – das erste Mal, als sie eine Geige in der Hand gehalten hat.

Sie ist jung gewesen, so jung, dass es keine Zeit davor zu geben scheint, und deswegen hat sie geglaubt, es würde auch keine danach geben. Nicht, wenn sie für die Musik geschaffen ist. Wenn sie Wettbewerb um Wettbewerb gewann, Musik studierte, immer höher, immer weiter, wenn alle ihren Namen kannten, sich in Lobpreisungen überschlugen, ihre Gabe anbeteten als etwas, das nicht mehr irdisch war. Wenn sie eingeladen wurde zu spielen, nicht nur in der Klassik, in der sie aufgewachsen war, sondern auch in anderen Stilen, auf den großen Bühnen weltweit, real oder im Fernsehen. Wenn Musik alles war, was zählte, wenn sie nur im Applaus existierte, nach dem sie süchtig geworden war, ohne es zu wollen, und in dem sie vergaß, ob Musik jemals etwas anderes für sie gewesen war. Weil ihre Töne saßen, selbst bei Paganini, weil ihr Bogen über die Saiten strich, als wüsste er von den intimsten Empfindungen tief in den Seelen der Menschen.

Wunderkind haben sie sie genannt.

Sie ist zerbrochen und ihre Scherben verlieren sich in der Stadt, zu klein, um Reliquien einer Heiligen zu werden.

Ende –

Sie alle haben es nie verstanden. Dass für sie nicht dieselben Vergleichskriterien gelten. Für die anderen ist der Maßstab der Durchschnitt. Für sie immer nur ihr eigener Erfolg.

Musik ist ihr Talent gewesen, das sie intuitiv verstanden hat, das gereicht hat, um perfekt zu sein.

Weil alles andere Versagen ist.

Weil das alles ausmacht, was sie kann.

(Alles, was sie ist.)

Unbewusst ist da immer die Angst gewesen, davor, ihre eigenen Standards nicht mehr zu erfüllen, die sie selbst immer höher und höher gesetzt hat. Vor dem Scheitern, wenn alle Perfektion erwarten, wenn sie Perfektion war, wenn Unfehlbarkeit selbstverständlich war. Es ist so mühelos gewesen, dass sie nicht gemerkt hat, wie der Boden unter ihr weggebröckelt ist.

Bis Nachricht um Nachricht den Rest unter ihren Füßen weggerissen hat, über den sie getänzelt ist, als hätte sie die Risse längst gesehen, die aufgeklafft waren und zwischen denen sie entlangbalanciert war, als könnte sie niemals abstürzen.

(Auch ein Wunderkind kann versagen.)

Den wichtigsten Wettkampf – mit Abstand verloren.

Die großen Orchester – kein Interesse mehr an ihr.

All die Fachstimmen – Schweigen.

Und dann das Vorspielen für diese eine Produktion, die eigentlich schon gar nicht mehr in ihrer Klasse liegt. Die Einladung, an die sie sich geklammert hat, um ihre Karriere zu retten.

Es hat nicht geklappt. Weil sie nicht mehr gut genug war.

L'appel du vide. Wenn sie nicht mehr gut genug ist ...

Musik ist alles gewesen. Alles, was sie konnte. Alles, was sie wollte. Und sie fragt sich, was bleibt.

Wenn man ihren Körper mit Kreide auf den Asphalt der Stadt malt.

Und der Regen die Linien davonwäscht.

Ende –

Sie hat es versucht. Wieder und wieder. Hat die Geige in die Hand genommen, den Bogen angesetzt, die Finger auf die Saiten gelegt. Sie ist gut. Aber sie ist nicht gut genug. Und sie kann keine Perfektion mehr, kann die neuen Standards nicht mehr erfüllen, die längst für sie zu hoch geworden sind, seit Monaten nicht mehr, und heute dann die nächste Absage. Ihre letzte Hoffnung.

Sie streicht mit der Kuppe ihres Daumens über das Brückengeländer. Das Kondenswasser ihrer Träume bleibt an dem Metall haften und als sie danach greift, fließt es ihr durch die Finger.

(Nichts. Es bleibt nichts übrig.)

Ende –

Sie stützt die Unterarme auf das Geländer, schaut bewusst nicht nach unten, sondern in die Lichter dort draußen, und fragt sich. Ob sich noch jemand an *sie* erinnert. An ihre irrationale Angst vor Schmetterlingen. An die Kreuzworträtsel, die sie immer gelöst hat, wenn sie herumlagen. An die Massen an Zitronenlimonade, die sie getrunken hat. An ihre Abneigung gegen zu enge Hosen. An ihr schiefes Lebkuchenhaus, für das sie sechs Stunden gebraucht hat, weil sie sich geweigert hat, sich helfen zu lassen. An den Setzling, den sie zwischen Sperrmüll gefunden, in einen Topf gepflanzt und gerettet hat. An ihren ersten Kuss. An ihre Gefühle für M., die erst ihre feste Freundin gewesen ist und dann ihre beste und dann keins von beidem.

Sie ist 27. Zu jung zum Sterben. Aber alt genug, um neu geboren zu werden.

Sie breitet die Arme aus.

Ende.

Sie lässt die Brücke hinter sich, kehrt dem Abgrund den Rücken zu. Sie erinnert sich an all die kleinen Momente, nur sie, ohne Geige und ohne Partitur. Genug, um ihre eigenen Akkorde neu zusammenzufügen.

Mit jedem Schritt fängt sie an, neue Kreidelinien zu zeichnen, ohne zu wissen, wohin es sie führt. Sie sind unsicher, verwackelt, aber das ist jeder Anfang und nichts hindert sie daran, so viele fragile Ewigkeiten zu schaffen, wie sie will.

Sie versteckt die Hände in ihren Taschen, wo ihre Finger ungesehen Melodien malen, nur für sie. Vielleicht braucht es die Bühne nicht, die Scheinwerfer, die Person, die sie dort war. Vielleicht braucht es den Applaus nicht, um sie in dieser Welt zu erden, um ihr Konturen zu geben, sondern all die Kleinigkeiten, an die sich niemand außer ihr erinnert. Die sie selbst ein wenig vergessen hat, bis jetzt.

Sie fühlt sich seltsam frei.

An der Ecke ist ein Späti und sie tritt ein, unsicher, weil es etwas ist, das sie lange nicht gemacht hat, eine spontane Idee, ohne Richtungsanweisung oder Halt. Sie geht zu dem Regal mit den Limonaden und holt eine mit Zitronengeschmack heraus. Dann legt sie eins der Kreuzworträtselhefte dazu und nach kurzem Zögern eines der sauren Bonbons, die sie sich nie getraut hat zu probieren.

»Macht 4,80 €«, sagt die Person hinter dem Tresen.

Sie schiebt das Geld rüber.

Der Mensch zögert. »Sie sehen ihr ähnlich. Dieser berühmten Geigenspielerin, die ständig im Fernsehen war.«

Sie lächelt und wendet sich zum Gehen. »Muss eine Verwechslung sein.«

Alexandra Resch

Der Filter

Es ist nicht immer einfach. 30.607 Fotos sind auf Martinas Handy gespeichert. Wenn sie ein Bestimmtes davon sehen will, kann sie zumindest nach Personen oder Motiven suchen. Sie tippt einfach »Tom« in das Suchfeld und alle Fotos mit seiner unverwechselbaren Hackfresse erscheinen auf ihrem Screen. Oder sie sucht nach Katzen und bekommt zu gut 80 Prozent Memes angezeigt, die ihre Mama auf Facebook entdeckt und ihr weitergeleitet hat. Auch nach Screenshots kann sie ihre Bildersammlung explizit durchsuchen. Da findet sie vieles: witzige Tweets, Karikaturen, Rezepte und sowas.

Letztens hat Martina auf einer Party eine App-Entwicklerin kennengelernt. Der hat sie gleich mal aufgetischt, was an Apps alles nervt. Die Töne, die Pop-ups bei *Candy Crush*, die Updates und die vielen Passwörter, die man sich merken muss. Manchmal gehen die Leute einfach weg, wenn Martina solche Reden schwingt. Sie tun so, als ob sie aufs Klo müssen oder sich noch ein Bier holen wollen. Und dann kommen sie nicht mehr wieder. Das kennt sie schon und das macht ihr meistens auch gar nicht so viel aus. Zu diesem Zeitpunkt ist sie oft eh schon alles losgeworden, was ihr auf dem Herzen lag. Sie kann es nicht lassen, dieses Auftischen. Zu viele Gedanken in ihr drin kommen auf einmal raus, wenn sie jemanden trifft, bei dem sie diese für gut aufgehoben hält.

Die App-Frau hat es aber erstaunlich lange ausgehalten. Und sogar halbwegs aufmerksam zugehört. Martina hat mehrmals gefragt, ob sie sich nicht noch ein Bier holen will. Sie ist ja auch kein Unmensch. Aber die Frau hat ihr stattdessen Fragen gestellt. Das passiert selten, wenn Martina sich mit Fremden unterhält. Normalerweise verliert sie auch selbst irgendwann das Interesse, wenn sie all ihren Gedanken Gehör verschafft hat. Aber diese Frau war anders. Ihr gelang es irgendwie, dass Martina zur Abwechslung auch mal zuhörte. Sie erzählte ihr von einem Gerücht, dass sie in irgendeinem Forum gelesen hatte. Dass mit dem nächsten Update eine Funktion kommt, die einen die Handyfotos nach der Tageszeit filtern lässt, zu der sie aufgenommen wurden. Das geht Martina bis heute nicht mehr aus dem Kopf.

Seitdem hat sie ihr Handy schon mehrmals updaten müssen, aber Tageszeitfilter gibt es bis jetzt noch immer nicht. Sie hat versucht, danach zu googeln, aber nichts gefunden. Gerne hätte sie die App-Entwicklerin nochmal danach gefragt, doch sie haben auf der Party keine Nummern ausgetauscht. Martina ist irgendwann einfach gegangen. Das macht sie immer so, weil sie es nicht mag, mehreren Menschen auf einmal Tschüss zu sagen. Die Leute, die sie einladen, wissen das auch und nehmen es ihr nicht übel. Viele kommen zu deren Partys in der Regel ohnehin nicht. Der App-Frau hat sie auf die Schulter geklopft und ihr einen schönen Abend gewünscht. Mehr war da ja auch wirklich nicht zu sagen.

Martina weiß genau, welche Uhrzeit sie zuerst in das Suchfeld eintippen würde: 00:01 Uhr. Oder vielleicht ein paar Minuten später. 00:02, 00:03 Uhr. Wahrscheinlich müsste sie ein paar Uhrzeiten ausprobieren, um das richtige Bild zu finden. Nur um Punkt Mitternacht hat sie es definitiv nicht gemacht, da hat sie ja auf ihr Handy geschaut. Und es hat sich wie ein kleiner Erfolg angefühlt, dass sie genau um 00:00 Uhr das Display angemacht hat. An das Jahr kann sie sich gar nicht erinnern, nur, dass es Herbst war. Und dass es bewölkt war, wie meistens in dieser Stadt. Auch den Ort weiß sie nicht mehr so ganz genau. Nach dem hätte sie sonst ja filtern können.

Sie ist tanzen gewesen. Okay, sie ist saufen gewesen. Tanzen hatte es nur ihre Freundin genannt, aber als sie zum Vorglühen schon eine Wodkaflasche auf den Tisch gestellt hat, war Martina klar, dass es ihr nicht um die Musik ging.

Irgendwann ist sie nach draußen gegangen, weil es ihr in dem Laden eigentlich zu laut und zu teuer und zu stickig war. Der Eingang lag direkt unter einer Brücke und Martina ging ein paar Schritte, um nicht unter einer der vielen Tauben zu stehen zu kommen, die es sich an der Unterseite der Brücke gemütlich gemacht hatten.

Als sie sich umdrehte, bemerkte sie eine Frau auf der Brücke. Irgendwie sah sie schön aus im schummrigen Licht der Lampen, die links und rechts von ihr in den Himmel ragten. Martina schaute auf ihr Handy. Genau Mitternacht. Geisterstunde, sagt Martinas Mama immer. Sie starrte noch eine Weile die Frau auf der Brücke an, dann öffnete sie die Kamera-App und machte ein Foto von ihr. Auf dem Bild waren vor allem dicke Wolken zu sehen, die irgendwie gar nicht wie Wolken aussahen. Die Frau wirkte winzig unter ihnen.

Martina rief ihr zu: »Wie ist die Aussicht da oben?«

»Scheiße«, schrie eine Männerstimme zurück. Das gefiel Martina. Männer mit langen Haaren waren Tom immer ein Graus gewesen. Aber weil damals Tom ganz frisch Martina ein Graus geworden war, stieg sie die kleine Treppe hinauf, die links neben der Brücke nach oben führte.

Eigentlich hatte sie schon vier bis acht Gedanken zum Thema Männer mit langen Haaren, die sie dem Brückenmann direkt an den Kopf werfen wollte. Aber irgendetwas an ihm ließ Martina stumm bleiben. Sie stellte sich neben ihn, schaute auf das Stückchen Stadt, das sich vor ihnen ausbreitete – und machte noch ein Foto.

Dann fing der Mann an zu weinen. Nicht bitterlich, aber schon so, dass Martina es nicht ignorieren konnte. Sie hätte ihn gerne angeschaut, aber sie hatte Angst, dass er sich Trost von ihr erwarten würde: nicht gerade ihr Fachgebiet. Also starrte sie auf ihre Finger, die sie am Brückengeländer entlangstreifen ließ.

Eine ganze Weile standen sie so nebeneinander: der Langhaarige leise schluchzend, mit den Händen in den Hosentaschen, Martina neben ihm, mit den Händen am Geländer. Mehrmals setzte sie dazu an, etwas zu sagen. Über Frisuren oder Wolken oder Brücken oder Tauben. Aber irgendwie wollten die Worte diesmal nicht aus ihr herauskommen. Das ärgerte sie so sehr, dass sie laut schnaubte. Zum ersten Mal sah sie der Mann direkt an. Martina wandte ihren Blick ab, sie mochte es nicht, wenn Leute sie anschauten.

»Es ist dieser Scheißhimmel«, sagte der Mann. Martina rümpfte die Nase. Viel hatte der Typ noch nicht gesagt, aber scheiße fand er auf jeden Fall einiges.

»Na ja, es ist ja nicht der Himmel, der scheiße ist, oder die Aussicht. Was scheiße ist, sind diese ganzen Wolken«, sagte sie.

Jetzt war er es, der sprachlos war. Das gefiel Martina schon viel besser.

»Ich meine, der Himmel dahinter ist doch voll ok. Über den kann man doch echt nichts sagen. Aber man sieht ihn halt kaum wegen den Scheißwolken«, sprudelte es aus ihr heraus.

Der Damm war gebrochen. Sie wollte gerade zum nächsten Wortschwall ansetzen und noch eine Runde Dampf ablassen über alle diese Menschen, die sich ständig über das Wetter aufregten und dann zig Instagram-Storys von Sonnenuntergängen und dem ersten Schnee und irgendwelchen blöden bunten Blättern im Wind posteten. Immerhin war das ja auch alles Wetter.

Doch dann passierte etwas, das sie noch seltener erlebte, als dass ihr jemand Fragen stellte. Der Langhaarige umarmte sie. So richtig recht war ihr das nicht. Aber es war auch zu schnell wieder vorbei, um sich ernsthaft darüber aufzuregen.

»Danke«, sagte er zu ihr. Und dann ging er einfach davon.

Martina stand noch eine Weile auf der Brücke und wunderte sich. Es war fast eins, als sie sich entschied, zurück in die Disko zu gehen. Sie trank dort noch ein Bier, aber irgendwie hatte ihr diese seltsame Begegnung die Partystimmung genommen. Sie verabschiedete sich von ihrer Freundin und ging nach draußen. Auf der Brücke war niemand zu sehen. Also fuhr sie nach Hause. Am nächsten Morgen dachte sie noch kurz an den weinenden Langhaarigen, aber dann schickte Tom eine blöde Nachricht, und während ihre Finger daraufhin wütend über die Handytastatur flogen, hatte sie den Brückenmann schon fast vergessen.

Seit die Wolken weg sind, denkt sie wieder öfter an ihn. Ob er den Himmel über ihrer Stadt immer noch so scheiße findet? Nur noch blauer Himmel, schon seit Monaten, dabei ist es Mitte November. Ob er sich wohl freut? Wie gesagt, Martina mag die Menschen nicht, die sich ständig übers Wetter aufregen. Aber zugegeben, ihr fehlen die Wolken auch ein bisschen. All die Artikel, in denen irgendwer darüber fachsimpelt, ob sie denn überhaupt wiederkommen, überfliegt sie meistens nur. Da steht eh immer dasselbe drin. Das einzige, was sie an diesen Beiträgen mag, sind die Fotos. Die suchen jetzt natürlich die schönsten Wolken-Fotos überhaupt raus. Clickbait heißt das, Martina ist ja nicht doof. Seit sie täglich all diese Fotos sieht, denkt sie öfter an das Bild, das sie damals aufgenommen hat. Von dem Mann auf der Brücke, der den Himmel scheiße fand. Martina scrollt noch einmal durch ihre Bildergalerie. Dann schreibt sie eine Nachricht an ihren Kumpel und fragt ihn nach der Nummer der App-Entwicklerin.

Ilja Bohnet

Gespenster in der Friedrichstadt

Vor einer Woche hatte ich Abschied von Harry genommen, als sein Sarg in die im Januarfrost erstarrte, von Nebelschwaden bedeckte Erde hinabgelassen wurde. Ich traute also meinen Augen nicht, als ich ihn ein paar Tage später in Berlin im Menschengewühl der Friedrichstraße auf mich zueilen sah.

Ich saß gerade im *Greene*, einem Straßencafé. Harry blieb davor stehen und musterte sich im Spiegelbild des Fensters, ohne mich dahinter wahrzunehmen. Er trug wie stets seinen zerschlissenen schwarzen Mantel über dem nicht weniger abgewetzten Nadelstreifenanzug. Seine Füße steckten in ausgetretenen weißen Turnschuhen und auf dem Kopf hatte er seine rote, verblichene Baseballkappe, die er nun lässig zurechtrückte. Er schien mit sich und seiner Erscheinung sehr zufrieden. Dabei lächelte er sein selbstgefälliges Lächeln, das er immer aufzusetzen pflegte, wenn er etwas im Schilde führte. Mir war die Kinnlade runtergefallen, ich konnte nicht glauben, wer dort vor mir stand. Aber es war Harry. Ohne jeden Zweifel, es war Harry.

Die Sonne hatte sich heute noch nicht blicken lassen, und es war Harry anzusehen, dass es ihn ein bisschen fröstelte. Er blickte nach oben. Da fielen Schneeflocken vom Himmel. Es rieselte plötzlich weiß auf die Stadt hinab. Sie wirbelten nur so durch die Luft, ein Rauschen wie früher beim Fernsehapparat, wenn der Sender verstellt war. Harry schlug den Kragen seines Mantels hoch, zwinkerte seinem Spiegelbild zum Abschied zu und setzte seinen Weg fort.

Ich winkte dem Kellner.

»Bezahlen!«, rief ich. Himmel, weshalb ignorierte der mich?

Ich fand kein Geld in meinen Hosentaschen, zudem behinderte mich mein kaputter Finger bei der Suche, deshalb verabschiedete ich mich auf Französisch. Und keine Sekunde zu früh, um Haaresbreite hätte ich Harry im Schneeflockengestöber und dem Gewühl der Menschen auf der Straße verloren. Doch der Schneefall hörte so schnell auf, wie er eingesetzt hatte, als könnte sich der Himmel noch nicht entscheiden, und ich sah Harry zügig auf eine Kreuzung zueilen. Ohne dem Verkehr besondere Beachtung zu schenken, lief er bei Rot über die Ampel. Wie in aller Welt war es möglich, ihn quicklebendig in der Friedrichstraße anzutreffen? War ein Wunder geschehen? War er von den Toten auferstanden? Es musste irgendeine Erklärung dafür geben.

Harry und ich, wir kannten uns schon ein Leben lang. Wir hatten so manches Ding zusammen gedreht. Harry war ein Draufgänger par excellence. Er hatte stets Ideen, wie an Geld zu kommen war. Drogen, Kunsthandel, Mädchen.

»Import-Export«, pflegte er zu sagen, wenn man ihn auf seine Profession ansprach, dann lächelte er sein selbstgefälliges Lächeln, das vielleicht gar kein Lächeln war. Jedenfalls war er erfolgreich mit seiner Tour. Nur bei seinem letzten Gefecht hatte es Harry übertrieben.

Vor dem Schaufenster eines Buchladens blieb Harry stehen. Wieder betrachtete er sein Spiegelbild, als würde er überprüfen, ob sich der Eindruck von vorhin bestätigen ließ. Er beugte sich nach vorne und begutachtete eines der ausgestellten Bücher. Ich blieb in gebührendem Abstand stehen und steckte mir mit dem Feuerzeug eine Zigarette an, wobei mir mein kaputter Finger einige Probleme bereitete, das Feuerzeug fest im Griff zu halten. Außerdem schmerzte die Schulter. Auch Harry steckte sich eine an, den Blick fixiert auf sein Objekt der Begierde in der Fensterauslage.

Er hätte sich auf diese Sache mit dem schwarzen Bild nicht einlassen dürfen. Das war ein fataler Fehler gewesen. Wenn man mich fragt, war es die Schuld von Inez. Diese fixe Idee, ihrer kunsthistorischen These der Existenz der legendären *Schwarzen Serie* von Leo Fauch durch einen scheinbar zufälligen Bilderfund Nachdruck zu verleihen.

Deshalb hatte sie Harry gebeten, ein gefälschtes Bild dieser Serie in Umlauf zu bringen. Sie hatte genau gewusst, dass er für sie alles tun würde. Dass er sich in der Künstlerszene gut auskannte und es für ihn kein Problem sein würde, einen abgehalfterten Künstler ausfindig zu machen, der für ein paar Euro eine solche Fälschung machen würde. Harry war Inez verfallen. Ihr lasziver Gang, ihr kastanienbraunes Haar, ihre samtene Haut, ihre schöne Stimme. Ja, auch ihr kultivierter Hintergrund: Dr. Inez Gonzalez, promovierte Kulturwissenschaftlerin. Zweifellos die eindrucksvollste Frau, mit der Harry jemals in seinem Leben zusammengekommen war. Eine Femme fatale. Und Harry, der größte Hallodri unter dem Himmel, ein Opfer der Liebe.

Die Wolkendecke riss auf und eine Wintersonne, die im Zenit nur knapp über den Dächern der Stadt stand, kam zum Vorschein. Ihre Strahlen spiegelten sich in der Fensterscheibe des Buchladens und fielen auf Harrys Gesicht. Dieses merkwürdig alterslose Gesicht. Harry kniff die grauen Augen trotzig zusammen, nahm einen kräftigen Zug von seiner Zigarette, wiegte den Kopf zur Seite und blies den blaugrünen Rauch gegen das Schaufenster. Wie ein Gegenentwurf zu den grauen Wolken oben am Himmel. Dann tippte er mit dem Zeigefinger wie zum Abschied an die Baseballkappe und setzte seinen Weg die Straße runter fort.

Ich trat aus dem Schutz eines Hauseingangs und stakste hinterher. Die Wunde an meinem Bein schmerzte. Es fiel mir schwer, mit Harry Schritt zu halten. Ich warf einen Seitenblick in das Schaufenster, um zu sehen, was da eben Harrys Aufmerksamkeit auf sich gezogen hatte. Ein Buch stach in der Auslage hervor, drapiert auf rostfarbenem Leinen. Die Buchstaben verschwammen vor meinen Augen, ich blinzelte verzweifelt, um Autorennamen und Titel besser lesen zu können. E. T. A. Hoffmann und seine »*Gespenster in der Friedrichstadt*«. Eigentlich machte sich Harry nicht viel aus Büchern. Aber hatte ich ihn nicht von diesem hier einmal sprechen hören?

Ich betrachtete mein Spiegelbild im Schaufenster. Mein Gesicht war ganz schön lädiert, ich sah wirklich zum Fürchten aus. Fast hätte ich darüber Harry vergessen, der im selben Moment hinter einer Häuserecke in einer Seitenstraße verschwand. Eilig humpelte ich ihm nach.

Zugegeben, Harry traf eine Mitschuld bei der Geschichte mit dem schwarzen Bild. Die Erpressung der alten d'Ettenheim ging allein auf sein Konto. Das war nicht auf Inez' Mist gewachsen. Die hatte mit dem schwarzen Bild nur die Arbeit an ihrer abgebrochenen Habilitation reaktivieren wollen. Sicher, auch Harry war es vor allem um seine Inez gegangen. Aber dass sich bei der Gelegenheit vielleicht auch Geld machen ließ, kam ihm zupass. Weshalb der alten d'Ettenheim also nicht beiläufig mitteilen, dass unter dem schwarz übermalten Bild des legendären Leo Fauch *ihr* Porträt schlummerte: Die d'Ettenheim als junge Frau. Gemalt in Ostberlin in den Siebzigern. Die alte d'Ettenheim konnte an einer Veröffentlichung dieser Nachricht kein großes Interesse haben, hieß es doch, dass Leo Fauch die damals besagte *Schwarze Serie* nur deshalb schwarz übermalt hatte, weil sie die Porträts seiner Muse zeigten, die sich später als IM der Stasi entpuppt hatte. Doch wer diese Muse war, das wusste bisher niemand. Bis auf Inez. Und Harry. Und die d'Ettenheim natürlich. Das Zurückhalten dieser Sensation würde ihr schon etwas wert sein, hatte sich Harry so gedacht.

Derweil lief er die dunkle Seitenstraße zielstrebig weiter, ich hatte Mühe, ihn mit meinem lahmen Bein einzuholen. Aber ich wollte Harry auf keinen Fall verlieren. Das würde mir doch sonst niemand glauben: Harry Leim, nicht tot und begraben auf dem Friedhof, sondern putzmunter mitten in Berlin.

Die Seitenstraße war trostlos. Ein paar Passanten schlichen mit gesenkten Häuptern über den nassen Bürgersteig. Der Himmel zog sich wieder zu. Die Wolken schoben sich ineinander, es legte sich ein grauer Schleier über die Stadt. Wie ein Leichentuch, das man absenkt über dem Corpus Delicti. Doch was war das? Ein merkwürdiger Nebel dampfte aus meinem Harry. Als hätte ihm jemand eine Pulle flüssigen Stickstoffs über Baseballkappe, Mantel und Anzug gegossen. Es dampfte, dünstete und qualmte nur so aus ihm raus. Möglicherweise hatte ich das schon vorhin gesehen, ohne dem Phänomen weitere

Beachtung zu schenken. Harry lief, eine Schleppe aus Nebelschwaden hinter sich herziehend, den Straßenzug bis ans Ende des Häuserblocks, dann bog er wieder rechts ab. Wenn er so weitermachte, liefen wir im Kreis, oder besser gesagt: im Quadrat. Ich rannte, so gut es eben ging, hinterher.

Die Straße hellte sich mit einem Mal auf, obwohl die Sonne versteckt blieb. Die tiefstehenden Wolken am Himmel, eben noch gedrängt, rissen auseinander, als würde mürber Leinenstoff zerfasern. Die stummen Zeugen meiner eigenartigen Begegnung lösten sich in Nichts auf.

Harry hätte die alte d'Ettenheim nicht erpressen dürfen, soviel stand fest. Er hatte die alte Dame komplett unterschätzt. Das war ihm sicher klargeworden, als an jenem schicksalshaften Dezembermorgen die Zwillinge aufgetaucht waren. Die beiden Bodyguards der d'Ettenheim hatten sich wirklich ungehalten gezeigt und Harry gleich zur Begrüßung den kleinen Finger gebrochen. Auch mit Inez waren sie gnadenlos gewesen, sie hatte sich nicht einmal richtig ankleiden dürfen, trotz der klirrenden Kälte draußen. Das gefälschte schwarze Bild hatten die Zwillinge natürlich entdeckt und einkassiert, wie Harry und Inez unter den Arm geklemmt und in ihrer Gangsterlimousine mitgenommen. Als sie nach einer endlos scheinenden Autofahrt endlich auf dem Anwesen der alten d'Ettenheim vorgefahren waren, dürfte Harry das Herz endgültig in die Hose gerutscht sein. Bestimmt hatte er sich unterwegs einzureden versucht, sie seien nicht in der Bronx, wo man dem Gegner Betonsocken verpasst und ihn in den Hudson River wirft. Doch als ihnen die alte d'Ettenheim oben auf der Eingangstreppe ihrer Villa entgegengeschritten kam wie ein triumphierender Feldherr nach gewonnener Schlacht und Harry ihre kalten Augen erblickt hatte, dürfte er sich eines zivilisierten Ausgangs der Geschichte nicht mehr ganz so sicher gewesen sein. Sie hatten das Haus betreten, die Eingangshalle durchquert, die Zwillinge hatten das schwarze Bild im großen Salon auf eine Staffelei gestellt und von dort waren sie schnurstracks in einen gigantischen Garten marschiert. Inez und Harry vorneweg, flankiert von den Zwillingen, und hintendrein die Grande

Dame auf ihrem Gehstock. Einer der beiden Zwillinge hielt eine Pistole auf Inez und Harry gerichtet. Der andere trug in jeder seiner Pranken einen Spaten und eine Pistole im Hosenbund.

Wortlos ging es in den angrenzenden Wald, bis sie zu einer kleinen Lichtung gelangten. Dort stießen sie auf den abgehalfterten Künstler. Aber wie fürchterlich hatte der sich verändert? Inez und Harry dürften sich bei seinem Anblick ziemlich erschrocken haben. Er steckte in einem albernen Weihnachtsmannkostüm. Eigentlich nichts ungewöhnliches, ein Weihnachtsmann eben, schließlich war vierter Advent. Aber der hier lag auf dem Waldboden und war tot. Der bläulichen Farbe des Gesichts nach zu urteilen schon eine ganze Weile.

Mein Harry auf der Straße verharrte plötzlich. Als hätte auch ihn just ein Gedankenblitz getroffen. Hatte er sich verlaufen? Wollte er umdrehen? Ich blieb ebenfalls stehen, was blieb mir anderes übrig. Noch immer stieg dampfender Qualm aus Harrys Anzug, aber er dünstete sichtlich aus. Ob das die Gelegenheit war, Harry anzusprechen? Ich wischte mir über die Nase und erschauderte prompt. Vielleicht genauso wie Harry vor knapp zwei Wochen auf der Lichtung beim Anblick des toten Künstlers. Denn meine Hand war rot verschmiert. Ich blutete. Aus der Nase. Ich hatte offenbar doch ganz schön was abgekriegt.

»Aber dennoch hat sich Bolle …«, summte ich leise, wischte die Hand am Ärmel meines schwarzen Mantels ab und konzentrierte mich wieder ganz auf Harry.

Er war doch eigentlich tot. Erschossen von der d'Ettenheim, wie sich später rekonstruieren ließ. Inez und er, sie hatten auf der Lichtung des bewaldeten Anwesens der alten Dame ein großes, tiefes Loch graben müssen, als auf einmal irgendein Telefon klingelte. Alle hatten sich umgedreht. Harry musste blitzschnell die Chance am Schopfe gepackt und seinen scharfkantigen Spaten in hohem Bogen auf den Kopf des einen Zwillings geschlagen haben, so kräftig, dass der Schädel des armen Teufels regelrecht geknackt hatte. Dann war es zur Schießerei gekommen. Harry konnte sich im Tumult der Pistole des Erschlagenen bemächtigen und auf den anderen Zwilling schießen, knapp an Inez vorbei. Auch auf die alte d'Ettenheim. Alles war ganz schnell gegangen. Aber nicht schnell genug. Die d'Ettenheim schoss mit ihrem armierten Gehstock, erst auf Inez, dann auf ihn. Und auch der andere Zwilling war noch in der Lage, das Magazin seiner Pistole zu entleeren, bevor ihn ein Querschläger aus der Waffe der d'Ettenheim in den Rücken traf. Harry hatte einiges einstecken müssen. An der Schulter. Am Bauch. Am Bein.

Mein Harry auf der Straße fasste sich an den Kragen seines Mantels, die qualmende Zichte wie ein Zahnstocher lässig zwischen den Zähnen hin und her kauend, und blickte nach oben zum blassblauen Himmel, in dem mit einem Mal keine Wolke mehr zu sehen war. Wo waren die hin? Ohne die schützende Wolkendecke kühlte es augenblicklich ab.

Harry nahm noch einen letzten Zug von seiner Zigarette, schnippte den Stummel auf die Straße und schritt unverdrossen weiter. Auch ich hatte meine Zigarette fast bis zum Filter runtergeraucht, und auch ich schickte den glimmenden Rest unter Zuhilfenahme meiner unverletzten Hand wie ein Leuchtspurgeschoss aufs kalte Pflaster.

An der nächsten Straßenecke bog Harry wieder rechts ab. Wir gingen tatsächlich in einem Teufelskreis. Nach hundert Metern waren wir wieder auf der belebten Friedrichstraße angelangt. Passanten kreuzten unseren Weg. Sollte ich ihn einfach ansprechen? Etwas hielt mich davon ab. Mir erschien alles so irreal. Einem quickfidelen Harry durch die Straßen hinterher zu humpeln, während ich voll aus dem Leim ging. Ich musste über das Wortspiel schmunzeln. Überhaupt, was sollte ich ihm zurufen? Etwas wie: »Hey, Harry! Harry Leim! Was machst du denn hier, ich dachte, du bist vor ein paar Wochen erschossen worden und liegst seit einigen Tagen auf dem Friedhof in Friedrichshain?«

Ich kannte Harry nur zu gut, er würde lachen und so was sagen wie: »Alter Ganove. Unkraut vergeht nicht. Das weißt du doch.« Ich zögerte also ihn anzusprechen. Ich kam mir auch so derangiert vor, während er wie ein junger Gott über die Straße tänzelte. Aber waren wir nicht schon immer Plus und Minus gewesen, Schwarz und Weiß, Gut und Böse? Ich seufzte nur und hetzte ihm nach.

Der Himmel zog wieder zu, fast unmerklich. Diffuse Wolken schwebten heran, verschmierten zu einem dichten, gräulichen Band, zu einer pastosen Masse, was auf die Friedrichstraße eine bedrückende, finstere Wirkung hatte.

Wie hatte Harry die Schießerei auf dem Anwesen der alten d'Ettenheim überleben können? Mir war das völlig rätselhaft. Als die Kriminalpolizei später den Tatort inspizierte, lagen in der offenen Grube neben der Hausherrin und den Zwillingen noch Inez, der Künstler und eben auch besagter Harry Leim. Bei der Schießerei müssen sie alle in die Grube gestolpert sein. Später war noch von einem weiteren Fremden, von einem *dritten Mann* die Rede, der sich laut Zeugenaussagen auf dem Grundstück der d'Ettenheim herumgetrieben haben soll. Die Polizei war der Spur nachgegangen, aber es hatten sich keinerlei Indizien gefunden, nichts, was dafür sprach, dass tatsächlich noch eine Person bei dem Schusswechsel zugegen gewesen war. Schließlich hatte die Polizei die Ermittlungen in diese Richtung eingestellt. Aber war das vielleicht die Erklärung? Harry Leim, der Unbekannte, der dritte Mann? Und lag statt Harry ein anderer in seinem Sarg auf dem Friedhof? Ich musste lachen, das würde dem alten Harry ähnlich sehen.

Wir waren wieder am Straßencafé angekommen. Harry schritt geradewegs hinein und verschwand drinnen. Ich blieb draußen vor dem Café stehen und musterte mich im Spiegelbild des Fensters. Der abgerissene schwarze Mantel, darunter mein nicht weniger abgewetzter Nadelstreifenanzug. Die ausgetretenen weißen Turnschuhe. Die rote verblichene Baseballkappe. Da fiel es mir wie Schuppen von den Augen. Ich rückte die Kappe zurecht und musste lächeln. Verflucht nochmal, wie einfach die Erklärung war. Ich fröstelte ein bisschen, aber ich war sehr zufrieden ob meiner plötzlichen Einsicht, und während ich endlich in Einklang mit mir und der Welt gelangte, fielen mit einem Mal Schneeflocken vom Himmel, erst einzeln, dann mehr und mehr, bis es weiß hinabrieselte. Milliarden von Eiskristallen, die nur so durch die Luft wirbelten – ein einziges, wunderbares Schneeflockenrauschen. Ich schlug den Kragen meines Mantels hoch, zwinkerte meinem Spiegelbild zum Abschied zu und setzte meinen Marsch fort, von dem ich nun wusste, dass er niemals enden würde.

Nora Holinski

Zug & Zuhause

Irgendwo zwischen S. und B. gehen meine Gedanken verloren. Ich mache mir nicht die Mühe sie zu halten, sollen sie hängen bleiben in der vorbeiziehenden Landschaft, in den Bäumen, die sich verabschieden, in den Feldern, deren Reben sich erzählen, deren Sprache ich nicht verstehe, und in den Gedanken anderer – derer, die nicht zu sehen sind, und jener, die mich nicht kennenlernen. Der Himmel ist kein November, auch wenn der Kalender es möchte, und ich reise in einem Kokon aus geschlossenem Sonnenlicht, auf der unbestimmten Suche nach Trost, mit Pflaumenlippen, die an weißem Schutz kleben, statt zu küssen. Irgendwo zwischen S. und B.

Die Trauer kommt zeitverzögert.

In meinem roten Rucksack warten Briefe. Gedanken von Personen, die gefunden wurden. Die aufgetaucht sind aus dem Grün auf Asphalt oder im Türrahmen umgeben von Terrakotta. Wenn ich ihre Zeilen lese, sie über meine Erinnerungen lege, körnert das Bild dann, oder schärft es sich? Werden sich die Wahrnehmungen verstehen? Ich weiß nicht, ob ich an Wunder glaube und ich glaube, dass ich von Wundern weiß.

Ich wohne in der Großstadt, die breiten Gehwege allein wissen, mit welchem Fuß ich aufgestanden bin und ich trage fremde Pullover, die sich beim ersten Anziehen wie mein Eigen anfühlen, Jeans, die ich noch nie im Spiegel gesehen habe, am Anfang staute sich die Hitze in den Schächten und Straßen, später wickelt sich ein Schal um den Hals, wenn die Tür hinter mir zufällt.

Eine Freundin meint, sie weiß schon seit langem, dass es um mich herum schneit, es ist mir unangenehm, aber vielleicht ist es Zeit, sich mit der Tatsache anzufreunden, dass ich ein Winterkind bin. Es ist der Versuch, mit Zink zu heilen, was der routinierte Stress wund kratzt. Meine Ohren schmerzen von den Stunden, zu nah der Bildschirm an der Haut. In Zukunft transportiert das Mikrofon im Kopfhörerkabel meine Stimme und mir wird ein Leben in den Gehörgang gesetzt. Ein ungewöhnlicher Ort zu gebären.

Für ein halbes Jahr passe ich auf eine Wohnung auf, die auf mich achtgibt, und an manchen Tagen bestelle ich mir indisches Essen. Am Telefon erzähle ich davon, was ich auch auf Postkarten schreibe: dass es mir gut geht, hier. Seit ein paar Tagen der Kleber wie ein Pflaster über meiner alten Adresse, die Zeit heilt alle Wunder, singen meine Helden und dass ich der Zeit egal bin, die Band, die niemals hinwollte, wo ich jetzt bin.

Ich habe die Briefe mitgenommen, sodass die Worte ihren Weg zu mir finden, noch bevor der Himmel zum Dezember wird, er in Einklang mit dem Kalender ticken kann, noch bevor die Wolken einfrieren und sich vielleicht zu Schnee zerreiben. Ist es möglich, wissentlich zu vergessen? Es ist ein Loch in der Zukunft, manchmal habe ich Angst davor, dass die Vergangenheit da durchsickern könnte.

Die Trauer sitzt in der Lunge.

Neben mir der Pelz eines imaginären Eisbären. Sein Name war nicht Lars, aber wie er hieß und ob er das noch tut, jetzt wo er einen erdachten Tod gestorben ist, ist mir fremd. Nur dass niemand sonst neben mir Platz nehmen soll, darum weiß mein Körper. Es ist eine Überzeugung, die entgegen des Zuges nicht die Richtung wechselt, die sich kaum krümmen und nur widerwillig klein halten lassen würde. Es ist nicht fair, asozial zu sein.

Neben mir auf der Arbeit sitzt der Papa von Pippi Langstrumpf, noch habe ich es ihm nicht verraten, ich sage es ihm, wenn ich gehe. In meiner Wohnung besuchen mich vertraute vier Jahre, auch nach dem Abschluss hält die Verbindung. Zusammen entdecken wir die Tage. Auf einer Schwarz-Weiß-Fotografie fast überkopf eine Frau, die schaukelt, weiter zwischen aufgeschlagenen Buchdeckeln – wie kann eine Sprache so schön klingen – und ich lache, weil Tomatensoße kein Blut, aber der Tod spektakulär ist. Die Trauer erklärt sich nicht.

Vor über einer Stunde habe ich eine Möwe zu dir geschickt, vielleicht hörst du sie kreischen, ich hoffe, sie klaut dir weder dein Brötchen noch deinen Franz. Ihr zwei am Meer, ich unterwegs, aber vor kurzem noch du bei mir hinter Lamellen und aufgenommen in vier Ecken. Danke für deinen Besuch, ich wünschte, du wärst danach nicht verschwunden.

Ich habe den Verlauf gelöscht, ohne Sicherheitskopie. Nicht um Beweise zu vernichten, sondern um zu lernen, mir zu vertrauen, nicht nur meinem Kopf. Das Licht in der Küche brennt und es duftet nach Zirbe, der Ingwertee war schon kalt, als ich ihn vorhin trank und ich überlege, mich schlafen zu legen, dabei ist es noch nicht mal Kindermitternacht.

Eines Tages wird mir jemand blaue Pfeile zeichnen, mit Kreide auf Asphalt, und ich frage mich, wie viele Zeichen es braucht für einen Versuch, jetzt, da ich kann. Jetzt, da ich irgendwo zwischen S. und B. Mit einem Franzbrötchen im Magen, aber ohne Seestern in der Nebenstraße. Manchmal habe ich gehofft, dass mein Lachen einen Weg zu ihm findet. Seltsamer Wunsch. Ich merke darüber, dass die Müdigkeit nicht mehr in mir ist.

Es braucht Zeit, bis die Wunder heilen, aber ich möchte nicht warten, nicht darauf und nicht auf neue, denn der Zeit bin ich egal, der Großstadt auch, aber mir geht es gut hier, mir geht es gut, gut, gut. Und die Trauer darf sein.

Irgendwo zwischen S. und B. gehen meine Gedanken verloren. Ich werde keine Vermissten-Plakate drucken lassen.

Maja Janina Heining

Schwarzer Nagellack

Graue Häuser, grauer Himmel und ein graues, eingefallenes Gesicht sind meine Szenerie. Wäre der Mantel auch grau, den du trägst, würde ich mich wie in einem Schwarz-Weiß-Film fühlen, aber er ist beige und damit ungefähr genauso fröhlich wie deine gesamte Haltung. Mit schnellem, energischem Schritt schlängelst du dich an den dicht gedrängten Menschen in den Straßen vorbei, weichst Bettelnden aus, schaust sie nicht einmal an. Normalerweise tust du das nicht, gibst etwas, und wenn es nur ein Anflug eines bemühten Lächelns ist. Aber nicht heute. Heute verziehst du das Gesicht unter einer S-Bahn-Brücke, wo es beißend nach Urin riecht.

»Nicht viel schlimmer als die Gülle bei uns zu Hause«, sage ich und du machst einen abschätzigen Laut.

Du grummelst etwas Unverständliches und ziehst dein sowieso rasantes Tempo noch weiter an. Ich muss beinahe anfangen zu joggen, um mit dir mitzuhalten. Wenig von deinem Profil jetzt erinnert noch daran, wie du damals ausgesehen hast, damals auf dem Heuboden, auf dem Dach des Hauses, in unserem Wohnzimmer, wenn du kleine Konzerte gegeben hast. Damals, als du auch noch »zu Hause« gesagt hast, oder »daheim«. Jetzt siehst du nach *Business* aus.

Endlich sehen wir die Jugendstilvilla vor uns und biegen in die Toreinfahrt ein. Du wirst schlagartig langsamer und ich ziehe dich sanft mit, ohne dich zu berühren. Mit mir zusammen schaffst du das, mit mir gehst du weiter. Bis ich irgendwann vorgehe, durch die Glastür, über roten Teppich zu einer übermäßig strahlenden Schwester.

Überschwänglich dreht sie sich zu uns und ruft: »Schön, dass Sie da sind! Ihre Mutter freut sich schon, Ihnen zum Geburtstag zu gratulieren!«

Sie strahlt dich an und du blickst aus leeren Augen zurück.

Ganz sicher nicht, sagt dein Gesicht.

Ganz sicher doch, sagt ihres.

Du vergräbst die Hände tiefer in den Taschen. Ich lächle der Schwester zu, die uns schon lange kennt, die dir immer mit einer unendlichen Freundlichkeit begegnet, egal, wie es dir geht. Ich mag sie, auch wenn ihre Naivität manchmal schlimmer als tatsächliche Bösartigkeit ist.

Sie geht den langen Flur vor uns entlang und trillert: »Frau Junghans, Ihr Besuch ist da!«

»Was?«, tönt es schwach hinter einer angelehnten Vollholztür hervor. »Warum Besuch, wer denn?«

»Ihre Kinder natürlich!«, trällert die Schwester weiter und lässt uns in den Raum treten. Ich bedeute ihr sanft, dass wir allein sein wollen. Sie nickt.

Es könnte beinahe unser altes Wohnzimmer sein. Manchmal finde ich es unheimlich, diese fehlerhafte Replik zu sehen von dem, was ich aus der Kindheit noch kenne. Es ist, als würde mehr und mehr von dem alten Glanz verloren gehen, und nur hier finden wir noch zusammengeklaubte Reste, die an schönere Zeiten erinnern. Nicht, dass die Zeiten jetzt schlecht wären, nicht, dass es nicht auch hier so schön ist, wie es eben sein kann. Wir haben unserer Mutter kleine Schätze und Erinnerungsstücke von früher mitgebracht und überall im Zimmer platziert. Auf einem Beistelltisch steht auch hier die Glocke, die sie immer vor Geschenkübergaben klingeln ließ.

»Mama, ich bin es«, sage ich sanft, während ich vor ihr auf die Knie sinke und ihre weichen, warmen Hände nehme und zu meiner Stirn führe. »Wir sind hier, weil Lucas Geburtstag ist.«

Sie schaut wirr im Raum herum, bis ihre immer schwächer werdenden Augen an dir hängen bleiben.

»Und wer ist dann diese stattliche Person?«, fragt sie und hält meine Hände fester. Ich kann ihre Unsicherheit spüren, die sie immer noch unter Schichten von Charme und Schein versteckt. Du atmest mit Nachdruck aus.

»Das ist Luca, Mama«, sage ich sanft. Wie die letzten Male, wie die letzten Geburtstage auch.

»Oh, wundervoll!«, lächelt sie, aber ich kann sehen, dass sie dich nicht erkennt und nicht zuordnen kann. Neben ihr liegt eine kleine Schachtel, die ich aus dem Ärmel geschüttelt und platziert habe.

Ich lege sie ihr in die Hand, noch immer vor ihrem Cocktailsessel kniend. »Du hast auch ein Geschenk, schau!«

Lächelnd nimmt sie die Schachtel und seufzt zufrieden: »Oh ja, ein Geschenk! Wie wundervoll! Wo ist meine Glocke, mein kleiner Schatz?«

Ich reiche sie ihr und mit der kleinen Glocke, die wir seit Jahrzehnten kennen, seit Jahrzehnten hören und sehen, läutet sie unseren Abend ein. Sie war früher eindrucksvoller, in ihrem Klang schwang die Vorfreude, große Geschenke, Überraschungen, Gebäck und schmerzhaft klebrige Liebe zu finden, mit. Liebe, die an dir und mir haftet, uns verbindet, uns immer irgendwie zusammenbleiben ließ, uns jetzt verhaftet in diesem Moment, in diesem sterilen Abklatsch unseres Zuhauses.

Sie strahlt wie jedes Jahr, aber das Strahlen kommt bei dir nicht an. Das kam es schon lange nicht mehr. Es gilt auch nicht dir, wie du gerade unentschlossen in der Tür stehst, von einem Bein aufs andere wippst und aussiehst, als würdest du lieber gehen. Es gilt dem bloßen Akt, ein Geschenk übergeben zu können.

Du nimmst es mit langen Fingern, verziehst einmal den Mund zu etwas Ähnlichem wie einem Lächeln und öffnest es. Es ist die alte Uhr unseres Vaters, von der ich weiß, dass du sie lange schon haben wolltest und nie dazu gekommen bist, sie reparieren zu lassen. Jetzt habe ich sie auf Vordermann gebracht, auch wenn ich wusste, dass Mutter vergessen würde, dass sie dir die Uhr an meiner Stelle schenken würde. Und vielleicht auch nicht genau wissen würde, um was für eine Uhr es überhaupt geht.

Langsam blickst du zu unserem Vater hinter dem staubigen Glas an der Wand und fährst andächtig über das Ziffernblatt. Ich kann nicht genau sagen, was du fühlst. Vielleicht zu viel auf einmal.

Es erinnert mich an das letzte Weihnachten, das wir vor vielen, langen Jahren in unserem Zuhause zusammen hatten, als Mutter sich an dich erinnern konnte und du beschlossen hast, nie mehr zurückzukommen.

Auch damals hat sie mit der Glocke alles eingeläutet. Du hast ausgesehen, als hättest du dir gewünscht, sie hätte es nie getan. Alles dort war dir zu süß, zog Fäden, die du nicht ignorieren konntest und die dich stolpern ließen, wenn du durch die Räume gingst. Also saßt du nur müde da und lächeltest schwach, während Mutter und ich in die Hände klatschten. Unser Vater sah uns, wie heute, wie schon so lange, durch das Glas vor seinem Bildnis zu. Seine Bodenständigkeit wurde erstickt durch das Lametta über dem Rahmen, durch das er nicht gut sehen konnte. Ich bin mir sicher, dass ihn das nicht gestört hätte. Du hasstest es, weil er es sich selbst nie ausgesucht hätte. Immer wieder hast du zu ihm geschaut und geseufzt.

Jetzt wagst du keinen Blick mehr zu ihm, keinen zu ihr, nur einen kleinen zu mir. Deine Augen sehen leer aus, wie verschleiert. Ich weiß noch, als ich in dir die schier endlosen Möglichkeiten unserer Galaxie gesehen habe. So wie du sein, von dir geliebt werden – das war alles, was mein kleines Ich brauchte, um erfüllt zu sein. Das und Mutters klebrige Liebe. Ein wenig Träume über das Haus hinaus, ein wenig Sicherheit im Haus selbst. Wenn du deine Fingernägel schwarz lackiert hast, habe ich kleine weiße Punkte darauf gemalt. Wenn du dir ein neues Piercing hast stechen lassen, habe ich auf Glitzersteine im Schmuck bestanden.

Jahr für Jahr hast du mehr und mehr vom Schmuck abgelegt. Mutter hatte das begrüßt, war doch immer die Sorge da, dass du es nicht schaffen würdest, in deinem Leben irgendwo hinzukommen.

Nach Vaters Tod sind die Sterne Stück für Stück verblasst. Als du das erste Mal für Mutter den Krankenwagen rufen musstest, waren die Sterne jahrelang komplett verdeckt. Ein gutes Kind sein, das Erbe antreten, für Mutter und mich da sein, dir keine einzige Träne um Vater erlauben.

»Es ist ein wirklich tolles Geschenk, vielen Dank«, ringst du dir mühsam ab.

Mutter lächelt selig, schaut dann zur Seite aus dem Fenster. Du trittst wieder näher an die Tür. Es beginnt zu schneien. Ein Klopfen an der Tür lässt uns aufschauen, es ist wieder die Schwester. Ich gehe von Mutters Seite und stelle mich zu dir.

Sie tritt an uns heran, einen Zettel in der Hand. »Verzeihung, aber wir leiden auch unter der aktuellen Situation. Sie wissen ja ... Und leider müssen wir dann, um gute Betreuung zu gewährleisten, die monatlichen Sonderzahlungen ...«

Ich zucke zusammen, aber bevor ich etwas sagen kann, legst du die Hand auf ihre Schulter und sagst: »Das ist wirklich kein Problem. Ich zahle die Differenz.«

Sie lächelt, sagt, dass ihr später mehr darüber reden würdet und huscht dann davon. Du drehst dich nicht zu mir, aber sagst, etwas neckend, wenn auch müde: »Noch ein Vorteil der Großstadt, nicht wahr?«

»Mein Aufstieg war nicht ganz so steil wie deiner«, grummele ich.

»Aber du hast hier einen guten Job und bist nicht mehr in einem Pleite gehenden Restaurant.«

Aber ich stehe jetzt hier, in Berlin, mit meiner dementen Mutter. Die Wolken in ihrem Kopf breiteten sich immer mehr aus, nachdem auch ich dem Ruf der beruflichen Möglichkeiten in die Hauptstadt gefolgt war. Ich war davor immer bei ihr gewesen. Jeden Tag, jede Nacht, die Vaters – und irgendwann auch dein – Fehlen schmerzhaft in der Luft lagen. Manchmal weiß ich nicht, ob ich hätte bleiben sollen, obwohl ich weiß, dass ich nicht gekonnt hätte. Du hast mich im richtigen Moment davongezogen, im richtigen Moment für uns.

Auf dem Land gibt es viel freien Himmel und wenig Möglichkeiten. Das war lange dein Lieblingssatz.

»Oh, mein kleiner Schatz, du bist hier! Wer ist denn diese stattliche Person dort?«, fragt Mutter mit einer etwas müden Fröhlichkeit in der Stimme.

»Das ist Luca, Mama. Heute ist Lucas Geburtstag.«

Ich setze mich wieder zu ihr, zu ihrem Cocktailsessel, nehme ihre Hand und streichle sie sanft.

»Luca?«, fragt sie überrascht, schaut dann in die Ferne. »Ich habe Luca eine Ewigkeit nicht mehr gesehen. Kein Anruf, keine Meldung. Wie sieht es da aus, gibt es denn schon Hochzeitspläne oder Familienplanung?«

Ich weiß, dass du nicht antworten willst, also tue ich es.

»Mama, Luca ist so oft da wie es geht. Und ja, es gibt Pläne.«

Du schüttelst den Kopf, magst es nicht, wenn ich sie anlüge, damit sie zufrieden ist.

Aber sie lehnt sich zurück mit einem entspannteren Gesicht, sagt leise: »Schön, schön«, und faltet ihre Hände im Schoß.

Ihre Nägel sind heute pink. Ihre Hände sind immer noch so zart und manikürt, wie sie es früher waren, lassen die Zeichen der Zeit an sich abperlen mit Duft, Cremes und Attitüde. Ich weiß, dass sie den Schwestern extra Geld gibt, damit sie darauf achten, dass ihre Nägel immer schön sind. Ich weiß auch, dass Mutter das geheim halten möchte – und du schon lange zahlst, was die Maniküre eigentlich kostet.

Du stopfst deine Hände wieder in die Taschen, als ich zu dir schaue, und ich vermute, dass du die Uhr umgelegt hast.

»Mein Mäuschen, wo ist denn dein Vater?«, fragt Mutter plötzlich.

»Der ist nicht hier, aber er kommt bestimmt bald. Möchtest du sein Bild haben?«, frage ich.

»Nein, nein«, winkt sie ab, elegant und tänzerisch. »Ich weiß doch, wie wundervoll dein Vater aussieht.«

Du hast begonnen, Dinge zu ordnen und abzustauben. Mit dem Rücken zu uns wirbelst du hektisch, obwohl du nie die praktischere Person von uns beiden warst. Es ist seltsam, dich beim Putzen zu sehen. Wenn deine Hände etwas gemacht haben, was nicht das Blättern in einem Buch war oder entnervtes, rhythmisches Klopfen auf dem Küchentisch, hast du Musik gemacht.

Auf dem Heuboden bei unserer Nachbarin saßen wir oft bis in die Nacht, während du Gitarre spieltest. Unsere Nachbarin und ich, die dich beide verzaubert beobachtet haben, konnten uns dich auf den ganz großen Bühnen vorstellen. Wie nicht nur das fahle Mondlicht, sondern riesige Scheinwerfer dich zum Leuchten bringen würden, wie du das ganze Licht auf der Bühne überstrahlen würdest und alle deine Größe erkennen würden. Vater hat das auch gesehen, Vater hat daran geglaubt. Er hat dich immer so stolz bewundert, dass ich beinahe neidisch war. Aber dann hatte er mir eine Hand auf die Schulter gelegt und mich für mein Kochen gelobt, was in dem Alter noch aus dem Schneiden von Äpfeln und neben Mutter Stehen bestand. Sie hat es geliebt, dass ich ihre Passion teile. Musik jedoch hat sie nie verstanden.

»Es ist ein grauer Tag, nicht wahr?«, fragt Mutter und wirft einen melancholischen Blick nach draußen. »So dunkel …«

Ich will gerade ansetzen, etwas zu erwidern, da dreht sie den Kopf zu mir und fragt: »Oh, mein Schatz! Darfst du eigentlich schon Wein trinken? Wie wäre es mit einem Glas? Und für diese stattliche Person da hinten – da ist Wein doch genau das Richtige!«

Du holst seufzend eine Flasche aus deiner Tasche, machst ein paar Schritte vor und überreichst sie mit viel Abstand. Dann ziehst du dich wieder zurück. Ich sehe das aus dem Augenwinkel, da ich die Gläser bringe, und zucke zusammen ob deiner Distanz. Aber du bist für sie auch nicht Luca, egal wie oft ich sie daran erinnere, sondern nur irgendeine stattliche Person.

»Das ist ein *Château de Saint Cosme Gigondas* von 2018«, erklärst du sachlich.

Mutter sieht nicht mehr, dass auf der Flasche steht, es sei ein trockener, alkoholfreier Rotwein, der nicht einmal ein Zehntel von dem kostet, was du ihr gesagt hast. Also dreht sie die Flasche hin und her, murmelt »*Château de Saint Cosme*«, ein besseres Weingut, von dem sie sich Flaschen leisten konnte, selbst, als es mehr und mehr wurden, und lässt mich schließlich selig lächelnd einschenken. Wir hätten auch teureren nehmen können, aber nachdem wir einmal alle aktuell verfügbaren alkoholfreien Weine durchgetestet haben, kamen wir auf diesen. Und den gibt es seitdem jedes Jahr.

Ich habe mich immer gefragt, wie du es schaffen konntest, dabei mitzuspielen. Es war deine Idee, es mit einer alkoholfreien Version zu probieren. Als sie begann, mehr und mehr von sich zu verlieren, versuchten wir, sie irgendwie noch festzuhalten. Das funktionierte nicht. Ich weiß noch, es war wieder einer deiner Geburtstage, an dem du schließlich unsere den Tränen nahe Mutter zurückgelassen hast, davonranntest und schließlich mit einer Flasche wiederkamst. Keine Regung auf deinem Gesicht, auch nicht, als sie endlich wieder lächelte, während sie trank. Manchmal würde ich gern nachfühlen können, wie es dir dabei ging und immer noch geht.

Ich war noch jung, als du Mutter das erste Mal mit einer Alkoholvergiftung fandest. Aber alt genug, um zu verstehen, was vor sich ging. Du hingegen hast immer wieder versichert, dass du dich kümmern würdest, dass alles gut würde, dass wir das schaffen. Immer wieder hast du gesagt, Mutter habe nur Kopfschmerzen, nur einen schlechten Tag, das Wetter sei nicht so gut ... Und ich habe dir nicht wirklich geglaubt, aber es so unbedingt gewollt, dass ich lange mehr über Mutter hinweggeschaut habe, als sie anzusehen.

Ich war immer noch jung, als sie wieder und wieder ins Krankenhaus kam. Es gab gute und weniger gute Phasen, es gab Zeiten, in denen du sie nicht ansehen konntest, wenn du vermutet hast, dass im Kaffee mehr als nur Milch war. Wie du mich aus der Küche geschickt und lange Vaters Bild angesehen hast. Wie du sie mal angefleht, mal angebrüllt und irgendwann ignoriert hast. Sie saß dann im Wohnzimmer, abends, du irgendwo unterwegs, ich allein mit ihr. Sie hat an einem Glas genippt – vermutlich nicht das erste – und eine Träne rollte über ihre Wange. Die Couch war warm und weich, es war bequem neben ihr, und ich war einfach da. Einfach da, in diesem schummrigen, traurigen Raum, wo Vater und du beide irgendwie anwesend und doch irgendwie nicht mehr waren. Deine Worte hallten nach und machten den Raum leer und karg. In ihm waren nur ein überfordertes Kind und eine weinende Mutter.

Und jetzt stehst du hier und wirst von ihr nicht erkannt. Manchmal fühlt es sich für mich an, als würde sie Stück für Stück verblassen. Es gibt Momente, in denen kommt Farbe in ihr Gesicht, Erinnerungen und Gefühle sind da. Natürlich liebe ich sie die ganze Zeit hindurch, jedes Mal, wenn sie meine Hand nimmt, jedes Mal, wenn sie aus dem Fenster schaut. Und wenn sie mich »kleiner Schatz« nennt, geht mein Herz auf.

»Ich bin nachher noch verabredet«, sagst du, schaust mich direkt an. Mittlerweile lebst du länger hier als du es bei uns getan hast. Mittlerweile ist die Stadt hier dein Zuhause mit all ihren Farben und Möglichkeiten. Hier bist du eine Person mit einer ganz anderen Geschichte als der, die ich noch kenne. Vielleicht sehe ich auch zu viel Vergangenheit in dir und zu wenig das, was du dir hier aufgebaut hast – und vielleicht hast du mich da auch nie richtig reingelassen. Ich koche in einem Restaurant, das deiner Firma gehört, ich weiß, mit wem du arbeitest, wie du aufsteigst, wie du schuftest, um *das hier* zu bezahlen. Aber ich weiß nicht, mit wem du verabredet bist.

»Oh, ich habe Besuch!«, ruft Mutter.

Sie lächelt. Dann schaut sie auf ihr Glas.

»Wir sollten anstoßen … ah, mein Engelchen, da bist du!«

Ich gehe zu ihr, stoße mit ihr an, du wirkst unentschlossen. Dann ringst auch du dich durch.

»Mama … Das ist Luca. Luca hat heute Geburtstag.«

»Ah ja?«, lächelt sie verlegen.

Du stößt mit ihr an, beide ein höflich-distanziertes Lächeln auf den Lippen. Ich schaue auf deine Hand.

»Luca.« Du zuckst zusammen, mein Ton ist dringlicher als gewollt. »Zeig ihr doch die Uhr.«

Du stockst, deine Augen groß. Endlich ist etwas Regung in deinem Gesicht, endlich weiß ich, dass du noch ein Fünkchen Leben hinter deinen verschleierten Augen trägst. Du hältst ihr die Hand hin, die schlichte Uhr daran. Sie nimmt sie sacht, dreht sie –

Dreht sie –

Sagt: »Die Uhr wollte Luca immer unbedingt haben. Ich erinnere mich noch, wie ...« –

Schaut auf deine Hand –

Und dann endlich in dein Gesicht.

»Luca«, haucht sie. Sie umklammert deine Hand, blickt direkt in deine Augen. »Luca. Du bist hier.«

Irgendwann stehst du nicht mehr, sondern kniest vor ihr, so wie ich es oft tue. Sie hält noch immer deine Hand. Tränen schleichen sich aus meinen Augen. Irgendwann gehen wir, irgendwann sind meine Augen wieder trocken und deine schimmern feucht. Während du gen Himmel schaust, überlege ich, ob nicht wieder ein paar Sterne in deinen Augen funkeln. Ich sollte dir weiße Punkte auf die schwarz lackierten Nägel malen.

Carmine Jako

Lasst sie Luft essen

Als wir Menschen noch keine Felder pflügten, sondern von der Wildnis lebten, gab es diese Art berechnender Grausamkeit? Gab es Erde, die mit Waffen gepflügt und mit Leichen junger Männer besät war? Gab es Menschen, die ihr Leben gaben, im Namen ihres Vaterlandes an Orten, die für Korn und Blumen gedacht waren?

Auf Laub folgt Schnee und Spross und Blüten. Natur kennt weit und breit keine Grausamkeit, nur Überleben. Doch zehntausend Jahre Pflug und Schnitt hat Land in Flecken geteilt und Männer zu Herren gemacht. Felder, die Rübenernten tragen, Weizen, dann Roggen, schließlich Kartoffeln über Kartoffeln über Kartoffeln. Jahrein jahraus Kuhmist, dann Vogelscheiße und schließlich Stickstoff, in solcher Fülle, dass die Flüsse voller Algen schwimmen und Arten in Massen sterben.

Dein Brief hatte mich am 25. April 1915 erreicht. Gerade erzählte Hermann mir von seinen Spielzeugsoldaten, wie sie noch am heutigen Tag die belgische Kanalküste einnehmen würden. Ich hatte es aufgegeben, meinem Sohn den Krieg auszureden. Seit deine Arbeit mich aus dem Labor und ins Haus gedrängt hatte, musste ich vieles aufgeben. Doch nichts vermisste ich so sehr wie gehört zu werden. Nachdem ich Jahre des Studiums und des Hohns hatte über mich ergehen lassen, blieb meine Promotion doch für nichts gut, außer dir zu assistieren. Anfangs im Labor, doch letztlich nur zu Hause. Im Geheimen fragtest du noch nach meiner Meinung, doch das sollte niemand wissen. Ich schickte den Jungen aus dem Raum, während ich deinen Brief erneut las. Würden auch Hermanns Zinnsoldaten chemische Waffen nutzen, um die Schlacht zu gewinnen? Mein Herz sank schwer, so wie deine

Gaswolken in Schützengräben, die sich inzwischen wie Schlangen über den Kontinent zogen.

Ich durchsuchte die Zeitungen nach einem Zeichen deines Triumphes. Triumph, so nanntest du es. Der bloße Gedanke ließ mich erzittern an diesem warmen Apriltag. Ich starrte aus dem Fenster und der Klatschmohn starrte blutrot zurück. Den Morgen verbachte ich wie in Trance, gedankenlos zum Takt von Großmutters Standuhr. Als diese schließlich zum Mittag schlug, hatte ich Sorge, dass das Abendessen am Tag deiner Ankunft nicht angemessen sein würde. Das ist vielleicht, wofür ich mich am meisten schäme: dass dies mein erster Gedanke war und lange blieb. Bald sprachen mich die Nachbarn auf deinen glorreichen Sieg an und erst da begann ich das Ausmaß des Schreckens zu begreifen.

In der Natur zerbricht die Bindung zwischen zwei Stickstoffatomen nur unter schweren Bedingungen. Ein Blitzschlag kann die Verbindung lösen. Es benötigt so viel Energie, dass es wie ein Wunder erschien, als es dir schließlich gelang, Ammoniak zu synthetisieren. Was war unser Blitzschlag? Was hat unser Band zerbrochen? Nicht der Umzug nach Dahlem und nicht der Krieg, sondern deine Grausamkeit hat uns entfremdet. Ich hatte zugesehen, wie du dein Ammoniak willentlich benutzt hast, um Bomben zu bauen, statt Bauern zu helfen, ihr Land zu bestellen. Ich dachte, du könntest nicht noch weiter sinken. Unser Blitzschlag war deine Hybris, nicht Ypern selbst, sondern die Tatsache, dass du dazu in der Lage warst. Doch das wusste ich schon lange bevor dein Brief mich erreichte.

Ich konzentrierte mich auf die Vorbereitungen für die Abendgesellschaft, die du für den Tag deiner Rückkehr einladen wolltest. Was sonst hätte ich tun können? Mit all der Knappheit, die gerade herrschte, hatten die Köchin und ich Schwierigkeiten, alles für das erwartete Festmahl aufzutreiben. Doch für den Haushalt von Herrn Haber ließ sich schließlich alles für den Braten finden. Ein fettes Schwein sollte es sein, um den Anlass gebührend zu feiern. Hauptmänner und Generäle würden in weniger als einer Woche an meinem Esstisch einen

Sieg feiern, der niemals kommen konnte. Die Meuchler würden sich vollfressen, während die Menschen hungernd in den Gassen saßen. Hunger, der hätte gestillt sein können, würde dein Ammoniak auf den Feldern liegen und nicht in Bomben Verheerung bringen.

Ammoniak aus Stickstoff und Wasserstoff, dein Wunder. Ammoniak, das die Welt hatte aufatmen und die wissenschaftliche Gesellschaft applaudieren lassen. Vor fünf Jahren hattest du es entdeckt, fünf Tonnen Ammoniak am Tag waren es nun. Dein Wunder war nicht länger Brot aus der Luft, sondern Bomben auf den Feldern. Überbevölkerung hatte ihnen Kopfzerbrechen bereitet. So wie sie einander nun metzelten, sollte das lange die letzte ihrer Sorgen bleiben. Dein Ammoniak frisst die Welt. Dein Wunder tötet Söhne und Väter.

Als alles für den Abend bereit war, als du schon in der Einfahrt standest, bereit deine Gäste zu empfangen, deine neue Hauptmannsuniform gebügelt und gestärkt, ging mir erneut auf, was du getan hattest. Ich musste mich setzen. Wieder schickte ich Hermann aus dem Raum. Du hattest ihm ein kleines Holzflugzeug mitgebracht. Der falsche Motorlärm, den er machte, bohrte sich in meine Schläfe. Stumm verfluchte ich deinen Anblick durch das Foyerfenster, denn all das, wofür sie dich priesen, hatte auch ich verbrochen. Jeder junge Mann, der deinetwegen sein Ende fand, tat das auch meinetwegen.

Hatte nicht ich dir geholfen? Dir zugehört, dir Rede und Antwort gestanden in der Wissenschaft? Hatte nicht ich dir all die mondänen Haushaltsfragen abgenommen, damit du dich voll und ganz auf deine Arbeit im Institut konzentrieren konntest? War nicht auch ich schuld am Monster, zu dem du schließlich geworden bist? Bomben blieben nicht genug. Dein Senfgas ließ sie nun auch noch an der Luft ertrinken. Zappelnde Fische an Land. Reih um Reih, wie auf dem Fischmarkt, die Augen glasig.

Das hatte auch ich getan.

Ich stand ebenda, als sie deine Erfolge priesen. Stur lächelnd nahm ich die Komplimente für den Abend hin. Dabei hätte ich lieber geschrien. Als die Feier sich endlich dem Ende zuneigte, konnte ich nicht weiter an mich halten. Ich machte meinem Ärger Luft. Doch taube Ohren konnten mich schon lange nicht mehr hören. Du hast behauptet, dass ein schneller Krieg mehr Leben retten würde. Konntest du dich selbst schon nicht mehr reden hören? Wie kann Morden Leben retten? Wie kann Leiden Frieden bringen?

Als ich später am Abend deine Pistole nahm, in den Garten trat und sie auf meine Brust richtete, war mein letzter Gedanke: Das, was du erreicht hast, habe auch ich verbrochen. Doch das, was du gewonnen hast, habe ich verloren.

Dann sah ich zu, wie du am nächsten Morgen in den Osten fuhrst, um es wieder zu tun und immer wieder, als hätte mein Opfer keine Bedeutung. Meinen lieben Hermann, in dessen Armen ich gestorben war, hast du verlassen. Das war das letzte, was ich hatte sehen wollen. Doch es war auch mein Sohn mit seinen Spielzeugsoldaten und Kriegsmaschinen gewesen, an den ich gedacht hatte, als ich auf mein Herz zielte. Ich hatte ihm zeigen wollen, was ich von deinen Heldentaten hielt. Wie sonst hätte ich das tun können? Meine Stimme war schon lange verstummt. Meine Stille sprach nur Bände, wenn sie endgültig blieb.

Kaum war der Krieg vorbei, da erwiesen sie dir die höchsten Ehren für dein Wunder. Dein Grauen hat hunderttausende Leben gekostet, doch Millionen Menschen wird es schaffen. Reicht es, eine Seele mit einer anderen aufzuwiegen? Wie viele Seelen wird man auf deine Waagschale legen, wenn du vor den Toren stehst? Willentlich morden für dein Vaterland und du entschuldigst es mit dem, was dein Verfahren für die Welt bedeutet? Ein Ablassbrief, der Generationen nährt, doch die Erde teuer zu stehen kommt.

Und weiter suchtest du nach moderner Alchemie. Du wolltest Gold aus Meerwasser filtern, um dein Vaterland von seiner Schuld zu retten. Kann eine Todsünde mit Gold beglichen werden? Wie die Magier und Alchemisten der Vorzeit wolltest du zaubern, wolltest zurückgreifen in eine Welt, in der Felder noch brach lagen und nur Weiden für Pferd und Ochs waren. Rumpelstilzchen spann Stroh zu Gold, du spannst Luft zu Feuer und Tod. Wie Rumpelstilzchen hast auch du mich um mein Kind betrogen. Ich schaue, wie mein eigen Fleisch und Blut zugrunde geht an dem Fluch, den dein Wahnsinn über uns gebracht hat. Oder war es meine Sünde, die den Selbstmord durch die Generationen trieb? Mein Sohn, der es seiner Mutter gleich tat. Dessen Tochter, die auch den Freitod wählte.

Und am Ende, was hat es bedeutet? Wie hast du dagestanden, als sich der Wind letztlich drehte? Dein Vaterland hat dich durchgekaut und ausgespuckt. Eine Welt voller Grausamkeit, die du geholfen hast zu schaffen, drängte dich ins Exil. Sie setzten einen gelben Stern hinter deinen Namen und schon warst du kein Mensch mehr.

Und was hat es dir gebracht? Den Frieden, den du so oft versprochen hast? Reichtum? Macht? Die Kinder unserer Vorfahren starben in einem weiteren Gas, das du geholfen hast zu schaffen. Zyklon A wird zu Zyklon B und dein Grauen mehrt sich weiter. Dein Vaterland trieb Millionen von ihnen zusammen wie Tiere und verbrannte sie zu Asche. Doch nicht wie Tiere, deren Opfer wir entschuldigen mit dem Nutzen, den sie bringen. Sondern wie Insekten, die das Korn befallen und Unkraut, das der Erde ungebeten Mineralien entzieht. War das dein Traum vom Frieden?

Am Ende brach dein eigenes Herz.

Konnte es noch fühlen?

Ich bezweifle es.

Rike Lorenz

Heidi

Heidi läuft mit der Flasche Pilsator in der einen und dem Einkaufsrolli in der anderen Hand den Schickeldamm hinunter. Sie hat ein bisschen Pfand abgegeben, sie hat ein bisschen eingekauft. Zwiebeln und Paprika und Salami für Soljanka. Und natürlich die neueste Ausgabe des *Lustigen Taschenbuchs*. Das alles zieht sie durch klebriges Laub, durch graue Pfützen und nasse Pizzakartons. Die Straße ist voll mit den bunten Trixi-Plakaten, schief und krumm auf den Wänden verkleistert. »Trixi bleibt« steht da, und »Keine Stadt ohne Trixi, keine Stadt ohne uns«. Jeden Tag gibt's ein neues Trixi-Graffiti in diesem Viertel, Heidi kann die schon gar nicht mehr zählen. Sie will die auch gar nicht zählen, will die am liebsten gar nicht sehen. Denn dann muss sie nur daran denken, dass es das Trixi vielleicht bald nicht mehr gibt.

An der Haltestelle Schickeldamm sitzen die Jungs, zwischen Zigarettenstummeln und Bierflaschen.

»Grüß dich, Heidi«, rufen sie, aber Heidi nickt nur kurz und geht an den Jungs vorbei. Sind eigentlich keine Jungs, sondern alte Säcke. So alt wie Heidi mindestens. Heidi trinkt manchmal mit denen, aber eigentlich ist das 'ne blöde Idee. Weil: Die sind nicht gut zu ihr. Als sie neulich gestürzt ist, mitten in die leeren Flaschen, und sich die Hände an den Scherben aufgeschlitzt hat, hat Wolfi nur gelacht. So ein garstiges, pfeifendes Lachen. Und Guido hat mal wieder gegrapscht, als er ihr hoch geholfen hat. Nix als grapschen kann er, selbst wenn Heidi auf den Gehweg blutet. Kannste nichts machen. Isso.

Jetzt läuft ihr der Guido auch noch nach. Nuschelt irgendeinen Quatsch. Zum Glück sind die Räder des Rollis ganz laut auf dem rumpeligen Gehweg. Da muss sie dem Guido nicht zuhören.

»Lass mich mal, Guido«, sagt Heidi, »ich will jetzt nach Hause.« Sie biegt in die Seitenstraße ein, sieht rechts schon das Trixi und am Ende der Straße den *Backshop Fresh & Go*. Über dem Backshop ist Heidis Wohnung. Der Guido ist immer noch da und lässt Heidi nicht in Ruhe. Jetzt legt er seinen Arm um Heidis Schulter, tut so, als ob er ihr was ins Ohr flüstern will. Heidi wird sauer, schubst Guido weg.

»Nicht mit mir«, ruft Guido, »so nicht«, und versucht, Heidi zu packen.

Heidis Pilsator knallt auf den Boden und läuft mit einem ekligen *Flatsch* aus. Sie lässt ihren Rolli links liegen und flüchtet ins Trixi. Da ist es warm und dunkel und riecht so gemütlich nach Tabak und Tafelkreide und nassem Punkerhund. Im Trixi gibt's Schilder, neben dem großen schwarzen Holztresen und vor dem Klo. Da steht, wenn was ist, wenn man was Blödes erlebt, kann man sich an der Bar melden. Macht Heidi nicht oft, sie ist ja keine Petze. Sie ist 'ne zähe Nummer. Aber sie weiß, wenn es wichtig ist, kann sie das machen. Lilo mit den vielen Tattoos und der schiefen Frise steht hinter der Bar. Auf die ist Verlass. Lilo ist auch 'ne zähe Nummer.

Heidi muss gar nicht viel sagen, da steht Lilo schon vorm Trixi. Macht Guido zur Schnecke.

»Verpiss dich«, sagt Lilo und es klingt herrlich dreckig.

Guido zieht Leine, ist ja klar, denn Lilo hat Arme wie ein Laternenmast. Sie fragt Heidi, ob alles okay bei ihr ist. Lilo ist fast immer nett zu Heidi. Dabei gibt's hier im Kiez kaum noch Leute, die nett zu ihr sind. Weil: Manchmal verliert sie die Kontrolle. Dann steht sie im Nieselregen und beschimpft Tauben und Pizzaboten und Nachbarn. Gibt hier eigentlich kaum einen, den Heidi noch nicht 'ne alte Fotze genannt hat. Sogar Lilo, aber die nimmt ihr das nicht krumm. Sie weiß, dass Heidi das nicht so meint.

Das Trixi heißt eigentlich *Trick Siebzehn*. Sagt aber keiner. Weil: Viel zu lang. Die anderen Leute aus dem Trixi sind auch schwer in Ordnung. Die passen auf Heidi auf. »Trink mal ein Wasser, Heidi«, sagt Kojo mit den schönen Augen. »Lass mal jetzt die Leute in Ruhe. Die kennst du doch gar nicht«, sagt Faruk mit der grünen Strickmütze, andauernd eine Kippe im Mund. »Geh mal nach Hause, was schlafen«, sagt Lilo. Und eigentlich haben sie immer Recht. Wenn Heidi bei den Jungs an der Bushaltestelle sitzt, passt niemand auf sie auf. Und wenn sie alleine zu Hause trinkt, dann sagt ihr niemand, dass sie jetzt mal Schluss machen und nach Hause gehen soll. Geht ja nicht, weil: Da ist sie dann ja schon.

Manchmal bringt sie dem Trixi ein paar Rollen Klopapier mit. Oder Soljanka im Glas für Lilo. Oder Kaugummis für Kojo. Um Danke zu sagen. Denn sie weiß ja, dass sie eigentlich nicht so richtig ins Trixi passt. Nicht zu den Studenten mit den dicken Brillen und den leisen Stimmen. Nicht zu Faruks Leuten, die alle mindestens drei Sprachen können. Nicht zu den kleinen Punkern mit den wilden Haaren. Am ehesten passt sie noch zum ollen Manfred. Das ist auch'n Trinker. Aber der redet nie. Sitzt schweigend am Tresen, mit 'nem Bart so dick, dass 'ne Mäusefamilie drin wohnen könnte und lässt sich ein Bier nach'm anderen hinstellen. Einmal hat Heidi ihn angequatscht. Wollte nur wissen, ob der wirklich nicht redet. Weil: Kann doch eigentlich gar nicht sein.

»Wat is' denn los mit dir. Wat haste denn. Sag doch mal wat.«

Aber der olle Manfred hat nur ganz verängstigt geguckt und ist immer einen Barstuhl weiter gerückt, bis es nicht mehr ging. Faruk hat dann gesagt, sie soll mal den ollen Manfred in Ruhe lassen.

Nachdem Lilo Guido vertrieben hat, und Heidi 'nen Haselnussschnaps mit Lilo getrunken hat, sammelt sie ihren Rolli ein und geht nach Hause. Später am Abend kommt Heidi dann nochmal zum Trixi. Aber die Tür ist zu. Heidi bollert dagegen. Sie will ja nur ein Glas Soljanka für Lilo abgeben. Sie hat extra eine ohne Fleisch gemacht, weil Lilo das seit Neuestem nicht mehr mag. Kojo macht auf. So ein schöner Mann, der Kojo. Hat Heidi ihm oft gesagt. »Ich bin doch viel zu jung für dich«, sagt Kojo dann. Aber jetzt gerade guckt er ein bisschen sauer.

»Heute nicht, Heidi, wir haben Plenum.«

»Kann ja gar nicht sein«, sagt Heidi. Weil: Plenum ist am Montag. Das weiß sie ganz genau.

»Ist ein Sonderplenum«, sagt Kojo und diesmal guckt er ein bisschen traurig.

Auch Lilo ist am nächsten Tag richtig schlecht drauf und knallt Heidi ihr Bier so doll auf den Tresen, dass sogar der stumme Manfred zusammenzuckt.

Und als Heidi sich beschwert, sagt Lilo: »Wenn's dir nicht passt, verpiss dich doch.«

Überhaupt ist die Stimmung so angespannt. Die Kerzen auf den Tischen flackern noch nervöser als sonst und die Hunde der kleinen Punker kauern mit eingezogenen Schwänzen in der Ecke.

Faruk sitzt mit angezogenen Beinen auf dem zerschlissenen roten Sofa bei den Türken und den Griechen, dreht wie ein Verrückter eine Kippe nach der anderen und redet ununterbrochen. Heidi versteht kein Wort.

Erst nach ein paar Tagen kriegt sie raus, was los ist. Es ist endgültig aus mit dem Mietvertrag. Die Leute, denen das Trixi-Haus gehört, wollen das Trixi nicht mehr.

»Mann, ihr müsst da mal hinfahren. Ihr müsst da mal auf'n Tisch hauen«, sagt Heidi.

»Wie denn?«, fragt Lilo. »Wir wissen gar nicht, wo wir hinfahren sollen. Ist ja nur 'ne Briefkastenfirma.«

»Dann sollen die mal schön weiter Briefkästen herstellen, statt das gute alte Trixi rauszuschmeißen«, sagt Heidi und Lilo lacht.

Aber die nächsten Tage lacht sie überhaupt nicht mehr. Die Stimmung im Trixi wird noch komischer und deswegen ist auch Heidi ganz schlecht drauf. Sie fängt an, sich mit den kleinen Punkern zu streiten und klaut denen den Tabak, bis Faruk sie rausschmeißt. Dann steht sie noch zehn Minuten vor der Tür und beschimpft ihn als Fotze. Bis jemand aus der Wohnung über dem Trixi das Fenster aufmacht und rumpoltert. Dann beschimpft sie den als Fotze.

Am nächsten Tag bringt sie extra viel Klopapier mit, und Tabak für die kleinen Punker.

In der Woche darauf wird auf einmal alles ganz wuselig. Faruk hängt die ganze Zeit am Telefon und Kojo gibt Interviews für alle möglichen Zeitungen. Die kleinen Punker tragen massenweise Poster aus dem Trixi und kleistern die ganze Stadt damit voll.

»Hilft am Ende alles nix«, sagt Lilo, schüttelt den Kopf und spült weiter Biergläser.

»So darfst du doch nicht denken, Mann!«, schreit Heidi. »Da müsst ihr einfach mal richtig auf den Tisch hauen.« Heidi wird ganz komisch, wenn sie sich die Stadt ohne Trixi vorstellt. Dann muss sie mit den Jungs auf'm Schickeldamm trinken, was nie gut ausgeht. Oder noch schlimmer: alleine zu Hause. Niemand da, der sie mal zur Seite nimmt. Dann baut sie die ganze Zeit nur Bockmist. Kannste nichts machen. Isso.

Irgendwann ist es Dienstag und Dienstag ist zwei Tage vor Donnerstag und am Donnerstag räumen die Bullen das Trixi aus. Heidi wacht am Morgen auf, zwischen alten Mickey-Maus-Heften und Kronkorken. Es ist so dunstig draußen und die Stadt ist nass wie ein Schwamm. Heidi denkt, dass sie Lilo 'ne Soljanka kochen wird. Aber dann denkt sie, dass das Quatsch ist. Weil: Suppe ist einfach nicht genug. Sie könnte ja den kleinen Punkern beim Plakatieren helfen. Dafür braucht sie Kleister und Pinsel. Also zieht Heidi ein paar Scheinchen unter der ausgebeulten Matratze hervor, macht sich ein Pilsator auf und läuft zum Baumarkt.

Viel zu groß ist der und Heidi findet sich gar nicht zurecht. Die Frau am Infopunkt geht ganz schnell weg, als sie Heidi sieht. Irgendwann steht Heidi in der Eisenwarenabteilung, wo alles voll ist mit Schrauben und Nägeln und langen Ketten. Und diesem dicken Schloss. Und Heidi erinnert sich an eine Geschichte, die ihr einer der kleinen Punker mal erzählt hat. Ihr wird plötzlich klar, dass es etwas noch viel Besseres gibt als Suppe oder Plakatieren. Nur leider ganz schön teuer, diese Eisenwaren. Das Schloss steckt Heidi in die Jackentasche, nur die Kette bezahlt sie an der Kasse.

Draußen vor dem Baumarkt reißt sie das Schloss aus der Plastikpackung, öffnet das Schloss und haut den Schlüssel sofort in den nächsten Mülleimer.

Entschlossen stapft sie den Schickeldamm entlang und hört ni garcht hin, was die Jungs an der Bushaltestelle wieder für'n Blödsinn reden. Biegt in ihre Straße ein. Stoppt vorm Trixi. Setzt sich auf die Treppe, wickelt die lange Kette zweimal um ihren Körper und dann um das Treppengeländer am Eingang. Das Schloss macht *klick* und Heidi ist festgekettet.

Als Kojo die Tür aufmacht, tritt er aus Versehen in Heidis Rücken und Heidi flucht wie blöde.

»Mensch Heidi, was machst du denn da?«, fragt Kojo freundlich. Als er die Kette sieht, kriegt er ganz große Augen.

»Ich geh hier nicht weg«, sagt Heidi.

Kojo geht ohne ein Wort zu sagen wieder in den Laden. Drinnen bricht eine Wahnsinnsaufregung aus.

»Das können wir doch nich' zulassen«, sagt Kojo.

»Wie willste sie denn da wegkriegen?«, fragt Lilo.

»Weiß sie überhaupt, was sie tut?«, fragt Faruk.

»Natürlich weiß sie das. Red' nicht über sie, als wär' sie blöd«, raunzt Lilo.

Heidi grinst. Sie kriegt hier keiner weg.

Lilo bringt Heidi 'ne Flasche Wasser und belegte Brötchen mit Ei. »Wenn du nicht mehr willst, musst du nur'n Wort sagen und wir machen dich sofort los.«

»Bring mal lieber 'n Bier«, sagt Heidi. »Oder noch besser: 'nen Haselnussschnaps. Ich bleib' hier. Isso. Kannste nichts machen.«

Im Laufe des Tages kommen massig Reporter vorbei und fotografieren Heidi. Am Anfang grinst sie noch, aber irgendwann wird es ihr zu viel. Heidi kriegt 'nen Rappel und spuckt einem Reporter ins

Gesicht. Findet der gar nicht gut. Aber das ist Heidi egal. Was rückt der ihr auch so auf die Pelle?

Jetzt muss Heidi auch noch pissen. Eigentlich sogar mehr als das. Daran hat sie nicht gedacht.

»Das kriegen wir schon hin«, sagt Lilo.

Sie kommt mit zwei Eimern wieder, in dem einen ist Seifenwasser, der andere ist leer. Klopapier hat sie auch dabei. Sie und Kojo, ein paar von den Griechen und ein paar kleine Punker stellen sich um sie herum, damit keiner zuguckt. Ein bisschen peinlich ist es Heidi schon. Aber mit den Trixi-Leuten um sich rum fühlt sie sich sicher.

Leute aus der Straße bringen ihr 'nen Schlafsack und Decken und 'ne Isomatte, damit Heidi nicht so am Hintern friert. Außerdem Tee und Schokolade. Heidi hat noch nie in ihrem Leben so viele Geschenke bekommen. Sogar der stumme Manfred kommt vorbei und drückt ihr wortlos ein Schiebepuzzle aus Plastik in die Hand.

Dann beginnt eine lange Nacht und ein noch längerer Tag. Heidi schläft nur ein paar Stunden. Morgens tauchen schon wieder lauter Futzis von der Presse auf, aber diesmal kommen sie nicht so dicht ran. Weil: Noch andere Leute haben sich zu Heidi gesetzt. Sie sitzen mit Schlafsäcken und glänzender Rettungsfolie, bunten Regenschirmen und Thermoskannen auf der Treppe und dem Gehweg vorm Trixi. Immer mehr werden es, Heidi kann sie gar nicht alle zählen.

Noch fünfmal machen sie den Trick mit dem Eimer. Mittlerweile findet Heidi es gar nicht mehr schlimm.

Irgendwann sperrt die Polizei die ganze Straße ab. Jetzt dürfen nur noch Anwohner rein. Niemand schafft es mehr, sich dazu zu setzen. Aber das macht nichts, die Stimmung ist super. Heidi macht das Schiebepuzzle von Manfred fertig. Ein jonglierendes Nilpferd ist drauf. Und Lilo kommt ständig vorbei und fragt, ob es Heidi gut geht. Ob sie noch was braucht.

»Jetzt hör mal auf mit dem Quatsch«, sagt Heidi. Sie braucht nix, sie ist stabil. Auch wenn ihr Rücken wehtut vom auf der Treppe Sitzen. Und von den vielen Leuten wird sie ganz kirre. Aber alle sind so nett zu ihr, deswegen reißt sie sich zusammen und beschimpft nur zweimal, höchstens dreimal einen von den Studenten. Der redet die ganze Zeit so aufgeblasen und putzt ständig seine Brille, das macht Heidi wahnsinnig.

Überall in ihrer Straße hängen Laken an den Balkons und Schilder in den Fenstern. Auf den meisten steht: »Trixi bleibt!« Aber auf ein paar steht auch: »Halte durch, Heidi«.

Dann bricht die letzte Nacht an. Lilo bringt Heidi eine Wärmflasche und setzt sich zu ihr auf die Treppe.

»Ich bleib bei dir bis zum Schluss«, sagt sie.

Faruk und Kojo kommen auch vorbei. Aber irgendwann verrammeln sie die Tür und bleiben im Trixi. Da warten sie auf die Gerichtsvollzieherin.

Es ist kalt und Heidi kann nicht schlafen. Die Polizei hat riesige Scheinwerfer aufgestellt und das grelle Licht blendet sie. Die ganze Straße ist voll mit dicken Polizeiautos und die Polizisten sind angezogen als wäre Krieg. Sogar auf den Dächern laufen sie herum. Und über ihnen kreist die ganze Zeit ein Helikopter.

Irgendwann frühmorgens stellen die Polizisten sich breitschultrig vor ihren Autos auf. Das Licht ist noch grau und Heidis Atem wird zu Dampf. Die Leute in der Straße stehen mit Kochtöpfen und Kellen am Fenster und machen einen Wahnsinnslärm. Noch nie hat Heidi so einen Krach gehört. Sie presst sich die Hände gegen die Ohren. Jetzt marschieren die Polizisten auf den Pulk vorm Trixi zu. Sie sprechen ein schmales Mädchen in der ersten Reihe an. Als die den Kopf schüttelt, packen sie sie unter den Armen und schleppen sie weg.

Nach und nach tragen die Polizisten die Leute von der Straße. Einige von den kleinen Punkern machen sich ganz schwer und lassen ihre Beine über das Pflaster schleifen. Als ein Polizist einem mit dem Knüppel über den Kopf haut, weil er nicht aufstehen will, greift Lilo nach Heidis Hand und hält sie ganz fest. Sie lässt nicht mehr los, bis der Letzte weggetragen wird. Die Leute an den Fenstern grölen und klappern. Zwei gewaltige Typen in schwarzer Montur packen Lilo und zerren sie von der Treppe.

»Verpisst euch!«, schreit Lilo. Ihr Arm knackt und sie macht ein ganz schlimmes, jaulendes Geräusch, als würde sie innerlich kaputtgehen.

Und plötzlich ist Heidi ganz alleine. Vor ihr ist nur noch diese Wand aus schwarzen Uniformen und Helmen ohne Gesicht. Der Lärm in der Straße wird immer lauter. Sie hört hundert Töpfe poltern und tausend wütende Schreie. Heidi flucht und tritt, aber zwei Polizisten drücken sie auf die Treppe, verdrehen ihr die Arme. Sie atmet flach, alles wird eng, die Stufen pressen sich in ihren Bauch. Sie kann ihre Hände nicht mehr spüren.

Einer der Polizisten gibt Befehle, ein anderer nennt Heidi eine kranke, alte Hexe. Sie kann nichts mehr sehen. Die Kette knirscht hässlich, als sie mit einem Bolzenschneider geknackt wird. Heidi spürt, wie sie angehoben und weggetragen wird. Über ihr nur die farblosen Wolken, die kahlen Äste. Sie hört das Tosen der Straße, das Brüllen und Klopfen. Dann wird sie in ein Auto gesteckt und alles wird still.

Am Nachmittag kommt sie aus der Polizeistation raus. Sie hat sich ein bisschen gewundert, dass sie so schnell wieder nach Hause durfte. Weil: Sie hat sich echt nicht gut benommen. Hat die Polizistin, die so nett getan und so ekelhaft gelächelt hat, eine Fotze genannt. Hat einem anderen Typen in den Arm gebissen. Vielleicht hatten sie die Nase voll von Heidi.

Als sie aus der Tür stolpert, stehen da jede Menge Menschen. Alle klatschen und pfeifen, als sie die Treppe runterläuft. Sie kriegt ganz weiche Knie. Lilo kommt ihr entgegengerannt.

»Ich bring dich nach Hause«, sagt sie.

Auf dem Heimweg in der U-Bahn reden sie nicht viel. Lilo sieht so traurig aus.

»Das ist die größte Scheiße«, murmelt sie.

Beim *Backshop Fresh & Go* nimmt sie Heidi nochmal in den Arm und sagt, sie muss nach Hause, sie muss schlafen, sie ist so müde.

Auf der Straße ist es still. Kein Klopfen und Rufen. Heidi stapft die Treppe rauf, in ihre kleine Wohnung, wo nur die Pfandflaschen warten. Wo ein Rest Soljanka im Topf schimmelt, sonst ist nix los. Und das Trixi ist weg. Isso. Kannste nichts machen.

Alina Schad

Kreidezeichen

Kennst du das Gefühl, wenn du jeden Tag zur gleichen Zeit in den Späti um die Ecke rennst, weil du dir sicher bist, dass du ihn heute – ne, heute wirklich – endlich wiedersiehst? Wenn du durch die schlechtesten Clubs der Stadt tanzt, weil er dir erzählt hat, dass es da besonders witzig ist?

Jap, in genau dieser Phase Liebeskummer befinde ich mich gerade.

Ich laufe allein am Spreeufer entlang. Nein, eigentlich balanciere ich auf der Ufermauer direkt an der Spree. Wenn ich reinfalle, wird mich der Geist der ertränkten E-Roller in die Tiefe reißen, da bin ich mir ganz sicher. Aber im Moment ist mir das erstaunlich egal. Schlimmer als die Leere, die er hinterlassen hat, wird das schon nicht sein ... höchstens ekliger. Ich gerate ins Wanken, rudere kurz mit den Armen und steige dann mit einem schweren Seufzen von der Kante, um unten weiterzulaufen. Vielleicht ist es mir doch nicht egal.

Herbstsonne scheint vom Himmel, bricht sich auf dem Wasser und lässt es schimmern. Mein Spiegelbild begleitet mich noch immer. Tanzt wellenförmig durch die Lichtsprenkel und sieht ab und an zu mir herüber, als wollte es fragen: »Und nun? Was machen wir jetzt?«

Vor ein paar Wochen noch waren wir hier zu zweit: Sein Spiegelbild neben meinem, das die Spree entlangwandert. Nebeneinander herlaufen, ins Gras fallen, das trotz strahlendem Sonnenschein gar nicht mehr warm ist, und lachen.

Ich sehe es noch ganz klar vor mir. Rauchend sitzen unsere Spiegelbilder wenig später nebeneinander. Er pustet Rauchringe wie ein Hobbit, ich qualme vor mich hin wie ein asthmatischer Drache, als ich versuche, es ihm nachzumachen.

»Was soll das sein?«, fragt er in meiner Erinnerung und grinst. »Wolken?«

»Ich habe gehört, ich bin eine exzellente Wolkenmacherin«, sage ich und puste die nächste direkt durch seinen Rauchring.

Nur, dass da kein Rauchring mehr ist. Kein Rauchring und keiner, den ich nicht aufhören kann anzustarren.

Die Zigarette drehe ich unangezündet zwischen meinen Fingern. Rauchen hat mir noch nie geschmeckt, aber solange er dabei war, hat alles Spaß gemacht. Jetzt ist er nicht mehr da. Der Spaß nicht und auch nicht Jannis.

»Es wäre etwas anderes, wenn ich wüsste, wo er hin ist«, sage ich zu meinem Spiegelbild.

Ein Boot fährt vorbei und wirft das Wasser zu kleinen Wellen auf. Mein Spiegelbild nickt mir zu.

Aber hätte ich Jannis in meinem Leben behalten wollen, hätte ich eben mein Handy nicht verlieren dürfen. Denn das war alles, was wir hatten. Unsere Nummern in einem dummen technischen Gerät. Wir waren nie bei ihm oder bei mir. In diesem Sinne waren wir überhaupt nur einmal. Und zwar am Schlachtensee. Aber da ist er jetzt sicher nicht.

Es ist Herbst, fast schon Winter. So richtig mit Nebel am Morgen, der den Fernsehturm verschwinden lässt. *Vielleicht hat er längst einen neuen Schlachtensee gefunden.* Die Stimme, mit der meine Gedanken das flüstern, gefällt mir nicht.

»Er weiß doch zumindest, wo mein Kiez ist«, sage ich wütend zu meinem Spiegelbild, dessen Nicken langsam träger wird.

Ich jedenfalls war in seinem Viertel, bin durch alle Straßen spaziert und habe auf den Klingelschildern nach seinem Namen Ausschau gehalten. Habe mir vorgestellt, dass ich ihn ganz zufällig wiedertreffe. Aber er ist nicht da. Keine Spur von ihm. Keine Rauchringe in den Straßen, die immer früher dunkel werden. Und glaub mir, ich drehe mich nach jedem um, der raucht, lasse meinen Blick über die Fenster wandern, die erleuchtet und ganz berlinerisch ohne Vorhänge in die Nacht strahlen. Hat er nicht erzählt, dass er eine hässliche gelbe Deckenleuchte hat?

»Vergiss ihn endlich«, sagt meine beste Freundin Irene. »Was nicht sein soll, soll nicht sein.«

Sie sagt es auf einem dieser Spaziergänge, nachdem sie einen ganzen Nachmittag lang mit mir alle Datingapps durchgeswipet hat, die es gibt. Wir haben ihn nicht gefunden. Den einzigen Erfolg, den wir verbuchen können, ist, dass der Algorithmus jetzt ziemlich verwirrt ist.

»Aber ich will, dass es sein soll«, sage ich und versuche, ihre mitleidigen Blicke zu ignorieren.

Ich will es in dem Moment bei unserem Spaziergang, will es auch Tage später noch und nach einer Woche noch viel mehr, auch wenn ich mit Irene nicht mehr darüber spreche.

Wenn ich wieder allein durch seinen Kiez und danach an der Spree entlang schlendere, denke ich an unser gemeinsames Spiegelbild. Der Herbst wird immer kälter. *Irgendwann wird die Erinnerung vielleicht auch einfrieren und zerbrechen.* Die fiese Stimme in meinem Kopf, die neuerdings gerne wie Irene klingt, wird jedenfalls immer lauter.

Dann stolpere ich plötzlich über eine Wolke am Boden.

Jemand hat sie mit blauer Kreide auf den Asphalt gemalt. Auf den ersten Blick könnte sie auch eine verunglückte Blume sein, oder ein Schaf, bei dem der Verursacher die Gliedmaßen vergessen hat. Aber die Wolke ist nicht allein. Ich folge der Kreidespur und zwischen den Wolken tauchen Menschen auf. Winzige Krickelfiguren, die Händchen halten und genau wie ich die Spree entlanglaufen. An Kreideblumen und Sternen und sogar einer 2D-Eisdiele vorbei, die verdächtig nach der von unserem ersten Date aussieht. Ich folge der Spur bis zu einer der letzten Telefonzellen der Stadt. Sie verdient den Namen fast nicht. Hat weder Tür noch echte Wände. Auf den pinken Hörer hat jemand mit fettem Edding ein Fragezeichen gemalt.

Ich warte darauf, dass es klingelt. Dass ich abheben kann und seine Stimme am anderen Ende der Leitung höre. Aber so etwas passiert nur in Filmen. Ich starre das Telefon jedenfalls sehr lange an, ohne, dass irgendetwas passiert. Dann mache ich einen entschlossenen Schritt auf den Hörer zu.

»Ich will dich wirklich gerne anrufen«, sage ich, »und wenn das blöde Handy nicht das Denken und vor allem das Merken für mich übernommen hätte, hätte ich das längst.«

Natürlich klingelt es immer noch nicht. Also suche ich alles ab. Hebe den Hörer von der Gabel und halte ihn an mein Ohr. Nichts. Auch keine Nummer auf der Innenseite des Hörers. Aber das hier ist auch immer noch Berlin, ich verstehe das. Nicht, dass mich das aufhalten könnte. Ich ziehe meinerseits einen Permanentmarker aus meiner Unitasche, gucke mich rasch um, ob kein ordnungsgetreuer Rentner in Sichtweite ist und beginne zu schreiben.

Wir gehen lange schweigend nebeneinander her.

»Ich werde dir das nie verzeihen«, sagt Irene schließlich und nimmt einen tiefen Schluck aus ihrer Wegbier-Flasche.

Ihre Manteltasche brummt schon wieder. Sie greift in den Mantel, zieht ihr Handy hervor und reicht es mir wortlos. So geht das schon seit Stunden. Und weil sie sich weigert, noch ranzugehen und mit zwölfjährigen Hobbykomikern und Perversen zu reden, bleibt mir nichts anderes übrig, als sie auf Schritt und Tritt zu begleiten. Ich kämpfe mit einer ihrer Einkaufstüten, die ich schuldbewusst für sie trage, bis ich endlich mein Ohr gegen das Handy presse.

»Hallo?«

»Das ist nicht deine Nummer«, sagt eine vertraute Stimme am anderen Ende der Leitung.

Ich bleibe so plötzlich stehen, dass Irene vor Schreck zusammenfährt.

»Na endlich«, sagt sie und verdreht die Augen.

»Na endlich«, flüstere ich in ihr Handy und drehe mich auf dem Absatz um.

Ich muss zurück an die Spree.

Sylvia Wage

Liebe ist kein Gefühl

Ich wohne in einem ganz normalen Haus. Normal für Berlin, meine ich.

Es ist ein Hinterhaus, was gut ist, denn dadurch hört man die Straße nicht. Als ich herzog, gab es noch eine Kastanie im Hof, aber die haben sie gefällt. Wegen Pilzbefalls.

Jetzt sind da nur noch Mülltonnen und ein paar Tomaten. Die stehen an der Hauswand, in Reih und Glied, alte Holzleisten dienen ihnen als Rankhilfe. Und noch das Unkraut in den Rissen des Gehwegs, der von der Doppeltür des Vorderhauses um die Mülltonnen herum führt und der abgesehen von dem bisschen Quecke und Löwenzahn grau ist. So grau wie Berlin im Winter, so grau wie der sandige Rest des Hinterhofes.

Der Maschendrahtzaun zum Nachbarhof hat Löcher, die Waschbären huschen hindurch, plündern die Mülltonnen und die Tomaten. Ich darf nachts kein Fenster offen lassen, sonst plündern sie meine Küche. Die Ratten kommen auch, aber die Ratten sind leise, sie wecken mich nicht auf ihren Kontrollgängen.

Die Polizei kommt so gut wie nie vorbei. Wenn hier jemand Drogen oder Hehlerware verkauft, dann tut er es geschickt. Häusliche Gewalt gibt es nicht und Ruhestörung zeigt keiner an. Nur der Gerichtsvollzieher klingelt öfter bei mir, damit ich ihn ins Haus lasse. Ich frage ihn jedes Mal, ob er zu mir will, er lacht dann, verneint und ignoriert professionell meine Erleichterung.

Wie viele Menschen im Haus leben, habe ich nicht gezählt. Es sind einige. Kleine Wohnungen, Altbau, kaum saniert. Wir haben noch Kachelöfen, was gut ist, weil meine Wohnung liegt ebenerdig und mit der Heizung allein wird sie nicht warm. Im Bad ist ein Wasserschaden, doch der ist so alt, dass er längst fester Bestandteil ist, ich erinnere den Vermieter nicht mehr daran.

Mein Zimmer ist winzig, hat aber unfassbar hohe Decken und das Hochbett ist praktisch eine zweite Etage. Hier lebt es sich günstig, die Mieten sind verschwindend gering und das beste am Haus ist: Man lässt sich in Ruhe. Niemand beschwert sich über Schuhe im Flur, Partynächte in der WG, die Tomaten im Hinterhof, die stetig überquellende Papiertonne. Im Treppenhaus riecht es ein wenig nach Gras und der Spitz der Bewohner im Dachgeschoss bellt unentwegt. Kinder gibt es keine. Ich halte das für einen Zufall, aber so spielt niemand Fußball und die Tomaten können ungestört wachsen.

Mein Schreibtisch steht am Fenster, ich schaue gerade auf den Hof, bin immer Auge in Auge mit der Postbotin, mit den Lieferdiensten und mit dem Hausmeister. Eigentlich sollte ich auch alle kennen, die im Haus wohnen, aber dem ist nicht so. Nur die Studenten aus der WG, wenn es denn überhaupt Studenten sind, und das Dachgeschosspärchen mit dem kläffenden Spitz. Die sind wie ihr Hund, sie reden laut und ständig, sie plaudern sogar mit mir durch das offene Fenster, wenn sie den Müll wegbringen. Und dann noch die alte Frau, die die Tomaten gießt. Aber sonst bemerke ich kaum jemanden. Als wäre es ein Haus voller Geister, als würden die Leute aus den Fenstern schweben, morgens in den Berliner Wedding hinausgleiten und abends zurück.

Es ist eines dieser Häuser, in denen man wochenlang unbemerkt tot in seiner Wohnung liegen kann. Also, wie gesagt, ganz normal. Für Berlin.

Balkone gibt es keine. In den Sommermonaten, wenn Berlin glüht, sitzen wir an den Fenstern. Aber von hier unten kann ich keine Gesichter sehen, ich kenne nur die Ellenbogen meiner Geisternachbarschaft.

Die alte Frau, die mit den Tomaten, wohnt im zweiten Stock. Das immerhin weiß ich, ich höre sie singen, wenn sie in der Küche hantiert. Ihre Stimme ist rau, sie raucht viel, vor allem im Sommer. Der über ihr wohnt ist einer, den ich ganz sicher noch nie gesehen habe. Aber auch seine Stimme kenne ich, denn er murmelt unentwegt. Murmelt und die Tomatenfrau sitzt ein Stockwerk tiefer und raucht. Ich sitze auf dem Fensterstock, denn ich kann ja nicht herausfallen und wenn, dann würde ich nur über den grauen Staub des Hinterhofes rollen. Ich sitze und lausche. Dem Singen oder den Satzfetzen des Murmelns. Es ist nie still in diesem Hinterhof, die nahen Wände werfen jeden Schall zurück, wieder und wieder, hin und her, und jedes Reden, Singen, Flüstern wird zu Lärm. Inzwischen kann ich gut dabei arbeiten.

Wenn ich darüber nachdenke, kenne ich doch einige, die hier wohnen. Vielleicht vergesse ich sie nur immer wieder. Blende sie aus, wie man die zufällig herumstehenden Menschen auf einem Foto von einer Sehenswürdigkeit ausblendet.

Da ist die Malerin, ich habe ihr einmal eine Staffelei bis fast ganz nach oben gebracht. Und es gibt noch einen alleinstehenden Herrn, er muss etwas Besseres gewesen sein, früher, er trägt Schlips und Sakko, wenn er sich sein tägliches Sixpack aus dem Späti holt.

Das mit dem täglichen Sixpack erzählt mir das Spitzpärchen, es erzählt es mir mehrfach, die sind ja immer gut informiert und wie gesagt, sie plaudern gern.

Ob ich ihre Blumen gießen könne, fragen sie mich eines Tages. Sie seien im Urlaub, die Kanaren, zwei Wochen, und ich sei ja immer da. Sie würden mich auch bezahlen.

Da ich Geld brauchen kann und sie recht haben, ich bin immer da, gieße ich die Blumen, die gar keine Blumen sind. Steige die Treppen hinauf wie einen Berg und gebe dem Sammelsurium aus Ficus, Monstera und Gummibäumen Wasser. Ich frage mich, ob dieser Hang, die Wohnung mit Blattgewächsen vollzustellen, etwas typisch Deutsches ist.

Am vierten Tag wird mir bewusst, dass an der Wohnungstür im dritten Stock ein Beutel hängt. Mal leer, mal voll mit Pfandflaschen, mal mit Lebensmitteln und Kram. Manchmal ist da auch Müll. Aber der Baumwollbeutel hängt immer da, er ist abgenutzt mit den Druckresten eines Berliner Bären darauf.

Am sechsten Tag realisiere ich, dass das die Wohnung vom Murmler sein muss.

Am siebten Tag treffe ich die Malerin auf den Stufen, ich frage sie nach dem Beutel.

»Ah ja, die Gerda, die macht das für den«, sagt sie nur und eilt davon.

Gerda. Ich weiß nicht, wer Gerda ist.

Das Spitzpärchen weiß es, es ist die Tomatenfrau. Die kauft für den »über ihr« ein und erledigt alles mögliche andere – weil der ist nämlich verrückt.

»Verrückt?«, frage ich.

»Na, wie nennt man es denn sonst, wenn jemand nie seine Wohnung verlässt?«

»Also, ich geh auch nicht viel raus«, sage ich und das Spitzpärchen wechselt schnell das Thema.

Als Gerda die Tomaten gießt, stecke ich die Nase aus dem Fenster.

»Ich kann dir helfen«, sage ich.

»Mir ist schon lang nimmer zu helfen«, sagt sie und knipst die Seitentriebe ab.

»Ich meine, wenn du einkaufen gehst, für den Herrn ... über dir.«

»Des pack ich schon, aber danke.«

Am Abend lausche ich dem Murmeln und kapiere es endlich: Er liest ihr vor. Zum ersten Mal höre ich genau hin und es ist eindeutig Rilke. Bei mir kommen nur Bruchstücke an, der Sommerwind weht die Reime davon, da nützen auch die Häuserwände nichts, aber es ist

Rilke und er liest ihr vor. Jeden Abend. Stundenlang. Gerda bläst Rauchwolken zu ihm hinauf. Und es ist Sommer in Berlin.

Ich lauere der Malerin auf. Also, eigentlich nicht, ich stehe nicht an der Tür oder verstecke mich hinter den Mülltonnen, ich warte einfach nur auf sie. Hier, an meinem Schreibtisch am Fenster. Aber weil ich nie auf jemanden warte, fühlt es sich an wie ein Lauern. »Wusstest du, dass der Herr ... also der ...«

»Hornstetter. Das steht an der Klingel. Und am Briefkasten.«

»Dass er der Gerda vorliest?«

»Natürlich. Alle wissen das. Ich denke, sie ist in ihn verliebt.«

»Verliebt?« Damit habe ich nicht gerechnet, weil »verlieben« mich an Filme mit Hugh Grant erinnert, aber da spielt nie jemand wie Gerda mit. Und wenn, dann nicht verliebt. Die Malerin ist wie immer in Eile und so wirft sie mir Informationen hin, wie man Schweine füttert. Als einen Haufen, den ich schon fressen werde.

»Und er? Ist er in Gerda verliebt?«, rufe ich ihr nach, als sie mir bereits den Rücken zugedreht hat, schon so gut wie auf und davon ist.

»Woher soll ich das wissen?« Sie winkt mir mit der Pinselrolle zu und dabei rutscht ihr fast die Mappe mit den Bildern aus der anderen Hand.

Die Sommernächte hindurch lausche ich dem Murmeln und wenn ich zufällig das Buch besitze, das er gerade vorliest, dann lese ich unten auf dem Fenstersims mit. Es sind alles Geschichten aus einer anderen Zeit. Mann, Frisch, Woolf, Plath, Kafka. Gerda raucht und manchmal fällt Asche auf mein Buch. Ich habe noch zweimal angeboten, für sie einkaufen zu gehen, aber sie hat nur gelacht und gefragt, was ich denn glaube, was sie sonst mit ihrer Zeit anfangen soll.

Im Herbst sitzen wir nicht mehr so lang an den Fenstern, im Winter gar nicht. Neben dem Berliner-Bär-Beutel ist da jetzt noch ein Eimer mit Kohlen oder Asche. Die Kachelöfen bollern. Meine Wohnung bleibt fußkalt. Ich sitze mit Decken vor dem Schreibtisch. Draußen ist alles grau. Die Tomaten sind verschwunden, nur die Ratten und die Waschbären sind noch da.

Im Februarregen sehe ich Gerda mit Pfandflaschen auf dem Hof, öffne das Fenster und klettere hinaus.

»Willst du schon wieder fragen, ob du mir helfen sollst?«

»Nein, ich wollte wissen: Warum?«

»Warum ich für ihn einkaufen gehe?«

»Nein, warum du den Beutel an die Tür hängst. Und die Kohlen davorstellst.«

»Ja, er ist halt so.« Gerda nestelt an ihren Beuteln herum, richtet die Henkel, klappert dabei mit den Flaschen.

»Wie ist er denn?«, frage ich.

Gerda ist noch immer mit den Beuteln beschäftigt, schaut jetzt in einen hinein, versenkt den Blick im Leergut. »Er hat gern eine Tür zwischen sich und den Menschen. Oder eine Wand. Oder ein Stockwerk. Oder ein Buch.«

»Das ist aber nicht gut?«

»Was ist auf dieser Welt schon gut«, sagt Gerda und geht straffen Schrittes davon.

Das Spitzpärchen bringt mir Donuts ans Fenster und fragt mich nach dem Hornstetter aus. Doch schon bald reden sie lieber wieder selber und lassen sich ausführlich darüber aus, dass der Hornstetter nicht mal einen Beutel persönlich entgegen nimmt. Sie fängt an, Verdachtsdiagnosen zu stellen, und er spricht davon, dass sie ja umziehen würden, wenn die Mieten nicht gerade absurd hoch wären.

»Na, er stört ja keinen«, sage ich, »wenn er da in seiner Wohnung bleibt.«

Jaja, das habe er auch nicht gemeint.

Sie fragt, ob es da nicht ein Amt für gebe, für so Leute.

Und ich zucke die Achseln.

Der Spitz pinkelt an die Mülltonne.

Ich zeichne das Haus. Gerda am Fenster, die Rauchwolken wie Botschaften aufsteigend, Hornstetter darüber mit einem Buch. Tomaten und mich, wie ich da sitze. Wieso kommt es mir seltsam vor, dass jemand nie seine Wohnung verlässt und Menschen so sehr scheut, dass er nicht mal einen Berliner-Bär-Baumwollbeutel persönlich entgegennimmt? Bin ich da anders? Vielleicht fehlt mir nur jemand, der mich genug liebt, dass er mir Kohlen und Cola bringt, und dann würde ich auch einfach nur hierbleiben, in meiner Höhle. Nichts zieht mich nach draußen, Berlin nur eine ferne Realität aus weggeworfenen Matratzen, Dönerläden und Menschen.

»Hier, hör mal«, sagt Gerda und steht vor meiner Tür. »Du kannst mir doch helfen.«

Sie hat sich in die Hand geschnitten und ich soll ihr einen Verband machen. Ich bestehe auf die Notaufnahme. Das muss genäht werden.

Also sitzen wir da und warten. Um uns herum ist Krankheit und Leid. Das Personal sieht müde aus, entschuldigt sich, dass wir warten müssen. Neben uns hustet es. Jemand schreit, aber das geht uns nichts an.

»Man sagt, du seist in ihn verliebt«, sage ich zu Gerda.

»Natürlich sagen sie das. Auf die Idee, dass man sich einfach nur so hilft, kommt ja keiner mehr.«

»War das mal anders?«

»Möglich. Hab's vergessen.«

Ich hole Kaffee für uns, es wird ein langer Abend werden.

»Du bist nicht verliebt, oder?«

Gerda prustet in ihren Kaffee. »Ach du, ihr jungen Leute und was ihr euch so ausdenkt. Liebe ist Verhalten.«

»Was?« Ich versuche Gerdas Gesicht zu sehen, aber ich sehe nur Falten, tiefe, schwere um den Mund herum und kleine, sehr feine um die Augen. Gerdas Gesicht wie ein See bei Wind, die Falten sind die Wellen, sie tanzen, wenn sie spricht.

»Kinder kennen die Wahrheit – Liebe ist kein Gefühl – Liebe ist Verhalten«, sagt Gerda. »Ein Haiku von Vacchs, du liest zu wenig.«

»Sie können jetzt!«, ruft uns eine Schwester zu.

Ich zeichne das Haus. Liebe ist Verhalten. Und so, wie Gerda sich verhält, muss es Liebe sein. Aber eine andere als in den Filmen mit Hugh Grant. Jeden Tag trägt sie die Last für beide. Selbst jetzt, wo sie die Hand nicht benutzen kann, geht sie eben zweimal, bis alles besorgt ist. Ich will so vieles wissen, aber ich wage nicht, zu fragen.

»Und er verlässt niemals seine Wohnung?«, fragt meine Schwester. Sie kommt einmal im Jahr nach Berlin, lässt die Kinder und den Mann im Dorf in der Eifel zurück und »tankt Leben« – wie sie es nennt. »New York ist meine Stadt«, sagt sie oft. »Aber vorerst muss Berlin reichen.«

»Meine Stadt ist Pompeji«, sage ich dann und grinse schief, als würde ich es nicht so meinen.

»Das ist schon der Hammer«, sagt meine Schwester, die nicht nur ihr Leben, sondern auch das der Kinder im Griff hat. Und das ihres Mannes. Und den Kaninchenzüchterverein auch noch. »Der verlässt sich also voll darauf, dass so eine alte Frau alles für ihn erledigt. Wie egoistisch ist das denn!«

Ich frage Gerda, als sie mir die winzigen Tomatenzöglinge bringt. Ich habe ihr mein Fensterbrett versprochen, zur Aufzucht. Bis die Pflänzchen ins Freie können. Zucchini habe ich noch gesät, auch wenn das kein Ersatz für einen Kastanienbaum ist, so ist es doch ein wenig Grün auf dem kahlen Hof.

»Die meisten Tomaten fressen eh wieder die Waschbären«, sagt Gerda. »Man hat hier nix für sich in dieser Stadt.«

Und da frage ich sie: »Meinst du nicht, er nutzt dich aus?«

Gerda lacht. »Wer sagt denn, dass nicht ich ihn ausnutze? Was glaubst du, wer meinen Wohngeldantrag ausgefüllt hat? Und wer würde mir schon vorlesen oder sich überhaupt um mich scheren?«

»Aber ihr redet nie, oder?«

»Man muss nicht quatschen und quasseln wie die da oben mit dem vermaledeiten Spitz – es gibt andere Wege.«

»Du weißt nichts über ihn?«

»Nur was ich wissen muss. Aber was gibt es schon groß zu wissen über Menschen? Wen kümmert, wer man gestern war? Wenn du jemanden findest, der dir jeden Abend von Frühling bis Herbst vorliest, dann sei zufrieden.«

»Liebe ist Verhalten, was?«

»Die Kinder kennen die Wahrheit. Und die alten Frauen ebenso.«

Ich zeichne das Haus, die Rauchwolken von Gerda tragen Geschichten in sich, die ich nicht lesen kann, füge mehr und mehr Bewohner ein und frage mich, ob die anderen die Geister sind oder ob ich es bin.

»Was, wenn du nicht mehr bist, Gerda?«, sage ich, als wir die Tomaten auspflanzen. Ich sehe ihn oben am Fenster, wie er uns beobachtet. Er ist nur ein Schatten. Vielleicht schaut er gar nicht zu uns, sondern zu den Nebelkrähen, die auf der Dachrinne tanzen.

»Wenn ich sterbe, bin ich tot«, sagt Gerda. »Was soll da sein?«

»Was wird aus ihm?«

»Du kümmerst dich dann.«

»Ich?«

»Ja, sicher. Wenn ich nicht mehr da bin, dann hast du jemanden und er auch.«

»Am Ende werden sie noch sagen, ich sei in dich verliebt.«

»Na das bist du doch auch«, sagt Gerda. Ihr rauchiges Lachen füllt den Hof.

Der Sommer ist noch fern, aber heute Abend wird er vorlesen und ich werde neben Gerda an ihrem Fenster sitzen und zuhören. Die Tomaten werden wachsen und meine Zucchini vielleicht auch.

Ein durchdringender Piepton schreckt uns auf, ein Transporter fährt rückwärts in den Hof. Der Spitz bellt aus dem Dachgeschoss.

Das Pärchen kommt herunter, streitet mit dem Fahrer über den Preis pro Karton und nimmt schließlich doch stapelweise die leeren Umzugskartons entgegen.

Von Herzen danken wir …

So ein Großstadtwunder zu vollbringen, geht nicht im Alleingang. Nicht einmal zu viert wäre das möglich, sondern nur mit all den engagierten Menschen, die mit uns ihr Herzblut in dieses Buch gesteckt haben:

An erster Stelle sind da alle, die uns ihre Texte anvertraut haben. Vielen Dank, dass ihr uns Eure Ideen in die Hände gelegt habt und mit Eurer Kreativität dieses Projekt zum Leben erweckt. Nichts von dem, was wir tun, könnten wir ohne Euch tun.

Als nächstes bedanken wir uns bei Sophie Möller, die uns seit der ersten Stunde mit ihrer fantastischen Arbeit im Korrektorat unterstützt, kein falsch gesetztes Komma entkommen lässt und jeden Rechtschreibfehler schwungvoll mit dem Duden erschlägt.

Wir sind auch Gisa Lore sehr dankbar, die uns nicht nur einen wundervollen Text für diese Anthologie geschrieben, sondern auch ein Auge auf den Berliner Dialekt geworfen und so manches »ich« in »icke« korrigiert hat.

Unendlichen Dank schulden wir zudem Mary Cronos, die für uns auch diese Anthologie in das schönste aller Cover eingekleidet hat. Es gibt nichts, was diese Frau nicht kann!

Ein herzlicher Dank geht auch an Karl-Heinz Zimmer, dessen Buchsatzprogramm dafür gesorgt hat, dass dieses Buch innen genauso wundervoll aussieht wie außen, und der uns immer als Ansprechpartner zur Seite stand.

Und vor allem bedanken wir uns bei Dir, liebe*r Leser*in, dass Du Dich mit uns auf die Suche nach Wundern begeben hast, in Berliner Hinterhöfen, zwischen zerknitterten Bettlaken und in den Bierresten auf Bartheken. Wenn Dir dieses Buch gefallen hat, freuen wir uns immer, wenn Du uns davon erzählst und uns eine Rezension hinterlässt.

Vielen Dank, dass Ihr uns auf diesem Weg begleitet.

Wer sind die #BerlinAuthors?

Anfangs waren wir vier Frauen, die eines kalten Januarabends eine Idee hatten: Eine Anthologie herausbringen, die die ganze Bandbreite der Großstadtgefühle einfängt. Aus Ideen wurden Pläne, aus Plänen feste Termine und plötzlich waren sie da: die #BerlinAuthors.

Ein Netzwerk, das Autor*innen aller Genres, Richtungen und Fähigkeiten zusammenbringt, egal ob veröffentlicht oder unveröffentlicht. Ein Netzwerk, in dem wir uns gegenseitig unterstützen und motivieren, uns Tipps geben und Publikationen organisieren. Berlins Literaturszene ist lebendig und spannend und wild und das hier ist unser Beitrag dazu. Als Autor*innen, mit Autor*innen, für Autor*innen.

Website: www.berlinauthors.de

Unsere anderen Anthologien

Großstadtgefühle

Nächster Halt Friedrichstraße

3,7 Millionen Menschen und noch mehr Gefühle.

Berlin ist eine ganz besondere Großstadt. Eine besonders liebevolle, in der alle alles sein dürfen und dann wieder eine besonders hinterhältige, in der niemand etwas sein kann. Sie hat dich fest im Griff, du liebst sie, du hasst sie und sie dich auch. Und dann ist da noch das Alles-Dazwischen: Einsamkeit, Nostalgie, Optimismus, Depression, Obsession, Glück, Freiheit. 18 Berliner Autor*innen nehmen dich mit in ihre Version der Hauptstadt und bewegen sich dabei um einen ihrer zentralen Angelpunkte – die Friedrichstraße.

Großstadtklänge

Von singenden Vögeln in dunklen Gassen

Klänge, Geräusche, Rauschen - Stille.

Berlin hat einen ganz eigenen Sound, der irgendwo zwischen Clubdröhnen, Presslufthämmern und Fassadenflüstern liegt. Einen Sound, der das Gefühl der Stadt in uns nachklingen lässt, wohin wir auch gehen.
31 Berliner Autor*innen schreiben darüber, wie sie ihre Großstadt hören, nicht nur mit den Ohren. Eine Stadt, die mit leisem Vogelzwitschern erwacht, die immerfort murmelt und flüstert, die rauscht und schreit und singt und streitet, die aber auch ganz plötzlich in Schweigen verfallen kann. Sie nehmen dich mit auf Tanzflächen, in Hinterhöfe, Beerdigungsinstitute, Seitengassen, Seziersäle, in die Vergangenheit und die neue Gegenwart.

Großstadtgeheimnisse

Funkentanz im Dämmergrund

Ein Funke. Die zündende Idee, etwas nicht preiszugeben - schon wächst ein Geheimnis daraus.

Es wächst im Verborgenen und lässt sich kaum zähmen. Für immer verschwiegen, heimlich getuschelt, hinausposaunt oder verplappert, ein Geheimnis steht nie still. Schon gar nicht in Berlin.
In 26 Kurzgeschichten erzählen Berliner Autor*innen von schrägen Begegnungen, sprechen heimliche Wünsche aus und gehen Sehnsüchten nach. Sie werfen Blicke in die Vergangenheit, decken auf, lassen ruhen. Sie sagen Käfern den Kampf an, werfen Dinge aus Fenstern und bekommen ungewöhnlichen Besuch.
Oder, wie es in einem der Texte heißt: »Es gibt niemals genug Leben.«

Die Autor*innen

Hilo Alacalı findet Bücher schnieke und hat deshalb mit dem Schreiben begonnen. Über Berlin gäbe es viel und Schlechtes zu sagen, aber man kann hier wirklich gut spazieren gehen.

Ilja Bohnet ist promovierter Physiker und in einer großen deutschen Wissenschaftsorganisation in Berlin tätig. Daneben schreibt er Kriminalromane, Kurzgeschichten, Biographien und populärwissenschaftliche Sachbücher. Für seine Werke wurde er mehrfach ausgezeichnet, zuletzt 2019 für die Kurzgeschichte »Nur ein Kratzer« mit dem Wunderwasser-Krimipreis. Sie basiert auf dem Weihnachtskriminalroman »Schneeflockenrauschen«, der im Herbst 2023 in der edition karo erscheinen wird. Auch die hier erschienene Kurzgeschichte »Gespenster in der Friedrichstadt« ist ein Spin-Off des besagten Weihnachtskriminalromans.

Alina Dudek ist klinische Psychologin und Psychotherapeutin. 1990 in Osnabrück geboren und aufgewachsen, führten das Studium und die Forschung sie von Hamburg über Lissabon, Dresden und Stanford nach Berlin, wo sie heute lebt und an der Freien Universität arbeitet. Sie hat Kurzgeschichten und Gedichte in Anthologien und Magazinen veröffentlicht. Ihr Debütroman erscheint 2024 bei BOOKS ON MARS.

Instagram: @alinamariesbooks

S. M. Gruber, 1992 in Graz geboren, lebt seit 2015 in Berlin und ist Mitgründerin der #BerlinAuthors. In Kooperation mit M. D. Grand veröffentlichte sie einen Jugendroman (Eisermann Verlag, 2018) und ist Herausgeberin einer weiteren Anthologie im Rahmen des Schreibkollektivs »Nikas Erben«. Ihre Kurzgeschichten erschienen in unterschiedlichen Literaturmagazinen und Anthologien. Ihre Freizeit widmet sie den schönen Künsten – und dem Entdecken der Großstadt natürlich, denn wer schreiben will, muss schließlich auch etwas erleben.

Instagram: @sm_gruber

Heinrich von der Haar, geboren 1948, hat seine Kindheit unter elf Geschwistern auf einem münsterländischen Bauernhof im preisgekrönten Debüt-Roman »Mein Himmel brennt« und seinen Aufbruch ins West-Berlin der 70er-Jahre im Roman »Der Idealist« erzählt. Weitere Romane sind der »Kapuzenjunge« und »RikschaTango«.

Er ist Mitglied im PEN Deutschland, Vorsitzender des Literatur-Kollegiums Brandenburg e. V. und Gründer der *Heinrich von der Haar Literaturstiftung*. Näheres ist unter www.HeinrichvonderHaar.de zu finden.

Maja Janina Heining, 1998 in Hessen geboren, aber als Kind schon in die Großstadt gezogen, verbindet eine herzerwärmende Hassliebe mit Berlin. Die Begeisterung für außergewöhnliche Erzählungen und Lebenswege über unterschiedliche Medien und Formen hinweg hat sie zum Anthropologiestudium und zum Schreiben selbst gebracht. Momentan lebt sie zwischen Halle, Berlin und wo auch immer es sie sonst hinverschlägt. Wenn sie nicht gerade literweise Kaffee trinkt, findet mensch sie bei angeregten Diskussionen über queerfeministische Themen. Ihre Kurzgeschichte »Zukunftsmusik« wurde bereits in der #BerlinAuthors-Anthologie »Großstadtklänge« veröffentlicht.

Nora Holinski studierte an der HMDK Stuttgart »Sprechkunst und Sprecherziehung«. Als Sprechkünstlerin summt und singt sie, sie schauspielert, sinniert über Sätze, schreibt eigene Texte und spricht vor dem Mikrophon und auf der Bühne. Als Sprecherzieherin vermittelt sie ihr Wissen an Interessierte weiter. Nora erfreut sich an den kleinen

Dingen im Leben und ist mit ihrem Tun und Sein auf der Suche nach Begegnungen.

Carmine Jako ist Autorin, Künstlerin und Poetin. Sie wurde 1993 in Saarlouis geboren. 2017 hat sie ihren Bachelor in den Fächern English: Linguistics, Literatures, and Cultures und Bildwissenschaften der Künste an der Universität des Saarlandes beendet. Seit 2018 lebt und arbeitet sie in Berlin. 2020 hat sie im Zuge des 21.Poesiefestivals Berlin an der Anthologie »in den ruinen des BER siedeln wir wölfe« an der young poems des Hauses für Poesie mitgewirkt. 2022 hat sie ihr Masterstudium English Literatures an der Humboldt Universität zu Berlin abgeschlossen. Sie verfasst Genreliteratur und Lyrik sowohl auf Englisch als auch auf Deutsch und veröffentlicht diese auf diversen sozialen Netzwerken.

Nadja Kasolowsky wurde 1999 in Ostfriesland geboren und entschied sich nach dem Abitur für einen radikalen Umgebungswechsel: Sie zog nach Berlin, wo sie jetzt nach einem Bachelor in Sozial- und Kulturanthropologie im Master Politikwissenschaft studiert. Ihr Fokus auf Themen wie intersektionalen Feminismus und Friedens- und Konfliktforschung fließt auch in ihre Romanprojekte in den Bereichen Young Adult und literarische Fantasy ein. Kurzgeschichten von ihr sind in verschiedenen Anthologien und Literaturzeitschriften erschienen. Seit Sommer 2021 ist sie Teil des Teams der #BerlinAuthors.

Instagram: @_zwischenwelttaenzerin

Annabella Kittel wurde 1988 in Wien geboren. Nach Ausbildungen in Grafik- und Modedesign, studierte sie Publizistik- und Kommunikationswissenschaft und schrieb in den Folgejahren für diverse Print- und Online-Magazine. Seit 2013 lebt und schreibt sie in Berlin – manchmal für Anthologien, manchmal für sich selbst. Mit ihrem Buch »Gemeindebaublumerl« erschien 2022 eine autobiographische

Sammlung von Kindheitserinnerungen. Ihr Text »Engels Ende« erschien in der »Großstadtgeheimnisse«-Anthologie der #BerlinAuthors.

Nora Deetje Leggemann, geboren 1987 in Niedersachsen, studierte Literarisches Schreiben, Soziale Arbeit sowie Sozial- und Kulturwissenschaften in Leipzig, Berlin, Wien und Frankfurt/Oder. Nora lebt als freie Autorin und Literaturvermittlerin in Berlin, schreibt für Zeitschriften, Anthologien und Theater, ist Preisträgerin des »Kölner Förderpreis für junge Literatur« 2022 und Mitglied im Verein »Junges Literaturinstitut – Verein für Literaturvermittlung Leipzig«. Sie arbeitet an ihrem ersten Roman.

Arne Lehrke wird 1989 in Bonn geboren, aber landet glücklicherweise sehr zeitig in der besten Stadt der Welt: Berlin. Dort macht er Abi, bricht erfolgreich ein Studium ab, macht eine Ausbildung für einen Beruf, in dem er danach nie arbeitet und landet am Ende beim Journalismus. Musik und Kultur sollen es sein und Prosa-Texte über verflossene Liebe und das flüssige Leben dann auch noch.

Instagram: @pfirsicharneschnitte

Gisa Lore, geboren 1991 in Brandenburg und jetzt, nach Umwegen, in Berlin angekommen. Schreibt kurze und längere Prosa, meist über das Sich-Verorten in der Welt und die Suche nach einem tatsächlichen oder übertragenen Zuhause. Leitet manchmal Werkstätten für schreibende Kinder und Jugendliche. Seit 2020 schreibt sie unter Pseudonym.

Rike Lorenz, geboren 1991, ist in Mecklenburg-Vorpommern aufgewachsen und lebt in Berlin. Sie arbeitet als Wissenschaftlerin im Bereich Meteorologie und Klimawissenschaften. In ihren Texten verhandelt sie u.a. freundschaftliche und familiäre Beziehungen, Umweltproblematiken und soziale Diskurse. Seit einigen Jahren ist sie Teil einer queer-feministischen Schreibgruppe. 2020 war sie Stipendiatin beim »Poetencamp« des Literaturhauses Rostock. 2021 gewann sie den 2. Platz beim Erik-Neutsch-Literaturwettbewerb für ihren Text »Das gute Geschirr«. Sie hat mehrere Texte in Anthologien und Literaturmagazinen veröffentlicht.

Instagram: @riloreny

Lukas Meisner, geboren 1993, schreibt Romane, Erzählungen, Essays und Gedichte. Er studierte Philosophie, Komparatistik und Soziologie und promovierte zur Kritischen Theorie. Literarisch verarbeitet er die verschränkten Phänomene Utopie und Dystopie (»DysUtopia«, 2017); Verstädterung und Verwüstung (»Das Buch der Wüste. Jede Seite eine Düne«, 2019); Kalter Krieg und Religion (»Erde im Himmel«, 2021). 2022 erhielt er den 1. Preis beim International Poetry Competition Castello di Duino (Trieste). Sein Text »Woher nimmt man sich – Ein verschlepptes Geheimnis« erschien in der #BerlinAuthors Anthologie »Großstadtgeheimnisse – Funkentanz am Dämmergrund«.

Website: www.lukasmeisner.de

Paul Michels wurde im November 1999 geboren und studiert visuelle Kommunikation an der Kunsthochschule Berlin Weißensee. Ursprünglich interessierte er sich vor allem für das Zeichnen, dann begann er zu stricken und zu weben und kombinierte dies mit selbst geschriebenen Gedichten und Geschichten. Indem er in die sich öffnende Lücke zwischen Text und Kunst blickt, versucht Paul, sich zu erinnern, Geschichten zu erzählen, nicht zu vergessen und zu schaffen. Vielleicht sogar mehr, festzuhalten; oder vielleicht weniger, loszulassen. Um sein Wissen bezüglich der Texte weiter zu verbessern, wird er ab 2024 in Hildesheim Literarisches Schreiben und Kulturjournalismus studieren.

Instagram: @plmchl

Liv Modes (* 1997) konvertierte 2015 vom Land- zum Hauptstadtleben. Nach einem Umweg in den Sozialversicherungsbereich begann sie 2021, Psychologie zu studieren. Nach ihrem Sciencefiction-Debüt wechselte sie ins Romance-Genre, in dem sie bisher drei Romane veröffentlichte. Ihr nächster Kurzroman »Unser Leben wie Schneeflocken« erscheint im November 2023. Daneben veröffentlichte sie diverse Kurzgeschichten verschiedener Genres, ist Mitgründerin der #BerlinAuthors und absolvierte ein Fernstudium zur Social Media Managerin.

Twitter: @livmodesautorin
Instagram: @livmodesautorin
Website: livmodes.wordpress.com/

Alexandra Resch ist Österreicherin und lebt seit mehr als zehn Jahren in Berlin-Wedding. Sie hat Anglistik, Medienwissenschaft und Vergleichende Literatur- und Kunstwissenschaft in Graz, Potsdam und Dublin studiert. Ihre Texte schrieb sie lange nur für Lokalzeitungen, Kiezblogs, Kreuzworträtsel und diverse Magazin-Projekte in ihrem Job als Redakteurin. Seit 2020 verfasst sie auch Kurzgeschichten und hat bisher drei veröffentlicht – eine davon in der Anthologie »Großstadtgeheimnisse – Funkentanz im Dämmergrund« der #BerlinAuthors.

Alina Schad, 1992 in Lüneburg geboren, schreibt seit ihrer Kindheit heimlich Romane, Kurzgeschichten und Drehbücher. In Berlin ist sie als Schauspielerin, Sprecherin und Texterin unterwegs – den Rest der Welt macht sie auch gerne als Backpackerin unsicher. Ihr Text »Das Geburtstagsgeschenk« erschien 2021 in der #BerlinAuthors Anthologie »Großstadtgeheimnisse – Funkentanz im Dämmergrund«.

Instagram: @alina.schad

Lena Schnabl ist Japanologin und freie Autorin. Sie besitzt keinen Regenschirm und schreibt über Menschen, die durchfallen, durchkommen und durchknallen. Ihr erzählendes Sachbuch »Meine

Suche nach dem Nichts«, über eine Pilgerreise in Japan, erschien 2019 im Goldmann Verlag. Für die Arbeit an einem Roman-Manuskript erhielt sie ein Stipendium der VG Wort im Rahmen von »Neustart Kultur«.

Instagram: @schnabltier

Website: lena-schnabl.com

Manja Siber ist 1987 im ländlichen Ostsachsen geboren. Mit Zwischenstationen in Erfurt und Augsburg wird heute in Berlin gelebt, gelacht und gelegentlich auch gearbeitet. Manja Siber studierte Literatur, Religionswissenschaft und Kulturgeschichte und hat sich die Etablierung eines bedingungslosen Grundeinkommmens als ersten Schritt zur Zerschlagung des Kapitalismus zur Aufgabe gemacht.

Instagram: @manjasiber

Katharina Stein schreibt Kurzgeschichten, Lyrik und alles, was irgendwo dazwischen liegt, in mindestens zwei Sprachen. Sie ist Wahlberlinerin seit 2013 und hat das Netzwerk #BerlinAuthors mitbegründet. Ein Kurzprosaband und eine Erzählung sind von ihr im Selfpublishing erschienen; weitere Texte von ihr findet man in diversen Anthologien und Literaturmagazinen. Außerdem arbeitet sie als freie Lektorin.

Insta: @lorem.ipsa

Website: www.lorem-ipsa.de

Tim Sterniczuk ist 1988 in Berlin-Wedding geboren. Neben seinem Beruf als Rechtsanwalt arbeitet er als Schriftsteller. In seinen Werken beschäftigt er sich mit den Themen Vergänglichkeit, Sinnkrisen, Rollendenken und der Entwicklung unserer Gesellschaft, gerade in der Generation Y und Z. So auch in seinem Romandebüt »Der Blaumacher«, der 2022 im Selbstverlag erschienen ist.

Instagram: @tim.sterniczuk

Juan Tramontina ist auf verschiedenen Kontinenten aufgewachsen und landete schließlich wieder in Deutschland. Frühe Schreibexperimente zerschellten zunächst am hereinbrechenden Leben. Heute verdingt er sich, wie sollte es anders sein, als Übersetzer. Und nebenher schreibt er auch.

Sylvia Wage, 1974 geboren in Zwickau, gelebt in Dresden, gestrandet samt Familie und Hund am Rande von Berlin. Schreibt, textet und sucht Worte für Pharma, Biontech und Belletristik. Interessiert sich für alles, aber besonders für Astronomie, Ornithologie, Psychopathie und internationale Küche. Nicht zwingend in der Reihenfolge. Gewinnt manchmal Preise (Bonner Literaturpreis-Trägerin 2016, Blogbuster-Preisträgerin 2020, 3. Platz Walter-Kempowski-Literaturpreis 2021) und ist im Buchhandel aktuell auffindbar mit »Berliner Böse Weiber« (2021, vitolibro) und »GRUND« (2021, Eichborn Verlag).

Inhaltswarnungen / Content Notes

Dieses Buch enthält fiktive Schilderungen von Erlebnissen, die ggfs. Auslösereiz bei Betroffenen sein können.

Die Liste wurde gewissenhaft erstellt, dennoch kann keine Garantie für Vollständigkeit übernommen werden:

Hilo Alacalı Jesus von B.	Krebs, Tod eines Familienmitglieds, Blut, Unfall
Nora Deetje Leggemann Linde und Knoblauch	Erwähnung von Sex
Liv Modes Coraline	Abtreibung
Annabella Kittel Zirkumhorizontalbogen	Tod eines Familienmitglieds (erwähnt)
Manja Siber Schlagschritt	Andeutung von Suizidialität
Tim Sterniczuk Wo es nach Zitronen duftet	Unfall, Tod, Sex
Alina Dudek Liebe in der Probatorik	psychische Erkrankungen (Flugangst, bipolare Störung), Erwähnung von Suizidialität
Heinrich von der Haar Nachtschatten	Drogenabhängigkeit, übergriffiges Verhalten

Arne Lehrke Der Fremde	Armut
Lena Schnabl Orange und Grün	Erwähnung von Sex, Erwähnung von Panikattacken, Medikamentenmissbrauch, Erwähnung von selbst induziertem Erbrechen
Lukas Meisner @NGST	psychische Erkrankungen
Nadja Kasolowsky Club 27	Andeutung von Suizidialität
Alexandra Resch Der Filter	Erwähnung von übermäßigem Alkoholkonsum, übergriffiges Verhalten
Ilja Bohnet Gespenster in der Friedrichstadt	Tod, Mord, Blut (erwähnt)
Nora Holinski Zug und Zuhause	Trauer
Maja Janina Heining Schwarzer Nagellack	Demenz, Alkoholismus
Carmine Jako Lasst sie Luft essen	Tod, Krieg, Giftgas, Suizid, Holocaust
Rike Lorenz Heidi	Polizeigewalt, übergriffiges Verhalten, Blut (erwähnt), Alkoholmissbrauch

Wenn du von Suizidgedanken betroffen bist, kannst du dich jederzeit anonym an die Telefonseelsorge (0800 1110111) oder den ärztlichen Notdienst (116 117) wenden.

Thomas Steinfeld

Der Arzt von San Michele

Axel Munthe und die Kunst,
dem Leben einen Sinn zu geben

Carl Hanser Verlag

1 2 3 4 5 11 10 09 08 07

ISBN 978-3-446-20844-5

Satz: Greiner & Reichel, Köln
Druck und Bindung: Friedrich Pustet, Regensburg
Printed in Germany

Inhalt

1.
Der Besucher betritt eine Insel

Dies ist die Geschichte von Axel Munthe, einem praktischen Arzt, der um die Mitte des neunzehnten Jahrhunderts in einer schwedischen Kleinstadt geboren wurde, sein Leben jedoch zum größten Teil in Frankreich, England, Deutschland und vor allem in Italien verbrachte. Zu seinen Patienten gehörten Fürstinnen, Minister, Schauspielerinnen und Millionäre. In Erinnerung aber blieb er als Erbauer einer Villa auf der Insel Capri, die lange Zeit als eines der schönsten Häuser der Welt galt, und als Autor eines Buches, in dem er, nun ein alter Mann, die Geschichte seines Lebens als Roman erzählt. »Das Buch von San Michele«, so der Titel dieses Werkes, erschien im Jahr 1929 bei John Murray in London in einer Auflage von knapp 1300 Exemplaren. Dieses Werk, Traumbuch, abenteuerliche Lebenserinnerung und Ratgeber zugleich, mußte bald in rasendem Tempo nachgedruckt werden, war schon Anfang der dreißiger Jahre in alle Weltsprachen übersetzt, ist in mindestens 25 Millionen Exemplaren verbreitet und wird noch heute verkauft.

Es ist ein schöner Morgen. Die Gischt blitzt in der Sonne, die Luft liegt licht und weich, und der Golf von Neapel ist so blau, als hätte eine Kinderhand in Ultramarin gegriffen. Der Bug eines hölzernen Schiffes knirscht auf den Kieseln. Ein Entdecker landet auf der Insel, zack, mit einem Satz. Rasch blickt der hochgewachsene junge Mann sich um, fixiert die bunte Reihe doppelstöckiger Häuser am Ufer, schaut nach oben zu der auf einer Anhöhe über dem Hafen liegenden Stadt und zum Berg, der sich hinter der Stadt erhebt. Dann verharrt er plötzlich und starrt ins Unbestimmte – als wäre in der bunten Umgebung, in der er angekommen war, plötzlich etwas Besonderes, nur für ihn Bestimmtes erschienen, das ihn nun im Innersten getroffen hätte. Zu sehen aber ist nichts weiter als eine Horde Jungen, die zwischen umgedrehten Booten spielt, und ein paar alte Fischer, die vor den Schuppen ihre Netze flicken. Jenseits der Landungsstelle steht ein halbes Dutzend gesattelter Esel. Oben aber, über der Stadt und über dem Meer, oben wartet vielleicht ein neues Leben.

Dieser Sprung, mit dem ein lungenkranker schwedischer Student im Spätherbst des Jahres 1876 so leichtfüßig über das Wasser setzt und zum erstenmal auf dem Kies von Capri landet, ist der Beginn einer langen Geschichte. Axel Munthe, fast blind, ein mürrischer, ungepflegter alter Mann, tippt sie mehr als fünfzig Jahre später auf englisch in eine tragbare Schreibmaschine der amerikanischen Firma Corona. In seiner Erinnerung verklärt sich der erste Eindruck von Capri zu einem Bild von überwältigender Schönheit, zu einem Genrebild mit blanken Bronzeleibern und roten phrygischen Fischermützen, wie es vor jenem leuchtenden Morgen schon oft gemalt und betrachtet worden ist. So beginnt das Abenteuer, das sein Leben gewesen sein soll: die Geschichte einer Eroberung, der Eroberung des Mittelmeers und des richtigen, des eigentlichen Lebens, die er nicht zuletzt stellvertretend für andere unternimmt.

Da wollte einer dem Norden entronnen sein, den dunklen Wäldern, dem fahlen Licht, dem Regen, der Armut, dem Schmutz, der Schärfe des Winters und der Unkenntlichkeit seiner Person. Da hatte es einer geschafft, in den Süden zu entkommen, begleitet vom triumphierenden Wissen darum, daß es Weltgegenden und Jahreszeiten gibt, in denen es nachmittags um fünf schon tiefe Nacht ist und man frierend nach Hause kommt, umwölkt vom eigenen Atem, und die Schuhe sind naß und von Schmutz bedeckt. Er, er aber muß dort nicht mehr leben. Einer, der für sein Leben umschlossen zu sein schien von den unwirtlichen Verhältnissen des Nordens, setzt sich ab ins Paradies und errichtet sein Haus darin. Und er tut es früh, noch als junger Mann. Das Buch, das Axel Munthe im Alter von zweiundsiebzig Jahren schreibt, ist aber auch die Geschichte eines Mannes, der sich für einen Pionier hält, die halb autobiographische Erzählung eines Menschen, der in der Zersplitterung des Lebens eine stets gleiche Geste in immer neuen Anläufen versucht, eines Lebens, das sein eigenes Gesetz finden will, aber mit sicherem Instinkt genau das findet, was alle anderen schon wollen.

Unzählige Male ist diese Bewegung versucht worden, der weite, in einem Schwung zu vollziehende Bogen vom Norden in den Süden. In den meisten Fällen blieb es bei einer zittrigen und schließlich gebrochenen Linie, bei einem kurzen, schiefen Strich, einer Geschichte von enttäuschter Hoffnung, von unentschlossenem, von unzähligen Widernissen begleitetem Bleiben, von einer schmählichen Rückkehr, erzwungen von Geldmangel, Zwietracht oder fortschreitender Gebrechlichkeit. Wenn wir diese Bogen sich krümmen sehen, wünschen wir, daß die Flucht gelinge, daß ein selbstgewähltes Exil sich als die bessere Heimat erweise. So kommt es, daß die eine Kurve, die vollendet wird, bis auf weiteres zumindest, die Phantasie von vielen ergreift und, in einem Akt der ideellen Teilhabe, ein schwärmerisches Forschen beginnt, das alles wissen will, über den glücklichen Menschen, seinen erwählten Ort und alles, was dazwischenliegt.

Das Herz, erzählt der alt gewordene Mann, habe damals, als er jung gewesen sei und zum erstenmal die Insel betreten habe, so hell und heftig zu klopfen begonnen, daß er kaum mehr habe reden können.

2.
Der Schwur des Doktor Munthe

Die knapp 10,4 Quadratkilometer große Felseninsel Capri liegt bei 40°30' nördlicher Breite sowie 14°13' östlicher Länge am Südeingang des Golfs von Neapel, siebzehn nautische Meilen von der Stadt entfernt. Die Insel ist etwas mehr als sechs Kilometer lang und zwischen 1,2 und 2,8 km breit, die Küstenlänge beträgt rund 17 km. Geologisch betrachtet, ist sie die Fortsetzung der nur fünf Kilometer entfernt gelegenen Halbinsel Sorrent. Sie ist zum überwiegenden Teil aus grau und blau schimmernden Kalksedimenten aufgebaut, die starker Verkarstung ausgesetzt sind. Schroffe, von Höhlen durchsetzte Kalkwände bilden die Küstenlinie. Ganz im Südosten ragen die Klippen der Faraglioni aus dem Wasser. Nur an zwei Stellen kann man per Boot anlanden. Dort sind im Lauf der Zeit bescheidene Sandstrände angespült worden. Höchste Erhebung ist der 589 m hohe Monte Solaro, der mit seinen Nebengipfeln den größeren Westteil der Insel beherrscht. Natürliche Quellen gibt es auf der Insel nicht. Bis vor wenigen Jahrzehnten war die Bevölkerung daher vom Regenwasser abhängig, das in Zisternen gesammelt wurde. Jetzt gibt es eine Wasserleitung, die Capri mit dem Festland verbindet.

Hochgewachsen und im roten Mantel steht plötzlich ein Herr neben dem verschwitzten jungen Mann, der vorhin vom Sorrentiner Boot gesprungen ist und sich jetzt, nachdem er den halben Monte Solaro bis nach Anacapri, dem zweiten, höher gelegenen Ort der Insel, heraufgeklettert ist, an der Aussicht auf den Golf von Neapel berauscht. Die ganze Bucht liegt ihm zu Füßen. In der Ferne wird sie gerahmt von den Inseln Ischia und Procida, dem damals noch hauptsächlich mit Pinien bestandenen Hügel von Posilippo, der flimmernden grauweißen Linie von Neapel, dem Vesuv, der erst Jahrzehnte später aufhörte, beständig zu rauchen, der Sorrentiner Ebene im Schutze des Monte Sant'Angelo und dem fernen, oft bis ins Frühjahr schneebedeckten Apennin. Eine Loge ist dieser hohe, wilde Felsen, die große Bucht ist das Parterre. Die Welt liegt jenseits. Das Firmament spielt Dach in diesem Theater.

»Das will ich haben«, keucht der blasse, kurzsichtige und auch ein wenig dickliche Besucher. Mit einem Arm und einer ausgestreckten Hand zieht er einen großen Bogen um Land, Himmel und Wasser. »Hier will ich leben.« Er sagt es in dieser Reihenfolge. Er ist ganz und gar Begehrlichkeit.

»Ja«, nickt der hochgewachsene Herr, »es soll dein sein.« Er klingt wie der Verführer aus dem Evangelium des Matthäus. Dann zögert er: »Auch wenn man hier nicht einfach so einziehen kann. Oder ein Haus bauen. Hier sind schon ganz andere gescheitert. Leute, von deren Größe du gar nichts ahnst. Es sei denn ...« Er legt den Kopf schief, macht einen krummen Rücken, reibt sich die Hände. »Es sei denn«, flötet er nun, »du verzichtest ...«

Der junge Mann blickt auf. Ein Wind fährt durch die zerzausten kleinen Pinien und nimmt einen Geruch von Harz und Nadeln mit. Eine Grasmücke ruft. Der Versucher hebt erst wieder an zu sprechen, als der Faden schon beinahe verloren zu sein scheint. Ein guter Schauspieler: »Es sei denn, du verzichtest darauf, dir in deinem Beruf einen Namen zu machen.« Der junge Mann schaut verwirrt, er ist schließlich erst achtzehn. Der teuflische Herr hingegen, das versteht man sofort, muß im bürgerlichen Zeitalter angekommen sein. Er trägt Zivil, und der rote Mantel wirkt auf den zweiten Blick eher elegant als bedrohlich. Ein solcher Teufel weiß, was ein Beruf ist, was Ehrgeiz und was man aus beidem machen kann: die bescheidenen Verhältnisse des Nordens verlassen, erst nach Montpellier, dann nach Paris gehen zum Beispiel, Arzt werden, schnell wie kein anderer, der jüngste promovierte Mediziner in der Geschichte Frankreichs werden, und das als Ausländer, eine Praxis eröffnen, sich die Gesellschaft zu Füßen legen, vor allem die Frauen, möglicherweise eine Professur erhalten. In den Romanen von Honoré de Balzac, nur zwei, drei Jahrzehnte früher, enden solche Karrieren damit, daß der Held eine gute Partie macht und mit Titeln überschüttet wird.

»Worauf soll ich verzichten?« fragt der junge Mann, »was soll aus mir werden?« Plötzlich wirkt er nervös. Jetzt ahnt er, daß er in dem Handel der Unterlegene sein wird. Denn die Erinnerung an den leibhaftigen Widersacher Gottes ist im Jahr 1876 durchaus noch lebendig. Da existiert selbst unter Weitgereisten, Naturwissenschaftlern und schwedischen Protestanten eine Vorstellung von Schwefelgeruch und Hinkefuß, von Verträgen, die mit Blut unterzeichnet werden und am Ende die Seele kosten müssen. Noch kann der Teufel ohne Ironie auftreten, figürlich sein, sich spreizen, schwierig tun, eine Seele fordern. Erst später wird, was an ihm aus Geist bestand, von der Psychologie geborgen werden, und was an ihm Körper war, wird dann in der Kiste mit den Kasperlefiguren liegen. Aber jetzt gibt es ihn noch, den Teufel, als Verspäteten, als Zitat seiner selbst. In seiner Gesellschaft verwandelt sich der junge Mann in einen Erwählten.

Der hochgewachsene Herr macht jetzt doch ein bedrohliches Gesicht. »Große Leute lebten hier«, sagt er mit tiefer Stimme und schaut auf den blassen Abiturienten herunter. »Menschen, die so groß waren, daß du von ihrer wahren Größe keine Vorstellung haben kannst. Keiner kann in unserer Zeit mehr eine Vorstellung von ihrer Größe haben.« Er zeigt auf das östliche Ende von Capri, auf den der Halbinsel von Sorrent gegenüberliegenden zweiten Berg. Auf seiner Kuppe sind die Ruinen der Villa Jovis zu sehen, die sich Kaiser Tiberius im dritten Jahrzehnt nach Christus hatte errichten lassen. Sieben gewaltige Stockwerke hoch soll dieser Bau gewesen sein, ein Haus wie eine Stadt, mächtig, drohend, abweisend. »Timberio cattivo«, »böser Tiberius« sei dieser Mann auf der Insel noch im späten neunzehnten Jahrhundert genannt worden, wird der alte Axel Munthe sagen. Für diesen Ruf hätten aber nur Sueton und Tacitus gesorgt, die größten Kapazitäten der antiken Geschichtsschreibung, als sie der Nachwelt das Gerücht vom tückischen, häßlichen alten Kaiser überlieferten, der sich aus Rom auf eine Insel zurückgezogen hatte, um ungestört und unbeobachtet seinen Lastern nachzugehen. Tatsächlich sei dieser zweifelhafte Ruhm der Preis gewesen, den der Teufel damals für ein Haus auf dieser Insel gefordert habe: ein Brandmal der Niedrigkeit auf seinem Namen für alle Zeiten. Dann ist der hochgewachsene Mann verschwunden.

Wenn man den Teufel nicht kennt, existiert er nicht. Doch die Welt ist voller kleiner Teufel. Die meisten von ihnen geben sich nicht zu erkennen. Sie hausen im Wünschen, im Begehren, im Haben-Wollen. Solche Teufel sind Gestalten der eigenen Unzulänglichkeit, und zusammen betreiben sie eine Art Spedition der Wünsche für die Langsamen, die Lahmen, für die Tagträumer und schon halb Gescheiterten. Ein Pakt muß geschlossen werden, denn anderenfalls wird aus einem nichts mehr. Der Vertrag ist eine Krücke, er wird geschlossen, um Arme und Beine zu verlängern, weil man auf andere Weise nicht erreicht, was man hatte erreichen wollen. Die Teufel, die solche Pakte gewähren, sind Figuren aus dem Pfandhaus der Seelen. Man leiht sich von ihnen, was man braucht. So ein Teufel kann die Gewichte von Ohnmacht und Macht verschieben, er kann Bewegung in eine anderenfalls aussichtslose Sache bringen. Einen solchen Mephistopheles borgt sich Axel Munthe für seine Lebensgeschichte aus, verleiht ihr eine feste Gestalt und verwandelt sie in den zauberischen Grund seiner Auswanderung in den Süden. Denn er weiß, wie verläßlich der Böse als epische Figur ist. Aber er weiß auch, daß, wer im Jahr 1876 mit dem Teufel verhandelt haben will, auf Dauer eine zweifelhafte Figur sein wird.

Die Idee mit dem Teufel hatte sich Axel Munthe gleich mehrfach ausgeliehen. Nicht nur aus dem »Faust«, nicht nur von Johann Wolfgang Goethe. Sondern auch aus einem Buch, das im neunzehnten Jahrhundert die meisten gebildeten Betrachter von Trümmern der Vergangenheit beseelte. In den »Ruinen« von Constantin François de Chassebœuf, im zweiten Jahr nach der Revolution Sekretär der französischen Nationalversammlung, später Senator und Graf von Volney, taucht dieser Spuk im Jahr 1791 zum erstenmal auf. Von den Trümmern der Oasenstadt Palmyra in Syrien erzählt diese Kulturgeschichte im Gewand eines Romans. Der Erzähler sitzt darin zwischen gestürzten Säulen und denkt an das untergegangene Reich, das hier einst errichtet worden war. Als seine Melancholie an ihrem tiefsten Punkt angekommen ist, vernimmt er ein Geräusch wie von einem wallenden Gewand und einem leisen Schritt. Dann erkennt er zwischen den Säulen und Ruinen eine bleiche Gestalt, in ein großes Tuch gehüllt. »Habgier«, »Unwissenheit«, »religiöse Verblendung«, ruft ihm der Genius der Gräber und Ruinen aus der Tiefe der Zeit entgegen, verächtlich stößt er jedes Wort einzeln heraus. Dies seien die Ursachen für das Elend auf der Welt. Zu kurzlebig, zu leicht, zu selbstsüchtig sei alles, was der nur für seine Gegenwart lebende Mensch hervorbringe.

Die Villa San Michele, ca. 1903

Das aber will auch der junge Mann aus Schweden gedacht haben, nachdem er von seinem Dämon in seinen neuen Ort eingeführt worden war. Und das Haus, das einzig richtige Haus an der einzig richtigen Stelle, sollte sein Beitrag zur Ewigkeit sein.

Noch einen zweiten Preis, hatte der Teufel kurz vor seinem Verschwinden gesagt, werde er von Axel Munthe verlangen, später, wenn die Zeit dafür gekommen sei. Er hatte es nur noch gemurmelt, und der junge Mann hatte nicht mehr recht zugehört. Dabei hätte er wissen können, daß man an dem Organ gestraft wird, mit dem man sündigte. Aber er wäre sowieso einverstanden gewesen. Es wäre ja nur um etwas gegangen, was noch weit in der Zukunft lag. Bis dahin, hatte der Teufel versprochen, werde der junge Mann auf diesem Hang noch oft die Sonne untergehen sehen. Und der junge Mann ist froh, immer wieder dieses Ereignis erleben zu dürfen. So wird aus einem Auswanderer eine verpfändete Seele. Allerdings keine, die ihr Heil um Wissen und Erkenntnis willen verkauft. Sondern eine, die es der Schönheit wegen tut.

3.
Ein Seelenverwandter zieht vorbei

In Baedekers »Unter-Italien«, in der dreizehnten Auflage von 1902, erhält der Reisende ein Verzeichnis der wichtigsten Lokale in Anacapri: »Gasth.: Eden-Hot. (Molaro), n. ö. vor dem Städtchen, Eröffnung 1902. Paradiso (Nic. Farace), unweit der Hauptkirche, an der Piazza, mit Garten, für bescheidene Ansprüche recht gut. Hot. de Londres (Costant. Russo), mit Garten und Aussicht. Alb. Barbarossa, einfach. – Café, Wein, Bier: Caffé Bitter, deutsche Wirtschaft, gegenüber dem Eden-Hotel, Münchner Bier, mit Terrasse und herrlicher Aussicht; Herm. Moll, am Ort, altbekannte gute Weinhandlung, Münchner Flaschenbier, Gartenterrasse. – Möblierte Zimmer in vielen Häusern. Ärzte: Dr. Vinc. Cuomo, Dr. Axel Munthe (Schwede), beide sprechen deutsch.«

Andere Reisende aus dem Norden kamen vorbei, besuchten Neapel und Sorrent, machten einen Abstecher nach Capri. Wieder andere wohnten sogar dort, oder sie hatten dort gelebt, auf ein paar Tage, Wochen oder Monate. Ein paar Monate vor dem Besuch des jungen Mannes war auch Friedrich Nietzsche, zu jener Zeit Professor für Philologie an der Universität Basel und dort, seiner schwächlichen Konstitution wegen, für ein halbes Jahr beurlaubt, zum erstenmal nach Italien gekommen und hatte den Golf von Neapel vor sich liegen sehen. An einem Februarmorgen, nach einigen Wochen Aufenthalt, er hatte gerade das zweite Frühstück abgeschlossen, traf ihn der langsame Pfeil der Schönheit mitten ins Herz. Plötzlich habe ihn die traurige Erkenntnis überfallen, erzählt er, sein Leben leider alt angefangen zu haben, aber es sei auch die Hoffnung in ihn gefahren, noch Geist genug für den Süden zu besitzen. Fortan hielt er sich für einen Blinden, dem die Augen geöffnet worden waren, und er verließ Italien nur noch, um wieder dorthin zurückzukehren.

Andere waren schon dagewesen. Jakob Philipp Hackert hatte im späten achtzehnten Jahrhundert den Hafen von Capri mitsamt dem Monte Solaro und, ein weißer Stecknadelkopf auf dem Felsen, der Kapelle von San Michele im Auftrag des Königs von Neapel gemalt. August Kopisch erklärte im Jahr 1826, die Blaue Grotte gefunden zu haben. Wilhelm Waiblinger, Josef Victor Scheffel, die halbe deutsche Romantik war an diesem Ort vorbeigezogen. Ihnen folgten die Maler, Schriftsteller und Musiker des gesamten Kontinents und auch aus den Vereinigten Staaten von Amerika, sowie jede Menge robuste Touristen, kränkelnde Reiche und die übliche Entourage aus Limonadenverkäufern, Prostituierten, männlichen und weiblichen, sowie Gesellschaftern aller Art. Die Ärzte jener Zeit empfahlen einen Aufenthalt auf Capri bei Beschwerden der Bronchien, des milden und trockenen Klimas wegen. Und, sonderbar: fast jeder dieser Besucher erfuhr das Leben im Süden als Offenbarung, als hätte ihre eigentliche Bestimmung von vornherein im Süden gelegen und als wäre der Norden ein furchtbarer, über viele Generationen akkumulierter Irrtum, dem nur entkommen kann, wem das Glück besonders wohlgesinnt ist.

So beeindruckt und hingerissen war Friedrich Nietzsche von Sorrent, Posilippo und dem Golf von Neapel, daß er seine bürgerliche Existenz aufgeben und umziehen wollte. Eine schlaflose Nacht, erinnerte er sich, nach Basel und zur akademischen Lehre zurückgekehrt, habe er damit zugebracht, in lieblichen Naturbildern zu schwelgen und sich zu besinnen, ob er nicht auf irgendeine Weise oben in Anacapri wohnen könnte. Sogar mit einer Tonspur hatte er seine Erinnerungen schon versehen: Das »Benedictus« aus der »Missa Solemnis« oder sonst ein Adagio Ludwig van Beethovens empfahl er zur Betrachtung dieser Landschaft.

Der Blick des potentiellen Immobilienkäufers und möglichen Bauherrn ist, wenn es denn um Menschen geht, die zu ihrem Vergnügen, zu ihrer Belehrung und ihrer Unterhaltung reisen, eine Errungenschaft dieser Zeit. Die Generation zuvor war noch, ohne sich gierig nach Grundstücken und Häusern umzuschauen, durch den Süden gereist, trotz aller Klagen zufrieden mit den Hotels und Pensionen, die sie vorfand. Sie wußte, daß sie in die Heimat zurückkehren würde, und sie tat es ohne Bedauern, weil sie den Süden erfahren und in der einen Erfahrung für sich erschöpft hatte. Erst den Nachfolgenden, den Reisenden in der zweiten Hälfte des neunzehnten Jahrhunderts, wurde der Aufenthalt in Italien zu einem ewig unerfüllten Erlebnis, sie begehrten Dauer, Festigkeit, gründliche Verwandlung und begannen, auf die Lage zu achten, die Wasserversorgung in Betracht zu ziehen, die möglichen Nachbarn auf ihre Tauglichkeit für das eigene Leben zu prüfen.

Das Haus in Anacapri wurde nicht von Friedrich Nietzsche, sondern von Axel Munthe gebaut und bezogen. »Hier müßte man leben«, sagen noch immer die Reisenden, die den Süden sehen. Dann schauen sie die Häuser mit den Augen von potentiellen Bewohnern an, bleiben vor den Schaufenstern der Immobilienmakler stehen, und ein Sehnen durchzieht ihre Brust, während ihnen die Wohnung daheim, die Arbeit, die Familie, die tausend und abertausend Verbindlichkeiten als lebensunwürdig erscheinen. Was fehlt ihnen zu einem Entschluß? Die Gewißheit eines festen Einkommens? Die Sicherheit einer bürgerlichen Existenz? Die

Axel Munthe auf Capri, ca. 1903

Kühnheit, darauf verzichten zu können? Der Teufel mit einem fairen Angebot? Man weiß es nicht, und vielleicht haben sie sich längst an das Tagträumen gewöhnt, so daß es ihnen mit dem Wünschen grundsätzlich nicht ernst ist. Auch Friedrich Nietzsche, der doch viel mutiger war als seine modernen Nachahmer, schwärmte ein wenig von Himmel und Sonne und von einmaliger Lage und ließ sich dann doch nicht auf der Insel nieder. Das aber tat Axel Munthe. Später konnte er dann vom Glück erzählen, »auf einem solchen

Erdenfleck zu leben – und zu sterben –, wenn wirklich der Tod das Glück eines solchen Lebens besiegen konnte«. Und er wußte wohl, daß gegenüber solchen Worten alle anderen Worte verstummen mußten, daß die anderen nur noch klein werden konnten, unbedeutend, daß die schönen Worte sich ausdehnten, um alles um sich herum auszulöschen, die Vernunft, das Gespräch und die Kritik.

Friedrich Nietzsche aber kehrte, nachdem er die Professur in Basel aufgegeben hatte, nach Hause zurück und mietete einen Turm auf der Stadtmauer von Naumburg, in der Nähe des mütterlichen Hauses. Im Befestigungsgraben dieser kleinen Stadt in der preußischen Provinz Sachsen wollte er Früchte und Gemüse anbauen. Nach wenigen Wochen zwangen ihn die Kopfschmerzen, diesen Plan aufzugeben. Dann nahm er die lange Wanderschaft auf, die lange Reise durch den Süden, von einem billigen Ort zum nächsten. Sie endete erst, als er im Januar 1889 in Turin zusammenbrach, am Hals eines Pferdes, und keine Wiederkehr mehr möglich war.

4.
Porträt eines dreißigjährigen Mannes

Im »Buch von San Michele« zählt Axel Munthe den amerikanischen Schriftsteller Henry James zu seinen Freunden – mit diesem Mann, eine halbe Generation älter als er selbst, scheint ihn nicht nur die Leidenschaft für eine alte Idee von Europa zu verbinden, sondern auch ein kennerschaftliches Verhältnis zu Orten und Häusern, nicht zuletzt italienischen: »Fremde neigten gewöhnlich dazu, diese Welt allzu romantisch anzusehen«, heißt es in dem zuerst im Jahr 1881 veröffentlichten Roman »Bildnis einer Dame« über Italien. »Es war eine Zufluchtsstätte für alles menschliche und gesellschaftliche Versagen – von Leuten, die … aus ihrem Feingefühl nichts hatten ›herausschlagen‹ können; hier konnten sie es pflegen, auch wenn sie arm waren, ohne sich damit lächerlich zu machen.« Diese analytische Distanz aber gehörte nicht zum Arzt von San Michele.

Von Axel Munthe gibt es eine Photographie aus den späten achtziger Jahren des neunzehnten Jahrhunderts. Zu jener Zeit war er zum erstenmal nicht nur zu Besuch auf der Insel, sondern für eine ganze Weile nach Capri geflohen. Auf dem Bild sieht man ihn, einen schlanken Kerl, wie er sich lässig an eine ländliche Mauer lehnt, den linken Arm auf die Bruchsteine gestützt, in einem hellen, vermutlich leinenen Anzug, mit dem er in keiner Gesellschaft hätte erscheinen dürfen, der aber vielleicht eines jener Inselkostüme darstellte, in denen sich die Ausländer an die Einheimischen anzupassen meinen. Die offenbar nicht mehr ganz saubere Hose fällt in langen, schlaffen Falten und ist an den Knien ausgedehnt. Um den Leib hat er eine dunkle Schärpe gebunden, das Hemd am Hals ist so offen wie das ganze Jackett, vor der Knopfleiste hängt ein absurder Binder, halb Krawatte und halb Piratentuch. Die weiße Mütze hat er abgenommen, als wäre er niemand mehr, schon gar kein Herr von Stand, den Stock hält er schief, als hätte er sich zuletzt gar nicht mehr auf ihn gestützt, sondern ihn beim Laufen hinter sich hergezogen. Leise klapperte der Stock gegen die Steine. Axel Munthe schaut vermutlich geradewegs in die Kamera, aber ein Lichtreflex auf den Brillengläsern verbirgt die Augen. Vor allem das linke Glas sieht aus, als wäre es matt geschliffen. Es ist eisgrau, so wie es heute manchmal noch die Brillengläser für Kinder sind, denen man das Schielen abgewöhnen will. Das Bild läßt wenig Zweifel daran, daß Axel Munthe zu den Unbelangbaren gehören wollte. Dieser Mann, sagt die Photographie, mochte sich an niemanden anschließen, und er möchte auch nicht, daß sich jemand an ihn anschließt.

Knapp dreißig Jahre war er alt, als die Photographie aufgenommen wurde, und man wüßte gerne, wer es war, der da auf den Auslöser drückte, allein schon, weil das Bildermachen eine Nähe voraussetzt, die man am Bild selbst nicht erkennt: »Bitte, mein Herr, machen Sie nicht so ein finsteres Gesicht.« Der Mann, dessen Anblick so für die Nachwelt aufbewahrt wurde, war ein Entlaufener, der nach Frankreich ausgewanderte Sohn eines Stockholmer Apothekers, ein Arzt, der sich vor kurzem auch aus Paris davongemacht hatte, um auf Capri Asyl zu finden – wovor, das weiß man nicht genau, man ahnt es nur, und schon die Ahnung ist nicht angenehm. War er je Mieter einer großen Wohnung in der Avenue de Villiers in einem reichen, ruhigen Viertel der Hauptstadt des neunzehnten Jahrhunderts gewesen, ein paar Häuser neben der Wohnung des Schriftstellers Alexandre Dumas oder derjenigen des Malers Georges Bertrand? Hatte er je eine Praxis

Axel Munthe, um 1889

betrieben und die schwedische Gesandtschaft medizinisch betreut? Gab es da je eine Frau, Ultima, die Tochter eines Bürodirektors aus der Heimat und dann auch Kunststudentin in Paris? Hatte es je Patienten gegeben, die ihrem Arzt vertrauten und auf ihn angewiesen waren, eine Praxis, medizinische Apparate und Gerätschaften, Möbel, Verpflichtungen? Geld hatte Axel Munthe keines. Er mußte einen Freund um Unterstützung bitten, eine ambulante Praxis aufschlagen.

Dennoch hatte all dies existiert. Und mehr noch: zehn Jahre lang war er in rasendem Tempo durch ganz Europa gezogen, hatte in Paris gelebt, war in Rom und Bad Schwalbach gewesen, hatte sich von einem mittelmäßigen Gymnasiasten in einer fernen Stadt an der europäischen Peripherie in einen ehrgeizigen Medizinstudenten in Montpellier verwandelt, hatte als Gynäkologe 1880 an der Sorbonne promoviert, mit einer Arbeit über postnatale Blutungen, einer Dissertation, die auch von Jean Martin Charcot, dem weltberühmten Chefarzt der Salpêtrière, dem großen Krankenhaus von Paris, begutachtet worden war – und war gereist, gereist und wieder gereist, hatte in Eisenbahnwaggons und Pferdewagen gesessen, war geritten und gelaufen, von einer Bekanntschaft zur nächsten, nach Norrland, nach Nizza, nach London, nach Paris, auf die Isle of Wight, nach Neapel. Und immer wieder wiesen ihm die Menschen, die er traf, den Weg zu weiteren Menschen, und so ging es fort, kreuz und quer durch eine europäische, wohlhabende, ebenfalls ständig den Ort wechselnde Gesellschaft und mit ihr überallhin. Dieser Mann begegnete unendlich vielen Menschen, und viele Menschen suchten die Nähe dieses Mannes, und keiner von ihnen blieb je am selben Ort.

Weder die hohe Geschwindigkeit noch die Weiträumigkeit seiner Bewegungen aber schlagen sich im Auftreten nieder. Der Mann scheint nicht nervös zu sein. Gerade und ernst schaut er und ist durch die blinden Brillengläser nicht zu entdecken, und wie er dasteht, lässig, bärtig, das rechte Bein leicht nach vorn geknickt, wie gerade im gemächlichen Ausschreiten angehalten, hat er etwas von einem großen Herrn, der sich gelegentlich gemein macht, obwohl – oder besser: gerade weil – er so ungewaschen und ausgebeult wirkt. Eine große Indifferenz drückt sich so aus, eine zumindest scheinbar souveräne Gleichgültigkeit gegenüber dem jeweiligen

Stand des Fortschritts, der Technik, dem Anstand, den Anforderungen an Stil und Form. Charakterlos sei er gewesen, irgendwie undurchschaubar, schwierig zu greifen, sagen die Leute, die ihn kannten und nicht mochten, und davon gab es viele.

Wenn man die Photographie sieht, versteht man, was sie mit diesem Wort auch gemeint haben können. Hier beherrschte einer die Kunst, sich allen Situationen anzuverwandeln, weil er sich von keiner beanspruchen ließ. Hier kam ein Improvisator vorbei, merkwürdig steif, aber bereit, die Offerten der Welt zu nützen, ohne sich von ihr etwas vorschreiben zu lassen, ein gebildeter, zuweilen künstlerischer Mensch, der liebenswürdig sein konnte, klug und umgänglich, wenn er Lust dazu hatte, der den Leuten gefallen wollte und dabei doch sonderbar indifferent blieb. Liest man heute seine Geschichte, wundert man sich, wie nachgiebig die Welt einmal gewesen, wie bereitwillig sie beiseite gerückt sein muß, um diesem ungebügelten Kerl aus der schwedischen Provinz einen solchen Platz zu gewähren. Und je mehr man sich darüber wundert, desto mehr hört der Einwand auf, einer zu sein: Denn nur ein solcher Mann, ein Emporkömmling, ein Abenteurer, konnte sich am schönsten Ort der Welt niederlassen – genauer: diesen Ort zum schönsten aller Orte machen, vor den Augen von Millionen. Und so ist die Geschichte von Axel Munthe eine Phantasie von der Selbständigkeit des einzelnen Menschen in modernen Zeiten, unter den Bedingungen von Arbeitsteilung, Industrialisierung und freier Marktwirtschaft. Dabei ist sie nicht einmal nur gelogen. Denn seine Träumerei ruht auf einem tatsächlich vorhandenen Fundament: auf Capri.

5.
Ein Ausgewanderter und sein Ehrgeiz

»Die Trauer der Italienreisenden hat mit einem Paradox zu tun«, erklärt der Historiker Bernd Roeck, »mit dem Widerspruch, daß hier Arkadien dem Fremden näher scheint als sonstwo, die Anschauung von Kunst und Landschaft für Momente Zustände gewähren kann, in denen die Dissonanzen zwischen Gegenwart und unrettbar verlorener Zeit aufgehoben scheinen. Goethe, Stendhal, Burckhardt und viele andere haben das so empfunden. Aber der Tod ist auch hier: Die Dinge sind vergänglich, zeigen sich noch im Mondlicht ihrer Hinfälligkeit, die alten Mauern, die Marmorreliefs, die Statuen; die Welt ändert sich, die Zeit zerstört, und ihre Arbeit wird als dramatisch, als unheilvoll empfunden. Denn mit den Gegenständen verschwinden weitere Enklaven des Phantasielandes, worin sich in der Gegenwart aus der Gegenwart fliehen läßt.«

Eines Tages, erzählt Axel Munthe – er war, wie er zu jener Zeit meinte, für immer nach Capri gezogen –, habe er einen Spaten in die Hand genommen und mit dem Bau seines Hauses begonnen. Dreizehn, vielleicht vierzehn Jahre waren seit jenem ersten Besuch vergangen. Er war mehrmals auf die Insel zurückgekehrt, und dieses letzte Mal war er gekommen, um zu bleiben, nach einer seltsamen, rätselhaften Flucht, die zugleich, aber das sollte sich erst später zeigen, eine Herausforderung an alle wurde, vor denen er nach Süditalien geflohen war. Ein wenig Geld habe er besessen, behauptet er, eigenes Geld, das er in einem Strumpf verwahrt habe. Das traf aber nicht zu: Als Axel Munthe in den letzten

Wochen des Jahres 1887 nach Capri zurückkehrte, um womöglich für immer dort zu bleiben, war er in seinem Beruf gescheitert und arm, ein Flüchtling, der sich Sorgen machen mußte, ob seine gelegentlichen Einkünfte als Arzt der Einheimischen ausreichten, um auch nur die Miete für ein kleines Haus zu bezahlen. Gleichwie – an den Bau eines Hauses dachte er zuerst gar nicht und dann nur vage. Diese Idee wurde erst konkret, nachdem er sich Ende 1889 als Arzt in Rom niedergelassen hatte und mit der Behandlung von Ausländern immerhin den größten Teil dessen verdiente, was er zum Erwerb von Grundstücken auf Capri und zum Bau seines Haus brauchte.

Capri ist nicht lieblich. So ähnlich, nur kleiner, sieht auch die Insel im toskanischen Archipel aus, auf der Alexandre Dumas seinen Helden Edmont Dantès einen Schatz finden ließ, der ihn zum Grafen von Monte Christo machte: steil, schroff, unfruchtbar, den Säulen des Herakles näher als den elysischen Gefilden, fast unerreichbar, abgesehen von den beiden Buchten, in denen nur sehr kleine Schiffe anlegen konnten. Bäume gar, Pinien, Zypressen, Palmen gab es kaum, als Axel Munthe hier lebte – nackt und felsig lagen die beiden Berge da, die Häuser lagen ungeschützt auf dem blanken Stein. Die Macchia bedeckte damals die Insel, der Ginster, der im Frühjahr die Hänge des Monte Solaro gelb aufleuchten ließ, Wolfsmilch, Lorbeer und die aus Amerika eingewanderte Agave. Der Rest war sonnengebleichter Karst. Poetisch wurde die Insel erst in Verbindung mit dem Meer. »Häßliches und Gemeines ist meinem Blick entrückt, ich kann nur noch sehen, was schön, hold und rein ist«, erklärte Axel Munthe zwar. Doch eher als die Landschaft dürfte er damit den Blick in die Weite gemeint haben. Die Insel selbst blieb ein Ort des heroischen Rückzugs und der Bewährung, den er erst viel später, in seinem eigenen Garten, mit in

Schmuckstücke verwandelten Zeichen üppiger südlicher Natur ausstattete, mit blauem Ozean und dem wieder und wieder herbeigeholten Sonnenlicht: »Che bella cosa e na jurnata è sole.«

Wieder also brannte die Sonne auf Capri, wieder war das Meer von einem unwirklichen Blau, und immer noch war der Boden am Hang von San Michele unfruchtbar und staubig. »Von Sonnenaufgang bis Sonnenuntergang habe ich hier geschaufelt«, erzählt er später den Besuchern seiner Villa, »mit eigenen Händen.« Die Besucher schauen dann auf: »Nun, nicht ganz, einen Maurer und dessen drei Söhne hatte ich zur Seite, aber doch, mit meinen eigenen Händen.« Als Axel Munthe bemerkt, daß in seinen Zuhörern der Zweifel wächst, wendet er das Gesicht ab, als wolle er sich ganz auf eine ferne Erinnerung konzentrieren. »Ein halbes Dutzend Mädchen mit lachenden Augen und wiegenden Hüften trugen die Erde in flachen Körben auf ihren Köpfen davon.« Und dann, wie um alle Skepsis wegzuwischen: »Nicht einmal einen Plan für Haus und Garten hatten wir. Das alles hat nur in meinem Kopf existiert, alles wurde improvisiert, an Ort und Stelle entschieden. Die einzige Skizze hatte ich mit Kohle auf die Gartenmauer gemalt, und wissen Sie, wissen Sie, ich kann gar nicht zeichnen.« Das klingt, als sei jemand damals endlich in seinem Amerika angekommen. So begann eine Besiedlung, und bald wurde aus einem Zelt ein Haus, und dann wurde aus einem Haus ein Palast.

Wie anders war die Welt, aus der er stammte. Die Küste von Småland ist flach, bewaldet und zerklüftet. Kiefern und Fichten, Birken und Eichen säumen ein Ufer, in das sich das Meer in unzähligen Buchten hineingefressen hat, wobei es Inseln, Klippen, von Wasser umspülte Felsen in großer Zahl schuf. Der unendlich tiefe Wald und die vielen sich nur schwach aus der Ostsee herauswölbenden Inseln bilden eine

Gegend, die wie ein schönes, aber kaltes und unwirtliches Interieur wirkt, wie das Innere eines gewaltig großen, aber in sich ganz und gar geschlossenen natürlichen Raumes. Nirgendwo findet das Auge hier den Horizont, immer ist ihm der Blick verstellt durch noch eine Gruppe von Bäumen und noch eine Insel. Nie fügt sich die Summe der beschränkten Aussichten zu einer wirklichen Landschaft zusammen. Das Auge stößt statt dessen immer nur auf neue Hindernisse und Verwirrungen. An dieser ganz und gar nicht heroischen Küste, wo der Sommer kurz ist und keinesfalls verpaßt werden darf, wo der Himmel meist von Wolken gefleckt ist und das Meer in der langen kalten Jahreszeit vom Wind zerrissen, wurde Axel Munthe im Oktober 1857 geboren.

Oskarshamn, ein Städtchen von damals vielleicht zehntausend Einwohnern, dreihundert Kilometer südlich von Stockholm gelegen, besaß eine Kirche, eine Schule und einen kleinen Hafen. Axel Munthes Vater war Apotheker, ein unauffälliger, bescheidener Mann, der sein Geschäft bald nach der Geburt seines Sohnes gegen ein gleiches, etwas größeres Unternehmen in Vimmerby eintauschte, fünfzig Kilometer landeinwärts, in einer dörflichen, nördlicher gelegenen Gemeinde. Dort, in den Nadelwäldern von Småland, verbrachte Axel Munthe den größten Teil seiner Kindheit, ein mittelmäßiger Knabe in einem mittelmäßigen, streng protestantischen, halbwegs musischen Milieu. Dort hatte er das Singen und das Klavierspielen gelernt. Und am Milieu änderte sich nichts, als der Vater die Apotheke verkaufte und mit der Familie und einem bescheidenen Vermögen nach Stockholm zog. Dieses Mittelmaß bestand, wie sich bald erweisen sollte, hauptsächlich aus Langeweile oder aus Überdruß und einem Mangel an Neugier. Axel Munthe beendete es an dem Tag, an dem ihn sein Vater, der von der Faulheit und den mäßigen Zensuren seines Sohnes genug hatte, von der Schule zu nehmen drohte. Mit dieser Erpressung begann eine Karriere in der Kunst, den Rest der Welt staunen zu lassen. Der junge Mann nahm die Bücher in die Hand, engagierte einen Repetitor und lernte ohne Schule. Und offenbar mit nicht geringerem Erfolg als viele Jahre später, als er erwachsen war, ausgebeulte weißleinene Anzüge trug und sein Haus auf Capri errichtete.

Schon früh also hatte sich gezeigt, daß Axel Munthes Fähigkeiten nicht im Kleinen und Gradlinigen, sondern eher im Großräumigen und Weitschweifigen lagen – er agierte am liebsten in großen Stücken und ausgedehnten Landschaften: Als Externer legte er sein Abitur ab, mit sechzehn, ein Jahr vor den Kameraden aus seiner ehemaligen Klasse. Danach schrieb er sich an der Universität Uppsala für das medizinische Propädeutikum ein, studierte vier Semester, bestand das Kandidatenexamen mit mäßigen Noten, litt unter Atembeschwerden, hustete Blut – schaffte sich einen Lapphund an, einen Hütehund, der einem Spitz ähnelt, nannte ihn »Rick« und reiste Ende Oktober 1876, noch nicht zwanzig Jahre alt, in den europäischen Süden, vermeintlich seiner angeschlagenen Gesundheit wegen, tatsächlich aber, um nicht mehr nach Schweden zurückzukehren.

Er zog zunächst an die Côte d'Azur, dann, nachdem er an der Mittelmeerküste einen französischen Professor der Medizin kennengelernt hatte, weiter nach Montpellier. Dort beendete er sein Studium. Man weiß nicht, unter welchen Umständen, in welchen Fächern, mit welchen Prüfungen er seine Ausbildung absolvierte. Denn es gibt keine Zeugnisse, keine Berichte von Lehrern oder Kommilitonen, und Axel Munthe war scheinbar allein gegangen. Die Eltern, die Geschwister, die Gefährten der Jugend – bald war es, als hätte es sie nie gegeben (dabei hatte seine Schwester Anna, eine Malerin, ihm den Weg nach Paris geebnet). Nur vom Bruder

Axel Munthe während seiner Zeit in Uppsala

Arnold, dem Seeoffizier und Marinehistoriker, war noch die Rede, aber nur selten. Er kommt zwar im »Buch von San Michele« vor, jedoch nur einmal, als nämlich der junge Held auf einer Reise nach Schweden die Unterstützung einer Person in Amt und Würden benötigt. Mit der kleinen, bürgerlichen Familie in Stockholm scheint Axel Munthe auch die bescheidene Seite seiner selbst zurückgelassen zu haben.

»Ich habe keinen Willen«, schreibt Axel Munthe am Ende seines Buches, das, wenn es nicht sein wahres Leben, so doch das erzählt, was andere Leute für ebendieses Leben hätten halten sollen, »ich habe keinen Willen mehr.« Er muß dennoch einen gehabt haben, und zwar einen so starken, daß es nicht nur für ein Leben, sondern für einen ganzen Lebenslauf reichte und darüber hinaus für ein Lebenshaus und ein Lebensbuch.

Die eigene Biographie erscheint dem heutigen Leser im Vergleich dazu als zufällig, knapp und beschränkt. Sie verblaßt, sie schrumpft angesichts des Großartigen, Weitgespannten, des vollständigen Bogens einer solchen Laufbahn. Zu einer Karriere hat man es vielleicht gebracht, zu einem mehr oder weniger flüssigen Nacheinander von schlauen Einfällen und günstigen Fügungen – aber ein Lebensweg, der sich mit Gewinn erzählen ließe, kommt nicht zustande, und der biographische Furor, den man für eine solche Erzählung bräuchte, trägt nicht mehr. Das liegt nicht nur am Leser selbst, sondern auch daran, daß der Zeitgeschichte der Atem ausgegangen ist. Die Biographien sind klein geworden. Mehr als lose Ereignisse und Gelegenheiten hat sie kaum noch zu bieten.

Drei Grundstücke am nordöstlichen Hang des Monte Solaro, ein wenig oberhalb von Anacapri, der Bucht von Neapel und der Halbinsel von Sorrent zugewandt, hatte Axel Munthe in den frühen neunziger Jahren des neunzehnten Jahrhunderts erwerben können, nicht zuletzt mit Hilfe eines Kredits aus England. Zugig ist diese Ecke, die Tramontana, der kalte Wind schüttelt die zerzausten Köpfe der Pinien, der Scirocco kommt von der Gegenseite. Ungemütlich ist es oft auf Capri, im Winter wird die Insel dunkel, naß und beinahe feindselig, aber die Aussicht von diesem Felsvorsprung ist frei. Die Einheimischen mieden diese Terrassen, wenn sie Gemüse oder Früchte anbauen wollten, und Mastro Vincenzo, dem der Weinberg unterhalb der Kapelle und das Haus dazu gehört hatte, war mit dessen Lage nicht glücklich gewesen. Auch Axel Munthe begann zögerlich, zuerst mit dem

Umbau der Kapelle, dann mit dem Ausbau von Mastro Vincenzos ehemaligem Wohnhaus einschließlich der Gästewohnung für den Engländer Alexander Teetgen, einen reichen Erben und Privatgelehrten. Über mehrere Jahre zog sich der Bau des Hauses hin, der Gartenanlage, der Säulenhalle, der Umbau der Kapelle von San Michele, und erst zu Beginn des zwanzigsten Jahrhunderts hatte alles eine dauerhafte Form gefunden.

Außerordentlich und makellos erstreckt sich das Haus seitdem auf seinem Felsen, auf seine Weise vollkommen, als hätte es eine Fee dorthin gestellt. Axel Munthe gibt sich denn auch alle Mühe, den Bau wie ein notwendiges Wunder erscheinen zu lassen, als ein Haus, das sich gleichsam von selbst baute, weil es gebaut werden mußte, in dieser Form, von diesem Mann, zu dieser Zeit, an diesem Ort. Wer so wohnt, auf vorgeschobenem Posten, gibt sich der Welt zu erkennen, schreitet hinaus in die freie Luft. Jenseits des Gesichtskreises mag das uranfängliche Chaos herrschen – es geht ihn nichts an, es ist nicht seine Sache. Der einzelne – die Figur, die es vor dieser Zeit nicht gibt – ist hier allein zu Hause. Er schafft sich selbst, ohne Anleitung, Hilfe, Weisung. Wegen solcher Geschichten sollten Jahrzehnte später die Leser Axel Munthe, den Herrn von San Michele, bewundern, ja liebenlernen. Denn er konnte erzählen, wie aus einem weitverbreiteten Tagtraum Wirklichkeit wurde, in großem Maßstab, ohne große Anstrengung, einfach weil es geschehen mußte.

Wäre der Teufel noch da – er hätte etwas zu lachen. Er würde erzählen, wie sehr sich Axel Munthe, kaum daß er ein wenig zu Geld gekommen war, hatte beunruhigen lassen von den Spekulationen um Häuser und Bauland, von den steigenden Grundstückspreisen, nach oben getrieben von einer ausländischen Kolonie, die seit Jahrzehnten auf Capri zu Hause war, ein spielerisch kulturgeschichtliches Verhältnis zu ihr eingenommen hatte und immer größer wurde. Er würde berichten vom armen Bauern, der das für Axel Munthe wichtigste Grundstück unterhalb von San Michele besaß und sein Obergeschoß vermieten mußte. Und der, weil auch dieses Einkommen nicht ausreichte, nebenher eine Tischlerwerkstatt betrieb. Und vom Hotel Molaro, das, drei Stockwerke hoch, zweihundert Meter schräg den Hang hinunter gelegen, schon dastand.

Dahinter war der massive Bau des »Caffè Ritter« zu sehen, auf dessen Mauern in großen Lettern »Wein Bier Kaffee« und »Afternoon Tea« geschrieben stand und das einen Felsen tiefer, ganz weit draußen lag, eigentlich noch ein wenig kühner, noch näher an den Abgrund herangerückt als das Haus von San Michele – von fern, mit unscharfem Blick betrachtet, mochte es mit seinem flachen Satteldach wie ein griechischer Tempel gewirkt haben. Auch vom Hauptweg zwischen Capri und Anacapri könnte der Teufel erzählen, der zuerst quer durch Axel Munthes Grundstück, dann unmittelbar daran vorbeiführte und verlegt werden mußte. Und schließlich hätte er auch den verschwiegenen Baumeister erwähnt, den symbolistischen Maler und Architekten Giulio Aristide Sartorio, damals Professor an der Kunstschule in Weimar, später Gestalter des Saales der römischen Deputiertenkammer und im Jahr 1925 Unterzeichner des Manifests der italienischen Intellektuellen für den Faschismus. Von ihm hatte Axel Munthe so viel professionellen Rat, zuverlässige Zeichnungen und gründliche Hilfe empfangen, daß die Villa San Michele in Thieme-Beckers »Allgemeinem Lexikon der Bildenden Künstler« in der Ausgabe von 1935 den Werken Giulio Aristide Sartorios zugerechnet wird.

6.
Ein Arzt eilt den Damen zu Hilfe

Während der Jahre, als Axel Munthe seine Praxis in Paris betrieb und sich mit der Nervenheilkunde beschäftigte, kam auch Sigmund Freud nach Paris, um bei Jean Martin Charcot, dem berühmten Neuropathologen, zu hospitieren: »Ich habe den vollen Eindruck von Paris«, schrieb er Anfang 1886 an seine Verlobte Martha Bernays, »und könnte sehr poetisch werden, es mit einer riesigen geputzten Sphinx, welche alle Fremden frißt, die ihre Rätsel nicht lösen können, vergleichen und noch anderes mehr. Aber das verspare ich mir für mündliche Ergießungen auf. Nur soviel, die Stadt und die Menschen sind mir unheimlich, die Leute scheinen mir von ganz anderer Art als wir, ich glaube sie alle von tausend Dämonen besessen und höre, wie sie anstatt ›Monsieur‹ und ›Voilà l'Echo de Paris‹ schreien ›A la lanterne‹ und ›A bas dieser und jener‹. Ich glaube, sie haben weder Scham noch Grauen, so drängen sich ebenso Frauen und Männer um alle Nuditäten wie um die Leichen in der Morgue und die gräßlichen Anschlagzettel in den Straßen, welche einen neuen Roman in dem oder jenem Journal ankündigen und gleichzeitig eine Probe von seinem Inhalt geben. Es ist das Volk der psychischen Epidemien, der historischen Massenkonvulsionen und hat sich seit Victor Hugos Notre-Dame nicht verändert.« Es ist aber unwahrscheinlich, daß die beiden einander begegneten – es sei denn, Axel Munthe hätte, wie er behauptet, tatsächlich bei Jean Martin Charcot gelernt.

Aus Montpellier kehrte Axel Munthe nicht mehr nach Schweden zurück. Er tauchte im Frühjahr 1880 in Paris auf, in der Hauptstadt des Lichtes, des Geldes und der Mode, wohin es ihn schon in den beiden Jahren zuvor gezogen hatte, der drei oder vier Dutzend schwedischen Künstler wegen, die sich in der Hauptstadt und gelegentlich in Barbizon, im Dorf der Maler am Wald von Fontainebleau, niedergelassen hatten. Als bescheidenen, fleißigen, armen Kerl schildert er sich später, als Figur aus dem Bilderbuch des studentischen Lebens im späten neunzehnten Jahrhundert. Ohne Freunde, ohne Geliebte habe er mit »Puck«, einer Dogge, seinem vermutlich zweiten Hund, in einem schäbigen Zimmer im Hôtel de L'Avenir, einem großen Bau auf einer Straßenecke mitten im Quartier Latin gelebt, ganz dem Studium gewidmet. Nichts außer Arbeit und im Zigarettenrauch über Büchern durchwachte Nächte habe es für ihn gegeben, kein Geld und kein Vergnügen. Aber an der Wand seines Zimmers habe, als Unterpfand einer verheißenen Zukunft, eine verblichene Photographie der Insel Capri gehangen: links der kleine, rechts der große Berg und das hohe Tal mit der weißen Stadt dazwischen. Ganz ähnlich sah es aus wie dreißig Jahre später in Zürich, wo der exilierte Wladimir Iljitsch Lenin in seinem Zimmer in der Spiegelgasse auf eine Reproduktion von Arnold Böcklins Gemälde »Die Toteninsel« blickte – ein Bild, zu dem die Insel Ischia das Motiv geliefert hatte.

Im August 1880 promovierte Axel Munthe an der Sorbonne mit einer kleinen Arbeit, die gedruckt einundsiebzig Seiten umfaßt. Seinen Gegenstand hatte er in der Gynäkologie gefunden, und als Gynäkologe wurde er geprüft, wenngleich die Arbeit selbst eher der Notfallmedizin als der Frauenheilkunde gewidmet war: »Prophylaxe und Behandlung von postnatalen Blutungen« lautete das Thema, und Axel Munthe erschloß es sich mit literarischer Inbrunst, stolz auf seinen künftigen Stand und voller Selbstgefälligkeit: »Hier erfährt noch der skeptischste Arzt«, schreibt er, »daß seine Kunst die Kunst des Heilens ist und daß es tatsächlich Fälle gibt, in denen er sich mit Recht sagen kann: Ich konnte ein Leben retten.« Dieser Ton von Schmerz, Tod und fraglicher Rettung zieht sich durch den gesamten Text und auch das Pathos des Notfalls.

Eine Frau liegt da und droht zu verbluten: »Das Gesicht wird fahl, die Lippen werden blaß, die Atmung schwer, die Frau verkrampft sich in ihrem Bett, wird Opfer einer wachsenden Angst, sie schreit, daß sie ersticke, und verlangt nach Luft, die Haut bedeckt sich mit einem kalten, klebrigen Schweiß, die Gliedmaßen erkalten.« Einsam stellt sich der Leser diese Patientin vor, allein, wie nur je ein Mensch allein sein kann, und mit jedem Pulsschlag fließt ein wenig mehr Leben aus ihr heraus. Nur der Arzt vermag dieses fatale Fließen aufzuhalten, aber er muß schnell und entschieden handeln. Diese Dramatik kostet Axel Munthe aus. Er beschreibt, wie ein Arzt des achtzehnten Jahrhunderts sich angesichts einer nicht zu stillenden Blutung die Perücke vom Kopf riß und einer Frau in den Unterleib stopfte. Er erläutert, wohin der Arzt seine Hände zu legen habe, wo sie zu drücken und wo sie zu heben hätten. Er empfiehlt Essig, Wein und Cognac, um den Blutdruck zu erhöhen. Der Arzt ist der Handwerker des Lebens. Zukunft und Tod liegen in seiner Hand, und wenn er selbst vielleicht auch den Zweifel kennt, so steht es doch niemandem zu, an ihm zu zweifeln.

Die Dissertation ist das erste Werk Axel Munthes, in dem er davon berichtet, wie er auszieht, den Tod zu sehen, wie dieser seine Arbeit verrichtet. Er sucht ihn nachher noch oft, während der Choleraepidemie in Neapel, nach dem Erdbeben von Messina, in den Schützengräben des Ersten Weltkriegs. Kein Thema ist in seinen Schriften, einschließlich des »Buches von San Michele«, so präsent wie die Begegnung mit dem Tod. Und wenn er von seinen Begegnungen mit Sterbenden und Gestorbenen erzählt, kann es wirken, als werde er von einer skandalösen Neugier auf den Tod getrieben, so als wolle er, daß ein wenig von dessen Dramatik auf ihn, den Arzt und Schriftsteller, übergehe. Das mag so sein und ist doch ernster. Denn tatsächlich starrt Axel Munthe auf den Tod wie das Kaninchen auf die Schlange. Er eilt zum Sterben der anderen, weil er den Tod auf sich selbst zukommen sieht. Der Tod ist die Gewißheit, mit der er nicht zurechtkommt und in die er sich gleichsam einzuüben trachtet, indem er ihn nicht frontal, als den eigenen Tod, betrachtet, sondern knapp daneben blickt, den Tod ein wenig aus dem Fokus rückt. Nur so erkennt man ihn, so wie man im Dunkeln manchmal noch etwas sieht, indem man einen Gegenstand schräg, aus den Augenwinkeln erfaßt.

Im »Buch von San Michele«, fast fünfzig Jahre nach der Promotion entstanden, beschwört Axel Munthe den Gegenstand seiner Dissertation noch einmal herauf, kurz, in einer dramatischen Situation, die ihn als unerschütterlichen, jedem Unfall gewachsenen Experten zeigt. »Unter dem Bett hörte man ein unheimliches Tropfen aus der blutgetränkten Matratze.« Auf dem Bett liegt eine junge, schöne Dame von Stand. Sie hatte ein Kind im verborgenen gebären wollen, aber ein Quacksalber richtete ein Desaster an. Der Held betritt das Zimmer, alle Illusionen verblassen unter seinem Blick, und so enthüllt sich der armselige Schwindel, der sie ernährt. Gesellschaftlicher Rang, Schönheit oder Reichtum sind zu unwichtigen Details geworden. Hier kommt ein Arzt, der Arzt, und an seiner Autorität gehen alle anderen Autoritäten zugrunde. Er ist der einzige, der wirklich weiß, was es mit dem Leben eines Menschen auf sich hat. Das Leben, das in seinen Händen liegt, ist Anlaß für eine Rebellion gegen die Hierarchie in der Gesellschaft.

Sehr freihändig zustande gekommen, wirkt die Dissertation, anekdotisch, improvisiert, nicht sorgfältig gegliedert. Mehrfach verläßt sie den Gang der Argumentation, um ein beredtes Bild, einen Bericht aus der Praxis einzuflechten. Und doch tritt darin ein Kandidat auf, der, das Kinn keck erhoben, den weichen Gesichtszügen zum Trotz, es mit dieser Schrift offensichtlich auf eine Herausforderung der berühmtesten Mediziner von Paris angelegt hat. Der Autor beruft sich auf einen Professor Sahlin in Stockholm, dessen maßgebliche Schrift er leider nicht zur Hand habe und der auch sonst nicht aufzufinden ist, und referiert dessen Thesen mit den Worten: »Wenn ich mich nicht irre.« Zu den sekundären, also nicht unmittelbar durch die Geburt veranlaßten Blutungen bemerkt der Kandidat knapp, er habe dazu nichts zu sagen. Und provokant ist die Arbeit auch: »In Frankreich bedient man sich immer noch der alten Methode«, behauptet Axel Munthe, um sich gleich darauf auf britische oder gar deutsche Autoritäten zu berufen – und der Verweis auf letztere war, nur neun Jahre nach der Niederlage Frankreichs gegen die Preußen, zu einer Zeit, als das Pariser Hôtel-de-Ville noch in Trümmern lag, seinen Prüfern nicht willkommen. In seinem Furor für die ärztliche Wissenschaft ging Axel Munthe so weit, daß er bei der Disputation, wiederum wegen deutscher Referenzen kritisiert, aufsprang und seinen Prüfern den Satz »Je ne suis pas ici pour chanter vos éloges« entgegenschleuderte – »Ich bin nicht hier, um Ihnen Lobreden zu halten«. Er kam auch damit durch.

Axel Munthe hatte sechs Semester studiert und war dreiundzwanzig Jahre alt, als er mit dieser Schrift promovierte, wenn auch nur mit einem »passable«, der schlechtest möglichen Note. Er konnte sich dennoch den jüngsten Arzt nennen, der je in Frankreich den Doktortitel erhielt. Besonnen kann er nicht gewesen sein, schneidig war er vielleicht, ehr-

Axel Munthe in Paris, um 1880

geizig in jedem Fall. Zur Prüfungskommission gehörte auch der Neuropathologe Jean Martin Charcot, damals der bekannteste Arzt Frankreichs, Herr über die *città dolorosa* von Paris, der Entdecker – oder soll man Erfinder sagen? – der Hysterie. Auf dem Titelblatt der Dissertation wird er als Nebengutachter genannt. Zu diesem Mann, behauptet Axel Munthe, habe er eine ganz besondere Beziehung gehabt. Und dieser zu ihm: »Sogar der Meister mit dem Cäsarenkopf und dem Adlerblick sah in mir den kommenden Mann, meines Wissens die einzige falsche Diagnose, die Professor Charcot je stellte.« Das ist natürlich Unsinn. Außerdem war Jean Martin Charcot ein Fachmann für Frauenheilkunde nur in einem sehr erweiterten Sinn. Sein Gebiet war die Psychopathologie, und hinter dem sonderbaren Kompliment seines angeblichen Schülers steckt eine gravierende Verlagerung auch von dessen fachlichen Interessen – vom sichtbaren und greifbaren Körper auf die »Nerven«.

Ein Jahr nach der Promotion, im Sommer 1881, richtete sich Axel Munthe eine Praxis in Paris ein. Sie lag zuerst in der Rue de Thann, im Jahr 1884 dann in der Avenue de Villiers, nicht weit vom »Étoile«, vom Triumphbogen entfernt. Er mußte sich aber seine Patienten suchen. Als Gynäkologe arbeitete er selten. Auch die Behandlung von Notfällen und erst recht die Einsätze als Chirurg blieben Ausnahmen. Statt dessen begleitete Axel Munthe wohlhabende schwedische und englische Familien auf ihren Wanderungen durch Europa. Er wurde zum Arzt der schwedisch-norwegischen Gesandtschaft, er behandelte die skandinavischen Künstler in Paris, und es kamen die von ihren Nerven gepeinigten Frauen. Axel Munthe wußte sie zu therapieren, weniger mit Quecksilber, Chinin und Digitalis als mit Diätvorschriften, Anweisungen zur Lebensführung und derselben Entschiedenheit, derselben womöglich erkünstelten Gewißheit, die ihn so früh zum Doktor gemacht hatte. Es waren die Damen, die wohlhabenden, müßigen, ermatteten Damen der gehobenen Stände, die seine Praxis tatsächlich trugen. So kamen die Gynäkologie, der Notfall und die Nerven zusammen.

Denn der Notfall war die Frau. Sie war es, die alle Symptome der neuen Krankheiten zu tragen hatte, die Unruhe, die Müdigkeit, Kopfschmerzen, Schlaflosigkeit, Krämpfe, Übelkeit, das Herzflattern, die Atemnot, den Juckreiz, die Schwellungen, den Gedächtnisverlust, die temporäre Blindheit. Alle Schrecken der Moderne fanden ihren Ort und ihren Ausdruck im Körper der Frau, und besonders in ihrem Unterleib. Der Arzt, der solche Leiden behandeln wollte, mußte zum Heiler, zum geistigen Führer, zum Träger eines heiligen Amtes werden und einen halb spiritistischen, fast somnambulen Umgang mit seinen Patientinnen entwickeln. Bald befand er sich nicht mehr weit entfernt vom Medium, vom Experten für unsichtbare Ströme, Strahlen, Stimmungen. Geliebt wurde er deshalb, der Arzt, von einer Patientin nach der anderen, mit Hingabe und Inbrunst, denn er war ihnen nah, er berührte ihre Körper, und sie erkannten in ihm den irdischen Erlöser.

Ärzte wie diesen hatte es zuvor nicht gegeben. Gewiß, als die moderne Medizin entstand, im späten achtzehnten Jahrhundert, betörten Franz Anton Mesmer und dessen Anhänger das Volk so, wie der modische Nervenarzt im späten neunzehnten Jahrhundert die wohlhabenden Damen verzauberte. Doch nach wenigen Jahren schon entledigte sich die Aufklärung des Mesmerismus, und im Rückblick wurde er zur Scharlatanerie. Die Entdeckung der Hysterie aber ereignete sich im Innern der Disziplin, in der größten und berühmtesten Klinik der Welt. Die Koryphäen des Faches waren ihre Repräsentanten: Und sie finden, erstaunlich genug, neue Krankheiten, die zum Zustand ihrer Welt passen, die ein getreues Symptom sind von Beschleunigung und Sexualisierung, von Reizüberflutung und Arbeitsteilung, und das alles halten sie fest, in Krankengeschichten, Diagnosen und Tausenden von Photographien.

Es ist daher nicht nur Ausdruck der Unabhängigkeit vom Geld oder gar der Bescheidenheit, wenn Axel Munthe es seinen Patienten überläßt, die Höhe seines Lohns zu bestimmen. Sondern es bedeutet auch, daß seine Tätigkeiten als Arzt von so einzigartiger, sich allem Maß entziehender Natur sein müssen, daß es dafür überhaupt keine angemessene Bezahlung geben kann. Ein solcher Arzt ist ein ästhetisches Genie, und deswegen wiederholt er für seinen Beruf, was zweihundertfünfzig Jahre zuvor in der bildenden Kunst geschehen war, als der italienische Maler Guido Reni aufhörte, sich den Preis für ein Gemälde nach festen Standards, nach dessen Größe und nach Zahl der darin enthaltenen Figuren bezahlen zu lassen – und von dem daraus folgenden freien Austausch von Geschenken und Gesten sehr profitierte.

»Buchführung ist bei mir hoffnungslos«, sagt Axel Munthe, »und was Rechnungen betrifft, so habe ich nie welche versandt und werde es auch nicht tun. Unser Beruf ist kein Geschäft, sondern eine Kunst.« – »Wir pflegen uns nicht herumkommandieren zu lassen wie Schulkinder«, antwortet ihm eine alte Baronesse, aber sie ist eine der letzten Patientinnen, die so reden. »Gehen Sie mal an die frische Luft«, erwidert Axel Munthe, »und schaffen Sie sich bei nächster Gelegenheit einen Hund an.« Das Moderne ist die absolute Autorität des Arztes, und er nutzt sie jetzt, um etwas scheinbar Altes durchzusetzen – er lehnt das Technische ab, er will nicht Techniker des Körpers sein. Er sagt nicht wie dieser: »Ich bin das, was ich weiß.« Sondern er sagt: »Ich bin das, was durch mich wirkt.«

Wer sich einem solchen Arzt anvertraut, wird von der Verantwortung für sich selbst befreit. Seine Diagnosen sind Akte der Intuition, und es ist die Entschiedenheit der Befunde und Rezepte, der richtigen wie der falschen, in der sich seine Macht über den Patienten manifestiert. Die schlechten Säfte, die schwarze Galle, eine schwache Konstitution, eine andere Diät, eine Luftveränderung, all diese Vagheiten der Diagnose wie der Therapie sind auch Ausdruck des Respekts, den ein Arzt gegenüber dem Kranken an den Tag legt. Aber die Säfte verschwinden, der Arzt wird zum ersten Experten, den eine zunehmend bürgerliche Gesellschaft hervorbringt, noch vor dem Ingenieur, und an die Stelle der Säfte treten die Nerven. Sie sind zwar etwas nicht minder

Diffuses, aber man kann sie vielleicht sehen, vielleicht anfassen, ihre Bahn verfolgen, sie stimulieren und beruhigen. Die neuen Krankheiten, die Hysterie, die Neurasthenie, sind zwar aus alten Krankheiten hervorgegangen, vor allem aus der Hypochondrie. Aber sie sind anders als die alten, weil sie plötzlich einen Weltzustand ergreifen, vom Zustand einer Lebensform künden, und mit ihrem Aufstieg in der Mitte der Gesellschaft machen auch die Nervenärzte ihre Karrieren.

Halb im Scherz, aber mehr noch im Ernst erzählt Axel Munthe im »Buch von San Michele«, wie er, als ihm die Einfälle für die Behandlung nervöser Damen ausgingen, darauf verfiel, eine Diagnose zu erfinden. Die »Colitis« sei, schreibt er, zu seinem größten Erfolg als Arzt geworden, eine erfolgreiche Hochstapelei. »Es war ein nettes Leiden, sicher vor dem Messer des Chirurgen, immer zur Hand im Bedarfsfalle und jedem Geschmack anzupassen.« Das klingt lustig, ist aber eine Angelegenheit von großem Ernst. Denn in diesen Namen wohnt eine große Kraft. Sie erheben den, den sie treffen, geben seinem Leiden und dadurch ihm selbst eine Richtung, machen ihn zum Einzigartigen eines »Falles«. Aber sie stoßen ihn auch herab, machen ihn zum Mitglied einer Gruppe, zu einem unter vielen Patienten mit derselben Krankheit.

Über Entstehung und Zusammensetzung einer solchen Gruppe verfügt der Arzt, der nichts erläutert, der keine Rechenschaft abgibt, die absolute Autorität in einer immer unsicherer werdenden Welt. »Die katholische Kirche erklärt nie etwas und bleibt die gewaltigste Macht der Welt«, sagt Axel Munthe, »die protestantische Kirche versucht, alles zu erklären, und zerfällt in Trümmer. Je weniger deine Patienten von der Wahrheit wissen, um so besser für sie.« Der Seelenfrieden ist der höchste Wert eines solchen Arztes. Er schließt das Bekenntnis zu einem Irrtum, zu einer falschen

Diagnose gar aus. Was denn, schnell sei der Fehler und lang die Reue danach? Nein, hinweg mit solchem Zögern, das die Harmonie zerstört! Was hat der Patient davon, daß er sich sorgt? Der Verweis auf den Seelenfrieden erlaubt, bei ernsten Krankheiten zu schweigen oder zu lügen. Er gestattet, zum Morphium zu greifen, wenn es zu Ende geht, und den Tod zu beschleunigen. Überhaupt war das Morphium eines der beliebtesten Medikamente Axel Munthes.

Vertrauen muß der Patient in seinen Arzt haben und sich ihm anvertrauen. Denn es geht jetzt nur noch um ihn, den einzelnen Kranken, und alle Zurückhaltung ist Betrug, am Arzt und an sich selbst. Das Allgemeine der körperlichen Ausstattung, es ist vorbei, vergessen, mitsamt allen Theorien der Schwäche oder des Klimas. Was nun zählt, sind die einzeln erkennbaren pathologischen Eigenschaften eines Patienten. Und so wurden die Ärzte zu Begleitern der Fürsten und der Reichen. Ein halbes Dutzend wohlhabender Familien muß zur Versorgung eines solchen Arztes ausgereicht haben, und im Troß einiger solcher Paare und Familien zog Axel Munthe von der Residenz in der Hauptstadt aufs Land und von dort aus in den Süden, kreuz und quer durch Europa, um hier ein wenig Chinin oder Jod zu verabreichen und dort ein paar leichtere Mahlzeiten zu empfehlen.

Daß das Glück in Paris zu erreichen sei – Axel Munthe muß daran geglaubt haben, auch wenn die verblichene Photographie der Insel Capri an der Wand seines Studentenzimmers hing. Fast nichts sei über seine Jahre in Paris zu erfahren, heißt es im schwedischen biographischen Lexikon von 1925 über den amtierenden Leibarzt der Königin. Seine späteren Biographen fanden ihn an vielen Orten in Europa, dauernd unterwegs, stets in bester Gesellschaft, meist bereit zum Erfolg, und nur manchmal auf Capri. Aber wie es in Paris wirklich war, wissen sie nicht.

7. *Der Berg ruft, und ein junger Mann klettert hinauf*

Am Mittwoch, dem 16. Mai 1803, notiert Arthur Schopenhauer in seinem Reisetagebuch: »Das Auge muß an den Anblick der Berge gewöhnt seyn, um ihre Höhe ganz zu fassen, u. ihre Entfernung zu erkennen. Bei Salanche schien mir der Mt. Blanc kaum eine halbe Stunde weit zu liegen, obgleich ich noch acht Lieues davon entfernt war: u. besonders bey den Schnee-Bergen findet diese Täuschung statt. Auch die ungeheure Höhe der Berge welche diese umgeben, u. welche dicht vor mir liegen, begreife ich erst ganz, wenn ich mit dencke, daß das, was mir wie Buschwerk erscheint, u. was ich, so hoch mir der Berg auch vorkommt, für nichts halten kann, große Tannenwälder sind, u. jene kleinen Höcker und Erhebungen, hohe Berge seyn würden, wenn sie auf der Fläche ständen … Dieses Schauspiel, der Anblick der ungeheuren Eis-Massen, die schallenden Schläge, die brausenden Bäche, die Felsen ringsum, mit den Wasserfällen, oben die schwebenden Spitzen, u. Schneeberge, alles trägt ein unbeschreiblich wundersames Gepräge, man sieht das Ungeheure der Natur, sie ist hier nicht mehr alltäglich, sie ist aus ihren Schrancken herausgegangen.«

Im Spätsommer 1886 (Guy de Maupassant hatte gerade den Roman »Bel Ami« abgeschlossen, Jules Grévy war der dritte Präsident der neuen Republik, Sarah Bernhardt spielte im sechsten Jahr die »Kameliendame«) ging Axel Munthe ins Gebirge. Er sei geflohen, sagt er, aus einem heißen, arbeitsreichen Sommer aus Paris, weil es ihm elend ging, weil er als Arzt zu wenig erfolgreich war, weil er Kummer mit einer

Frau hatte. Man kennt den wahren Grund nicht, er gibt keine verläßlichen Auskünfte, und es war wohl nur so, daß er ohnehin in Deutschland und in der Schweiz unterwegs war, zuletzt in St. Moritz, in Gesellschaft von vermögenden Bekannten und gelegentlich von englischen Patienten. Jedenfalls – er kam nach Zermatt. Und schaute wieder nach oben.

Gebirge gebieten Einhalt, bilden Massen, die alle Fläche übersteigen und die Landschaft schon von ferne beherrschen. Gebirge beherrschen die Perspektive, sie staffeln und verlangsamen, sie gefährden, bedrohen, verkleinern den Reisenden. Steht man Talschluß, stößt der Blick auf eine nahe, harte Grenze. Und erst der Mensch, wenn er unterwegs ist: Er steigt auf, mißt, geht zu Fuß, beginnt zu klettern, setzt einen Fuß über den anderen. Schafft man es, über diesen Gipfel und wieder herunter zu gelangen? Wieviel Stunden mag man dafür benötigen? Ist man am Abend wieder unten? Und was ist jenseits des Kamms, der Gipfellinie? Angesichts eines Gebirges wird der Tag zum Maß der Landschaft, denn am Abend muß man wieder im Tal angekommen sein oder wenigstens in einer Hütte. Als Axel Munthe in die Berge ging, war er entschlossen, es auf das Ende des Tages ankommen zu lassen. Denn er begann nicht irgendwo, an einem kleinen oder mittleren Berg, probehalber, sondern – nein, er wäre nicht er selbst gewesen, hätte er nicht dort angefangen, wo erfahrene Bergsteiger den Höhepunkt ihrer Laufbahn gefunden zu haben glaubten, am Matterhorn, am Unüberwindlichen schlechthin.

Da oben – das ist die Vision einer fast unerträglichen Klarheit, einer Sphäre, in der es keine Fragen mehr gibt, sondern nur reine Erkenntnis, die unmittelbare Anschauung des Göttlichen. Hunderte von Künstlern sind danach in die Berge gezogen, haben das Matterhorn im Sturm und im Mondlicht gemalt, im Sommer und im Winter, und das Hotel Weißhorn in Zermatt, den Eiger, den Mönch und die Jungfrau, das Rothorn und das Schreckhorn. Jedesmal ragte ein ekstatisches Ziel auf, entrückt, wie unberührbar und doch gegenwärtig. Es war da, zuerst auf der Leinwand, dann in Stiche gebannt und reproduziert, hundertfach, tausendfach. Das Bild drang in die Köpfe ganzer Völker. Als das massenhafte Klettern begann, der Großbetrieb des alpinen Naturgenusses, in den vierziger Jahren des neunzehnten Jahrhunderts, hatten die Bilder den Bergsteigern den Weg gewiesen. Von nun an gab es in jedem Sommer drei, vier, fünf Alpengipfel weniger, auf denen nie zuvor ein Mensch gestanden hatte, während alle anderen Berge von immer mehr Menschen bestiegen wurden. Schließlich schnürte auch Axel Munthe die Bergschuhe.

Mindestens zweimal muß er einen hohen Alpengipfel bestiegen haben. Das erste Unternehmen führte auf das Matterhorn. Am Ende seines Berichts für die Leser einer schwedischen Tageszeitung erklärt er sich zu einem dummdreisten Abenteurer, der auf alle Gipfel gestiegen sei, um zu sehen, ob es oberhalb der Schneegrenze lustiger sei als unterhalb derselben. Selbstverständlich ist diese Bemerkung kokett. Und kokett scheint auch der zweite Aufstieg gewesen zu sein, zumindest zu Beginn. »Die Besteigung des Montblanc ist im Winter und im Sommer relativ leicht«, erinnert sich Axel Munthe, während er in den späten zwanziger Jahren in Anacapri fast blind auf seine Corona einhämmerte. »Niemand, außer einem Narren, versucht den Aufstieg im Herbst, ehe noch Tagessonne und Nachtfröste Zeit gehabt hatten, den Neuschnee an den Berghalden festzukitten.« Nein, nur Axel Munthe versucht es, denn eines ist es, sich mit Arthur Schopenhauer den Mont Blanc als ein Sinnbild hochbegabter Geister vorzustellen und vor dem unbegreiflich feierlichen Anblick in die Knie zu gehen. Ein anderes ist es, den vielen hundert Bergsteigern zu folgen, die den Mont Blanc bis dahin bestiegen hatten – dies aber im September zu tun, wenn das Wetter unsicher geworden ist und man das Glück zum Gefährten haben muß. Selbstverständlich ist Axel Munthe der Narr, selbstverständlich will er der Narr sein, und selbstverständlich ist er stolz darauf, es mit dem gewaltigen, leeren, kalten Körper des Berges aufgenommen zu haben.

Der Weg auf den Gipfel war bequem geworden. Axel Munthe wollte ihn wieder dramatisch und gefährlich werden lassen, und das nicht nur, weil er ein Abenteuer zu inszenieren trachtete. Kein Widerhall aus dem Leben in den Tälern störte seine stolze Ruhe, berichtet er den Lesern seiner schwedischen Tageszeitung, stumm wie in Trauer saß der Alte in seinem einsamen Frieden und sah über sein schweigendes Reich. Der Alte ist der Mont Blanc selbst, ein greiser König, der um seine Ruhe, seine Größe und seine Gelassenheit beneidet wird. An ihm läßt sich die wahre Physiognomie des Planeten betrachten, die Wucht seiner schieren Existenz, eine Welt ohne Vegetation, voller Schnee, der auf Felsen und Geröll liegt wie ein löchriger alter Mantel, und mit Wolken, die zu kriechen anstatt zu schweben scheinen. Der Pulsschlag des Lebens ist hier nicht mehr zu vernehmen, das Zufällige und Drückende einer einzelnen Existenz bleibt in den Tälern zurück. Hier gibt es nur Steine und Eis. Der hohe, immer schneebedeckte Gipfel gehört zu keiner historischen Landschaft, denn hier, wo nur noch eine Jahreszeit herrscht, sind die Bindungen an das Werden und Vergehen des Menschen abgebrochen.

Beinahe wäre Axel Munthe selbst am Mont Blanc vergangen. Auf dem Rückweg vom Gipfel gerieten er und seine beiden Führer – gemietet für fünfhundert Franken, finanziert durch einen dringlich erbetenen Vorschuß einer schwedischen Zeitung – in einen Sturm und unter eine Lawine. Die Fremden des Hotels in Chamonix, in dem Axel Munthe wohnte, sahen abwechselnd durch die Teleskope nach den drei Fliegen, die auf der weißen »Calotte« herumkrochen, die das Haupt des alten Bergkönigs bedeckte. Von diesem Abstieg erzählt er in Varianten. Das eine Mal will er in einer Höhle im Schnee eingeschlossen gewesen sein, das andere Mal in einer Gletscherspalte, aus der man nur mit größter Not habe entkommen können, um dann Unterschlupf in einer Berghütte zu finden. Nur mühsam jedenfalls konnten sie sich befreien. Axel Munthe hatte Erfrierungen an Nase und Beinen, und die Zehen waren schwarz geworden. Noch Monate später konnte er nicht laufen. Immerhin aber nahm ihn, als seine Abenteuer publik geworden waren, der französische Alpenverein als Mitglied auf. Wären es nicht die Berge und deren Besteigung im Herbst gewesen, so hätte es gewiß auch die Wüste und deren Durchquerung im Hochsommer sein können.

So dramatisch vollzog sich, wenn man Axel Munthe glauben will, seine Erziehung zum Bewohner des Hauses von San Michele. Diese Erziehung war nicht nur so individuell, wie es noch Ende des neunzehnten Jahrhunderts zur Schulung eines jungen Mannes aus wohlhabender Familie gehörte. Vielmehr schoß sie an jeder Station über das Maß des Üblichen und Gewöhnlichen hinaus, aus Zufall, Übermut und aus einem heftigen Drang zur Schaustellung heraus. Keiner kletterte wie Axel Munthe, keiner war ein besserer Segler, keiner besaß ein schöneres Haus, und keiner hatte ein schöneres Boot. Axel Munthe betrieb, und er hatte es von vornherein getan, sein Leben als die Erziehung seiner selbst durch die phantastische Anekdote. Sie ließ ihm das Leben zu einer Kette von existentiellen Abenteuern und extravaganten Darbietungen geraten.

8.
Der Traum der Somnambulen

In den medizinischen Kreisen von Paris läßt Axel Munthes »Buch von San Michele« eine Verstimmung zurück, die so dauerhaft ist, daß sie bis in die Zeit nach dem Zweiten Weltkrieg fortwährt: »Man versteht, daß er den Damen gefiel«, schreibt im Jahr 1948 der Arzt François Salières in einem Werk über »Schriftsteller gegen Mediziner«, »und sie sind es, die seinen Wartesaal bevölkern.« Im folgenden holt der Autor aus zu einer heftigen Polemik – »es nutzt nichts, der jüngste Arzt von Frankreich zu sein, wenn man sich durch das Studium pfuscht« –, die im Urteil mündet: »Er war Teil dieser Kategorie von Ausländern, die unsere Fakultäten verstopfen und bei denen völlig oberflächliche, auf den schönen Schein hin berechnete Fähigkeiten das wirkliche Wissen ersetzen, bei denen die Beherrschung des Gegenstands einer journalistischen Aufbereitung geopfert wird.«

Wieder will Axel Munthe zur rechten Zeit am rechten Ort gewesen sein. »Selten versäumte ich«, heißt es im »Buch von San Michele«, und auch nach so vielen Jahren klingt noch so etwas wie Eifer und Stolz durch, »selten versäumte ich, Professor Charcots berühmten ›Leçons du mardi‹ in der Salpêtrière beizuwohnen, die damals hauptsächlich seiner Grande Hystérie und der Hypnose gewidmet waren. Der große Hörsaal, das eigens eingerichtete Amphitheater der Klinik, war bis zum letzten Platz besetzt. Eine bunte Hörerschaft aus ganz Paris: Schriftsteller, Journalisten, berühmte Schauspieler und Schauspielerinnen und die elegante Halbwelt, alle voller krankhafter Neugierde, diese aufregenden Wunder der Hypnose zu erleben, die man seit den Tagen von Mesmer und Braid fast vergessen hatte.« Die Vorlesungen fanden tatsächlich statt, ihr Ruf war in den achtziger Jahren des neunzehnten Jahrhunderts in der ganzen modernen Welt zu vernehmen gewesen, und seitdem gehören sie zu den Urszenen der modernen Wissenschaft. Denn was es dort zu sehen gab, war ungeheuer und nie zuvor dagewesen: die Seele des Menschen, eines leibhaftigen, weiblichen, hübsch anzusehenden Wesens, wie es sich bog und wand und streckte unter den Händen des berühmtesten Arztes von Frankreich. Eine magische Veranstaltung ließ sich in diesem Hörsaal erleben: Der Geist, wie er sich als reiner Körper darbot, und das weite Dekolleté lagen offen vor den Augen des Publikums.

Zu jener Zeit waren im Hôpital Salpêtrière bis zu achttausend Patienten untergebracht, in einer gigantischen Stadt der Armen und der Kranken. Sie lebten in einer strengen Hierarchie, in deren unterster Etage, den »loges des folles«, sich die Alten und Dementen befanden, während in den oberen Rängen die interessantesten Fälle behandelt wurden, die nervenkranken jungen Frauen, die Hysterikerinnen, die lebenden Belege für Jean Martin Charcots Überzeugung, nervöse Krankheiten gingen auf organische Ursachen und gar einzelne Ereignisse zurück: auf einen großen Schrecken, eine Verletzung, eine Mißhandlung. An den Nerven litten damals viele, getrieben von einer seelischen Not, dem Bewußtsein einer unaufhaltsam voraneilenden Auflösung der festen Lebensverhältnisse. Und Jean Martin Charcot regierte das Krankenhaus wie einen eigenen Staat, als heilender Herrscher über das größte Asyl der Welt.

Alphonse Daudet saß im Publikum der Vorlesungen, Jules de Goncourt, auch Guy de Maupassant. Und Sigmund Freud absolvierte, versehen mit einem Stipendium aus Wien, von Oktober 1885 bis Ende Februar 1886 als junger Privatdozent der Neuropathologie eine Art Hospitanz in dieser Klinik. Ein paar Wochen lang irrte er durch die Flure, zusammen mit anderen, ebenso verlorenen Ausländern. Dann lernte er Jean Martin Charcot selber kennen, übersetzte dessen Schriften ins Deutsche, schritt mit ihm zusammen durch die Krankensäle und wurde zum Diner im Kreis der Familie und Freunde eingeladen. Drei Jahre später nannte Sigmund Freud den ersten Sohn nach seinem französischen Lehrer. Denn mit Jean Martin Charcot, dem ersten Professor für Neurologie überhaupt, war eine ganze Disziplin entstanden, und zwar weniger, weil er physiologische Degenerationen des Nervensystems beschrieben hatte oder weil er, früher als alle anderen, die multiple Sklerose und die Parkinsonsche Krankheit voneinander zu unterscheiden vermochte, sondern vor allem, weil mit ihm zum erstenmal für möglich gehalten wurde, daß Ursache und Ausdruck einer Krankheit weit auseinanderliegen und vom Physischen ins Geistige wechseln konnten und umgekehrt.

Die Hysterie, lehrte Jean Martin Charcot, kulminiere in einem großen Anfall, in einem Paroxysmus des ganzen Körpers. Sorgfältig unterschied er die hysterische Aura, den Knoten, zu dem sich die Patientinnen zunächst verkrampften, die Stadien einer Attacke und die Arten des Schmerzes: den ersten Schmerz, der in die Eierstöcke fahre wie ein Messer, den zweiten Schmerz, der wie eine Kugel in Herz und Lunge emporschieße, und schließlich den dritten, den »laryngitischen« Schmerz, der den Hals zusammenschnüre wie ein Würger. Und dann der Höhepunkt eines Anfalls: der Bogen, der »arc de cercle«, der rückwärts gebogene Körper, der nur noch am Kopf und an den Füßen auf dem Bett aufliegt, während jeder Muskel gespannt ist, ein sinnliches

Spektakel, faszinierend und abstoßend zugleich. Schließlich, so der Neurologe, sänken die Patientinnen in sich zusammen, würden ruhig, gleichgültig, seien durch nichts mehr zu erregen. Zwar ist noch immer von Hysterie die Rede, von der größten poetischen Erfindung des neunzehnten Jahrhunderts, aber ihre Symptome gehören ebenso der Vergangenheit an wie deren Diagnose. Sie sind verschwunden, mit der alten Welt, der europäischen Gesellschaft vor dem Ersten Weltkrieg.

Aber in jenem Hörsaal sei auch er dabeigewesen, behauptet Axel Munthe, und weit mehr als das. Einer der engsten Schüler Jean Martin Charcots sei er gewesen, einer, in den der Meister seine größten Hoffnungen setzte, den er häufig um sich haben wollte und dem er noch Jahre später, nach dem großen Zerwürfnis, besonders schwierige Fälle geschickt habe. Wenn das stimmte: Wie ein Verräter muß Axel Munthe im Kreis der Begeisterten gesessen haben. Mit kaltem Blick muß er dem euphorischen Spektakel einer neuen Wissenschaft gefolgt sein, wohl wissend, daß dahinter die Maschinerie einer Bühne wirkte und im Zweifel nicht mehr unterschieden werden konnte, ob hier eine Krankheit ihre Patientin oder die Patientin ihre Krankheit hervorbrachte. »Ein weißes, glattrasiertes Gesicht, eine niedere Stirn, kalte durchdringende Augen, eine Adlernase, sensible Lippen«, beschreibt Axel Munthe das Idol jener mondänen Veranstaltung, »die Maske eines römischen Kaisers.« Hätte über dem Schreibtisch Axel Munthes ein Gegenbild gehangen zur Photographie der Insel Capri, ein Bild des Schlechten gegenüber dem Bild des Guten, so hätte dieses Porträt die Züge des Tiberius, eines überlegenen Feindes, tragen müssen.

Man braucht talentierte Patientinnen, um ein talentierter Therapeut zu sein, Frauen mit einer Neigung zur nervösen Krankheit und einer Neigung zur Selbstdarstellung. Jean

Martin Charcot hatte solche Patientinnen. Er sprach mit ihnen, und die reichen, blassen Damen liefen ihm zu und klagten über Müdigkeit, Kopfschmerzen, Schlaflosigkeit. Jean Martin Charcot nahm sich ihrer an, und sie vergalten ihm seine Aufmerksamkeit, indem sie ihn zu ihrem Helden machten. Ein solches Los aber, um etliche Grade verkleinert, traf später auch Munthe, oder es hatte ihn schon getroffen, als er zum Arzt der schwedisch-norwegischen Gesandtschaft wurde und eine bescheidene Karriere machte in den Salons des Faubourg St. Germain. Axel Munthe richtete sich Jean Martin Charcot als Rivalen her.

Ob Jean Martin Charcot von diesem Wettbewerb je etwas erfuhr? In Axel Munthes Lebenserinnerungen dauert es nicht lange, bis der Geist der Konkurrenz aus ihm herausfährt: »Für mich, der ich schon jahrelang meine freie Zeit der Erforschung der Hypnose widmete, waren die Schaustellungen der Salpêtrière vor der Öffentlichkeit von ganz Paris nur alberne Spielerei, in der sich Betrug und Wahrheit untrennbar mischten. Einige dieser Medien waren zweifellos wirkliche Somnambulen, die im wachen Zustand getreulich die verschiedenen Suggestionen ausführten, die man ihnen im Schlaf eingegeben hatte – posthypnotische Suggestionen, aber viele waren bloße Schwindler, die genau wußten, welche Handlungen man von ihnen erwartete, selig, ihre verschiedenen Ticks öffentlich zeigen zu können und Ärzte wie Zuhörer mit der fabelhaften Schlauheit der Hysterischen zu betrügen.« Nun war er der Überlegene, der dem Älteren, längst Gestorbenen, vom Fortschritt der Wissenschaft vor Jahrzehnten schon Zurückgelassenen einen Platz in der Geschichte zuweisen konnte, und es war ein zweifelhafter Platz. Jean Martin Charcot mochte der erste Neuropathologe gewesen sein. Sein geheimer Rivale aber ließ, nachher, von diesem Rang nur den Irrtum gelten.

Sie waren Hypnotiseure. Es war nicht die Frage, wer von beiden recht gehabt habe, nicht ein Streit um die Hysterie, um das Leiden nervöser Frauen, was die beiden, zumindest in den Augen des einen, zu Nebenbuhlern machte, sondern eben die Fähigkeit zur Hypnose, ein Verführungsvermögen ohnegleichen. Denn wer in der Lage ist, andere Menschen ganz und gar willfährig zu machen, so daß da kein Widerstand mehr bleibt, nur etwas Weiches, Nachgiebiges, der muß eine wahrhaft überragende, eine einzigartige Persönlichkeit sein. Mittels Hypnose, hatte Jean Martin Charcot gelehrt, vermöge ein Arzt seine Patientin in einen neurotischen Zustand zu versetzen und in diesem durch drei Etappen zu führen, vom Stadium der Lethargie über den kataleptischen Zustand, in dem die Patientin in der Haltung verharrt, die ihr der Arzt zugewiesen habe, bis zum somnambulen Stadium, das man durch die Fixierung des Blicks erzeugen könne. So hieß es des Morgens, wenn der Professor in der Klinik war, so lautete das Programm, so vollzog sich die neue Wissenschaft. Am Nachmittag übten sich die Assistenten und die jungen Ärzte im Umgang mit diesen Stadien. Die Patientinnen aber waren immer dieselben. Sie müssen bald eine beträchtliche Routine besessen haben.

Wenn Axel Munthe an der Echtheit dieser Darbietungen zweifelt, hat er bei seinen Lesern leichtes Spiel. Denn keiner weiß, was vor den Augen eines Nervenarztes als normal bestehen darf. Alles kann als Symptom ausgelegt werden, aber was der Psychiater selbst tut, ist in tiefe Nacht getaucht. Wer sich ihm ausliefert, hat daher die deutende Macht über das eigene Leben verloren, sieht sich eingeordnet in Symptome, Stadien, Zustände, ist unfrei bis in sein Innerstes. Auf den Nervenarzt reagiert man daher, um sich selbst zu schützen, mit Furcht und mit Zweifeln, mit Abwehr und, wenn es geht, mit Hohn und Spott. Denn die Vorstellung, daß ein Nervenarzt vielleicht selbst zu den Verrückten gehört oder daß er doch wenigstens ein Scharlatan oder ein Dummkopf ist, gewährt Sicherheit und vielleicht sogar Schutz. Der Verdacht, Jean Martin Charcots Darbietungen von Hypnose und Hysterie gründeten auf einem Irrtum, die Symptome der Hysterie seien eingeübt worden wie ein Theaterstück, entstand daher im selben Augenblick, in dem er mit seinen Experimenten am weiblichen Wesen begann.

Der Verdacht liegt in der Natur des gesamten Unternehmens, wie auch der Trost, den allein schon der Versuch in sich trägt, sich um die Heilung eines seelischen Leidens zu bemühen. Die Diagnose mag so phantastisch sein wie die Krankheit – die Wahrheit ist hier bis zu einem gewissen Grad gleichgültig. Auf dem Weg zum Nervenarzt wird eine Leidende zu einem Fall. Die Patientin wird eine Akte bekommen. Das Leiden, diffus, fein, seelenhaft, wird einen Namen tragen und dadurch fremder, objektiver werden, als es zuvor war. Eine Krankengeschichte wird entstehen, und Jean Martin Charcot war berühmt für seine gründlichen Anamnesen. Ein Mensch wird sichtbar werden, eine Frau wird aus der Anonymität hervortreten und eine eigene Geschichte erhalten.

9.
Der kleine Puck und sein Publikum

Selma Lagerlöfs Märchen »Nils Holgerssons wunderbare Reise« entstand zu Beginn des zwanzigsten Jahrhunderts, als Auftragsarbeit für den schwedischen Allgemeinen Volksschullehrerverband. Ein neues Lesebuch sollte entstehen und dafür sorgen, »daß die besten und schönsten Eindrücke der Kinder aus der schwedischen Heimat und der schwedischen Natur den Ausgangspunkt ihres geistigen Wachsens bilden können«. Am Anfang der Geschichte steht die Begegnung eines bösartigen Knaben mit einem Wichtel: »Von Kobolden hatte der Junge zwar schon gehört, doch niemals hätte er sich vorgestellt, daß sie so klein sein könnten. Der da auf dem Truhenrand saß, war höchstens eine Handbreit groß. Er hatte ein altes, runzliges Gesicht, trug einen langen schwarzen Rock, Kniehosen, einen schwarzen Hut mit breiter Krempe und, um richtig geputzt und fein zu sein, weiße Spitzen um Hals und Handgelenke, Schnallen an den Schuhen und Strumpfbänder mit Schleifen.« Das Zusammentreffen endet in einer Katastrophe: Der Knabe wird, zur Strafe für seine Niedertracht, in einen Däumling verwandelt. Selma Lagerlöf, ein Jahr jünger als Axel Munthe, erhielt, nicht zuletzt für dieses Werk, im Jahr 1909 den Nobelpreis für Literatur. Axel Munthe lieh sich aus diesem Buch den Kobold und die Fähigkeit, die Sprache der Tiere zu verstehen und von ihnen verstanden zu werden.

Als Axel Munthe wieder einmal der Avenue de Villiers, der Patienten und seiner selbst sehr überdrüssig war, der großen Stadt und all ihrer Grausamkeiten müde, vielleicht auch, weil er sich in eine französische Gräfin verliebt hatte und diese Zuneigung ganz und gar keine Zukunft haben sollte, reiste er für ein paar Wochen in sein Heimatland zurück. Er folgte dem Weg, den Selma Lagerlöf mehr als zwanzig Jahre später, oder zwanzig Jahre bevor Axel Munthe das »Haus von San Michele« verfaßte, im Märchen von Nils Holgersson beschrieben hatte – weit über Oskarshamn und Stockholm fuhr er hinaus, bis er Norrland erreichte, eine Gegend knapp unterhalb des Polarkreises. Am Fuß der blauen Berge, zwischen Schneefeldern und jungen Birken, standen die raucherfüllten Zelte der Lappen, des letzten europäischen Naturvolks, und ihre Rentierherde. Dort saß er natürlich auf dem Ehrenplatz, löffelte die Suppe aus dem großen Kessel und trank frische Milch aus Birkenkübeln. Es war still, nur daß hin und wieder ein Hund anschlug, ein scharfer Schrei des Ziegenmelkers oder ein lauter Uhuruf von den fernen Bergen hallte.

In den niedrigen Wäldern Lapplands begegneten ihm die Uldra, ein kleines Volk, das in Höhlen unter der Erde lebt und im Winter die Bären füttert, damit diese schlafen können. Manchmal schob das kleine Volk den Menschen seine Kinder unter, winzige Wesen mit haarigen Gesichtern und spitzen Zähnen, manchmal tauschte es seine Kinder auch wieder zurück. Auch einen Kobold traf Axel Munthe im schwedischen Norden, einen Zwerg, den er schon als Kind in Oskarshamn kennengelernt hatte. In Lappland klärte ihn dieser Kobold über die eigene Vergangenheit auf: Ein schlimmes Kind sei er gewesen, eben ein halber Nils Holgersson, der die Menschen quälte und mit den Wölfen und den Toten gemeinsame Sache machte. Die Schwester habe der kleine Axel gepeinigt, ihr die Sparbüchse zerschlagen und deren Inhalt geraubt. Dann sei er davongelaufen. Die Tiere aber habe er gepflegt und gehegt, Schlangen, Kröten und Ratten aufgezogen und unter dem Bett einen ganzen Wurf Mäuse verwahrt. Als endlich eine Fledermaus im Haar der Schwester hängengeblieben war, versetzte ihm der Vater eine fürchterliche Tracht Prügel. Aber auch die Schläge hätten ihn nicht in einen wohlerzogenen Knaben verwandelt.

Als Axel Munthe, so behauptet er, auf seiner Reise durch den Norden wieder in zivilisierte Gegenden gekommen sei, habe er seine Gastgeber dort erschreckt durch seine Vertrautheit mit Erdgeistern, Wichteln und Trollen, Bären, Wölfen und Elstern. Deswegen seien sie froh gewesen, als er weitergezogen sei. Aber wem erzählt er diese Geschichten? Doch nicht den Bewohnern jener Zelte und einsamen Hütten. Für ein fernes Publikum, das er selbst allzugut kennt, macht Axel Munthe sich selbst zum Ehrenkobold und Naturwesen, aber nur so weit, daß seine Leser ihn noch charmant finden können – wie ein leicht verwildertes Kind, das von den Spukgestalten unter seinem Bett erzählt und um das man sich um so mehr bemüht, je fester es selbst an die Gespenster glaubt. Den Menschen in den großen Städten des Südens erzählt Axel Munthe, im Norden habe er gelernt, wie man einen Wolf tötet, nämlich indem man ihn auf Skiern überhole und ihm dann mit dem Stock auf die Nase schlage. Im Salon findet man solche Geschichten sehr interessant. Wie auch, daß Axel Munthe versichert, eine Lappenfrau habe ihn an der Form seiner Hände als Heiler erkannt. Ein Raunen mag sich da in den Pariser Abendgesellschaften erhoben haben. Denn wird nicht der Erde von alters her eine heilende Kraft zugeschrieben, und gibt es nicht eine natürliche Medizin, die mit Gnomen und Wichteln im Verbund zu stehen scheint?

Gern erzählte der Salonkobold den Damen der »rive droite« von seinen Begegnungen mit den niederen Gottheiten des Waldes und der Erde. Sie machten »ah« und »oh«. Mit großem Vergnügen stellte er sich ihnen als Neuheide vor, als

Axel Munthes Hund Puck, um 1887

Arzt, mit alten und ältesten Traditionen vertraut, der für sich die Kraft der Naturreligionen neuentdeckt hatte und mit ihr ein Mittel wider die Krankheit der Zivilisation. Er bekannte sich gern zum Barbarischen, und das machte ihn attraktiv, weil es ja nicht wirklich ernst gemeint war. Seine Wichtelmoderne gedieh am besten im Halbmondänen. Nur daß er sich oft von Puck, der Dogge, begleiten ließ.

Die Rolle des Kobolds gefiel Axel Munthe noch lange. Nachdem er in Norrland, auf dem Fußboden einer einsamen Hütte, eine erst wenige Tage alte Londoner »Times« mit der Schlagzeile »Cholera-Epidemie in Neapel. Über 1000 Fälle am Tag« gefunden habe, berichtet er, habe er sich auf der Stelle nach Italien aufgemacht, sei acht Stunden durch den Wald gelaufen, in ein Boot gestiegen, sei wieder gelaufen, gerudert, gelaufen, bis er die neue Eisenbahnstrecke erreicht habe und als Gast auf der Lokomotive eines Güterzuges so weit nach Süden gekommen sei, daß er als gewöhnlicher Passagier habe weiterreisen können. In Neapel angekommen, brüstet er sich, habe er sich sofort den Kranken zugewandt – und sei doch ein Sendling aus der nördlichen Wildnis geblieben, indem er so sehr staunte, daß er niederschreiben mußte, was er erlebte: Er verfaßte ein gutes Dutzend Artikel aus dem Elend des Südens, für Zeitungen in London und Stockholm. Sein Pseudonym war Puck.

Im Herbst 1884 arbeitete Axel Munthe, soviel ist verbürgt, sechs Wochen lang als Arzt in den Krankenhäusern von Neapel. Einen großen Teil seiner Zeit verbrachte er damit, die offiziellen Statistiken zu den Toten zu überprüfen, indem er Leichen zählte und zu ganz anderen, viel höheren Ziffern kam als die offiziellen Stellen. Doch einen Puck bekommt man nicht zu fassen. Ein Puck hat seine Identität abgestreift und sich einen halb anonymen Namen zugelegt, wie ein Ritter oder ein Mönch, einen Namen, der demütig wirkt und verpflichtend ist. Und wer sich nach dem Erdgeist in William Shakespeares »Sommernachtstraum« nennt, der will für die Verwandlungen und das Phantastische zuständig sein. Er will, wie die Nervösen, die Schlaflosen und die Kinder, die Wirklichkeit und den Traum vermischen. Er will sich kleiner machen, als er ist, sich in der Unzuverlässigkeit einrichten, ein wenig durchtrieben sein und von niemandem zu durchschauen. Und so schrieb Munthe seine Artikel, weniger ein Reporter als ein Erzähler mit einem innigen Verhältnis zur Sensation, ein Makler für Anekdoten, in denen das Neue nur benutzt wird, um alte Geschichten zu erzählen, als ein Mann des Feuilletons, ein Autor weniger für die seriösen als für die gierigen Leser. Im übrigen sei, beteuert Axel Munthe immer wieder, auf seine Erinnerungen nur wenig Verlaß.

Als »Puck« wanderte Axel Munthe in die leichte Literatur hinein, und dabei geriet er sofort in den Bauch der großen Städte und auf das Gelände des naturalistischen Romans. Bald war er nicht nur in den Gassen der von der Cholera heimgesuchten Stadt Neapel gewesen, sondern erzählte auch von den Armenvierteln von Paris, von den Elenden im Quartier Latin, von den an Typhus erkrankten schwedischen Arbeitern in La Villette, in der Nachbarschaft der Schlachthäuser, von den italienischen Einwanderern, die im Quartier Montparnasse an Diphtherie litten. Und wie immer mischte er das Schreckliche und das Menschliche: »Wer als Arzt durch die Prüfung gegangen ist, eine Diphtherieseuche allein zu bekämpfen, ohne Desinfektionsmöglichkeit für sich und andere, kann daran nicht ohne Grauen denken, mag er noch so abgehärtet sein. Stundenlang saß ich da, pinselte und schabte einem Kinde nach dem anderen den Hals aus; in jenen Tagen konnte man fast nichts weiter tun.« Gewiß, dies ist eine Erinnerung an die Zeit, in der es weder Desinfektion noch Anästhesie gab und die Erreger von Tuberkulose, Cholera und Diphtherie gerade erst entdeckt wurden. Wichtiger aber, als aus der Geschichte der Medizin zu erzählen, ist es Axel Munthe, von Armut und Leiden zu berichten, davon, wie diese sich selbst überlassen sind, und von der Selbstlosigkeit seiner Arbeit. Von der Aggressivität der Armut, von Gewalt und Verbrechen in den Elendsvierteln erzählt Axel Munthe nicht. Denn was er schrieb, wurde von »Puck« verfaßt, einem Erdgeist, einem Meister der Verwandlung, einem Heiler.

10.
Ultima geht auf feinen Schuhen in den Regen

Axel Munthe war ein eifriger Leser Arthur Schopenhauers. Das verwundert nicht, denn unter den Philosophen war dieser gegen Ende des neunzehnten Jahrhunderts der meistgelesene. In »Die Welt als Wille und Vorstellung« ist zu lesen: »Wenn man nun … die wichtige Rolle betrachtet, welche die Geschlechtsliebe in allen ihren Abstufungen und Nüancen … spielt, … im Ganzen auftritt als ein feindsäliger Dämon, der Alles zu verkehren, zu verwirren und umzuwerfen bemüht ist; – da wird man veranlaßt auszurufen: Wozu der Lerm? Wozu das Drängen, Toben, die Angst und die Noth? Es handelt sich ja bloß darum, daß jeder Hans seine Grethe finde.«

Wenn es geregnet habe, erzählte ein alter Mann auf Capri, lange nach dem Tod von Axel Munthe (er muß die Geschichte von einem noch viel älteren Bekannten des Arztes gehört haben) – wenn es also geregnet habe in Paris, sei die Gattin Axel Munthes aus dem siebzehnten Arrondissement in ihre elegantesten Schuhe geschlüpft und auf die Straße gegangen. Ultima hieß sie, die Letzte, auch wenn sie die erste Frau dieses Mannes war. Man weiß nicht viel über sie. Kleine Füße und schmale Fesseln hatte sie, und auf beides war sie so stolz, daß sie auch anderen etwas von dieser außerordentlichen Schönheit offenbaren wollte. Das aber war schwierig in einer Zeit, in der sich eine Frau von Stand und Ansehen nur sehr bedeckt in der Öffentlichkeit zeigen konnte.

Nur im Regen durfte eine solche Frau die Röcke hochschlagen. Wenn er die Straßen überschwemmte, wenn er

Rinnsale auf dem Pflaster entstehen ließ und kleine Bäche an den Bordsteinen entlangflossen, dann war es den Damen gestattet, den Rock oder das Kleid zu lüpfen. Ganz unvermeidlich wurden dabei wenigstens die Fesseln entblößt. Ultima nahm solche Gelegenheiten mit einigem Eifer wahr, wobei sie nicht wenige ihrer Schuhe ruinierte. Dem Gatten aber mißfielen die Ausflüge der Frau als »belle du jour« so sehr, daß er bald dazu überging, Puck, die Dogge, an der Schwelle zu deponieren, wenn er die Wohnung verließ. Schon bei vorsichtiger Annäherung knurrte der Hund. An ihm vorbeizukommen war unmöglich.

Diese Ehe, bekennt Axel Munthe, wurde nie vollzogen: Er ertrage das Zusammenleben nicht länger, schrieb er im Oktober 1887 an eine Freundin, denn es sei bloß der »Schein einer ehelichen Gemeinschaft – eine Gemeinschaft, der sich meine ganze Natur unwiderruflich widersetzte – was, nebenbei bemerkt, bedeutet, daß die Natur keuscher als das Gesetz ist«. Er schlief nicht mit seiner Gattin. Das liegt nicht daran, daß Axel Munthe vielleicht eine andere Frau liebte. Es liegt daran, daß er die Verführung genießt, das verführte Objekt ihm aber, über den Umstand hinaus, daß er es besitzt, gleichgültig ist. Frauen gegenüber ist er ein einfühlsamer Besserwisser, ein empfindsamer kleiner Herrscher, ein Meister des belehrenden Lockens und Betörens, der dann, wenn sich die Zuneigung erfüllen soll, nicht nur die körperliche Begegnung vermeidet, sondern auch von keiner Verpflichtung mehr etwas wissen will. Seine Zuneigung erschöpft sich in aufgeladenen Stimmungen und endet in einer stumpfen, kalten und zuweilen sogar boshaften Nervosität.

Es ist nicht seine Schönheit, seine physische Attraktivität, von der die Frauen betört sind. Es sind nicht die blauen Augen, die dicken Lippen, die strohblonden Haare, die er sich, in einer dauernd wiederholten, müden Geste, aus dem Gesicht streicht. Er sieht schlecht, aber er fühlt sich ein. Und er interessiert sich für das Einfühlen. »Frauen«, erklärt Axel Munthe, »obwohl sie es scheinbar nicht wissen, wollen viel lieber gehorchen, als daß man ihnen gehorcht.« Auf die sinnliche Attraktion kann es dabei nicht ankommen, denn »eine Frau kann sich in einen häßlichen Mann verlieben, sogar in einen alten Mann, wenn es ihm gelingt, ihre Phantasie zu wecken.« Durch die Kraft der Sprache und die Macht der Standardsituationen kommt Axel Munthe den Frauen näher, er bedient in ihnen die Idee des Arztes, des Nordmenschen, des freien Geistes und musischen Menschen. Und wenn er etwas vorträgt, ist es das Anekdotische, das die Menschen lockt, die Improvisation, in Form von Geschichten mit Klavierbegleitung, das ledige Verfügen über Bildung und Gesellschaft. So, als offenes Versprechen, nimmt er die Damen für sich ein.

Die Liebe ist für die Literatur nur dann interessant, wenn sich aus der Leidenschaft für einen anderen Menschen ein Drama machen läßt, gerne ein Rührstück aus radikaler Zuneigung und erzwungener Trennung, Vereinigung und Verfehlen. Erst als existentielle Herausforderung gewinnt die beschriebene Liebe ihre überzeugende Gestalt. In der Ehe zwischen Axel Munthe und Ultima Hornberg reichte es offenbar zu solchen Erfahrungen nicht. Irgendwann war sie da, die Bürodirektorstochter aus Stockholm, die gerne Malerin geworden wäre. Vielleicht hatte er sie in der Kolonie der nordischen Maler in Frankreich kennengelernt, womöglich in Barbizon oder in Grez-sur-Loing, vielleicht in der Hauptstadt selbst. Bald wurde sie seine Frau, ein paar Monate nachdem er promoviert hatte. Mindestens ein halbes Jahr lebten die beiden nach der Hochzeit auf Capri. Er pflegte die Einheimischen, sie pflegte ihren Gatten. Als er Paris sieben Jahre später verließ, war sie fort, und er war wieder Junggeselle. Ultima Hornberg muß wie ein Möbelstück gewesen sein, das für eine Weile seinen Dienst in der Staffage eines bürgerlichen Lebens tat und danach verräumt wurde. Im »Buch von San Michele« kommt sie nicht vor, nur eine herrschsüchtige Haushälterin, vor der sich Herr und Hund und alle Freunde fürchten. Nach sieben Jahren Ehe hinterließ die schöne Ultima Hornberg, die Gefährtin des Mittelmaßes, nicht einmal eine leere Stelle.

Denn dieser Erzähler tritt als Junggeselle aus Prinzip auf: als das Muster eines Mannes, der allein blieb, nicht weil er die Liebe verschmähte, sondern weil er sich die Sehnsucht nach der Liebe vom Leib halten wollte. Der Wunsch nach einem anderen Menschen, für den er hätte dasein wollen, um den er sich hätte sorgen und kümmern müssen, war Axel Munthe fremd. Denn stand er nicht selbst für die Menschlichkeit ohne Rücksicht auf sich selbst, als deren vorzüglicher Agent im neunzehnten Jahrhundert die Frau galt? War er nicht Arzt, praktischer Arzt im wahrsten Sinne des Wortes? Denn menschlich zu sein, Mitleid zu empfinden, sich hinzugeben für andere – das ist auch die Mission des Arztes, und Arzt zu sein und eine Frau zu lieben, das schließt sich in der Selbstinszenierung Axel Munthes aus. Nicht wegen der Bereitschaft zur Selbstaufgabe, die in beiden Figuren steckt. Sondern weil die Liebe mit der Idee des Ersten und Einmaligen verbunden ist. Als Arzt weiß er, daß er vermutlich ein besserer Arzt ist, wenn er viele Patientinnen gesehen hat. Aus der Liebe zu einer Frau kann bei Axel Munthe nichts werden.

Im »Buch von San Michele« erzählt Axel Munthe von einem frühsommerlichen Besuch auf einem Schloß in der Touraine, den der Modearzt aus der Avenue de Villiers zu absolvieren hatte. Die junge Gräfin fand ihren Barbaren aus dem Norden sehr charmant. Eines späten Abends saßen sie nebeneinander auf einer Bank im Park. Der Vollmond schien, die Linden warfen ihre schwarzen Schatten, und vielleicht sang sogar eine Nachtigall, um das Gefühl zu verstärken. Und der junge Arzt, der die Sonne, wie er sagt, um ihrer Klarheit willen liebte und die Nacht um ihrer Geheimnisse willen mied, hätte die Liebesbotschaft beinahe empfangen. Da fuhr ein Eulenruf dazwischen und brach den Bann der Mondstrahlen. So ging es ihm, wie er erzählt, mit allen Frauen, die er möglicherweise begehrt habe, oder genauer: Es erging ihm immer wieder so, daß in dem Augenblick, in dem das Begehren aufflammte, auch dessen Verhinderung eintrat. So erging es ihm mit der Gräfin in der Sommernacht, mit der Tochter seines Wirts in Neapel, die mit ihren funkelnden Augen und roten Lippen in der von Cholera heimgesuchten Stadt Angst hatte, allein zu schlafen. Und so war es zuletzt mit der jungen Nonne, die er, immer noch als Katastrophenarzt unterwegs, in einem Kloster umarmte, und es wäre noch viel mehr geschehen, wenn in diesem Augenblick im Bett nebenan nicht die schon gestorben gewähnte Äbtissin die toten Augen geöffnet hätte. Danach muß ihm das Herz geschrumpft sein.

Für eine Weile noch, so will es der Erzähler, fand er einen Freund, der gewissermaßen an seiner Stelle liebte, allerdings auf eine unmäßige, diabolische, andere Menschen und sich selbst vernichtende Art. Guy de Maupassant habe er in der öffentlichen Vorlesung von Jean Martin Charcot kennengelernt: »Noch schuf er fieberhaft ein Meisterwerk nach dem andern, sein erregtes Hirn mit Champagner, Äther und anderen Giften aufpeitschend. Frauen in endloser Folge, Frauen jeder Herkunft, aus dem Faubourg St. Germain bis zu den Boulevards, Schauspielerinnen, Ballettmädchen, Midinettes, Grisettes, gewöhnliche Prostituierte beschleunigten das Verderben des ›taureau triste‹, wie seine Freunde ihn nannten.«

Und geprahlt habe der Dichter, von geheimen, nächtlichen Besuchen von Pariser Damen der besten Gesellschaft. Geredet habe er mit ihm, immerzu geredet, über den Tod und über die Liebe und wieder über den Tod.

Es gibt keinen Beleg dafür, daß Axel Munthe den Dichter tatsächlich kannte. Kein Zeitgenosse berichtet von einer solchen Freundschaft, es gibt nicht einen Brief, in dem von der Bekanntschaft die Rede wäre. In den Nachlässen taucht der Name des jeweils anderen nicht auf. Und doch wäre eine solche Freundschaft, wenn es sie denn gegeben hätte, gut gewählt gewesen. Denn auch Guy de Maupassant ist ein verzweifelter Dämon, ein Gebannter, der immer wieder, in Hunderten von Varianten, dieselbe Geschichte erzählt: Sie handelt von den Möglichkeiten des einfachen, des natürlichen, kreatürlichen Glücks. Das einzige Phänomen, das dabei überhaupt der Rede wert ist, ist die Liebe, in einem weiten, ganz und gar nicht nur erotischen Sinne. Und weil das so ist und weil man die Liebe nicht suchen kann, sondern von ihr gefunden werden muß, ist der Zufall in einem Leben von ebenso schrecklicher wie erhabener Bedeutung: Er ist das eine Ereignis, das über ein ganzes Leben entscheidet. Guy de Maupassant sucht es auch in der Wirklichkeit, und so verwandeln sich seine Tage in eine lange Kette von ebenso intensiven wie verzweifelten Begegnungen, vor allem mit Frauen, denen er sich gierig widmet. Axel Munthe hingegen ging nach Italien und baute.

Was mit Ultima Hornberg, der kleinen, hübschen, einfachen Frau des Pariser Arztes Axel Munthe, nach der Scheidung geschah, ist nicht genau überliefert. Sie soll einen Italiener geheiratet haben, meint der alte Mann auf Capri. Das leuchtet ihm ein, weil es da offenbar eine große Sinnlichkeit zu befriedigen gab. Aber es stimmt nicht. Sie nahm das Familiensilber mit, kehrte nach Schweden zurück und ehelichte einen Fabrikanten namens Richter. Gestorben ist sie früh, schon 1895, vermutlich als sie ihr zweites Kind gebar, im selben Jahr, in dem Axel Munthe begann, auf Capri sein erstes Haus zu bauen.

11.
Eine Patientin verführen, einen Kollegen verstoßen

Noch im späten neunzehnten Jahrhundert wurde mit Akten oft sehr frei umgegangen. Manche wurden gar nicht angelegt, obwohl es sie nach den Maßstäben einer modernen Verwaltung hätte geben müssen, manche wurden mitgenommen – jemand mag sie vernichtet haben, sie mögen sonstwie verschwunden sein: Von Axel Munthe ist jedenfalls in den Archiven der französischen Medizin über das – kaum ausgefüllte Studienbuch hinaus – nichts zu finden. »Nach gründlichen Recherchen kann ich Sie davon unterrichten«, schreibt die Direktorin im Archiv der Hospitäler von Paris, nach jenem schwedischen Arzt befragt, »daß sich in unseren Beständen keine Hinweise auf den von Ihnen geschilderten Sachverhalt finden. Der genannte schwedische Arzt wird, auch im Hinblick auf sein Verhalten, weder Gegenstand in den Dossiers zu den Disziplinarmaßnahmen noch im Verzeichnis zu den Korrespondenzen der Salpêtrière, noch in zeitgenössischen Presseausschnitten, noch in den internen Papieren, noch in den Protokollen der Verwaltung der Pariser Krankenhäuser erwähnt.« Hätte er je im öffentlichen Gesundheitswesen von Paris gearbeitet, und erst recht bei Jean Martin Charcot, hätten sich zumindest Notizen gefunden, versichert die Bibliothekarin.

Am Ende begegnen Jean Martin Charcot und Axel Munthe einander als Feinde. Der Verdacht einer verborgenen Gegnerschaft lag schon länger in der Luft, zumindest bei seinem Lehrer, sagt Munthe. In den Pariser Zeitungen waren damals kritische Berichte über die Dienstagsvorlesungen erschienen. Und ihn habe man verdächtigt, deren Informant oder gar Autor gewesen zu sein. Manch einer habe gar ihn für den Pariser Agenten von Hippolyte Bernheim gehalten, der an der medizinischen Fakultät der Universität von Nancy eine eigene Schule der Hypnose geschaffen hatte und, weil er die Hypnose nicht für ein pathologisches, sondern für ein rein psychisches Phänomen hielt, zum wissenschaftlichen Gegner Jean Martin Charcots geworden war. Tatsächlich sei er seit einem Besuch in Professor Hippolyte Bernheims Klinik ein Anhänger der sogenannten Schule von Nancy geworden. Aber das behauptet Axel Munthe später, mehr als vierzig Jahre nach den Ereignissen, die sich, falls sie überhaupt stattfanden, im Sommer 1887 zugetragen haben müssen.

Als er dann tatsächlich mit Professor Charcot zusammengeprallt sei, als der Schlag gekommen sei, der furchtbarste, den er in seinem Leben empfangen habe, so Munthe weiter, sei es indessen gar nicht um die rechte Lehre von Hypnose und Hysterie gegangen. Es sollen vielmehr aufeinandergetroffen sein: die Macht und die Subversion, die Anmaßung und die Korrektur, der Ehrgeiz und das Mitleid, die Täuschung und die Wahrheit, das Komplizierte und das Einfache, das Verfeinerte und das Schlichte, die Stadt und das Land. »War er zornig«, berichtet Axel Munthe über Jean Martin Charcot, »so sprühten seine Augen furchtbare Blitze. Wer je diesen Blick zu spüren bekam, wird ihn kaum vergessen. Seine Stimme war herrisch, hart und oft sarkastisch. Der Druck seiner kleinen schlaffen Hand war unangenehm.« Und die Blitze sollen wider den angeblichen Schüler gesprüht, die Herrschaft soll über ihn geherrscht haben. Am Ende, sagt der Erzähler, habe es nicht einmal mehr diesen Händedruck gegeben.

An Geneviève entzündet sich dieser Konflikt, sollen wir uns vorstellen, an einer jungen, hübschen Frau aus der Normandie. Sie gehört zu den bevorzugten Patientinnen des Meisters, weil sie sich leicht hypnotisieren läßt und den hysterischen Anfall dann in einer Vollendung darbietet, wie es ansonsten nur Blanche Wittmann vermag, die Königin unter den Hysterikerinnen. Und tatsächlich ist Geneviève fast so schön wie Blanche Wittmann. In Erwartung ihres Auftritts schminkt sie sich, und dann sitzt sie auf dem Tisch im Saal der »Grandes Hystériques« und schaukelt dabei kokett mit den Beinen. In ihren hysterischen Anfällen mischen sich fromme mit erotischen Gesten. Jean Martin Charcot nennt sie »unseren Succubus«. Sie trägt Seidenstrümpfe, die Haare hat sie keck aufgesteckt, so daß sie aussieht wie eine Midinette. Er aber hat sie zu retten versucht, versichert Axel Munthe, er hat sie bewahren wollen vor dem endgültigen Einzug in das Theater der Hysterie, ein Theater, aus dem es keinen vernünftigen Ausweg mehr geben kann.

Die Geschichte gefällt Axel Munthe so gut, daß er sie in immer weiteren Details ausspinnt: Eines Tages, erzählt er, trifft er unter den Platanen im Innenhof der Salpêtrière ein altes Paar, redliche Bauersleute, die den Nachtzug nach Paris genommen haben, um ihre Tochter aus der Großstadt heimzuholen. Sie arbeite nämlich, behaupten der Bauer und seine Frau, in der Küche des großen Krankenhauses, und dann holen sie einen Brief hervor, in dem alles genau beschrieben ist. Zu Hause aber gibt es drei Kühe, die versorgt werden müssen, und sechs Schweine. Er habe aber nur die Schrift auf diesem Brief sehen und die Bäuerin genau anschauen müssen, sagt Axel Munthe, um zu wissen, daß diese Tochter schon lange nicht mehr in der Küche gearbeitet, sondern im Krankenhaus Karriere gemacht hat. Er führt die alten Leute in den Krankensaal, und beim plötzlichen Anblick der Eltern stößt Geneviève einen Schrei aus und fällt zu Boden, von heftigen Krämpfen geschüttelt, und das gleiche geschieht mit ihrer Nachbarin und dann auch mit deren Nachbarinnen, so daß sich bald alle Patientinnen in diesem großen Saal biegen und winden, die einen lachend und kreischend, die anderen von Tränen überströmt. Die beiden alten Leute aber fliehen aus diesem Höllentheater, sprachlos vor Entsetzen.

Daraufhin will Axel Munthe einen Plan entworfen haben, einen sehr guten und sehr komplizierten Plan. So gut war der Plan, daß er, im nachhinein, für die Erzählung geliehen werden mußte – er stammt von Guy de Maupassant, aus der Novelle »Horla« von 1887, in der die Geschichte einer Frau erzählt wird, die auf den hypnotischen Befehl eines Arztes in Trance durch die Stadt marschiert und die merkwürdigsten Dinge unternimmt. Hätte Axel Munthe dies selbst vollbracht und wäre dieser Plan gelungen, wäre er der Meister aller Hypnotiseure gewesen. Aber so erzählt er von diesem Plan als von der Tat eines vermessenen Genies: Wohl wissend, daß sich der Ehrgeiz der Mädchen auf den Saal mit den »Grandes Hystériques« und auf die Auftritte bei den Dienstagsvorlesungen richtet, habe er versucht, Geneviève aus der Salpêtrière hinauszuhypnotisieren, ihren Willen durch seinen zu ersetzen, ihr das Hirn zu waschen. Er habe sich die junge Frau zu Studien der hypnotischen Kraft ausgeliehen, sagt er, und sie habe ihm auch tatsächlich gehorcht. Einmal schickt er sie, zur Probe, zu sich in die Praxis in der Avenue de Villiers. Verwirrt sitzt sie in seinem Wartezimmer, völlig ahnungslos, warum sie hergekommen ist, aber gewiß, daß sie es hat tun müssen. Doch beim zweiten, entscheidenden Versuch wird Geneviève an der Pforte des Krankenhaus von einer Schwester zurückgehalten – eine Droschke hätte sie wieder in die Praxis bringen sollen, und dieses Mal hätte eine Pflegerin dort gewartet, die Geneviève mit dem Nachtzug in die Normandie hätte zurückbringen sollen. Doch zu dieser

Zeit liegt die junge Frau schon wieder im Saal von Ste. Agnes, von den heftigsten Krämpfen geschüttelt.

Nur einer hätte Geneviève das Geheimnis dieser Hypnose entwinden können, sagt Axel Munthe, nämlich »Charcot selbst«. Es gelang dem Meister. Danach rief dieser seinen ungehorsamen Schüler zu sich. »Es klopfte, und ich betrat das wohlbekannte kleine Heiligtum des Meisters zum letztenmal in meinem Leben. Er hob den Kopf und blickte mich an mit seinen furchtbaren Augen. Sehr langsam sprach er, und die tiefe Stimme zitterte vor Wut, als er sagte, ich hätte den Versuch gemacht, eine Schutzbefohlene seines Krankenhauses, ein junges Mädchen, eine Haltlose, die halb unbewußt handelte, in meine Wohnung zu locken.« Es braucht eine Weile, bis Axel Munthe den Vorwurf in seiner ganzen Schwere begreift. Nicht nur als Aufrührer steht er vor Charcot, als Verräter, Verbrecher und gescheiterter Rebell, sondern schlimmer: als ein Schuft, als einer, der seine medizinischen Kenntnisse und die Hilflosigkeit einer Patientin ausnutzt, um sich diese gefügig zu machen.

Beide, der Meister und Axel Munthe, kennen sich aus auf diesem schlüpfrigen Terrain. Nicht zufällig entblößt Blanche Wittmann, das Idol der Dienstagsvorlesungen, auf dem Gemälde von André Brouillet die Hälfte ihrer Brust, bietet sie, bewußtlos, wie sie sein soll, den Augen des Publikums im Saal der Salpêtrière wie den Betrachtern des Bildes dar. Die Hysterie ist eine sexualisierte Krankheit. Das weiß Axel Munthe, aber sagen will er es nicht. Statt dessen erzählt er im »Buch von San Michele« eine lange Geschichte, wie er einmal versucht habe, einen Homosexuellen von seiner erotischen Neigung zu kurieren, obwohl er doch habe wissen müssen, daß ein solches Vorhaben nicht gelingen könne. Am Ende habe der arme Mann sich umgebracht. Und dann kommt, unvermittelt, der Satz: »Wenn ein Schurke einer

Frau unter tiefer Hypnose suggeriert, sie solle sich ihm hingeben, und sie diese Suggestion ausführt, so bedeutet das, daß sie ebenso bereit dazu gewesen wäre, wenn sie diese Suggestion im normalen Zustande wachen Daseins erhalten hätte.« Selbst wenn es eine Verführung Genevièves gegeben hätte, sagt Axel Munthe, und selbst wenn sie sich so zugetragen hätte, wie Jean Martin Charcot sie habe verstehen wollen, hätte ihn doch keine Schuld getroffen.

Aber die Geschichte geht ohnehin anders weiter. Hinausgeworfen habe man ihn, erzählt er. Der Direktor des Krankenhauses begleitete ihn zur »Loge des Portiers«, und die Loge der Salpêtrière ist, wovon man sich heute noch leicht überzeugen kann, nicht einfach eine Kabine an einem Eingang, sondern ein ganzes Torhaus, das aussieht, als wäre es für eine Festung geschaffen, und auf dem Fries steht gleich zweimal »Liberté, Egalité, Fraternité«. Mit der Polizei drohte Jean Martin Charcot, und allein das rote Band im Knopfloch habe ihn, sagt Munthe, vor einem noch schmählicheren Abschied geschützt – es war wohl Georg Sibbern, der Botschafter der vereinigten Königreiche Norwegen-Schweden, der ihm diesen Orden verschafft hatte. Und Axel Munthe ging, die Wut des Professors noch im Ohr, und so durchdringend war diese Wut, daß sie noch vierzig Jahre später deutlich zu hören war, in einem anderen Land, in einer anderen Medizin, auf einer italienischen Insel, unter Bauern und Fischern.

Dennoch verwandelt Munthe die Demütigung, die ihm widerfahren sein soll, in einen Sieg. Denn er läßt Jean Martin Charcot als Repräsentanten der modernen Metropole auftreten, als einen Meister verblendeter Massen, als Herrn über eine Fabrik der Nervenkranken, der eingebildeten zumal. Axel Munthe nimmt sich auf seine Weise des Kultes der Nerven an und praktiziert ihn aus dem Salon an die frische

Luft. »Ich weiß, was uns fehlt, euch und mir«, will er die Kastanien von Paris angeredet haben, »wir brauchen Luftwechsel, wir möchten fort aus der Atmosphäre der Großstadt. Aber wie kommen wir aus diesem Inferno heraus, ihr mit euren schmerzenden Wurzeln, die unter dem Asphalt eingekerkert sind mit dem Eisenring unter euren Füßen, und ich mit all diesen reichen Amerikanern im Sprechzimmer und einer Menge anderer Patienten in ihren Betten? Und wenn wir gingen, wer würde sich um die Affen kümmern im Jardin des Plantes?« Hinaus geht es aus der großen Stadt, aus der Welt der eingedrückten Seelen und schmalen Brüste, der spitzen Augen und klebrigen Finger, der Aufdringlinge, der Unverschämten, der Schrei- und Schreibhälse, der überheizten Ehrgeizigen.

Nun versteht Axel Munthe sich als Geheimagent des gesunden Landlebens, als Arzt von rechtem Schrot und Korn, der den klassischen Beruf gegen den modernistischen Zauber eines Neuropathologen ausspielt. »Kenner hypnotischer Phänomene«, schreibt er am Ende der Erzählung, in der er von seinem Zerwürfnis mit Jean Martin Charcot berichtet, »haben längst den Stab über jene berühmten Schaustellungen in der Salpêtrière gebrochen, die damals meine Ungnade zur Folge hatten.« Merkwürdig nur, daß sich in den Archiven dieses Krankenhauses, in den Akten, den Personalunterlagen und Protokollen nicht ein einziger Hinweis auf diesen Arzt findet. Es ist, als hätte es Axel Munthe dort nie gegeben.

12.
Der Vampir an Herz und Hirn

Die modernen Wohnungen, erklärte der Münchner Privatgelehrte Oswald Spengler kurz nach dem Ersten Weltkrieg, seien »überhaupt nicht mehr Häuser, in denen Vesta und Janus, die Penaten und Laren irgendeine Stätte besitzen, sondern bloße Behauptungen, welche nicht das Blut, sondern der Zweck, nicht das Gefühl, sondern der wirtschaftliche Unternehmungsgeist geschaffen hat. Solange der Herd dem frommen Sinn der wirkliche, bedeutsame Mittelpunkt eine Familie ist, so lange ist der wirkliche, bedeutsame Mittelpunkt der Familie nicht verschwunden. Erst wenn auch das verlorengeht und die Masse der Mieter und Schlafgäste in diesem Häusermeer ein irrendes Dasein von Obdach zu Obdach führt, wie die Jäger und Hirten der Vorzeit, ist der intellektuelle Nomade völlig ausgebildet.« Für die Penaten und Laren sorgte Axel Munthe, nachdem er sich auf Capri niedergelassen hatte. Ein Reisender blieb er trotzdem, ein Leben lang.

Noch einmal – soll es jetzt das letzte Mal sein? – verläßt Axel Munthe einen Zug in der Gare du Nord. Ein Entschluß ist in ihm herangereift. Noch ist er nicht ganz deutlich, aber eines ist klar: So kann es nicht weitergehen, es muß sich etwas verändern, und was hier nicht möglich war, kann vielleicht dort geschehen. Nur was? Sechsunddreißig, achtundvierzig Stunden sitzt Axel Munthe in der Eisenbahn, mit rußgeschwärztem Gesicht, in denselben Kleidern, im Rauch der Zigaretten, ein Gefangener in seinem Abteil, mit Menschen, die er nicht kennt, die ihn zwingen, sich ihre Gesichtszüge zu merken, ihren Gesprächen zuzuhören, deren Körper, endlich im Schlaf zusammengesunken, sich wie auf einem Schlachtfeld zusammenfinden. Egal, es geht hierhin, dorthin, in einer permanenten Wechselwirtschaft, die auf der grenzenlosen Unendlichkeit der Veränderung beruht und nicht mehr zur Ruhe kommt. Man ist es müde, auf dem Land zu leben. Man reist in die Hauptstadt. Man ist seines Heimatlandes müde. Man reist ins Ausland. Man ist des kühlen Nordens müde. Man reist in den Süden. Man gibt sich einer schwärmerischen Hoffnung hin auf ein unendliches Reisen von Stern zu Stern und reist mit der stinkenden, rußenden Eisenbahn.

Ein Leben lang begegnet Axel Munthe den bekanntesten Gestalten der Geschichte, ein Leben lang reist er zu den spektakulärsten Orten, immer wieder und immer wieder neuen. Ein Leben lang ist er zur Stelle, wenn irgendwo in Europa etwas Großes und Bewegendes passiert. Stets taucht er zur richtigen Zeit an den entscheidenden Orten auf, und stets sieht es so aus, als hätte ihn der Zufall einbestellt: Aus Paris flüchtet er nach Lappland, von Lappland reist er, der große Improvisator von Lebensumständen, nach Neapel, um bei der Choleraepidemie zu helfen. Heute segelt er in Antibes, morgen geht er, ein Wasserglas in der Hand, durch den Kurpark von Bad Schwalbach, übermorgen zieht er, staubbedeckt bis zu den Wimpern, in Algier ein. In Rom läßt er sich 1890 in der Wohnung nieder, in der John Keats gelebt hatte und gestorben war. Drei Jahre später wird er zum Leibarzt der schwedischen Kronprinzessin Victoria berufen und pendelt fortan zwischen Schweden, London, Karlsruhe, Rom und Capri hin und her. Die Zarin will ihn während einer Seefahrt auf der Ostsee abwerben.

Im Ersten Weltkrieg dient Munthe auf britisch-französischer Seite als Feldarzt auf den Schlachtfeldern von Flandern. In den frühen zwanziger Jahren besucht er, versehen mit Empfehlungsschreiben berühmter und einflußreicher britischer Patienten, den Archäologen Howard Carter im Tal der Könige bei Luxor, wo dieser gerade das Grab von Tut-anch-Amon geöffnet hat. Er wiederholt seinen Besuch, bald ist Howard Carter sein »Freund«, auch wenn jener ihn später einmal vor die Tür setzt. Axel Munthe ist in New York, in Biarritz und auf Öland. Er liest die Landkarten und studiert die Fahrpläne, er sitzt in den Waggons und steht im Morgengrauen an der Reling, er verwandelt die Welt in ein imaginäres Freilichtmuseum – ein Lappenzelt jenseits des Polarkreises, die Cholera in Neapel, eine Besteigung des Matterhorns. Oder war es der Montblanc, oder war es das Erdbeben von Messina, oder war es eine Kunsthandlung in London? Ein solcher Reisender behandelt die Welt wie ein flüchtiger Leser eine Bibliothek. Er liest die Bücher nicht, sondern schlägt sie nur hier und da auf und legt sie nach ein paar Seiten aus der Hand. Axel Munthe ist einer der flüchtigsten Leser unter den Reisenden.

Zurückgelegt werden diese Reisen mit dem Schiff oder mit der Eisenbahn. Seit dem Jahr 1866 gibt es eine Bahnverbindung von Rom nach Neapel, jenseits der staubigen Landstraßen und schlechten Pensionen, unerreichbar für Banditen. Vom Bahnhof Charing Cross nach Turin? Der Zug braucht zweiundzwanzig Stunden. Von Genua mit dem Schiff bis unter den Vesuv? Zwei Tage. Die Namen der Häfen sind von alters her bekannt. Neue Namen kommen dazu. Der Tunnel durch den St. Gotthard, die Verbindung von Luleå nach Boden in Nordschweden, die Bahn von Rom nach Campobasso im Apennin – all diese Namen rufen Prospekte ins Gedächtnis, ein Hochgebirge mit eingesprengtem Höhlenweg, einen tiefen Fichtenwald mit einsamer Lokomotive, einen brausenden Abgrund mit gemauerten Pfeilerbögen, einen Zug mit schwarzer Rauchfahne, eine Meeresbucht, gerahmt von Gleisen, ein Dampfschiff in der Mitte. Durch solche Ansichten bewegt sich Axel Munthe, eine Gestalt von äußerster Unbeständigkeit, in einer nicht mehr enden könnenden Irrfahrt, in einer schlechten Unendlichkeit.

Der französische Historiker Jules Michelet pries in seiner »Bible de l'humanité« von 1864 das Glück jenes Zeitalters: die Technik ermögliche den Menschen, die ganze Menschheit zu umspannen und im gegenwärtigen Augenblick zu vereinen. Und Friedrich Nietzsche meinte: »Auf Bergen zu wohnen, viel Reisen, schnell von der Stelle zu kommen – darin kann man sich jetzt schon den griechischen Göttern gleichsetzen.« Die zweite Hälfte des neunzehnten Jahrhunderts und die ersten Jahrzehnte des zwanzigsten sind die Zeit des Reisens. Die Welt schrumpft, verwandelt sich in einen Innenraum, den man kreuz und quer durchfahren kann. Die Landschaft aber ist nicht mehr dieselbe, die sie war, als man sie zu Fuß oder mit dem Pferdewagen durchquerte. Die Ausblicke aus den europäischen Zugfenstern haben an Tiefe verloren, sie sind nun Teile einer Panoramawelt, die weniger der Landschaft zugehört, als daß sie als imaginärer Besitz auf ihren Betrachter und Schilderer übergegangen ist. Der Blick kennt keine natürlichen Hindernisse mehr, und Europa verwandelt sich in eine Kostümschau der Moral, der Sitten und Gebräuche, in ein Mischgebilde aus Prospekt, Museum und Kultstätte.

Nach den Ereignissen von Paris, sagt Axel Munthe (der Leser versteht: nach dem Zerwürfnis mit Jean Martin Charcot), habe er keine Ruhe mehr finden können, so wie die nervösen Patienten keine Ruhe mehr fanden. Der Arzt nahm die Züge seiner Klientel an. »Bald schlief ich überhaupt nicht mehr, es setzte eine akute Schlaflosigkeit ein, so furchtbar, daß sie mir fast den Verstand raubte. Schlaflosigkeit tötet den Menschen nicht, wenn er sich nicht selber tötet, aber sie ist der häufigste Grund zum Selbstmord, denn sie tötet seine Lebensfreude, sie zehrt an seiner Kraft, sie saugt ihm wie ein Vampir das Blut aus Herz und Hirn.« Des Nachts läuft er herum, rastlos, in einer Dunkelheit, die keinen Frieden mehr gewährt. Und auch der Tag ändert sich. Er wird von der Nacht aufgefressen, verliert seine Klarheit, und Axel Munthe wird reizbar und launisch. Er könne nicht schlafen, sagt er, und die Schönheit seiner Welt leidet sehr darunter. Dann nimmt er Morphium.

13.
Der Himmel über Grez-sur-Loing

»Der geschichtlichen Hochspannung müde«, erläutert der Kunsthistoriker und Museumsdirektor Werner Hofmann, »strebten die Maler in die behaglichen und schützenden Formen der Landschaft. Mit den Erlebniswerten des Nahen und Anspruchslosen erschließt sich diese Besinnung auch neue, bis dahin unbeachtete Landschaftsräume: die Heimat, das Dorf, den vorstädtischen Garten, die Kleinstadt. Neue Bildformen – der im Vorübergehen erhaschte Ausschnitt, der alltägliche Fensterausblick – geben der Naturwahrnehmung die intime Fassung. Wie der Mensch die Landschaft erlebt, so sieht er auch sich selbst in ihr: zutraulich und arglos, liebenswürdig einfältig und unbescholten.«

Das Dorf Grez-sur-Loing besitzt den Vorteil, in der Île-de-France zu liegen. Es befindet sich weit genug von Paris, um schon zum Lande gerechnet zu werden, ein paar Kilometer von einer wenig befahrenen Bahnlinie entfernt. Anfang Januar ist der Boden schneefrei. Die Bauern pflügen den Akker und fahren den Dung hinaus. Kohl und Rüben stehen grün und werden je nach Bedarf geerntet. Der Pfirsich blüht im März, der Wein erfriert zuweilen in der Blütezeit. August Strindberg lebt hier, ein halbes Jahr lang, im Frühjahr 1886 (Axel Munthe hatte ihm zwei Jahre zuvor ein Gesundheitszeugnis für die schwedische Lebensversicherung ausgestellt). Der Schriftsteller ist nicht allein. Eine ganze Gruppe von Malern aus den skandinavischen Ländern hat sich zwischen Bauern niedergelassen, zuerst in Barbizon, dann in Grez-sur-Loing, denn das Leben ist hier viel billiger als in

Paris, selbst als in Montparnasse oder am Montmartre, und in beiden Orten hat sich eine Künstlerkolonie gebildet. Es ist nicht das erste Mal, daß der Norden solche Boten in den europäischen Süden ausgesandt hat. Die erste Generation allerdings war nach Italien gegangen. Dort hatte sie Ruinen gemalt und steile Felsküsten, heroische Landschaften. Zu den von neuen Helden besiedelten Gegenden hatte auch die Osteria in Rom gehört, und aus diesen Verhältnissen konnte man nach Hause, nach Kopenhagen oder Stockholm oder Karlsruhe, zurückkehren wie von einer großen Expedition. Wer hingegen eine Generation später nach Paris ging, der lebte und malte in kleinerem Maßstab.

Jetzt ist es Frühsommer, ein warmer Tag, zwischen Haus und Garten steht ein langer Tisch. Um die Tafel sitzt und steht ein knappes Dutzend Künstler. Lange schon hatte sich ihr Umzug ins Freie angekündigt. Eugène Delacroix hatte wilde Tiger porträtiert, aber sie wirken seltsam puppenhaft. Théodore Géricault hatte das Floß der Medusa gemalt und dafür Studien an Leichen gemacht. Caspar David Friedrich hatte seine Landschaften im Atelier montiert. Sie alle suchten das Äußere von innen, und selbst wenn sie aus den geschlossenen Räumen, aus den Salons, der Akademie, den Dachböden hinausstrebten, sammelten sie dort nur den Stoff, um dann wieder hinter Mauern und Fenster zurückzukehren. Das Interieur muß zu jener Zeit, allem Impressionismus zum Trotz, noch etwas so Zwingendes gehabt haben, daß Jules Verne im Jahr 1879 für seinen Roman »Zwanzigtausend Meilen unter dem Meer« das elektrifizierte Unterseeboot »Nautilus« wie einen Pariser Salon jener Zeit ausstattete, Kunstsammlung, Bibliothek und Orgel eingeschlossen. Dann versinkt das Schiff im Maelstrom, die Helden werden ans Ufer gespült und erwachen, den kalten Wind der Lofoten in der Nase.

Wenn man nun ins Künstlerdorf hineinschaut, sieht man zwei Reihen einstöckiger Häuser die große Straße flankieren, die nur in der Mitte gepflastert ist. Auf beiden Seiten des Pflasters laufen Rinnsteine, an den Häusern entlang ist die Straße nicht gepflastert. Im Rinnstein plätschern Enten, und auf der Straße spazieren die Hühner. Das erste Haus, das auffällt, ist die Buvette oder Schenke. Sie hat einen Wacholderstrauch als Schild ausgesteckt. Dahinter ist das Schild des Bäckers zu sehen. Noch ein paar Schritte weiter liegt das Hotel Chevillon (»Jardins et Bosquets, Bâteaux, Pêche et Promenade«), in dem sich Handlungsreisende und Touristen niederlassen. Wo die Straße eine Biegung macht, steigen die Ruinen der alten Burg in die Höhe, unter deren Schutz diese Bauern sich einst angesiedelt hatten, deren Namen und Besitzer aber vergessen wurden.

Am Gartentisch schreibt einer, ein anderer liest, ein dritter malt. Einer steht auf. Er ist nicht mehr ganz nüchtern: »Du malst wie ein Gott, Lundström«, sagt er zum Mann an der Staffelei. Ein anderer fällt ein: »Darf ich mir auch mal den Spinat ansehen?« Alle wissen: Dieser Gefährte bewundert grundsätzlich nichts. Das Motiv auf der Leinwand ist einfach und allen vertraut: Es ist das weiße Haus der Pension Laurent in Grez mit seinem steilen Dach gleich nebenan, vom Garten aus betrachtet. Auch auf dem Gemälde ist es Frühsommer. Die ganze untere Hälfte ist von einer Wiese bedeckt. Das Gras ist hoch geschossen, die Fruchtstände tragen einen Anflug von Gelb, eine leichte Brise scheint durch die Halme zu fahren, so daß sie sich wie Wellen bewegen. »Du mußt etwas in den Vordergrund setzen«, meint der Besserwisser, »eine Vordergrundskuh.« – »Schwatz nicht«, antwortet Lundström. – »Tu, was ich sage, sonst verkaufst du es nicht! Setz eine Figur hin, ein Mädchen, ein Tier. Ich helfe dir, wenn du es nicht kannst.« – »Laß das.« Die Runde schweigt, nach einer Weile fängt der Quälgeist wieder an, dieses Mal schmollend: »Verkaufen wirst du das nicht.« Er bekommt keine Antwort mehr.

Am unteren Ende des Tisches sitzt Axel Munthe, heiter, charmant, schwatzend. Er trägt einen kurzen Kinnbart, der dem weichen Kinn ein wenig Charakter verleiht: »Als ich auf Sizilien war«, erzählt er, »bei Taormina, wollte ich unbedingt den berühmten Räuberhauptmann Leone und seine Bande kennenlernen. Ich ging in die Berge, und ich ging so vor mich hin, da wurde ich plötzlich von wüst aussehenden Burschen umstellt. Nicht ich hatte sie gefunden, sondern sie mich. Aber die Räuber waren selbst gerade nur entwischt, der Hauptmann war gefangengenommen, und ich mußte mich um die Wunden kümmern. Drei Tage blieb ich bei ihnen, saß mit ihnen am Lagerfeuer, sang ihre Lieder, und die Brüder Gunelli, Leones Adjutanten, wurden meine Freunde.« Den Künstlern gefällt diese Geschichte. Axel Munthe hat einen angenehmen Bariton. Manchmal improvisiert er auf dem Klavier, singt schwedische und italienische Volkslieder, was in dieser Runde auf großen Beifall stößt. Irgendwo hier ist auch seine Frau, aber man sieht sie gerade nicht. Er sitzt hier nicht nur, weil es keine Künstlerkolonie ohne Arzt gibt, sondern auch, weil er die meisten dieser Künstler kennt, schon seit vielen Jahren, von daheim, aus Stockholm.

Es sind Schweden, und sie sind alle seine Patienten. Prinz Eugen, der vierte und jüngste Sohn von König Oskar II., ist auch sein Patient, nicht nur, weil er malt und bei Léon Bonnat lernt, sondern vor allem, weil er ebenfalls ein Schwede ist. »Außer den skandinavischen Arbeitern in Pantin und La Villette«, schreibt er im »Buch von San Michele«, »zusammen über eintausend, die immer einen Arzt brauchten, gab es die Künstlerkolonie in Montmartre und Montparnasse, wo es immer an Geld fehlte, Hunderte von Malern, Bildhauern, Autoren ungeschriebener Meisterwerke in Vers und Prosa, überlebende Exoten aus der Boheme Henry Murgers. Einige standen schon an der Schwelle des Erfolgs wie Edelfelt, Carl Larsson, Zorn und Strindberg, aber die meisten lebten nur von ihrer Hoffnung.« Allerdings hatte der größte Teil dieser Künstler die Stadt wieder verlassen und war ins Freie gerückt, um jetzt wieder dem Arzt einen Platz in ihrer Mitte zu geben. Ernst Josephson, auch er einer dieser nordischen Maler in Paris und der Île-de-France, einer von den erfolgloseren, malt den offiziellen Arzt der Legation des Königreichs Norwegen-Schweden als Mitglied der Avantgarde, des geheimen Ordens, den man Boheme nennt: Einen noch sehr jungen Mann sieht man auf dem Bild, mit runder Brille, das rechte Glas matt geschliffen, einen Jüngling mit vollen Lippen und halb geöffnetem Mund. Der Blick geht hoch hinaus ins Leere, als schweife er schon über das Meer.

Das Dorf ist von einer Mauer umschlossen. Sie besteht aus den Rückseiten der Häuser und ist fensterlos. Das Dorf ist blind. Hat die Fenstersteuer oder die Notwendigkeit der Verteidigung diese langen Mauerreihen geschaffen? Vielleicht beides. Das Dorf ist weiß, hat aber Dächer aus geschwärzten flachen Ziegeln. Es ist heiter und traurig zur gleichen Zeit. Wie es so daliegt, kann das Dorf nur in einer fruchtbaren Ebene existieren, in einem milden Klima, wenn der Wind feucht von Westen weht. Vor den Malern erstreckt sich eine kultivierte Landschaft. Das Gewöhnliche, ein Garten, ein Haus auf dem Land, der Schlamm einer Straße hat das Dramatische, den Mord, die Klippen und den Wasserfall, die Orgie, die erotische Herausforderung und die wilde Anekdote verdrängt. Das Auge will nun nicht mehr erregt werden. Es will Zufriedenheit, Trost, Verwurzelung, es verlangt nach Dauer, nach dem Gegenteil der flackernden Lichter und der rasend sich bewegenden Menschenmengen von Paris. Es will Gras sehen, das im Frühsommer von einer leichten Brise bewegt wird.

August Strindberg, der Schreibende am Tisch, hebt plötzlich den Kopf: »Ich stelle mir vor«, sagt er, laut, aber mit dem Blick nach innen gewandt, als redete er nur zu sich selbst, »einige Sommer meines Lebens darauf zu verwenden, Europa zu entdecken, wie Stanley Afrika entdeckte! Alle Welt schreibt über die Hauptstädte, die Museen, die alten Denkmäler, die Zeitungen und die Agenten der Polizei, über die Theater und über die Hotels, aber keiner spricht über die Menschen auf dem Lande und über deren Lebensweise, obwohl sie es sind, auf denen die Stadt und die ganze Gesellschaft ruht.« Er geht tatsächlich. In diesem Sommer schreibt er, in rasender Eile kreuz und quer durch Frankreich ziehend, seine Reportagen »Unter französischen Bauern«, das Werk einer zu Literatur gewordenen Landbegehung, einer poetischen Volkswirtschaft, in welcher der Hektar Reben in Burgund mit dem Hektoliter amerikanischen Weizens im Hafen von St. Nazaire verrechnet wird. Axel Munthe aber praktiziert als Arzt, was die schwedischen Maler in Grez-sur-Loing, dem weißen, fensterlosen Dorf mit den schwarzen Dächern, an ihren Staffeleien vorgeführt haben. Er widmet sich fortan einer besonderen Art der Freiluftmalerei: einer therapeutisch auftretenden Lebenskunst.

14.
Fahrt in die Unterwelt

»In der unteren Stadt«, heißt es in einem wissenschaftlichen Werk über die Cholera, wie sie im Jahr 1884 Neapel heimsuchte, »betrug die totale pro Person zur Verfügung stehende Fläche acht Quadratmeter – eine Zahl, die mit dem anderen Extrem unter den europäischen Großstädten zu vergleichen ist, mit London, wo sich jeder Einwohner auf durchschnittlich 344 Quadratmetern bewegen konnte. In den unteren Stadtteilen von Neapel war der Mangel an Platz so außerordentlich, daß sich die Bevölkerung in vertikale Batterien stopfte, in denen jeweils sieben oder acht Menschen hausten, oft mehr als nur eine Familie, in einem einzigen fensterlosen Raum, der gleichzeitig als Küche, Wohnzimmer, Schlafzimmer und Latrine diente. Für viele mußte derselbe Raum auch bei Tag als Werkstatt und bei Nacht als Lager herhalten. In Zeiten von Epidemien wurde er als Krankenstätte genutzt. In der Vico Fico betrug die durchschnittliche Größe eines Raumes, der von sieben Menschen bewohnt wurde, fünf Quadratmeter, wobei die Decke so niedrig war, daß sie die Bewohner zu erdrücken schien. Eine Doppelmatratze, auf der fünf Menschen schliefen, beanspruchte die halbe Fläche in dieser Höhle, was gerade genug Platz für eine einfache Strohmatte ließ, auf der die verbleibenden zwei Bewohner nächtigten.«

Am späten Abend soll der letzte Zug aus Rom in Neapel ankommen. Doch die Waggons sind schon kurz nach der Abfahrt, in Albano, so gut wie leer, in Ceprano ist das Buffet verwaist, in Caserta fällt der Schaffner tödlich krank zu Boden. Je näher der Zug der *campagna felice* kommt, desto mehr gleicht die Reise einer Fahrt mit der Geisterbahn. Als der Zug endlich den Bahnhof Napoli Centrale erreicht, sitzt nur noch ein Passagier in den Waggons: ebenjener Arzt, der gerade noch im schwedischen Norden gewesen war – das sagt er, auch wenn er zu ebenderselben Zeit vielleicht in einem Stockholmer Salon gesessen und die Katastrophe ihn noch nicht erreicht hatte. Die Bahnsteige liegen verlassen. Über Neapel ist die Quarantäne verhängt. Kein Träger hilft ihm mit dem Gepäck. Dunkel und verlassen ist die hohe Halle unter ihrem Dach aus Glas und Eisen, die Schritte des Reisenden hallen auf der steilen, breiten Treppe, die hinauf ins Foyer führt. Es riecht nach Karbol. Ein paar Schritte noch, an ein paar unruhig aufblickenden, aber schweigenden Polizisten vorbei, die große Tür schwingt zurück und quietscht leise. Dann blickt der Reisende in eine Vorhölle. Braune Wolken von Phenolsäure wälzen sich durch die Stadt. Im flackernden Licht der Fackeln rattern Karren und Omnibusse durch die Straßen. Sie sind gefüllt mit Leichen.

Was macht ein Modearzt aus Paris in einer solchen Umgebung? Warum will er erleben, wie aller Anstand, alle Scham, die Ordnung seiner Gesellschaft im Schmutz, in menschlicher Jauche versinken? Warum schaut er zu, wenn Kranke, zur Fratze erstarrt, noch lebend in die Massengräber geworfen werden, warum sieht er den Ratten hinterher, die, von Schwefeldämpfen aufgescheucht, wie tollwütige Hunde durch die Gassen toben? Was verbindet ihn mit den Kutschern, die tot auf ihren Droschken sitzen? »Nie hatte ich solche Ratten gesehen«, erzählt Axel Munthe, »sie waren völlig kahl mit sonderbar langen roten Schwänzen, glühenden, blutunterlaufenen Augen und spitzen schwarzen Zähnen, lang wie Zähne von Frettchen.« Sodom und Gomorrha hätten den Vergleich mit der Stadt Neapel, wie sie dieses Mal von der Seuche heimgesucht wurde, nicht scheuen müssen. Und wenn Axel Munthe vom Verfall der Sitten berichtet, von plötzlichen Überfällen der Sinnlichkeit, die zu jener Zeit in allen Rapporten aus Neapel eine Rolle spielen, kokettiert auch er mit plötzlich auftretenden (aber natürlich scheiternden) Anfällen von Fleischeslust.

Seltsam, wie viele Ärzte und aufopferungswillige Menschen es in jenen Monaten nach Neapel gezogen hatte, dem großen Risiko, das die Cholera damals auch für das medizinische Personal bedeutete, zum Trotz. Aus dem Juliusspital in Würzburg war Theodor Escherich, später einer der Pioniere der Kindermedizin, herbeigeeilt, aus Florenz kam der Anarchist, Mechaniker und gescheiterte Arzt Errico Malatesta, und der italienische Mediziner Arnaldo Catani experimentierte mit Gerbsäure in großen Mengen. Es war erst ein Jahr her, daß Robert Koch auf einer Reise durch Ägypten und Indien den Choleraerreger, den »Kommabazillus« hatte identifizieren können. Diese Nachricht war wie ein Lauffeuer durch die medizinische Welt gegangen. Seitdem war bekannt, daß die Cholera nur durch Ausscheidungen, nicht schon durch die Berührung von Erkrankten oder gar das Einatmen verseuchter Luft übertragen werden konnte. Daraus ergab sich, was zu tun war: den Verkehr aus und zu betroffenen Gebieten kontrollieren, das Trinkwasser vom Abwasser trennen, Desinfizieren, Abkochen, Reinigen. Die Aufmerksamkeit, die im Jahr 1884 die Epidemie von Neapel in ganz Europa erregte, galt der ersten Seuche nach Robert Kochs Entdeckung. Hier, im italienischen Süden, ließ sich das neue Wissen erproben.

So hat auch die Fürsorge ihre Entdecker. Und es waren oft Einzelgänger, die damals den Daheimgebliebenen ganze Kontinente des Leidens eroberten, Abenteurer und Unternehmer des Elends, die Katastrophen fanden, vorangetrieben von einer ebenso öffentlichen wie volkstümlichen Bereitschaft zum Mitleiden, die etwas völlig Neues gewesen sein muß und plötzlich zu Völkern und Landschaften vordrang, die einem zuvor völlig gleichgültig gewesen waren. Diese Bereitschaft inspirierte das zwanzig Jahre zuvor gegründete Rote Kreuz ebenso wie die Gegengesellschaft der Heilsarmee, die, 1878 geschaffen, mit ihren kuriosen Generalen, Offizieren und gemeinen Soldaten in bislang noch nicht entdeckte Zonen der Gesellschaft vorstieß wie die britischen Kolonialtruppen in das Innere Afrikas. Sie alle erschlossen den Daheimgebliebenen ein Leiden, das Mitleiden hervorruft, und ein Mitleiden, das selbst ein Leiden ist – Mitleiden und Leiden, Betrachtung und Gegenstand, beides vereinigte sich, floß ineinander und eröffnete ein ganz neues Gefühl, den Selbstgenuß in der weltlichen Sühne, den Stolz auf das Opfer für andere.

»›Carmela, l'ha presa stanotte‹ (es ist Carmela, sie ist heute nacht krank geworden), schluchzt die Mutter. Carmela ist ihre Tochter, sie war so gut zu ihrem Vater und wachte so zart über ihn. Wir gehen hinauf. In der einen Ecke liegt die Leiche des Vaters, zwei Kerzen brennen auf dem Boden davor, und sogar einige halbverwelkte Blumen haben sich hierhin verirrt und liegen neben dem Kopf des Toten. Die Leiche ist nicht bedeckt, denn die Decke, die die Mutter unten hielt, um die Tochter zu wärmen, war die einzige der Familie. Die Tochter friert gewiß, sie ist so kalt. Das Mädchen liegt an der Wand gegenüber, so nahe, daß sie den Toten berühren könnte, wenn sie die Hand ausstreckte. Armut, furchtbare, unglaubliche, namenlose Armut.«

In Neapel, sagt Axel Munthe, seien auf dem Höhepunkt der Epidemie täglich mehr als tausend Menschen gestorben. Das ist vermutlich sehr übertrieben. Insgesamt, behauptet die Statistik der italienischen Behörden, habe die Seuche und deren Folgen etwa achttausend Menschenleben gefordert. Aber was macht es schon, wenn Axel Munthe übertreibt? Er war da, so wie er schließlich im Ersten Weltkrieg zur Stelle war, um in den Feldlazaretten von Flandern zu arbeiten. Um Arzt zu sein, aber vor allem, um dagewesen zu sein und zu berichten. Denn Leiden muß entdeckt werden, ehe sich die Hilfsbereitschaft zeigen kann. Das Mitleid braucht Bilder und Erzählungen, wenn sich das Unglück in weiter Ferne zeigt. In Neapel, im Jahr 1884, beginnt Axel Munthe zu schreiben, weniger Reportagen als vielmehr kleine Szenen, in denen sich der Blick eines nördlichen Beobachters mit einem südlichen Gefühl und einem Appell an das Mitleid verbindet: »Briefe aus einer trauernden Stadt«. Sie sind zuerst an Zeitungsleser in Stockholm adressiert. Und als die Cholera einige Wochen später auch in Paris auftrat und Axel Munthe dorthin, nach Hause, reiste, war sie bei weitem nicht mehr so interessant wie in Neapel.

Noch einmal reiste Axel Munthe an den Ort einer Katastrophe, viele Jahre später, im Dezember 1908, als ein Erdbeben die Städte Messina auf Sizilien und Reggio Calabria auf der anderen Seite der Meerenge in Schutt und Asche gelegt hatte. An die siebzigtausend Menschen starben. Und Axel Munthe half und berichtete nach Hause (so wie es auch Maxim Gorkij tat), beflügelt vom Pathos des Helfens und von der Neugier auf den Tod.

15.
Die Gesellschaft lieben und verachten

Der Welterfolg »Das Buch von San Michele« zog Parodien in großer Zahl nach sich. Eine von ihnen stammt von Robert Neumann, einem der bekanntesten Feuilletonisten der zwanziger und frühen dreißiger Jahre:»Wenn die von mir mit eigenen Händen ausgegrabene antike Marmorstatue des Aesculapius in meinem Capreser Felsenneste eines besinnlichen Abends, während drunten der Golf von Neapel im letzten Rote verdämmert, mit mir Zwiesprache zu halten begänne und mich fragte: ›Was hat dich glücklicher gemacht in deinem Leben, Kollegengunst oder Patientendank‹ – ich würde nicht zögern und mit so heller Stimme, daß meine vier Hunde erschrocken aufwinselten und vielleicht sogar der alte Pavian Hosea verwundert herüberblickte, zur Antwort geben: ›Letzteres!‹« Die Parodie endet damit, daß Munthe die Wanzen im Zimmer einer armen Patientin mit Hilfe einer Taschenflöte und »Schalmeien, wie sie die melancholischen Fischer auf dem Mälarsee zu spielen pflegen«, zum Haustor hinausbläst.

Axel Munthe scheint allein gewesen zu sein, hauptsächlich allein. Ein Hund war an seiner Seite, manchmal waren es sogar zwei oder drei, als Gesellschafter auf dem Weg in die äußerste Privatheit. Zuweilen ein Affe, dann ein Mungo, einmal ein Esel. Nie scheint er einen menschlichen Gefährten besessen zu haben, der öfter an seiner Seite erschienen wäre – zu gewissen Perioden, für ein paar Seiten treten Freunde oder Männer auf, von denen er behauptet, sie seien irgendwann seine Freunde gewesen. Dann verschwinden sie wieder. Offenbar hat es zu keiner Zeit jemanden gegeben, der ihn durch die Jahre begleitet hätte. In völliger Ungebundenheit will er gelebt haben, allenfalls gelegentlich, und dann eher aus Mitleid denn aus praktischer Notwendigkeit, eine Art Haushälterin um sich duldend, in einer ungewöhnlichen, kühnen Einsamkeit, in einem Alleinsein, das um so eindrucksvoller wirkt, als er mit seinen Lesern sehr intim umgeht, ihnen vom Persönlichsten erzählt, von seiner Furcht und seinen Niederlagen. Glücklich schätzten sich deshalb seine Leser.

Denn die Leser haben teil an beidem. Er ist mit ihnen allein, auf Distanz zum Rest der Welt, und gleichzeitig genießt er mit ihnen die Bemühungen der Reichen und Berühmten um seine Aufmerksamkeit. Axel Munthe weiß dieses Ineinander von Abstand und Bewunderung zu inszenieren. Im Eingang zu seiner Praxis in Rom, erzählt der norwegische Schriftsteller Björnsterne Björnson, liegt ein Tablett mit den Visitenkarten seiner Patienten. Ein großer Haufen ist da im Lauf der Zeit zusammengekommen, und der Arzt demonstriert seine Gleichgültigkeit gegenüber Rang, Reichtum und Stand, indem er ihn einfach liegenläßt. Ganz oben aber liegt die Karte des britischen Premierministers William Gladstone, so, als wäre dieser gerade eben dagewesen. Sie liegt dort mit einiger Beharrlichkeit, denn sie ist jedesmal ganz obenauf, wenn Besuch kommt. Wenn Axel Munthe sich in das gesellschaftliche Leben begibt, macht er stets zwei Dinge gleichzeitig: Er sorgt für eine Sensation, und er demonstriert seine Gleichgültigkeit gegenüber dieser Sensation. Er ist blasiert und beflissen zugleich.

Außer William Gladstone tritt auf: »ein alter Freund von der École des Beaux Arts her«. Aus der Ferne winkt »mein Jugendfreund, Graf Giuseppe Primoli«. Es schaut noch jemand um die Ecke: »Das mußte ja I. K. H. die Kronprinzessin von Schweden sein«. Und viel gibt es zu erzählen aus der Zeit, »als die Kaiserin Eugénie bei ihrem ersten Besuch in San Michele in greifbarer Nähe vorüberschritt«, als Kronprinz Rudolf von Österreich zum Mittagessen vorbeikam, obwohl er Jahre zuvor Selbstmord begangen hatte (oder scherzt hier Axel Munthe?), und auch »mein Freund Henry James im Pyjama« machte seine Aufwartung. Vor der Marina Grande lag die Yacht des Aga Khan. Die Kollegen sind ebenfalls berühmt: »Von Professor Bruzelius, dem berühmtesten Arzt Schwedens in jenen Tagen, wurde ich gebeten, einen seiner Patienten aus San Remo abzuholen, einen schwer lungenkranken jungen Mann, der den Winter dort verbracht hatte.« Jean Martin Charcot schickte ebenfalls Patienten. Über der Eingangstür des Hauses auf Capri »leuchtete das schöne farbige Glasfenster aus dem Cinquecento, die Ehrengabe der Stadt Florenz an Eleonore Duse, das sie mir zum Andenken an ihren letzten Besuch in San Michele geschenkt hatte.« Und stolz erzählt Munthe, daß er, nach nur einem Jahr in Rom und auf Empfehlung des britischen Botschafters, Mitglied des St. James' Club in London geworden war und überhaupt halb London kennt.

Wollte man ein Bild entwerfen von der Haltung, die Axel Munthe der Gesellschaft gegenüber einnahm, im Angesicht der Reichen, der Adligen und der Mächtigen, müßte man ihn sich am Rande der gesellschaftlichen Mitte vorstellen, und stets würde er dieser Mitte, mit gerecktem Kinn, aber in sich hineinlauschend, den Rücken zukehren. Er suchte die große Welt, rieb sich an der Prominenz, drängte sich zu den Diplomaten, den Adligen, den Reichen. Aber wenn sie ihn in ihren Kreisen aufgenommen hatten, schaute er demonstrativ in eine andere Richtung, offenbarte sich als nordischer Mensch, zeigte ein autoritäres Temperament, moralische Strenge, einen Hang zum abstrakten Denken. Er wollte

Dandy und Wüstenheiliger zugleich sein. Er stellte sich aus, wich nicht zurück, wenn es eng oder gar gefährlich wurde, er konnte auftreten wie ein Salonlöwe und hielt dann alle Gesellschaft doch lieber für einen großen, traurigen Betrug. Er besaß sehr früh eine Kamera, wollte aber selbst nicht photographiert werden, er schrieb unter Pseudonym, tat aber alles, um darin schnell erkannt zu werden, er gab vor, sich zurückziehen zu wollen, war aber gleich zur Stelle, wenn auf der Welt etwas geschah, das die Aufmerksamkeit der europäischen Zeitungsleser bannte – und gab dann, was er erlebt, erfahren oder auch nur gehört hatte, mit dem Stolz des Eingeweihten wieder.

In der Geschichte, die Axel Munthe von sich selbst erzählt, fehlen seine Förderer, und es fehlt vor allem einer: Georg Sibbern, der Mann, der als Botschafter von Norwegen-Schweden in Paris den jungen Arzt an seine Legation band, der ihm Empfehlungsbriefe schrieb und mit ihm reiste. Verheiratet mit Maria Soane, einer Enkelin des britischen Architekten, der die Bank of England gebaut und sein Heim zu einem Tempel des Eklektizismus gemacht hatte, kümmerte er sich wie ein Vater um Axel Munthe, und wie ein wohlwollender, freigebiger Patron versorgte er ihn mit Wechseln und Schecks – zuweilen kamen sie einfach so, manchmal forderte Axel Munthe sie, nach Art der Boheme – ohne weitschweifige Begründung und Versprechen auf Rückzahlung – einfach an. Georg Sibbern bezahlte auch die Praxis in Rom, und er trug zur Finanzierung des Hauses von San Michele bei. Vor allem aber führte er Axel Munthe in die Gesellschaft ein, und als dieser, ohne offenbare Verdienste und erst sechsundzwanzig Jahre alt, zum Ritter der Ehrenlegion ernannt wurde, wird er die Ehrung vermittelt haben.

Eine lange Kette berühmter Namen zieht sich durch das »Buch von San Michele«, und sowenig sie zum Zeitpunkt ihres Erscheinens identifiziert werden sollen – in den Erinnerungen an sein Leben kommt Axel Munthe fast ohne Zeitangaben, geschweige denn Jahreszahlen aus –, so beflissen wird jede einzelne seiner berühmten Bekanntschaften präsentiert, oft mit Rang, Beruf und Titel, als hätte sie bei ihrem Eintritt in diese Memoiren ihre Visitenkarte abgegeben. All diese Namen versammeln sich in einem imaginären Salon, in einer einzigartigen Gesellschaft, wie nur Axel Munthe sie zusammenzubringen vermag. Das ist keine Nebensache, denn wer einen Salon eröffnen will, muß Prominente vorzeigen können. Dabei pflegte er tatsächlich die Armen, ohne sich bezahlen zu lassen, er verschenkte sein Geld, und als er später zu einem vermögenden Mann wurde, betrieb er seine Wohltätigkeit gründlich, versorgte die »piccole sorelle dei poveri« in Rom, die »kleinen Schwestern der Armen«, gründete die Hilfsorganisation »Soccorso e lavoro«, stiftete für den Tierschutz und die Lappen, die »armen Kinder der Wildnis« und die schwedischen Bären.

16.
Die Flucht aus der Hauptstadt

Capri ist ein Fels im Meer. Auf der Insel gibt es kaum horizontale Wege. Steigungen, Abgründe, Schluchten bestimmen das Relief der Landschaft. Von einem Ort zum andern gelangen heißt hier: Höhenunterschiede überwinden, hinauf- und herunterlaufen, steigen und absteigen. Die Treppe ist in Capri die »natürliche« Bauform. Häuser, Gärten, Weinberge müssen auf Capri der Landschaft eher abgerungen werden, als daß sie sich aus ihr ergeben. Das Spektakuläre an ihnen geht aus ihrem »trotz« hervor. Die Treppe trotzt dem Felscharakter Capris auf ihre Weise: indem sie sich dem Felsigen anschmiegt, selbst zum Fels wird. Alle großen Treppen enden auf einer Fläche. Von hier aus überblickt man die Insel, das Meer, das Universum. Kommandozentralen für den abstrakt freien Willen könnte man die so an den Enden der Treppen entstandenen Flächen nennen.

Kurz vor Weihnachten 1887 verschwand Axel Munthe aus Paris. Dieses Mal verreiste er nicht, wie schon so oft, für ein paar Wochen oder Monate, um sich dann wieder in Paris, mit Frau und Praxis, einzurichten. Dieses Mal floh er. Die Praxis in der Avenue de Villiers mit ihren ebenso reizbaren wie reichen Patientinnen, die armen Kranken aus den Elendsvierteln von La Villette, die Freunde aus der schwedischen Künstlerkolonie, alles, was in den sechs oder sieben Jahren entstanden war, die Munthe als Arzt in der Hauptstadt der modernen Welt verbracht hatte, verwandelte sich innerhalb von ein paar Wochen in eine entlegene Vergangenheit.

Wie Axel Munthe Paris verließ, was er dabei fühlte, wie getrieben, wie gehetzt und geplagt er sich nach seiner Scheidung davonmachte, warum innerhalb von wenigen Tagen und Wochen diese ganze angeblich so spektakuläre Existenz abgebrochen wurde – darüber ist nur wenig in Erfahrung zu bringen, und was er selbst verrät, über Jean Martin Charcot und eine angeblich verführte Patientin zum Beispiel, ist romantische Erfindung. »Oft sah ich gerade, wenn ich einschlafen wollte, mit geschlossenen Lidern den beschämenden Schluß der Tragödie, ehe der Vorhang vor meiner Zukunft sich senkte«, erzählt er, gleichsam mit dunkler, bebender Stimme. »Dann sah ich Charcots furchtbare Augen durch das Dunkel leuchten, sah mich zwischen den beiden Assistenten wie einen Verbrecher, der von zwei Schutzleuten eskortiert wird, zum letztenmal aus der Salpêtrière gehen.« So kann es nicht gewesen sein. Doch der Mann, der fünfzig Jahre später seine Erinnerungen aufschreibt, ist nicht in Verlegenheit zu bringen: »Ich wollte nicht länger meine Zeit verlieren in dieser Atmosphäre von Krankheit und Verfall. Ich wollte endgültig fortgehen und nicht länger ein Modearzt sein.« Zu Beginn des Jahres 1888 taucht er auf Capri wieder auf. Geld hatte er kaum noch, aber Italien war billig, viel billiger als Paris, Berlin oder London. Tief deprimiert, ein geschlagener Mensch, ließ er sich in Anacapri nieder, in höchst ungewissen Verhältnissen, mietete sich ein kleines Haus, lebte unter der Dorfbevölkerung und durfte gelegentlich in der Kirche die Orgel spielen: »Ich kann bloß nicht schlafen.« Nein, schlafen konnte er immer noch nicht, und es wurde auch später nichts mehr daraus.

Axel Munthe begann ein neues Leben, als Auswanderer und Aussteiger. Nicht nur den Raum hatte er gewechselt, zum zweitenmal in seinem Leben, sondern auch die Zeit. Das klassische Italien reichte nur bis Rom. Südlich des Garigliano begann eine dunkle, fremde Welt, in der die Moderne noch nicht begonnen hatte und in die der Orient weit hineinragte, und auch wenn in Neapel, in Mergellina, vielstökkige Mietshäuser wuchsen mit üppigen Stuckfassaden und Säulen aus falschem Marmor, wenn die Stadt zerbarst und das offene Land im wilden Siedlungsbau und in der industrialisierten Landwirtschaft unterging, so setzte doch spätestens die Überfahrt auf die Insel eine Zäsur.

»Ich brauchte nichts als ein getünchtes Zimmer mit einem harten Bett, einen Tannenholztisch, ein paar Stühle und ein Klavier, Vogelgezwitscher vor den Fenstern und aus der Ferne das Rauschen des Meeres. Alles, was ich wirklich liebte, war für ganz wenig Geld zu haben, ich würde in der bescheidensten Umgebung glücklich sein, wenn ich nur nichts Häßliches zu sehen brauchte.« Den Werdegang eines Menschen stellt man sich gern als eine natürliche Folge vor, wie eine Wanderschaft, mit einer stetig wachsenden, mehr oder minder in eine Richtung verlaufenden Strecke – dieser hier aber verläßt den Weg, biegt ab, springt und macht woanders weiter, und zwar genau dort, wo auch andere Flüchtlinge sich schon niedergelassen hatten, der französische Librettist Camille Du Locle zum Beispiel, ehemals Direktor der Pariser Opéra Comique, der im Jahr 1880 plötzlich seinen Posten verließ, um sich auf Dauer in die ungefärbte Wolle der Capreser Fischer zu kleiden.

Am Rande der europäischen Zivilisation, weitab von der Kostümwelt der großen Stadt sollte ein neues, frisches Leben beginnen. »›Ja‹, dachte ich, ›weit, weit – weg von diesem erniedrigenden Leben voller Schwindel und Betrug, von all diesen verkünstelten Leuten, zurück zu der Zauberinsel, zu Maria Porta-Lettere, zu Mastro Vincenzo und Gioconda, um meine Seele zu läutern in dem kleinen weißen Hause hoch auf dem Felsen.‹« Zwei Jahre verbrachte Axel Munthe auf Capri, mehr oder minder jedenfalls, zwei Jahre, in denen er sich selbst als Invaliden behandelte und, wenn er sich dann doch wieder in einen Arzt zurückverwandelte, sich hauptsächlich um die Einheimischen kümmerte, abgesehen vielleicht von durchreisenden englischen Damen, deutschen Diplomaten und ein paar enthusiastischen alten Bekannten – zwei Jahre, in denen er als Mieter und Untermieter in Anacapri lebte, Weizen säte und Reben schnitt und am Sonntag zur Messe die Orgel spielte.

Weiß war das kleine Haus, in das er zog, weiß waren seine Außenmauern und seine Innenwände, weiß sind alle alten Häuser auf Capri. Weiß war sein Anzug, weiß waren die Kleider seiner von weither herbeigereisten Gäste, weiß war die Farbe der Einfalt. Weiß muß das Gegenteil der Farben gewesen sein, von denen Axel Munthe in Paris umgeben gewesen war, das Gegenteil der dunklen, gebrochenen und ineinander übergehenden Töne, mit denen die Welt verhängt wird. Weiß ist der Einbruch des nackten und scharfen Materials ins Dämmerlicht des Daseins. Was weiß ist, kommt wie fertig daher, abgeschlossen. Es brauchte keine Hussen, Decken, Vorhänge, Draperien und Tapeten. Weiß ist der Strahl von draußen, weiß bedeutet, nichts zu verbergen, die Dinge einzeln sichtbar werden zu lassen: Das Geheimnis ihres Wertes ist ihre Nüchternheit. In diesen Wochen und Monaten muß Axel Munthe eine Sezession widerfahren sein.

Im Jahr 1890, zwei Jahre nach der Flucht, zog Axel Munthe in ein größeres Haus in Anacapri, in die Villa Damecuta, und auch sie wurde gemietet. Wenig später nahm er seinen Hund »Timberio« und eröffnete die Praxis in Rom, an der Piazza di Spagna 26 unmittelbar neben der Spanischen Treppe gelegen. Dies war ausgerechnet die Wohnung, in der John Keats, gescheiterter Student der Medizin und Dichter

Axel Munthe in Rom, frühe neunziger Jahre

der englischen Romantik, drei Monate gelebt hatte und im Februar 1821 an der Tuberkulose, erst fünfundzwanzig Jahre alt, gestorben war. »Wie ich höre, praktizieren vierundvierzig ausländische Ärzte in Rom«, wollte Axel Munthe erfahren haben, »wenn du dich zusammennimmst und ernstlich willst, kannst du sie alle mit deiner linken Hand aus dem Feld schlagen.« In Rom wiederholte sich nun der Erfolg von Paris, allerdings in viel größerem Maßstab.

Wenn Axel Munthe von Rom erzählt, so besteht die Hauptstadt des geeinten Italien nur aus der internationalen Gesellschaft, die sich, für kurze oder längere Zeit, dort niedergelassen hatte. In den Aufzeichnungen und Briefen gibt es kein antikes Rom, kein mittelalterliches und kein barokkes. Es gibt keinen Papst, keinen Vatikan und keine Kirche. Es gibt dort nur Prominenz: Axel Munthe wurde Arzt der britischen Legation und Freund von Lord Dufferin, dem Botschafter, und seinem Nachfolger Lord Vivian. Er lernte den König von Italien kennen, die Schauspielerin Eleonore Duse und den Herzog von Cambridge, die Prinzessin Roccogiovane und den Botschafter von Österreich-Ungarn. Von einem vermögenden Patienten bekam er ein schottisches Segelboot geschenkt, eine kleine Yacht von siebenundzwanzig Fuß, mit einer Kajüte, groß genug, daß man darin schlafen konnte. Er wurde medizinischer Betreuer der durchreisenden Engländer und Amerikaner, Hotelarzt, und schließlich Arzt der schwedischen Kronprinzessin Victoria aus dem Hause Baden, einer blassen, kränklichen jungen Dame, die im Mai 1891 aus Ägypten gereist kam und ihn, der für den Sommer nach Capri umgezogen war, zu sich ins Hotel Quisisana bestellte. Und immer noch schickte Georg Sibbern, der väterliche Freund, seine Schecks.

Aber das neue Leben trug von vornherein merkwürdig verbissene Züge, es war nicht paradiesisch unbefangen und naiv, sondern es stand da wie in Habacht, mit aufrechter Haltung und herb verschlossenen Gesichtszügen. Und wie hätte es anders sein sollen: Auch auf Capri gab es Ärzte, sogar solche, die Arme ohne Entgelt versorgten. Die Süße des Lebens am Mittelmeer war von anderen Nordeuropäern erfunden, die paradiesische Insel, das private Königreich, längst eine beliebte Sommerfrische, die das Dampfboot aus Neapel mindestens einmal täglich ansteuerte. Deswegen ist die Haltung des Flüchtlings auf der Zauberinsel so steif. Es gibt sich darin eine Befangenheit zu erkennen, eine Reserve, die durchaus etwas mit sozialer und historischer Bildung zu tun hatte: Axel Munthe weiß, daß er nur halb aus der Geschichte floh, und er weiß, daß die Geschichte Capris nicht die seine ist.

17.
Hund, Esel und Affe sind die besten Gefährten

August Strindberg schrieb an einen Kollegen, den Dichter Verner von Heidenstam: »Neulich las ich Puck-Munthes Schändlichkeiten und erregte mich über die Kriecherei eines herzlosen Menschen, der hinter der Tier-Sympathie seine Bosheit und seinen Menschenhaß verbirgt. Das ist das abscheulichste, verlogenste Buch, das ich je gelesen habe! Da hast du Naivität, Dummheit, gepaart mit Schurkerei. Kokett wie eine Hure, die Orden verachten, wenn man die Brust davon voll hat, sich mit niederen Wesensformen wie Hunden identifizieren, und dennoch den Naturalismus und die Naturalisten verhöhnen. Was für ein Aas von einem Kerl. Pfui Teufel!«

Ein weiterer Hund fand sich ein, ein Dackel namens Waldmann. Zwar hatte es zuvor schon wenigstens einen Lapphund und eine Dogge gegeben, für Waldmann aber erfindet Axel Munthe eine Geschichte: Der Dackel lief dem Arzt zu, als er auf einer seiner vielen Reisen war, und zwar nicht irgendwo, sondern gerade während Axel Munthe auf dem Altan des Schlosses von Heidelberg stand. Er hatte die Hände auf die Brüstung gestützt, der Blick ging über das Neckartal, die Alte Brücke und das Rheintal. Und quer über den Kies rannte das Tier auf seinen kurzen Beinen. »Sofort begann er mir das ganze Gesicht abzulecken. Seine schlauen Augen hatten mein Geheimnis auf den ersten Blick durchschaut. Mein Geheimnis war, daß ich mir schon lange glühend einen solchen kleinen Waldmann gewünscht hatte.« Axel Munthe besaß Doggen, Hirtenhunde, Collies, Terrier und Mischlinge

Axel Munthe auf Capri, umgeben von Hunden und einem Affen

aller Art. Sein Leben lang war er von Hunden umgeben, später, auf Capri, wurden es ein halbes Dutzend und mehr, und es müssen hier und dort noch andere Tiere hinzugekommen sein, die er, ein Samariter der Tierwelt, bei sich aufnahm und leben ließ, ein Mungo und ein Affe in San Michele, eine Eule in Rom.

Auf einer Bank sitzend, gegen die Wand gelehnt, von fünf oder sechs Hunden umgeben, kleinen und großen, die

Schirmmütze fast über die Augen gezogen, schaut Axel Munthe in seinen Garten. Tappio, der größte dieser Hunde, befindet sich in den Beeten. Er schaut nicht hin, denn dies ist ein Bild von tiefer Selbstvergessenheit und Eintracht. Ab und zu wendet ihm das Tier die unschuldigen Augen zu, als erwarte er, für seine gründliche Arbeit gelobt zu werden: die Nelkenstauden geknickt, die halbe Hecke ausgegraben, eine Bewässerungsrinne verstopft. Genau wie die Menschen, denkt Axel Munthe. »Brav, Tappio, komm her.« Und das Tier läuft ihm zu, legt die erdverkrustete Nase auf die Hand seines Meisters, begierig, ihm zu sagen, daß ihm die törichte Unterbrechung seiner gründlichen Arbeit verziehen wurde.

Schoß- und Salonhunde hatte es vorher schon gegeben. Im neunzehnten Jahrhundert tritt der resignierte Einzelgänger als verbreitete Figur ins Bild: ein Mann, gerne in fortgeschrittenem Alter, gewöhnlich ein Junggeselle, mit einem Hund an seiner Seite, einem Tier als Gegenmensch und Mitwesen, der Rentner, wie er in verbitterter Anhänglichkeit seinen Dackel an der Leine führt, der Naturbursche, den treuen Gefährten in allen Abenteuern an der Seite – und der pessimistische Philosoph Arthur Schopenhauer, der in seiner Frankfurter Wohnung sechzehn Kupferstiche hängen hatte, auf denen lauter Hunde abgebildet waren, und seinen Pudel zur Weltenseele erklärte. Und schließlich: Axel Munthe, der zukünftige Arzt von San Michele, wie er in immerwährender Zweiheit lebte, die Armen auf der einen Seite, die Reichen und Berühmten auf der anderen, hier die Tiere und dort die Aristokratie.

Ein leiser Ruf, und der Hund folgt seinem Herrn überallhin, ein fliegender Ball, und es reißt ihn himmelwärts. Anders ist es mit den Menschen. Die »einzigen Menschen, die ich liebte«, sagt Axel Munthe, waren die, »die mir leid taten«. Sind Tiere nicht unschuldig, und wenn sie etwas begehren, laufen sie dann nicht geradewegs auf ihr Ziel zu, direkt und ohne Verstellung? Die Mühen, die Menschen auf sich nehmen, um sich und ihre jeweilige Eigenart geltend zu machen, sind ihnen fremd. Sie kennen keine Rücksichten und durchdringen die Verwirrungen, aus denen das angehäufte Wissen um Status, Macht und Geltung besteht, als hätte es sie nie gegeben. Das Tier muß und kann nichts darstellen. Es ist nur es selbst und daher das Gegenbild zum meist unzufriedenen Menschen. Das Tier strahlt Ruhe aus, weil alle Fragen nach Sinn und Zweck von vornherein gelöst sind: Denn sie wurden nie gestellt. Das Tier ist, als es im neunzehnten Jahrhundert in Gesellschaft höchst zivilisierter Menschen auftritt, ein sprachloser Agent der Lebensreform, Vertreter des Elementaren, ein Symbol für das Unkonventionelle, Ursprüngliche, ein Sinnbild gegenwärtiger Anfänglichkeit. In ihm sieht man, oder meint man zu sehen, was dem Menschen fehlt, was ihn böse macht, warum er mißriet und wie es anders hätte sein können.

In Begleitung von Hunden war Axel Munthe zum dunklen Rebellen gegen eine Weltordnung geworden, die den Menschen zum uneingeschränkten Herrn über Leben und Tod der Tiere machte. In Paris traf er die von ihrem Gatten vernachlässigte Gräfin wieder, die schöne junge Frau, die er im Park eines Schlosses in der Touraine beinahe geküßt hatte. Sie war in Begleitung ihres Cousins und neuen Liebhabers, dessen besonderes Vergnügen es gewesen sein soll, Lerchen vom Himmel zu schießen. Einen kurzen Besuch bei einem Patienten benutzte dieser Schuft, um Tom, den ständigen Begleiter Axel Munthes, so in den Leib zu treten, daß der Hund wenige Stunden später seinen inneren Verletzungen erlag. Doch angeblich hat der Verbrecher büßen und sein Vergehen sühnen müssen. Axel Munthe, Arzt, aller Gewalt abhold, Axel Munthe, der zivile Mensch schlechthin, will den Vicomte nach dessen übler Tat nicht nur sofort niedergeschlagen, sondern ihm einige Tage später beim Duell die Lunge durchschossen haben – weil er, gerade im rechten Augenblick, vom Gesang eines Rotkehlchens abgelenkt worden sei. Sonst hätte er selbstverständlich danebengeschossen.

In Italien wird man über Axel Munthes Liebe zu den Hunden den Kopf geschüttelt haben. Denn im Süden wird der Hund nur selten geliebt. Er bringt es dort vielleicht zum Wächter und Begleiter, nicht aber zum Gefährten, und erst spät, erst in unserer Zeit beginnt er in den mediterranen Ländern, mit seinem Herrn auch die Wohnung zu teilen und auf dem Teppich, wenn nicht gar im Bett zu schlafen. Die Liebe zum Tier entsteht und gedeiht desto besser, je weiter man nach Norden kommt. Denn die christliche Religion trennt streng zwischen dem Menschen und dem Tier, und der christliche Gott ist ausschließlich für die Menschen da. Je weltlicher die Verhältnisse werden, je weniger Einfluß der Glaube an den christlichen Gott auf das gesellschaftliche Leben hat, desto mehr verwischt sich die Grenze zwischen Mensch und Tier – der Mensch, wird dann behauptet, unterscheide sich dadurch vom Tier, daß er nachdenke, auch über sich selbst, daß er lache und Politik treibe. Aber wie viele Stunden am Tag tut er das, und was geschieht in der restlichen Zeit? Und wenn eine Gesellschaft am Ende gar zu dem Schluß gelangt, daß es Gott nicht gibt und die Menschenseele stirbt wie die Seele der Tiere auch – hat sie dann nicht auch jeden vermeintlich existierenden Grund verloren, die Tiere geringzuschätzen?

Axel Munthe läßt es bei den Hunden nicht bewenden. Bei der ersten Ankunft in Neapel habe ihn die alte Eselin Rosina erwartet, tief in Gedanken, geneigten Hauptes und mit hängenden Ohren. Er habe sich mit ihr unterhalten und dabei viel erfahren aus einem Leben, in dem das Tier von morgens bis spät arbeiten muß, während ihm die Peitschenschläge über den Rücken gezogen werden. Die Welt sei nicht gut, erklärt ihm die Eselin, und die Menschen seien nicht so freundlich, wie sie vorgäben. Die Eselin sei deswegen am Ende ganz hypochondrisch und bitter geworden und habe sich schließlich der Schule angeschlossen, in der »die abgedankten Esel einander in ihrer trostlosen, pessimistischen Philosophie unterrichteten«. Giacomo Leopardi, der Dichter der »vita strozzata«, des »erdrosselten Lebens«, habe ihnen die Lebensweisheiten vorgegeben. Axel Munthe fragt die Eselin, ob sie Arthur Schopenhauer gelesen habe. Auch diesen Philosophen kenne sie, erwidert die Eselin. Aber sie habe keine Revolte im Sinn, und deswegen behage ihr Giacomo Leopardi besser: »Der qual- und kummervolle Traum, den wir das Leben heißen, wie erträgst du ihn?« Eine Eselin sei es gewesen, sagt Axel Munthe, die ihn, neben seinem Hund, in den Tagen der Cholera durch Neapel begleitet habe – ein duldendes, dem Menschen an Moral und Weisheit weit überlegenes Duo einer von Grund auf pessimistischen Weltanschauung.

Als Jacques, der Gorilla im Zoo von Paris, das Zeitliche segnete, will Axel Munthe, damals noch praktizierender Arzt in der Avenue de Villiers, bei ihm gewesen sein: »Plötzlich erschütterte ein scharfer Husten seinen ganzen Körper. Er setzte sich auf und hielt mit verzweifelter Gebärde beide Hände an die Schläfen. Der Ausdruck in seinem Gesicht war ein anderer; was ich vor mir sah, war ein menschliches Wesen im Todeskampf.« Der Affe ist das dritte große Tier, das im »Buch von San Michele« eine Rolle spielt, und es ist ein unglückliches Tier, viel unglücklicher als der Hund, weil es schon fast Mensch und dann doch keiner ist. Der Affe kommt noch einmal vor, in Gestalt des alkoholkranken Riesenpavians Billy, den Axel Munthe von einem Kollegen in Rom, mehr Feldscher als Arzt, übernommen und nach San Michele gebracht haben will, von wo aus das Tier nächtliche Feldzüge unternimmt, in die Stadt Capri einfällt und dort das Café »Zum Hiddigeigei«, das im Jahr 1873 gegründete »Hauptquartier der deutschen Kolonie«, verwüstet. Im Affen ist die Gemeinsamkeit des Tieres mit dem Menschen am stärksten ausgeprägt, so sehr ähnelt ihm dieses Tier, daß dessen Eigenart nur noch als klägliche Zurückgebliebenheit ins Auge fällt.

Fast noch mehr als die Hunde schätzt Axel Munthe die Vögel: »Die Vögel! Die Vögel! Wieviel glücklicher wäre mein Leben auf der schönen Insel gewesen, hätte ich sie nicht so geliebt, wie ich es nun einmal tue.« Und hat er nicht recht? Die Vögel öffnen den Raum. Sie sind die einzigen Tiere, die in Freiheit leben und die man dabei doch beobachten kann – nein, nicht beobachten, sondern sehen. Sie sind da, weil sie fliegen können, sie haben vor dem Menschen keine Angst, weil dieser sie nicht erreichen kann. Man sieht sie, und man behält seine Freiheit dabei, so wie die Vögel ihre Freiheit behalten. Axel Munthe genießt diesen Anblick, und er will ihn erhalten: Im Jahr 1898 kauft er den Berghang oberhalb seines Hauses, bis hinauf zu der mittelalterlichen Burg, die den Namen Barbarossas trägt – und das ist nicht der Staufer Friedrich, sondern ein türkischer Korsar aus dem sechzehnten Jahrhundert, der eigentlich Khair-Eddin heißt. Er läßt ihn einfrieden, pflanzt Pinien, Eichen, Zypressen. Der Berg soll eine Heimstatt für Zugvögel werden, für Wachteln, Lerchen, Amseln, Finken, von denen ansonsten viele gegessen worden wären. So geriet er in einen schlimmen Kampf mit den Jägern, einen Kampf, den er bis auf weiteres gewann, als Benito Mussolini die Insel in den frühen dreißiger Jahren »für alle Zukunft« zum Vogelschutzgebiet erklärte. Der Beschluß wurde zu einer Weltnachricht, und Axel Munthe bedankte sich dafür, indem er der italienischen Ausgabe des »Buches von San Michele« eine Huldigung an den Diktator voranstellte – eine Tat, die ihn nicht diskreditiert, galt der »Duce« doch damals noch selbst in den demokratischen Ländern Europas als respektabler Politiker: »Wird es mir vergönnt sein, ehe ich sterbe, noch einmal ein anderes Wunder des großen Zauberers zu erleben in diesem Land der Wunderwerke. Wird der Tag kommen, an dem die verängstigten Zugvögel, die in jedem Frühjahr über Italien hinflüchten, ihre müden Flügel für eine Weile ausruhen können auf diesem Boden, den San Francesco segnete, ehe sie die lange Reise fortsetzen, um den Sommer im Norden einzusingen? Wird der Tag kommen, wenn in die Jubelfanfaren des Faschistenhymnus die Glokken von Assisi hineinklingen und der Triller der Lerchen?« Nach dem Tod Benito Mussolinis und dem Ende des italienischen Königreiches wurde die Entscheidung allerdings wieder aufgehoben. »Alle Zukunft« währte nicht einmal zehn Jahre.

Als Axel Munthe sich schließlich dem eigenen Tod zuwendet, stellt er sich vor, ihn erwarte unmittelbar danach ein Jüngstes Gericht für ihn allein. Der heilige Petrus übernimmt den Vorsitz, der heilige Ignatius vertritt die Anklage, Habakuk empört sich über den Hund in der Begleitung des Arztes, Hunde sind schließlich »unrein«, und Moses ruft die starke Hand Gottes herbei. Kokett und anmaßend, wie Axel Munthe ist, kann das Urteil der versammelten himmlischen Richter nicht freundlich ausfallen, der allgemeinen Gottlosigkeit wegen, aber auch, weil es da einen Pakt mit dem Teufel gegeben hatte und eine tiefe Abneigung dem gesellschaftlichen Leben gegenüber. Am Ende soll sich dann doch noch die Rettung ereignet haben, in einer radikalen Überhöhung, weil der heilige Franziskus von seinem Berg herabstieg, von lauter Vögeln umschwirrt. Da sei er, sagt Axel Munthe, plötzlich freigesprochen worden von der Hölle. Und das heißt selbstverständlich nichts anderes als: Axel Munthe hat sich selbst freigesprochen. Wer aber hätte es sonst tun sollen?

18.
Capri und die Kolonie der Künstler

Noch im späten achtzehnten Jahrhundert, zur Zeit Goethes, war der nur schlecht zugängliche Felsen im Meer vor allem ein gefahrvolles Riff, an dem die Schiffe scheiterten, und eine barbarische Inselbevölkerung hoffte darauf, die Wracks plündern zu können. Für den neapolitanischen Adel existierte die Insel nicht: Herrschaftliche Villen waren auf dem Felsen ohne Quellen und ohne Hafen kaum vorstellbar. Entdeckt wurde Capri zu Beginn des neunzehnten Jahrhunderts von den Künstlern des Nordens, die hier billig leben konnten und zugleich die Verwirklichung eines romantischen Landschaftsideals vorfanden. Und so geschah auf Capri, was in einer Reihe anderer Orte – auf Korfu, in Taormina, am Monte Verità – geschah: Weil russische, deutsche, englische, schwedische Künstler nach Capri gingen, hielt man die Insel für künstlerisch, und manch anderer wollte gern ein Künstler sein, wenn er nur in Capri wohnte. Darunter waren auch Leute von Adel oder solche mit Geld – und manchmal sogar solche, die beides besaßen. So kommt es, daß sich die jüngsten zwei Jahrhunderte dieser zehn Quadratkilometer – eine Fläche, gerade dreimal so viel wie Helgoland, kaum größer als die Insel Ven im Öresund oder die Insel Alderney im Ärmelkanal – als Almanach der europäischen und amerikanischen Prominenz lesen lassen. Auf Capri richtet sich in den letzten Dekaden des neunzehnten Jahrhunderts eine der größten europäischen Künstlerkolonien ein. Und es kommen die Touristen: Im Jahr 1905 sollen es schon fünfzigtausend gewesen sein, in der Mehrheit Deutsche, und die meisten von ihnen waren schon »pendolari«, blieben also nicht mehr als einen halben Tag, so daß sie Anacapri nie erreichten.

Wer so wohnen könnte, müßte der nicht tief zufrieden, ja glücklich sein? Auf einem Felsen hoch über dem Golf von Neapel, in einem kleinen Dorf auf einem hohen Hang, in einem weißen Haus, die Zitronenplantagen, Weinberge und Olivenhaine, Artischockenstauden und Bohnenranken im Rücken und vor sich nichts als das helle Blau des Himmels, die grauen Schatten des Vesuv oder der Insel Ischia, im Hintergrund die hohen Berge des Apennin. Und das Ultramarinblau, das Türkis, das Pastell- und Flaschengrün, das Stahlgrau des Mittelmeers. Die Sonnenuntergänge, über dem offenen Meer, sind rubinrot.

Schwerelos scheint schon dem Anreisenden die Insel Capri im Wasser zu liegen, die beiden Bergrücken, der hohe rechts, der niedrige links, das schmale Tal dazwischen, der Blick über die Weite des Meeres vom Dunst gemildert. Von allen irdischen Fesseln befreit aber kommt sich vor, wer dort oben steht und auf die Welt hinunterschaut. Ein Springer auf dem Zehnmeterturm kann sich, wenn er kühn ist und die Angst nicht kennt, nicht freier fühlen. Ein unerschöpfliches Panorama erstreckt sich vor ihm, eine Fülle der Landschaften und Perspektiven. Das Meer, das unendliche, liegt vor ihm, eingeschlossen wie in einen Kelch, und um dieses Bekken herum gruppieren sich die Gegenden der Erde. Hier sind sie gleichsam idealtypisch versammelt. »Möchten Sie einmal durch mein Fernglas schauen?« Von der einen Landschaft zur nächsten schweift der Blick, von der Endlosigkeit des Meeres im Westen über die kampanische Ebene bis an die Felsenhänge des Gebirges, auf die – neben Palästina – literarisch und historisch berühmteste Landschaft der Welt: »Hier war es, wo ...« Man schaut und schaut, den Mund offen, und das Schauen scheint an keinem Ende anzukommen. Hat der Blick einen Ort fixiert, lockt ihn schon der nächste, und so wird er beständig über sich hinausgeführt.

Treten wir an den Rand des Felsens, auf dem die ehemalige Kapelle von San Michele steht, und blicken wir hinunter, nicht auf das Meer und die Halbinsel von Sorrent, nicht nach Neapel hinüber, sondern auf die Stadt Capri. »Nichts gab es hier, als ich kam, keine Ausländer, erst recht nicht hier oben«, sagt Axel Munthe, »und jetzt? Alles zerstören sie.« Man hört, wie sich unterhalb der Kapelle ein Automobil auf den Serpentinen der Straße nach Anacapri emporkämpft. Es ist ein Fiat 509 mit seinem hohen, kastenförmigen Aufbau, der erste italienische Kleinwagen, und zwar das Grundmodell in der Taxiausführung. Grauer Staub steigt auf. »Die Straße gab es damals auch nicht.« Dann erzählt Axel Munthe, wie es in den ersten Jahren seines dauernden Aufenthalts gewesen sein soll, zum Beispiel als er Besuch vom schwedischen Gesandten in Rom bekommen habe. »Er wäre niemals nach Anacapri gekommen, wenn er gewußt hätte, daß er genötigt sein würde, 777 phönizische Stufen ganz allein hinaufzuklettern bis zu meinem elenden Nest.« Nur – warum tat er das? Weil Axel Munthe selbst ihn nötigte? Die Straße von Capri hinauf nach Anacapri war 1874, also mehr als zehn Jahre vor diesem Besuch, fertiggestellt worden. Auf allen Photographien, die in den achtziger Jahren des neunzehnten Jahrhunderts aufgenommen wurden, sieht man schon diese Straße, wie sie in Gestalt eines großen weißen »Z« durch den grauen Steilhang des Monte Solaro schneidet.

An der tiefsten Stelle der Senke zwischen den beiden Bergen, aber immer noch hoch über der See, liegt ein Gewirr von würfelförmigen weißen Häusern, anscheinend eingebettet in eine heitere Erde. Dort, in der ersten Reihe, stand das Haus des amerikanischen Malers George Coleman, schräg dahinter das Hotel Pagano, auf dessen Dach Joseph Victor von Scheffel den »Trompeter von Säckingen« gedichtet hatte. Auf der Piazzetta bestellte, nachdem er seine Familie verlassen und sich den jungen Männern zugewandt hatte, der englische Schriftsteller Norman Douglas, die Nase in tiefem Violett blühend, ein Glas Rotwein und ein Erdbeereis und schimpfte auf Axel Munthe: »So ein Bluff. So ein aufgeblasener Schwätzer.« Weiter im Osten, zu den Felsen der Faraglioni hin, liegt die prächtige Villa des Malers und Zeichners Christian Wilhelm Allers, der den Kaiser und die deutsche Flotte porträtiert hatte – eine säulengeschmückte Tempelanlage voller Antiquitäten, die einige Jahre vor der Villa San Michele erbaut worden war. Unten, an der Marina Grande, der maurische Palast der amerikanischen Wahlschwestern Kate und Sadie Wolcott-Perry.

Die Deutschen tranken Bier im Wirtshaus, wo, wie Axel Munthe erzählt, stets mindestens fünfzig von ihnen versammelt waren, unter einem gipsernen Medaillon mit dem Bildnis des Kaisers, während sie französische Passanten mit einem Prosit auf den Sieg von 1870 unterhielten. Die Briten saßen im Foyer des Hotels Quisisana, und die beiden englischen Damen in ihrem maurischen Miniaturschloß oberhalb der Marina Grande empfingen den Baron d'Adelswärd zum Tee. Noch spät in der Nacht erfüllte ein Gewirr von Stimmen die Piazzetta, sie alle bezogen ihren Wein aus dem Traditionsgeschäft von Hermann Moll, und in den zwanziger Jahren wurde in Capri ein Jazzclub mit dem Namen »Tip-Top« betrieben, den die Gäste erst nach Mitternacht betraten.

Die Russen, die Schriftsteller Maxim Gorkij, Leonid Andrejev und Iwan Bunin, die Maler Ilja Repin und Michael Nesteror, gelegentlich auch der Revolutionär Wladimir Iljitsch Lenin saßen in der Villa Blaesus oberhalb der Via Krupp, später in der Villa Serafina über der Marina Piccola. Vom Geld Maxim Gorkijs wurde in der Villa Arcucci eine allerdings nur wenige Monate bestehende »Schule für die Technik der Revolution« eingerichtet. Und dann geht es weiter hinauf in Richtung Matermania und zu den Ruinen der Villa des Tiberius: Überall lagen schon Häuser zwischen dem Gestrüpp. Viele von ihnen wurden von Ausländern bewohnt, manche waren gar von ihnen errichtet worden. Schon in der zweiten Hälfte des neunzehnten Jahrhunderts residierten mehrere hundert Ausländer auf Capri, Künstler, Reiche, Aristokraten, die sich teilten in nationale Kolonien, Moderne und Konservative, Lebensreformer, Hochstapler, Flüchtlinge, Müßiggänger und Couponschneider. Sie hatten die Insel zu ihrem Ort gemacht, und Axel Munthe mochte zwar von seiner Klippe aus auf sie herabschauen – tatsächlich aber hatten sie längst schon Anacapri erreicht. Er war einer von ihnen, auch er gehörte zu den wilden, halb frivolen und halb ästhetisierenden Nachfahren des Ahasver, die von den entferntesten Punkten des Erdballs hier zusammenkamen, und, wie die meisten von ihnen, wollte er kein ewiger Reisender sein.

Sie alle wurden von einer Truppe Hotelboten am Kai abgeholt – »Quisisana!«, »La Palma!«, »Tiberio-Palace!«, fuhren in Droschken den Berg hinauf oder nahmen die elektrische Zahnradbahn, die, im Jahr 1892 von einer italienisch-amerikanischen Gesellschaft gebaut, den Hafen mit der Piazzetta verbindet. Dann nahmen sie die Insel in Besitz – die dekadenten Aristokraten, die auf blaugestreiften Liegestühlen lümmelten, die neapolitanischen Prostituierten beiderlei Geschlechts, die Symbolisten, Futuristen und Neosurrealisten und die Schauspielerinnen aus Triest, die Philosophen aus Zürich und die Erben amerikanischer Kaufhäuser. Sie alle teilten die Freude, bis auf weiteres (und handele es sich dabei nur um ein paar Stunden) der Enge der Welt entronnen zu sein, mit ihrem Schmutz, ihrem Lärm und den allzu nahen Horizonten. Und sie alle werden den Blick schon genossen haben, bevor sie auch nur in die Nähe dieser Insel kamen.

Denn die Liebe zu einer Landschaft beginnt damit, daß sie gemalt wird, und den zukünftigen Besuchern und Bewohnern dieser Insel waren die bildenden Künstler vorausgegangen. Capri war den gebildeten und ästhetisch interessierten Kreisen Nordeuropas als Vedute entgegengekommen, quer, hochkant, in zahllosen Fassungen und Perspektiven. Dann erst beginnt das Reisen, und gelegentlich wird ein Aufenthalt so ausgedehnt, daß man von Wohnen reden könnte. Unter den vielen Menschen, denen solches geschieht, ist Axel Munthe nur einer – und so wie alle anderen mögen sie die anderen nicht, weil sie das Bild stören, während man sich selbst für einheimischer als die Einheimischen halten möchte. Aber sie alle wollen das Bild aus seinem Rahmen herausnehmen und in ihre Wirklichkeit hineintragen, und wenn sich beides nicht gleicht, wenn die Wirklichkeit dem Bild widerspricht, dann triumphiert doch bald das Bild.

Der Blick von Capri auf die Bucht von Neapel macht die Gleichsetzung mit dem Bild leicht. Die Welt erscheint hier wie zur Landschaft reduziert, und so groß diese auch ist, so ist sie doch bald auch vertraut. Von hier oben betrachtet ist die Welt gerahmt, sie erscheint als Kreisscheibe mit einer festen Kontur und liegt da wie ein Geschenk, gerade so klein, daß man den äußersten Rand noch sehen kann, ohne Fernglas, auch wenn ein solches schon gute Dienste täte. Hier stellt sich die Welt als Panorama dar – als Rundbild, so wie es im ausgehenden neunzehnten Jahrhundert populär wurde, aber auf eine gigantische, überdeutlich gestaffelte Fläche ausgedehnt, ein Diorama der Wirklichkeit, dessen Ziel und Effekt die völlige Verzauberung ist. Denn wenn diese Wirklichkeit auch erschlossen ist, erschließt sie sich dem Besucher dennoch nicht.

Das liegt daran, daß sich diese Landschaft nicht begehen läßt. Am Horizont liegen zwar Gegenden, die sich bei gutem

Wind und mit einem schnellen Segler in einem halben Tag erreichen ließen. Doch liefert sich jeder, der sie zu erreichen versucht, einer fremden Macht aus, dem Wind, dem Wetter, dem Wellengang, einem Schiff. Das Rundbild folgt in seiner Größe zwar einem menschlichen Maß; zwischen dem Standpunkt auf der Höhe und dem Horizont liegt in etwa die Strecke, die man an einem Tag durchschreiten könnte. Und doch ist der Horizont unendlich fern, ein Bild nur, in das die große, schmutzige Stadt Neapel eingehen kann, als gehörte sie zur Dekoration, und in dem auch das schon in den ersten Jahren des zwanzigsten Jahrhunderts gebaute Stahlwerk von Bagnoli, im Westen von Neapel, gegenüber der Insel Nisida gelegen, nicht stört, weil auch der Hölle ein Platz im Weltpanorama zugewiesen ist, der Eingang zur antiken Unterwelt und den Hochöfen des Industriezeitalters.

Wenn es dann Nacht ist und sich über der Insel der Sternenhimmel aufspannt, dann spürt man, daß die Insel ein Weltall für sich ist, ohne Ende und alt wie die Finsternis, keine Insel mehr, sondern etwas grenzenloses Dunkles, worin die vergangenen Zeiten weiterleben und die Unendlichkeit nahe kommt.

19.
Ein Asyl entsteht, indem man die Mitte verlagert

Im Juli 1922 veranstaltete Filippo Tommaso Marinetti auf Capri einen Kongreß, der »interpretazione futurista del paesaggio di Capri« gewidmet. Vor fünfhundert Zuhörern widerrief er die Romantik und pries die Hochhäuser. Für die Faraglioni schlug er ein »caffè« auf der Spitze des höchsten Felsens vor, und hinauf sollte ein Aufzug führen. Die Insel, sprach er, sei das Unbeherrschte schlechthin, ein Ort der »galoppierenden Felsen«, mit Hunderten von Klippen und zerfetzten Felsen, die einer »formidablen und dynamischen futuristischen Architektur glichen«. Und wie es erst ist, wenn man sich vor der Insel im Wasser aufhält: »Jetzt schwimme ich wie ein Pinsel im Blaublau zwischen langen Augenblicken von Wasser … Ich teile die blaue Madonna. Ich zerschlage das elektrische Blau.« Es wurde aber nichts daraus, weder aus dem »caffè« noch aus der Teilung der Madonna, denn der Futurismus war, wie die meisten anderen Fremden, auf der Insel nur als Urlauber zu Gast.

Die Villa Jovis erwacht morgens nicht zum Leben wie andere Häuser. Obwohl die Decke aus Schutt und Erde zurückgeschlagen ist, unter der sie viele Jahrhunderte lang lag, schläft sie, wenn die Nacht zu Ende geht, auf ihrem Berg weiter. Um diese Uhrzeit liegen die Touristen aller Herren Länder, die das Haus des römischen Kaisers tagsüber besichtigen, noch erschöpft von den Strapazen ihrer Ausflüge in den Betten, und die Morgenröte, die über dem Apennin, weit jenseits der Halbinsel von Sorrent, aufgeht und die Insel

Capri in ein azurblaues und rosarotes Morgenlicht taucht, scheint noch in kein einziges Gesicht. Nur die Eidechsen kriechen mit zuckenden Schwänzen an den Mauern entlang, flitzen über die Reste von Mosaiken, ohne sich darum zu kümmern, daß Tiberius einst über diesen Marmor schritt. Sie sind die Nachfolger der antiken römischen Bewohner, und zu dieser Stunde scheint es, als wäre die Villa nur für sie ausgegraben worden.

Kaiser Tiberius hat einen schlechten Ruf. Die Insel Capri, berichtet der römische Geschichtsschreiber Sueton, habe es dem Imperator angetan, »weil man sie nur an einer einzigen, dabei schmalen Anlandestelle betreten konnte und sie rundherum von jäh in die Tiefe stürzenden Felsen gesäumt und von einem tiefen Meer umgeben war«. In dieser Abgeschiedenheit habe er die Ungebundenheit erlangt, die es ihm erlaubte, seinen Lastern frei nachzugehen, dem Wein und der Liebe zu den Knaben und den jungen Mädchen und noch viel Schändlicherem und Schlimmerem: »davon mag man gar nicht berichten oder hören, geschweige denn, daß man es glaubt, so sehr verstößt es gegen das moralische Empfinden«. So geht das Gerücht, und so ist es über die Jahrhunderte weitererzählt worden, bis alle, die sich für das römische Kaiserreich oder die Insel interessierten, davon gehört hatten. Glauben muß man ihm nicht. Denn der Plauderer Sueton und, in weit geringerem Maße, der etwas ältere Tacitus, der Historiker, schreiben zwar Geschichte, aber sie tun es, mindestens zwei Generationen nach dem Tod des Tiberius, mit politischen Interessen: Sueton teilt die römische Geschichte in gute und schlechte Beispiele der Herrschaft, das heißt auch: Er tratscht. Und der Republikaner Tacitus hegt seinen Groll gegen die Kaiser überhaupt.

Tiberius aber war Politiker. Und als Politiker tat er etwas gänzlich Unerhörtes: Er, der Kaiser, der Patrizier, verließ die

Hauptstadt, um seine Residenz an einem anderen, nur unter Mühen erreichbaren Ort aufzuschlagen. Er löste das Herrschertum von der Hauptstadt, vom Senat, von den römischen Bürgern und beanspruchte es für sich allein, ließ es nur unter seinen Bedingungen gelten, bezog es nur auf sich. In einem brüskierenden Akt setzte er an die Stelle des Zentralstaats eine auf die Person des Kaisers ausgerichtete Fürstenherrschaft. Dafür hatte er den richtigen Platz gewählt: eine Rampe zwischen dem Paradies und dem Rest der Welt, eine Heldenwohnung, auf halbem Wege zwischen Erde und Himmel gelegen, eine Inszenierung von irdischer Unsterblichkeit. Dort saß er dann und blickte in die Sterne: »Non sum qualis eram« – »ich bin nicht mehr, der ich war«.

Die Insel liegt, von der Halbinsel von Sorrent aus betrachtet, nur ein paar Kilometer vom Festland entfernt, aber doch entrückt, erfüllt von einem Altsein an Zeit und Ort, vielschichtig primitiv und sicher. Sie ist gerade so groß, daß man sie an einem Tag durchqueren könnte, beherrschbar, vertraut, ein Ort jenseits der alltäglichen Berechnung, ein Platz an der Peripherie und vom Kontinent des gewöhnlichen Lebens geschieden – als freiwillig ausgesuchter Ort, als selbstgewähltes Exil des privaten Menschen, als Requisit in einem Kult der Unabhängigkeit. Die Insel ist nun der Ort des Privatmanns, des Menschen, der dem Politischen und dem Öffentlichen aus dem Wege geht und sich selbst, als Herr und König von allem betrachtet. Sein Blick schweift über das Meer, und er weiß, daß es, wenn am Horizont das Segel eines Schiffes aufleuchtet, noch Stunden dauern wird, bevor der Besucher ihn erreicht. Da betrachtet einer die Welt von oben, und sie liegt klein vor ihm, während die Menschen unten ihn nicht sehen können. Und das heißt auch: Wer sich so weit erhoben hat, der kann ins abgelegte Leben, in die niedere Welt der vielen kleinen und großen Kompromisse nicht mehr zurückkehren. Irgendwann muß es einen Punkt geben, an dem es einfacher ist, ganz weit hinaufzugehen – und unsterblich zu werden.

Das Haus steht dreihundertsechzig Meter über dem Meer. Von der Gartenmauer kann man fast lotrecht hinunterschauen. Das Wasser ist transparent und tiefblau mit einem Stich ins Grüne. Man sieht, wie es sich in unendlich viele Wellen teilt, wie es Rillen und Kämme bildet, Linien und Fasern und Rispen, wie es anschwillt und sich zurückzieht, sich zu immer neuen, immer anderen Gischtkronen bricht und schließlich den schmalen, steinigen Strand überspült. Schaut man in flacherem Winkel, wird es unendlich groß, ein gleißender Spiegel, den man nicht betreten kann. Dauernd ändert sich seine Farbe, seine Struktur, ändern sich Luft, Schatten, Höhen, Tiefen. Und es hat doch eigentlich keine Form. Es verändert sich kaum und nimmt keine Veränderungen entgegen, nicht einmal von den Jahreszeiten. Schaut man den Wellen zu, kann man fast besinnungslos werden, in einem kleinen, meditativen Rausch, in dem das Vergehen der Zeit aufgehoben wirkt.

Das Haus von San Michele liegt der Villa Jovis gegenüber. Von der Kapelle schaut man über die Marina Grande, den Hafen der Insel, hinweg, geradewegs auf den kleineren Berg mit den Ruinen des kaiserlichen Palastes. Und so wie man die gewaltige Anlage dieser Villa vom Meer hat im Sonnenlichte glänzen sehen, so leuchtet San Michele. Und lag an derselben Stelle, auf der Axel Munthe sein Haus errichtete, nicht auch einer der kleineren Paläste, die Tiberius auf Capri hatte errichten lassen? Hier ist etwas nachgeahmt worden: »In jener Nacht, da Er auf Golgotha starb«, erzählt Axel Munthe von seinem Kaiser (obwohl Christus, der Bibel zufolge, um drei Uhr nachmittags starb), »wanderte auf diesem Marmorboden, wo ich stand, ein finster blickender Greis rastlos auf und nieder. Ein schlimmer Traum hatte ihn vom Lager emporfahren lassen.« Woher er das weiß? Hier tritt jemand eine Nachfolge an, als Bewohner eines Hauses für Halbgötter, eines Zentrums an der Peripherie, mit dem Willen, einen Ort zu prägen und ihn zum Mittelpunkt der Welt zu machen, mit Bravour und gebieterischer Kraft, ja, einerseits, aber andererseits auch verklemmt, streng darauf bedacht, sich abzuschirmen vom Rest der Welt, unangreifbar zu werden. Daneben lernt Axel Munthe Englisch, denn das kann er bei weitem noch nicht gut genug, und die meisten seiner Patienten sind jetzt anglophon.

Der Mensch legt sich, wenn er heranwächst, eine Kontur, eine Membran zu, er teilt die Welt in ein zumindest zwiespältiges, potentiell bedrohliches Draußen und ein beschirmtes Drinnen, er schafft sich ein Zimmer, eine Wohnung, ein Haus, einen Park. Tiberius zieht auf Capri eine Membran um sich, die groß genug ist, um eine kleine Welt darin zu bergen. Dazu braucht es Entschlossenheit, ja Mut. Um ihn herum erstreckt sich zwar auch das Römische Reich. Aber eigentlich beginnt es erst auf dem Festland. Dazwischen liegt die Gleichmut der Sonne, des Meeres, des Himmels – eine radikale Differenz von allem ringsherum, die ruft: Hier bin ich, und hier will ich bleiben, und mit euch habe ich nichts zu tun. Dieses Haus auf dem Felsen: sein Zweck ist die Differenz und die Dauer, das Beharren auf einer eigenen Form im Raum.

Wer hineingeht in das Innere einer alten Stadt, weiß nicht, was er als nächstes sehen oder von wem er im nächsten Augenblick erkannt werden wird. Wer hingegen auf einem Berg steht, weiß lange im voraus, was ihm widerfahren wird. Und wer dort oben wohnt, der sieht nicht nur des Morgens, des Mittags und des Abends (und auch nachts) auf den Rest der Welt hinunter, sondern dem muß diese Nähe zum Himmel, dieser Abstand zum gemeinen Leben und seinen vielfältigen niederen Verrichtungen auch ins Wesen übergehen. Das Haus auf dem Berg ist ein aristokratischer Wohnsitz, die Heimstatt einer vermeintlich adligen Seele, die in ihrem Refugium der modernen Welt trotzt, in einer dort oben fast körperlos wirkenden Wohnstatt, bei der man, aus der Galerie auf die Bucht von Neapel blickend, durchaus unsicher werden kann, ob man noch in der Landschaft der Lebendigen oder schon an einem anderen Ort weilt. Dort ruht der ritterliche Nomade aus, richtet sich ein, wird seßhaft und zelebriert die Einsamkeit. Denn die Welt unter ihm ist voll, unrein, schmutzig, unordentlich und gemein.

Für das Leben an einem solchen Ort, läßt Axel Munthe seinen Teufel sagen, habe er Tiberius einen hohen Preis zahlen lassen: mit seinem schlechten Ruf. Und womit zahlt er für die Differenz? »Die Vögel im Garten und das Meer ringsumher. Horch nur! Hörst du den herrlichen Mezzosopran des Pirols da draußen, ist seine Stimme nicht schöner als die unserer berühmten Christina Nilson oder selbst der Patti? Hör doch dies feierliche Andante der Wogen, ist es nicht schöner als selbst der getragene Rhythmus von Beethovens Neunter Symphonie?« Er hört, er hört tatsächlich, denn sehen kann er bald kaum noch etwas. Um so besser, denn dann läßt es sich morgens oder abends, wenn die Sonne keinem Touristen ins Gesicht scheint und die Eidechsen die Mauern ganz für sich allein zu haben glauben, wie im Traum durch die Vergangenheit gehen.

20.
Nach Süden, an den Rand der zivilisierten Welt

Zu den vielen Menschen, die in den zwanziger Jahren nach Capri fuhren, gehörte eine Reihe junger deutscher Philosophen, Walter Benjamin etwa, der sich hier in die Lettin Asja Lacis verliebte (und darüber später unglücklich wurde), Ernst Bloch, der sein Prinzip Hoffnung auf der Insel zu Hause wähnte, Alfred Sohn-Rethel, der hier seinen Onkel Otto besuchte, und der junge Frankfurter Philosoph Theodor W. Adorno. Dessen Eindrücke von diesem Ort, der damals längst zum ältesten Repertoire des internationalen Tourismus gehörte, sind in einem höhnischen kleinen Text festgehalten: »Das Urbild des Fischers Spadaro sind die hundertfünfundsiebenzig Abbilder, die, auf Capri, hundertfünfundsiebenzig Maler nach dem Original gefertigt haben. Vorher war er nur da, der schlichte Mann, und half abends auf der Barchetta das Meer und dessen Fische mit seiner Laterne beleuchten wie der Stern, weil es andernfalls zu dunkel gewesen wäre; nun ist er selber symbolisch durchhellt ganz und gar. Er hat Meer und Sterne gleichsam überflüssig gemacht.« Im »Buch von San Michele« zählt Axel Munthe den Fischer Spadaro, der eigentlich ein Fotomodell war, zu seinen besten Freunden.

Ein Irrtum ist über das Reisen im Umlauf: daß es dabei, und zwar vor allem in seiner müßigen, bürgerlichen Form, in Gestalt des Fahrens, Laufens und Schauens, um die Erweiterung des Horizonts, um die Erfahrung des Fremden, des Neuen, Besonderen und Unerwarteten gehe. Der Berg, der Fluß, die Stadt, das Museum, das Meer – nicht das Entdekken ist der erste Zweck des Reisens, sondern das Wiederfinden: die kurzfristige Anwesenheit an Orten, die man schon besucht hat, und sei es in Gestalt von Büchern, Bildern oder Erzählungen. Man läßt reisen, bevor man selbst reist, und es gibt daher Menschen, nicht wenige, die stellvertretend für andere reisen, die ihnen vorausreisen und auch für Nicht-Reisende reisen – ja, nicht nur reisen, sondern auch wohnen. Axel Munthe war ein solcher Reisender und Wohnender. Er gab den Daheimgebliebenen das Mittelmeer und den italienischen Süden.

Hier, sagt er, sei das einfache, das richtige Leben zu Hause. Es versammelt sich um »eine Riesenschüssel von insalata di pomidoro (sic!), minestrone oder maccaroni«, und damals galt »pasta« im europäischen Norden noch als exotisches, ja zweifelhaftes Gericht. Die Sonne scheint, ihre Strahlen wärmen Hals und Wangen, Blut und Knochen. Vom Auftauen träumen Menschen aus dem Norden, wenn sie an den Süden denken, und Axel Munthe heizt schon einmal vor und bläst eine warme Brise hindurch, gesättigt vom Duft nach Rosmarin und wildem Salbei: Die große Treppe den Berg hinauf läßt er Maria Porta-Lettere, die Briefträgerin, klettern. Sie ist eine Analphabetin, und die falschen Mutmaßungen, nach denen sie die Post verteilt, beschäftigen die Gemeinde. Das Mädchen Gioia, blumenumkränzt wie eine junge Bacchantin, tanzt auf nackten Füßen. »Wie heißt diese Blume?« – »Fiore!« – »Und diese?« – »Fiore!« – »Und diese?« – »Fiore! Bello! Bello!« Der Weißwein sieht aus wie flüssiger Sonnenschein und schmeckt wie Nektar. Abends wird Tarantella getanzt. Auf der Piazzetta, stets ins rechte Licht gerückt, sitzt das Tomatengesicht Francesco Spadaro, Sproß einer korsischen Familie von Korallenfischern, mit seiner über das linke Ohr gezogenen Mütze, das Bild eines Fischers, der Missionar des italienischen Insellebens und der beste Freund des schwedischen Arztes. Er zupft an seinem langen weißen Bart und raucht seine Pfeife. Axel Munthe gibt Unterricht im Schwärmen. Sein Italien ist der Bildungsreise entronnen. Mit ihm erreicht der Süden, der Wissenschaft und der Kunst entledigt, die Massen. Als Gegenstand eines volkstümlichen Parlandos. Für seine Leser ist es, als sei jemand zum erstenmal in die Welt hinausgetreten.

Was schert ihn, daß schon so viele vor ihm da waren? Daß die Gasse, die zwischen der Piazzetta von Capri und dem Hotel Quisisana verläuft, »Via Hohenzollern« heißt? Daß er schon der Hundertste oder der Tausendste ist, der Briefe nach Hause schreibt, damit sie veröffentlicht werden, daß Johann Joachim Winckelmann und Johann Wolfgang Goethe, Ferdinand Gregorovius, Stendhal, Charles Augustin Sainte-Beuve, Alexandre Dumas, John Ruskin und hundert andere lange weit vor ihm am Golf von Neapel waren, in der immerhin viertgrößten Stadt Europas? Daß sie alle erzählten, immer wieder, in Erzählungen, Romanen und Reiseberichten, den Daheimgebliebenen, was es auf sich hatte mit dem Paradies, in dem angeblich lauter Teufel lebten, mit der großen Ebene, mit Posilippo, dem Averner See, dem Vesuv und mit Pompeji, wo hinaus eigens eine Bahnlinie gebaut worden war: mit einem Bahnhof unmittelbar vor der Totenstadt. Der französische Schriftsteller Théophile Gautier ist um die Mitte des neunzehnten Jahrhunderts der Erzählungen seiner Vorher-Reisenden schon so müde, daß er das Referat abkürzt. »Der Corricolo mit seinen großen, roten Rädern, dem mit blinkenden Messingnägeln beschlagenen Überdach, dem dürren, doch äußerst lebhaften wie ein spanisches Maultier aufgezäumten Gaul, ist zu bekannt, als daß er hier besonders beschrieben werden müßte.« Théophile Gautier weiß, daß diese Berichte gelesen wurden. Axel Munthe aber erzählt, als wäre er der erste und als wäre er allein gewesen.

Spadaro, der Fischer von Capri (Postkarte)

Für die aus dem Norden herbeigereisten Melancholiker ist die Insel im italienischen Süden in den Jahren vor dem Ersten Weltkrieg ein Versprechen, aus der Geschichte fallen zu dürfen: ein Exil vor dem Lauf der Zeit. Capri, das ist eine Welt, in der es keine Vergangenheit gibt, weil diese so weit entfernt ist. Oder in der Vergangenheit ewig währt, in Gestalt des Kaisers Tiberius, der, zum ruhelosen Geist geworden, noch immer in den Ruinen seiner Villen herumspuken soll, auf einem mythischen Grund, auf dem sich eine immergleiche Zeit erhebt, mit der Briefträgerin, die nicht lesen kann, und dem weißbärtigen Fischer unter seiner phrygischen Mütze. Und es ist dieses Bedürfnis nach einem Exil vor der Geschichte, das die Künstler einer antikisierenden Dekadenz mit der europäischen Aristokratie, die schönheitssüchtigen Millionäre mit den russischen Bolschewisten vereint, die sich um Maxim Gorkij versammeln – und sie alle trachten danach, der transzendentalen Obdachlosigkeit, der Losung einer ganzen Generation, die sie immer wieder und in existentieller Verschärfung aufsagt, wenigstens bis auf weiteres ein Dach aufzusetzen.

Neapel, damals eine Stadt mit einer halben Million Einwohner, die meisten davon in vier- oder fünfstöckigen Häusern lebend, scheint viel weiter von Capri entfernt zu liegen als die zwanzig Seemeilen, die der Abstand tatsächlich beträgt. Die vielen Menschen, die in den »bassi«, den feuchten, dunklen Kellern leben, die Arbeitslosigkeit, der zugrundegerichtete Adel, die Pfandhäuser, die Abwasserrinnen, die Lotterien, die Taschendiebe, die Eisverkäufer – nichts davon hinterläßt, jenseits des Berichts über die Cholera, in den Erinnerungen Axel Munthes irgendwelche Spuren. Fast ist es, als läge die Insel Capri gar nicht in der Bucht von Neapel. Das Eiland ist, wenn Axel Munthe davon erzählt, eine Landschaft des Lichts, der Luft und der Freiheit. Offenbar gibt es hier nichts, was seiner Sehnsucht nach Herrlichkeit und herrlicher Einfachheit widersprechen könnte. Fern, am Horizont, verschmilzt das lichte Blau des Meeres mit dem blauen Grau des Himmels, das Land schiebt sich als Schatten dazwischen, und die Stadt darin ist nur ein dunkler Streifen. Im »Buch von San Michele« ist Capri eine verzauberte Insel, eine Art nomadisches Paradies, ungebrochen und unberührt von kommerzieller Verderbnis.

Im Norden waren die Fabriken entstanden, und der Süden schlief in seinen Feldern, Olivenhainen und Weinbergen. Hier lebte eine bäuerliche Bevölkerung, außerhalb der Geschichte, in einer Gegend, in der es noch in den späten Jahren des neunzehnten Jahrhunderts Räuber gab, Wegelagerer und Banden. Hier war »l'Italia barbara«, das »barbarische Italien«, die rückwärts gewandte Welt, hier war fast schon Afrika. Aber in dieser Gegend, in einer beinahe orientalischen Fülle, in einer bewegten Freiheit voller Farbe und Licht, meinten die reisenden Nordeuropäer des neunzehnten Jahrhunderts die einfachen, schlichten Umrisse der Antike wiederzuerkennen, derselben Antike, welche in den Sälen und Kabinetten der Akademien und Museen im Norden streng verwahrt wurde. Derselben? Nein, es war nicht eine Antike der weißen, steinernen, einmal für alle Ewigkeit in feste Formen geschlagenen Idealität, die man hier zu erblikken glaubte, sondern das klassische Altertum eines heiteren, gelassenen, sinnlichen Lebens.

Die Idee, aus Fleisch und Stein eine Substanz werden zu lassen, das Fleisch so nah an den Stein und den Stein so nah an das Fleisch heranzuführen, daß Skulpturen lebendig zu werden schienen und das Leben wie von einem Bildhauer geschaffen wirken konnte, muß für einige Jahrzehnte den Plan für Reisen in den italienischen Süden vorgegeben haben. Sie brachte lebenspraktische Experimente von beträchtlichen Ausmaßen hervor, ästhetische, erotische, esoterische Abspaltungen vom Königsweg der Moderne, auf dem sich Bürokratie und Arbeit zu einer gemeinsamen Vorstellung von Fortschritt und allgemeinem Wohlstand verbanden: Das reichte von den homosexuellen Darbietungen, die der französische Baron Jacques d'Adelswärd in seinem abgelegenen Haus auf Capri veranstaltete, bis hin zur satanistischen Kolonie, der »Abtei von Thelema«, die der Engländer Alistair Crowley in den zwanziger Jahren auf Sizilien errichtete. Der Süden ist nicht nur Gegenwart der Antike, Licht, Freiheit, Arkadien. Er ist auch überschießende Modernität, Sexualität, Dekadenz, Verfallenheit bis hin ins Morbide – und die Insel, das scheinbar Exterritoriale des Eilands, befördert und verstärkt solche Ideen.

Durch die industrielle Revolution waren freie Zeiten und offene Räume entstanden, das Reisen war einfach geworden, und die Welt schien zumindest innerhalb Europas halbwegs friedlich zu sein – und daraus sollte nun entstehen: eine Art von neuer Renaissance, noch eine Wiedergeburt des freien Menschen, in einem erotisch infizierten Land, das vom Kontrast zwischen modernem Leben und den klassischen Stätten lebte. Italien – das war der Spiegel, in dem die Dekadenz sich selbst betrachten wollte, eine Stätte von Kunst und Schönheit, jenseits von Zeit und Geschichte, und ein Widerpart allen gesellschaftlichen Engagements. Für eine bunte, aus vielen Ländern zusammengekommene Gesellschaft wurde die Insel Capri zum erwählten Ort dieser Abkehr – es ging den Hang hinauf, was nach 1907 durch die *funicolare*, die Seilbahn, sehr erleichtert wurde, und oben lag die Piazzetta, der große Boulevard. Aus Anacapri, ein paar Kilometer von der Piazza entfernt und den Berg hinauf gelegen, sah Axel Munthe auf das Treiben der kleinen Leidenschaften hinab, vom Rand der Mitte, dabei und doch dem Betrieb entzogen. Im Lauf der Zeit kamen immer mehr: Lord Douglas und Oscar Wilde, D. H. Lawrence und Theodor Däubler, Rainer Maria Rilke und Ellen Key. Ellen Key lernte Maxim Gorkij kennen, und so drehten sich die Kreise, und Axel Munthe war mitten darinnen und draußen zugleich.

Nein, der Reisende sucht nur, was er schon kennt. Dann steht er da. Und er sieht: Die Einheimischen wissen nicht, was sie haben. Und er selbst? Er weiß nicht, wohin er schauen soll. Denn es ist zwar alles da, wonach man sich gesehnt hatte: Da ist eine einsame Bergkuppe, wo nie jemand hinkommt, und doch wird sie gesehen, von einem, der noch kürzlich am Bahnhof St. Lazare stand oder in Stockholm die Nybrogata zum Mälaren hinunterging. Und jetzt würde es ihm gefallen, irgendwo innezuhalten, sich hinzusetzen, die Zikaden zu hören und eine Handvoll Erde aufzuklauben, denn dies ist italienischer Staub auf seinen Schuhen.

21.
Das Haus in Vincenzos Garten

Als Axel Munthe weltberühmt wurde, in den frühen dreißiger Jahren, wurde er das nicht nur als Mediziner. Vielmehr war er der Arzt, der das Haus gebaut und das Buch geschrieben hatte, das von diesem Haus handelt. Und der dann, zur Bewunderung aller, an die Rampe trat und sprach: »Auf einem solchen Erdenfleck zu leben – und zu sterben – wenn wirklich der Tod das Glück eines solchen Lebens besiegen konnte«. Die Villa von San Michele, angeblich einst erworben nach einem Pakt mit dem in einen roten Mantel gehüllten »Genius dieser Stätte«, war die bekannteste Privatwohnung der Jahrhundertwende und behielt diesen Rang bis in die fünfziger Jahre – bekannter als Gabriele d'Annunzios »Vittoriale« am Gardasee, Carl Larssons »Haus in der Sonne« in Dalarna oder Knut Hamsuns Mustergut »Nörholm« im Süden Norwegens. Sie ist verwandt mit dem gläsernen Ausguck, den sich Victor Hugo auf Guernsey bauen ließ, mit dem Pavillon der Dichterin Carmen Sylva (der Königin von Rumänien) über dem Schwarzen Meer, dem Grab Chateaubriands bei Saint-Malo und dem Schloß Neuschwanstein. Auf einem hohen Felsen, wo Kaiser Tiberius einen seiner Paläste und ein mittelalterlicher Pirat eine Burg gebaut haben soll – und auf diese Genealogie kommt es durchaus an –, mit einer sarazenisch inspirierten Zinnenkrone und einem Blick über den ganzen Golf von Neapel, steht die Villa von San Michele, als müsse sie bis in alle Ewigkeit durch die Kraft der Schönheit herrschen.

Sie wollen ein Haus? Ha! Aber selbstverständlich gibt es hier Häuser zum Wollen, oben, einige davon, auf dem Fels mit all dem Meer unter ihnen herausstürzend, oder andere weggepackt zwischen den kleinen Feldern, auf den Terrassen am Hang, und schmale Türen, die in kärglich eingerichtete geweißte Küchen führen. Und Kamine und Wände, die wandern, wie die Hände sie gebaut haben, und kleine Gärten, gleich gegenüber dem Tor, und alles so entzückend, in einem Hain von Zitronenbäumen und mit Oleanderbüschen. Dann ist vielleicht jemand gestorben, oder jemand ist in wirtschaftliche Bedrängnis geraten und hat sich, wenn auch zögernd, ein wenig zurückgezogen, in einen hinteren oder in den unteren Teil des Hauses, oder in ein andres, von einem Verwandten. Und dann – es ist möglich, man muß nur rechtzeitig davon erfahren und dann den richtigen Preis nennen.

Als Axel Munthe mit dem Bau seines Hauses begann, war viel zu tun. Hinauf ging es, nach oben, himmelwärts, mehr als dreihundert Meter über den Spiegel des Meeres. Zuerst der Umbau der verfallenen Kapelle San Michele, dann die radikale Erweiterung des Wohnhauses von Vincenzo. Nie hatte Axel Munthe eine Heimat, eine Familie, ein Zuhause besessen, lediglich ein paar Wohnungen, in denen er gearbeitet hatte. Ihm fehlte eine Schale, und die jahrelange Ungeschütztheit hatte ihn, wie er meinte, zu einem nervösen, erschöpften und furchtsamen Menschen werden lassen. Es war so, als hätte er ein Leben ohne Fassade geführt, ohne eine Front, durch die er die Außenwelt betrachten konnte, während die Außenwelt nur dann zu ihm vordringen konnte, wenn er sie dazu einlud. Ein Haus mußte her, ein Haus wie kein anderes, ein Haus, sichtbar für alle, etwas Endgültiges, ein Zeugnis von geistiger Kraft.

In Abessinien, in der Schlacht von Adua, wurde im März 1896 die italienische Armee geschlagen, in Turin wurde ungefähr zur gleichen Zeit Giacomo Puccinis Oper »La Bohème« zum erstenmal aufgeführt, am Klondike River im

Norden Kanadas brach ein Goldrausch aus. Der Vesuv bildete nach einem Ausbruch einen neuen Hügel, der zu Ehren des Königs von Italien den Namen »Umberto« erhielt. Am Hang von San Michele aber wurde eine neue Welt erschlossen, und darunter tat sich eine alte Welt auf: »Dort, wo Mastro Vincenzos Garten gewesen war, hob ich die Fundamente für die großen Bögen der Loggia meines zukünftigen Hauses aus … Einen Meter unter der Oberfläche fanden wir römische Mauern, hart wie Granit: Opus reticulatum, mit tanzenden Nymphen und Bacchanten auf pompejanisch rotem Stuck. Unterhalb wurde der Mosaikboden frei, ein Weinlaubfries aus Nero antico umrahmte die zerbrochenen Platten aus schönem Palombino, die heute mitten in der großen Loggia angebracht sind. Eine kannelierte Säule aus Cippolino, die nun die kleine Loggia des Innenhofs trägt, lag quer über dem Fußboden.« Das neue Haus, behauptet Axel Munthe, sei in einen historischen Urgrund hinein- und aus ihm herausgewachsen, und dabei ist es ihm gleichgültig, daß man, den Putz mit seinen Fresken betrachtend, gar nicht erkennen kann, ob darunter das Mauerwerk des »opus reticulatum« liegt. Ein nur für ihn bestimmtes Gesetz mußte erfüllt, ein Erbe aus der Antike, das den Ankömmling seit Jahrhunderten erwartet hatte, mußte angetreten werden. Es war nur darauf angekommen, in der sinnlichen Welt den einen ihm bestimmten Ort zu finden.

Das Haus soll eine magische Schöpfung gewesen sein, ein Bau, aus dem Nichts hervorgegangen, der sich dann gleichsam selbst seine architektonische, rhythmische, ästhetische Form verlieh, vom Wohngebäude hinauswachsend in die Landschaft bis hin zum heroischen Abschluß an der Kapelle. »Wie es zustande kam, habe ich nie begreifen können, und ebenso rätselhaft blieb es allen, die die Entstehungsgeschichte von San Michele kennen. Ich hatte keine Ahnung von den

Gesetzen der Baukunst, ebensowenig wie meine Mitarbeiter. Kein Mensch, der lesen oder schreiben konnte, hat an den Bau je mit Hand angelegt; kein Architekt hat mich je beraten. Weder wurde jemals ein Plan oder Grundriß entworfen noch irgendwelche Vermessungen vorgenommen. Alles entstand ›all'occhio‹, wie Mastro Nicola sagte.« Was dabei herauskam, ist eine seltsame Mischung aus erfundenem Orient, erfundener Antike und erfundenem Italien, ein Mittelding zwischen Moschee, protestantischer Kirche und Familiengrab, wie Alberto Savinio spottete.

Natürlich hatte Axel Munthe Hilfe bekommen. Axel Munthe hatte den Architekten nur verschwiegen. In der Erzählung aber darf er nicht vorkommen. Denn dieser Ort sollte, in einer schicksalhaften Verbindung, für Axel Munthe bestimmt sein. Dieses Haus sollte seines sein, nur für ihn allein. Das eigene Wohnhaus wurde zum persönlichsten aller Kunstwerke bestimmt. Und das Unkünstlerische, das jedem Haus eignet, weil es auch zum Wohnen dasein muß, zum Schlafen, Waschen, Kochen, Essen, sollte in einer umfassenden persönlichen Symbolik verschwinden, die in einer langen, am Ende, zur Marina Piccola hin enger werdenden Kurve hinausgreift auf das Land und das Meer, auf den Weinberg und die antiken Ruinen, so als wäre das Künstlichste hier auch das Natürliche und Selbstverständliche.

Im späten neunzehnten und frühen zwanzigsten Jahrhundert sind viele solcher Häuser entstanden, Künstlerhäuser, die sich gleichsam selbst gebaut haben sollen. Carl Larssons Hof in Dalarna, das »Haus in der Sonne«, ist zum Beispiel eine solche Anlage. Der Schriftsteller Henry James, ein Amerikaner, der in Europa lebte, auch er ein Mensch aus dem Bekanntenkreis Axel Munthes (tatsächlich hatten sich die beiden im Zug von Neapel nach Rom kennengelernt, sahen einander dann aber häufiger) – für eine Nacht im Juni

1899 war er in San Michele und zählte fortan zu den vielzitierten Freunden –, entwarf ein Traumhaus nach dem anderen und schrieb immer wieder Briefe an die Familie, in denen er Pläne für sagenhafte Renovierungen an seinen imaginären napoleonischen Palästen ankündigte. Und zu seinen Büchern hätte man Sonderausgaben mit architektonischen Zeichnungen herausgeben können, der vielen Häuser wegen, die er so detailliert beschrieben hatte, Zimmer für Zimmer, mit sorgfältig erschaffenen Atmosphären, angehäuftem Zierrat und verblichenen Wandbehängen. »Eine Schöpfung von der phantastischsten Schönheit, Phantasie und Nutzlosigkeit, die ich je gesehen habe«, urteilt er über die Villa San Michele.

Überhaupt eignet diesen Häusern, den gebauten wie den nur erträumten, etwas ganz und gar Unpraktisches und Malerisches zu: Die Materialisten kennen eigentlich nur das versprochene Paradies, rechnen auf das Opfer der Gegenwart an die Zukunft. Axel Munthe und seinesgleichen aber nehmen das Paradies für sich jetzt in Anspruch, als diesseitige Alternative zum Reich Gottes, als idealische Kultur. So entstehen Denkmäler der Seßhaftigkeit, in denen Künstler eines neuen Typs, Hausbesitzer im emphatischen Sinne des Wortes, den tragischen Intellektuellen und umherirrenden Vaganten entgegentreten, die spätestens seit Dante zwar immer von ihren verlorenen Orten träumen, sie aber nie erreichen – und wenn doch, nicht fähig oder willens sind, sich darin wirklich niederzulassen oder, kaum irgendwo angekommen, meinen, sie hätten wieder einmal die richtige Stätte verfehlt.

»Dies hier ist mein Haus«, sagt hingegen Axel Munthe, macht eine ausgreifende Gebärde, und dann geht er sofort ins Detail: »große romanische Säulen stützen seine gewölbten Zimmer, und natürlich sind kleine gotische Pfeiler in allen Fenstern. Hier ist die Loggia mit ihren kühnen Bögen; nach und nach werden wir sehen, wie viele Bögen es sein sollen. Hier führt eine Pergola von über hundert Säulen zur Kapelle hinauf; macht euch keine Sorgen über die Landstraße, die heute quer durch meine Pergola läuft, die muß verschwinden. Hier, mit der Aussicht nach dem Kastell Barbarossa, wird eine zweite Loggia sein, ich sehe sie noch nicht genau, aber im rechten Augenblick wird sie meinem Haupte entspringen. Hier ist ein kleiner Binnenhof, ganz aus weißem Marmor, eine Art Atrium mit einer kühlen Fontäne in der Mitte und mit römischen Kaiserbüsten in den Wandnischen. Die Gartenmauer hier hinter dem Hause werden wir einreißen, um ein Kloster zu errichten, in der Art des Laterans in Rom. Dort soll die große Terrasse sein, wo ihr Mädchen alle an Sommerabenden Tarantella tanzen werdet.« Dieser Bau entsteht als Akt der Alchemie, in einer Mischung und Zusammensetzung von natürlichen und künstlichen, alten und neuen Elementen, und ihr Ziel ist nicht wiederum Kunst oder gar Schönheit und Genuß des Schönen, sondern eine neue, andere, eben von Menschen hergestellte Natur. Und er baut immer weiter, und die Touristen kommen und staunen. Und wenn alles fertig ist, wenn es nichts mehr zu bauen gibt, verliert er das Interesse und macht woanders weiter.

»Ich werde den Stil erfinden«, hatte Axel Munthe viele Jahre zuvor dem Teufel angekündigt, mit dem er auf dem Hang von San Michele gestanden hatte. Er ist ein moderner Geist, und nur moderne Geister kommen auf den Gedanken, vor ihnen habe es nichts gegeben. »Selbst du wirst ihm keinen Namen geben können. Kein mittelalterliches Halbdunkel für mich! Mein Haus muß offen sein für Wind und Sonne und die Stimme des Meeres, wie ein Griechentempel, – und Licht, Licht, Licht überall!« Es sind die Loggia und der Garten, die aus dieser überschaubaren Anlage einen ausgreifenden weltlichen Tempel werden lassen, die Säulen, Laubengänge und Skulpturen – und es war wichtig, daß diese Wohnung zu einem großen Teil im Freien eingerichtet wurde, denn sie soll freigebig und nicht selbst schutzbedürftig sein, die Kunst soll sich zur Landschaft weiten. Die Kapelle hingegen wurde als faustische Studierstube eingerichtet.

Doch was Axel Munthe lauthals als unvergleichliches persönliches Projekt ankündigte, war ganz und gar nicht einzigartig – ebenjener George Coleman, ein amerikanischer Offizier, der für Giuseppe Garibaldi in den Krieg gezogen war, hatte es in der »Villa Narzissus« in der Stadt Capri vorgebaut, und diesem war nicht nur der Engländer Francis Nevile Reid vorausgegangen, der in den fünfziger Jahren die mittelalterliche Villa Rufolo in Ravello am Golf von Salerno in eklektizistisch-historistischem Stil hatte wiederherstellen lassen. Was Axel Munthe baute, gehörte zu seiner Zeit, zu Skagen und Monte Verità und zur Flucht aus dem Interieur. Es gehörte zur Sezession und zur Lebensreform, mit den offenen Übergängen zwischen Haus und Garten, den Kolonnaden, die dem Blick in die Landschaft eine Gliederung verleihen und ihn verlangsamen, dem Kult der Blumen, den Zypressen, die wie dunkle Türme aufragen, der Mischung aus Antiquitäten und robusten Möbeln, der leichten, etwas provisorisch wirkenden Ausstattung. Auch die plötzlichen Brüche in der Anlage sind Teil dieses Stils, die Widersprüche des Details zum Ganzen, die Wechsel von Tonart und Rhythmus, der enge mittelalterliche Innenhof in seinem Verhältnis zur weiten Loggia, die wie Korkenzieher gedrehten Säulen in den Fenstern in ihrem Verhältnis zu den romanischen Bögen. Und schließlich durfte der Hund nicht fehlen, der dem Herrn zu Füßen liegt und zuweilen mit am Frühstückstisch sitzt.

Im Jahr 1901 gab Axel Munthe seine Praxis in Rom auf, nachdem er dort zuletzt noch den britischen Schriftsteller

Frederick Myers, den Begründer der Lehre von der Telepathie und unbeirrbaren Theoretiker der Geisterwelt, und dessen Gesinnungsgenossen William James behandelt hatte. Einen Teil seiner prominenten Patienten aber behielt er. Er reiste zu ihnen, man begegnete sich unterwegs, sie kamen nach Capri, stets unter der Voraussetzung, daß Axel Munthe nicht mehr nur Arzt war, sondern Vertrauter und Gefährte. Das Haus von San Michele gehorcht diesem Anspruch. Es hat keine halböffentlichen Räume und ist nicht für den Empfang von Gästen geschaffen. Zur Gasse hin öffnet sich nur eine kleine, schmale Tür im Untergeschoß, einen Salon gab es zunächst nicht, und der Weg hinauf ins Arbeitszimmer ist schmal und verwinkelt.

Dies ist die Wohnstatt eines Privatmanns, eine Zitadelle, die nur für einen Menschen errichtet ist und in der jeder zweite zum Eindringling wird. Es ist ein kleines Haus, es ist weder für eine Folge von Generationen geschaffen, noch kann es der herrschaftlichen Selbstdarstellung dienen. Unten befinden sich eine Küche und ein Eßzimmer, oben vier kleine Räume, darunter das Schlaf- und das Arbeitszimmer. Die Loggia ist der eigentliche Salon, das Zimmer in der zweiten Etage kam erst später hinzu. Errichtet ist dieses Haus für einen alleinstehenden, finanziell unabhängigen Herrn, der keinem Beruf nachgeht, kein Amt innehat, der eine Haushälterin beschäftigt, für einen Mann, der sich, für alle sichtbar, aus der Öffentlichkeit zurückgezogen hat, für einen Menschen, wie es ihn im achtzehnten Jahrhundert noch nicht gab und wie er im Lauf des zwanzigsten wieder verschwand. Der Bürger, das gesellschaftliche Wesen, mochte glauben, an der Verbesserung der Welt zu arbeiten. Der Privatier hingegen ist darauf verwiesen, ins Nichts einzugehen, aus der Geschichte zu verschwinden – und er weiß es und richtet sich durch Zeichen der Dauer darauf ein.

Bis in das architektonische Detail hinein ist dieses weiße Haus ein Bau, der ganz dem Wahrheitspathos der vorvergangenen Jahrhundertwende verpflichtet ist: eine gewaltige Geste vor einer gigantischen Kulisse. Dies ist ein Turm für den Herrscher über ein geschlossenes Universum, eine Burg für einen auserlesenen Menschen in seiner Heimlichkeit, ein Kloster, nach außen schweigsam und abweisend, mit kleinen Fenstern, ein Kastell, geschützt, das Unbekannte ausschließend. Leidenschaft, Einsiedlertum und Schaustellung fallen hier in eins. Und eher, als daß man Phantasien von Entrükkung und Erlösung nachforschen müßte, den Träumen von einer ewigen Schönheit, ist es der Blick nach unten und der Blick in sich hinein, der den Erzähler von San Michele in einen schwarzen Strudel reißt: Dort sieht er Neapel und den Rest der Welt, das Taube, Dumpfe. Und nichts führt aus dieser Welt hinaus. Die anderen, die nicht in Licht und Schönheit leben? Sind sie nicht verdammt? Unter Axel Munthes Turm bilden die gewöhnlichen Menschen eine bodenlose, nicht zu sättigende Leere. Die Geschichte geht durch diese Menschen wie der Wind durch eine schwarze Wüste, ohne daß das Leben einen Sinn, eine Frucht hätte. Er aber, er will ganz anders sein, dort oben stehen, allein, und die Sonne umfängt ihn mit ihrem heißen Licht.

Es ist Herbst, November, es regnet, und die Insel riecht nach feuchter Erde. Noch blüht die Bougainvillea. In der Kapelle von San Michele erklingt Musik. Axel Munthe hat einen Flügel von Bechstein dort aufstellen lassen. Er spielt am liebsten Lieder von Franz Schubert. Er singt, er hat immer noch eine schöne, tiefe, aber nun schon brüchige Stimme. Er singt, was man von ihm erwartet: »Fremd bin ich eingezogen, fremd ziehe ich wieder aus.« Und dann noch ein Stück, eines, dessen Text Heinrich Heine geschrieben hatte, das einfachste Lied von allen, die Melodie, die jeder kennt:

Die Villa San Michele, um 1898, noch ohne das zweite Stockwerk

»Ich stand in dunklen Träumen«. Zweimal erscheint, zu Beginn, durch Pausen gegeneinander isoliert, der Ton »b« in leeren Oktaven, ungreifbar, vieldeutig, seltsam ausdruckslos. Dann beginnt eine kaum von der Stelle gehende, auf engem Raum geführte Melodie. Sie klingt einfach, rührend, schmerzlich, wie getragen von dem Bewußtsein, dies alles, die Bucht, die Insel, das Haus, die Kapelle, das Ich, bestehe letztlich nur in einer großen Täuschung. Und je tiefer die Musik in das Bewußtsein einsinkt, desto mehr ist sie die Stimmung des einzelnen angesichts dieser kolossalen Täuschung, Darstellung eines Willens, ohne daß es einen Stoff dafür gäbe. Auf dem Tisch in der Kapelle liegt Arthur Schopenhauers »Welt als Wille und Vorstellung«. Dieser Philosoph ist wie ein Gefährte in der Einsamkeit. Er gehört ebenfalls zur Sekte der Illusionslosen, der Menschenfeinde und sentimentalen Liebhaber der Tiere. Und auch zu denjenigen, die sich in ihrer Weltverachtung behaglich einzurichten wissen. Draußen regnet es. Der Vesuv ist nicht zu sehen. In der Kapelle riecht es nach nassem Hund.

22.
Das Licht, es reinigt und versehrt

»Ich will«, fordert Théophile Gautier im Jahr 1835 in seinem Roman »Mademoiselle de Maupin«, »daß die Sonne überall ist, daß es so viel Sonne und so wenig Schatten wie möglich gibt.«

Viele Monate sind vergangen, der nächste Frühling kam und der übernächste, und dann ging es noch weiter. Fünf Jahre sind es geworden oder sogar sechs. Der Hausbesitzer steht in der Haustür seiner Villa. Die Schirmmütze hat er tief über die Augen gezogen. Er schaut den Hang hinunter über das Meer in Richtung Neapel. Späht er nach einer neuen Zeit? Er hat ganz andere Schwierigkeiten. Die Augen tun ihm weh. Der Kopf schmerzt. Er kann nicht schlafen. Sucht er Licht und Sonne? Er täte es, wenn er es nur tun könnte. Aber es geht nicht, und es wird nie wieder gehen. »Der ganze Golf von Neapel liegt wie ein glänzender Spiegel zu meinen Füßen, die Säulen der Pergola, die Loggien und die Kapelle sind von Licht durchflutet. Was soll aus mir werden, wenn ich den Glanz nicht mehr ertragen kann? Lesen und Schreiben habe ich aufgegeben und statt dessen angefangen zu singen; so lange alles gutging, sang ich nie; auch Maschinenschreiben lerne ich jetzt und habe mir sagen lassen, es sei ein nützlicher und angenehmer Zeitvertreib für einen einsamen einäugigen Mann.« Die Helligkeit blendet ihn, das grelle Weiß fährt ihm ins wunde Hirn, das Licht, die Seele all dessen, was draußen ist, schlägt auf ihn nieder wie ein heißes Gewicht. Er möchte in das Halbdunkel seiner kleinen Räume, er will zurück hinter die kleinen Fensterscheiben, hinter die Vorhänge und Gardinen. Er erträgt das Licht nicht mehr. Aus, Schluß. Er will schlafen. Er kann es nicht. Die Welt ist ihm zuviel.

Axel Munthe verläßt das Haus jetzt nur noch am frühen Morgen. Oder am späten Nachmittag, wenn die Sonne sich langsam nach Ischia hinüberneigt. Je schräger das Licht fällt, desto mehr hebt der Schatten die Gegenstände aus ihrer Umgebung heraus, läßt ihr Profil sichtbar werden, ihre Textur, die Beschaffenheit ihrer Oberfläche und die Feinheiten ihres Baus. Anders ist es, wenn das grelle Licht des Mittags auf sein weißes Haus fällt. Dann skelettiert das Licht alle Gegenstände und führt sie hinüber bis an den Rand der Abstraktion. Das hat Axel Munthe gewollt, und er erträgt es doch nicht. Das hellste Licht ist ein Ideal, und es ist nicht bewohnbar, ja sogar lebensgefährlich. Dann gibt es auch nichts mehr zu erzählen, weil von den zahllosen Dingen des Lebens nur noch ein paar Linien übrigbleiben, weil ihnen, so gleichermaßen weiß, wie sie alle sind, der Stoff entzogen ist, weil sie keine Schatten besitzen und die Zeit so in ihnen stillsteht. Im grellsten Licht wohnt eine Finsternis, die geschlossener ist als jede Nacht. Den Tag über bleibt er daher jetzt im Haus. Höchstens, daß er in der Loggia sitzt, hinter den Säulen, unter dem Laub.

Für Axel Munthe, den kurzsichtigen Menschen, zielte jede Bedrohung auf das Auge: Der Geist der Ruinen, der ihm bei seinem ersten Aufenthalt auf Capri erschien, verlangte, als Preis für das Glück, an diesem Ort leben zu dürfen, das Augenlicht von ihm. Das gleiche tat der Geist des Vollmonds, der ihm auf Schloß Rameaux in der Touraine heimleuchtete und drohte, ihn mit einem Strahl kalten Lichtes zu blenden, der viel tödlicher für Menschenaugen sei als selbst die goldenen Pfeile des Sonnengottes. Als Axel Munthe während der Choleraepidemie in Neapel die Leiche eines italienischen

Kollegen wegschaffen ließ, damit dessen Frau ihren Mann nicht in seinem plötzlich entstellten, dehydrierten, vertrockneten Zustand sah, wurde er von der Witwe verflucht: »Er war das Licht meiner Augen, Sie haben mir mein Augenlicht genommen! Lügner, Mörder! Heilige Lucia, nimm ihm das Augenlicht, wie er mir das Licht meiner Augen nahm. Stich ihm die Augen aus, wie du dir selbst die Augen ausstachest!« Und die heilige Lucia, die Geblendete, stach. Axel Munthe hatte immer schlecht gesehen, vor allem auf dem rechten Auge. Ohne Brille war er hilflos. Um das Jahr 1904 löste sich in seinem schwachen Auge die Netzhaut, und vergeblich versuchte er, das Verhängnis mit feuchten Kompressen aufzuhalten. Am Ende tat dieses Organ so weh, daß er es Anfang der zwanziger Jahre entfernen und durch eine Kugel aus Emaille ersetzen ließ. Da aber war das andere Auge schon vom grauen Star befallen. Das hat durchaus tiefere Bedeutung. Denn sieht man je genug?

Die Furcht vor der Blendung und die Begeisterung für ein neues Leben schießen bei Axel Munthe in einem Motiv zusammen: Sein Haus soll ein Heiligtum der Sonne sein, in dem der Erbauer Licht und Weisheit finden will. Der Kultus des Lichts verbindet sich mit der Begeisterung für die Bewegung an der frischen Luft, mit der Liebe zu den Tieren und mit der Freiheit des Blicks, mit der Landschaft, mit dem Blick auf den Golf von Neapel, der am Morgen frisch daliegt, die Sonne aufnimmt und am Abend vom Tag durchglüht ist, um dann satt und warm und bis auf den Grund durchleuchtet in die Nacht hinwegzudämmern. Das Licht durchdringt das Interieur, den Materialismus, den Historismus, Siechtum, Krankheit, Dekadenz. Es setzt sich fest als eines der teuersten und eigensten, daher auch stolzesten Besitztümer der modernen Zeit – so sehr, so gründlich, daß es schwer geworden ist, die Innenräume der Welt, wie sie vor dem Kultus des Lichts waren, überhaupt noch angemessen wahrzunehmen, das eigene Wesen dämmernder Räume mit ihren stoffverhangenen Fenstern, dem matten Glanz und den warmen, gebrochenen Farben.

Axel Munthe wohnte nur kurze Zeit im Haus von San Michele. Er erlebte diesen mit so viel Aufwand, mit so viel Gefühl und Stimmung errichteten Bau nicht als Zuhause. Im selben Augenblick, in dem der Bau halbwegs abgeschlossen war, fiel die Spannung und Schwellung des Gemüts, erregt durch eine unvergleichliche Verschmelzung von Wildheit und Anmut, wie sie der Blick von diesem Felsen gewährte, in sich zusammen. Im Mai 1902 kaufte er die Torre di Materita, eine halbe Stunde weiter nach Westen gelegen, und überließ San Michele den Ameisen und Mäusen. Noch einmal bot er seinen Enthusiasmus auf, um sich ein Haus einzurichten. Aber die Kraft war nicht mehr so groß, wie sie beim Bau von San Michele gewesen war, und dem neuen Heim fehlte das Einzigartige, der Charakter von Bühne und Turm. Es lag statt dessen in einer Senke, zwischen Bäumen, geschützt vor allzu starkem Licht. »Ich habe mich in meinen alten Turm zurückgezogen, um dort den letzten Widerstand zu leisten. Dante lebte noch, als Mönche begannen, den Turm von Materita zu bauen, halb Kloster, halb Festung, stark wie der Fels, auf dem er steht.« Er habe das Licht in diesem Haus nicht ertragen, sagt er, seiner schwachen Augen wegen, und hier wird man ihm glauben dürfen. Doch gleichzeitig war dieser Turm auch nie allein für das Wohnen konzipiert gewesen, er war Denkmal, Kunstwerk und Symbol. Zehnmal mehr Zeit, als er in der Villa San Michele war, verbrachte Axel Munthe, nun auch er zu einem hamletischen Maulwurf geworden, in der Torre di Materita. Es wurde aber daraus kein Ort der Sehnsucht und kein Ort des Tourismus.

Daß Axel Munthe allmählich blind wurde, als knapp Fünf-

Die Torre di Materita, um 1906

zigjähriger, lange vor seinem Lebensende, kam über ihn wie die dunkle Seite des Pakts mit dem »Genius der Stätte«. »Ich war wieder und wieder durch das Feuer in meinen Augen gewarnt worden, daß ich nicht würdig sei, da zu wohnen, daß mein Platz im Schatten sei, aber ich hatte die Warnung nicht geachtet. Wie Pferde, die in den brennenden Stall zurückkehrend in den Flammen sterben, kehrte ich Sommer um Sommer in das blendende Licht von San Michele zurück. Hüte dich vor dem Licht! Hüte dich vor dem Licht!« Dabei hatte die Finsternis dem Haus von San Michele von Anfang an innegewohnt. Es ist hier wie bei den germanischen Göttern Richard Wagners – am Anfang wandeln sie im Licht, aber es ist von vornherein bekannt, daß sie in eine immer finsterer werdende Dämmerung ziehen müssen. »Ihrem Ende eilen sie zu«, singt Loge im »Rheingold« zum Einzug der Götter in Walhall. Sie siechen aus der Welt hinaus, in einem eigens für sie vorgezogenen, geisterhaften Abendwerden, und so muß die Erblindung sein: Man hofft, es sei noch Tag, aber es herrscht schon eine Art von Ohnmacht, die nicht vergehen will, sondern immer schlimmer wird.

Daß hier jemand über die schönste Aussicht der Welt verfügt, sie aber nicht mehr wahrnehmen kann, läßt Axel Munthe in den Augen seines Publikums als einen Menschen von tragischer Größe erscheinen. Je größer der Blick, denkt es sich, desto größer auch seine Weltabkehr. Das kostet er aus und reiht sich ein in die Kulturgeschichte der blinden Seher, derer, die, ganz in sich selbst zurückgezogen, die Welt von innen sehen. Eine Operation des grauen Stars im linken Auge, im Jahr 1934 von Professor Vogt in Zürich ausgeführt, gab Axel Munthe so viel Augenlicht zurück, daß er wieder lesen konnte, mit Brille, gewiß, aber doch Zeitungen und Bücher. Oft aber spielte er weiter den Blinden. Zu dieser Zeit hatte er längst die Möglichkeit erkannt, die in der Erblindung liegt: daß die Vergangenheit haftenbleibt und erzählt werden muß. Von Finsternis umgeben, ins Dunkel gestellt, strahlt sie heller denn je im grellen Tageslicht.

23.
Herrscher über die letzten Könige

»Der König besitzt nicht das Recht auf freie Meinungsäußerung«, erklärt der Schriftsteller Martin Mosebach die Gesetze der Monarchie, »er ist von der Versammlungsfreiheit ausgeschlossen, er ist in der Verfügung über sein Eigentum stark eingeschränkt, er ist in der Freiheit der Berufswahl zumindest stark eingeschränkt, und er besitzt nicht die Freiheit, nach eigenem Gutdünken seinen Wohnsitz zu wählen. Seine Eheschließung bedarf der Zustimmung der Parlamente. Er ist von dem umfassenden Rechtsschutz, den die Prinzipien der Gleichheit jedem Bürger garantieren, ausgeschlossen. ›Freiheit, Gleichheit, Brüderlichkeit‹ gelten, vor allem dort, wo diese Devisen Grundlage von Rechten geworden sind, nicht für ihn. Und es galt bis vor kurzem als selbstverständlich, daß der Monarch vor allem von jenem Recht ausgeschlossen sei, das in der nordamerikanischen Unabhängigkeitserklärung als das Recht auf ›the pursuit of happiness‹ definiert wurde.«

Im Speisesaal der Torre di Materita sitzen zwei ältere Herren, beide sorgfältig gekleidet, aufrecht, mit geraden Rücken, vor sich die noch leeren Teller. Es ist Mittag, aber es dringt kaum Licht herein. Axel Munthe trägt einen hellen Anzug. Er wirkt heute sogar gewaschen. Rechts neben ihm sitzt ein Gast aus Schweden, einer von den Künstlern, die er immer wieder traf, die er in Paris gekannt hatte und in Stockholm sowieso. Eine Karaffe mit rotem Wein steht auf dem Tisch. Es wird ein einfaches Gericht geben, wie stets bei solchen Gelegenheiten, Makkaroni und gekochtes Gemüse. »Als ich neulich die Zarin traf ...«, hebt Axel Munthe an zu erzählen. Der Besucher ist nicht erstaunt. Er nickt. Denn er kennt seinen Gastgeber, und er weiß, daß sich das schwedische Königspaar vor ein paar Monaten, im Sommer 1912, in den finnischen Schären mit Zar und Zarin getroffen hatte, aus ernsten Gründen, denn man rechnete mit einem Krieg, und Schweden fürchtete sich vor seinem großen Nachbarn. Ein Schiff, die »Standart«, die Dampfyacht des Zaren, war von Osten gesegelt gekommen, aus St. Petersburg, ein anderes, das Panzerschiff »Oscar II.«, aus dem Westen, und nebeneinander hatten sie auf dem offenen Wasser gelegen, aus Furcht vor Attentaten.

Axel Munthe aber hat keine Politik im Sinn. »Alix geht es nicht gut.« Der Gast nickt. »Alix«, das weiß auch er, ist Alexandra, die Zarin, eine Prinzessin von Hessen-Darmstadt, die ehrwürdig-leidende Schönheit auf dem russischen Thron. Dann berichtet er davon, wie unbeliebt sie am russischen Hofe sei, er erzählt von ihrem einzigen Sohn, dem Thronfolger, der ein Bluter ist, und: »Sie vertraut nur mir. Ihr Arzt ist ein Stümper. Soll ich dir den Orden zeigen, den Nikolaus mir verliehen hat?« Der Gast hebt abwehrend die Hände, er hat den Sankt-Stanislaus Zweiter Klasse mit seinem goldenen »S« und dem großen, achteckigen Strahlenkranz schon ein paarmal gesehen. Axel Munthe achtet nicht auf die Bewegung, er ist längst weiter. »Und, im Vertrauen ...« Er spricht leiser, erzählt, wie ihn die Zarin zu sich rief, wie sie ihm Komplimente machte, Victoria gehe es doch deutlich besser, und wie sie ihn dann fragte, ob er nicht in ihre Dienste wechseln wolle. »Stell dir vor, Leibarzt der Zarin.« Axel Munthe zögert, der Ruhm lockt ihn, der Glanz eines ganz großen Hofes, die Zarin ist ruhelos, traurig, kränkelnd, abergläubisch, interessiert sich für den Okkultismus, eigentlich also eine für ihn typische Patientin. Aber dann – es ist alles so unsicher, so schwach, so gefährlich. »Und dieser Rasputin …« Eine Schnake taumelt von Ecke zu Ecke und schlägt an die Lampenglocke. Die Haushälterin bringt eine Schüssel mit Nudeln herein.

Axel Munthe ist der Held einer Zwischenzeit. Als junger Mann schmückt er sich zuweilen mit einem »von«, dem Adelstitel, den er nicht besitzt. Später erfindet er gelegentlich eine verborgene hohe Abkunft. Denn noch sind die alten Herrscher da. Bald werden sie die Bühne verlassen. Sie zittern und beben aber jetzt schon, und wenn sie vielleicht nicht wirklich wissen, daß ihre Zeit vorüber ist, so sind sie doch sehr unruhig geworden, wollen noch einmal große Souveräne sein, Bauherren, Strategen, wollen alle Könige vor ihnen übertrumpfen. Oder streben schon hinüber in eine andere, bürgerliche Lebensform, wollen friedlich sein und zurückgezogen leben. Victoria, der schwedischen Kronprinzessin, deren Arzt Axel Munthe im Jahr 1893 wurde, war nicht nur das Klima im Norden zu einer unerträglichen Belastung geworden, vor der sie in den Süden fliehen mußte, sondern auch das Zeremoniell, die Riten des Hofes, die ganze öffentliche Existenz regierender oder bald regierender Fürsten und Könige – eine Existenz, vor der es kein Ausweichen gab, die man hinzunehmen hatte wie ein Schicksal, so gut wie rechtlos in allen entscheidenden Fragen der eigenen Lebensführung, bei der Wahl des Wohnorts und des Ehegatten vor allem, ohne eigenes Zutun den eigenen, oft nur scheinbar nützlichen Privilegien ausgeliefert.

In dieses Vakuum tritt Axel Munthe. In dieser Leere vollzieht sich sein Aufstieg an die Seite der Reichen und Mächtigen. Prinzessin Victoria ist so kränklich, daß sie sich immer wieder allen offiziellen Aufgaben entzieht, stets ist sie in Gefahr, Form und Haltung zu verlieren, entsetzliche Kopfschmerzen zu bekommen und nicht mehr als Fürstin handeln zu können. Sie zieht nach Süden, nach Ägypten, nach Capri, nach Rom, sie photographiert, gibt einen Bildband über den Nil heraus, begibt sich in die Obhut ihres Arztes, weil er sie vor ihren Verpflichtungen schützt und sie sich nach einem Privatleben sehnt. Und Axel Munthe schenkt es ihr, nicht nur als Mediziner, sondern auch als Mittler zwischen ihr und dem Hof, als Autor unzähliger Bulletins. Er wird ihr Geliebter, früher hätte man »Favorit« gesagt, und nicht nur das, sondern auch Agent ihrer Hoffnung auf ein besseres Leben, auf ein privates Glück und die Süße des Südens. Es dauert nicht lange, nur bis zum Jahr 1907, kurz bevor Victoria Königin von Schweden wird, da errichtet er ein Haus nicht weit von der Torre di Materita, die Casa Caprile, in ihrem Auftrag und auf ihre Rechnung, und für sich selbst erwirbt er gleichzeitig noch eine Wohnstatt unmittelbar daneben. Ein kleines Königreich wie dieses ist die Bedingung dieser Verschiebung in den Bedingungen der Herrschaft: Denn dergleichen ist nur möglich in einem Land, das nicht zu den großen Mächten zählt und in dem das Königtum schon sehr schwach ist.

Das kleinste Königreich gehört Axel Munthe. Es besteht nur aus ein paar Häusern, zwei oder drei davon in exponierter Lage, aber das geringe Format ist hier kein Hindernis. Denn er empfängt Staatsbesuche, mehr, als an manchem anderen kleinen Hof, in Meiningen oder Altenburg, zusammenkämen. Der wichtigste, häufigste und dauerhafteste ist natürlich Victoria, die ihn im Jahr 1903 zum Leibarzt bestellen läßt, und das bleibt er auch, nachdem sie Königin von Schweden geworden ist. Sie geht auf Capri spazieren, durchstreift die Gassen, passiert die Gärten, nimmt die Parade des Oleanderspaliers ab, sieht auf den Wein, die grobporigen Zitronen und die fetten Kürbisse, prüft die Bohnen und die Artischocken. Victoria ist mit allen großen Herrscherhäusern Europas verwandt, ihre Nichten, Neffen, Onkel und Cousinen ersten, zweiten, dritten Grades kommen zu Besuch nach Capri. Aber ihr Herr ist Axel Munthe, der Meister des Oleanders, der Chef der Bruchsteinmauer, der Hauptmann der einheimischen Bevölkerung. Sie nimmt seine Herrschaft hin, sie ist dankbar dafür.

Wenn die Fürsten sinken, kommen ihnen auf halbem Wege die nach oben strebenden Bürger entgegen. Erst sind es wenige Auserwählte, und wenn sie sich mit dem Adel berühren, dann nicht nur, weil sie Geld besitzen, Händler, Bankiers oder gute Soldaten sind. Sie sind auch Makler von Stimmungen, von Geschmacksvorgaben und Sympathien – Agenten von Lebens- und Sinnversprechen. Es ist ein Talent, das ihnen den Zutritt zur Aristokratie öffnet, der Wunsch, die Bereitschaft und die Fähigkeit, aus sich selbst einen großen Menschen zu machen, die sonderbare Gewißheit, sich nur etwas ausmalen zu müssen, worauf die Welt Platz macht und sich gleichsam von selbst darbietet. Es ist die Inbrunst, mit der sich jemand einer Idee verschreibt, die hier zum Tragen kommt. Sie wirkt um so mehr, je weiter entfernt der Ort ist, aus dem der Agent der Wünsche kommt. Man muß aus Oskarshamn am Baltischen Meer stammen, um es auf Capri zum Arzt der Prominenten zu bringen. Denn was ist aus der Aristokratie geworden, wenn nicht Prominenz? Die alte europäische Welt findet sich nunmehr auf dem Boulevard wieder, und handele es sich dabei um die Piazzetta von Capri und das »Caffè Ritter«.

Axel Munthe ist ein Mann von Talent, wobei seine Fähigkeiten im Gesellschaftlichen liegen. Für die Mühelosigkeit, mit der er – und viele andere Männer seiner Zeit, Ärzte, Künstler, Kritiker, Impresarios aller Art – vorankommt, gibt es nur einen historischen Moment: die heroische Zeit des Bürgertums, die kurze Zeit vom Beginn des zweiten französischen Kaiserreichs bis hin zum Ersten Weltkrieg. Zwischen den immer bürgerlicher werdenden Adel und das immer mächtiger werdende Bürgertum treten, für ein paar Jahrzehnte, Menschen, mit denen sich die Ahnung einer neuen Zeit verknüpft, und zum erstenmal in der Geschichte haben diese Menschen eine Chance, eigenständig, berühmt und sogar reich zu werden: in Gestalt des Künstlers, des Kritikers, des Abenteurers, des Politikers oder eben des Arztes. Kosmopolitisch, weltläufig, vielsprachig sind diese neuen Menschen, beredt, charmant und Meister der Reklame in eigener Sache. Mit drängendem Ernst, mit Leidenschaft tragen sie ihre Anliegen vor, und man schenkt ihnen Glauben.

Es sind vor allem die Frauen, die ganz verzaubert sind von diesen neuen Gestalten, Verführern allemal. Axel Munthe lockt sie, er schmeichelt ihnen, er reizt sie, indem er sie teilhaben läßt an seiner Erwähltheit. Er macht sie zu Vertrauten des Außerordentlichen. Je weiter hinauf es geht in der gesellschaftlichen Hierarchie, desto mehr kultiviert er die Abweichung. Axel Munthe ist ein Virtuose der virtuellen Entführung, er verwandelt jede Frau von Rang und Stand in eine »Traviata«. Bei einigen reicht es, wenn er sich mit ihnen auf dem Waldboden niedersetzt und die Ameisen bei ihren Wanderungen beobachtet. Andere sind schwieriger zu gewinnen, und er muß ihnen von Italien erzählen, von der Heimat des einfachen Lebens und der Sinnlichkeit, von Venedig eher als von Rom, am liebsten aber von Capri, von seinem sagenhaften Haus dort, von den geliebten Hunden und von Rosina, der pessimistischen Eselin.

Dann muß er seine Weltläufigkeit demonstrieren, seine Kenntnisse in allen europäischen Sprachen, in Literatur, Musik und in der Ethnologie der Lappen. Darin liegt sein größtes Talent – in der Fähigkeit, irgendwo hinzukommen und jeden Ort, jede Gesellschaft zu prägen, im Improvisieren von Lebenssinn. Und die Frauen hören ihn an und wenden sich ihm zu, betört und bewundernd. Sie halten ihn für einen einsamen Menschen von seltener Größe, für einen braungebrannten Aristokraten der Seele. Und wenn er ungewaschen ist, schroff und schlecht gekleidet, wenn er schmatzt und ihm die Essensreste im Bart hängen, wenn er sich in die Zeitung schneuzt, dann macht das nichts, sondern beweist nur seinen inneren Adel. Wenn er sie ermahnt, dem müßigen Leben abzuschwören, dann helfen sie den Armen von Trastevere. Und wenn er sie beschimpft, ihrer prächtigen Kleidung wegen, dann greifen sie zu grobem Leinen.

Axel Munthe findet seine Frauen im Kreis seiner Patientinnen, und seine Patientinnen findet er im Kreis seiner Frauen. Mit Lady Ottoline Bentinck, der Halbschwester des Herzogs von Portland, ging es so, der späteren Frau des liberalen Abgeordneten Philip Morell und Geliebten von Bertrand Russell. Für ein paar Tage war sie die Frau seines Lebens, dann ertrug er ihre schwärmerische Bewunderung nicht mehr, erklärte sie zu einer religiösen Fanatikerin und schickte sie fort. Mit Charlotte Payne-Townshend verhielt es sich nicht anders, der irischen Millionenerbin, die einige Jahre später, im Juni 1898, George Bernard Shaw heiratete. Axel Munthe war ihr in Rom begegnet, hatte ihr Beruhigungsmittel verschrieben und hatte ihr dann, sehr erfolgreich, zur Beruhigung der Nerven eine gemeinsame Reise nach Venedig vorgeschlagen. Er lockte und lockte, und sie gab ihr Herz hin und öffnete den Verlorenen und Hilfsbedürftigen von Rom ihre Börse. Danach kehrte sie nach London zurück, schickte ihm aber, als Unterpfand ihrer Zuneigung, ein Porträt von sich selbst – gemalt von Giulio Aristide Sartorio, dem geheimen Architekten des Hauses von San Michele. Und was tat Axel Munthe? Er schickte es zurück.

Denn eine Frau gewinnen, sie so betören, daß sie sich nur noch fügen will – das war eines, der Triumph des Talents über Stand, Vermögen und Geschlecht. Wozu aber hätte er sie behalten sollen?

Was geschah, wenn der Arzt als Verführer seine Wirkung verfehlte? Nicht immer erreichte Axel Munthe sein Ziel, manche Frauen, wie die russische Prinzessin Maria Pawlowna, eine Schwiegertochter Victorias, widersetzten sich auf dem Weg dorthin und wandten sich gegen ihn. In solchen Fällen war die Ablehnung mindestens so entschieden, wie zuvor die Anziehung gewesen war. Dann war dieser Arzt ein Scharlatan, unbelehrbar, ein Hypnotiseur, der die Frauen mit seinen willkürlichen Diagnosen schwächte und abhängig werden ließ. Dann war er häßlich, ungepflegt, ein geiler Bock mit strähnigen, verklebten Haaren, dann stank er, war unzuverlässig und besaß keine Manieren. Dann war er ein Hochstapler, der sich auf Capri, mit welchen Mitteln auch immer, eine kleine Schöpfung zugelegt hatte, ein verkommenes Königreich für nur einen Menschen. Und auch dieses Bild gehört zum Helden einer Zwischenzeit.

Die Haushälterin räumt die Teller ab. Die Herren rauchen Zigaretten. »Und was war mit Rasputin?« – »Ich habe ihn nie getroffen, nur von ihm gehört.« Axel Munthe wechselt den Gegenstand. Er spricht über seine Patienten in England. Über den Wunderheiler am Zarenhof zu reden ist ihm unangenehm. Dabei hat dieser Wanderprediger einiges mit ihm gemein. Denn Rasputin ist genauso ein Held der entstehenden Massenkultur wie Axel Munthe. Er verhält sich zu Munthe wie der Marquis de Sade zu Voltaire. Auch Rasputin stammt aus der tiefen Provinz und macht in der Hauptstadt Karriere, auch er kann hypnotisieren, auch er gilt als Verführer, und auch von ihm wird behauptet, er schlafe mit der Frau des Herrschers: Aber im Unterschied zu Axel Munthe, dem

Axel Munthe (rechts) mit Prinz Max von Baden, 1901

Arzt der neuzeitlichen Krankheiten, trägt Rasputin die alte Maske des Schamanen. In dieser Figur liegen Priester und Arzt noch eng beieinander, und wenn der eine die ärztliche Technik ablehnt und nur durch das Auflegen einer Hand heilt, so weiß doch auch der andere oft nicht, wie er eine Genesung zustande gebracht hat.

Am Ende überstrahlte der Ruhm des Arztes den seiner fürstlichen Patientin. Sein Rang war höher, zumindest im öffentlichen Bewußtsein. Königin Victoria sank in die Geschichte zurück, wurde zur Anekdote einer deutschen Prinzessin, die in Schweden dem Unglück begegnete und ihr Heil, ihr privates Glück im Süden suchte. Axel Munthe aber wurde zum Herrn von San Michele, auch wenn er dort schon lange nicht mehr lebte. Sein Haus verwandelte sich in die Kultstätte für einen großen Menschen, und er wußte es, aber keine Befriedigung stellte sich ein, und er baute immer weiter an seinem kleinen Königreich auf einer Insel am Ende der Welt: lauter Türme, von denen er hätte herunterblicken können, wenn er denn hätte sehen können. Zur Villa San Michele kam nicht nur die Torre di Materita, sondern im Jahr darauf die Villa Damecuta, im Norden von Anacapri gelegen, gegenüber von Procida, und im selben Jahr die Torre di Guardia, ein mittelalterlicher Wachtturm im äußersten Westen der Insel. Und auch ein Haus in der Heimat wurde gekauft: Dort ließ er um das Jahr 1910 ein Haus errichten, am See Siljan in Dalarna, wo die schwedische Nationalromantik den Geist des Landes am reinsten verkörpert zu sehen meinte, wo es noch ganz bäuerlich und unzerstört zu sein schien – und im Unterschied zu seinen italienischen Villen besaß dieses nordische Herrenhaus von vornherein eine Zentralheizung und eine Toilette mit Wasserspülung.

Als Königin Victoria von Schweden, die ewig leidende Fürstin, im April 1930 starb in der Villa Svezia, ihrem Haus in Rom, in der Nähe der Villa Borghese gelegen, im Alter von siebenundsechzig Jahren, stand Axel Munthe an ihrem Totenbett. »Come soon« sollen ihre letzten Worte gewesen sein, gerichtet an den Lebensgefährten. Zu dieser Zeit aber waren seine Bindungen nach Schweden längst dünn geworden. England, der aristokratische Individualismus seiner Bekannten dort, auch seiner ehemaligen Verehrerinnen, die Clubs, der Kreis der Intellektuellen am Bloomsbury Square interessierten ihn weit mehr. Mit gemischten Resultaten. Gemeinschaft hatte es für ihn ohnehin nie gegeben. Und je höher ihn der Ruhm trieb, desto einsamer wurde es um ihn. Keine Gesellschaft hieß ihn freudig willkommen, nirgendwo gehörte er mehr hin, Verlassenheit wurde zu seinem Lebensmerkmal. Auch das kann man für einen Ausweis von Adel halten.

»… und dieser Rasputin?« Im Jahr nach der Begegnung

des Königs- und des Zarenpaares in den finnischen Schären war Axel Munthe noch einmal in Rußland. Man weiß nicht, aus welchem Grund er dorthin reiste – vielleicht um herauszufinden, ob er vielleicht doch Leibarzt der Zarin werden sollte. Er traf sie und ihre Familie, und dann war nichts mehr. Als er nach Capri zurückkehrte, trug er einen silbernen Schrein mit der Figur des heiligen Michael im Gepäck. Es soll sich um ein Geschenk gehandelt haben.

24. Die Photographie und ihre Gespenster

Als der schwedische Schriftsteller August Strindberg kurz nach der Jahrhundertwende in aller Ruhe und mit großem Selbstbewußtsein mitteilte, er habe drei Nobelpreise zu erwarten – den für Chemie, den für Literatur und den Friedensnobelpreis –, verlieh er dem Fortschrittsglauben des ausgehenden neunzehnten Jahrhunderts einen angemessenen Ausdruck. Der Held dieses Glaubens war der einsame Wissenschaftler, Künstler, Politiker, und die drei waren einer, und dieser eine photographierte. Der Fortschrittsglaube war getragen von der Vorstellung, ein Individuum allein könne die gesamte, rasende Entwicklung erfassen, umfassen und verstehen. Der Wissenschaftler, Phantast, Dichter war derjenige, der den Zusammenhang erkennen, der das Gegenbild zur exklusiven Autorität des Experten abgeben sollte – und derjenige, der wußte, daß sich unter der Rationalität stets ein schwarzes Loch verbarg, das nur der Dichter auszuloten vermochte. So entstand der Raum, in dem sich Zauberer bewegen konnten.

Axel Munthe hat einen engen, ein wenig älteren Verwandten in der Dichtung, und er muß ihn gut gekannt haben: Peer Gynt, den norwegischen Bauernsohn, den Helden eines Dramas von Henrik Ibsen. Unzufrieden mit der Welt, in der er leben muß, beginnt Peer Gynt, von sich selbst und seinen Dingen in immer prächtigeren Anekdoten zu erzählen. Den verfallenen Hof, in dem er lebt, verwandelt er in einen Palast. Über den Besseggen-Grat hoch in den norwegischen Bergen will er auf dem Rücken eines Rentiers galoppiert sein. Und in Ägypten begegnet er einer Sphinx, die stumm bleibt, weshalb er ihre Frage, wer er sei, selbst stellt und sofort selbst beantwortet: »Er ist er selbst«, sagt Peer Gynt, und das heißt nichts anderes, als daß er nicht wissen will, wer er ist. Später, als er alt und verarmt in die Heimat zurückkehrt, trifft er auf einen Photographen. Dieser erläutert ihm, wie sich ein Negativ in ein Positiv verwandelt, ein kohlschwarzer Rabe in ein Schneehuhn, wie Peer Gynt spottet, und erklärt, dieser selbst sei auf einem Porträt zu sehen. »Ist Herr Gynt er selbst«, fragt Peer Gynt und schreitet voran »ins Nichts, ins neblige Grau«.

Dutzende von Photographien zeigen Axel Munthe, und auf den meisten steht er starr, mit geradem Rücken, den Kopf hoch erhoben, den Blick verborgen, verschattet, von Brillen, Mützen und Hüten verdeckt. Im Alter sind die Knie leicht gekrümmt, so daß er immer wieder aussieht wie ein steif gewordener Reiter. Ein Offizier hätte so stehen können, niemals hängen Kopf oder gar Schultern, aber ein Soldat hätte sich auch anders bewegt, schnell, leicht und biegsam. Axel Munthe war nie beim Militär gewesen. Er wollte so stehen, so steif und gehemmt, er fand vor anderen keine andere Haltung. Und – er konnte nicht anders: Denn auf seiner Nase saß eine Brille, in frühen Jahren ein Klemmer oder Kneifer, und wer solches Gerät trug, der konnte sich keine plötzlichen Bewegungen leisten. Brille und Mann hatten in dieser Haltung zueinander gefunden, weil die Sehhilfe die gewünschte stramme Haltung nicht nur forderte, sondern auch keine andere zuließ. Wenn er wußte, daß er photographiert wurde, stand er immer so da.

Auf einer Photographie ist Axel Munthe als Wanderer über dem Nebelmeer zu sehen, im Profil festgehalten, aber nicht in der freien melancholischen Haltung von Caspar David Friedrichs bekannter Figur, sondern gleichsam in Habacht, in einer Positur der Anspannung und der Aufmerksamkeit. Diese Haltung ist Abwehr. Axel Munthe verabscheute die Photographie. Er wollte bildnislos bleiben wie Peer Gynt, unbehelligt, nicht er selbst sein müssen, im Bündnis mit dem Fortschritt sich dem Fortschritt widersetzen können. »Mein Abscheu vor Photographie reicht weit zurück; persönlich habe ich mich nie dazu hergegeben, photographiert zu werden, seit ich sechzehn Jahre alt war, außer zu den unvermeidlichen Momentaufnahmen für meinen Paß und im Krieg, als ich im Roten Kreuz diente. Selbst auf Photographien meiner Freunde legte ich keinen Wert. Ich vermag ihre Züge ohne Retusche nach Belieben auf meiner Netzhaut zu entwerfen, viel genauer, als es der beste Photograph vermag.« Zumindest die erste Behauptung ist übertrieben. Photographien von Axel Munthe gibt es zu Dutzenden, aber die wenigsten sind gelungen. Stets ist er der halb Verborgene, der Verschattete, der ins Unscharfe Gerückte. Immer wieder bringt es Axel Munthe fertig, daß man ihn nicht genau erkennen kann, daß das Bild verschwommen ist, daß die Augen im Dunkeln liegen oder das Gesicht abgewendet ist.

Hier ist dieser, und dort ist jener. Die Photographie läßt auch die Details der Physiognomie kenntlich werden, sie rückt sie unbarmherzig in den Blick, sie erweitert den Bereich des Faktischen. Die Kamera war eines der beliebtesten Instrumente Jean Martin Charcots in der Salpêtrière. Sie dokumentierte die Hysterie, machte sie erkennbar, greifbar, hob sie ins Tatsächliche und Unausweichliche. Sie bildet die wahre Netzhaut. Sie hielt fest, was anderenfalls untergegangen wäre, in den Falten des Alltäglichen, im Halbdunkel der Gewohnheiten, im Dämmerlicht der Erzählung. Sie registrierte die unendlichen Augenblicke, aus denen die Sekunde, die Minute, die Stunde, der Tag zusammengesetzt sind.

Dem Widerstand gegen die Photographie hingegen liegt die Scheu zugrunde, nicht mehr über das eigene Antlitz verfügen zu können, die Sorge, die Macht über sich selbst zu verlieren. Er ist ein Versuch, bei Axel Munthe, bei jedem, der so handelt, ein Stück persönlicher Souveränität zu wahren und selbst entscheiden zu können, ob man in Erscheinung treten will oder nicht. Dieses Bemühen setzt natürlich erst in dem Augenblick ein, in dem die Souveränität tatsächlich herausgefordert ist. Ein gewisses Maß an Prominenz ist diesem Widerstand daher vorausgesetzt – eine Prominenz, die in dem Augenblick zum Problem werden muß, in dem sich die Photographie zu einer allgemein verfügbaren Beschäftigung entwickelt. Denn erst die billig und mobil gewordene Photographie erlaubt, unendlich viele Menschen auf unendlich vielen Bildern festzuhalten, erst sie schafft die Allgegenwart und allgemeine Verfügbarkeit des photographierten Bildes – und des von Mitleid und Scham befreiten Blicks, der die Kamera hochreißt und auf den Auslöser drückt.

Der Realismus der Photographie gewährt das reinste Vergnügen dadurch, daß er einfach geglaubt werden kann – daß etwas ist, wie es ist, diese schlichte Tautologie, ganz ohne alle Erkenntnis, ist den Betrachtern einer Photographie merkwürdigerweise ein großer Anlaß zur Freude. Axel Munthe entzieht sich diesem Vergnügen, er will diese nur scheinbare Gleichsetzung nicht ertragen. Gleichzeitig photographiert er selbst mit großer Begeisterung – über andere will er die Macht ausüben, der er selbst nicht unterworfen sein will. Als Kodak im Jahr 1888 die Kamera von George Eastman, die erste Kamera mit Rollfilm, auf den Markt brachte, kaufte Axel Munthe sofort ein solches Gerät, obwohl es ihn, der sich auf dem Tiefpunkt seiner Armut befand, die Hälfte seiner Ersparnisse kostete: »You press the button«, lautete damals der Werbespruch für diese Kamera, »we do the rest.«

Axel Munthe nach seiner Augenoperation, 1934

Und war das nicht völlig richtig gesagt? Die Photographie machte es plötzlich leicht, sich von einem Ende der Welt zum anderen zu bewegen. Sie ließ jede Ansicht verfügbar werden, sie machte alle Prospekte gleich.

Solange es solche Kameras und ihre Bildermassen nicht gab, also noch bis in die ersten Jahrzehnte des zwanzigsten Jahrhunderts hinein, muß die Prominenz eine erstrebenswerte Angelegenheit gewesen sein. Ein Gefühl des Triumphs war damit verbunden, das durch nichts und niemanden zu trüben war. »Um Zeit zu sparen und weil ich Pferde liebe«, erzählt Axel Munthe mit ganz und gar nicht verhohlenem

Stolz, »fuhr ich bald in einer eleganten roträderigen Viktoria, mit einem Paar schönen Ungarn bespannt, in vollem Trabe durch ganz Rom, Tappio, meinen Lappenhund, neben mir.« Und ganz Rom sah hin, um zu bewundern. Man stelle sich aber vor, ganz Rom hätte beim Anblick dieses Gefährts, wie es mit Arzt und Hund vorbeifuhr, die Kodaks und später die Leicas gezückt, um das Bild des berühmten Mannes festzuhalten.

Axel Munthe hatte von vornherein das Photographiertwerden gescheut. Je älter er aber wurde, desto mehr Gründe erhielt er dafür. Sein Rom war das Rom der neunziger Jahre. Selbst auf Capri konnte er in den dreißiger Jahren, nachdem das »Buch von San Michele« erschienen war, zumindest im Sommer kaum unbehelligt durch die Gassen gehen. Die ungebrochenen Erlebnisse von Stolz und Verfügung in der Öffentlichkeit gab es nicht mehr: Als Greta Garbo auf einer Reise durch Italien mit dem Dirigenten Leopold Stokowski die Insel Capri und das berühmte Haus des schwedischen Arztes besuchte, im März 1938, trug sie, wie stets, eine dunkle Sonnenbrille. Axel Munthe kam ihr mit der dunklen Brille des Sehbehinderten entgegen. Und so reizvoll es wäre, diese beiden miteinander zu sehen, auf einer Photographie, der eine den Blick des anderen in seinen eigenen Blick verhindernd, und beide doch in ihrer Abwehr vereint, so abscheulich wäre ihnen schon die Vorstellung erschienen.

Geschrieben hat Henrik Ibsen das dramatische Gedicht von Peer Gynt in Italien, auf Ischia und bei Sorrent, im Jahr 1867, zehn Jahre, bevor Axel Munthe in diese Gegend kam.

25.
Sammlungen von zweifelhaftem Wert

Das Grab des im Alter von achtzehn Jahren gestorbenen Pharaos Tut-ench-Amun wurde, von Dieben kaum berührt, im Jahr 1922 vom britischen Zeichner und Archäologen Howard Carter entdeckt. Geduldig untersuchte er die verschiedenen Räume, bis er drei Jahre später in die eigentliche Grabkammer vordrang. Dort, im Inneren von vier ineinandergeschachtelten Särgen, lag der einbalsamierte Leichnam: »Ein unbekannter und kurzlebiger Herrscher war nicht mehr nur der bloße Schatten eines Namens«, schrieb Howard Carter in seinem Erinnerungsbuch, »sondern hatte nach dreitausend Jahren von neuem die Welt der Realität und der Geschichte betreten! Dies war der Gipfel unserer langwierigen Untersuchungen! Das Grab hatte sein Geheimnis gelüftet. Der Bürde der Zeit und dem Verschleiß so vieler Jahre zum Trotz hatte die Botschaft der Vergangenheit die Gegenwart erreicht.« Welche Botschaft? Die unheimliche Unmittelbarkeit, dem Tod auch nach dreitausend Jahren ins Gesicht zu sehen? Ein gewaltiger Strom von Touristen wurde durch den Fund angelockt, bald waren es mehrere Tausend im Monat. Axel Munthe zählte dazu.

Eines Nachts hatte Axel Munthe einen schweren Traum. An einem fernen Ort, erzählt er, in einer dunklen Höhle, unter den Trümmern einer untergegangenen Zivilisation, habe er eine Sphinx aus rotem Granit gesehen. Im Traum sei ihm auch mitgeteilt worden, wo er diese Skulptur zu suchen habe. Schon am nächsten Tag sei er aufgebrochen, in eine ferne Gegend, um die Sphinx zu bergen – über die Meere sei er gereist, durch Sümpfe und Steppen gewandert, von Räubern sei er überfallen worden, bis er sie gefunden habe, immer noch geleitet von seinem Traum, der in den Trümmern eines vergessenen, von Kaiser Nero errichteten Palastes in Kalabrien gespielt hatte, wobei es in dessen Innerem Ruinen gegeben habe, viel älter als dieser Bau, Relikte aus den ersten Anfängen der westlichen Kultur. Gefressen aber hat ihn die Sphinx nicht.

Axel Munthe geht durch seinen Garten. Er weist nach rechts. Dies sei eine Skulptur von großem Wert und tiefer Bedeutung, versichert er, uralt, womöglich von Phidias selbst geschaffen. Er weist nach links, zur Wand des Arbeitszimmers. Dieses Medusenhaupt habe er, von seiner Kapelle auf das Meer hinunterblickend, auf dem Grund liegend gesehen. Es sei gewiß griechisch (dabei ist es eine römische Kopie, die vermutlich aus dem Venustempel in Rom stammt). Und so geht er von Kunstwerk zu Kunstwerk, von Gott zu Gott, und zwischen dem einen und dem nächsten liegen höchstens zwei Meter, und er glaubt an keinen. Zu jedem Stück gibt es eine Erklärung, und keine der Erklärungen handelt von Kunst, aber in allen spricht er von großen Namen und von einer schwierigen, seltsamen oder wunderbaren Findegeschichte, davon, wie dieses Werk seinen Weg zu ihm fand. Jedesmal beschwört er den Stein gewordenen Ruhm. Seine Besucher sind bald verstimmt. Denn durch diese Art des Kommentierens setzt Axel Munthe den Eindruck der Sinne und das ästhetische Urteil herab. Er tut nur so, zweifeln die Besucher bald, als glaube er an Kunst und Schönheit, aber er würde nicht mehr daran glauben, wenn sie ohne Anstrengung und Exklusivität erreichbar wären.

Wie ein Pirat war Axel Munthe durch die Antiquitätengeschäfte Neapels und Roms gezogen, hatte nachher die Spuren verwischt und die Funde auf seine Tribüne gestellt, stolz und ein jedes Teil als etwas ganz und gar Unerhörtes, unermeßlich Wertvolles präsentierend, das, auf geheimnisvollen Wegen seine Bestimmung erfüllend, auf höchst individuelle Weise zu ihm gefunden habe. Etwas Neureiches haftete ihm in diesen Augenblicken an. Denn die wenigsten Antiquitäten waren an diesem Hang gefunden worden, die meisten hatte er gekauft, auch die Fragmente aus römischer Zeit, oder er hatte sie, im Tausch gegen eine ärztliche Behandlung, geschenkt bekommen. Stück für Stück schuf Axel Munthe so ein privates Kolonialreich, zuerst im Haus von San Michele. Dann aber, in dem Maße, in dem er auf der Westseite von Capri immer weitere Häuser hinzukaufte, dehnte er es auf die Umgebung aus, in einem vermessenen Streben, die ganze Insel – wie es vor ihm Tiberius getan hatte – in eine Villa, in seine Villa zu verwandeln, dem Rausch der Geschichte gewidmet. Dabei hatte seine eklektische Sammlung, dieses Nebeneinander von Stücken aus vielen Zeiten und Ländern, stets etwas von einem Kuriositätenkabinett – und etwas Endzeitliches: als ob hier einer von Trümmern lebte, als ob das Weltende nahe wäre.

Das Sammeln antiker Überreste, von Kuriositäten und einzigartigen Kunstwerken war ursprünglich eine aristokratische Praxis, in der es von Beginn an, also spätestens seit der Renaissance, um eine merkwürdige Verwandlung geht. Denn der Schöpfer eines Werkes ist nun nicht mehr der einzige, dessen Eigenart sich in einem Kunstwerk spiegelt. Neben ihn tritt der Eigentümer, in dessen meist erkauftes Recht auf ein Kunstwerk nun ebenfalls eine Spiegelung der Individualität übertragen wird. Daraus wird dann der moderne Glaube, ungewöhnliche oder gar einzigartige Besitztümer verliehen ihrem Eigner eine Individualität. Die Stationen des Lebens finden sich in der Einrichtung dokumentiert, die Orte, die man besuchte, die Menschen, die man kannte und

Sphinx (mit Hund Hippo) im Garten der Villa, Sommer 1901

kennt. Die Sammlung wird zu einem riesenhaften Spiegel, in dem der Besitzer sich von allen Seiten anschauen, sich buchstäblich bewundernswert finden und sich der von allen Besuchern zum Ausdruck gebrachten Verzückung überlassen kann.

Da steht er dann, der Meister und Gebieter über so viele angesammelte, gestrandete Güter, wird durch diese gleichsam ausgerüstet und schaut schließlich, nur noch fremd hervorblickend, aus einem Grab aus Denkmälern, das ihm bis zum Hals reicht. Sein Haus behandelt er als Schauplatz, in dem die Welt in ein Bild des verführerischsten Reizes verwandelt ist. In Wahrheit aber ist es ein Zeughaus. Keines seiner Stücke ist um seiner selbst willen da. Alle dienen als der Ergänzung bedürftige Momentbilder, als Appelle an den Betrachter, sie zu vervollständigen, zu erläutern, ihnen durch eine persönliche Anekdote zu ihrem eigentlichen Dasein zu verhelfen, und bis dahin sind sie isoliertes, ohnmächtig gestikulierendes, verlorenes Stückgut. Das geht so weit, daß er seine Fundstücke in die Wand einmauern läßt, so daß sich ihre Machart und Struktur nicht mehr betrachten läßt. Sein Reich erhält dadurch etwas Phantastisches, wobei das Phantastische hier in Versatzstücken besteht, die auf den Einzug einer Wirklichkeit warten, um ihr ein höheres Dasein zu verleihen: Skulpturen, Mosaike, Pflanzen, Bettgestelle. Inmitten dieser Vorräte – von Sammlung möchte man hier eigentlich nicht reden – regiert ein Herrscher, welcher die absolute Freiheit hat, mit diesen Elementen nach Gutdünken umzuspringen.

Axel Munthe hatte schon bei der ersten Begegnung den Teufel nach der Sphinx gefragt, und dieser hatte ihm eine solche Gestalt versprochen, als Wächterin und Schild: »Und hier, wo wir stehen, wo zu unseren Füßen die schöne Insel wie eine Sphinx aus dem Meere steigt, soll eine Granitsphinx aus dem Lande der Pharaonen liegen.« Später dann sagt er: »Und hierhin, mit dem Blick auf den Golf von Neapel, wollen wir eine riesige ägyptische Sphinx aus rotem Granit setzen, älter noch als Tiberius. Der Platz ist wie geschaffen für eine Sphinx. Wo ich sie herbekomme, ist mir noch dunkel, aber sie wird sich rechtzeitig einfinden.« Geschaffen ist dieser Platz für eine Sphinx, weil die Sphinx tatsächlich das Gegenüber dieser Landschaft ist – Ausdruck dafür, daß man von so viel Schönheit nicht erzählen kann, daß das Wesentliche in seiner Darstellung auf der Strecke bleibt. Zu den traumhaft geheimnisvollen Zügen der Landschaft gehört daher die ungeheuerliche Gewißheit, daß diese Landschaft einfach da ist, daß diese gewaltige Schönheit vor zweitausend Jahren da war und in ein paar tausend Jahren wohl auch noch da sein wird. Und noch etwas: die Sphinx gehört zu einer Liturgie der Einsamkeit. Nichts am Haus von San Michele hat seinen Besuchern so viel Eindruck gemacht wie diese Skulptur – Prinzessin Victoria photographiert sie, und die Touristen legen die Hand auf ihr Gesäß, in einem magischen Akt, der ihre Rückkehr an diesen Ort gewährleisten soll. Merkwürdig nur, daß der niederländische Historienmaler Lawrence Alma-Tadema sie schon im Jahr 1895 malte, als er Capri und San Michele besuchte – während die Sphinx doch erst Jahre später an genau derselben Stelle aufgestellt wurde, wohin Lawrence Alma-Tadema sie gemalt hatte.

Tatsächlich aber befand sich eine Sphinx auf Capri, bevor Axel Munthe sie von irgendwo herbeischleppen ließ. Denn die Insel selbst sieht aus wie eine Sphinx. Schon den ersten Touristen, die im frühen neunzehnten Jahrhundert hierhinkamen, dem deutschen Schriftsteller Jean Paul zum Beispiel, war dieser Vergleich in den Sinn gekommen, der Form der Insel mit ihren beiden Hügeln wegen, aber auch als Bild des italienischen Südens und seiner Fremdheit: Ein lässiges Ungeheuer liegt da, halb Tier und halb Göttin, ein bizarres Kreuzungstier, das gerade durch seine unbegreifliche Passivität die Phantasie beflügelt – und durch sein zu Einsamkeit und Sterilität verdammtes Leben. Viele Reisen der Jahrhundertwende enden daher bei der Sphinx, das Weltenrätsel im Visier.

26.
Geschichte eines Opiumrauchers

Der zuerst im Jahr 1959 erschienene Roman »Exil in Capri« des französischen Politologen, Diplomaten und Schriftstellers Roger Peyrefitte erzählt die Lebensgeschichte von Jacques d'Adelswärd, auch er ein Bauherr auf Capri, als Manifest einer rosafarbenen homosexuellen Weltanschauung. Auf seiner Tour durch die ausländische Kolonie auf der Insel begegnet der Held auch Axel Munthe: »Der Bocksgeruch, der von diesem Arzt, einem illegitimen Bruder des Prinzen Gustav, ausging, konnte einen Freund der Wohlgerüche nicht günstig stimmen. Jacques wußte nicht, was er von Munthes Erzählungen halten sollte – von Unterhaltungen mit Alexander III., der ihm jene Tabaksdose, mit Kaiser Wilhelm I., der ihm diesen Federhalter, mit der Königin von Dänemark, die ihm den Aschenbecher da geschenkt hatte, von der Kaiserin Tseu-Hi, die ihm Tee schickte … Als Vorkämpfer der Vögel hatte Dr. Munthe einen heroischen Kampf gegen die Bevölkerung eröffnet. Nachdem es ihm gelungen war, ausgedehnte bewaldete Reservationen zu schaffen, wollte er jetzt auf der ganzen Insel die Wachteljagd verbieten lassen. Das Kastell Barbarossa und der Materita-Turm, die er der Gemeindeverwaltung von Anacapri abgekauft hatte, dienten seiner aristophanischen Persönlichkeit als Wolkenkuckucksheim.« Kein Satz, der hier nicht Ressentiment wäre – und vermutlich einzig darin wahrhaftig.

Die Worte »Amori et Dolori Sacrum«, geliehen von Maurice Barrès, stehen in den Stein auf dem Fries über der großen Freitreppe gemeißelt. Eine »heilige Stätte« sollte dieses Gebäude sein für die »Liebe und die Schmerzen«. Dabei waren die Schmerzen, von denen hier die Rede ist, nicht von körperlicher Art. Längst hatte diese Boheme die Tuberkulose vergessen, an der Mimi auf einem eiskalten Pariser Dachboden gestorben war. Was hier schmerzte, war ausschließlich die Seele. Auch diese Villa gehörte zu den Dutzenden von Villen, die sich eine internationale Boheme auf Capri eingerichtet hatte, kreuz und quer über die Insel verstreut, mit Loggien, die eine heroische Landschaft umarmten, mit Terrassen, Gartenstühlen und Weinlauben, die meisten von ihnen einem Sanatorium ähnlicher als einem privaten Wohnhaus. Eine solche Villa hat immer auch etwas von einem Kloster, allein schon, weil jedes Kloster eine Antwort auf die Schwäche des Menschen sein soll, eine Erlösung von allem, was das Hirn belagert und quälend im Kopf herumgeht. Streng muß ein solches Haus sein, sanft und rein. Und es hat allein zu liegen, so allein wie möglich. Gebaut wurde das Haus auf der Klippe in den ersten Jahren des zwanzigsten Jahrhunderts von einem jungen französischen Adligen schwedischer Abstammung namens Jacques d'Adelswärd. Noch einer aus dem Norden, möchte man denken. Aber es stimmt nicht, oder nur sehr bedingt, denn die Heimat dieses jungen Mannes lag in Paris und nur in Paris.

Man könne, sagt Axel Munthe, den Homosexuellen nicht von seiner Neigung befreien. Einmal habe er es versucht, mit den Mitteln der Hypnose, aber es sei furchtbar schiefgegangen. Capri besaß für diese Neigung eine eigene Kolonie, seitdem die Insel als Ort einer im Imaginären wiedergekehrten Antike erschlossen worden war. Frederick Lord Leighton, Präsident der königlichen Kunstakademie in London, und der amerikanische Maler John Singer Sargent richteten sich Ende der achtziger Jahre auf Capri und in ihrer Neigung zu »Italian pugilists«, »italienischen Faustkämpfern«, ein. Baron Friedrich Krupp kam 1898, der schwachen Gesundheit wegen – Asthma, Kreislaufstörungen, Depressionen –, widmete sich der Marinebiologie, kaufte Land und ließ die Via Krupp anlegen, die steile Verbindung zwischen der Stadt Capri und der Marina Piccola. Zumindest für die Presse galt er, wegen Capri, bald als Homosexueller, worauf er sich schließlich das Leben nahm. Axel Munthe scheint keine Vorbehalte gehabt zu haben: Im Jahr 1897 empfing er Oscar Wilde und Lord Douglas in seinem Haus, und zehn Jahre später, als er das schwedische Königspaar bei einem Staatsbesuch in Berlin begleitete, bemühte er sich um den Fürsten Philipp zu Eulenburg, den ehemaligen Vertrauten des Kaisers, der, als man ihn der Homosexualität bezichtigt hatte, in tiefe Ungnade gefallen war.

Die Freitreppe vor dem Haus des Jacques d'Adelswärd führt in das Nichts, darunter stürzt der Fels mehrere hundert Meter tief ab. Aber drüben, auf der anderen Seite der Marina Grande, auf gleicher Höhe und gleichermaßen exponiert, wenn auch ein paar tausend Meter entfernt, steht die Kapelle von San Michele mitsamt der Sphinx, die als Sinnbild des unauflöslichen Lebensrätsels zum Vesuv hinüberschaut. So hätten sich, wenn sie gewollt hätten, der Schmerz und die Kur, der nervöse Patient und der Meister der Hypnose von einer Seite der Bucht von Capri zur anderen grüßen können. Inspiriert von einem Lustschloß, das Marie Antoinette für sich hatte errichten lassen, ist die »Villa Lysis« des französischen Barons mit ihrem Vestibül, der großen Freitreppe, dem prächtigen Saal, den Loggien und den von korinthischen Säulen gesäumten Terrassen ein Haus wider den Sündenfall der Moderne, wider das Ausfransen der Seele, ein Reservat gegen das von allen Seiten herbeistürmende Neue und dessen Häßlichkeit. Dabei liegt es, allein auf seinem Felsen, genauso exponiert wie die Villa San Michele, vom Wind umpfiffen, im Winter kalt wie ein Eisschrank und feucht wie ein Keller.

Baron Jacques von Adelswärd, einer der vielen jungen Männer aus dem großen Bekanntenkreis von Marcel Proust, war ein Dandy, der als schlechter Schüler debütiert hatte, sich für keine Berufslaufbahn entscheiden konnte, aber an der Salpêtrière einen Kursus in experimenteller Psychologie besuchte und ein königsblaues Automobil der Marke Darracq mitsamt Chauffeur besaß. Er veröffentlichte Gedichte, die mit Versen von wahrhaft erschütterndem Pathos beginnen konnten: »Treize ans, blondin aux yeux précoces, / Qui disent le désir et l'emoi, / Lèvres, ayant je ne sais quoi / De mutin, de vicieux, de gosse.« – »Dreizehn Jahre, blond, mit frühreifen Augen / Die vom Begehren sprechen und von Erregung. / Lippen, die ich weiß nicht was haben / Von einem Meuterer, von einem Lüstling, von einem Kind.« In seinen kleinen Romanen erzählte er kaum verhüllte Geschichten aus dem eigenen Leben, und ein paar Monate lang gab er eine eigene Zeitschrift namens »Akadémos« heraus, zu deren Mitarbeitern Anatole France gehörte. Das Vermögen hatte er vom Großvater geerbt, dem Besitzer der großen Stahlwerke von Longwy-Briey in Lothringen, nah an der belgischen Grenze gelegen.

Im Jahr 1903 wurde Jacques von Adelswärd-Fersen wegen Unzucht mit Minderjährigen und Störung der öffentlichen Ordnung verhaftet. Er hatte mit Knaben und jungen Männern aus seinen Kreisen »tableaux vivants« und »poses plastiques« inszeniert, lebende Bilder aus der antiken Überlieferung, meist Huldigungen an die Dichtkunst. Zu sechs Monaten Gefängnis, fünf Jahren Aberkennung der Bürgerrechte und einer Buße von fünfzig Francs verurteilt, wollte er sich erschießen, und als ihm das nicht gelang, bewarb er sich bei der Fremdenlegion. Als man ihn ablehnte, vermutlich wegen seiner schwächlichen Konstitution, gab er Paris auf und ließ sich zusammen mit Nino Cesarini, einem fünfzehnjährigen Bauarbeiter aus Rom, den er als »Sekretär« angeheuert hatte, auf Capri nieder. Für fünfzehntausend Lire erwarb Jacques von Adelswärd ein Grundstück am äußersten nordöstlichen Winkel der Insel, eine halbe Stunde Fußmarsch von der Piazzetta entfernt, auf einem steilen Felsen unmittelbar unter den Ruinen eines Palastes, der von Kaiser Tiberius errichtet worden war. Dort wurde für ihn, entworfen vom Architekten Edouard Chimot, eine Villa im französischen Stil gebaut, dem »Petit Trianon« der Königin Marie Antoinette (und vermutlichen Geliebten des schwedischen Grafen Fersen) im Park von Versailles nachempfunden, aber deutlich vom Jugendstil geprägt.

Im »tableau vivant« soll die Kunst zum Leben erweckt werden. Etwas Abstraktes, Erdachtes, Erfundenes, Erträumtes soll in die Wirklichkeit treten, im handgreiflichen Sinne wahr werden, praktisch verbürgt und allen Zweifeln schon durch sinnliche Präsenz enthoben. Doch ist es genau umgekehrt. In den »tableaux vivants« werden nicht Bilder lebendig, sondern es erstarrt das Leben zur Pose. Die Erfinder dieses Genres wußten, warum ihre »tableaux vivants« nur ein paar Minuten dauern, nur Pausenfüller sein durften, mehr aber nicht. Sie ahnten, daß der Versuch, das Museum lebendig werden zu lassen, auf die Verwandlung des Lebens in ein Museum hinauslaufen mußte. Am Ende ist es mit den »tableaux vivants« wie mit den nervösen Menschen, die nicht mehr schlafen können: Der Tag hört nicht mehr auf, das Bewußtsein trifft nur noch auf sich selbst, und schließlich ist von einem vernünftigen Menschen gerade noch so viel übrig, daß er sich als vollauf unglückliches Wesen erkennt. Dazu wird dann Musik von Claude Debussy oder Erik Satie gespielt.

Die Leidenschaft für die »lebenden Bilder« vereinte zumindest die Homosexuellen unter den Expatriierten auf Capri – den Maler Christian Friedrich Allers, der, um seiner

Verhaftung zu entgehen, die Insel im November 1903 bei Nacht und Nebel verließ, mit dem Industriellen Friedrich Alfred Krupp. Und in der Villa Lysis und ihrer Umgebung wurde mindestens ebenso eifrig photographiert wie in der Villa San Michele, wenngleich aus sinnlicheren Motiven – so viel anregende Schönheit mußte festgehalten werden, und dabei half, neben vielen anderen, der Photograph Wilhelm Plüschow, der seine Bilder von halbnackten Knaben und jungen Männern auch professionell vertrieb. Jacques d'Adelswärd scheint ihm sein Haus als Studio zur Verfügung gestellt zu haben.

Jacques d'Adelswärd hatte die Beständigkeit seiner lebenden Bilder überschätzt. Das Leben zu zweit wurde langweilig, der angebetete Jüngling wurde ebenso älter wie sein Herr, die eigenhändig vorgenommene Beförderung zum Grafen machte wenig Eindruck, die eher willkürlich, auf dem Umweg über entfernte Verwandte, herbeigeführte Herkunft aus der Familie von Fersen – die den »schönen Axel«, den Liebhaber von Marie Antoinette und Organisator der gescheiterten Flucht des französischen Königspaares nach Varennes im Juni 1791 hervorgebracht hatte – ebensowenig. Und am schlimmsten: der Tratsch der Boheme von Capri, der Moralismus der englischen Damen wandte sich gegen den Exzentriker von der einsamen Klippe, und die Einheimischen waren ihm ohnehin nie wohlgesinnt gewesen. Im Jahr 1920 mußte der Baron die Insel verlassen, wiederum nach einem Skandal, wiederum nach Veranstaltung von »tableaux vivants« im antiken Kostüm, in Anwesenheit von ausgewählten Mitgliedern der internationalen Prominenz von Capri, dieses Mal veranstaltet in der Grotte von Materita. Er rettete sich ins Opium, in fünf Dutzend Pfeifen am Tag, durfte 1923 zurückkehren und rauchte weiter. Sein letzter Roman, ein sehr schmales und schwüles Buch mit dem

Titel »Hei Hsiang. Le parfum noir«, handelt von der Leidenschaft für die Sucht.

Im November 1923, erst dreiundvierzig Jahre alt, starb Jacques d'Adelswärd an fünf Gramm Kokain, die er in einem Glas Champagner aufgelöst hatte, aus Überdruß, aus Angst vor dem Tod, weil er todkrank war oder weil er aus seinen Räuschen nicht mehr herausfand – man weiß es nicht. Axel Munthe, der nicht müde wurde, das Morphium zur Linderung tödlicher Schmerzen zu empfehlen, wird für diese Art des Abschieds aus dem Leben Verständnis gehabt haben. Jacques d'Adelswärds Gefährte Nino kehrte, nach einem Zwist mit der Neapolitaner Familie des Barons, nach Rom zurück, wo er an der Via Veneto einen Zeitungskiosk betrieb und Anfang der vierziger Jahre starb. Das Haus indessen ging an die Familie seiner Schwester, hatte danach eine ganze Reihe von privaten Besitzern, bis es zerfiel. Eine Kustodin hauste danach noch viele Jahre im Souterrain der Villa und züchtete in rostigen Blecheimern Hortensien, die sie mit Wasser aus den immer mehr verfallenden Zisternen überschwemmte.

27.
Begegnung mit einer jungen Hysterikerin

Ende Dezember 1932 verfaßte Virginia Woolf einen Brief an die Komponistin Ethel Smyth. Er handelt vom Lesen: »Mein eigenes Hirn ist für mich die unberechenbarste aller Maschinen«, schrieb sie an die vierundzwanzig Jahre ältere Freundin, »ständig sirrend, summend, hoch auffliegend, dröhnend, sich herabstürzend, und dann bleibt sie im Schlamm stecken. Und wieso? Wozu ist diese Leidenschaft gut? Du, die Du Fragen liebst, beantworte mir diese. Nein – das kann keiner. Und dann läßt mich diese Leidenschaft, die sonst so wohl beraten ist, heute abend in einem Buch landen, das wie der Gestank von verkochtem Kohl und billigem Gesichtspuder ist – ein Buch namens The Story of San Michele von Munthe. Sag bloß nicht, daß es Dein Lieblingswerk ist. Noch nie habe ich ein Buch gelesen, das poröser ist vor Humbug und unvermittelter nach Unaufrichtigkeit stinkt. Ich bin auf Seite 50 und habe fast den Verdacht, daß Du ihn kennst.« Der Verdacht war nicht unbegründet, denn Axel Munthe verkehrte zu jener Zeit gern an der Peripherie des Freundeskreises vom Bloomsbury Square – die »gute alte Ottoline« Morrell, eine der zentralen Figuren dieser Gruppe, war einmal Axel Munthes unglückliche Liebhaberin gewesen. John Murray, sein Verleger, spukt als »kahlhalsiger, bluttröpfelnder Geier« durch Virginia Woolfs literarisches London.

Axel Munthe wird älter, aber die Frauen bleiben ihm treu. Sie treten alle auf, als wären sie seine Patientinnen, und oft sind sie es tatsächlich. Und immer sind darunter einige, mehr als genug, die jeweils seine einzige Patientin sein wollen. Oder doch wenigstens die eine Patientin, die er allen anderen vorzieht. Er läßt sich das Interesse gefallen, es schmeichelt ihm, und für einen Augenblick sieht es so aus, als beschäftige er sich ernsthaft nur mit dieser Frau. Er holt sie zu sich heran, lockt sie, berührt sie. Nach kurzer Zeit ist er ihrer überdrüssig. Er sucht und findet einen Weg, das Verhältnis zu beenden. Der Schmerz ist daraufhin einseitig. »Die Liebe hat ein kurzes Blumenleben«, sagt er, »beim Mann stirbt sie ihren natürlichen Tod in der Ehe, bei der Frau lebt sie oft fort bis ans Ende in einer rein mütterlichen Zärtlichkeit für den gefallenen Helden ihrer Träume.« Solche Erkenntnisse hindern ihn nicht daran, immer wieder großen Enthusiasmus wenn nicht zu produzieren, doch zumindest zu billigen, ja, zu fördern.

Daß es im Leben Axel Munthes die Liebe nicht gibt, stört seine Bewunderer wie seine Biographen. Um ihrer selbst willen wünschen sie sich, daß er Teil einer Kultur des Gefühls sein soll, deren höchster Wert der Glaube an den einen Menschen ist: der Glaube an einen anderen, der zu jeder Zeit und unter allen Umständen für den einen und nur für den einen da ist. Der Glaube an den anderen, der sich hingibt und der auf diese Weise dem einen zu seiner wahren Lebensform verhilft. Die Leser möchten Axel Munthe also eine Frau an die Seite geben, und immer wieder wird wenigstens für die Vorstellung eine hinzugefügt. Einmal ist es eine neapolitanische Prinzessin, ein anderes Mal eine verheiratete Dame, Königin Victoria von Schweden. Erst das Zusammenleben scheint Glückseligkeit zu versprechen: einen Zustand, in dem keine Werke mehr verrichtet, keine Absichten mehr verfolgt werden müssen, in dem keinen unterschiedlichen Interessen mehr nachgegangen wird, weil der Mensch als solcher, in all seinen Belangen, anerkannt wird und zur Ruhe kommt. Hier, an diesem erhabenen Ort, hier müßte das Glück eintreten können. Aber – so groß Axel Munthes Wir-

Hilda Pennington-Mellor

kung auf Frauen auch offenbar ist: Er bedarf keiner dauerhaften Gemeinschaft mit ihnen.

Was er hingegen benötigt, ist Pflege. Er sieht fast nichts mehr. Er braucht jemanden, der ihm vorliest. Auf dem Ball, den die britische Botschaft in Rom zum Beginn des zwanzigsten Jahrhunderts ausrichtet, lernt er eine junge Frau kennen – sagt er. Tatsächlich ist sie seine Patientin, genauso wie ihre Eltern seine Patienten sind. Sie ist eine dieser Hysterikerinnen, die es auch im Küchenpersonal der Salpêtrière gegeben haben soll: Hilda Pennington-Mellor, die Tochter eines reichen Kaufmanns und Plantagenbesitzers mit einem barocken Herrenhaus in Wimbledon (in dem Lord Byron verkehrt hatte), einem Landsitz in Biarritz und einer mittelalterlichen Burg in Herefordshire, Sproß einer dieser englischen Familien, die im eigenen Eisenbahnwaggon durch Europa reisten, nach Paris, Athen und Rom. Die Familie hält nicht viel von der Verbindung mit dem fast zwanzig Jahre älteren Mann. Sie heiratet ihn trotzdem, im Juni 1907, und für eine Weile scheint es so etwas wie ein gemeinsames Leben zu geben. Sie bekommt, relativ kurz nacheinander, zwei Söhne von ihm: Peter und Malcolm.

Danach löst er sich aus der Ehe. Er wohnt allein in der Torre di Materita, der Rest der Familie verbringt seine Zeit in irgendeiner seiner anderen Villen auf Capri. Er reist. Er ist hier und dort und selten zu Hause – im »Buch von San Michele« ist er jung oder alt, aber nie der Mann mittleren Alters, der auch er gewesen sein muß. Er bleibt Junggeselle, auch wenn er verheiratet ist. Die Söhne gehören eigentlich nicht zu ihm. Denn die Villenbesitzer von Capri sind zumindest formal kinderlos. Die Idee der Generationen und ihrer Folge ist ihnen fremd. Kinder sind ihnen fremde, abgetrennte Wesen, mit denen man substantiell nichts zu schaffen hat. Hilda Pennington-Mellor verließ Axel Munthe mit ihren Kindern im Jahr 1919. Vorausgegangen war ein heftiger Streit, in dem sie ihm vorgeworfen hatte, sie mit einer jungen Capreser Haushaltshilfe betrogen zu haben, was sie telepathisch, über ein Medium, erfahren haben wollte. Bei der Trennung mußte er versprechen, Frau und Kinder nie wieder zu sehen – eine Verpflichtung, die sie erst in den dreißiger Jahren lockerte. Hilda Pennington-Mellor starb im September 1967, im Alter von neunzig Jahren, und ist in Rom begraben.

28.
Der große Krieg, und dann war nichts wie zuvor

Als Axel Munthe in den Ersten Weltkrieg zieht, ist er fast siebenundfünfzig Jahre alt, auf dem einen Auge blind, auf dem anderen stark sehbehindert. Zumindest einige Wochen lang arbeitet er nicht weit von der Front, aber das grundstürzend Neue dieses Krieges scheint er nicht zu erkennen. »Die großen Schlachten bei Verdun, an der Somme und in Flandern«, erklärt ein anderer Augenzeuge, »fallen nach spärlichen Anfangserfolgen und schmalen Einbrüchen, nach Ausbeulungen, nach der Eroberung einiger Forts, nach einem langsamen und opferreichen Vorwärtsfressen an der Front der Ermattung anheim. Die Bewegung sucht immer näher liegende Ziele, Dorfränder, Grabenstücke und vereinzelte Geländepunkte auf; sie findet nach immer längeren Pausen statt, sie wird gleichsam durch Feuer chloroformiert. Das Feuer hat die Eigenschaft, daß es die Verteidigung in weit höherem Maße als den Angriff unterstützt. So lassen wenige Maschinengewehre in einer von Verteidigern fast entblößten Zone Angriffe zusammenbrechen, die durch tausend Geschütze vorbereitet sind.« Axel Munthe ist ein Mann des neunzehnten Jahrhunderts. Er geht als fertiger Mensch in die Schlacht, und als immer noch fertiger Mensch kommt er wieder zurück.

Die Geschichte geht so: Es war still wie in einem Alptraum. Der Fremde ging langsam die schmale Hauptstraße hinunter, die sich von einem Ende des Dorfes zum anderen erstreckte. Einige Häuser lagen ganz in Ruinen, bei anderen waren das Dach oder ein Teil der Außenwände eingefallen.

Die Straße war bedeckt mit dem Schutt von Ziegeln und Putz und übersät mit Glassplittern. Auf dem Platz krochen ein paar Kinder unter einem zusammengebrochenen Wagen hervor, um den Fremden vorbeigehen zu sehen. Ein Stück weiter die Straße hinab saßen zwei Knaben rittlings auf einer Lafette mit zerschmetterten Rädern. Ein Blick auf das Gasthaus nahm ihm die letzte Hoffnung auf ein Frühstück; ein gewaltiges Loch in der Wand knapp oberhalb der Veranda zeigte nur zu deutlich, daß die Granate ganze Arbeit verrichtet hatte und der Bau jeden Augenblick zusammenbrechen konnte. Hier und da schaute das ängstliche Gesicht einer Frau aus einem halbgeschlossenen Hoftor, sonst schien alles verlassen zu sein.

Am anderen Ende der Straße stand die Kirche auf einer Anhöhe. Dahinter zog sich, soweit man sehen konnte, die übliche, von Pappeln gesäumte französische Chaussee schnurgerade nach Osten, bis sie ein paar entfernte Hügel erreichte. Die Kirche sah unbeschädigt aus, wie auch das sich anschließende Pfarrhaus in seinem kleinen Ulmenhain. Vor dem Portal der Kirche stand der alte Pfarrer und an seiner Seite ein zweiter alter Mann, der sich als Bürgermeister und Landarzt in einer Person erwies. Mißtrauisch schauten sie dem Fremden entgegen. Erst der Anblick des roten Bandes auf seiner zerfetzten Feldjacke ließ ihre Sorgen verschwinden, und als ihnen der Fremde sagte, er sei Arzt und gehöre dem britischen Roten Kreuz an, empfingen sie ihn mit offenen Armen. »Gott selbst hat Sie geschickt, Doktor Martin«, sagte der Pfarrer mit seiner freundlichen Stimme.

Der Arzt sah nicht so aus, als ob er sich einer solchen Mission sicher wäre. Aber er war erleichtert, daß er nicht erklären mußte, wie er an diesen Ort geraten sei, ohne Ausrüstung, mit nur einer Morphiumspritze, einer Packung Zigaretten und ein wenig Tee in seiner Feldtasche. »Wir brauchen dringend Hilfe, mon cher confrère«, sagte der alte Landarzt, als sie ins Innere der Kirche traten. Ein herzzerreißendes unterdrücktes Stöhnen erfüllte die Kirche. Auf dem strohbedeckten Fußboden lagen, Seite an Seite, über hundert schwerverwundete Soldaten. Sie alle waren sterbende Menschen, mit blutgetränkten, schmutzbedeckten Mänteln, die schreckliche Wunden und zerfetzte Glieder verbargen. Hier und da rannen kleine Ströme von Blut über den rutschigen Marmorboden.

Axel Munthe haßt. Er haßt mit aller Kraft. Als der Erste Weltkrieg ausgebrochen war, hatte er sich in Schweden befunden. In diesem Land sympathisierten die meisten mit der deutschen Seite, vor allem am Hof, wo er sofort als potentieller Verräter galt. Axel Munthe ließ sich von seinen Pflichten als Arzt der Königin befreien (er befreite sich selbst), um Ende August zuerst nach England und dann nach Frankreich zu reisen – an die Front nordöstlich von Paris, wo er für das französische Rote Kreuz in einem Feldlazarett als Narkosearzt arbeitete. Ernsthaft überlegt er, die schwedische Staatsbürgerschaft aufzugeben und Brite zu werden. Im Jahr darauf, und dann noch einmal vom Frühjahr bis zum Sommer 1916, scheint er immer wieder an der Front gewesen zu sein, an der Somme, vor Verdun, bei Arras, bis er um seinen Abschied nachsuchen mußte, weil er immer weniger sah und der Ischias ihn quälte. Da aber hatte er die Geschichte von Doktor Martin bereits geschrieben, die Legende vom einsamen Mann, der die Hauptstraße eines zerstörten französischen Dorfes hinuntergeht, um eine Kirche voller Sterbender zu finden.

Denn so beginnt ein Buch, das Axel Munthe in den ersten Monaten des Jahres 1916 auf Capri verfaßte: »Red Cross & Iron Cross«, das Rote Kreuz und das Eiserne Kreuz, ist ein kleines Werk von 166 schmal bedruckten Seiten und eine

Axel Munthe in der Uniform des britischen Roten Kreuzes

ebenso plumpe wie fanatische Abrechnung mit der Nation, die Schweden und dem schwedischen Königshaus bis dahin am nächsten gestanden hatte. Zuerst unter dem Namen »A Doctor in France« erschienen, vor allem aus Rücksicht gegenüber der schwedischen Königin und ihrem Hof, erst später unter eigenem Namen. Ein Pamphlet ist diese Schrift, in der die ganz und gar heldenhaften, edlen, großherzigen Engländer und deren französische Verbündete gegen die barbarisch kalten, mordlüsternen und habgierigen deutschen Offiziere gestellt werden. Und auch wenn es Doktor Martin, die gute Seele, nicht fertigbringt, im entscheidenden Augenblick, einen Revolver in der Hand, die fünf betrunkenen, lärmenden Hauptleute der Deutschen zu erschießen, so entgehen sie doch ihrer Strafe nicht, denn bald danach stürmt die französische Kavallerie das Dorf, in strahlenden Harnischen, unter ihren wehenden schwarzen Helmbüschen.

Wo mag Axel Munthe gewesen sein, daß er solche Szenen erlebte? In einem Krieg, aus dem auch die Toten nicht mehr nach Hause kamen, weil die Leichen nicht mehr zu identifizieren waren und niemand mehr wußte, wer wo zerfetzt worden war, in dem auch, wer heimkam, nicht mehr wiederzuerkennen war, sondern zerrissen an Leib und Seele blieb, kann er nicht gewesen sein. Kein Wort verliert er über Schützengräben, Stellungskämpfe, Maschinengewehre, pausenlosen Artilleriebeschuß, Panzer und Flugzeuge. Und doch hatte es zuvor nichts gegeben, was sich mit der Gewalt und den Schrecken des Ersten Weltkriegs hätte vergleichen lassen: mit dem industrialisierten Tod, dem millionenfachen Sterben in den Schützengräben, dem monate-, jahrelangen Ausharren in Mondlandschaften im Schlamm, in triefenden, endlosen Ebenen, die jede geographische Eigenart verloren hatten, von langen Kanälen durchfurcht und voller Wasserlöcher, unter Gewehrfeuer und Artilleriebeschuß, vom Morgen bis zum Abend und vom Abend bis zum Morgen. Seit dem Ersten Weltkrieg gibt es eine Vorstellung davon, wie die Welt nach ihrem Ende aussehen wird. Axel Munthes Kriegsbuch spielt nicht auf diesen Schlachtfeldern, sein Personal und seine Kämpfe stammen aus anderen, viel älteren Schlachten. Und doch nahm Axel Munthe am Ersten Weltkrieg teil.

Das Buch »Rotes Kreuz und Eisernes Kreuz« erschien im Juni 1916, kurz vor Beginn der Schlacht an der Somme, in der innerhalb von fünf Monaten vermutlich siebenhunderttausend Menschen starben. »Ich habe gerade einen Blick auf ein paar Tommies erhascht, wie sie sich in die Mitte der Schlacht warfen, um, an der Seite ihres unerschrockenen Alliierten, die Hunnen zu bekämpfen. Ich hörte, wie sie in ihren nassen Gräben in Flandern sangen und lachten, und ich sah sie, wie sie, behende wie Leoparden, von den Wällen sprangen und, angeführt von einem stockschwingenden Offizier, nach vorn liefen, um auf halbem Wege dem Tod so freudig zu begegnen wie einem lang erwarteten Freund. Ich weiß, daß der Tommy das Spiel gewinnen wird. Es ist dasselbe Spiel, das er so perfekt beherrschte. Es ist das alte Spiel zwischen dem Richtigen und dem Falschen. Ich kenne den Stoff, aus dem er gemacht ist, dieser gewaltige Kämpfer; ich weiß, daß sein Herz kräftig ist und stark sein Arm. Schlag zu, Tommy, schlag zu, so hart du kannst. Ich habe immer gewußt, daß du kommen wirst. Ich habe es gewußt, seitdem ich ein Junge war und die Geschichte Englands zu lesen begann. Ich habe es immer gewußt, und Gott schütze dich dennoch, Tommy, dafür, daß du gekommen bist. Und Gott sei Dank, daß du gekommen bist.« Ein ganzes Imperium starb sich vorwärts, und ein anderes Imperium wich sterbend zurück, Meter um Meter. Ein Arzt dichtete Kriegerdenkmäler.

Axel Munthe haßte jetzt die Deutschen, als hätte er sich den Krieg gewünscht. Er beschrieb sie, wie ein Poilu sie beschrieb, der französische Arbeiter- und Bauernsoldat, als Ungeheuer, die ohne Krieg nicht existieren können. Dabei kannte er Deutschland. Seine vornehmste Patientin, die Königin von Schweden, war eine Deutsche. Max von Baden, ihr Cousin, war ein häufiger Gefährte. Axel Munthe pflegte vertrauten Umgang mit zwei oder drei Dutzend Mitgliedern des deutschen Hochadels, er war oft in Bad Schwalbach gewesen und hatte sich über Kaiser Wilhelm lustig gemacht, der, als er das Haus von San Michele besucht hatte, sich als

Kenner antiker Plastiken ausgegeben und als echten Phidias identifiziert haben soll, was nur ein schlechter Canova gewesen sei. Das alles hatte nun keine Bedeutung mehr. Die Sympathie des schwedischen Adels und der schwedischen Regierung für die deutsche Seite war ihm zuwider, mit Hilfe von englischen Bekannten versuchte er, Einfluß auf die schwedische Öffentlichkeit zu nehmen, und er bereitete, aus Vorsicht oder warum auch immer, einen Antrag auf die englische Staatsbürgerschaft vor, dem Kaiser schickte er seine Orden zurück. Vielleicht schrieb er das Buch vom Roten und vom Eisernen Kreuz auch dieses Antrags wegen, entschlossen, etwas Vages und sehr Kompliziertes in etwas ganz Einfaches, Schlichtes und Konkretes zu verwandeln, einem Leben voller Verbindlichkeiten eine – und nur eine – radikale Entscheidung entgegenzusetzen. Es ist, als hätte auch er es in dem überlangen Frieden, der vom neunzehnten Jahrhundert hinüberreichte bis in den Beginn des zwanzigsten, am Ende nicht mehr ausgehalten, als wäre er der ganzen Welt, in der und für die er das Haus von San Michele gebaut hatte, überdrüssig geworden.

Nur einmal gibt es im »Buch von San Michele« eine klar definierte Zeitangabe. Sie gilt dem Besuch in einem Dorf in Flandern, und hier tritt Doktor Martin ohne Pseudonym auf: »Im Herbst 1915 verbrachte ich zwei unvergeßliche Tage und Nächte unter einigen Hunderten von sterbenden Soldaten, die, in ihre blutigen Mäntel gehüllt, auf den Fliesen einer französischen Dorfkirche lagen. Wir hatten kein Morphium, kein Chloroform, keine anästhetischen Mittel irgendwelcher Art, um ihre Qualen zu lindern, ihren Todeskampf abzukürzen. Viele starben unter meinen Augen, ahnungslos und ruhig, oft beinahe mit einem Lächeln auf den Lippen, während sie meinen langsam wiederholten Worten von Trost und Hoffnung lauschten.« Es ist nicht die Hypnose, der zwiespältige Erfolg eines Schamanenarztes, der diese Passage so heraushebt, sondern das Datum. Es teilt, weil es das einzige in diesem Buch ist, die Lebensgeschichte des Erzählers in ein Vorher und ein Nachher.

»Unvergeßlich« ist ein starkes Wort, das nicht zum Krieg, sondern zu den großen, freundlichen Erlebnissen des zivilen Lebens paßt – und zur konventionellen Art des Erzählens, mit der Axel Munthe auch über die Schrecken des zwanzigsten Jahrhunderts hinweggeht. Aber es fügt sich zu der weniger medizinischen als vielmehr literarischen Leidenschaft, mit der Axel Munthe von den Wunden der sterbenden Soldaten berichtet, von den abgerissenen Schenkeln, geblendeten Augen und den in entsetzlichem Grinsen erstarrten Gesichtern des Wundstarrkrampfs, zu Strömen von Blut und furchtbaren Schreien des Schmerzes. Hier wird gründlich gelitten, und am Ende wird auch Doktor Martin tot aufgefunden, nachdem man zunächst geglaubt hatte, er sei in deutsche Gefangenschaft geraten. »Um so besser für ihn.« Ein letztes Mal zelebriert er den praktischen Arzt und den Notfall – und damit die Effekte, die den Arzt zum Helden und die Opfer zu literarischen Requisiten des Schreckens und des Mitleids machen.

Nach den Einsätzen kehrte Axel Munthe nach Capri zurück und hängte die Uniform an einen Haken in der Torre di Materita, wo sie noch nach seinem Tod hing. Rastlos lief er in seinem alten Turm herum, in nutzloser Einsamkeit, sein Schicksal beklagend, ein Held ohne Publikum, mitten in einem Krieg, der jedes italienische Dorf erreichte, mehr als sechshunderttausend italienische Soldaten das Leben kostete und in einen wirren, von Volksaufständen geprägten Frieden mündete. An Königin Victoria schickte er (hatte er ihr nicht einst Seidenstrümpfe gekauft?) ein paar Bastschuhe. Das Haus von San Michele hatte er in ein kleines Erholungsheim für verwundete Soldaten verwandelt, auf Mietbasis, und darüber flatterte die Flagge des britischen Roten Kreuzes. Nach dem Krieg aber kehrte er zur deutschen Königin der Schweden zurück, zu ihren Verwandten und Bekannten, und es war beinahe wie zuvor. Nur, daß die Welt untergegangen war.

29.
Vermieter und Verkäufer einer weltbekannten Villa

Ein kluges Buch über Inseln stammt von James Hamilton-Paterson, einem britischen Journalisten: »Sobald eine Insel zur Ferienkolonie wird, hört sie in einem wesentlichen Sinne auf, eine Insel zu sein, und wird zur Verlängerung eines Festlands, auch wenn die halbe Welt dazwischenliegt. Dieses Festland braucht nicht einmal als souveräner Staat zu existieren. Es reicht aus, wenn es jenes fiktive internationale Gemeinwesen umfaßt, dessen Staatsbürgerschaft so viele erstreben: jenen außerstaatlichen Staat der BMWs, Chivas Regals und Dunhill-Feuerzeuge, des leichten seichten reichen Lebens, garantiert mottensicher und rostbeständig. Da ein Großteil dieses sagenhaften Gemeinwesens in kühlen Breitengraden liegt, muß es lange, tentakelartige Halbinseln in wärmere Gefilde ausstrecken: Freizeitland, das alle möglichen ansonsten untergenutzten Flecken unbedeutenderer Sonnenländer an sich reißt.« Es verschwindet viel mit einer solchen Kolonialisierung: die kleine Euphorie vor der Ankunft, die leichte Melancholie beim Anblick einer entschwindenden Küste, Ideen von Verbannung und Asyl, Privatheit und Beherrschbarkeit – kurz: die Insel als solche.

Die große Welt kam auf Capri vorbei und staunte. In die Bewunderung mischte sich die Begehrlichkeit, und dann machte die Sehnsucht Kassensturz. Es dauerte nicht lange, und die große Welt meldete Miet- und Kaufwünsche an. Axel Munthe, der nun hauptsächlich im Halbdunkel der Torre di Materita hauste, hörte dann gerne den Schwärmereien der

Besucher zu, lief die Viertelstunde hinüber, zeigte sein Haus, erläuterte die Sammlungen, ließ sich bewundern. Er begann zu verhandeln, manchmal, weil ihm tatsächlich an den Einkünften gelegen war, manchmal aber auch nur, um zu prüfen, wie groß der Wunsch zu werden vermochte, den das Haus bei seinen Besuchern weckte. Und offenbar dachte Axel Munthe auch immer wieder daran, das Haus zu verkaufen. Selbst wenn er manchmal nur behauptete, er habe daran gedacht – im Falle der Kaiserin Elisabeth von Österreich zum Beispiel, die ihm nach einem solchen Besuch angeblich ein Schreiben der österreichischen Botschaft in Rom hatte schicken lassen, mit dem Angebot, San Michele zu erwerben. Doch als die Kaiserin auf Capri war, im Jahr 1897, war von der Anlage allenfalls eine frühe Version fertig und der Umbau der Kapelle abgeschlossen.

Vermietet oder anderen überlassen hat Axel Munthe die Villa immer wieder, und nachdem er selbst sie verlassen hatte, wurde sie auch für Besucher hergerichtet. Um das Jahr 1906 zog Mrs. Bodine ein, eine seiner amerikanischen Patientinnen, die er zuerst in der Foresteria untergebracht hatte, dem Nachbarhaus, das mittlerweile ebenfalls zu seinen Liegenschaften gehörte. Und auf sie folgte eine ganze Reihe von Gestalten aus dem engeren und weiteren Bekanntenkreis von Axel Munthe – bis dann im Jahr 1920 die Gräfin Luisa Casati einzog, in Begleitung ihres schwarzen Dieners, zweier Geparden, zweier Gazellen mit vergoldeten Hörnern, Papageien, einer Boa Constrictor, einer Eule und mit unzählig vielen Koffern. Aber was heißt »einzog«? Sie besetzte das Haus, nachdem Axel Munthe, der ihr die Villa brieflich vermietet hatte, das Einverständnis bereut und ihr vergeblich abzusagen versuchte hatte: Eines Abends stand sie im Regen mit ihrer Begleitung vor der Tür, begehrte Einlaß, durfte nach langem Drängen eintreten und reklamierte dann, mit Axel Munthes schriftlicher Einwilligung wedelnd, das Haus für sich.

Die Marchesa Luisa Casati, Tochter eines frisch nobilitierten österreichischen Stoffhändlers und zumindest pro forma verheiratet mit einem Mann aus altem Mailänder Adel, war eine der großen Heldinnen der römischen Dekadenz im frühen zwanzigsten Jahrhundert. Sehr schlank, sehr groß, sehr schmal, das Gesicht geweißt, den Mund blutrot geschminkt, die Augen dick mit schwarzer Tusche ummalt, von Kopf bis Fuß in schwarzen Samt gekleidet, war sie fast zwanzig Jahre lang eine Gestalt von internationaler Berühmtheit: als lebendes Kunstwerk, als ebenso tückische wie extravagante Königin der Maskenbälle, als Meisterin des verschwenderischen Einfalls, in Rom ebenso zu Hause wie in Paris und London. Berühmt war sie für ihre nächtlichen Spaziergänge, nackt unter einem Pelzmantel, und an einer mit Juwelen geschmückten Leine führte sie zwei Geparden. In Venedig besaß sie einen Palazzo ohne Dach am Canal Grande. Gelegentlich war sie die Geliebte Gabriele d'Annunzios. Leonid Bakst, der die Kostüme und die Bühnenbilder für Serge Diaghilevs »Les Ballets Russes« entwarf, diente sie als Muse, und sie verkehrte bei Robert de Montesquiou, dem Vorbild von Marcel Prousts Baron Charlus. Von Augustus John und Kees van Dongen wurde sie gemalt. Man Ray photographierte sie zu mehreren Gelegenheiten, und zwei, drei dieser Porträts zählen zu den bekanntesten Werken der klassischen Moderne.

Axel Munthe hatte die Gräfin Casati auf einem Empfang beim britischen Botschafter in Rom kennengelernt. Der Wille zur großen Szene und zur pathetischen Gebärde hatte ihm gefallen. Vielleicht hatte er in dieser Heldin eines künstlerischen Eintagslebens sogar eine finstere Verwandte erkannt und gesehen, daß hier eine Frau keinen anderen Weg fand, um ihrer ästhetischen Phantasie eine Wirklichkeit zu geben. Sie brauchte das Außerordentliche, um dem, was sich aus Gründen des Geschlechts und des Stands nicht von selbst rechtfertigte, Leben, Bewegung, Anziehungskraft zu verleihen. Als sie indessen das Haus bezog, muß Axel Munthe das Exzentrische sehr gegen den Strich gegangen sein: Die weißen Wände des Hauses von San Michele ließ sie schwarz übermalen, es wurden schwarze Vorhänge aufgehängt und schwarze Kerzen auf mannshohen silbernen Leuchtern aufgestellt. Die Einrichtung wurde umgeräumt, die Räume mit Möbeln aus Ebenholz vollgestellt. Und des Nachts ruhte sie in einer gigantischen Wiege, in der sie von einem Bedienten in den Schlaf geschaukelt werden mußte. Nur zwei Gegenstände blieben unangetastet – der Medusenkopf im Salon und die Sphinx auf ihrer Brüstung über dem Meer.

Aber Axel Munthe wirkte durch sie hindurch: Als ihr Gefährte Gabriele d'Annunzio in den frühen zwanziger Jahren seinen Alterswohnsitz errichten ließ, das »Vittoriale degli Italiani« bei Gardone oberhalb des Gardasees, hatte er sich deutlich vom imperialen Gestus des Hauses von San Michele beeinflussen lassen. »Ich werde den Stil erfinden«, hatte Axel Munthe dem Teufel angekündigt, mit dem er auf dem Hang von San Michele gestanden hatte. »Selbst du wirst ihm keinen Namen geben können.« Fast fünfzig Jahre später, am 28. Januar 1921, stand der italienische Dichter auf seinem Berghang in Oberitalien: »Tatsächlich ist alles hier von mir geschaffen und verwandelt. Alles trägt die Zeichen meines Stils, in dem Sinne, wie ich einen Stil prägen möchte.« So verwandelte sich der Ehrgeiz, etwas ganz und gar Einzigartiges zu schaffen, in etwas beinahe Gewöhnliches.

Die Gräfin Casati blieb die zwanziger Jahre über im Haus von San Michele. Axel Munthe versuchte sie zwar immer wieder hinauszubekommen, die beiden überzogen sich gegenseitig mit juristischen Klagen, aber am Ende zahlte sie die hohe Miete doch. In der Regel verbrachte sie immer nur ein paar Wochen auf Capri, meistens im Herbst, ging dann bei Sir Compton Mackenzie ein und aus, rauchte Opium mit Jacques d'Adelswärd und versetzte die Piazzetta in Aufruhr. Allmählich aber erlosch der Elan ihrer Art von Avantgarde, denn die Extravaganz macht nur dann Eindruck, wenn sie jung und frisch ist. Die Gräfin Casati kam aus der Mode, auf Capri herrschten seit 1926 die Faschisten und räumten auf, nachdem Benito Mussolini die Insel zum Schaufenster Italiens erklärt hatte. Das Prinzip der Verschwendung verlor seinen ästhetischen Reiz. Und dann fehlten auch die Ressourcen: Längst hatte die Gräfin Casati ihr Vermögen angegriffen, bald verarmte sie rapide, und am Ende war sie so sehr mit der Miete im Rückstand, daß sie Gabriele d'Annunzio vorschlug, das Haus und die Kosten mit ihr zu teilen. Der Dichter aber schwieg dazu. Als sie endlich auszog und Axel Munthe die Räume wieder in ihren ursprünglichen Zustand versetzen konnte, durfte eines bleiben: das Motto »Oser. Vouloir. Savoir. Se taire«, das sie an die Wand des Salons hatte malen lassen.

Hinaus rauschte sie, die schwarze Frau in ihrem Samtfutteral, den Privatzoo hinter sich herschleifend, und in das Haus von San Michele hinein rauschten immer mehr Gäste und Besucher, in kürzer werdenden Abständen. Vom Jahr 1934 an wurde das Haus vier Stunden täglich, von zwölf Uhr mittags bis vier Uhr nachmittags, für die Allgemeinheit geöffnet. Der Eintritt betrug fünf Lire, die an die Armen der Gemeinde weitergereicht wurden. Fünfhundert Besucher kamen allein im ersten Jahr, manchmal waren es zehn am Tag, doch es gab Beschädigungen, und gestohlen wurde auch. Gelegentlich verhandelte Axel Munthe mit Alice Garrett, der Frau eines ehemaligen amerikanischen Botschafters in Rom, über einen Verkauf. Aber in all diesen Verhandlungen blieb fraglich, ob Axel Munthe tatsächlich verkaufen wollte. Das liegt am Haus selbst, denn ein Gebäude, das als Ort der Wahrheit, der Einmaligkeit dienen sollte, kann keine Handelsware werden – und wenn es doch geschieht, so zieht der Geist der Rumpelkammer darin ein.

Im Januar 1937 besuchte Hermann Göring nach einem Treffen mit Benito Mussolini in Rom die Insel Capri und kam auch im Haus von San Michele vorbei, immerhin der zweite Mann eines Staates, den Axel Munthe mehrmals für eine Angelegenheit von Barbaren erklärt hatte. Die übliche Tour begann, zum zweitenmal, denn man war schon 1933 hiergewesen, hatte im Hotel Quisisana geschlafen und im Lokal »Le Sirene« an der Marina Piccola gegessen – das Haus, der Kopf der Medusa, Hermes, Hypnos, die Kapelle, die Sphinx. Die beiden fanden Gefallen aneinander, der asketische Zivilist mit der dunklen Brille und der dicke Offizier im hellen Anzug, vereint womöglich im Geist der Operette und Attrappe, im Gedenken an einen gemeinsamen Freund, den Entdeckungsreisenden und Abenteuerschriftsteller Sven Hedin, den Propagandisten des Germanentums und Bewunderer des Faschismus, gewiß aber in ihrem Enthusiasmus für das Bauen und Besitzen von Häusern. Hermann Göring versprach Axel Munthe, bei Gelegenheit ein Vorwort für das »Buch von San Michele« zu schreiben. Zu diesem Zeitpunkt hatte er in deutschen Zeitungen längst bedauert, je »Red Cross and Iron Cross« geschrieben zu haben – und beauftragte den britischen Verlag, alle verbliebenen Exemplare zu makulieren. Ein Teil der Einnahmen vom »Buch von San Michele« wurde für deutsche Soldaten gestiftet, die im Ersten Weltkrieg ihr Augenlicht verloren hatten (auch Adolf Hitler war in den letzten Kriegswochen vorübergehend blind gewesen). Und die Äußerung einer französischen Zeitung gegenüber, er sei auf Capri von Hermann Göring verfolgt worden und dieser habe seinen Hausmeister so beeindruckt, daß dieser den dicken Minister zu ihm vorgelassen habe, worauf er auf ihn zugegangen sei, das Band der Ehrenlegion im Knopfloch, hatte er in ein Mißverständnis und üble Nachrede verwandelt.

Hermann Göring besaß sein Alpenhaus auf dem Obersalzberg und das Jagdhaus Darß an der Ostsee, die Erweiterung seines Palastes Carinhall in der Schorfheide mitsamt ihrer gewaltigen Kunstsammlung war gerade fertiggestellt geworden, und Frau Emmy gehörte das Strandhaus Wenningstedt auf Sylt. Viele andere, das Château Gros-Blois bei Paris etwa oder der Hof Le Déluge in der Picardie oder die Burg Veldenstein an der Pegnitz, sollten später noch dazukommen. Hermann Göring, der leidenschaftliche Bauherr und Hausbesitzer, wird viele solcher Angebote bekommen haben: »Herr Generaloberst, Herr Feldmarschall, Herr Minister, dies ist mein Haus, aber es sollte Ihres sein.« Und Hermann Göring sichtete die Angebote, ließ Zeichnungen anfertigen, träumte sich eine Weile hinein und ließ die Angelegenheit auf sich beruhen, gewiß, daß man ihm nichts anbieten könne, was er nicht auch hätte greifen können.

Im August 1937 schrieb Axel Munthe von Solliden, der Sommerresidenz des schwedischen Königs, an Hermann Göring: »Ich hoffe, daß Eure Exzellenz mich mit einem weiteren und längeren Besuch beehren werden, wenn Sie das nächste Mal zu ›Gottes eigener Insel‹ kommen.« Danach bot er dem Deutschen, dem Liebhaber alter Türme, eine Besichtigung des Castello di Barbarossa an. Und: »Was San Michele anbetrifft, so würde ich es Ihnen nur zu gerne leihen, wenn Sie mal wieder zu einem wohlverdienten Urlaub kommen nach Ihrer außerordentlich großen Arbeit. Das

Axel Munthe und Hermann Göring auf der Terrasse der Torre di Materita

Haus ist klein, es war von mir aus dem Empfinden heraus gebaut worden, daß die Seele mehr Raum braucht als der Körper, und es mag nicht behaglich genug für Sie sein.« Der Brief ist noch erhalten, und unten rechts, unter die ausschweifende, ungelenke Unterschrift Axel Munthes mit der Grußformel »your obedient servant« hatte Hermann Göring das Wort »danken« und ein großes Ausrufezeichen gesetzt.

Im Oktober wurde Axel Munthe dann bestimmter, wollte verkaufen, pries das Haus an, rechnete vor, wie unbezahlbar die Villa und ihre Kunstschätze seien, schmeichelte Hermann Göring, er sei der »richtige Mensch«, dem er San Michele »lieber überlassen würde als irgendeinem der vielen

Liebhaber dieses Platzes, welche mich seit Jahren mit Kaufangeboten überschütten zu mehr oder weniger märchenhaften Summen«, vergaß die Konkurrenz der Amerikaner nicht und insistierte auf dem unvergänglichen Wert der »Kapitalanlage«. Hermann Göring schickte ein Telegramm, auf das Axel Munthe antwortete, der Kaufpreis liege bei einer halben Million schwedischer Kronen. Dann sei er gern bereit, sein »geliebtes Heim, so wie es heute dasteht, mit all seinen Antiquitäten, Kunstgegenständen und Mobiliar – von denen viele Sachen mit keinem Preis der Welt gekauft werden könnten – zu übereignen«. Und weil er eine Vorstellung von Stil und Ansprüchen des Generaloberst hatte, erzählte er ihm gleichzeitig, er selbst habe einst vorgehabt, oberhalb des Wohnhauses ein offenes griechisches Theater zu errichten. Für welches Publikum diese Anlage hätte gebaut werden sollen, sagt er nicht. Der Platz aber, versicherte Axel Munthe, eigne sich vorzüglich zur Errichtung eines weiteren Gebäudes. Aus dem Kauf wurde nichts. Hermann Göring zögerte, verwies auf die Devisenarmut des Deutschen Reiches, verschob die Entscheidung und verstummte. Axel Munthe bot darauf das Haus dem schwedischen Staat an, nicht ohne auf das angeblich noch bestehende Interesse Hermann Görings zu verweisen. Dann kam der Krieg, und es wurden keine großartigen Villen auf Ferieninseln mehr gehandelt.

30.
Ein Buch als Belehrung und Denkmal

In der Zeit vor dem Zweiten Weltkrieg war Edwin Cerio, Schiffsbauingenieur, Romanautor, Kunsthistoriker, Heimatforscher, Naturschützer und in den zwanziger Jahren Bürgermeister von Capri, der wichtigste Vermittler zwischen den Einheimischen und der ausländischen Kolonie. Er hatte einige der Häuser gebaut, in denen diese lebte, die Casa Solitaria, die Casa Rosario und die Casa Romita, er beherrschte fünf Fremdsprachen, diente den Expatriierten aller Länder als italienischer Vertrauter, und am Ende schrieb er eine Geschichte dieser Kolonisation. Über Axel Munthe heißt es darin: »Als in Capri die Fremdenindustrie am Absterben war, tauchte Axel Munthe auf, sozusagen die Vorsehung für die Gastwirte, das fleischgewordene Wort des Tourismus. Daß der Mensch in Munthe vom Schriftsteller erschlagen wurde, ist eine Tragödie für sich – persönliche Größe, verdunkelt von schriftstellerischem Ruhm.« Edwin Cerio hatte für die Wiederaufforstung der Insel geworben, er hatte Bauverbote durchsetzen und den Tagestourismus fernhalten wollen. Daß er vergeblich kämpfte – dafür machte er auch Axel Munthe verantwortlich.

In den dreißiger Jahren verkehrte Axel Munthe in der besseren Gesellschaft von London, vorzugsweise unter Menschen, die er aus Italien kannte, und klagte über die Zumutungen, die das Leben für einen Welterfolgsautor reserviere. Da saß er im Leseraum seines Clubs, stets an der Seite, stets für sich allein in einem großen Sessel, aber immer so, daß ihn keiner übersehen konnte, da stand er in einem Salon am

Bloomsbury Square, zog einen seiner alten Vertrauten herbei und beschwerte sich bei ihm, so laut, daß jeder es hören mußte, darüber, wie mühsam das Leben eines Bestsellerautors sei. Diese Übersetzer, eine Bande von Dilettanten, und gerade erst habe er dem Spanier erklärt, was es mit den Wichteln in Lappland auf sich habe, und vorhin noch habe er seinem Verleger in Estland ein Telegramm schicken müssen, und immer dieser Ärger mit den Nachdrucken und den nicht autorisierten neuen Auflagen. Nein, da sei ein Abend in seiner Loggia vorzuziehen, und wenn dann Giovanna die Spaghetti serviere und die Sonne hinter Ischia untergehe, bereue er doch sehr, diese losen Aufzeichnungen je zur Publikation freigegeben zu haben.

Als Axel Munthe begann, sein Lebensbuch zu schreiben, war er ein alter Mann. Auch die zweite Ehe war gescheitert. Zwischen Capri, Anacapri und den beiden Marinas war eine regelmäßige Busverbindung geschaffen worden. Viele Bekannte aus der heroischen Zeit in Rom waren gestorben. Victoria von Schweden, die Lebenspatientin, war äußerst hinfällig geworden, kränklicher noch, als sie je gewesen war. Die alte Welt, die europäische Gesellschaft aus der Zeit vor dem Ersten Weltkrieg, hatte, wenn überhaupt, nur als private Veranstaltung in Großbritannien und in den nordischen Ländern überlebt. Nachbarn und Bekannte auf Capri hatten in den Jahren zuvor, mit beachtlichem Erfolg, ihre Erinnerungen an das Leben auf der Insel veröffentlicht, Compton Mackenzie vor allem, der im Jahr 1898 auf die Insel gekommen war und 1927 »Vestal Fire« publizierte, ein Buch, in dem es an Kolportagen aus dem Leben der Capreser Boheme nicht fehlte. Als Axel Munthe sich an die Corona setzte und noch einmal die Papiere hervorkramte, die er vor Jahrzehnten beschrieben hatte, um die Abenteuergeschichten von damals zu überarbeiten, ineinanderzufügen und in ein neues Werk zu verwandeln, lag über dieser Arbeit schon die Melancholie des allmählichen Aufhörens und bald endgültigen Verwehens, die Gewißheit, daß all die Dinge und Ereignisse, mit denen er jetzt sein Buch füllte, unwiederbringlich verloren waren.

Axel Munthe erinnert sich. Er erinnert sich wie jemand, der weiß, wie man sich erinnert. Denn das Gedächtnis vergißt, es schiebt beiseite, es verkleinert und vergrößert, verschönert und verschlimmert und schmückt aus wie ein Legendenerzähler. Es belügt sogar, trügt auch den, der es zu besitzen meint. Das weiß Axel Munthe, und er versucht nicht, der Selektivität des Gedächtnisses eine größere, von außen herbeigeholte Genauigkeit und Gerechtigkeit entgegenzusetzen. Statt dessen gibt er sich einem romantischen Verlangen nach sonnenbeschienenen Zauberlandschaften, nach redenden Bildern, nach einer nie geahnten Märchenhaftigkeit des Lebens hin. Die Frauen, mit denen er zusammen war oder hatte zusammen sein wollen, die Männer auch, vielleicht, die Gründe für seine Flucht aus Paris, und daß es ihm die Augen nicht erlauben, im Haus von San Michele zu leben – das alles gehört nicht in die Erinnerung, und die Bilder verschwinden wie von selbst. Und gerne hilft Axel Munthe dem Gedächtnis bei der Auswahl, verschiebt noch ein bißchen mehr, als dieses selbst verschoben hätte, legt beim Verkleinern, Vergrößern, Verschönern und Verschlimmern immer noch ein Stückchen hinzu.

Warum dieses Verschieben und Übertreiben, dieses Auslassen und nachträgliche Zurechtrücken? Damit der Held der Geschichte, der Erzähler, um so glänzender, verwegener, abenteuerlicher aussehe? Vielleicht. Doch es geschieht vor allem, um dem Vergangenen seinen Charakter als Geschichte zu nehmen. Denn dies, erzählt Axel Munthe, habe der Teufel ihm auf dem Hang von San Michele versprochen, lange bevor er dort das Haus errichtete: daß die Tage einander gleich bleiben, daß sie sich nur wiederholen, ohne daß deswegen die Geschichte voranschritte. Jahrelang, so habe der Teufel gesagt, werde er von San Michele aus die Sonne untergehen sehen über wolkenlosen Tagen des Glücks und den Mond aufgehen über sternenhellen Nächten voller Träume. Alle Anekdoten, die Axel Munthe vorträgt, ereignen sich am selben Tag, und wenn dieser Tag vergangen ist, dann beginnt ein neuer, in derselben Frische, derselben Freiheit, in welcher der vorhergehende Tag begonnen hatte, an einem anderen Ort, gewiß, unter anderen Umständen, doch neu und unbelastet.

Nicht also nach dem Neuen strebt dieser Erzähler, sondern nach den kleinen, behaglichen Sensationen des Alten, und diese reduziert er auf das vertraut Schreckliche und bekannt Menschliche: Hier liegt der Norden, dort liegt der Süden, hier ist das Leiden und die Humanität, dort ist der Reichtum und die Verachtung, hier wirkt das Gute, und dort ist alles verloren, hier regiert die Anmaßung des Modernen, dort waltet die Vernunft der Tradition. Selbstverständlich fügt sich das meiste davon in ein Klischee, aber was ist gegen ein Klischee zu sagen, wenn man frei und souverän damit umgeht? Axel Munthe will das Klischee, und wenn er das Buch auf englisch schreibt, in einer fremden Sprache, die er sich erst spät, als längst erwachsener Mensch angeeignet hatte, dann auch, weil er sich einem festen Idiom anvertrauen wollte – man weiß nicht, in welcher Sprache er seine Selbstgespräche führte, aber sein Schwedisch ist noch im Alter genau und beweglich, während im Englischen immer nur die Konvention richtig erfaßt ist. Aber das schadet nichts: Axel Munthe ist kein Schriftsteller, allenfalls ein Schreibender, der aus literarischen Standardsituationen einen höchst subjektiven Sinn zu gewinnen vermag. Ausgerechnet darin gleicht er weniger den Autoren des neunzehnten Jahrhunderts als denen der klassischen Moderne, dem goldenen Zeitalter der Dilettanten, in dem auch die unwahrscheinlichsten Talente zum Zuge kamen – und sogar die literarische Technik teilt er mit ihnen, das Schreiben als Leben und das Leben als Schreiben.

Axel Munthe ist der Held eines selbstgeschriebenen und selbstgeschaffenen Lebensromans. Er ist die Kunst seiner selbst, er verwandelt sein Leben in eine Epopöe, erzählt die eigene Geschichte vom gefühlvollen jungen Mann bis zur Weltschau der Commedia als aufsteigende, aber gleichzeitig tragische Bewegung. Der gewöhnliche Mensch hat Kinder. Dieser hat auch welche, aber sie zählen nicht. Um fortzudauern, baut er sich ein Haus, und dann schreibt er. Als das Haus leer bleibt, schon zu Lebzeiten mehr einem Mausoleum gleicht als einer Wohnung, füllt er die Leere, die nach ihm kommen muß, mit einem Buch. Es beglaubigt das Paradies, das schon das Haus sein sollte. Zu sich selbst kommt das Haus von San Michele daher erst im Buch, in der Geschichte der Villa, ihres Gartens und ihrer Umgebung als Motiv eines Lebens, in dieser romanhaften Autobiographie, von geringem literarischem Wert, doch um so größerer Bedeutung: Er ist das Unmaß, das ein Mittelmaß erregt.

Gewidmet der Königin Victoria, »der Beschützerin der unterdrückten Tiere, aller Hunde Freundin«, weckte dieses Werk überall auf der Welt großen Enthusiasmus, mit sofortiger Wirkung. Von den ersten knapp 1300 Exemplaren, die im Jahr 1929 gedruckt wurden, im selben Jahr, als Erich Maria Remarques »Im Westen nichts Neues« und Ernest Hemingways »A Farewell to Arms« erschienen, konnte Axel Munthe noch jedes einzelne verfolgen, kannte die Buchhandlungen, in denen sie verkauft wurden, in London, Rom oder Stockholm, wußte, welche seiner Bekannten dort hingingen und es erwerben konnten. Dann kam der Erfolg dieses Buches wie eine gigantische Welle. Sie erfaßte zuerst Großbritannien und die Vereinigten Staaten, wo es im Jahr 1930 das meistverkaufte Sachbuch war, dann aber auch ganz Europa, bis sie in Japan und in Südafrika verebbte. Während langer Monate war es das meistverkaufte Buch der Welt. Unzählige Menschen sind in die Erzählung hineingeraten und ihr mit Haut und Haar verfallen. Woran das liegt? Zuerst am Plakativen, an der Liebe zum Süden und an der Liebe zum Tier, gemalt in den Farben der Postkarten, geschaffen für rauhere Klimazonen. Dann aber liegt es vor allem daran, wie hier einer einem einzelnen Menschen – sich selbst – huldigt: getragen vom Glauben an das Leben als ein vollendetes System, in dem sich Schönheit und Schrecken die Waage halten, vorgetragen im Ton einer zuweilen sogar noblen Entspanntheit. Axel Munthe will seinen Leser überreden, und aus diesem Bedürfnis stammt die Vertraulichkeit, mit der er ihn anspricht, der warme Ton, die Höflichkeit, aber auch die Neigung zur echten und zur falschen Pracht.

Wozu er die Leser überreden will? Von sich selbst, gewiß, von der Größe der eigenen Bedeutung. Aber wer steckt in diesem Ich, und wovon nährt es sich? Die Bilder, die Axel Munthe von sich selbst entwirft, gehorchen immer wieder demselben Prinzip: dem Widerstand gegen die Geschichte. Sie sind der Widerschein eines ewigen Gestern. Da ist zunächst das Haus, errichtet als Denkmal für einen großen Menschen: Dieses Haus errichtet er auf einem alten Platz. Es erfüllt ihn mit Genugtuung, wenn beim Ausgraben der Fundamente ein Skelett gefunden wird, denn er will ein Verhältnis zu den Toten haben. Einen solchen Ort zu besiedeln heißt: keine radikal neue Idee entwickeln zu müssen, weniger Zukunft als Stillstand haben zu wollen, eine Form der immerwährenden Erwerbung zu betreiben, aus der nichts

Axel Munthe signiert »Das Haus von San Michele«

Neues hervorgeht. Deswegen braucht Axel Munthe, als Bauherr und Schriftsteller, so viele Stützen, gebrauchten Stoff, etablierte Vorstellungen, die seiner Unbeholfenheit aufhelfen, er braucht Mythen in plastischer und erzählter Form.

Axel Munthe sammelte Uhren, er trug sie mit Leidenschaft und Hingabe zusammen, Repetieruhren vor allem, wertvolle goldene Taschenuhren mit einem Schlagwerk, das sich bei Bedarf in Gang setzen läßt, um den jeweils letzten Schlag zu wiederholen – Uhren also, die weniger die gegenwärtige als die abgelaufene Zeit anzeigen, die im Lauf der Zeit noch den Widerstand gegen das Ablaufen der Zeit zum Ausdruck bringen, die, indem sie die Zeit schlagen, zugleich sehr deutlich »Vorbei« sagen und also einen melancholischen Abstand zur Zeit schaffen. Je älter er wurde, desto mehr kam es ihm auf diesen Augenblick an. So wollte er den Erfolg, und er genoß ihn, als er da war. Doch so ernsthaft und gierig er mit seinen Verlegern gefeilscht hatte, um das

Aussehen des Buches wie um die Höhe der Honorare, so gleichgültig war ihm nachher der Ertrag. Ein großer Teil der Einkünfte aus dem »Buch von San Michele« ging an den Tierschutz, wurde gespendet für die Zugvögel, für die herrenlosen Hunde von Neapel. Sie gingen an die Kriegsblinden, an das Volk der Lappen im schwedischen Norden, an seine deutsche, auf Capri lebende Übersetzerin, die Baronin Gudrun von Uexküll, in deren Übertragung die schlichte Sprache des Buches den Übergang ins Unbeholfene vollzog, die aber, aus irgendeinem für Außenstehende nicht nachvollziehbaren Grund, nach seinem Tod sogar alle weiteren Einnahmen aus dem Verkauf dieses Werkes erhielt und sich, bis sie handfest vom Gegenteil überzeugt und aus dem Haus verwiesen wurde, als Herrin über den gesamten Nachlaß einschließlich aller Liegenschaften verstand. So einnehmend, so schön und anmutig indessen muß diese Dame gewesen sein, daß der große Verleger Kurt Wolff angeblich nur ihretwegen zögerte, als ihm das Manuskript zum »Buch von San Michele« zur Veröffentlichung angeboten wurde. So »unbegreiflich banal, eitel und peinlich« fand er das Werk, daß er sich noch in den sechziger Jahren damit brüstete, es zurückgewiesen zu haben.

Noch lange versprach Axel Munthe seinen Verlegern eine Fortsetzung des »Buchs von San Michele«, oder vielleicht auch ein Buch über Königin Victoria. Aber es entstand nichts mehr, und unter den alten Papieren fand sich kein Entwurf mehr, der seine Ausarbeitung zu einem Buch hätte tragen können. Mit großer Energie hingegen beschäftigte er sich mit den Angeboten, das »Buch von San Michele« zu verfilmen – einmal sogar, nachdem der Schauspieler Douglas Fairbanks eine Verbindung zur Firma Paramount in Hollywood geschaffen hatte, schien es ernst zu werden. Doch Axel Munthe verlangte so viel Geld für die Rechte, daß über

Jahre verhandelt werden mußte, und als sein Honorar so klein geworden war, daß sich das Unternehmen kalkulieren ließ, erschienen andere Projekte lohnender. Ein finnischer Gelehrter schlug ihn für den Nobelpreis in Literatur vor, doch auch diese Idee verhallte. Nur daß immer mehr Menschen kamen, um das Haus von San Michele tatsächlich zu sehen, schon in den dreißiger Jahren, und unendlich viel mehr, nachdem der schwedische Staat die Villa, die Axel Munthe ihm in seinem Testament vermachte hatte, Anfang der fünfziger Jahre in ein Museum verwandeln ließ und für die Allgemeinheit öffnete.

31.
Der schlechte Teil und seine Botschaft

Im Südosten der Insel, dort, wo von allen Villen, Parks und Hotelbauten nichts mehr zu sehen ist, sondern nur noch Wasser, schroffe Felsen und die wuchernde Macchia, baute sich der italienische Schriftsteller Curzio Malaparte in den Jahren von 1939 bis 1942 ein Haus auf einer Klippe. Er tat es gegen die italienischen Gesetze zum Schutz der Natur und gegen den Willen des Bürgermeisters von Capri, aber mit Unterstützung des Grafen Galeazzo Ciano, des Außenministers und Schwiegersohns von Benito Mussolini. Wie ein gestrandetes Schiff liegt nun das Haus da, traurig, hart und streng, so gut wie unzugänglich, dem Staunen der Wanderer dargeboten, die auf halber Höhe zwischen der Punta Tragara und dem Arco Naturale unterwegs sind: in pompejanischem Rot, in einer lapidaren Form, als eine zur Kunst erhobene, monumentale Zelle, einfach und klar, abstrakt und lyrisch. Und Curzio Malaparte wußte, was er da gebaut hatte: das futuristische Gegenhaus zur sarazenisch-hellenistischen Villa San Michele wie zum französischen Miniaturpalast der Villa Lysis.

Das bekannteste Buch des Schriftstellers Curzio Malaparte, der Kriegsroman »Kaputt«, beginnt in einem friedlichen Land. Es ist September, vermutlich im Jahr 1942. Der Erzähler, ohne Zweifel der Autor selbst, Sohn eines Stoffhändlers aus Prato in der Toskana, ehemaliger Herausgeber der Turiner Tageszeitung »La Stampa«, jüngst auch Bauherr einer Villa auf Capri, ist über Finnland nach Schweden gereist. Jetzt steht er neben dem alten Prinz Eugen, dem impressionistischen Maler und Bruder des schwedischen Königs, im Halbdunkel in dessen Villa auf Waldemarsudde, einer Halbinsel in der Hafeneinfahrt von Stockholm. Prinz Eugen, das weiß der Besucher, gehört zu den ältesten Gefährten Axel Munthes: Die beiden hatten sich in den frühen achtziger Jahren in Paris kennengelernt, als der Prinz nach Paris kam, um Malerei zu studieren, bei Léon Bonnat zum Beispiel, und der Hof nach einem Arzt suchte, der die königliche Hoheit betreuen konnte. Der Prinz war in den skandinavischen Künstlerkolonien der Île-de-France so zu Hause gewesen, wie Axel Munthe es gewesen war, er hatte den Mediziner als Arzt für Kronprinzessin Victoria empfohlen, er hatte ihn über die Jahrzehnte begleitet, er kannte die Villa San Michele und hatte sich von diesem Bau für das große Haus auf Waldemarsudde inspirieren lassen. Er war oft in Italien gewesen. Wenn Curzio Malaparte in diesem Kriegsherbst neben Prinz Eugen steht, dann steht er neben der Geschichte Axel Munthes, neben einer Geschichte Capris, neben einer Geschichte von Künstlertum und Aristokratie im alten Europa.

Wenn Curzio Malaparte von seinem Besuch bei Prinz Eugen erzählt, dann kommt seiner Geschichte ungefähr so viel Wahrheit zu wie den meisten Anekdoten von Axel Munthe: Der Prinz und sein italienischer Gast lehnen sich mit der Stirn gegen das Glas der großen Türen zur Veranda und schauen hinaus. Ein leichter Schimmer von Rot liegt auf den Laubbäumen, vom Meer zieht Nebel herauf, das Blau des Himmels wird tief und metallisch. Europa liegt in Schutt und Asche, aber hier, am Abend eines schönen Frühherbsttages an der Ostsee, ist davon nichts zu spüren. Das Gefühl eines heiter gelassenen Lebens, eine falsche Erinnerung, umhüllt für einen Augenblick den Erzähler, die Erinnerung an ein Leben, das noch nicht von der dauernden Gegenwart des Todes befleckt ist. Curzio Malaparte wendet sich um, um das Arbeitszimmer des Prinzen zu betrachten. Er sieht einen großen, weißen Kachelofen, in den ein Wappen eingelassen ist. In einer Kristallvase von Orrefors blüht ein Strauch Mimosen und riecht nach Mittelmeer. An den Wänden hängen Gemälde, die Landschaften an der Seine oder junge Frauen mit gelöstem Haar und nackten Schultern zeigen. Doch die ganze Einrichtung wirkt nun wie ein mattes, unbehagliches Echo einer verlorenen Zeit. »Du coté de Guermantes« lautet die Überschrift des Kapitels, und der Titel beschreibt hier die Perspektive. Dort, auf der anderen Seite des Lebens, befinden sich Marcel Proust, das Paris des späten neunzehnten Jahrhunderts, die Malerkolonien in Barbizon und Grez-sur-Loing, dort befinden sich der Stil, der Takt, die Kunst und eine zivile Welt. Hier aber, auf dieser Seite des Lebens, kommt einer von den Schlachtfeldern des Zweiten Weltkriegs, bis ins Mark erschöpft, und reibt sich die rotgeäderten Augen, verwundert, daß es Schönheit und Stille überhaupt noch gibt.

Prinz Eugen lächelte, die Augen halb geschlossen. »Ich möchte auch auf Capri leben wie Axel Munthe«, sagte er, »il paraît qu'il vit entouré des fleurs et d'oiseaux.« – »Die Blumen lieben ihn sehr«, antwortete Curzio Malaparte. »Und die Vögel lieben ihn auch?« – »Sie halten ihn für einen alten Baum, für einen alten, verwitterten Baum.« Vor einem halben Jahr, erinnerte sich Curzio Malaparte, vor seiner Abreise an die Kriegsschauplätze im europäischen Norden, sei er zur Torre di Materita hinaufgestiegen, weil Axel Munthe ihm Briefe mitgeben wollte, an Sven Hedin, an Ernst Manker, den Ethnologen der Lappen, an Freunde in Stockholm. Axel Munthe erwartete ihn unter den Pinien und Zypressen von Materita. Dort stand er, aufrecht, hölzern, mürrisch, um die Schultern seinen alten grünen Umhang, einen kleinen Hut quer über die zerzausten Haare gestülpt, seine Augen, das künstliche und das kranke, hinter schwarzen Gläsern verborgen, was ihm etwas von dem geheimnisvollen, drohenden Air der Blinden gab. Er hielt einen Wolfshund an der Leine.

Curzio Malapartes knappe, melancholische Verbeugung vor der verlorenen Zeit währt nur ein paar Seiten. Dann richtet sich der Erzähler auf und benimmt sich auf eine andere, deutlich weniger wohlerzogene Weise. Denn »Kaputt« ist kein Erinnerungsbuch, keine von Tragik getragene Inventur, sondern eine grausame und zynische Kolportage aus einem fortdauernden Krieg – eine Erzählung aus den Landschaften des Grauens, die sich in einem weiten Bogen um Deutschland herum hauptsächlich im europäischen Osten erstrekken, von Finnland über Rußland, Polen, die Ukraine, Rumänien und Serbien bis nach Süditalien. Curzio Malaparte selbst tritt darin auf, als reise er in einem gigantischen Gespensterzug, wobei nie ganz klar wird, ob er als Passagier in der Ersten Klasse oder als Schaufler auf dem Kohlewagen dabei ist. Gewiß ist nur, daß auch er nicht weiß, wo die Fahrt hingeht.

Zurück blieb Capri, die alte Welt, in die Curzio Malaparte kurz vor Beginn des Zweiten Weltkriegs ein eigenes Haus gesetzt hatte, auf der unwirtlichen Südostseite der Insel gelegen, so fern aller Siedlungen, wie es irgend ging, und nicht auf die Welt hinabschauend wie die Villa San Michele, sondern auf einem Felsvorsprung weit ins offene Meer hinausstoßend wie ein Schiff, kein Palast, sondern ein Haus ohne Pergola und Kolonnaden, ein langgestreckter Quader, ein monolithischer Block. Die Casa Malaparte ist ein Bau der demonstrativen Abgeschiedenheit, der sich, vom Wasser aus betrachtet, als roter Keil in die von spärlichem Grün bewachsenen, getürmten und gestaffelten Felsen schiebt, vom Felsplateau darüber dagegen wie ein schmaler, roter Block ins blaue Meer hinauszuragen scheint, ohne Rahmen, ohne Begrenzung, ohne verlangsamende Gliederung, als Bruch und Konfrontation – und als Polemik gegen die Dekadenz der ewigen Ferienkolonie auf Capri, die ihren Mittelpunkt in der Piazzetta des Hauptortes selbst hatte. Curzio Malaparte trägt Züge eines um fünfzig Jahre in der Geschichte verschobenen Axel Munthe: Hier sind zwei Hausherren, die dem Kult des freien Mannes huldigen, zwei, die sich mit großen Namen und bekannten Situationen verbinden möchten, zwei, die sich in der Mitte der Gesellschaft befinden, aber mit dem Rücken zu ihr stehen wollen, zwei, die es mit der Wahrheit nicht so genau, aber für sich selbst immer die glänzendsten Rollen in Anspruch nehmen, zwei, die aus Häusern und Büchern Denkmäler für sich selbst schaffen, zwei, denen die Insel Capri für solche Vorhaben zum rechten Ort wurde.

Einsam lebe, erzählt Curzio Malaparte dem Prinzen Eugen im Herbst 1942, Axel Munthe nun auf Capri, der alte Faun, noch immer kerzengerade dastehend, aber zunehmend Beute der schwärzesten Stimmungen, Tag um Tag in seinem Turm eingesperrt, der wie ein alter Knochen von den scharfen Zähnen des Libeccio abgefleischt und benagt war, des Südwestwinds, der von Ischia herüberfegt, und von der Tramontana, dem Nordwind, der bis nach Capri hin den beizenden Schwefelgeruch des Vesuvs trägt, eingeschlossen, hinter verrammelten Türen, in seinem salzig-feuchten Gefängnis, zwischen seinen unechten antiken Gemälden, seinen unechten hellenischen Marmorstatuen, seinen Hochrenaissance-Madonnen, die aus dem Holz von Louis-Quinze-Möbeln geschnitzt sind. Es ist ein Abschiedsbild, das Curzio Malaparte entwirft. Er zeichnet es nicht ohne Übertreibung, als Idee eines an seinem angestammten Ort sich allmählich in die Natur zurückverwandelnden, eigensinnigen älteren Herrn, dessen Figur noch eine Weile im Gedächtnis bleibt, während der Erzähler selbst, grundsätzlich heimatlos geworden, längst weiß, daß vor ihm nur noch Reisen liegen, immer wieder neu begonnene, nie aufhörende Reisen, die allesamt in Katastrophen enden werden.

Seltsam nur, daß auch diese Geschichten nicht wahr sind. Denn im Herbst 1942 waren Axel Munthe und Curzio Malaparte einander noch nicht begegnet. Erst einige Monate später lernten die beiden einander kennen, auf Vermittlung von Edward (»Eddie«) von Bismarck, der Curzio Malaparte berichtet hatte, wie gern Axel Munthe einmal dessen Haus besichtigen würde. Worauf man sich auf dem Capo Massullo verabredete und von Curzio Malaparte, mit wie immer nach hinten gestrichenen Haaren, so daß er aussah wie ein Filmheld der dreißiger Jahre, in schwarzen Samthosen und rotem Samthemd, empfangen wurde. Im Frühjahr darauf versah Axel Munthe seinen neuen Bekannten, als dieser wiederum in den Norden aufbrach, mit einem Empfehlungsschreiben an Ernst Manker: Curzio Malaparte, heißt es darin, sei ein »besonders intelligenter Mann und ein großer Freund der Lappen«. Dem britischen Geheimdienst hingegen verriet er ganz andere Dinge über seinen neuen Bekannten: Curzio Malaparte sei »selbst für italienische Verhältnisse einer der schlimmsten Schwätzer der Gegenwart«. Curzio Malaparte hingegen teilte Prinz Eugen – und seinen Lesern – mit, er habe Axel Munthe von Vögeln in der Ukraine erzählt, wie sie keine Angst vor Adolf Hitler, der SS, vor der Gestapo hätten: »Axel Munthe hob das Gesicht, nahm die schwarzen Gläser ab, sah mich mit seinen lebhaften, mutwilligen Augen an und lächelte: ›Das ist gut, daß die Deutschen die Vögel nicht töten‹, sagte er, ›ich bin wirklich glücklich, daß sie keine Vögel töten.‹«

32.
Langsamer Abschied eines immer schon Gehenden

Im Sommer 1926 kam die österreichische Ärztin Elisabeth Moor – eine der ersten Medizinerinnen überhaupt – nach Anacapri, mittellos, ohne Mann, aber mit zwei Kindern. Gegen viele Widerstände, nicht zuletzt von seiten der Einheimischen, ließ sie sich als Ärztin auf der Insel nieder. Als der englische Schriftsteller Graham Greene sie in den fünfziger Jahren kennenlernte, gehörte sie längst zum Kern der ausländischen Kolonie. In den siebziger Jahren schrieb er ihre Geschichte auf, in ihrem steifen, unbeholfenen Englisch. Erinnerungen an Axel Munthe gehören dazu: »Vom berühmten Buch Munthes mochte ich nur das Ende, die Traumszene, die Phantasie, in der es keine Wirklichkeit mehr gibt. Zuerst fesselte das Buch meine Aufmerksamkeit, aber es ist ganz anders als Capri, so wie es ist, das wirkliche Capri. Es war ein Traum-Capri, wie Wolken, nicht wie die gefährlichen Kalksteinfelsen, aus denen Capri besteht. Norman Douglas war aber nicht gerecht, als er Munthe einen ›heillosen Schwindler‹ nannte. Munthe war ein Einzelgänger, ein Original. Unter gewissen Voraussetzungen konnte er sehr theatralisch werden, und dann schwindelte er vielleicht, aber dann wurde er wieder ein einfacher Mensch, deprimiert, leise, fast still – Norman Douglas schätzte nur das Wissen –, Munthes Welt hingegen war ein wenig chimärisch, und Norman lehnte das ab. Er verachtete das ›Nachleben‹, an dem Munthe so viel gelegen war.«

Am Ende seines Lebens kehrte Axel Munthe, zögernd zwar, aber doch seiner Richtung gewiß, in den Norden zurück.

Nicht, daß er wirklich gewollt hätte. Doch die Sommer, die hellen und heißen, die Wochen tonnenschwerer warmer Luft, in denen auch die Nacht keine Kühlung bringt und der Schatten, den die Sonne von den Blättern auf die versengte Erde werfen läßt, nicht größer ist als die Tupfen auf Kattunstoffen, hatte er schon während der dreißiger Jahre nicht mehr auf Capri verbracht, sondern in England, unter alten Bekannten und alt gewordenen Verehrerinnen, und in Schweden, wo er mit dem gleichermaßen greisen König Crockett spielte. Schließlich war es der Krieg, der über Axel Munthe kam wie eine persönlich gegen ihn gerichtete Maßnahme zur Verhinderung weiterer Reisen. Zu Beginn, während der ersten drei Jahre, hatte er es immer noch verstanden, den Frontlinien auszuweichen, war von Stockholm über Norwegen nach London und von dort aus weiter in den Süden gefahren. Oder, wie im Jahr 1941, mit der Eisenbahn von Neapel nach Berlin und von dort mit dem Flugzeug nach Stockholm. Im Sommer 1943 aber, am Ende seines üblichen Aufenthalts am königlichen Hof, ging nichts mehr. Axel Munthe saß fest, zum erstenmal nach über sechzig Jahren, und er saß fest im Norden, in dem Land, in dem er aufgewachsen war.

Es war still geworden auf Capri, viel stiller noch als während des Ersten Weltkriegs. Zuletzt war noch, im Februar 1937, Stefan Zweig vorbeigekommen, um sich bei Axel Munthe nach dem schmerzlosen Selbstmord zu erkundigen. Es blieben der Schäferhund Gorm und der Zwergdackel Lisa, und überraschend schnell verfielen die Häuser. Allen voran das Haus von San Michele – es war, als räche sich das Erzwungene dieser Anlage, ihre Künstlichkeit, dadurch, wie schnell Wind und Regen sie in eine Ruine verwandelten und der Garten ins Haus hineinwuchs. Im Herbst 1940 begannen britische und amerikanische Flugzeuge, Neapel und den Hafen zu bombardieren. Anfang 1941 wurde der Torre della Guardia, eines der Häuser in Axel Munthes Besitz, für das italienische Militär requiriert. Im Winter darauf hungerte Capri. Aus Stockholm, aus der Lebensmittelabteilung des Kaufhauses Nordiska Kompaniet in der Hamngata, schickte Axel Munthe Reis, Haferflocken und geräucherte Mettwurst an die Menschen, die seine Häuser versorgten. Ende September 1943 nahmen die alliierten Streitkräfte Neapel ein, nun warf die deutsche Luftwaffe die Bomben, die Fronten verliefen quer über den ganzen europäischen Kontinent. Für einen Privatmann, und wäre er auch noch berühmter als Axel Munthe gewesen, gab es keine Reisen mehr.

Und so, eher unbeabsichtigt, ließ Axel Munthe das Mittelmeer zurück, die Landschaft des Südens, wo die Sonne schnell hinter dem Horizont verschwindet und dann eine stockdunkle Nacht herrscht, wo es nur wenig Zwielicht gibt und der Morgen anbricht, als würde ein Vorhang gehoben. »Vielleicht zum erstenmal in meinem Leben sehne ich mich nach Hause«, hatte Axel Munthe im Jahr zuvor an Prinz Eugen geschrieben, »geschieht das, weil mein Land in Gefahr ist, oder weil ich selbst in Gefahr bin unterzugehen? Wahrscheinlich letzteres – der Mensch will nach Hause, wenn sich der Tod nähert. Im übrigen gefällt es mir hier nicht mehr. Mussolinis Italien ist nicht mehr unser Italien, die Lilie von Florenz ist durch das Hakenkreuz abgelöst worden, Botticellis Frühling gegen Frau Göring, die mit ihrem Sonderzug und Pauken und Trompeten durch das ganze Land fährt und falsche Antiquitäten aufkauft.« Und der Norden ist nicht nur seine Heimat, eine Gegend mit vertrauten Menschen, sondern auch ein großes, leeres Land, wo sich das Einmalige und das Augenblickliche in unendlicher Weite verliert, ein Land voller Wasser, in Seen und Buchten, voller Schatten und tiefer Wälder, ein Land, bis ins Feinste gegliedert und gleichsam nur lose gestaltet in vagen, undeutlichen, sich dauernd verändernden Formen. Im Süden war das Licht, hier oben herrschte die Dämmerung, und wenn Axel Munthe schon nicht, was ihm gewiß lieber gewesen wäre, ganz einfach entrückt, himmelwärts verschoben werden konnte, so tat sich doch im Zwielicht eine Möglichkeit auf.

Der Gedanke gefiel ihm schließlich: als Überlebender der alten Welt nach Stockholm gekommen zu sein, in die Hauptstadt der Welt jenseits des Krieges, um sich und allen anderen noch einmal zu erzählen, wie es war, als es auch für einen Pariser Modearzt noch kein Telefon gab, als hypnotisierende Professoren die beste Gesellschaft beherrschten und Wichtelmänner in den schwedischen Wäldern hausten. Mittags rief er seinen Hund zu sich, nahm den Stock, drückte den Hut tief über die Augen und zog seine Runden durch die Gassen der Altstadt, mürrisch bellend, katastrophisch gesinnt und, wenn man ihn ansprach, voller Verachtung für die Gegenwart, aber immer noch kokett genug, um mit Formeln wie »als mein Freund Henry James …«, »Spadaro lebte noch, als …« oder »Ich erinnere mich, daß ich ein Telegramm von Victoria erhielt …« eine breit angelegte, aber sich dann schnell im Ungefähren verlaufende Erinnerung zu beginnen. Am Ende aber konnte er nur noch im Schloßhof und in den Wandelgängen des Schlosses spazierengehen.

Die Insel, das eigene Leben dort ließ sich nicht mehr mit dem Enthusiasmus erzählen, der so lange Axel Munthes öffentliche Erinnerungen an sich selbst geprägt hatte. Capri war nun ein kleiner Fleck im Mittelmeer, ein Punkt auf der Landkarte am anderen Ende von Europa. Das Haus, der Berg, die ganze Ortschaft, die Menschen und Tiere erschienen durch den Wechsel der Perspektive nun dermaßen verkleinert, daß aus der Flucht des Raumes etwas ganz anderes

Axel Munthe in Stockholm, 1947

spürbar wird – die sich überstürzende Zeit. Nach ein paar Minuten brach Axel Munthe jedesmal ab, tat, als ob er in den Himmel schaute. Dann verabschiedete er sich knapp. Den geraden Rücken hatte er beibehalten, vom unteren Brustwirbel aufwärts zumindest, doch der untere Teil war ihm mitsamt Bauch nach vorne gerutscht, so daß er eher sich voranzuschieben als zu gehen schien. Dergestalt verweigerte er sich der Geschichte.

Drei Zimmer hatte ihm König Gustav im Schloß zur Verfügung gestellt, einen kleinen Arbeitsraum, ein Schlafzimmer, einen Salon en miniature, in dem Axel Munthes Piano stand. Die Fenster waren hoch und schlossen nicht richtig, so daß die Wohnung im Sommer zu warm und im Winter zu kalt war. An der Tür war seine Visitenkarte befestigt: »Doktor Munthe, St. James' Club, London – Anacapri«. Es waren alte Räume mit niedrigen Decken, so dunkel, wie es in der Torre di Materita gewesen war, zugig und kalt. Ruhelos lief er darin herum, verwahrlost, meistens tief deprimiert, manchmal verzweifelt. Das Kriegsende änderte wenig daran. Danach beschäftigte er sich hauptsächlich damit, eine Rückreise nach Capri in die Wege zu leiten. Plan nach Plan entstand, ein Verwandter, der Chef der schwedischen Fremdenverkehrsgesellschaft war, Freunde, Botschaften, Verleger, sie alle wurden monatelang beschäftigt: Kann man wieder mit der Bahn fahren? Aber vier Tage und Nächte sind zu lang für einen alten Mann. Wenn zwischen Stockholm und Rom keine Schlafwagen verkehren, wo kann man übernachten? Kann ich eine Kabine auf einem Frachter bekommen? Und fliegen? Ich bin doch nie geflogen! (Dabei war er von Berlin nach Stockholm mit dem Flugzeug gereist.) Wie funktioniert denn eine Sauerstoffmaske? Kann man ein eigenes Flugzeug chartern, um Zwischenlandungen und Flughöhe selbst zu bestimmen? Soll ich ein Auto kaufen, und dann verkaufen wir es wieder in Neapel? Gewohnt, von oben her anzufangen, wenn er etwas erreichen wollte, ließ er schreiben, telefonieren und missionieren. War vom Fliegen die Rede, konnte kein Geringerer hinzugezogen werden als der höchste Chef der schwedischen Luftfahrtsgesellschaft; wenn er von einem Frachtdampfer hörte, der ins Mittelmeer und zu italienischen Häfen fuhr, setzte er sich mit dem Direktor der Reederei in Verbindung. Doch jedesmal, wenn die Pläne gemacht, die Daten bekannt, die Bezahlung geregelt waren, verschob er seine letzte Reise in den Süden.

Am 11. Februar 1949, an einem nebligen, wintergrauen Tag, starb Axel Munthe, einundneunzig Jahre alt. Die italienischen Zeitungen meldeten in ihren Nachrufen, er habe einen Fahrschein für die Reise nach Italien in der Tasche getragen. Sechs Tage später fand die Trauerfeier in der Kapelle des Heiligen Kreuzes auf dem Waldfriedhof von Stockholm statt. Der König, der Kronprinz und Prinz Wilhelm standen in der ersten Reihe. Birgit Nilsson sang Franz Schuberts »Litanei auf das Fest Allerseelen«. Danach wurde die Leiche verbrannt. Munthe hatte verfügt, seine Asche solle ins Meer gestreut werden. In Schweden war diese Art der Bestattung damals nicht zulässig. Die Söhne nahmen die Urne daher mit auf eine lange Fahrt an die Westküste, wo sie aus Kindertagen jemanden kannten, der ein Boot besaß. Auf dem Wasser vor dem Leuchtturm Paternoster, auf einer Felseninsel im Skagerrak vor Marstrand, fünfzig Kilometer nördlich von Göteborg, erfüllten sie den letzten Wunsch ihres Vaters. Man hätte ein anderes Begräbnis erwarten können, eine populäre Beerdigung auf seiner Insel, auf dem berühmten protestantischen Friedhof von Capri, wo seine Freunde und Bekannten lagen, eine volkstümliche Kundgebung mit der melancholischen Blasmusik des italienischen Südens, mit Bäckern, Fischern, der Briefträgerin und staunenden Touristen. Daß Axel Munthe im Norden geblieben war, dort, von wo er gekommen war, verwandelte ihn zurück in einen Vorüberziehenden. Da mochte er sich noch so tief in die Felsen von Capri eingegraben haben: Er stammte nicht von hier, er war nur ein Besucher gewesen, und nun war es offensichtlich.

Seit fast zwanzig Jahren regierten die Sozialdemokraten damals schon das Land, der Ministerpräsident hieß Tage Erlander. Es gab bezahlten Urlaub für alle Arbeitnehmer, und es dauerte nicht mehr lange, bis das Lied von den Caprifischern erklang und Automobile sonder Zahl den Beginn der großen Ferien abwarteten, um sich nach Italien in Bewegung zu setzen. Das Haus von San Michele fiel in den Besitz des schwedischen Staates: Es wurde, nachdem es, verfallen und vom Garten überwuchert, dagelegen hatte, Anfang der fünfziger Jahre wiederhergestellt, mit einfachen Mitteln und einer Lieferung Baumaterialien aus Schweden, und in ein Museum verwandelt – gemessen an seiner Größe und an der Bedeutung seiner Exponate wurde es eines der erfolgreichsten Museen der Welt. Und es wurde, nach der Blauen Grotte, die zweite Sehenswürdigkeit auf Capri. Neue, größere Zisternen wurden angelegt, vor allem zur Bewässerung des Parks, eine Birke wurde gepflanzt und überlebte, um Zeugnis abzulegen von der Herkunft des Erbauers. Bald kamen tausend Besucher und mehr am Tag, um leibhaftig teilzuhaben an der Geschichte, wie einer aus dem Norden kam, einen Traum verwirklichte und König einer Insel im Süden wurde.

Die Geschichte von San Michele endet bei Axel Munthe mit dem Satz: »Es war ein schöner Tag.« Im Italienischen bildet dieser Ausdruck eine häufig benutzte Formel, wobei »la bella giornata« nicht nur der schöne, sondern der perfekte Tag ist, der Tag, an dem sich alles erfüllt, an dem alles gelingt, der Tag, der keine Wünsche mehr offenläßt. Und so wurde er verstanden: Noch zehn Jahre nach Axel Munthes Tod hinkte Aniello Maresco, ein alter, blinder Mann, über die Promenade vor der Villa. Um seinen Hals hing ein blankgeputztes Messingschild, das er den zahlreichen Touristen entgegenhielt. »Ich komme in dem Buch von San Michele vor.« Der Satz ist des Werkes würdig, denn er ist anbiedernd, aufdringlich, aber zugleich von tiefem Pessimismus, weil es das Buch von San Michele als etwas ganz und gar Einzigartiges, als das Buch schlechthin erscheinen läßt. Ein weiteres Buch von San Michele kann es und wird es nicht geben. Und das Haus steht da, zwar ein Museum, aber hergerichtet, als habe es der Besitzer nur für einen Spaziergang verlassen und als kehre er gleich zurück, um für immer darin zu wohnen.

33.
Epilog: Über die Unwahrscheinlichkeit im praktischen Leben

Im Jahr 1984 hielt sich der britische Reiseschriftsteller Bruce Chatwin auf Capri auf. Über seinen Besuch schrieb er einen Essay, der den »drei Narzißten« dort gewidmet ist, deren jeder »ein Haus auf einer Klippe baute«: Axel Munthe, Jacques d'Adelswärd und Curzio Malaparte. Alle drei, meinte Bruce Chatwin, seien Schriftsteller »der sich selbst dramatisierenden Art« gewesen. Allen dreien sei eine »nordische Sensibilität« zu eigen gewesen. Alle drei hätten versucht, ihre jeweilige Persönlichkeit durch Architektur zu erweitern. Bruce Chatwin nutzte seinen Aufenthalt in Capri, um mehr über diese drei zu erfahren. Im Garten der Villa San Michele traf er dabei einen wahren Anhänger des schwedischen Arztes: »›War er ein kalter Fisch‹, fragte ich. ›Ein Fisch?‹ – ›Kalt?‹- ›Er war heiß und kalt. Er war alles.‹ – ›Warum interessieren Sie sich für ihn?‹ – ›Er war interessant.‹ – ›Aber wie?‹ – ›Er war ein Pionier der Ökologie. Er ging zu Mussolini, damit die Leute keine Vögel mehr töteten.‹ – ›Was noch?‹ – ›Er schuf Schönheit.‹ – ›Wo?‹ – ›Er schuf diesen Ort.‹« Bruce Chatwin gab auf.

Am 18. Januar 1931 erschien ein Leserbrief in der »New York Times«: »Ohne Dr. Munthes literarische und kreative Fähigkeiten in Frage zu stellen, kann ich festhalten, daß Dr. Munthe bei meinem Vater, Professor Charcot, nie eine Ausbildung erhielt und wahrscheinlich auch nicht bei Pasteur. Er mag während seiner Aufenthalte in Paris, während derer er sich keineswegs einen Namen als hervorragender Spezialist in der Behandlung nervöser Leiden erwarb, einige von Charcots Veranstaltungen besucht haben, so wie Hunderte anderer, doch wurde er nicht von ihm ausgebildet und hatte nicht den engen Umgang mit ihm, dessen er sich selbst brüstet. Dr. Munthe hat Pech, wenn er das Datum wählt. Ich war damals selbst Student in der Salpêtrière und kann bezeugen, daß er nicht zu seinen Studenten gehörte und meinen Vater nie kannte.« Der Autor dieses Briefes war Jean Charcot, Sohn und ehemaliger Mitarbeiter von Jean Martin Charcot. Axel Munthe reagierte lange Zeit nicht auf diese Vorwürfe. Als er es tat, Monate später, wischte er die Kritik fort wie etwas Lästiges, aber Unerhebliches. Auf Erinnerungen sei nun einmal kein Verlaß, schrieb er, und daß er sich seinerseits nicht an Jean Charcot erinnern könne.

Axel Munthe war aber nicht wirklich souverän. Er hatte gespielt und das Risiko gekannt. Er hatte gewußt, daß ihn die großmäulige, weitschweifige Darstellung seiner angeblichen Abenteuer und Errungenschaften in Paris in Schwierigkeiten bringen konnte. Schon im Jahr 1929, bei Erscheinen des englischen Originals in seiner kleinen Auflage, hatte er verfügt, daß keine Exemplare zur Rezension nach Frankreich geschickt werden durften. Als er begann, wegen der Filmrechte zu verhandeln, verlangte er, daß die Jean Martin Charcot gewidmeten Kapitel von der Darstellung auszunehmen wären. Und als der Vorwurf in der Welt war, im Jahr 1934, und die französische Übersetzung erschien, waren alle Ausführungen über die Hypnose, die Hysterie und die Salpêtrière aus dem Werk verschwunden (so wie die deutschfeindlichen Kapitel in Axel Munthes Essaysammlung »Ein altes Buch von Menschen und Tieren« verschwunden waren, als das Buch 1934 auf deutsch erschien). Noch heute gibt es keine vollständige französische Fassung des Buches.

Tatsächlich erträgt dieses Werk, als Autobiographie gelesen, die historische Prüfung nur an wenigen Stellen. Hunderte von Briefen Axel Munthes sind aus den Pariser Jahren erhalten, ausführliche Schilderungen seiner jeweiligen Lage finden sich darin, aber in keinem dieser Schreiben fällt der Name Jean Martin Charcots. Eine Geneviève gibt es zwar in den Dienstagsvorlesungen, aber sie war älter und stammte keineswegs aus einer normannischen Bauernfamilie. Die Geschichte von den tollwütigen russischen Bauern, die zu den wildesten Kapiteln des »Buches von San Michele« gehört, wurde nicht von ihm erlebt. Axel Munthe kannte sie vom Hörensagen, aus den Zeitungen, aus den Berichten von Kollegen, und fügte sie in seine Lebensgeschichte ein. Nicht aus Nordschweden fuhr er im Jahr 1884 nach Neapel, wo die Cholera ausgebrochen war, sondern aus Stockholm, und er eilte keineswegs, sondern reiste durchaus gemächlich, mit mehrtägigen Aufenthalten in London und Paris.

Er erklärt Menschen zu »Freunden«, die wenig von einer solchen Freundschaft wissen und noch weniger davon wissen wollen. Er behauptet, er habe vom Ausbruch des Ersten Weltkrieges nichts erfahren und auch nichts erfahren mögen – »Ich wußte von nichts, es war mir auch vollkommen gleichgültig, ob Krieg war, solange man mich ruhig in meinem Garten graben ließ« –, war aber tatsächlich gleich nach Ausbruch des Krieges an die Front geeilt und hatte sogar ein Buch über seinen Einsatz geschrieben. Und immer wieder geht bei ihm das Erlebte eine innige Verbindung mit dem Erfundenen ein, so bei der traurigen Geschichte von den beiden Hunden, die von einem Vogelfänger ermordet worden sein sollen – dieses Ereignis muß sich, dem Buch zufolge, spätestens in den ersten Jahren des zwanzigsten Jahrhunderts zugetragen haben, kurz nachdem er den Barbarossaberg erworben hatte und er bei den Einheimischen, seiner in ihren

Augen völlig unverständlichen Liebe zu den Vögeln wegen, auf heftigen Groll stieß. Die Tat trug sich aber im Jahr 1928 zu. Im Buch erweckt er den Eindruck, er sei viel später aus San Michele ausgezogen, als er die Villa tatsächlich verließ, erst im Alter, als er tatsächlich blind war – kein Wort darüber, daß er das Haus fast schon in dem Augenblick aufgegeben hatte, in dem es fertiggestellt war.

Axel Munthe ist in der Welt der Gerüchte zu Hause, im Großartigen und Ungefähren. Das macht nichts, weil er für Leser schreibt, die ihm dabei nicht auf die Finger sehen wollen und froh sind, wenn er sich ihnen, Geschichten erzählend, anvertraut. Wenn er spricht, dann tut er es mit Zuneigung, Leidenschaft und Pathos, weil er weiß, daß man bei großen Lügen sehr ernsthaft sein muß. Er ist kein Hochstapler, aber er stapelt hoch, er ist kein Schwindler, aber er schwindelt. Er ist ein Blender und ein Geblendeter zugleich – und genau das hatte ihm der Teufel versprochen. Und so verschiebt er die Chronologien, fügt hinzu und läßt weg und arrangiert die Verhältnisse stets so, daß das Licht der Scheinwerfer auf ihn fällt. Er öffnet einen Raum, in den sich die Zeit erleichtert zurückzieht, um sich dort endlich auszudehnen oder, ganz nach Belieben, zu schrumpfen, um zu werden, was sie in Wirklichkeit ist: Nicht erzählte Zeit, sondern reine Erzählzeit, heute kurz und morgen sehr lang. Axel Munthe kann alles. Er vermag ein Duell für sich zu entscheiden, obwohl er mit Pistolen nicht umgehen kann und der Kampf nie stattgefunden hat. Er gibt mit grandiosem Erfolg in »Hamlet« den Geist, obwohl er die Schauspielerei nicht gelernt hat, er kann laufen, schwimmen, segeln wie kein anderer. Und er läßt sein Publikum glauben. Und das Publikum – es will nichts anderes, es will glauben, glauben, glauben.

Und doch: für viele Bewunderer Axel Munthes wäre es eine schwere Enttäuschung gewesen, hätten sie gewußt, daß er sich einen nicht geringen Teil seiner Erinnerungen geliehen oder, schlimmer noch, vergessen hatte, diese Erinnerungen ihren rechtmäßigen Besitzern zu erstatten. Die Menschen und Ereignisse, die er in seinem Buch beschreibt, waren nicht so, wie er sie darstellt. Er umgibt sie mit einem falschen Glanz, stattet sie mit einer sentimentalen Großartigkeit aus, die sie im Leben nicht besaßen, weil er von ihnen ideell profitieren, weil er das Bild, das er von sich selbst gab, an ihnen mästen wollte. »Zuviel Ego in ihrem Kosmos, junger Mann«, ruft er sich selbst zu, und, ja, an diesem Bedürfnis, sich in allen Geschichten, die ihm widerfuhren oder nicht widerfuhren, selbst zum Helden zu machen, wird aller Anspruch auf Ernst und Größe zunichte – und daß er von dieser Anmaßung weiß, macht sie nicht angenehmer. Er treibt die Vertraulichkeit mit dem Leser so weit, daß er noch um seiner Hochstapeleien wegen bewundert werden möchte. Und es gelingt ihm: Als Axel Munthe gegen Ende seines Lebens den in Zeitungen üblichen Fragebogen zu Weltanschauung und Person ausfüllt, wird er gefragt: »Welche Eigenschaft nützt Ihrer Meinung nach am meisten zum Fortkommen im Leben?« Seine Antwort besteht in nur einem Wort: »oförskämthet«, »Unverschämtheit«.

Man kann diese Geschichte von Mittelmaß und Wahn aber auch anders erzählen: Es gibt historische Situationen, die für Hochstapler besonders günstig sind, Situationen, in denen die Eitelkeit, das notwendige Kapital solcher Existenzen, einen hohen Zins erwirtschaften kann, und nicht erst die Eitelkeit, sondern schon der Wunsch zu gefallen und eine in Charme verwandelte Intelligenz. Diese Situationen gehören zu Gesellschaften, in denen zwischen den Klassen noch streng und hierarchisch unterschieden wird, während diese Verhältnisse schon untergraben sind. Den Anzug, die Aufmachung gewechselt, hätten sehr vielfach die Bedienenden ebensogut Herrschaft sein und hätte so mancher von denen, welche, die Zigarette im Mundwinkel, in tiefen Korbstühlen sich rekelten, den Kellner abgeben können. Wenn die Maßstäbe für den Umgang mit anderen Menschen unsicher werden, wenn oben nicht mehr selbstverständlich oben und unten nicht mehr selbstverständlich unten ist, läßt das soziale Gefüge Raum für Deutungen – Deutungen seiner selbst wie anderer Menschen, Deutungen von Accessoires, Verhaltensweisen und Genealogien, Deutungen aber auch der Geschichte selbst. Solchen Verhältnissen arbeitet Axel Munthe entgegen: als Improvisator von Lebensumständen, von Lebenssinn, als Agent von Atmosphären und Stimmungen, und als solcher muß er nicht nur außerhalb der Institutionen, sondern auch außerhalb des sozialen Gefüges bleiben. Er läßt sich von der Situation wie von einem Medium leiten. Ebensowenig, wie er also als Arzt in einem Krankenhaus arbeiten kann, darf er sich binden, an eine Frau, eine Familie, eine Gesellschaft. Italien, der Süden, wird ihm – und unendlich vielen Menschen nach ihm – dabei zu dem mythischen Ort, den die Fremden »mit der Seele« suchen müssen.

Dann wurde sogar der Film über Axel Munthe gedreht, der in den dreißiger Jahren, auch wegen der hohen Honorarforderungen eines alten Mannes, aufgrund seines Eigensinns und wegen seiner vielfältigen Vorbehalte und Bedingungen, nicht zustande gekommen war. Der deutsche Produzent Atze Brauner ließ ihn Anfang der sechziger Jahre unter dem Titel »Der Arzt von San Michele« herstellen – mit einem entsetzlich vitalen, Kußhand werfenden, immerzu über Treppen und Felsen springenden O. W. Fischer in der Hauptrolle, demselben Mimen, der im Jahr 1954 einen anderen spätromantischen Bauherrn, nämlich den bayrischen König Ludwig II. gespielt hatte. »Jetzt ist er der sentimental aufgeputzte schwedische Wunderarzt Axel Munthe, hat allerhand

Liebesaffären, posiert als genialer armer Teufel in Paris, danach als Retter Neapels von der Cholera, als menschenverachtender Hunde-, Katzen-, Affen- und Taubenfreund, sagt Banalitäten über Banalitäten«, schrieb Karl Korn, damals Herausgeber der »Frankfurter Allgemeinen Zeitung« in seiner Rezension. »Man könnte von gesunkenem Kulturgut reden, wenn der Ausgangspunkt Kulturgut wäre.« Die Besetzung der Rolle Axel Munthes durch O. W. Fischer war aber eine falsche Entscheidung. Denn dieser Schauspieler war geschaffen für die hemmungslose Bewunderung seiner Anhänger, weswegen er in Hollywood scheiterte. Axel Munthe aber war kein hell strahlender Held, sondern ein dunkel glimmender Verführer, der mit seinen Mängeln eher kokettierte, als daß er sie verbarg – und darin dämonisch genug war, daß ihn am Ende der eigene Teufel holen konnte.

Die Wege von Guy de Maupassant bis Man Ray, von Elisabeth von Österreich bis Hermann Göring, von Kaiserin Eugénie bis Greta Garbo erscheinen kurz, wenn Axel Munthe sie geht: Es ist, als ob das alte Europa in seinen letzten Jahren, sobald es auch nur in die Nähe dieses Arztes kommt, in einen Rotor gerät, der die Elemente mit immer höherer Geschwindigkeit durcheinanderwirbelt – in ein paar Jahren absolviert der Kontinent ein Programm, für das er noch kurz zuvor mindestens ein Jahrhundert gebraucht hatte. Ein mittelmäßiger, aber erfolgreicher Mediziner, ein Schreiber der eleganten, allzusehr das Farbige liebenden Art, ein dilettierender Privatphilosoph: Axel Munthe gehört zu den Mittlern, oder besser, zu den Mittelpunkten jener Zeit. Er hat es verstanden, die Leute zu faszinieren, das Außerordentliche zum Schauspiel zu machen, die Geister der Zeit in einen Kreis zu bannen und gleichsam photographisch festzuhalten – und in dieser Verbindung von Gewöhnlichkeit und Wahn ist er so erfolgreich, daß er zu kometenhaftem Ruhm kommt und sein Ruf in den kleinen Städten im Mittleren Westen der Vereinigten Staaten ebenso vernommen wird wie bei zwei alten Jungfern in der schwedischen Provinz, die ihm, als er alt geworden ist, aus Småland einen Kopfkissenbezug nach Capri schicken, bestickt mit Vögeln und einer kleinen, frommen Botschaft: »Gottes Frieden« steht darauf.

Anhang

Anmerkungen

In Schweden sind im Laufe der vergangenen sechzig Jahre mehrere biographische Werke zu Axel Munthe erschienen. Die meisten von ihnen sind impressionistisch angelegt wie etwa Per Anders Hellquists »Där citroner blomma. En bok om Axel Munthe, drottning Victoria, Capri och musiken«, erschienen 1989 bei Gidlunds in Möklinta. Von einem starken, allerdings negativen Ressentiment geleitet ist auch die einzig kritische Biographie, nämlich Staffan Tjernelds »Den mystiske dr Munthe. En biografi om herren till San Michele« (Bonniers Förlag, Stockholm 1973). Die einzige auf deutsch erschienene Lebensbeschreibung stammt aus der DDR und wurde 1988 bei Hirzel in Leipzig in der Reihe »Humanisten der Tat« veröffentlicht. Der Autor Wolfgang Genschorek verläßt sich dabei weitgehend auf die literarischen Selbstzeugnisse Axel Munthes. Zu den impressionistischen Biographien zählen auch der von Gustaf Munthe und Gudrun von Uexküll-Schwerin herausgegebene Band »Das Buch von Axel Munthe«, erschienen 1951 bei Paul List in München, sowie der prächtige Band »Boken om Axel Munthe«, der, von Freunden und Verehrern verfaßt, im Jahr 1957 im Allhems Förlag in Malmö erschien. Josef Olivs »Vägen till San Michele«, publiziert 1972 im Verlag Bonniers in Stockholm, sind die Lebenserinnerungen des ersten Kustoden der in ein Museum verwandelten Villa San Michele.

Als biographische Referenz dienen kann allein Bengt Jangfeldts Werk »En osalig ande. Berättelsen om Axel Munthe«, erschienen 2003 im Verlag Wahlström & Widstrand in Stockholm. Vom selben Verfasser stammt auch der kleine Bildband »Munthes Capri. En bildberättelse«, veröffentlicht 2004 im selben Verlag. Ohne Bengt Jangfeldts aufwendige Recherche, seine Brief- und Bildfunde hätte auch dieses Buch nicht geschrieben werden können.

Im Laufe von mehreren Jahren haben viele Menschen bei der Arbeit an diesem Buch geholfen. Der Dank gilt vor allem Peter Cottino, Giuseppe Salvia und Stefanie Sonnentag auf Capri, Bengt Jangfeldt in Stockholm und Ralph Jentsch in Rom sowie den Kollegen und Freunden Burkhard Müller, Lothar Müller, Kristina Maidt-Zinke und Hans-Herbert Räkel. Sibylle Lewitscharoff und Ingo Schulze haben ermuntert und noch manche nachlässige Formulierung gefunden.

1. Der Besucher betritt eine Insel

Die Geschichte von der Ankunft des jungen Axel Munthe auf Capri erzählt dieser selbst im »Buch von San Michele«. Einige Wendungen aus diesem Werk sind in die Formulierungen auch dieses Kapitels eingegangen. Solche Übernahmen aus Schriften Axel Munthes sind im folgenden dann durch Anführungszeichen ausgewiesen, wenn sie in vollständigen Sätzen daherkommen und als Äußerungen Axel Munthes kenntlich sein sollen. Über das »Buch von San Michele« hinaus – das englische Original erschien 1929 bei John Murray in London – wurden für dieses Buch folgende Werke Axel Munthes benutzt: »Från Napoli. Resebref«, Norstedts och Söner Förlag, Stockholm 1885, »Små skisser«, Norstedts och Söner Förlag, Stockholm 1888, »Memories and Vagaries«, John Murray, London 1898, »Unter dem Nordstern«, Paul List Verlag, Leipzig 1931, »Ein altes Buch von Menschen und Tieren«, Paul List Verlag, Leipzig 1934, »Seltsame Freunde«, Paul List Verlag, Leipzig 1934.

2. Der Schwur des Doktor Munthe

Eine deutsche Übersetzung von Constantin François Volneys »Die Ruinen und das natürliche Gesetz«, einem Buch, das die Kunstgeschichten des ganzen neunzehnten Jahrhunderts begleitete, ist nur noch antiquarisch zu bekommen. Die jüngste deutschsprachige Ausgabe erschien im Jahr 1987 bei Athenäum in Frankfurt. Zur Geschichte des Ruinenkultes siehe Christopher Woodward: »In Ruins«, erschienen 2001 bei Chatto & Windus in London. Und selbstverständlich ist Axel Munthes Teufel nicht der letzte Satan der Literaturgeschichte. In Michail Bulgakows »Der Meister und Margarita« (1940) tritt er ebenso auf wie in Thomas Manns »Doktor Faustus« (1947) – doch bei Michail Bulgakow ist er eine fast schon positive Gestalt, der große Aufrechte in einer von der stalinistischen

Bürokratie beherrschten Sowjetunion, und Thomas Mann stilisiert den Bösen als Anachronismus.

3. Ein Seelenverwandter zieht vorbei

Friedrich Nietzsches Bekenntnis zur Schönheit Italiens, wie sie ihm plötzlich in Neapel aufging, findet sich im ersten Teil von »Menschliches, Allzumenschliches«, weiteres ist dazu in den »Nachgelassenen Fragmenten« zu finden. Von dem Traum, in einem Haus auf Anacapri zu leben, berichtet er am 12. Mai 1887 in einem Brief an Malwida von Meysenburg. Der Kunsthistoriker Tilman Buddensieg veröffentlichte im Jahr 2002 bei Wagenbach den Band »Nietzsches Italien. Städte, Gärten, Paläste«, in dem auch von Friedrich Nietzsches Immobilienträumen berichtet wird.

4. Porträt eines dreißigjährigen Mannes

Staffan Tjerneld hat in seiner Biographie Axel Munthes dessen Nachbarschaft in Paris ausgekundschaftet. Der Improvisator ist eine der zentralen Gestalten der Romantik in der Kunst und bevorzugt im Süden zu Hause – der dänische Dichter Hans Christian Andersen widmete ihm 1835 den Roman »Der Improvisator«, der zu einem großen Teil in Neapel spielt.

5. Ein Ausgewanderter und sein Ehrgeiz

Bernd Roecks Buch mit dem Titel »Florenz 1900. Die Suche nach Arkadien« ist im Jahr 2001 bei Beck in München erschienen. Mit der Zeile »Wie schön ist ein sonniger Tag« beginnt das Lied »'O sole mio«, geschrieben im Jahr 1898 von Eduardo di Capua (Musik) und Giovanni Capurro (Text).

6. Ein Arzt eilt den Damen zu Hilfe

Sigmund Freuds Briefe an seine Verlobte und spätere Frau Martha Bernays liegen noch nicht vollständig ediert vor. Der hier zitierte Brief findet sich im ersten Band der Biographie von Ernest Jones, die unter dem Titel »Das Leben und Werk von Sigmund Freud« im Jahr 1960 bei Huber in Bern erschienen ist.

7. *Der Berg ruft, und ein junger Mann klettert hinauf*

Eine anschauliche Darstellung der Lebensverhältnisse in Paris zu der Zeit, als Axel Munthe in der Stadt wohnte, findet sich in André Bolzingers Monographie »Freud et les Parisiens«, erschienen im Jahr 2002 bei den Éditions Campagne Première. Den »Großbetrieb des alpinen Naturgenusses« beschreibt Georg Simmel in seinem Essay »Alpenreisen« (1895). Auch die Bezeichnung des Berges als »Sinnbild hochbegabter Geister« findet sich in Arthur Schopenhauers Reisetagebüchern. Den Vergleich zwischen dem in Flecken liegenden Schnee und einem löchrigen Mantel zieht Burkhard Müller in seinem Aufsatz »Am Meer, im Gebirg. Landschaften der Seele« im »Kursbuch«, Nr. 158 (2004). Eine intensive Beschreibung der Berge als metaphysischer Landschaft jenseits der Geschichte findet sich in Georg Simmels Essay »Die Alpen« aus dem Jahr 1918.

8. *Der Traum der Somnambulen*

Die Polemik von François Salières ist im Jahr 1948 unter dem Titel »Écrivains contre médicins« bei den Éditions Denoël in Paris erschienen. Von der Hysterie als der größten poetischen Erfindung des neunzehnten Jahrhunderts sprachen Louis Aragon und André Bréton im Jahr 1928 in ihrer Flugschrift »Le cinquantenaire de l'hystérie«. Literatur und Psychoanalyse als – auch lebenspraktische – Alternativen im Umgang mit dem bürgerlichen Bewußtsein behandelt Pierre Bayard in seinem Buch »Maupassant, juste avant Freud«, veröffentlicht 1994 bei den Éditions de Minuit in Paris. Georges Didi-Huberman publizierte 1982 bei den Éditions Macula in Paris die Monographie »L'invention de l'hystérie. Charcot et la photographie iconographique à la Salpêtrière«, die mittlerweile zum Standardwerk in der Auseinandersetzung mit der Hysterie geworden ist.

9. Der kleine Puck und sein Publikum

Selma Lagerlöfs Märchen von Nils Holgersson liegt in einer vollständigen schwedischen Ausgabe vor als »Nils Holgerssons underbara resa genom Sverige«, erschienen 1975 in Bonniers Juniorförlag in Stockholm. Eine verläßliche – und nicht gekürzte – deutsche Ausgabe ist bei Reclam in Ditzingen veröffentlicht.

10. Ultima geht auf feinen Schuhen in den Regen

Die verächtliche Äußerung Arthur Schopenhauers über die Liebe findet sich im zweiten Teil seines Werkes »Die Welt als Wille und Vorstellung«. Axel Munthes Bekenntnis, nie mit seiner ersten Frau geschlafen zu haben, fällt in einem Brief an Ann Charlotte Leffler, den Bengt Jangfeldt in »En osalig ande« (a.a.O.) zitiert. Von ihm stammen auch die Informationen zum späteren Schicksal von Ultima Hornberg.

11. Eine Patientin verführen, einen Kollegen verstoßen

Zu Jean Martin Charcot und seinen Vorlesungen über Hysterie gibt es eine umfangreiche Literatur. Benutzt wurden die Werke von Wanda Bannour: »Jean-Martin Charcot et l'hystérie«, Éditions Métalié, Paris 1992, sowie von Michel Bonduelle, Toby Gelfand und Christopher G. Goetz: »Charcot. Un grand médicin dans son siècle«, Éditions Michalon, Paris 1996. Von der Großstadt als dem Ort der eingedrückten Seelen und schmalen Brüste redet Friedrich Nietzsche in der Passage »Vom Vorübergehen« in »Also sprach Zarathustra« (1886).

12. Der Vampir an Herz und Hirn

Vom intellektuellen Nomaden erzählt Oswald Spengler im ersten Band des »Untergangs des Abendlandes« (1918/1922). Die Theorie des »unendlichen Reisens« wurde zuerst entfaltet von Sören Kierkegaard in »Entweder-Oder« (1843), dort vor allem im Kapitel über die »Wechselwirtschaft«. Vom Reisen schwärmt Friedrich

Nietzsche in seiner unvollendeten Schrift »Wir Philologen« (um 1875). Dolf Sternberger analysiert die Bedeutung der Eisenbahn im neunzehnten Jahrhundert im Kapitel »Verwandlung der Arbeitskraft« seines großen Buches »Panorama oder Ansichten vom 19. Jahrhundert«, erschienen 1938 im H. Goverts Verlag in Hamburg. Die »Geschichte der Eisenbahnreise. Zur Industrialisierung von Raum und Zeit im 19. Jahrhundert« wurde 1977 von Wolfgang Schivelbusch festgehalten (Carl Hanser Verlag, München).

13. Der Himmel über Grez-sur-Loing

Die einleitende Bemerkung über die Landschaftsmalerei stammt aus Werner Hofmanns Bildmonographie »Das irdische Paradies. Motive und Ideen des 19. Jahrhunderts«, erschienen im Jahr 1960 bei Prestel in München. Für die Beschreibung des Dorfes Grez-sur-Loing wurden Anleihen bei August Strindbergs Reisereportage »Unter französischen Bauern« (1886) genommen. Das Gespräch über den Spinat als Kunstform wird in ähnlicher Gestalt bei August Strindberg in seinem Künstlerroman »Das rote Zimmer« aus dem Jahr 1879 geführt. Daß Axel Munthe dem Dichter ein Gesundheitszeugnis ausstellte, ist durch Staffan Tjerneld bekannt geworden. Die Geschichte von Axel Munthe, wie dieser unter die sizilianischen Räuber fällt, hat Bengt Jangfeldt gefunden. Er zitiert sie in »En osalig ande« (a. a. O.).

14. Fahrt in die Unterwelt

Die Cholera in Capri ist Gegenstand eines geschichtswissenschaftlichen Werks von Frank Snowden mit dem Titel »Naples in the Time of Cholera, 1884–1911«, veröffentlicht 1995 in der Cambridge University Press. Weiter ausholend zur dunklen Geschichte der Italienreise ist Jonah Siegels »Haunted Museum. Longing, Travel and the Art-Romance Tradition«, publiziert 2005 in der Princeton University Press. Aus diesem Buch stammt auch das Eingangszitat. In die Darstellung eingegangen ist auch der zeitgenössische Bericht des Würzburger Arztes Theodor Escherich: »Klinisch-therapeutische Beobachtungen aus der Cholera-Epidemie in Neapel«, veröffentlicht 1884 in der »Münchner medizinische Wochenschrift« (Heft 31). Vom Mitleid als »neuem Privileg« spricht Dolf Sternberger im Kapitel »Die Religion der Tränen« von »Panorama« (a. a. O.).

15. Die Gesellschaft lieben und verachten

Das Maß, in dem Georg Sibbern seinem Schützling behilflich war, auch bei Beschaffung von Orden und Ehren, schildert Bengt Jangfeldt in »En osalig ande«.

16. Die Flucht aus der Hauptstadt

Von Capri als Fluchtort berichtet James Money in seiner weiträumig angelegten Monographie »Capri. Island of Pleasure«, in der sich Kulturgeschichte und Klatsch vereinen. Das Buch ist 1986 bei Hamish Hamilton Publishers in London erschienen. Über die Bedeutung von Weiß in der Inneneinrichtung denkt Dolf Sternberger im Kapitel »Der innere Orient« seines Buches »Panorama« (a. a. O.) nach, wo im Kapitel »Tableau der Leidenschaft« auch das »nomadische Paradies« eines ästhetischen »Zigeunertums« beschrieben wird. Und Walter Benjamin erkannte im Weiß der mediterranen Wände den Wert der Nüchternheit – formuliert hat er den Gedanken in seinem Essay »Ibizenkische Folge« aus dem Jahr 1924.

17. Hund, Esel und Affe sind die besten Gefährten

Der eingangs zitierte Wutausbruch August Strindbergs ist dokumentiert in Magnus von Platens Ausgabe des Briefwechsels zwischen Verner von Heidenstam und August Strindberg: »Brev 1884–1890«, erschienen 1999 bei Wahlström & Wikstrand in Stockholm. Der Brief datiert vom 14. April 1888. Das Wüten eines geliebten Hundes in den Beeten beschreibt Giuseppe Tomasi di Lampedusa in seinem »Gattopardo« (1958). Vom Leben als kummervollem Traum spricht Giacomo Leopardi zu Beginn seines Gedichtes »Al Conte Carlo Pepoli« in den »Canti«. Und auch Dolf Sternberger ist der Hund im neunzehnten Jahrhundert nicht entgangen – ihm widmet er in »Panorama« (a. a. O.) einige Ausführungen im Kapitel »Vivisektion«. Über das »Glück der Tiere« hat Burkhard Müller in seiner gleichnamigen Monographie nachgedacht, die im Jahr 2000 im Verlag von Alexander Fest erschienen ist. Die Widmung an Benito Mussolini schließlich wurde von Axel Munthe auch benutzt für das Vorwort zu »Ein altes Buch von Menschen und Tieren«, einer Sammlung seiner Geschichten, die 1934 im Verlag Paul List in Leipzig veröffentlicht wurde.

18. Capri und die Kolonie der Künstler

Aus der Sicht eines gebildeten, weltläufigen Capresen wird die Geschichte Capris geschildert in Edwin Cerios: »Capri. Ein kleines Welttheater im Mittelmeer«, publiziert 1954 bei Georg D. W. Callwey in München. Von den Häusern der ausländischen Kolonie auf Capri erzählt Tito Fioranis reich illustriertes Buch »Le case raccontano. Storie e passioni nelle dimori del mito a Capri«, erschienen 2002 bei den Edizioni La Conchiglia auf Capri. Die Lebenserinnerungen von Norman Douglas sind unter dem Titel »Looking Back« im Jahr 1933 bei Harcourt, Brace und Company in New York veröffentlicht worden. Norman Douglas mit dem Erdbeereis und blaugestreifte Liegestühle beschrieben hat Fredric Prokosch in seinem Buch »Die metaphysische Piazza. Ein Buch der Begegnungen«, erschienen 1983 im Piper Verlag in München. Humbert Kesels »Capri. Biographie einer Insel«, veröffentlicht 1971 bei Prestel in München, kann noch immer als Referenz dienen. Über die russische Kolonie auf Capri berichtet Vittorio Strada in »L'altra rivoluzione. Gor'kij, Lunačarskij, Bogdanov. La ›Scuola di Capri‹ et la ›Costruzione di Dio‹«, erschienen 1994 bei den Edizioni La Conchiglia auf Capri. Über die wilden Nachfahren des Ahasver hat Alberto Savinio in »Capri. Eine Reiseerzählung« nachgedacht, erschienen 2001 im Insel Verlag in Frankfurt am Main und Leipzig. Mit leichter Hand durch Capri geführt wird man von Stefanie Sonnentag in »Spaziergänge durch das literarische Capri und Neapel«, erschienen 2003 im Arche Verlag in Zürich und Hamburg. Einen bitteren Abgesang auf das Capri der Künstler und Lebenskünstler stimmt Raffaele La Capria in »Capri and No Longer Capri« an.

Das Buch ist 2001 bei Thunder's Mouth Press/Nation Books in New York veröffentlicht worden. Die Nacht schließlich, wie sie sich als grenzenloses Dunkel über die Insel senkt, gehörte ursprünglich D.H. Lawrence, der sie 1910 in seiner Parabel »The Man Who Loved Islands« beschrieb.

19. Ein Asyl entsteht, indem man die Mitte verlagert

Der Futuristenkongreß von Filippo Tommaso Marinetti ist von James Money in »Capri« (a.a.O.) dargestellt worden. Die antiken Ruinen mit ihren Eidechsen beschreibt Théophile Gautier in seinem Roman »Jettatura« von 1856. Vom Meer als metaphysischem Fluchtort berichtet der französische Historiker Alain Corbin in »Meereslust. Das Abendland und die Entdeckung der Küste«, erschienen 1988 bei Wagenbach in Berlin.

20. Nach Süden, an den Rand der zivilisierten Welt

Theodor W. Adornos Vignette heißt »Der Fischer Spadaro« und ist im Band 20 (2) seiner Gesammelten Schriften (Suhrkamp, Frankfurt am Main, 2003) zu finden. Den Missionar in dieser Figur erkennt Alberto Savinio in »Capri« (a.a.O.). Die neapolitanische Kutsche beschreibt Théophile Gautier in seinem Roman »Arria Marcella« aus dem Jahr 1852. Die distanzierte Beschreibung des italienischen Staubes stammt aus Virginia Woolfs Roman »Jacob's Room« (1922). Von der Attraktivität der Campagna und vor allem Neapels für Nordeuropäer und Nordamerikaner berichtet Jordan Lancaster in seinem Buch »In the Shadow of Vesuvius. A Cultural History of Naples«, erschienen 2005 bei I.B. Tauris in London. Eine Orientierung zur Geschichte des italienischen Südens liefert Tommaso Astarita in seinem Werk »Between Salt Water and Holy Water. A History of Southern Italy«, veröffentlicht 2005 bei W.W. Norton in London. Besonders kundig und hilfreich ist Peter Richters Kulturgeschichte »Neapel. Biographie einer Stadt«, erschienen 2005 bei Wagenbach.

21. *Das Haus in Vincenzos Garten*

Den Wunsch nach einem Haus im Mittelmeer beschreibt der Lyriker Robert Creeley in seinem einzigen Roman »The Island« aus dem Jahr 1963. Das »Leben ohne Fassade« ist eine Formulierung von Colm Toíbín, der sie in seiner Romanbiographie »Porträt eines Meisters in mittleren Jahren«, auf deutsch erschienen 2005 bei Hanser in München, benutzt, wo sie auf Henry James bezogen ist. Von der Bekanntschaft zwischen Axel Munthe und Henry James berichtet Leon Edel in seiner Biographie »Henry James. The Treacherous Years«, erschienen 1969 in der J.B. Lippincott Company in Philadelphia und New York. Über das Ankommen in der sinnlichen Welt philosophiert Georg Lukács in der »Theorie des Romans« von 1914/15. Und der Spott über den eklektischen Charakter der Villa San Michele gehört ursprünglich zu Alberto Savinios »Capri« (a.a.O).

Einschlägig zu Theorie und Geschichte der Villa im allgemeinen ist nach wie vor die Monographie von Reinhard Bentmann und Michael Müller: »Die Villa als Herrschaftsarchitektur«, unter anderem erschienen in der Europäischen Verlagsanstalt, Frankfurt am Main 1992. Der zutiefst konservativen Ideologie des Turmbaus im neunzehnten Jahrhundert geht Theodore Ziolkowski in seinem Buch »The View from the Tower. Origins of an Antimodernist Image« nach. Es wurde 1998 von der Princeton University Press veröffentlicht.

Eine Architekturgeschichte, auf Capri und auf die Villa San Michele bezogen, schreibt Levente A. S. Erdeös in »Människor i azurblått landskap. Folk, miljöer, arkitektur på Capri«, Carlssons Förlag, Stockholm 2002. Vom selben Verfasser stammt »Boken om Axel Munthes San Michele«, eine Einführung in den Bau und die dazugehörige Sammlung, publiziert 1998 im Carlssons Förlag in Stockholm. Der Gedanke vom Hausbau als einem alchemistischen Akt und nach einer »von Menschen hergestellten Natur« wurde von Dolf Sternberger in »Panorama« (a. a. O.) formuliert. Über die »Heimlichkeit« des auserlesenen Menschen denkt Friedrich Nietzsche in »Jenseits von Gut und Böse« nach. Und die Reflexion über die leeren Oktaven in Franz Schuberts Vertonung von »Ich stand in dunklen Träumen« stammt von Andreas Dorschel, der sie in seinem Aufsatz »Stilisierte Simplizität«, gedruckt im »Heine-Jahrbuch XXX« (1991), vorstellt. Und noch eine Korrektur an Axel Munthe: Das Wort »Kloster« in der Beschreibung seines künftigen Hauses ist vermutlich ein Übersetzungsfehler. Er meint das italienische »chiostro« oder das englische »cloister«, also eher den Kreuzgang, nicht das Kloster.

22. *Das Licht, es reinigt und versehrt*

Über die dunklen Räume des neunzehnten Jahrhunderts und die Vorliebe für gebrochenes Licht denkt Dolf Sternberger in »Panorama« (a. a. O.) nach. Die Formulierung vom »hamletischen Maulwurf« stammt von Friedrich Nietzsche, der sie am 11. November 1885 in einem Brief an seine Schwester benutzt. Der Kulturgeschichte des blinden Sehers bis hin zur Gegenwart widmet sich Kai Nonnenmacher in seiner Monographie »Das schwarze Licht der Moderne. Zur Ästhetikgeschichte der Blindheit«, erschienen 2006 im Niemeyer Verlag in Tübingen.

23. *Herrscher über die letzten Könige*

Der einleitende Absatz über die relative Rechtlosigkeit der Könige stammt aus Martin Mosebachs Essay »Adel und Untergang. Eine britische Hochzeit, staatstheoretisch betrachtet«, der am 9. April 2005 in der »Frankfurter Allgemeinen Zeitung« erschien. Immer noch freundlich über Axel Munthe denkt Ottoline Morrell in ihrer Autobiographie »Ottoline. The Early Memoirs of Ottoline Morrell«, erschienen 1963 bei Faber & Faber in London. Über das Verhältnis von Axel Munthe und Charlotte Payne-Townshend informiert Janet Dunbar in ihrer Biographie »Mrs. G. B. S.: A Portrait«, veröffentlicht 1963 bei Harper & Row Publishers in New York und Evanston. Die Geschichte von der Ikone des heiligen Michael erzählt Knut Bonde in seinem Erinnerungsbuch »I skuggan av San Michele. Hugskott och hågkomster från promenader med författaren till Boken om San Michele«, erschienen 1946 im Verlag Centrum in Stockholm.

24. Die Photographie und ihre Gespenster

Peer Gynt geht Axel Munthe auf dem Weg nach Süden um gut zwei Jahrzehnte voraus. Das Drama entstand im Jahr 1867. Die Begegnung mit der Sphinx findet im vierten Akt statt, die mit der Photographie im fünften. Was das Tragen einer Brille im neunzehnten Jahrhundert bedeutete, läßt sich nachlesen in der Monographie von Susanne Buck: »Der geschärfte Blick. Eine Kulturgeschichte der Brille seit 1850«, veröffentlicht 2006 im Anabas Verlag in Frankfurt am Main. Wieviel Axel Munthe für seine Kodak zahlen mußte, hat Bengt Jangfeldt für »En osalig ande« (a. a. O.) ermittelt.

25. Sammlungen von zweifelhaftem Wert

Das Erinnerungsbuch von Howard Carter ist unter dem Titel »The Tomb of Tut-ankh-Amun. Discovered by the Late Earl of Carnarvon and Howard Carter« im Jahr 1927 bei Cassell in London erschienen. Die Formulierung vom »Zeughaus« stammt aus Dolf Sternbergers Buch »Panorama« (a. a. O.), die vom »Stückgut« aus Werner Hofmanns Bildmonographie »Das irdische Paradies. Motive und Ideen des 19. Jahrhunderts«, erschienen 1960 im Prestel Verlag in München. Eine Darstellung der von Axel Munthe in der Villa San Michele gesammelten Kunstschätze hat Agnete Freccero unter dem Titel »Romersk marmor. Axel Munthes konstsamling i Villa San Michele, Capri« unternommen. Erschienen ist das Buch 2003 bei Wahlström & Widstrand in Stockholm. Und das Bild der Kapelle von San Michele mit der (real noch nicht vorhandenen) Sphinx läßt sich betrachten in R. J. Barrows Bildmonographie »Lawrence Alma-Tadema«, veröffentlicht 2001 in der Phaidon Press in London.

26. Geschichte eines Opiumrauchers

Die Geschichte von Axel Munthes Engagement für den Fürsten Eulenburg ist überliefert durch Gustaf Munthe und Gudrun von Uexküll, die sie in ihrem Erinnerungswerk »Das Buch von Axel Munthe« (a. a. O.) festhalten. Zu Jacques d'Adelswärds Hinterlassenschaften gibt es Fausto Espositos Broschüre »I misteri di Villa Lysis. Testamento e morte di Jacques Fersen«, erschienen ohne Jahresangabe bei den Edizioni La Conchiglia auf Capri. Eine Darstellung von Leben und Werk Jacques d'Adelswärds liefert der von Wolfram Setz herausgegebene Band »Jacques d'Adelswärd. Dandy und Poet«, veröffentlicht 2005 im Verlag Männerschwarmskript in Hamburg. Roger Peyrefittes schlüpfriger Roman dieses Lebens erschien 1960 auf deutsch unter dem Titel »Exil auf Capri« im Stahlberg Verlag in Karlsruhe. Und nicht zuletzt den Homosexuellen der ausländischen Kolonie auf Capri widmet sich Compton MacKenzie in seinem Roman »Vestal Fire«, publiziert 1927 bei Chatto & Windus in London.

27. Begegnung mit einer jungen Hysterikerin

Der Brief von Virginia Woolf an Ethel Smyth ist abgedruckt in der von Klaus Reichert herausgegebenen Edition der Briefe Virginia Woolfs, erschienen 2006 bei S. Fischer in Frankfurt am Main. Die kleine Welt um den Bloomsbury Square, zu deren Peripherie auch Hilda Pennington-Mellor und Axel Munthe gehörten, beschreibt Virginia Nicholson in ihrem Buch »Among Bohemians. Experiments in Living, 1900–1939«, veröffentlicht im Jahr 2002 bei William Morrow in London.

28. Der große Krieg, und dann war nichts wie zuvor

Der Augenzeuge des Ersten Weltkriegs, der im einleitenden Absatz zu Wort kommt, ist Ernst Jünger, dessen Essay »Feuer und Bewegung« aus dem Jahr 1930 zum Hellsichtigsten gehört, was über diesen Krieg zu lesen ist. Axel Munthes Hetzschrift »Red Cross & Iron Cross« erschien 1916 bei John Murray in London. Vom deutschen Soldaten als »Ungeheuer« spricht Henri Barbusse in seinem Kriegsroman »Le feu. Journal d'une escouade« (1916). Von der Uniform Axel Munthes, die noch lange nach dem Krieg an einem Haken in der Torre di Materita hing, berichtet Staffan Tjerneld in »Den mystiske dr Munthe« (a. a. O.). Und von den Seidenstrümpfen und Bastschuhen für Königin Victoria erzählt Bengt Jangfeldt in »En osalig ande«» (a. a. O.).

29. Vermieter und Verkäufer einer weltbekannten Villa

Das eingangs zitierte Buch von James Hamilton-Paterson heißt »Seestücke. Das Meer und seine Ufer« und ist auf deutsch 1995 im Klett-Cotta Verlag in Stuttgart erschienen. Eine verläßliche Biographie Gabriele d'Annunzios liefert John Woodhouse in »Gabriele d'Annunzio. Defiant Archangel«, erschienen 1998 in der Oxford University Press. Die Daten des Besuchs der Kaiserin Elisabeth von Österreich auf Capri hat Bengt Jangfeldt für »En osalig ande« (a. a. O.) ebenso recherchiert wie die Hinterlassenschaft der Gräfin Casati in der Villa San Michele und die Diebstähle der Besucher des Hauses. Eine Biographie der Gräfin Casati haben Scott D. Ryerson und Michael Orlando Yaccarino unter dem Titel »Infinite Variety. The Life and Legend of the Marchesa Casati« verfaßt. Sie ist 2004 in der University of Minnesota Press erschienen. Die Verkaufsverhandlungen zwischen Axel Munthe und Hermann Göring sind dokumentiert in dem von Theodor B. Emessen herausgegebenen Heft: »Aus Görings Schreibtisch. Ein Dokumentenfund«, erschienen 1947 im Allgemeinen Deutschen Verlag in Berlin. Über den Immobilienkäufer und Bauherrn Hermann Göring unterrichten Volker Knopf und Stefan Martens in ihrer Schrift »Görings Reich. Selbstinszenierungen auf Carinhall«, veröffentlicht 2006 im Linksverlag in Berlin.

30. Ein Buch als Belehrung und Denkmal

Axel Munthes »Das Buch von San Michele« ist nicht das einzige volkstümlich gewordene Erinnerungsbuch eines Arztes jener Zeit. Carl Ludwig Schleichs »Besonnte Vergangenheit« aus dem Jahr 1922 steht ihm zumindest in Deutschland nicht nach – nicht nur an Maßstäben des kommerziellen Erfolgs gemessen, sondern auch an denen der Erbaulichkeit. Zudem war Carl Ludwig Schleich einigen Skandinaviern sehr zugetan – er war August Strindbergs Arzt und Freund, als dieser 1892/93 in Berlin lebte. Die Formulierung von der Märchenhaftigkeit des Lebens stammt von Hugo von Hofmannsthal und war auf die Figuren Henrik Ibsens gemünzt. Von den Streitigkeiten mit Gudrun von Uexküll-Schwerin nach dem Tod Axel Munthes berichtet Josef Oliv in »Vägen till San Michele« (a. a. O.). Kurt Wolffs Erinnerungen an Axel Munthe und Gudrun von Uexküll sind in seiner Autobiographie »Autoren, Bücher, Abenteuer« (Wagenbach Verlag, Berlin 1965) enthalten.

31. Der schlechte Teil und seine Botschaft

Die Begegnung mit Prinz Eugen und das Gespräch über Axel Munthe schildert Curzio Malaparte zu Beginn seines Romans »Kaputt« aus dem Jahr 1944, der 2005, versehen mit einem Nachwort von Lothar Müller, bei Paul Zsolnay in Wien neu erschienen ist. Von der »demonstrativen Abgeschiedenheit« der Casa Malaparte spricht Otto Karl Werckmeister in seinem Aufsatz »Casa Malaparte. Eine Topographie männlicher Kreativität«, erschienen in der Zeitschrift »Merkur« (Heft 598, Januar 1999), vom polemischen Charakter dieses Hauses Petra Liebl-Osborne in ihrer kleinen Monographie »›Ein Haus wie ich‹. Die Casa Malaparte auf Capri«, veröffentlicht 1999 von der HypoVereinsbank Kultur & Gesellschaft in München. Von den Urteilen Axel Munthes über Curzio Malaparte für den britischen Geheimdienst unterrichtet Bengt Jangfeldt in »En osalig ande« (a.a.O.).

32. Langsamer Abschied eines immer schon Gehenden

Die Erinnerungen Elisabeth Moors wurden von Graham Greene festgehalten unter dem Titel »An Impossible Woman. The Memories of Dottoressa Moor«. Das Buch ist 1975 bei The Bodley Head Publishers in London veröffentlicht worden. Die Abschiedserklärung Axel Munthes von Capri zitiert Bengt Jangfeldt in »En osalig ande« (a.a.O.). Eine intensive Beschreibung des Sommers auf Capri findet sich in Gustaw Herlings kleinem Roman »Die Insel«, auf deutsch im Jahr 1994 im Carl Hanser Verlag in München erschienen. Malcolm Munthe, einer der beiden Söhne Axel Munthes, diente im Zweiten Weltkrieg als britischer Militärattaché in Stockholm und als Offizier. Über seine Aktivitäten hinter der deutschen Front in Norwegen publizierte er 1954 bei Gerald Duckworth das Buch »Sweet is War«. Einen letzten, von alten Erinnerungen beseelten Rundgang durch Capri unternimmt 1979 Werner Helwig in seiner Schrift »Capri, magische Insel«, erschienen bei Insel in

Frankfurt am Main. Darin ist auch die Szene vom alten Mann mit dem Messingschild enthalten. Von den Bestrebungen Axel Munthes, nach Capri zurückzukehren, berichten Gustaf Munthe und Gudrun von Uexküll-Schwerin in »Das Buch von Axel Munthe« (a. a. O.) und Staffan Tjerneld in »Den mystiske dr Munthe« (a. a. O.).

33. Epilog: Über die Unwahrscheinlichkeit im praktischen Leben

Der Kommentar Bruce Chatwins über die »drei Narzißten auf Capri« stammt aus seinem Essay »Among the Ruins«, der 1996 im Sammelband »Anatomy of Restlessness. Uncollected Writings« bei Jonathan Cape in London erschien. Auf die zahlreichen Unstimmigkeiten in den Äußerungen Axel Munthes zu seinem eigenen Leben weist nachdrücklich Bengt Jangfeldt in »En osalig ande« (a. a. O.) hin. Über das unklare Verhältnis von Kellnern und Herrschaften denkt Thomas Mann in den »Bekenntnissen des Hochstaplers Felix Krull« (1954) nach. Der Gedanke über Situation und Medium stammt aus dem Essay »Ibizenkische Folge« von Walter Benjamin (a. a. O.). Den bestickten Kopfkissenbezug schließlich haben Gustaf Munthe und Gudrun von Uexküll-Schwerin im »Buch von Axel Munthe« (a. a. O.) gefunden.

Bildnachweis

© Allhems Förlag, Malmö: S. 40, 131
© Bernadottebiblioteket, Kungliga Slottet, Stockholm: S. 15, 161
© Karen Wiking: S. 224
© Kungliga Vetenskapsakademia, Stockholm: S. 61
© Photo: Prins Eugen, Nordiska museet, Stockholm: S. 19
© Stiftelsen Hildasholm, Leksand: 185
© Stiftelsen San Michele, Stockholm: S. 23, 103, 107, 145, 151, 190, 203
© The Munthe Estate, London: S. 31, 173
© The Royal Collections/Kungliga Biblioteket, Stockholm: S. 168
© John Murray Publishing, London: S. 211